GILES BLUNT

Gefrorene Seelen

Deutsch von Reinhard Tiffert

Weltbild

Lizenzausgabe 2008 für die Verlagsgruppe Weltbild GmbH
Originaltitel: *Forty Words for Sorrow*
Originalverlag: Random House Canada
Copyright © 2000 by Giles Blunt

Besuchen Sie uns im Internet:
www.weltbild.de

Der Autor

Giles Blunt, geboren 1952, wuchs in North Bay in der kanadischen Provinz Ontario auf und studierte Englische Literatur in Toronto. Danach schlug er sich in New York u.a. als Streetworker, Gerichtsdiener und Barkeeper durch. Heute lebt er als freier Schriftsteller und Drehbuchautor wieder in Toronto. Der vorliegende Roman *Gefrorene Seelen*, für den er den Silver Dagger der britischen Crime Writers erhielt, brachte ihm den internationalen Durchbruch als Thrillerautor.

In memoriam
Philip L. Blunt
(1916–2000)

1

In Algonquin Bay wird es früh dunkel. Wer im Februar nachmittags gegen vier zum Airport Hill hinauf- und eine halbe Stunde später wieder hinunterfährt, sieht die Straßen der Stadt wie beleuchtete Rollbahnen unter sich im Dunkeln glitzern. Der sechsundvierzigste Breitengrad an sich liegt eigentlich gar nicht so weit nördlich; man kann viel weiter nördlich und immer noch in den Vereinigten Staaten sein, und sogar Englands Hauptstadt London liegt ein paar Grad näher am Nordpol. Aber wir reden hier von Ontario, Kanada, und Algonquin Bay im Februar ist der Inbegriff des Winters: Algonquin Bay liegt unter einer geschlossenen Schneedecke, in der Stadt geht es ruhig zu, und es ist kalt, eisig kalt.

John Cardinal kam vom Flughafen und war auf dem Weg nach Hause. Er hatte gerade seine Tochter Kelly verabschiedet, die an Bord einer Maschine gegangen war, um über Toronto in die USA zu fliegen. Im Auto roch es noch nach ihr, jedenfalls nach dem Parfum, das seit kurzem zu ihrem Markenzeichen geworden war: »Rhapsodie« oder »Ekstase« oder etwas in der Richtung. Für Cardinal, der nun ohne Frau und Tochter auskommen musste, roch es nach Einsamkeit.

Draußen waren es etliche Grade unter null; der Winter hatte den Wagen fest im Griff. Die Scheiben des Toyota Camry waren auf beiden Seiten gefroren, und Cardinal kratzte mit einem primitiven Plastikschaber ohne großen Erfolg an ihnen herum. Von Airport Hill kommend, fuhr er in südlicher Richtung, bog erst links auf die Umgehungsstraße ab und dann nochmals links auf die Trout Lake Road. Von hier ging es dann wieder in nördlicher Richtung nach Hause.

Sein Zuhause, wenn man das ohne Catherine und Kelly

überhaupt so nennen konnte, war ein bescheidenes Holzhaus an der Madonna Road, das kleinste unter den Cottages, die wie eine lang gestreckte Brosche das Nordufer des Trout Lake säumten. Cardinals Haus sollte eigentlich »winterfest« sein, jedenfalls hatte das der Immobilienmakler behauptet, doch winterfest war ein relativer Begriff. Kelly sagte immer, in ihrem Schlafzimmer könne man gut Eiskrem aufbewahren.

Die Zufahrt zum Haus lag versteckt hinter meterhohen Schneewehen, deshalb sah Cardinal das Auto, das seine Zufahrt blockierte, erst im letzten Augenblick und wäre beinahe aufgefahren. Aus dem Auspuff des parkenden Autos, eines der Zivilfahrzeuge, die bei der Polizei im Einsatz waren, kamen weiße Abgaswolken. Cardinal wendete und parkte gegenüber. Lise Delorme, die im Police Department von Algonquin Bay ganz allein die Abteilung für Sonderermittlungen verkörperte, stieg aus dem Wagen und kam durch die Abgasschwaden zu ihm herüber.

Das Police Department war trotz »fortwährender Bemühungen um Gleichberechtigung am Arbeitsplatz«, wie es im Bürokratenjargon immer so schön hieß, weiterhin eine Bastion des männlichen Chauvinismus. Allgemein herrschte dort die Auffassung, dass Lise Delorme ein bisschen zu – ja, was eigentlich? – für ihre Aufgabe war. Schließlich war man zum Arbeiten dort, zermarterte sich das Hirn und konnte keine Ablenkung brauchen. Nicht, dass die Delorme wie ein Filmstar aussäh. Das nicht. Aber sie hatte so eine gewisse Art, einen anzusehen, wie McLeod es ausdrückte – und da hatte McLeod ausnahmsweise einmal recht. Sie hatte die irritierende Angewohnheit, einen mit ihren ernsten braunen Augen ein klein wenig zu lange, vielleicht nur den Bruchteil einer Sekunde, anzublicken. Fast so, als wollte sie einem die Hand unters Hemd schieben.

Kurz, Lise Delorme konnte einen verheirateten Mann einigermaßen in Verlegenheit bringen. Und Cardinal hatte noch andere Gründe, sie zu fürchten.

»Ich wollte schon aufgeben«, sagte sie. Ihr frankokanadischer Akzent war unberechenbar: Die meiste Zeit bemerkte man ihn kaum, bis plötzlich im Auslaut die Konsonanten verstummten und ihre Sätze mit einem doppelten Subjekt aufwarteten. »Ich habe mehrmals bei Ihnen angerufen, aber keiner hat abgenommen, und Ihr Anrufbeantworter, der lief auch nicht.«

»Den habe ich ausgeschaltet«, sagte Cardinal. »Aber weshalb sind Sie überhaupt hergekommen?«

»Dyson sagte, ich solle Sie holen. Wir haben eine Leiche.«

»Da sind Sie bei mir falsch. Ich arbeite nicht im Morddezernat, wissen Sie das nicht?« Cardinal versuchte, sachlich zu bleiben, hörte aber selbst den bitteren Unterton in seiner Stimme.

»Würden Sie mich bitte durchlassen, Sergeant?« Der »Sergeant« war ein gezielter Nadelstich. Zwei Kripobeamte im gleichen Rang redeten sich normalerweise mit dem Namen an, es sei denn, sie sprachen vor Dritten oder in Gegenwart von Berufsanfängern.

Delorme stand zwischen ihrem Auto und der Schneewehe. Sie trat beiseite, sodass Cardinal das Garagentor erreichen konnte.

»Ich habe den Eindruck, dass Dyson Sie wieder ins Dezernat zurückholen möchte.«

»Das ist mir gleich. Würden Sie jetzt wohl rausfahren, damit ich mit meinem Wagen in die Garage kann? Ich meine, wenn Dyson nichts dagegen hat. Warum hat er übrigens gerade Sie hierher geschickt? Seit wann arbeiten Sie im Morddezernat?«

»Sie haben doch bestimmt gehört, dass ich nicht mehr bei der Abteilung für Sonderermittlungen arbeite?«

»Nein, ich habe nur gehört, dass Sie dort aussteigen wollten.«

»Jetzt ist es amtlich. Dyson sagte, Sie würden mir beim Einarbeiten helfen.«

»Nein, danke, kein Interesse. Wer ermittelt jetzt bei polizeiinternen Delikten?«

»Mein Nachfolger ist noch nicht da. Ein Mann aus Toronto.«

»Schön«, sagte Cardinal. »Tut nichts zur Sache. Werden Sie sich ohne mich verirren? Es ist kalt, ich bin müde, und ich würde gerne was zu Abend essen.«

»Wie es heißt, soll es sich um Katie Pine handeln.« Während Delorme diese Vermutung äußerte, beobachtete sie genau Cardinals Miene. Ihren ernsten Augen entging nichts.

Cardinal vermied ihren Blick und starrte in die Dunkelheit, hinter der sich der Trout Lake verbarg. In der Ferne huschte das Scheinwerferpaar eines Schneemobils vorüber. Katie Pine. Dreizehn Jahre alt. Seit dem 12. September vermisst; das Datum würde er nie vergessen. Katie Pine aus dem Chippewa-Indianerreservat, eine gute Schülerin, Mathe-As, ein Mädchen, das er nie gesehen hatte, und doch wünschte er sich mehr als alles andere, es endlich zu finden.

Im Haus klingelte das Telefon. Delorme sah auf ihre Armbanduhr. »Das ist Dyson. Er hat mir nur eine Stunde gegeben.«

Cardinal ging hinein, ohne Delorme hereinzubitten. Beim vierten Klingeln nahm er den Hörer ab und hatte sofort Detective Sergeant Don Dysons quakende Stimme im Ohr. Sein Vorgesetzter sprudelte, als wären sie mitten in einer Diskussion unterbrochen worden und hätten erst jetzt, drei Monate später, Gelegenheit gefunden, ihren Disput fortzusetzen. In gewisser Hinsicht stimmte das sogar.

»Wir wollen keine Zeit mit dem Aufwärmen alter Geschichten verlieren«, begann Dyson. »Sie verlangen eine Entschuldigung, ich entschuldige mich. Bitte sehr. Erledigt. Auf den Manitou Islands ist eine Leiche gefunden worden, und McLeod ist bei Gericht unabkömmlich. Er steckt bis über beide Ohren im Fall Corriveau. Also ist die Leiche ab jetzt Ihr Fall.«

Cardinal spürte, wie die alte Wut in ihm wieder hochkochte. Ich mag ja ein schlechter Polizist sein, sagte er sich, aber nicht so, wie Dyson sich das denkt. »Im Morddezernat haben Sie mich geschasst, erinnern Sie sich? Ich sollte nur noch für Eigentumsdelikte zuständig sein.«

»Ich habe Ihre Zuständigkeit geändert, so etwas macht ein Detective Sergeant nun mal. Alte Geschichten, Cardinal. Schnee von gestern. Wir reden darüber, wenn Sie sich die Leiche angesehen haben.«

»›Das ist eine Ausreißerin‹, haben Sie gesagt. ›Katie Pine ist kein Mordfall, das Mädchen ist von zu Hause weggelaufen.‹ Ich höre es noch wie heute.«

»Cardinal, Sie arbeiten wieder im Morddezernat, klar? Sie übernehmen die Ermittlungen, das ist jetzt ganz allein Ihre Show. Allerdings könnte sich herausstellen, dass es sich nicht um Katie Pine handelt. Aber selbst Sie Ermittler von der oberkorrekten Sorte werden sich doch sicherlich hüten, eine Leiche, die Sie noch nicht gesehen haben, vorschnell zu identifizieren. Wenn Sie unbedingt ›Hab-ich-es-Ihnen-nicht-gesagt?‹ spielen wollen, dann kommen Sie morgen um acht in mein Büro. Das Beste an meinem Posten ist nämlich, dass ich nachts nicht rausmuss, und solche Anrufe kommen immer nachts.«

»Das ist von jetzt an mein Fall, meine Show ganz allein – wenn ich es mache.«

»Das ist nicht meine Entscheidung, Cardinal, und das wissen Sie. Lake Nipissing fällt in die Zuständigkeit unserer sehr geschätzten Brüder und Schwestern von der Ontario Provincial Police. Aber selbst wenn es die Sache der OPP wird, werden die nicht auf unsere Mitarbeit verzichten wollen. Ganz gleich, ob es Katie Pine oder Billy LaBelle ist, beide wurden in dieser Stadt – unserer Stadt – entführt, mal vorausgesetzt, sie wurden beide entführt. So oder so ist es unser Fall. Und da sagt der, ›wenn ich es mache‹.«

»Ich schlage mich lieber weiter mit Diebstählen und Einbrüchen herum, wenn das hier nicht ab sofort ausschließlich mein Fall ist.«

»Lassen Sie doch den Coroner eine Münze werfen«, giftete Dyson und hängte auf.

Cardinal rief zu Delorme hinüber, die sich aus der Kälte hereingewagt hatte und nun schüchtern in der Küchentür stand: »Zu welcher der Manitou Islands müssen wir denn?«

»Nach Windigo. Der mit dem Bergwerksschacht.«

»Dann los. Ob das Eis einen Lastwagen trägt?«

»Sehr witzig. Um diese Jahreszeit würde das Eis sogar einen ganzen Güterzug tragen.«

Delorme zeigte mit dem Daumen ihrer behandschuhten Hand in Richtung Lake Nipissing.

»Ziehen Sie sich warm an«, sagte sie. »Der Wind auf dem See ist eisig kalt.«

2

Vom Government Dock zu den sieben Meilen westlich gelegenen Manitou Islands verlief, wie ein blassblaues Band, ein vom Schneepflug geräumter Streifen über den See. Die Inhaber der Motels am Seeufer hatten den Schnee räumen lassen, um Eisfischer, ihre wichtigste Kundschaft in den Wintermonaten, anzulocken. Im Februar konnten Autos und sogar Lastwagen ohne Gefahr über das Eis fahren. Es war allerdings nicht klug, schneller als fünfzehn bis fünfundzwanzig Stundenkilometer zu fahren. Der Konvoi aus vier Fahrzeugen, in deren Scheinwerferlicht der aufgewirbelte Schnee in hellen Prismen leuchtete, bewegte sich langsam über das Eis.

Cardinal und Delorme saßen schweigend im ersten Wagen. Ab und zu beugte sich Delorme hinüber, um die Windschutzscheibe auf Cardinals Seite freizukratzen. Das Eis fiel in Spänen herab und schmolz auf dem Armaturenbrett und auf den Oberschenkeln.

»Kommt mir vor, als würden wir auf dem Mond landen.« Ihre Stimme war über dem Knirschen der Schaltung und dem Lärm des Heizgebläses kaum zu hören. Um sie herum lag Schnee in den verschiedensten Tönungen, von knochenbleich bis anthrazitgrau, und in den Senken der Schneeverwehungen spielte er sogar ins Dunkelviolette.

Cardinal beobachtete im Rückspiegel den nachfolgenden Konvoi: das Auto des Coroners, dahinter die Scheinwerfer des Wagens der Spurensicherung und am Schluss der Lkw.

Ein paar Minuten später tauchten vor ihnen im Scheinwerferlicht die unregelmäßigen Konturen von Windigo Island auf. Die Insel war winzig, nicht größer als dreihundert Quadratmeter, und hatte nur einen schmalen felsigen Uferstreifen, wie Cardinal von seinen sommerlichen Segeltouren wusste. Aus dem Kiefernwald ragte wie ein Kommandoturm der Holzbau des Schachteingangs.

Im Mondlicht hatten die Schatten messerscharfe Konturen, die hin und her sprangen und zitterten, als sie sich näherten.

Die Fahrzeuge kamen nacheinander an und parkten in einer Reihe. Das Licht der Scheinwerfer bildete zusammen einen langgezogenen weißen Wall. Dahinter nichts als Finsternis.

Cardinal und die anderen versammelten sich auf dem Eis. In ihren langen schweren Mänteln und unförmigen wadenhohen Schneestiefeln sahen sie aus wie die Mitglieder einer Mondlandungsexpedition. Klamm vor Kälte traten sie von einem Fuß auf den anderen. Insgesamt waren sie acht: Cardinal und Delorme, Dr. Barnhouse, der Coroner, Arsenault und Collingwood, die Männer von der Spurensicherung, Larry Burke und Ken Szelagy, blau uniformierte Beamte im Streifendienst, und Jerry Commanda von der Ontario Provincial Police, der als Letzter in einem Zivilfahrzeug angekommen war. Die Ontario Provincial Police, kurz OPP, war für die Sicherheit auf den Fernstraßen verantwortlich und versah alle polizeilichen Aufgaben in Gemeinden, die über keinen eigenen Polizeiposten verfügten. Sie hatte auch die polizeiliche Hoheit über die Seen und Indianerreservate, doch bei Jerry brauchte man Diskussionen über Fragen der Zuständigkeit nicht zu fürchten.

Alle acht hatten sich in einem unregelmäßigen Halbkreis aufgestellt und warfen im Scheinwerferlicht lange Schatten.

Barnhouse sprach als Erster. »Sollten Sie nicht eine Schelle um den Hals tragen?« Das war seine Art, Cardinal zu begrüßen. »Ich habe gehört, Sie hätten den Aussatz.«

»Schon wieder am Abklingen«, erwiderte Cardinal.

Barnhouse hatte das Temperament einer angriffslustigen Bulldogge. Mit seiner untersetzten Gestalt und seinem breiten Rücken sah er eher wie ein Ringer aus. Obwohl oder vielleicht gerade weil der Schwerpunkt seines Körpers so tief lag, hatte er eine sehr hohe Meinung von sich.

Cardinal deutete mit dem Kopf auf den großen, hageren Mann am Rand des Halbkreises. »Kennen Sie Jerry Commanda?«

»Ob ich ihn kenne? Bis zum Erbrechen!«, bellte Barnhouse. »Mr. Commanda war früher bei der Stadtpolizei, bis er wieder dem Ruf der Wildnis folgte.«

»Ich bin jetzt bei der OPP«, stellte Jerry sachlich fest. »Eine Leiche mitten im See bedeutet doch wohl, dass Sie eine Autopsie veranlassen werden, Doc, oder?«

»Sie brauchen mir nicht zu sagen, was ich zu tun habe. Wo ist 'n die Spürnase, die das Teil entdeckt hat?«

Ken Szelagy trat vor.

»Wir haben die Leiche nicht entdeckt. Ein paar Kinder sind drauf gestoßen, so gegen vier Uhr nachmittags. Larry Burke und ich hatten Dienst, als der Anruf kam. Wir haben uns die Leiche angesehen, den Fundort abgesperrt und die Zentrale benachrichtigt. McLeod hatte bei Gericht zu tun, deshalb haben wir Detective Sergeant Dyson angerufen, und der hat vermutlich Detective Cardinal hinzugezogen.«

»Den talentierten Mr. Cardinal«, murmelte Barnhouse vieldeutig. Dann fuhr er fort: »Machen wir uns zunächst mit Taschenlampen an die Arbeit. Ich möchte nicht, dass durch das Aufstellen von Scheinwerfern und so 'nem Zeug hier irgendetwas verändert wird.«

Er marschierte auf die Felsen zu. Cardinal wollte etwas sagen, doch Jerry Commanda hatte den gleichen Gedanken und kam ihm zuvor: »Aber bitte im Gänsemarsch, Jungs.«

»Ich bin kein Junge«, bemerkte Kollegin Delorme unter ihrer Kapuze hervor.

»Na ja«, grummelte Jerry. »Im Moment kommt der kleine Unterschied nicht so gut raus.«

Barnhouse bedeutete Burke und Szelagy voranzugehen,

und in den folgenden Minuten war nur das Knirschen von Stiefeln auf dem vereisten Boden zu hören. Die Kälte biss Cardinal ins Gesicht. Hinter den Felsen, am Ufer des Sees, war das Glitzern einer fernen Lichterkette zu erkennen – das Chippewa-Reservat, Jerry Commandas Revier.

Szelagy und Burke warteten am Maschendrahtzaun, der den Eingang zum Schacht umgab, auf die anderen.

Delorme stupste Cardinal mit ihrem gepolsterten Ellbogen an. Sie zeigte auf einen Gegenstand etwa einen Meter vom Gatter entfernt.

»Leute, habt ihr das Schloss da angerührt?«, fragte Cardinal die beiden Polizisten.

»Es war schon so«, beteuerte Szelagy. »Wir haben uns gedacht, dass wir's lieber so lassen.«

Und Burke ergänzte: »Die Kinder sagen, das Schloss war schon aufgebrochen.«

Delorme holte eine Plastiktüte aus ihrer Tasche, doch Arsenault, der als Spurensicherungsexperte auf alles vorbereitet war, reichte ihr eine kleine Papiertüte. »Nehmen Sie lieber das hier. Alles, was nass geworden ist, verändert sich in Plastik.«

Cardinal war froh, dass es gleich passiert war und jemand anderes seine Kollegin noch rechtzeitig gestoppt hatte. Delorme war eine gute Ermittlerin; und darum war sie bei der Sonderermittlung gut aufgehoben. Durch minutiöse Recherchen hatte sie es ganz allein geschafft, einen Ex-Bürgermeister und mehrere Ratsmitglieder hinter Gitter zu bringen. Doch das hatte nichts mit Spurensicherung zu tun. Von nun an würde sie sich aufs Zuschauen beschränken, und das war Cardinal ganz recht.

Einer nach dem anderen schlüpften sie unter dem Absperrband hindurch und folgten dann Burke und Szelagy zum Schachteingang. Szelagy zeigte auf ein paar lose Bretter. »Vorsicht – hier geht's gut einen halben Meter abwärts, darunter ist blankes Eis.«

Im Schachteingang verdichtete sich der Schein ihrer Taschenlampen am Boden zu einer unruhigen Lache aus Licht. Durch die Ritzen der Bretterwände heulte der Wind, als ginge es darum, einen Bühneneffekt zu produzieren.

»Mein Gott«, sagte Delorme mit ernster Stimme.

Wie die anderen auch, hatte sie bereits Verkehrstote, hin und wieder Selbstmörder und zahlreiche Ertrunkene gesehen – doch das war kein Vergleich zu dem, was sich hier ihren Blicken bot. Alle zitterten vor Kälte, aber eine große Stille senkte sich über sie, als ob sie beteten, und sicherlich taten das auch einige. Auch Cardinals Verstand schien dem Anblick entfliehen zu wollen – zurück in die Vergangenheit, mit der Erinnerung an das Klassenfoto, auf dem eine lächelnde Katie Pine zu sehen war, und nach vorn, in die Zukunft, bei dem Gedanken, wie er es ihrer Mutter beibringen sollte.

Dr. Barnhouse begann in gemessenem Tonfall: »Wir haben hier die gefrorenen Überreste eines jugendlichen – verdammt.« Er klopfte heftig auf das Diktiergerät in seiner behandschuhten Rechten. »Das Ding macht bei Frost immer Ärger.« Er räusperte sich und setzte noch einmal an, diesmal weniger feierlich. »Wir haben hier die Überreste eines jugendlichen menschlichen Körpers – wegen fortgeschrittener Verwesung und Tierfraß ist eine eindeutige Geschlechtsbestimmung zum gegenwärtigen Zeitpunkt nicht möglich. Der Oberkörper ist unbekleidet, die untere Körperhälfte teilweise von Bluejeans bedeckt, der rechte Arm fehlt, ebenso der linke Fuß. Das Gesicht ist durch Aasfresser bis zur Unkenntlichkeit entstellt. Der Unterkiefer fehlt. Mein Gott«, sagte er dann, »es ist ja noch ein Kind.«

Cardinal glaubte, ein Beben in Barnhouses Stimme zu erkennen; seiner eigenen hätte er auch nicht getraut. Und das lag nicht allein an der Verwesung – alle hatten in dieser Hinsicht schon Schlimmeres gesehen. Es war die Tatsache, dass die Überreste in einem rechteckigen, vielleicht zwanzig Zentimeter dicken Eisblock steckten. Leere Augenhöhlen starrten durch das Eis hinauf in die Dunkelheit über ihren Köpfen. Ein Auge war herausgerissen worden und lag festgefroren über der Schulter des Opfers; von dem anderen fehlte jede Spur.

»Haare – schwarz, schulterlang – sind vom Schädel gelöst; das Becken weist vorn Furchungen auf, was vielleicht auf weibliches Geschlecht deutet – aber ohne Untersuchung, die im gegenwärtigen gefrorenen Zustand nicht möglich ist, kann hierüber nichts Genaueres gesagt werden.«

Jerry Commanda leuchtete mit seiner Taschenlampe erst hinauf zu dem Bretterdach, dann wieder hinunter auf den Betonboden zu ihren Füßen. »Das Dach ist schon lange undicht. Man kann das Eis da oben sehen.«

Andere richteten ihre Lampe ebenfalls nach oben und betrachteten die Eiszapfen zwischen den Brettern. Schatten huschten über die leeren Augenhöhlen.

»Im Dezember gab es drei warme Tage, an denen alles zu tauen begann«, fuhr Jerry fort. »Die Leiche liegt wahrscheinlich über einem Abfluss; als das Eis geschmolzen ist, hat sich die Senke mit Wasser gefüllt. Dann fielen die Temperaturen wieder, und alles fror fest.«

»Als ob sie in Bernstein eingeschlossen wäre«, bemerkte Delorme.

Barnhouse sprach weiter. »Keine Kleidung an der Leiche oder in ihrer Nähe, abgesehen von Jeans, die – aber das habe ich schon gesagt, oder? Ja, ich bin mir sicher. Erhebliche Gewebszerstörungen in der Unterleibsregion, die Eingeweide und die meisten Organe fehlen. Ob dies auf Verletzungen vor Eintritt des Todes oder auf postmortalen Tierfraß zurückzuführen ist, kann nicht festgestellt werden. Teile der Lunge sind sichtbar, obere Lungenlappen auf beiden Seiten.«

»Katie Pine«, sagte Cardinal. Er hatte es nicht laut sagen wollen. Er wusste, dass eine Reaktion nicht ausbleiben würde, und tatsächlich kam sie mit aller Schärfe.

»Sie wollen uns doch wohl nicht weismachen, dass Sie das arme Mädchen anhand des Fotos aus dem Schuljahrbuch erkennen. Ehe nicht der Oberkiefer mit Befunden aus zahnärztlichen Unterlagen verglichen ist, kann von einer Identifizierung keine Rede sein.«

»Danke, Doktor«, sagte Cardinal leise.

»Es besteht wirklich kein Anlass zu Sarkasmus, Detective. Ob Sie nun wieder im Morddezernat arbeiten oder nicht, sarkastische Bemerkungen lasse ich mir nicht bieten.«

Barnhouse richtete seinen finsteren Blick nochmals auf die Leiche zu seinen Füßen.

»Gliedmaßen, soweit vorhanden, fast skelettiert. Mir scheint aber ein Grünholzbruch in der Speiche des linken Unterarms vorzuliegen.« Er trat von der Kante der Stufe zurück und verschränkte trotzig die Arme. »Meine Herren, meine Dame, ich ziehe mich aus der weiteren Ermittlung zurück. Eine gerichtsmedizinische Untersuchung ist in jedem Fall notwendig. Da der Lake Nipissing in die Zuständigkeit der Ontario Provincial Police fällt, übergebe ich Ihnen, Mr. Commanda, offiziell die Federführung bei der Ermittlung.«

»Wenn das hier Katie Pine ist«, sagte Jerry, »dann ist die Ermittlung Sache der Stadtpolizei.«

»Aber gehört Katie Pine nicht trotzdem zu Ihnen? Das Reservat fällt doch in Ihre Zuständigkeit.«

»Sie wurde auf einem Rummelplatz in der Nähe der Memorial Gardens entführt. Das macht das Ganze zu einem Fall für die Stadtpolizei – zu Cardinals Fall, und das schon, seit sie verschwunden ist.«

»Trotzdem«, beharrte Barnhouse, »solange eine eindeutige Identifizierung nicht möglich ist, lege ich die Ermittlungen in Ihre Hände.«

»Na schön, Doktor«, entgegnete Jerry. John, du kannst ermitteln. Ich weiß, dass es Katie ist.«

»Diese Aussage entbehrt jeglicher Grundlage. Sehen Sie doch«, Barnhouse zeigte mit dem Diktiergerät auf die Leiche, »von der Kleidung abgesehen, ist kaum etwas Menschliches zu erkennen.«

»Katie Pine«, erläuterte Cardinal ruhig, »hatte sich beim Skateboardfahren die Speiche des linken Arms gebrochen.«

* * *

Sie saßen zu fünft im Fahrzeug der Spurensicherung. Barnhouse war gegangen, die zwei Streifenbeamten warteten im Lkw. Cardinal musste gegen den Lärm des Heizgebläses anschreien. »Wir müssen großflächig absperren. Von nun an ist die ganze Insel Sperrgebiet. Im Schachteingang gab es keine Blutspuren oder sonstige Hinweise auf einen Kampf, also ist es vermutlich nicht der Tatort, sondern nur das Versteck für die Leiche. Dennoch möchte ich nicht, dass irgendwelche neugierigen Schneemobilfahrer hier aufkreuzen und Spuren verwischen. Wir werden daher die ganze Insel absperren und bewachen lassen.«

Delorme reichte ihm das Handy. »Ich habe hier die Gerichtsmedizin. Len Weisman ist am Apparat.«

»Len, wir haben hier eine Leiche, die in einem Eisblock festgefroren ist. Ein Kind, vermutlich ermordet. Wenn wir den Eisblock, so wie er ist, herausschneiden und in einem Kühlwagen zu euch in die Pathologie schicken, kämt ihr mit so etwas zurecht?«

»Kein Problem. Wir haben hier mehrere Kühlgeräte, die Temperaturen weit unter dem Gefrierpunkt erzeugen. Wir können den Block langsam auftauen und Haare oder Textilfasern jeder Art für die Untersuchung entnehmen.« Es wirkte befremdlich, eine Stimme aus Toronto in dieser Mondlandschaft zu hören.

»Ausgezeichnet, Len. Wenn wir mit dem Abtransport fertig sind, geben wir euch die voraussichtliche Ankunftszeit durch.«

Cardinal gab Delorme das Handy zurück. »Arsenault, Sie sind der Experte für Spurensicherung. Wie bekommen wir die Leiche hier raus?«

»Wir können sie ohne weiteres in einem Block aus dem Eis schneiden. Schwieriger dürfte es sein, den Eisblock vom Betonboden zu trennen.«

»Holt euch einen Mann aus der Stadt. Die sägen doch häufig Beton. Und dann könnt ihr alle schon mal eure Terminkalender entrümpeln. Wir müssen den Schnee durchsieben.«

»Aber sie ist seit Monaten tot«, wandte Delorme ein. »Der Schnee wird uns keine Hinweise mehr geben.«

»Das können wir nicht mit Gewissheit sagen. Hat jemand gute Kontakte zur Armee?«

Collingwood hob die Hand.

»Sagen Sie denen, wir brauchen ein großes Zelt. Ungefähr so groß wie ein Zirkuszelt, mit dem wir die Insel abdecken. Das Letzte, was uns fehlte, wäre neuer Schnee auf dem Fundort. Auch möglichst große Heizgebläse, solche Apparate, mit denen man bei der Luftwaffe Flugzeughangars heizt. Damit schmelzen wir den Schnee und sehen uns dann an, was darunter ist.«

Collingwood nickte. Von allen saß er dem Heizgebläse am nächsten. Sein Handschuh dampfte.

3

Das Gelände abzusperren und eine Bewachung rund um die Uhr einzurichten dauerte länger als erwartet; Polizeiarbeit braucht immer länger als erwartet. Als Cardinal schließlich um ein Uhr morgens nach Hause kam, war er zum Schlafen noch zu aufgewühlt. Er setzte sich mit einem Glas Black Velvet pur, zwei Finger hoch eingeschenkt, ins Wohnzimmer und machte sich Notizen über das, was er morgen zu erledigen haben würde. Im Haus war es so kalt, dass ihn selbst der Whisky nicht aufwärmte.

Kelly würde mittlerweile wieder in den USA sein.

Am Flughafen hatte Cardinal beobachtet, wie seine Tochter einen ihrer Koffer auf die Gepäckwaage gehoben hatte, und bevor sie den nächsten auch nur anrühren konnte, war schon ein junger Mann aus der Warteschlange hinter ihr herbeigesprungen und hatte den Koffer für sie auf die Waage gestellt. Na ja, Kelly war eben eine hübsche junge Frau. Cardinal teilte die Voreingenommenheit, die Väter üblicherweise zugunsten ihrer Töchter hegen. Er glaubte, jeder objektive Beobachter müsse sie genauso charmant finden wie er. Ein schönes Gesicht zu haben, das wusste Cardinal, war, wie reich oder berühmt zu sein: Ständig rissen sich andere darum, einem behilflich zu sein.

»Du brauchst wirklich nicht länger zu warten, Daddy«, hatte sie zu ihm gesagt, als sie in den Warteraum hinuntergingen. »Du hast bestimmt Wichtigeres zu tun.«

Aber Cardinal hatte nichts Wichtigeres zu tun.

Der Flughafen von Algonquin Bay war darauf ausgelegt, rund achtzig Reisende gleichzeitig abzufertigen, doch so viele waren es selten. Eine kleine Cafeteria, stumme Verkäufer für den *Algonquin Lode* und die Zeitungen aus Toronto – das war schon alles. Sie setzten sich, und Cardinal kaufte den *Toronto Star*. Er bot seiner Tochter eine Hälfte an, doch sie lehnte ab. Nun glaubte er, es wäre besser, ebenfalls nicht zu lesen. Wozu blieb er überhaupt, wenn er doch bloß Zeitung lesen wollte?

»Du kennst deine Anschlüsse?«, fragte er sie. »Hast du auch genug Zeit, um von einem Flugsteig zum anderen zu kommen?«

»Jede Menge. Ich habe anderthalb Stunden in Toronto.«

»Das ist gar nicht so viel, wenn du noch durch den amerikanischen Zoll musst.«

»Die winken mich immer durch. Wirklich, Daddy, ich sollte mich aufs Schmuggeln verlegen.«

»Du hast mir erzählt, letztes Mal hat man dich angehalten. Du hättest beinahe deinen Anschluss verpasst.«

»Ja, da hatte ich noch mal Glück. Der Zollbeamte war so ein borniter Bürokrat, der mir unbedingt Schwierigkeiten machen wollte.«

Cardinal sah die Szene vor sich. In mancher Hinsicht entwickelte sich Kelly zu der Sorte Frau, die ihm missfiel – zu schlagfertig, zu gebildet, zu selbstsicher.

»Eigentlich verstehe ich nicht, wieso es keinen Direktflug von Toronto nach New Haven gibt.«

»Na ja, es ist nicht unbedingt der Mittelpunkt des Universums, Lieber.«

»Das nicht, aber immerhin gibt es dort eine der besten Universitäten der Welt.«

Und die kostete ein Heidengeld. Als Kelly in York ihr Bachelor-Examen in Bildender Kunst bestanden hatte, hatte ihr Professor für Malerei sie ermuntert, sich in Yale um einen Postgraduiertenplatz zu bewerben. Kelly stellte daraufhin eine Mappe zusammen und schickte sie nach New Haven, ohne sich jedoch große Hoffnungen zu machen. Cardinal hatte anfangs mit dem Gedanken gespielt, ihr diese Idee auszureden, doch nicht lange. ›Yale ist die Kunsthochschule par excellence, Daddy. Alle Maler, die einen Namen haben, sind dort gewesen. Wer nicht nach Yale geht, kann gleich BWL studieren.‹ Cardinal hatte sich gefragt, ob das wirklich stimmte. In seiner Vorstellung stand Yale für blasierte Snobs im Tennisdress; zum Beispiel für George Bush. Aber Malerei?

Also hatte er sich umgehört. Es sei tatsächlich so, versicherten ihm Leute, die es wissen mussten. Wer sich in der internationalen Kunstszene – und die war gleichbedeutend mit der amerikanischen Kunstszene – hervortun wollte, der tat dies am besten mit einem Master-Abschluss von Yale.

»Wirklich, Daddy, warum fährst du nicht nach Hause? Du brauchst hier nicht zu warten.«

»Schon gut. Ich möchte es so.«

Der junge Mann, der Kelly beim Koffertragen geholfen hatte, saß nun ihnen gegenüber. Wenn Cardinal jetzt ginge, würde sich der Bursche im nächsten Augenblick neben seine Tochter setzen. Ich bin doch ein eifersüchtiger alter Knacker, hielt er sich selbst vor, dass ich die Frauen in meinem Leben so ängstlich behüte. Mit seiner Frau Catherine war es genauso.

»Schön, dass du nach Hause gekommen bist, Kelly. Und das noch mitten im Semester. Ich glaube, dass es deiner Mutter wirklich gutgetan hat.«

»Meinst du? Schwer zu sagen, so geistesabwesend, wie sie im Augenblick wirkt.«

»Ich weiß es.«

»Arme Mama. Armer Papa. Ich weiß nicht, wie du das durchstehst. Schließlich bin ich die meiste Zeit weg, während du ständig damit leben musst.«

»Da muss man eben durch. ›In guten wie in schlechten Tagen, in Zeiten der Freude und in der Not‹, du kennst ja den Spruch.«

»Viele Leute halten sich nicht mehr daran. Ich weiß, dass du es tust. Aber Mama macht mir schon manchmal Angst. Es muss schwer sein für dich.«

»Für sie ist es noch viel schwerer, Kelly.« Sie saßen schweigend nebeneinander. Der junge Mann holte einen Roman von Stephen King hervor; Cardinal tat, als würde er den *Toronto Star* lesen, und Kelly schaute hinaus auf die leere Landebahn, wo Schneeflocken im Licht der Scheinwerfer tanzten.

Cardinal hoffte im Stillen, der Flug würde gestrichen und seine Tochter könnte noch ein, zwei Tage zu Hause bleiben. Doch Kelly hatte jedes Interesse an Algonquin Bay verloren. »Wie hältst du es nur in diesem öden Kaff aus?«, hatte sie ihren Vater mehr als einmal gefragt. In ihrem Alter hatte Cardinal genauso gedacht, doch nach zehn Jahren bei der Polizei in Toronto war ihm die Einsicht gekommen, dass dieses öde Nest, in dem er aufgewachsen war, seine Vorzüge hatte.

Schließlich landete das Flugzeug, eine Propellermaschine vom Typ Dash 8 für dreißig Passagiere. In einer Viertelstunde würde es aufgetankt und für den Weiterflug bereit sein.

»Hast du auch genug Bargeld? Wenn du nun in Toronto stecken bleibst?«

»Du machst dir zu viel Gedanken, Daddy.«

Sie umarmte ihn, und dann sah er ihr nach, wie sie ihr Gepäck durch die Sicherheitskontrolle brachte (die aus zwei uniformierten Frauen bestand, die kaum älter als sie selber waren) und dem Ausgang zustrebte. Cardinal ging zum Fenster und sah, wie sie durch den aufgewirbelten Schnee ging. Der junge Schnösel heftete sich gleich an ihre Fersen. Als Cardinal dann wieder draußen stand und die Windschutzscheibe mit dem Handschuh vom Schnee befreite, hatte er sich dafür gescholten, so ein eifersüchtiger Hohlkopf zu sein, ein überfürsorglicher Vater, der sein Kind nicht erwachsen werden ließ. Cardinal war Katholik, wenngleich er seinen Glauben verloren hatte, und wie alle Katholiken, ob ungläubig oder fromm, hatte er sich den geradezu lustvollen Hang bewahrt, sich seine Sünden vorzuhalten, wenn auch nicht unbedingt die, die er tatsächlich begangen hatte.

Das Whiskyglas stand nun halb leer auf dem Couchtisch. Cardinal hatte seine Gedanken schweifen lassen. Er erhob sich steif aus dem Sessel und ging zu Bett. Im Dunkeln erschienen andere Bilder: die Scheinwerfer auf dem See, die im Eis festgefrorene Leiche, das Gesicht seiner Kollegin Lise Delorme. Dann dachte er an Catherine. Obwohl seine Frau alles andere als glückliche Zeiten durchmachte, zwang er sich, sie sich mit einem Lachen im Gesicht vorzustellen. Ja, sie würden zusammen weggehen, irgendwohin, weit weg von der Kripoarbeit und ihren privaten Sorgen, und sie würden lachen.

4

Don (kurz für Adonis) Dyson war ein jugendlich wirkender Fünfziger, drahtig wie ein Turner, mit federndem Gang und lebhafter Gestik, nur war er, wie seine Mitarbeiter nicht müde wurden zu betonen, eben kein Adonis. Das Einzige, was Detective Sergeant Don Dyson mit seinen Namensvettern in den Museen gemeinsam hatte, war ein Herz so kalt wie Marmor. Keiner wusste, ob er so auf die Welt gekommen war oder ob fünfzehn Jahre Berufserfahrung bei der Mordkommission in Toronto ein ohnehin schon kühles Temperament vollends in Eiseskälte verwandelt hatten. Der Mann hatte keine Freunde – weder bei der Polizei noch anderswo –, und alle, die Mrs. Dyson kennengelernt hatten, sagten, neben ihr wirke ihr Gatte geradezu sentimental.

Detective Sergeant Dyson war kahl, pingelig, berechnend und ins eigene Wort verliebt. Er hatte lange, an den Enden spatelförmige Finger, auf die er über die Maßen stolz war. Wenn er seinen Brieföffner benutzte oder mit einer Schachtel Büroklammern spielte, vermittelten diese langen Finger einen spinnenartigen Eindruck. Sein kahler Schädel, der von einem geometrisch exakt geschnittenen Haarkranz gesäumt war, besaß eine vollkommen sphärische Gestalt. Jerry Commanda konnte den Mann nicht ausstehen, doch Jerry ertrug ganz allgemein Autorität nur schwer, ein Charakterzug, den Cardinal seiner indianischen Herkunft zuschrieb. Delorme behauptete, sie könne Dysons Schädel als Spiegel benutzen, um sich die Augenbrauen zu zupfen. Was freilich nicht hieß, dass sie sich tatsächlich die Augenbrauen zupfte.

Derselbe blinkende Schädel neigte sich nun Cardinal zu, der in einem Winkel von exakt fünfundvierzig Grad auf einem Stuhl neben Dysons Schreibtisch saß. Gewiss hatte sein Vorgesetzter irgendwo gelesen, dass dieser Winkel führungspsychologische Vorteile bringe. Er war ein Mann, der Genauigkeit liebte und für alles, was er tat, seine Gründe hatte. In einer Ecke seines Schreibtisches hatte er einen honigglänzenden Donut deponiert, den er präzise um halb elf – und nicht eine Minute früher oder später – zusammen mit einem Schluck koffeinfreien Kaffee aus der danebenstehenden Thermoskanne vertilgen würde.

In diesem Augenblick hielt Dyson gerade den Brieföffner zwischen seinen ausgestreckten Händen, als ob er den Schreibtisch damit vermessen wollte. Wenn er redete, schien es so, als wandte er sich in erster Linie an die Klinge. »Ich habe nie gesagt, Sie hatten Unrecht. Ich habe nie behauptet, das Mädchen sei nicht ermordet worden. Mit keinem Wort.«

»Nein, das haben Sie auch nicht.« Cardinal neigte dazu, sich immer dann, wenn Wut in ihm aufstieg, besonders höflich zu benehmen. Doch jetzt kämpfte er gegen diese Neigung. »Meine Versetzung ins Dezernat für Eigentumsdelikte war von Ihnen lediglich als spirituelle Übung gedacht.«

»Erinnern Sie sich noch, welche Ausgaben Sie verursacht haben? Wir befanden und wir befinden uns immer noch in Zeiten der Kostenreduzierung. Wir können nicht so tun, als wären wir die Mounties, das können wir uns nicht leisten. Sie haben alle freien Ressourcen für diesen einen Fall verwendet.«

»Drei Fälle.«

»Nicht drei, höchstens zwei.« Dyson zählte sie an seinen langen Fingern ab. »Katie Pine, höchstwahrscheinlich. Billy LaBelle, vielleicht. Margaret Fogle, keinesfalls.«

»Detective Sergeant, bei allem Respekt, aber sie hat sich weder in einen Vogel verwandelt noch hat sie sich in Luft aufgelöst.«

Und wieder das Spiel mit den Fingern, die zur Schau gestellte Maniküre, als Dyson die Gründe aufzählte, warum

Margaret Fogle nicht ermordet worden sein konnte. »Sie war siebzehn – sehr viel älter und cleverer als die beiden anderen. Sie stammte aus Toronto, nicht von hier. Sie war nicht das erste Mal von Zuhause ausgerissen. Mein Gott, das Mädchen hat jedem, der es hören wollte, erzählt, dass diesmal niemand – hören Sie, niemand – sie wiederfinden würde. Und sie hatte irgendwo einen Freund, in Vancouver oder was weiß ich wo.«

»In Calgary. Und sie ist dort nie angekommen.« Und sie wurde das letzte Mal lebend in unserer schönen Stadt gesehen, du kahles Rindvieh. Lieber Gott, schenke ihm die Einsicht, dass er mir McLeod gibt und mich mit dem Fall weitermachen lässt.

»Warum widersprechen Sie mir so hartnäckig in diesem Punkt, Cardinal? Wir leben im größten Land der Erde – nachdem die ruhmreiche Sowjetunion so freundlich war, sich selbst zu demontieren –, und drei Eisenbahnlinien verlaufen kreuz und quer über diese fast zehn Millionen Quadratkilometer große Eisbahn. Alle drei Linien schneiden sich hier am Ufer unseres Sees. Wir haben einen Flughafen und einen Busbahnhof. Jeder, der zu irgendeinem Ziel in diesem riesigen Land unterwegs ist, muss durch unsere Gegend. Wir haben mehr Ausreißer, als wir brauchen können. Ausreißer, aber keine Mordfälle. Sie haben die freien Kapazitäten der ganzen Abteilung an Gespenster verschwendet.«

»Soll ich dann wieder gehen? Ich dachte, ich wäre wieder im Morddezernat«, sagte Cardinal ruhig.

»Das sind Sie auch. Ich hatte nicht die Absicht, alte Geschichten aufzuwärmen, aber bei Katie Pine« – und an dieser Stelle wies er mit dem Finger auf Cardinal –, »bei Katie Pine gab es damals keinen auch noch so kleinen Hinweis auf Mord. Ich meine, abgesehen davon, dass sie ein Kind war und offensichtlich irgendetwas nicht stimmte, gab es keine Indizien für Mord.«

»Keine gerichtsrelevanten Indizien, das mag schon sein.«

»Sie hatten überzogene Ansprüche an Personal und Logistik und außerdem Überstunden, die durch nichts zu rechtfertigen waren. Ein Überstundenberg in astronomischer Höhe. Ich stand mit meiner Einschätzung nicht allein – der Chef war voll und ganz meiner Meinung.«

»Detective Sergeant, Algonquin Bay ist nicht gerade riesig. Wenn ein Kind vermisst wird, erhält man abertausende Hinweise aus der Bevölkerung. Jeder möchte helfen. Wenn jemand im Kino ein Messer zieht, muss man das überprüfen. Jemand sieht einen jugendlichen Rucksacktouristen, und schon muss man das überprüfen. Jeder in der Stadt glaubt, Katie Pine irgendwo gesehen zu haben: Sie ist am Seeufer, sie ist unter anderem Namen im Krankenhaus, sie war in einem Kanu im Algonquin Park. Allen diesen Hinweisen mussten wir nachgehen.«

»Das haben Sie mir damals schon gesagt.«

»Nichts davon war unbegründet. Das dürfte mittlerweile ja wohl klar geworden sein.«

»Damals war es nicht klar. Niemand hatte Katie Pine mit einem Fremden gesehen. Niemand hatte sie in ein fremdes Auto steigen sehen. Sie war auf dem Rummelplatz und von einer Minute zur anderen plötzlich verschwunden.«

»Ja, ich weiß. Die Erde öffnete sich.«

»Die Erde öffnete sich und verschluckte das Mädchen. Und Sie haben einfach geglaubt – ohne Indizien, dass sie ermordet worden ist. Im Nachhinein hat sich herausgestellt, dass Sie recht hatten. Sie hätten genauso gut auch Unrecht haben können. Fest stand nur, dass sie verschwunden war, und zwar spurlos. Ein Rätsel.«

Ja, natürlich, dachte Cardinal. Katie Pines plötzliches Verschwinden hatte alle vor ein Rätsel gestellt. Allerdings hatte ich mir eingebildet, von Polizisten würde auch in Algonquin Bay verlangt, hin und wieder ein Rätsel zu lösen. Gewiss, das Mädchen war Indianerin, und wir wissen ja alle, wie verantwortungslos diese Leute sein können.

»Machen wir uns doch nichts vor«, fuhr Dyson fort, steckte den Brieföffner behutsam in die schmale Scheide und legte ihn dann sorgfältig neben das Lineal. »Bei dem Mädchen handelte es sich um eine Indianerin. Ich mag Indianer, wirklich. Sie strahlen so eine fast überirdische Ruhe aus. Im Allgemeinen sind sie gutmütig und sehr kinderlieb. Im Übrigen bin ich absolut davon überzeugt, dass Jerry Commanda ein hervorragender Kriminalbeamter ist. Dennoch hat es keinen Sinn, zu behaupten, es wären Leute wie Sie und ich.«

»Nein, bei Gott nicht«, sagte Cardinal und meinte das auch so. »Das sind ganz andere Menschen.«

»Die Familien sind in alle Winde zerstreut. Das Mädchen hätte überall zwischen Mattawa und Sault Sainte Marie sein können. Es gab keinen Grund, sie ausgerechnet in zugenagelten Bergwerksschächten mitten im See zu suchen.«

Gründe hätte es genug gegeben, doch Cardinal ließ nichts verlauten. Er brauchte es nicht, weil er auf etwas viel Wichtigeres hinauswollte. »Die Sache mit dem Bergwerk auf Windigo Island ist eben, dass wir wirklich dort gesucht haben. In der Woche, in der Katie Pine als vermisst gemeldet wurde. Vier Tage später, um genau zu sein.«

»Sie wollen damit sagen, sie sei irgendwo versteckt worden, ehe man sie umbrachte. Sie sei irgendwo gefangengehalten worden.«

»Genau.« Cardinal verkniff sich den Drang, mehr zu sagen. Dyson taute langsam auf, und es war in Cardinals ureigenem Interesse, ihn dabei nicht zu stören. Der Brieföffner wurde erneut aus der Scheide befördert; eine herumliegende Büroklammer wurde aufgespießt, hochgehoben und zu einem Messingbehälter transportiert.

»Selbst dann«, setzte Dyson seine Überlegung fort, »hätte sie auf der Stelle getötet worden sein können. Der Mörder hätte die Leiche irgendwo versteckt haben können, um sie dann an einen sichereren Platz zu bringen.«

»Möglich. Die Gerichtsmediziner könnten uns in dieser

Frage weiterhelfen – wir überführen die Überreste nach Toronto, sobald die Mutter informiert worden ist. Aber alles deutet auf langwierige Ermittlungen. Dazu brauche ich McLeod.«

»Den kriegen Sie nicht. Der ist bei Gericht mit Corriveau beschäftigt. Sie können die Kollegin Delorme haben.«

»Ich brauche McLeod. Die Delorme hat keine Erfahrung.«

»Sie sind bloß voreingenommen, weil sie eine Frau ist, weil sie Frankokanadierin ist und weil sie, im Gegensatz zu Ihnen, die meiste Zeit ihres Lebens in Algonquin Bay verbracht hat. Sie können zwar auf zehn Jahre Toronto verweisen, aber Sie werden doch wohl nicht behaupten wollen, dass Delormes sechs Jahre als Sonderermittlerin keine Berufserfahrung darstellen.«

»Ich will sie keineswegs schlechtmachen. Sie hat bei den Ermittlungen gegen den Bürgermeister gute Arbeit geleistet, und auch in dem Betrugsfall bei der Schulbehörde. Lassen Sie sie doch in ihrer Domäne, Wirtschaftskriminalität, Beamtendelikte und das ganze heikle Zeug. Ich meine, wer würde sich sonst um diesen Bereich kümmern?«

»Darüber brauchen Sie sich keine grauen Haare wachsen lassen. Ich kümmere mich schon um die Sonderermittlungen. Delorme ist eine gute Kriminalistin.«

»Aber als Mordermittlerin hat sie keine Erfahrung. Gestern Nacht hätte sie beinahe ein wichtiges Indiz unbrauchbar gemacht.«

»Das glaube ich nicht. Worauf spielen Sie an?«

Cardinal berichtete ihm von der Plastiktüte. Es klang nicht sehr überzeugend, nicht einmal in seinen Ohren. Aber er wollte McLeod. McLeod verstand sich darauf, Dampf zu machen und einem Fall die nötige Aufmerksamkeit zu sichern.

Stille trat ein. Dyson starrte auf die Wand hinter Cardinal. Er gab keinen Laut von sich. Cardinal sah hinaus in das Schneegestöber vor den Fensterscheiben. Später war er sich nicht sicher, ob das, was Dyson dann sagte, auf einem spontanen Einfall seines Chefs beruhte, oder ob es sich um einen wohlkalkulierten Überraschungsangriff handelte. »Sie fürchten doch nicht etwa, dass Delorme gegen Sie ermittelt?«

»Nein, Sir.«

»Gut. Dann schlage ich vor, dass Sie Ihr Französisch ein bisschen auffrischen.«

* * *

In den vierziger Jahren entdeckte man auf Windigo Island Nickelvorkommen, die mit Unterbrechungen zwölf Jahre lang abgebaut wurden. Die Mine war nie sehr rentabel, selbst in Spitzenzeiten arbeiteten dort nicht mehr als vierzig Bergleute. Auch erschwerte die Lage mitten im See den Transport des abgebauten Erzes. Mehr als ein Lastwagen brach durch das Eis, sodass am Ende Gerüchte umgingen, auf der Mine laste der Fluch der gequälten Seele, der die Insel ihren Namen verdankte. Viele Anleger aus Algonquin Bay verloren bei diesem Projekt ihr Kapital. Das Ende der Mine war gekommen, als kaum mehr als hundert Kilometer entfernt, in Sudbury, leichter abbaubare Flöze entdeckt wurden.

Der Schacht war hundertfünfzig Meter tief und setzte sich in horizontaler Richtung weitere sechshundert Meter fort. Die Kripoleute hatten erleichtert aufgeatmet, als sich herausstellte, dass Unbefugte nur in den Schachteingang, aber nicht in den Abbaustollen eingedrungen waren.

Als Cardinal und Delorme wieder auf der Insel ankamen, war es bei weitem nicht mehr so kalt wie in der Nacht zuvor, nur wenige Grad unter null. In der Ferne sah man Schneemobile zwischen den Hütten der Eisfischer umherfahren. Vereinzelt fielen Schneeflocken aus schmutziggrauen Wolken. Die Aufgabe, die Leiche aus dem Eis zu lösen, war fast erledigt.

»Am Ende brauchten wir doch nicht sägen«, berichtete

ihnen Arsenault. Trotz der Temperaturen unter null standen ihm Schweißtropfen im Gesicht. »Die Vibrationen haben uns die Arbeit abgenommen. Die Leiche löste sich in einem Stück. Allerdings wird der Transport nicht so leicht sein. Man kann hier keinen Kran aufstellen, ohne Spuren am Fundort zu zerstören. Wir haben daher den ganzen Block auf einen normalen Schlitten verfrachtet und bis zum Lastwagen geschoben. Wir dachten uns, dass Kufen weniger Schaden anrichten als ein Toboggan.«

»Gute Idee. Woher habt ihr den Lkw?« Ein grüner Fünftonner mit schwarzen Balken, die die Schriftzüge verdeckten, fuhr rückwärts an den Schachteingang heran. Dr. Barnhouse hatte die Spurensicherung unmissverständlich darauf hingewiesen, dass es, so dringend auch ein Kühlwagen gebraucht wurde, gegen alle seit Menschengedenken bekannten Hygienevorschriften verstieße, wenn man einen normalen Kühl-Lkw für Lebensmittel als Leichenwagen verwendete.

»Kastner-Chemikalien. Die benutzen den Wagen zum Transport von Stickstoff. Dort hatte man auch die Idee, die Schriftzüge mit schwarzen Balken zu überdecken. Aus Pietät. Ich fand das sehr nobel.«

»Das war wirklich nobel. Erinnere mich daran, der Firmenleitung zu danken.«

»Hallo, John! John!«

Roger Gwynn stand hinter der Absperrung und winkte ihm zu. Die unförmige Gestalt neben ihm, mit einer Nikon im Anschlag, war sicherlich Nick Stoltz. Cardinal hob seine behandschuhte Rechte zum Gruß. Eigentlich stand er mit dem Reporter des *Algonquin Lode* nicht auf dem Duzfuß, obwohl sie beide fast zur gleichen Zeit auf die Highschool gegangen waren. Gwynn versuchte, sich einen Vorteil zu verschaffen, indem er ihre Gemeinsamkeiten übertrieb. Polizist in der Heimatstadt zu sein hatte sein Gutes, doch manchmal vermisste Cardinal schmerzlich die relative Anonymität der

Großstadt Toronto. Ein kleines Kamerateam mit Stoltz in der Mitte brachte sein Gerät in Stellung, hinter ihnen stand eine schmale Gestalt im rosa Parka, dessen Kapuze mit einem weißen Pelzbesatz verziert war. Das konnte nur Grace Legault von den Sechs-Uhr-Nachrichten sein. Algonquin Bay hatte keinen eigenen Fernsehsender; die Lokalnachrichten kamen aus dem hundertdreißig Kilometer entfernten Sudbury. Cardinal hatte den Übertragungswagen neben dem Polizei-Lkw auf dem Eis parken sehen.

»Komm, John! Sei so gut und gib mir ein kurzes Statement!«

Cardinal nahm Delorme mit und stellte sie dem Reporter vor.

»Ich kenne Ms. Delorme«, sagte Gwynn. »Wir haben uns kennengelernt, als sie unseren ehrenwerten Bürgermeister verhaftete. Was kannst du mir über diesen Fall hier sagen?«

»Mehrere Monate alte Leiche eines Jugendlichen.«

»Oh, danke. Das wird einschlagen wie eine Bombe. Wie stehen die Chancen, dass es sich um das Mädchen aus dem Reservat handelt?«

»Ich mache darüber keine Aussagen, bevor wir nicht den Bericht aus dem Gerichtsmedizinischen Institut in Toronto haben.«

»Billy LaBelle?«

»Dazu sage ich nichts.«

»Ach komm, John. Irgendeine zusätzliche Information musst du mir geben. Ich frier mir hier den Arsch ab.«

Gwynn war ein untersetzter Mann, der sein Aussehen vernachlässigte und keine Manieren besaß, ein Lokalreporter auf Lebenszeit. »Handelt es sich überhaupt um Mord? Kannst du wenigstens das bestätigen?«

Cardinal winkte dem Aufnahmeteam aus Sudbury zu. »Wollen Sie sich nicht anschließen, Miss Legault? Ich möchte nicht alles zweimal sagen.«

Er teilte allen die grundlegenden Fakten mit, ohne von

Mord oder von Katie Pine zu sprechen, und schloss mit der Versicherung, wenn er mehr wisse, werde er ihnen dies mitteilen. Als Zeichen guten Willens überreichte er Grace Legault seine Karte.

Dafür erntete er freilich keinen Dank von der skeptischen Journalistin.

»Detective Cardinal«, sagte sie, als er sich schon abgewandt hatte. »Kennen Sie zufällig die Legende vom Windigo? Wissen Sie, was für eine Gestalt das ist?«

»Ja, selbstverständlich«, sagte Cardinal. »Das ist so was Mythisches.« Er seufzte innerlich.

Damit würde sie groß rauskommen. Grace Legault spielte in einer anderen Klasse als Gwynn. Sie litt nicht gerade an mangelndem Ehrgeiz.

»Sind Sie hier fertig?«, fragte er Collingwood, als er und Delorme wieder am Eingang zum Schacht standen.

»Fünf Filme verschossen. Arsenault will trotzdem noch ein Video machen.«

»Da hat Arsenault recht.«

Um den Eisblock hatte man bereits Gurte geschlungen. Nun wurde ein Flaschenzug, der mit einer elektrischen Winde verbunden war, in Stellung gebracht. Ein Foto fürs Album, dachte Cardinal, als der Block knapp einen Meter hochgehievt wurde und wie ein durchscheinender Sarg mitsamt der geschundenen menschlichen Kreatur darin über dem Fundort schwebte.

»Meinen Sie nicht, dass wir die Leiche abdecken sollten?«, raunte Delorme.

»Das Beste, was wir für das Mädchen tun können«, erwiderte Cardinal gelassen, »ist, sicherzustellen, dass alles, was die Gerichtsmediziner in dem Eisblock finden werden, schon drin war, bevor wir die Leiche fanden.«

»Ich verstehe«, sagte Delorme, »eine dumme Idee von mir, nicht wahr?«

»Ja, allerdings.«

»Tut mir leid.« Eine Schneeflocke fiel ihr auf die Augenbraue und schmolz. »Ich dachte nur, als ich sie so sah...«

»Vergessen Sie's.«

Collingwood filmte unterdessen von mehreren Seiten den in der Luft schwebenden Eisblock. Dann blickte er von seiner Videokamera auf und sagte genau zwei Wörter:

»Ein Blatt.«

Arsenault nahm den Eisblock genauer in Augenschein. »Ein Ahornblatt, wie mir scheint. Jedenfalls ein Stück davon.«

Die Wälder des Nordens in der näheren Umgebung bestehen vor allem aus Kiefern, Pappeln und Birken.

»Segelt jemand von euch hier in der Gegend?«, erkundigte sich Cardinal.

Arsenault meldete sich. »Meine Frau und ich waren vergangenen August zu einem Picknick hier in der Gegend. Wir können das noch überprüfen, aber wenn ich mich recht erinnere, ist die ganze kleine Insel mit Strauchkiefern und Fichten bewachsen. Und natürlich jede Menge Birken.«

»Das denke ich auch«, pflichtete Cardinal bei. »Was wiederum für die Annahme spricht, dass sich der Mord irgendwo anders ereignet hat.«

Delorme rief wieder die Gerichtsmedizin an und teilte mit, der Transport beginne jetzt, die Leiche werde voraussichtlich in vier Stunden eintreffen. Dann bewegten sie die sterblichen Überreste mitsamt dem Eis den verschneiten Hang zum Ufer hinunter, wo der Lkw bereitstand.

Sterbliche Überreste, dachte Cardinal. Der Ausdruck passte nicht so richtig.

5

Sergeant Lise Delorme hatte schon vor geraumer Zeit begonnen, ihren Abgang aus der Abteilung für Sonderermittlungen zu organisieren, genauer gesagt, seit ein paar Monaten. Kein größerer Fall blieb unabgeschlossen, doch viele Kleinigkeiten waren noch zu klären. Abschließende Bewertungen waren zu formulieren, Aufstellungen zu aktualisieren, Akten abzulegen. Ihr Nachfolger sollte alles in tadelloser Ordnung vorfinden, wenn er am Ende des Monats ihre Stelle übernehmen würde. Doch der ganze Vormittag war verstrichen, ohne dass sie zu mehr gekommen wäre, als sensible Daten von der Festplatte ihres Computers zu löschen.

Delorme konnte es nicht erwarten, endlich an dem Fall Pine zu arbeiten, auch wenn sie sich in der verqueren Situation befand, gegen ihren Partner ermitteln zu müssen. Bis jetzt sah es so aus, als wollte Cardinal sie auf Distanz halten, und das konnte sie ihm nicht verargen. Auch sie hätte niemandem getraut, der sich gerade aus der Abteilung für Sonderermittlungen, die schließlich auch interne Delikte umfasste, verabschiedete.

Mit einem Anruf zu nachtschlafender Zeit hatte alles begonnen. Zuerst hatte sie gedacht, es wäre ihr Exfreund Paul, der sich zweimal im Jahr betrank und dann, sentimental und weich geworden, um zwei Uhr nachts bei ihr anrief. Es war aber Dyson. »Besprechung beim Chef in einer halben Stunde. Bei ihm zu Hause, nicht in seinem Büro. Halten Sie sich bereit, ein Mounty wird Sie abholen. Der Chef will vermeiden, dass gewisse Leute Ihr Auto in der Nähe seines Hauses sehen.«

»Was ist denn los?« Ihre Stimme klang noch verschlafen.

»Das erfahren Sie noch früh genug. Ich habe eine Fahrkarte für Sie.«

»Hoffentlich nach Florida. Irgendwo, wo es warm ist.«

»Mit der Fahrkarte kommen Sie raus aus der Abteilung für Sonderermittlungen.«

Delorme war in drei Minuten angezogen, dann saß sie mit aufgepeitschten Nerven auf der Sofakante. Sechs Jahre arbeitete sie schon für diese Abteilung, aber in all den Jahren war sie nicht ein einziges Mal zu einer nächtlichen Besprechung gerufen worden, noch hatte sie jemals das Haus ihres Chefs von innen gesehen. Was hatte es mit dieser Fahrkarte auf sich?

»Fragen Sie mich nicht«, sagte die junge Polizistin, noch ehe Delorme überhaupt den Mund aufmachen konnte. »Ich bin bloß die Fahrerin.« Immerhin war es ein netter Zug, fand Delorme, sie von einer Frau abholen zu lassen.

Delorme hatte die Mounties von Kindesbeinen an bewundert. Die rote Uniform, die Pferde, das ließ das Herz eines kleinen Mädchens höherschlagen. Sie erinnerte sich noch genau, wie sie in Ottawa zum ersten Mal bei einer Aufführung des *Musical Ride* dabei gewesen war und sich an der Präzision der Dressur nicht sattsehen konnte. Später in der Highschool lernte sie die ruhmreiche Geschichte der Polizeitruppe in der Zeit des großen Trecks nach Westen kennen. Die Männer der North West Mounted Police, wie sie anfangs hieß, waren Tausende von Meilen geritten, um gegen die Gewalt einzuschreiten, die mit der amerikanischen Expansion nach Westen einherging. Sie schlossen Verträge mit den Indianern, trieben amerikanische Banditen zurück über die Grenze nach Montana oder aus welchem Loch diese sonst gekrochen sein mochten, und sie verhalfen dem Gesetz zur Geltung, noch ehe die Siedler daran denken konnten, es zu brechen. So wurde die Royal Canadian Mounted Police, kurz RCMP, zu einem weltweit bekannten Symbol des Schutzes von Recht und Ordnung und zum Traum jedes kanadischen Tourismusmanagers.

Delorme hatte an dieses Symbol kritiklos geglaubt, dazu war ein Image schließlich da. Als sie dann als Teenagerin zufällig das Foto einer Frau in der roten Uniform der Mounties sah, hatte sie ernsthaft erwogen, sich bei der Truppe zu bewerben.

Bis sich dann die Realität hinter dem bewunderten Bild Bahn brach, und was sich nun zeigte, war nicht ganz so schön. Ein Beamter verkaufte Geheimnisse an Moskau, ein anderer wurde wegen Drogenschmuggels verhaftet, wieder ein anderer wurde verurteilt, weil er seine Frau vom Balkon eines Hochhauses gestoßen hatte. Dann kam das Desaster um den Geheimdienst an den Tag. Verglichen mit der Geheimdienstabteilung der RCMP schien der CIA aus lauter Topagenten zu bestehen.

Sie sah zu der Frau mit dem jugendlichen Gesicht hinüber, die neben ihr im Auto saß. Die junge Frau hatte einen taillenlosen langen Mantel an, das blonde, nach hinten gekämmte Haar wurde von einem Reif gehalten. Als sie bei Rot an der Ampel vor der Kreuzung Edgewater und Trout Lake Road hielt, schimmerte Wangenflaum im Schein der Straßenlaternen.

Auch in diesem vage illuminierten Porträt erkannte Delorme sich selbst vor zehn Jahren. Auch dieses Mädchen hatte das blütenweiße Image übernommen und wollte es mit der Realität in Einklang bringen. Na ja, soll sie doch, dachte Delorme. Cowboys hatten mit ihrer Brutalität und Verantwortungslosigkeit die wahren Ideale des Abenteuers im Norden Lügen gestraft, doch das konnte ein Greenhorn nicht davon abhalten, an diesen Idealen festzuhalten.

In Edgewater hielten sie schließlich vor einem beeindruckenden zweistöckigen Chalet. Es sah aus, als stammte es direkt aus den Schweizer Alpen.

»Bitte klingeln Sie nicht, gehen Sie einfach hinein. Man möchte nicht, dass die Kinder geweckt werden.«

Am Nebeneingang zeigte Delorme einem Mounty ihren Ausweis. »Die Treppe nach unten«, sagte er nur.

Delorme ging, den Geruch von Aftershave in der Nase, durch das Untergeschoss vorbei an einem Heizkessel und gelangte in einen großen, von roten Ziegeln und dunklem Kiefernholz dominierten Raum, der die verräucherte Atmosphäre eines Herrenklubs besaß. Falsche Tudor-Balken kreuzten sich an Stuckwänden, die mit Jagd- und Marinestücken dekoriert waren. Im Kamin brannte ein schwaches Feuer. Von der Wand über dem Kamin blickte eine Elchtrophäe auf den Kopf des Hausherrn herab: R. J. Kendall, Polizeichef von Algonquin Bay.

Kendall hatte eine offene, sympathische Art, die vielleicht zum Teil seinen kleinen Wuchs kompensieren sollte (Delorme war einen Kopf größer als ihr Chef), und außerdem ließ er zu jeder sich bietenden Gelegenheit, oft noch von einem Schulterklopfen begleitet, ein dröhnendes Lachen erschallen. Nach Delormes Ansicht lachte er zu oft; es wirkte nervös, was er vielleicht tatsächlich war. Sie hatte aber auch erlebt, wie seine zuvorkommende Art im Nu verschwinden konnte. Wenn nämlich irgendetwas R. J. Kendalls Zorn erregte, was Gott sei Dank nicht oft geschah, konnte er ein schreckliches Donnerwetter loslassen. Das ganze Dezernat war Zeuge gewesen, wie er Adonis Dyson wegen der zu schwachen Besetzung der Polizei beim Winterkarneval abgebürstet hatte, mit dem Ergebnis, dass die Angelegenheit an die große Glocke kam und auf der Titelseite des *Lode* alle möglichen falschen Spekulationen zu lesen waren.

Und doch hatte Dyson weiterhin eine hohe Meinung von Kendall, so wie die meisten anderen Mitarbeiter, die er einmal in die Mangel genommen hatte. Wenn sein Zorn verraucht war, war für ihn die Angelegenheit erledigt, und gewöhnlich machte er auch von sich aus eine Geste, um die Wogen zu glätten. In Dysons Fall war er so weit gegangen, bei einem Fernsehinterview den Rückgang der bewaffneten Raubüberfälle Dyson zugute zu halten. Das war weit mehr, als sein Vorgänger getan hätte.

Dyson selbst saß in einem der roten Ledersessel und unterhielt sich mit jemandem, den Delorme nicht sehen konnte. Er winkte ihr nur mit schlaffer Hand zu, als ob mitternächtliche Besprechungen für ihn Routine wären.

Der Chef sprang auf und schüttelte Delorme die Hand. Er musste Ende fünfzig sein, hatte aber einen jungenhaften Charme, wie er manchen einflussreichen Männern eigen ist.

»Sergeant Delorme. Danke, dass Sie so rasch und auf die Schnelle gekommen sind. Darf ich Ihnen einen Drink anbieten? Außerhalb der Dienstzeit dürfen wir es ruhig ein bisschen lässiger angehen.«

»Nein, vielen Dank. So spät in der Nacht würde mich das regelrecht umhauen.«

»Dann kommen wir gleich zur Sache. Hier ist jemand, den ich Ihnen gern vorstellen möchte. Corporal Malcolm Musgrave von der RCMP.«

Der Anblick, den Corporal Musgrave bot, als er sich aus dem roten Ledersessel erhob, erinnerte an ein Naturschauspiel: ein Berg, der aus der Ebene emporwuchs. Er hatte mit dem Rücken zu Delorme gesessen, daher erschien zuerst der Granitblock seines Schädels, hellblondes Haar, das zu einer Bürste gestutzt war. Dann folgten der Steilabfall seiner Schultern, die breite Felswand seines Brustkorbs, als er sich zu ihr umwandte, und schließlich das Gesteinsmassiv seines Händedrucks, der trocken und kühl wie Schiefer war. »Ich habe schon von Ihnen gehört«, sagte er zu Delorme. »Die Überführung des Bürgermeisters, das war gute Arbeit.«

»Sie sind für mich auch kein Unbekannter«, erwiderte Delorme, was ihr einen finsteren Seitenblick von Dyson einbrachte. Musgrave hatte in Ausübung seines Dienstes zwei Männer erschossen. Beide Male kam es zu Verhandlungen wegen exzessiver Gewaltanwendung, und in beiden Fällen blieb er ungeschoren. Das ist mir der Richtige, dachte Delorme.

»Corporal Musgrave gehört zum Polizeikommando Sudbury. Er ist dort stellvertretender Leiter des Dezernats für Wirtschaftskriminalität.«

Delorme wusste das selbstverständlich. Die RCMP unterhielt kein Kommando mehr in der Stadt, daher fiel Algonquin Bay nun in die Zuständigkeit von Sudbury. Als Bundespolizei zog die RCMP alle Kriminalfälle von nationaler Bedeutung an sich: landesweiter Drogenhandel, Geldfälscherei, Wirtschaftskriminalität. Hin und wieder arbeitete die Polizeitruppe von Algonquin Bay bei größeren Drogenrazzien mit der RCMP zusammen, doch soweit Delorme wusste, war Musgrave dabei nie in Erscheinung getreten.

»Corporal Musgrave hat uns eine Gutenachtgeschichte mitgebracht«, verkündete der Chef. »Sie wird Ihnen nicht gefallen.«

»Haben Sie schon mal von Kyle Corbett gehört?«, fragte Musgrave. Seine Augen, so schien es Delorme, waren von einem hellen, fast durchsichtigen Blau. Man hatte den Eindruck, von einem Husky angestarrt zu werden.

Natürlich hatte sie von Kyle Corbett gehört. Jeder kannte seinen Namen. »Ein großer Drogenhändler, oder? Beherrscht er nicht das gesamte Gebiet nördlich von Toronto?«

»Offensichtlich sind Sie von den Sonderermittlungen so absorbiert, dass Sie die Szene nicht mehr verfolgen. Kyle Corbett hat sich schon vor drei Jahren aus dem Drogengeschäft zurückgezogen, als er die Geldfälscherei für sich entdeckte. Sie sind überrascht. Sie dachten, seit Ottawa sich für farbige Banknoten entschieden hat, ist der Fälscherei der Boden entzogen? Die Gangster sind alle dazu übergegangen, die ach so langweiligen und leicht zu fälschenden amerikanischen Banknoten zu fälschen. Wenn Sie das so sehen, haben Sie recht, so ist es tatsächlich. Bis ein kleines Gerät namens Farbkopierer auf den Markt kam, und wenig später ein weiteres namens Scanner. Von nun an konnte jeder Federfuchser mit kriminellen Anwandlungen samstagmorgens ins Büro gehen und sich einen Stapel falscher Fuffziger drucken. Das bereitet dem Finanzministerium einiges Kopfzerbrechen. Und wissen Sie was? Mich lässt das kalt.« Seine arktischen Augen nahmen sie ins Visier.

Delorme zuckte mit den Achseln. »Kostet es den Steuerzahler nicht genug?«

»Richtig«, bestätigte Musgrave, als ob sie seine Schülerin wäre. »Kanadische Blüten kosten Firmen und Privatpersonen jährlich an die fünf Millionen Dollar. Ein Klacks. Und wie ich schon sagte, die meisten sind Wochenendfälscher.«

»Warum dann so viel Aufhebens von Corbett machen? Wenn Ihnen Falschgeld nicht der Rede wert scheint...«

»Kyle Corbett fälscht keine Banknoten. Kyle Corbett fälscht Kreditkarten. Plötzlich reden wir nicht mehr von fünf Millionen Dollar, sondern von hundert Millionen. Und den Schaden hat nicht Bobs 24-Stunden-Tanke oder Ethels Frittenbude. Wir reden jetzt von führenden Geldinstituten, und glauben Sie mir, wenn die Bank of Montreal und Toronto Dominion sich aufregen, dann bekommen wir das laut und deutlich zu hören. Deshalb haben unsere Leute und Ihre Leute – von der OPP gar nicht zu reden – in den vergangenen drei Jahren ein koordiniertes Vorgehen beschlossen, um Corbett das Handwerk zu legen.«

Dyson, den es offenbar beunruhigte, dass er vom Gespräch ausgeschlossen war, beugte sich vor und sagte: »Koordiniertes Vorgehen. November 1997.«

»November 1997. Zum gemeinsamen Stab gehören unsere Jungs, Jerry Commanda von der OPP, und eure Leute, McLeod und Cardinal. Wir haben zuverlässige Informationen darüber, dass Corbetts Truppe in dem Clubhaus draußen an der Airport Road eine Druckmaschine und fünftausend Blankokarten besitzt sowie einen sehr kostspieligen Vorrat an Hologrammen. Doch als der Arm des Gesetzes zuschlägt, treffen sie Corbett und seine Spießgesellen lediglich beim Billardspielen und Biertrinken an.«

Der Chef stocherte mit einem Schürhaken in der Glut, dass

die Funken flogen. »Erzählen Sie ihr auch die zweite Episode.«

»August 1998. Zuverlässigen Quellen zufolge sollen Corbett und seine Bande mit dem Perfect Circle gemeinsame Sache machen. Sie haben noch nie vom Perfect Circle gehört, geben Sie es zu. Der Perfect Circle ist der größte Fälscherring in Hongkong. Die Zusammenarbeit mit Corbett beruht auf Gegenseitigkeit. Mit anderen Worten, sie tauschen gestohlene Kontonummern zur Verwendung in Übersee aus. Sie kaufen in Toronto einen neuen Honda mit einer American Express Card aus Kowloon, und bevor irgendjemand etwas merkt, sind sie mit dem Fahrzeug über alle Berge. Und umgekehrt. Der Perfect Circle produziert, wie der Name andeutet, auch makellose Hologramme. Das sind Asiaten, denen liegt Hightech im Blut. Unterdessen gehen unsere beiden Mounties getrennte Wege: Der eine quittiert den Dienst und geht in die Wirtschaft, der andere kommt auf Lebenszeit hinter Gitter, weil er seine Frau umgebracht hat.«

»Richtig, der Typ, der seine Frau vom Balkon gestoßen hat.«

»Wenn Sie seine Frau gekannt hätten, wüssten Sie warum. Euer Detective McLeod bleibt an den Mordfall Corriveau gekettet, und die OPP hat Jerry Commanda zu einer zweifellos unerlässlichen Fortbildung nach Ottawa beordert.«

»Es gibt keinen Grund, Fortbildungsmaßnahmen zu bekritteln«, schaltete sich der Chef ein. »Sie wollten sagen, dass Detective Cardinal als einziger die polizeilichen Ermittlungen gegen Kyle Corbett weiterführt.«

»Genau. Trommelwirbel bitte.«

Kendall wandte sich an Dyson. »Sagten Sie nicht, es kursierten Gerüchte über Cardinal, als er noch in Toronto arbeitete?«

»Wir haben unsere Hausaufgaben gemacht, Chef. Dahinter steckt nichts Greifbares.«

Musgrave fuhr in hohem Tempo fort. »Wir befinden uns im Zeitalter der Globalisierung. Der Perfect Circle geht von Hongkong nach British Columbia, um seine Verbindungen nach Vancouver zu stärken. Aus sicherer Quelle wissen wir, dass die Chinesen auf dem Weg nach Toronto sind, mit einem kurzen Stopp in Algonquin Bay. Derselben Quelle zufolge wollen sich Corbett und die gelbe Gefahr im Pine Crest Hotel treffen. Das Pine Crest! Eine Adresse für das Damenprogramm! Die Jungs vom Perfect Circle treffen wie verabredet ein. Der Zeitpunkt des Stelldicheins naht. Die koordinierten Polizeikräfte haben das Hotel umstellt. Nein, wir waren nicht zu einer Aufführung des *Musical Ride* dort. Und auch nicht im roten Rock der Berittenen. Nein, alles strikt in Räuberzivil. Raten Sie mal, was passiert ist.«

Delorme sagte nichts. Corporal Musgrave genoss das Lehrstück, das er demonstrierte. Es wäre unklug gewesen, ihn jetzt zu unterbrechen.

»Nichts passierte. Kein Corbett. Kein Perfect Circle. Kein geheimes Treffen. Wieder einmal stellte sich eine koordinierte Aktion von RCMP, OPP und der Ortspolizei von Algonquin Bay als Schlag ins Wasser heraus. Diese Trotteltruppe. Bringt einfach nichts zustande.«

Das Gesicht im Schatten, den Schürhaken in der Hand, stand der Chef neben dem Kamin. Es war selten, mit R. J. mehr als zehn Minuten zusammen zu sein, ohne dass er seine groteske Lache abließ, doch Musgraves Geschichte von den genasführten Mounties musste ihn deprimiert haben. »Es kommt noch schlimmer«, sagte er kleinlaut.

Und es kam wirklich noch schlimmer. Wieder eine Information aus sicherer Quelle. Wieder ein Datum mit genauer Uhrzeit. Eine seltene Gelegenheit: Auch Jerry Commanda war wieder dabei und spielte Linksaußen für die OPP. Wieder eine Razzia. Wieder ein Schlag ins Wasser. »Diesmal«, fügte Musgrave hinzu, »erstattet Corbett Anzeige wegen Polizeischikane.«

»Daran kann ich mich erinnern«, sagte Delorme. »Ich fand das ziemlich komisch.«

Dyson funkelte sie böse an.

Musgrave wechselte die Sitzposition. Es sah aus, als ob ein Kontinent seine Gestalt änderte. »Sie kennen jetzt die Fakten. Ich überlasse es Ihnen, daraus die Schlüsse zu ziehen. Haben Sie noch Fragen?«

»Nur eine«, sagte Delorme. »Was verstehen Sie unter einer ›zuverlässigen Quelle‹?«

Es war das einzige Mal, dass der Chef bei diesem nächtlichen Treffen lachte. Die anderen verzogen keine Miene.

Nun, zwei Monate später, fütterte Delorme den Aktenvernichter in ihrem Büro in der Abteilung für Sonderermittlungen und machte sich keine großen Hoffnungen, dass ihr neuer Partner doch noch Vertrauen zu ihr fasste. Als sie einen Papierkorb voller Schnipsel zur Verbrennungsanlage brachte, sah sie, wie Cardinal gerade seinen Mantel anzog. »Brauchen Sie mich bei einem Gang?«, fragte sie ihn.

»Nein. Wir haben das Ergebnis aus dem Vergleich von Gebiss und zahnärztlichen Karteikarten bekommen. Der Befund ist positiv. Ich fahre jetzt los, um es Dorothy Pine zu sagen.«

»Soll ich Sie wirklich nicht begleiten?«

»Nein, danke. Bis später.«

Schlimm, murmelte Delorme vor sich hin, während sie den Papierabfall in die Öffnung schüttete. Er weiß nicht einmal, dass ich ihn intern überprüfe, und will mich schon jetzt nicht als Partner. Das fängt ja gut an.

6

Um das Chippewa-Reservat zu erreichen, fährt man die Main Street in westlicher Richtung hinunter, folgt der Eisenbahnlinie und biegt dann hinter dem Hauptgebäude von St. Joseph, einer früheren katholischen Mädchenschule, heute ein Heim für Ordensschwestern im Ruhestand, an der Kreuzung mit dem Highway 17 links ab. Kein Schild weist den Weg zum Reservat, kein Tor markiert den Eingang. Die Ojibwa haben so viel unter der Willkür des weißen Mannes gelitten, dass es keinen Sinn hätte, ihn nun aussperren zu wollen.

Das Merkwürdigste, dachte Cardinal beim Betreten des Reservats, ist, dass man nicht weiß, dass man sich auf indianischem Boden bewegt. Eine seiner früheren Freundinnen war hier aufgewachsen, und auch damals war ihm nie bewusst gewesen, sich in einer Enklave zu befinden. Die eingeschossigen Fertighäuser, die am Straßenrand geparkten, leicht ramponierten Autos, die Köter, die sich in den Schneewehen balgten – all das konnte man auch in anderen Siedlungen, in denen Menschen aus der Unterschicht wohnten, überall in Kanada finden. Aber der rechtliche Status war ein anderer – die Polizeihoheit lag hier in den Händen der OPP –, doch das konnte man nicht sehen. Der einzige sichtbare Unterschied gegenüber dem übrigen Stadtgebiet von Algonquin Bay bestand darin, dass man hier überall auf Indianer stieß, ein Volk, dessen Angehörige sich in der Mehrheit lautlos und unsichtbar wie Gespenster durch die kanadische Gesellschaft bewegten. Oder sollte man eher sagen, parallel zu ihr?

Ein Volk von Schatten, dachte Cardinal. Wir wissen nicht

einmal, dass sie hier sind. Er hatte hundert Meter hinter der Abbiegung angehalten. Da es ein sonniger Tag war und die Temperatur bei jahreszeitlich üblichen zehn Grad minus lag, ging er mit Jerry Commanda den Rest des Weges zu Fuß bis zu einem weißen Fertighaus.

Wenn Jerry nicht in seinem Parka steckte, wirkte er sehr dünn, fast zerbrechlich, doch der Eindruck täuschte, denn er war viermal Provinzmeister im Kickboxen gewesen. Man sah nie, wie es Jerry eigentlich machte, aber jede Auseinandersetzung endete stets damit, dass auch hartgesottene böse Buben auf den Brettern landeten und kläglich ihre Bereitschaft zum Einlenken bekundeten.

Cardinal hatte nie mit Jerry als Partner gearbeitet, wohl aber McLeod, und McLeod behauptete immer, wenn sie zwei Jahrhunderte früher gelebt hätten, dann hätte er wahrscheinlich seinen Vorfahren den Rücken gekehrt und wäre an Jerrys Seite in den Kampf gegen den weißen Mann gezogen. Die Leute von der Kripo hatten eine große Party veranstaltet, als Jerry seinen Abschied von der Stadtpolizei nahm, aber Jerry war nicht gekommen, weil er kein Freund von Sentimentalität und großem Theater war. Nach seinem Wechsel zur OPP hätte er eine Stelle in jeder beliebigen Stadt oder Gemeinde, die in die Zuständigkeit der Provinzpolizei fiel, bekommen können, doch sein Wunsch war es gewesen, ausschließlich in den Reservaten zu arbeiten. Er bekam das gleiche Gehalt wie die Kollegen bei der Stadtpolizei, außer dass er von der Einkommensteuer befreit war, ein Thema, über das er sich aufreizend wortreich verbreiten konnte.

Vergangene Nacht hatte Jerry ihn verstimmt, indem er so tat, als hätte er von Cardinals Versetzung aus dem Morddezernat nichts gewusst. Jerrys Humor war schwer fassbar. Und er hatte eine verblüffende Art, von einem Augenblick zum anderen das Thema zu wechseln, vielleicht eine Angewohnheit aus endlosen Stunden mit Verdächtigen, die er im

Verhör zu Fall zu bringen hoffte. So machte er es auch jetzt, als er Cardinal nach Catherine fragte.

Catherine gehe es so weit ganz gut, beschied ihn Cardinal in einem Ton, der deutlich machte, dass sie besser über etwas anderes sprechen sollten.

»Was macht Kollegin Delorme?«, fragte Jerry. »Wie kommst du mit ihr aus? Die kann ja ganz schön kratzbürstig sein.«

Cardinal sagte, er komme gut mit Delorme aus.

»Sie hat eine tolle Figur, fand ich immer.«

Das fand Cardinal auch, obwohl es ihn eigentlich verunsicherte. Es war kein Problem, eine attraktive Kollegin zu haben, solange sie in der Abteilung für Sonderermittlungen arbeitete – mit eigenem Büro und eigenen speziellen Fällen. Ganz anders sah es aus, wenn man mit ihr ein Team bildete.

»Lise ist eine kompetente Frau«, sagte Jerry. »Und eine gute Ermittlerin. Dazu gehört schon Mut, den Bürgermeister so festzunageln, wie sie es getan hat. Ich hätte da gekniffen. Aber ich wusste, dass sie von Wirtschaftskriminalität genug hatte.« Er winkte einem alten Mann zu, der einen Hund über die Straße führte. »Selbstverständlich könnte sie auch gegen dich ermitteln.«

»Danke, Jerry. Genau das wollte ich hören.«

»Wir haben endlich eine Straßenbeleuchtung gekriegt«, sagte er und zeigte darauf. »Jetzt sehen wir überhaupt erst, wie gemütlich wir es hier haben.«

»Neu gestrichen ist auch einiges, wie ich sehe.«

Jerry nickte. »Mein Sommerprojekt. Jeder Jugendliche, den ich beim Trinken erwischt habe, musste ein ganzes Haus anstreichen. Habe drauf bestanden, dass es weiße Farbe war, weil das anstrengender ist. Hast du schon mal mitten im Sommer ein Haus weiß gestrichen?«

»Nein.«

»Das tut ganz fürchterlich weh in den Augen. Die Kinder sind stinksauer auf mich, aber das stört mich nicht.«

Kein bisschen sauer waren sie, verstand sich. Drei dunkelhaarige Jungen mit Schlittschuhen und Eishockeyschlägern waren ihnen gefolgt, seit Jerry aus seinem Haus gekommen war. Einer von ihnen warf einen Schneeball und traf Cardinal am Arm. Der griff mit bloßen Händen in den Schnee und warf einen Ball zurück, aber weit am Ziel vorbei. Musste gut zehn Jahre her sein, dass er mit was anderem als Worten um sich geworfen hatte. Eine regelrechte Schneeballschlacht entwickelte sich, bei der Jerry mehrere Treffer auf der mageren Brust hinnahm, ohne mit der Wimper zu zucken.

»Ich wette zehn zu eins, dass der Bursche da drüben zu deinem Clan gehört«, spottete Cardinal. »Ein ganz durchtriebenes Früchtchen ist das.«

»Mein Neffe. Sieht genauso gut aus wie sein Onkel.« Jerry Commanda wog zwar nur siebzig Kilo, sah aber tatsächlich gut aus.

Die Jungen sprachen Ojibwa, sodass Cardinal, der nicht gerade ein Sprachkundiger war, keine Silbe verstand. »Was sagen sie?«

»Sie sagen: ›Er geht wie ein Bulle und wirft wie ein Mädchen, vielleicht ist er schwul.‹«

»Das ist ja reizend.«

»Mein Neffe sagt: ›Er kommt wahrscheinlich Jerry verhaften, weil der die blöde Farbe geklaut hat.‹« Jerry dolmetschte mit monotoner Stimme. »›Das ist doch der Bulle, der letzten Herbst hier war. Die Niete, die es nicht geschafft hat, Katie Pine zu finden.‹«

»Jerry, du hast den falschen Beruf gewählt. Du hättest Dolmetscher werden sollen.« Später kam ihm der Gedanke, dass Jerry vielleicht gar nicht übersetzt hatte. Das hätte ihm ähnlichgesehen.

Sie gingen um einen nagelneuen Kleinlaster herum und näherten sich dem Haus der Familie Pine.

»Ich kenne Dorothy Pine ganz gut. Soll ich mit reinkommen?«

Cardinal schüttelte den Kopf. »Aber wenn du später dazukommen könntest?«

»Kann ich machen. Was sind das bloß für Menschen, die kleine Mädchen umbringen?«

»Abartige, Gott sei Dank. Deshalb kriegen wir sie auch. Mörder sind anders als andere Menschen.« Cardinal wünschte, er wäre sich wirklich so sicher, wie er vorgab.

* * *

Dorothy Pine im vergangenen September nach dem Namen des Zahnarztes ihrer Tochter zu fragen – um sich Katies Karteikarte zu besorgen –, war Cardinal schwerer gefallen als alles, was er je hatte tun müssen. Dorothy Pines Gesicht, ihre groben Züge, die von den Narben einer schweren Akne entstellt waren, hatte keine Regung verraten. Er war ein Weißer, er vertrat das Gesetz. Warum sollte sie gerade ihm ihren Kummer zeigen?

Bis dahin hatte sie nur hin und wieder mit der Polizei zu tun gehabt, wenn ihr Mann, ein an sich sanfter Charakter, der sie aber unbarmherzig schlug, wenn er betrunken war, wieder einmal verhaftet wurde. Kurz nach Katies zehntem Geburtstag war er zur Arbeitssuche nach Toronto gegangen. Statt Arbeit zu finden, war er in einer billigen Absteige in der Spadina Road in die Klinge eines Klappmessers gelaufen.

Cardinals Finger zitterte ein wenig, als er den Klingelknopf drückte.

Dorothy Pine, eine kleine Frau, die ihm kaum bis zur Taille reichte, öffnete, schaute zu ihm hinauf und wusste sofort, weswegen er gekommen war. Sie hatte keine anderen Kinder, also konnte es nur einen Grund geben.

»Okay«, sagte sie, als er ihr mitteilte, dass Katies Leiche gefunden worden war. Sie sagte nur das eine Wort, »okay«, und wollte schon wieder die Tür schließen. Ihr einziges Kind war tot. Polizisten – womöglich noch weiße – hatten hier nichts mehr verloren.

»Mrs. Pine, ich dachte, Sie hätten vielleicht ein paar Minuten Zeit für mich. Ich war ein paar Monate lang nicht mit dem Fall beschäftigt, deshalb muss ich mein Gedächtnis auffrischen.«

»Wozu? Man hat sie doch jetzt gefunden.«

»Ja, sicher. Aber nun wollen wir auch ihren Mörder fassen.«

Hätte er das nicht erwähnt, so schien es ihm, wäre Dorothy Pine niemals auf die Idee gekommen, dass man den Mörder ihrer Tochter zur Strecke bringen müsse. Was für sie zählte, war allein der Tod ihrer Tochter. Sie fügte sich achselzuckend Cardinals Wunsch, trat beiseite und ließ ihn ins Haus.

In der Diele roch es nach Speck. Obwohl es auf Mittag zuging, waren im Wohnzimmer die Vorhänge immer noch geschlossen. Elektrische Heizöfen hatten die Luft ausgetrocknet; ein paar welke Zimmerpflanzen standen auf einem Regal. Im Raum herrschte eine Dunkelheit wie in einem Mausoleum. Vor vier Monaten war der Tod in dieses Haus getreten, und seither hatte er es nicht verlassen.

Dorothy Pine setzte sich auf einen runden Schemel vor dem Fernseher, wo gerade ein Zeichentrickfilm lief, in dem ein Kojote lärmend hinter einem Vogel herjagte. Sie ließ die Arme zwischen den Knien herabhängen, Tränen tropften auf den blanken Linoleumboden.

Während der wochenlangen Suche nach dem Mädchen, bei den Hunderten von Gesprächen mit Klassenkameraden, Freunden und Lehrern, während der Tausende von Telefonaten und als Tausende von Handzetteln zu dem Fall verteilt wurden, hatte Cardinal im Stillen gehofft, Dorothy Pines Vertrauen zu gewinnen. Vergebens. In den ersten beiden Wochen rief sie täglich an, sagte nicht nur jedes Mal ihren

Namen, sondern auch, weshalb sie anrief. »Ich wollte fragen, ob Sie meine Tochter gefunden haben, Katharine Pine.« So als ob Cardinal vergessen haben könnte, nach ihr zu suchen. Dann stellte sie ihre Anrufe ganz ein.

Cardinal nahm Katies Klassenfoto aus der Brieftasche. Nach diesem Foto hatte man das Fahndungsplakat gedruckt, das an Bushaltestellen, in Unfallstationen, Einkaufszentren und Tankstellen aushing: Haben Sie dieses Mädchen gesehen? Nun hatte der Mörder geantwortet: Oh ja, und ob ich dieses Mädchen kenne. Cardinal legte das Foto auf das Fernsehgerät.

»Darf ich mir noch einmal ihr Zimmer ansehen?«

Ein Wiegen des Kopfes, ein Beben der Schultern. Noch eine Träne auf dem Linoleumboden. Erst hat man ihr den Mann gemordet und nun die Tochter. Von den Inuit heißt es, sie hätten vierzig verschiedene Wörter für Schnee. Nichts gegen Schnee, dachte Cardinal, aber was die Menschen wirklich brauchen, sind vierzig Wörter für Kummer. Schmerz, Leid, Gram. Es gab nicht genug Wörter, nicht für diese kinderlose Mutter in ihrem leeren Haus.

Cardinal ging durch einen kleinen Flur zu einem Schlafzimmer. Durch die offene Tür schaute ihm ein gelber, einäugiger Plüschbär auf dem Fensterbrett entgegen. Unter den abgewetzten Tatzen des Bären lag ein handgewebter Teppich mit einem Pferdemotiv. Dorothy Pine verkaufte solche Teppiche im Hudson-Bay-Laden in Lakeshore. Im Laden kostete so ein Teppich hundertzwanzig Dollar, aber er bezweifelte, dass Dorothy Pine viel davon sah. Draußen hörte man, wie sich eine Motorsäge durch Holz fraß, und irgendwo krächzte eine Krähe.

Unter dem Fensterbrett stand eine Kindertruhe. Cardinal machte sie auf und stellte fest, dass darin immer noch Katies Bücher lagen. *Black Beauty*, Pferdebücher, wie sie auch seine Tochter in dem Alter gern gelesen hatte. Warum glauben wir eigentlich, dass Indianer so anders als wir sind? Er zog die

Schublade einer Kommode auf – Strümpfe und Unterwäsche lagen sauber gefaltet darin.

Auf der Kommode stand eine kleine Schachtel mit Modeschmuck. Wenn man sie öffnete, erklang eine Melodie. In der Schachtel lagen verschiedene Ringe und Ohrringe, dazu Armschmuck – ein Lederarmband und ein paar Perlenarmbänder. An dem Tag, als Katie verschwand, erinnerte sich Cardinal, trug sie ein Armband mit Anhängern. Im Spiegel über der Kommode steckte eine Reihe von vier, von einem Automaten aufgenommenen Fotos, die Katie und ihre beste Freundin zeigten, wie sie gerade Gesichter schnitten.

Cardinal bedauerte jetzt, dass er Delorme auf dem Revier gelassen hatte, wo sie den Gerichtsmedizinern Dampf machen sollte. Als Frau hätte sie vielleicht in Katies Zimmer etwas gesehen, was ihm entging.

Unten im Wandschrank lagen mehrere Paar Schuhe, darunter auch Lackschuhe mit Riemchen – hießen die Mary Janes? Cardinal hatte ein Paar für Kelly gekauft, als sie sieben oder acht war. Katie Pines Lackschuhe waren offensichtlich bei der Heilsarmee gekauft worden, der mit Kreide geschriebene Preis stand noch auf der Sohle. Laufschuhe waren nicht dabei; Katie hatte ihre Nikes am Tag, an dem sie verschwand, in einem Beutel in die Schule mitgenommen.

An der Innenseite der Schranktür hing das Bild einer Highschool-Band. Cardinal erinnerte sich nicht daran, dass Katie zur Band gehört hätte. Sie war ein Mathe-As. Sie hatte Algonquin Bay bei einem Mathematikwettbewerb auf Provinzebene vertreten und den zweiten Platz belegt. Die Medaille, die an der Wand hing, bewies es.

Er rief nach Dorothy Pine. Einen Augenblick später kam sie ins Zimmer, mit roten Augen, eine zerknüllte Kleenex-Schachtel in der Hand.

»Mrs. Pine, das Mädchen in der ersten Reihe auf dem Bild hier, das ist nicht Katie, oder?«

»Das ist Sue Couchie. Katie hat manchmal auf meinem

Akkordeon herumgeklimpert, aber in der Band war sie nicht. Sue und sie waren dick befreundet.«

»Ja, ich erinnere mich. Ich habe sie in der Schule befragt. Sie sagte, sie hätten eigentlich nur Musikclips zusammen angesehen und ihre Lieblingssongs auf Video aufgenommen.«

»Sue kann ziemlich gut singen. Katie wollte ein bisschen wie sie sein.«

»Hat Katie jemals ein Instrument spielen gelernt?«

»Nein. Aber sie wäre gern in dieser Band gewesen.«

Sie blickten auf ein Bild ihrer Hoffnungen. Ein Zukunftsbild, das nun für immer bloße Phantasie bleiben würde.

7

Nachdem Cardinal das Reservat wieder verlassen hatte, bog er links ab und fuhr in nördlicher Richtung zum Ontario Hospital. Fortschritte in der medikamentösen Behandlung verbunden mit staatlichen Sparmaßnahmen im Gesundheitswesen hatten dazu geführt, dass ganze Abteilungen des psychiatrischen Krankenhauses geschlossen worden waren. Das dortige Leichenschauhaus diente gleichzeitig den Gerichtsmedizinern als Arbeitsraum. Aber Cardinal war nicht hergekommen, um Barnhouse zu sprechen.

»Es geht ihr heute sehr viel besser«, teilte ihm die Stationsschwester mit. »Sie schläft jetzt nachts, und sie nimmt ihre Medikamente. Da ist es nur noch eine Frage der Zeit, bis sie sich wieder gefangen hat – so sehe ich das jedenfalls. Dr. Singleton macht in einer halben Stunde seine Visite, falls Sie ihn sprechen wollen.«

»Nein, ist nicht nötig. Wo ist sie denn?«

»Im Lichtraum. Wenn Sie durch die Doppeltür gehen, ist es...«

»Danke, ich kenne den Weg.«

Cardinal hatte erwartet, sie wieder in ihrem zu großen Frotteemantel zu sehen, doch diesmal trug Catherine Cardinal die Jeans und den roten Pullover, die er für sie eingepackt hatte. Sie saß mit krummem Rücken in einem Stuhl am Fenster, das Kinn in eine Hand gestützt, und starrte hinaus in die Schneelandschaft mit dem Birkenwäldchen am Rand des Krankenhausgeländes.

»Hallo, mein Schatz. Ich war draußen im Reservat. Da dachte ich, auf dem Rückweg guck ich mal bei dir rein.«

Sie sah ihn nicht an. Wenn die Krankheit sie im Griff hatte, war Blickkontakt für sie eine Qual. »Ich nehme nicht an, dass du gekommen bist, um mich hier herauszuholen.«

»Nicht jetzt sofort, Liebling. Wir müssen erst mit dem Arzt darüber reden.« Als er ihr näher kam, sah er, dass die Linie ihres Lippenstifts unsicher gezogen und ihr Lidschatten auf einem Auge dicker als auf dem anderen war. Catherine Cardinal war eine hübsche, anziehende Frau, wenn es ihr gut ging: braunes Haar, große sanfte Augen und ein lautloses Lachen, das Cardinal so gern aus ihr hervorlockte. Ich bringe sie nicht oft genug zum Lachen, dachte er. Ich sollte mehr Freude in ihr Leben bringen. Doch bei ihrem letzten Rückfall in die Krankheit war er ins Dezernat für Eigentumsdelikte versetzt worden und selbst die meiste Zeit über in trister Stimmung. Kein guter Gesellschafter.

»Gut siehst du heute aus, Catherine. Ich glaube, diesmal wirst du nicht so lange hierbleiben.«

Ihre rechte Hand war immer in Bewegung, mit dem Zeigefinger malte sie ständig Kreise auf die Armlehne der Couch. »Ich weiß, dass ich dir bloß ein Klotz am Bein bin. Ich hätte mich schon längst umgebracht, aber...« Sie brach ab, den starren Blick immer noch nach draußen gerichtet. »Aber das heißt nicht, dass ich nicht klar im Kopf bin. Es ist nicht so, als wäre ich... Scheiße, ich habe den Faden verloren.«

Der Fluch ebenso wie die obsessiv kreisende Bewegung der Hand waren kein gutes Zeichen. Catherine fluchte nie, wenn sie gesund war.

»Das ist schon jämmerlich«, sagte sie bitter. »Ich kann nicht mal einen Satz zu Ende bringen.« Das lag an den Medikamenten, sie häckselten ihre Gedanken in kleine Stücke. Vielleicht war das der Grund, weshalb sie überhaupt wirkten: Sie blockierten den Fluss der Gedanken und stoppten die immer wiederkehrenden zwanghaften Vorstellungen. Dennoch spürte Cardinal, wie der Zorn in seiner Frau aufstieg und alles dunkel färbte wie eine Arterie, die unter Wasser geöffnet worden war. Nun machte auch die andere Hand die gleiche obsessive Kreisbewegung.

»Kelly geht's prima«, sagte er aufgeräumt. »Scheint praktisch in ihren Malereiprofessor verliebt zu sein. Sie hat ihren Besuch zu Hause genossen.«

Catherine starrte auf den Fußboden und nickte langsam. Bloß keine positiven Bemerkungen, danke.

»Dir geht es bestimmt bald besser«, sagte Cardinal sanft. »Ich wollte dich einfach sehen, ganz spontan. Ich dachte, wir könnten ein bisschen plaudern. Ich wollte dich nicht beunruhigen.«

Er sah, wie Catherines Gedanken sich verdüsterten. Sie ließ den Kopf hängen und bedeckte mit einer Hand die Augen wie mit einem Schild.

»Catherine, Liebling, hör mir zu. Dir geht es bestimmt bald besser. Ich weiß, dass es jetzt gerade nicht so den Anschein hat. Es sieht so aus, als ob nichts mehr richtig ins Lot kommen würde, aber wir haben das schon früher durchgestanden, und wir werden es auch dieses Mal durchstehen.«

Die Leute denken, Depression sei Traurigkeit, und für die milderen Erscheinungsformen mag das auch zutreffen. Doch ein tränenreicher Abschied oder der Schmerz über einen Verlust hatten nichts mit den massiven, verheerenden Attacken gemein, die über Catherine hereinbrachen. »Es ist so, als ob ich überschwemmt werde«, hatte sie ihm einmal erzählt. »Als ob sich schwarze Gaswolken heranwälzen. Jede Hoffnung ist gestorben, jede Freude dahingerafft.« *Jede Freude ist dahingerafft.* Diese Worte würde er nie vergessen.

»Nimm's nicht so schwer«, ermunterte er sie jetzt. »Catherine? Bitte, lass es langsam angehen.« Er legte ihr eine Hand aufs Knie, entlockte ihr damit aber nicht die leiseste Reaktion. Er wusste, dass ihr Denken jetzt in einem Wirbel von Selbstverachtung gefangen war. Sie hatte es ihm einmal erklärt. »Plötzlich kann ich nicht mehr atmen. Die Luft um mich herum ist aufgesogen, und ich fühle mich zermalmt.

Und das Schlimmste daran ist das Wissen, was für eine Qual ich für die anderen bin. Ich hänge wie ein Mühlstein an dir und ziehe dich immer tiefer hinab. Du musst mich hassen. Ich hasse mich jedenfalls.«

Doch jetzt sagte sie gar nichts, verharrte regungslos und hielt den Kopf schmerzhaft weit nach vorn gebeugt.

Vor drei Wochen war Catherine noch heiter und gut gelaunt gewesen, wie es ihrem Charakter entsprach. Doch dann, wie so oft im Winter, steigerte sich ihre Fröhlichkeit schrittweise ins Wahnhafte. Sie sprach davon, nach Ottawa zu reisen, sie kannte bald kein anderes Gesprächsthema mehr. Plötzlich war es lebenswichtig, den Premierminister zu sprechen, sie musste das Parlament zur Vernunft bringen, sie musste den Politikern sagen, was zu tun war, um das Land, um Quebec zu retten. Durch nichts konnte man sie von dieser Idee abbringen. Es war das Erste, womit sie morgens beim Frühstück anfing, und es begleitete sie bis tief in die Nacht hinein. Cardinal fürchtete, selber verrückt zu werden. Dann nahm Catherines Denken eine interplanetarische Bahn. Sie begann, von der NASA zu reden, von den frühen Entdeckern, von der Kolonisierung des Weltraums. Drei Nächte hintereinander blieb sie wach und schrieb Tagebuch. Als die Telefonrechnung kam, waren darin dreihundert Dollar Gebühren für Gespräche nach Ottawa und Houston, Texas, aufgeführt.

Am vierten Tag kam ihr Denken wie ein Flugzeug mit Motorschaden ins Trudeln und schmierte ab. Sie blieb eine Woche lang bei geschlossenen Vorhängen im Bett. Um drei Uhr morgens wachte Cardinal auf, weil sie ihn beim Namen rief. Er fand sie im Badezimmer auf dem Rand der Badewanne sitzend. Das Arzneischränkchen war offen, die Röhrchen mit Tabletten (von denen keine für sich allein genommen eine tödliche Wirkung hatte) lagen griffbereit. »Ich sollte doch lieber ins Krankenhaus gehen«, war alles, was sie sagte. Damals hatte Cardinal das für ein gutes Zeichen gehalten; nie zuvor hatte sie von sich aus um Hilfe gebeten.

Nun saß Cardinal neben seiner Frau in dem überheizten Lichtraum und war bedrückt von ihrer tiefen Trostlosigkeit. Eine Weile versuchte er noch, sie zum Sprechen zu bringen, doch sie blieb stumm. Er umarmte sie, doch es war, als hätte er ein Stück Holz im Arm. Ihr Haar hatte einen leichten Tiergeruch.

Eine Krankenschwester kam herein und brachte eine Tablette und einen Pappbecher mit Saft. Als Catherine auf ihr Zureden nicht reagierte, ging die Krankenschwester und kam mit einer Spritze wieder. Fünf Minuten später lag Catherine schlafend in den Armen ihres Mannes.

Die ersten Tage sind immer die schlimmsten, sagte sich Cardinal, als er wieder allein im Fahrstuhl war. In ein paar Tagen haben die Medikamente ihre Nerven so weit beruhigt, dass die Selbstverachtung, die sie jetzt noch im Griff hat, ein Ende nimmt. Wenn das eintritt, wird sie – ja was? – traurig und beschämt sein, aber wenigstens wird sie wieder in dieser Welt leben. Catherine war sein Kalifornien – sie war für ihn Sonnenschein, Wein und blaues Meer –, doch ein wahnhafter Zug lief mitten durch sie hindurch wie ein erdbebengefährdeter Graben, und Cardinal lebte ständig in der Furcht, dass eines Tages ihr gemeinsames Leben in einen Abgrund ohne Hoffnung auf Genesung gerissen werden könnte.

8

Erst am Sonntag kam Cardinal endlich zum Aktenstudium. Den ganzen Sonntagnachmittag verbrachte er mit einem Stapel Ordnern, die mit Pine, LaBelle und Fogle etikettiert waren.

In einer Stadt von fünfundfünfzigtausend Einwohnern ist ein vermisstes Kind das Thema Nummer eins, zwei vermisste Kinder sind eine Sensation. Dass einem der Chef oder die oberste Polizeibehörde auf den Hacken stand und der *Algonquin Lode* und das Regionalfernsehen ständig nach Neuem fragten, mochte ja noch angehen, aber nun hielt ihn die ganze Stadt auf Trab. Kaum arbeitete Cardinal wieder an dem Fall, konnte er kein Geschäft mehr betreten, ohne dass er mit Fragen nach Katie Pine und Billy LaBelle bestürmt wurde. Jeder hatte eine Idee, jeder hatte einen Tipp.

Das hatte selbstverständlich sein Gutes: An Freiwilligen fehlte es nicht. Im Fall LaBelle hatte die örtliche Pfadfindergruppe eine Woche lang den Wald hinter dem Flughafen abgesucht. Doch es gab auch Nachteile. Auf dem Revier klingelte ständig das Telefon, und die kleine Polizeitruppe wurde mit falschen Hinweisen geradezu überschwemmt – aber jeder einzelnen Spur musste früher oder später nachgegangen werden. Die Ermittlungsakten schwollen durch immer neue Hinweise an – Hinweise, die wie tausend falsche Landkarten nur auf Holzwege führten.

Nun saß Cardinal vor dem Kamin, eine Kanne dampfenden Kaffee auf dem Stövchen, und forstete die Akten durch, in der Hoffnung, aus dem Wust von Hinweisen Tatsachen herauszufiltern. Aus den neu gesichteten Tatsachen wollte er eine plausible Idee, einen Ansatz zu einer Theorie ableiten – denn bis jetzt hatte er keine.

Die Luftwaffe hatte ihnen freundlicherweise ein Zelt überlassen, das ganz Windigo Island überdeckte, sowie zwei Gebläse, die früher zum Heizen der Hangars für das in der Nähe stationierte Jagdgeschwader dienten. Wie Archäologen waren Cardinal und seine Kollegen auf den Knien herumgerutscht und hatten den Schnee Quadratmeter um Quadratmeter abgetragen. Das hatte sie fast einen ganzen Tag gekostet. Dann hatten sie mit Hilfe der Gebläse ganz allmählich den Schnee zum Schmelzen gebracht und den triefend nassen Teppich aus Kiefernnadeln und Sand und den darunterliegenden Fels abgesucht. Bierdosen, Zigarettenstummel, Angelhaken, Plastikreste – vor ihnen lag ein Haufen Abfall. Nichts davon stand im Zusammenhang mit dem Verbrechen.

Das Schloss des Gatters wies keine Fingerabdrücke auf.

Und dies war die erste niederschmetternde Tatsache, der Cardinal sich beugen musste: Die mühselige Suche hatte keine einzige Spur ergeben.

* * *

Katie Pine war am 12. September verschwunden. Sie hatte an diesem Tag die Schule besucht und war gleich nach der letzten Stunde mit zwei Freundinnen losgezogen. Die Akte begann mit der Vermisstenmeldung – ein Anruf ihrer Mutter Dorothy Pine –, an die sich Protokolle anschlossen: Cardinals Gespräch mit Sue Couchie, McLeods Gespräch mit dem anderen Mädchen. Die drei Freundinnen waren auf einen Rummel gegangen, der hinter Memorial Gardens seine Zelte aufgeschlagen hatte. Cardinal zählte das zu den Fakten.

Die Mädchen blieben nicht lange. Zuletzt soll Katie vor einer Wurfbude gestanden und Bälle geworfen haben, weil sie hoffte, einen großen Plüschpanda zu gewinnen, der ihr so sehr gefallen hatte. Er war fast so groß wie Katie, die mit ihren dreizehn Jahren wie eine Elfjährige aussah.

Sue und das andere Mädchen waren zu einem dunklen Zelt gegangen, wo sie sich von Madame Rosa aus der Hand lesen ließen. Als sie wieder zur Wurfbude zurückkehrten, war Katie nicht mehr da. Sie suchten sie überall, konnten sie nicht finden und kamen zu dem Schluss, dass sie wohl allein nach Hause gegangen sein musste. Das war gegen sechs Uhr.

Als Nächstes in der Akte kam Cardinals Gespräch mit dem jungen Mann von der Wurfbude. Nein, sie habe den Bären nicht gewonnen, sie sei allein gewesen, und er habe sie nicht weggehen sehen. Niemand hatte sie gesehen. Wie vom Erdboden verschwunden.

Nach Tausenden von Interviews und Tausenden von Faltblättern wusste Cardinal immer noch nichts Neues über ihr Verschwinden. Sie war früher zweimal von zu Hause weggelaufen und bei Verwandten in Mattawa gelandet. Die Gewaltausbrüche ihres betrunkenen Vaters hatten sie fortgetrieben, und seit seinem Tod war sie nicht mehr weggelaufen. Das hatte Dyson nicht hören wollen.

Cardinal stand auf, zog sich einen Morgenmantel über seine Kleidung, schürte das Feuer im Holzofen und setzte sich wieder. Es war erst fünf Uhr nachmittags, dennoch wurde es schon so dunkel, dass er die Leselampe einschalten musste. Der Metallschalter fühlte sich kalt an.

Er nahm sich die Akte LaBelle vor. William Alexander LaBelle: zwölf Jahre, einssechsundvierzig groß, vierzig Kilo – ein kleines Kind. Die Adresse in Cedargrove deutete auf obere Mittelschicht. Katholisches Elternhaus, konfessionelle Schule. Eltern und Verwandte kamen als Tatverdächtige nicht in Betracht. Billy war ebenfalls schon von zu Hause weggelaufen, allerdings nur einmal. Für Dyson reichte das jedoch. »Sieh mal einer an. Billy LaBelle ist der dritte Sohn in einer erfolgsverwöhnten Familie. Er glänzt aber nicht so wie seine Brüder, die Footballstars. Er bringt auch keine erstklassigen Schulnoten nach Hause wie seine hochbegabte Schwester. Er ist dreizehn, und sein Selbstwertgefühl ist im Keller. Billy LaBelle hat sich entschieden, auszusteigen. Der Junge ist ganz einfach abgehauen.«

Wohin, das war dann nicht mehr so klar. Billy war am 14. Oktober verschwunden, einen Monat nach Katie Pine. Zuletzt wurde er in der Algonquin Mall gesehen, wo er mit Freunden herumhing. Die Ermittlungsakte enthielt Gesprächsprotokolle von Lehrern und den drei Jungen, die mit ihm im Einkaufszentrum gewesen waren. Gerade hat er noch im Radio Shack an einem Computer »Mortal Kombat« gespielt, da sagt er plötzlich, er müsse jetzt den Bus nach Hause nehmen. Als einziger der vier Jungen wohnt er in Cedargrove, deshalb geht er allein. Niemand sieht ihn wieder. Billy LaBelle, zwölf Jahre alt, verlässt die Algonquin Mall und existiert seither nur noch in den Ermittlungsakten.

Dyson hatte Cardinal nach Billys Verschwinden ein paar Wochen lang freie Hand gegeben, aber dann fing es an, eng zu werden: keine Indizien für Mord, der Junge war schon einmal von Zuhause weggelaufen, andere Fälle gingen vor. Cardinal wehrte sich, für ihn stand fest, dass beide Kinder ermordet worden waren, vermutlich vom selben Täter. Dyson über Billy LaBelle: »Menschenskind, schauen Sie sich doch den Fall an. Der Junge hatte nichts zu bieten. Ich wette, er hat sich irgendwo den Rest gegeben und kommt mit dem Frühlingshochwasser den French River herunter.«

Aber warum gab es keine vorangegangenen Selbstmordversuche? Warum keine sichtbaren Zeichen von Depression? Dyson hatte sich dazu taub gestellt.

Cardinal schob die Akte LaBelle beiseite. Er schenkte sich noch eine Tasse Kaffee ein und legte ein weiteres Holzscheit ins Feuer. Funken stoben in die Höhe.

Er öffnete die Akte Fogle, die außer der ersten Seite – die Fakten aus dem Bericht, den die Polizei von Toronto freundlicherweise zur Verfügung gestellt hatte – wenig enthielt. Ich hätte sehen müssen, wie sich die Dinge entwickeln, dachte Cardinal, und vielleicht hatte er das ja auch. Dyson hatte recht gehabt: Cardinal verpulverte viel Geld und die Arbeitskraft seiner Kollegen. Was sonst hätte er tun sollen, wenn Kinder plötzlich verschwinden?

Bei Margaret Fogle – mit siebzehn eigentlich kein Kind mehr – riss Dyson dann der Geduldsfaden. Eine siebzehnjährige Ausreißerin aus Toronto? Das war nun wirklich kein dringlicher Fall. Zuletzt von ihrer Tante in Algonquin Bay gesehen. McLeods Ermittlungsbericht mit den für ihn typischen Grammatikfehlern (»die Eltern, wo geschieden leben«) befand sich ebenfalls im Ordner. Das Reiseziel, nach Angabe des Mädchens: Calgary, Provinz Alberta. »Dazwischen liegen ein halber Kontinent und mehrere hundert Polizeidirektionen, die dafür zuständig sind, sie zu suchen«, hatte Dyson kommentiert. »Hören Sie, Cardinal, Sie sind nicht der einzige Polizist im Lande. Lassen Sie zur Abwechslung doch auch mal die Mounties etwas tun.«

Na schön, Margaret Fogle ist geschenkt. Aber wenn man sie aus der Gleichung nahm, schien es nur noch klarer, dass hier ein und derselbe Mörder am Werk war.

»Wie können Sie das behaupten?«, hatte Dyson geschäumt. Er war jetzt kein bisschen onkelhaft jovial. »Kinderschänder? Perverse? Die fahren entweder auf Jungen oder auf Mädchen ab, aber so gut wie nie auf beide.«

»Laurence Knapschaefer hatte Opfer beiderlei Geschlechts.«

»Laurence Knapschaefer. Ich wusste, dass Sie mit dem kommen würden, Cardinal. Aber für mich zu abwegig.«

Laurence Knapschaefer hatte vor zehn Jahren in Toronto fünf Kinder ermordet. Drei Jungen und zwei Mädchen. Ein Mädchen konnte ihm entkommen, so kam man ihm schließlich auf die Spur.

»Die Ausnahme, die die Regel bestätigt, das ist Laurence Knapschaefer. Es gibt keine Leichen, folglich liegt auch kein

Mord vor. Sie haben nicht den Hauch eines Beweises für Ihre Annahme.«

»Gerade das kann als Hinweis auf Mord gesehen werden.«

»Wie meinen Sie das?«

»Der Mangel an Indizien. Das spricht nur für meine Theorie.« Er hatte an Dysons kaltem Blick gesehen, wie die Tür zuschlug und der Riegel vorgeschoben wurde. Aber er konnte es dabei nicht bewenden lassen, er konnte seinen Mund nicht halten. »Ein Ausreißer wird gesehen – von anderen Fahrgästen in Bussen, von Fahrkartenkontrolleuren, Hotelangestellten, Drogendealern. Ein Ausreißer bleibt nicht unbemerkt. So finden wir sie ja schließlich. Ein Ausreißer hinterlässt Spuren: eine Notiz, Ersatzkleidung oder verlorenes Geld, Warnungen an Freunde. Aber ein ermordetes Kind hinterlässt nichts: keine Warnung, keine Notiz, rein gar nichts. Katie Pine und Billy LaBelle haben nichts hinterlassen.«

»Tut mir leid, Cardinal. Aber Ihre Theorie stammt aus dem Märchenbuch.«

Am folgenden Morgen hatte Cardinal eine Fahndung angeordnet – die dritte in sechs Wochen –, die wieder ohne Ergebnis endete. Daraufhin hatte ihm Dyson die Ermittlung im Fall Pine und LaBelle aus der Hand genommen und ihn vorerst aus dem Morddezernat zu den Eigentumsdelikten versetzt. »Legen Sie Arthur Wood das Handwerk. Der Kerl raubt die halbe Stadt aus.«

»Das kann ich nicht glauben. Zwei vermisste Kinder, und Sie setzen mir Einbrüche und Diebstähle zur Aufklärung vor?«

»Sie sind mir einfach zu teuer, Cardinal. Wir sind hier nicht in Toronto. Wenn Sie den alten Zeiten nachtrauern, warum gehen Sie nicht wieder dorthin zurück? In der Zwischenzeit dürfen Sie mir den Kopf von Arthur Wood bringen.«

Die Akte Fogle landete auf den anderen Ordnern.

Cardinal machte sich eine Pastete warm, die er vorher hatte auftauen lassen. Catherine hatte das Rezept einem frankokanadischen Freund entlockt, aber McLeod, der es einmal probiert hatte, behauptete, sie hätten es seiner Mutter stibitzt. Mit dem Salbei hätten sie sich verraten.

Er aß vor dem Fernseher, während er sich die Nachrichten aus Sudbury anschaute. Der Leichenfund auf Windigo Island war die Neuigkeit des Tages. Grace Legault hatte für ihr Statement auf der Insel die Kapuze ihres Mantels weggezogen, sodass Schneeflocken wie Sterne in ihrer braunen Löwenmähne glänzten. Im Fernsehen sah sie viel größer aus als in Wirklichkeit.

»Nach einer Ojibwa-Legende«, begann sie, »ist der Windigo der Geist eines Jägers, der sich im Winter in den eisigen Wäldern verirrte, wo er sich fortan von Menschenfleisch ernähren musste. Es fällt nicht schwer, an diese Legende zu glauben, wenn man diese einsame Insel betritt. Gestern Nachmittag haben hier Reisende, die mit dem Schneemobil unterwegs waren, die Leiche eines unbekannten Jugendlichen entdeckt.«

Danke, Grace, sagte Cardinal zu sich selbst. Von nun an haben wir es mit dem »Windigo-Mörder« oder noch besser mit dem »Windigo« zu tun. Das wird noch einen Zirkus geben.

Der Bericht brachte altes Filmmaterial von einer Aktion der OPP, die im vergangenen Herbst den Lake Nipissing absuchte, während Legault darüber spekulierte, ob es sich bei der Leiche um Billy LaBelle oder Katie Pine handeln könnte. Dann gab es einen Schnitt zu Cardinal, der auf der Insel routiniert und kühl Auskunft gab, aber in der Substanz nicht mehr sagte als: Warten wir es ab. Ich bin doch ein eingebildeter Sack, dachte er. Ich sehe zu viel fern.

Cardinal hätte gern Catherine angerufen, doch sie nahm solche Anrufe nicht immer gut auf. Sie rief ihn auch nur selten aus dem Krankenhaus an. Sie fühle sich beschämt, und ihr sei es peinlich, hatte sie ihm einmal gesagt, und es bedrückte Cardinal nur noch mehr, dass sie sich so fühlen konnte. Doch irgendwo in diesem Wechselbad der Gefühle spürte er eine verborgene Wut, dass sie ihn so im Stich ließ. Er wusste zwar, dass es nicht ihre Schuld war, und er bemühte sich, seiner Frau nie Vorwürfe zu machen. Aber Cardinal war von Natur aus kein Einzelgänger, und bisweilen grollte er, manchmal Monate auf sich allein gestellt zu sein. Danach machte er sich Vorwürfe, so selbstsüchtig zu sein.

Er schrieb einen kurzen Brief an Kelly und legte einen Scheck über fünfhundert Dollar bei. So ganz ohne sie und Catherine komme ihm das Haus viel zu groß vor, schrieb er ihr, zerknüllte das Blatt aber wieder und warf es in den Papierkorb. Dann kritzelte er nur »Ich weiß, dass du das brauchen kannst« und verschloss das Kuvert. Töchter stellten sich ihre Väter gern unverwundbar vor. Kelly wand sich vor Verlegenheit, wenn er auch nur etwas von seinen Gefühlen preisgab. Seltsam, dass gerade sie, die er so sehr liebte, ihn nie wirklich kennen und nie erfahren würde, wie er zu dem Geld gekommen war, mit dem er ihr Studium bezahlte. Wie seltsam und wie traurig.

In Gedanken kam er auf vermisste Menschen, vermisste Kinder. Dyson hatte recht: Wer durch dieses Land reisen wollte, kam unweigerlich durch Algonquin Bay, weshalb sich die Stadt mit mehr Ausreißern herumschlagen musste, als sie verdient hatte. Cardinal hatte einen eigenen Ordner mit den Vermisstenmeldungen aus anderen Polizeidirektionen angelegt: Per Fax waren im vergangenen Jahr Fälle aus Ottawa, von der Küste, ja sogar aus Vancouver hereingekommen.

Er rief die diensthabende Sergeantin, die pferdegesichtige, gutmütige Mary Flower, im Revier an und bat sie um eine statistische Aufstellung. Das war zwar eigentlich nicht ihre Aufgabe, aber er wusste, dass sie eine Schwäche für ihn hatte und es erledigen würde. Sie rief zurück, als er sich gerade ausgezogen hatte, um unter die Dusche zu gehen. Nackt und mit einer Gänsehaut klemmte er sich den Hörer in die Halsbeuge und schlüpfte in seinen Bademantel.

»Eine Aufstellung aus den letzten zehn Jahren«, sagte Mary mit ihrer durchdringenden näselnden Stimme, bei der sich die Farbe von den Wänden löste. »Das wollten Sie doch. Sind Sie soweit?«

Die folgenden fünf Minuten kritzelte er Zahlen auf einen Notizblock. Dann hängte er auf und wählte die Nummer seiner Kollegin Delorme. Es dauerte eine Weile, ehe sich die andere Seite meldete. »Hallo, Delorme«, sagte er, als sie schließlich abnahm. »Sind Sie noch wach?«

»Ich bin wach, John.« Eine Lüge. Wäre sie richtig wach, hätte sie ihn nicht beim Vornamen genannt.

»Raten Sie mal, wie viele Vermisste – Jugendliche – wir im vorletzten Jahr hatten?«

»Einschließlich derjenigen von außerhalb? Keine Ahnung. Sieben? Acht?«

»Zwölf. Ein ganzes Dutzend. Und im Jahr davor waren es zehn.

Im Jahr davor acht. Im Jahr davor zehn. Und davor wieder zehn. Sehen Sie den Trend?«

»Zehn pro Jahr, mehr oder weniger.«

»Die Schwankung liegt bei plus minus zwei. Zehn pro Jahr.«

Delormes Stimme war plötzlich klarer und schärfer. »Aber Sie haben mich doch wohl wegen der Zahl für vergangenes Jahr angerufen, stimmt's?«

»Vergangenes Jahr stieg die Zahl der vermissten Jugendlichen – wieder einschließlich aller auswärtigen Fälle – auf vierzehn.«

Delorme pfiff leise durch die Zähne.

»Ich sehe das so. Ein Typ bringt ein Kind um, Katie Pine, und merkt, dass ihn das anmacht. Es gibt ihm den größten Kick seines Lebens. Er schnappt sich ein anderes Kind, Billy LaBelle, und macht es noch mal. Jetzt ist er in Schwung, aber diesmal sucht die ganze Stadt nach den vermissten Kindern. Er merkt das – und fängt an, sich für ältere Kinder zu interessieren. Kinder von außerhalb. Er weiß, dass es wegen eines Siebzehn- oder Achtzehnjährigen nicht den gleichen Aufschrei geben wird.«

»Vor allem wenn sie nicht von hier sind.«

»Sie sollten sich das mal ansehen – ungelöste Fälle, die über die ganze Landkarte verstreut sind. Drei aus Toronto, aber alle anderen aus den entferntesten Winkeln.«

»Haben Sie die Akten bei sich zu Hause? Ich komme gleich rüber.«

»Nein, nein, wir können das auf dem Revier machen.«

Eine ganz kurze Pause, darauf Delorme: »Um Himmels willen, Cardinal, Sie glauben doch wohl nicht, dass ich immer noch ein interner Schnüffler bin? Glauben Sie, ich ermittle gegen Sie? Sagen Sie die Wahrheit.«

»Oh, nein. Das ist es nicht«, beteuerte er und dachte dabei, oh Gott, was bist du doch für ein Lügner. »Aber ich bin nun einmal verheiratet, Lise, und Sie sind so wahnsinnig attraktiv. Ich könnte für nichts garantieren.«

Lange Pause. Dann legte Delorme auf.

9

Sie hatten die Akten über drei Schreibtische ausgebreitet und gingen damit Ian McLeod gehörig auf die Nerven. McLeod war ein rothaariger, knorriger Kripomann mit zu viel Muskeln und ausgeprägtem Verfolgungswahn. Im Augenblick versuchte er verzweifelt, den Rückstand aufzuholen, in den er wegen des Falles Corriveau – eines Doppelmords in einer Jagdhütte – geraten war. Er war ein guter Ermittler, keine Frage, aber selbst in Bestform hatte er ein grobes Mundwerk und einen launischen Charakter. »Leute, könntet ihr wohl etwas leiser sein? Ich meine, müsst ihr denn gleich das ganze Revier zusammenbrüllen?«

»Nanu, so empfindlich heute?«, sagte Cardinal. »Hast du an einem Seminar über den neuen Mann teilgenommen?«

»Ich versuche, alles auf die Reihe zu bringen, was nicht Corriveau ist. Also etwas ganz Normales. Ob ihr's glaubt oder nicht, ich hatte noch ein anderes Leben, ehe die Brüder Corriveau auf die Idee kamen, ihren Scheißschwiegervater und dessen miese Partnerin umzubringen. Und ich habe noch immer ein anderes Leben – nur erinnere ich mich nicht mehr daran, wie es aussieht, weil ich Tag und Nacht in diesem elenden Scheißpolizeirevier verbringe.«

Cardinal ignorierte ihn. »Keiner dieser Fälle ist geklärt«, sagte er zu Delorme. »Wir sollten aus dem Haufen zwei Stapel machen und versuchen, sie so rasch wie möglich abzuarbeiten. Tun wir so, als ob die Akten gerade auf unserem Schreibtisch gelandet wären. Es scheint, als hätten wir bisher nichts ausgerichtet.«

»Ich hab schon verstanden«, rief McLeod quer durch den Raum. »Ich brauche keinen Wink mit dem Zaunpfahl von meinen Brüdern – oh, pardon, meinen Brüdern und Schwestern in Waffen. Versucht ihr mal, jugendliche Ausreißer aufzuspüren, wenn einen Seine Hochwohlgeboren Lucien ›H-für-Hohlkopf‹ Thibeault in Beschlag nimmt. Er tut so, als ob er sich für die bürgerlichen Rechte von Corriveau und Compagnie persönlich verantwortlich fühlt.«

»Niemand hat von dir gesprochen, McLeod. Auf deine alten Tage entwickelst du Symptome von Verfolgungswahn.«

»Detective John ›der Untote‹ Cardinal sagt mir, ich solle mir nicht einbilden, verfolgt zu werden. Wenn ich so was höre, werde ich erst richtig paranoid. Unterdessen sucht mich Richter Lucien ›A-für-Arschloch‹ Thibeault in meinen Träumen heim und heult etwas von Indizienketten und Frucht vom Baum der Erkenntnis. Dieses ganze Franzosenpack steckt sowieso unter einer Decke.«

»Halten Sie Ihre Zunge im Zaum, McLeod.« Delorme war nicht sehr groß, aber sie hatte einen Blick, der einem das Blut in den Adern gefrieren ließ.

»Ich rede, wie's mir passt. Im Übrigen war meine Mutter Frankokanadierin wie Sie – nur war sie im Gegensatz zu Ihnen keine heimliche Separatistin.«

»Junge, Junge.«

»Kümmern Sie sich nicht darum«, riet Cardinal seiner Kollegin. »Sie wollen doch wohl nicht mit ihm über Politik reden.«

»Ich habe lediglich einmal angedeutet, dass die Frankokanadier einigen Grund zur Unzufriedenheit haben. Was will er also?«

»Können wir jetzt bitte zur Sache kommen?«

Während McLeod weiter über seinen Akten murrte, erledigten Cardinal und Delorme in weniger als einer Stunde drei Fälle. Dazu genügte es, die ursprüngliche Vermisstenmeldung mit späteren Faxen abzugleichen, in denen mitgeteilt wurde, dass die betreffende Person wiederaufgetaucht war.

Die verbliebenen Fälle ordneten sie nach abnehmender Priorität: Zwei Vermisstenmeldungen waren im ganzen Land verbreitet worden, was bedeutete, dass kein Grund zu der Annahme bestand, die Gesuchten – aus Neufundland beziehungsweise von der Prinz-Edward-Insel – hätten Algonquin Bay jemals betreten.

»Der Fall hier scheint interessant.« Delorme hielt ein gefaxtes Foto hoch. »Die Vermisste ist achtzehn, sieht aber aus wie dreizehn. Nur einszweiundfünfzig groß und fünfundvierzig Kilo schwer. Sie wurde zuletzt am Busbahnhof gesehen.«

»Bleiben Sie dran«, sagte Cardinal, als er ans Telefon ging. »Kriminalpolizei, Cardinal am Apparat.«

»Len Weisman – ja, ich bin Sonntagabend im Leichenschauhaus. Warum? Weil eine Evastochter im Range eines Detective mir die Hölle heißgemacht hat. Ist sie sich bewusst, dass Toronto eine Millionenstadt ist? Weiß sie, mit wie vielen Fällen wir es zu tun haben? Kann sie sich vorstellen, unter welchem Arbeitsdruck wir hier stehen?«

»Das Opfer war erst dreizehn, Len. Es war ein Kind.«

»Und das ist der einzige Grund, warum ich mit Ihnen rede. Aber sagen Sie Ihrer Juniorpartnerin, beim nächsten Mal soll sie wie alle anderen warten, bis sie an der Reihe ist. Hat das chemische Labor schon angerufen?«

»Nein. Bis jetzt haben wir nur ein zahnärztliches Gutachten.«

»Tja, das Labor sollte eigentlich zu einem Befund gekommen sein – schließlich haben sie sie lange genug dabehalten.«

»Was können Sie uns sagen, Len?«

»Viel zu untersuchen gab's da nicht mehr – sie haben ja die Leiche gesehen –, also kann ich mich kurzfassen. Eine Auffälligkeit an den Gliedmaßen: Hand- und Fußgelenk zeigen Fesselungsmale, sie wurde also irgendwo gefangen gehalten. Das Labor kann Ihnen da wahrscheinlich mehr sagen. Wichtigster Befund? Wir hatten nur ein Auge und Teile des oberen Lungenlappens. An beiden Stellen fand Dr. Gant Anzeichen von minimalen Blutungen. Das hätte keine Spuren hinterlassen, wenn sie nicht tiefgefroren gewesen wäre. Sonst hätten wir es nie gesehen.«

»Sie sagen, dass sie erwürgt wurde?«

»Erwürgt? Nein, Dr. Gant hat nichts von Tod durch Erwürgen gesagt. Dazu war zu wenig Hals vorhanden – folglich keine Würgemale und kein nachweisbares Zungenbein. Rufen Sie die Pathologin an, wenn Sie wollen, aber erwürgt, nein, bei den vorhandenen Gliedmaßen können wir keine solche Behauptung aufstellen. Jedenfalls ist das Mädchen auf die eine oder andere Art erstickt.«

»Weitere Befunde?«

»Fragen Sie Setevic vom Labor. In seinem Bericht ist von einer Textilfaser die Rede, rot, dreilappig. Kein Blut, keine Haare – außer denen des Mädchens.«

»Keine weiteren Erkenntnisse über die Faser?«

»Reden Sie mit Setevic. Oh, hier ist noch eine Notiz. In ihrer Jeanstasche hat man irgend so ein Armband gefunden.«

»Am Tag, als Katie verschwand, trug sie ein Armband mit Anhängern.«

»Richtig. Hier steht etwas von einem Armband. Sie bekommen es zusammen mit den anderen Sachen. Ist Detective Delorme in der Nähe?«

»Ja.«

»Ich habe diese Frau zwar nie gesehen, vermute aber, dass sie attraktiv aussieht. Liegt ihr Sex-Appeal im roten Bereich?«

»Ja, das kann man wohl sagen.« Delorme las gerade ein Fax und war so hochkonzentriert, dass sich die Stirn zwischen ihren Augenbrauen kräuselte. Cardinal versuchte vergeblich, sich einzureden, dass dies nicht anziehend wirkte. »Wollen Sie ihre Telefonnummer, Len?«

»Das nun wieder nicht. Ihre Art deutet auf jemanden, der

es gewohnt ist, das zu bekommen, was er will, sonst nichts. Geben Sie mir die Dame doch einfach mal.«

Cardinal gab seiner Kollegin den Hörer in die Hand. Sie schloss die Augen und hörte zu. Nach und nach rötete sich die Haut über ihren Wangenknochen. Es war, als beobachte man das Steigen der Quecksilbersäule in einem Thermometer. Dann legte sie den Hörer sanft auf die Gabel. »Offensichtlich können manche Männer nicht gut mit Stress umgehen.«

»Ich hab schon verstanden, Kollegin«, schrie McLeod wieder quer durch den Raum.

10

Der Andrang zu Katie Pines Begräbnis war größer, als jedermann erwartet hätte. Fünfhundert Menschen hatten sich vor St. Boniface, einer bescheidenen Kirche aus rotem Backstein, in der Sumner Street versammelt, um vor dem kleinen, geschlossenen Sarg zu beten. Presse und Fernsehen waren ebenfalls massiv präsent. Delorme erkannte Roger Gwynn und Nick Stoltz vom *Lode*. Nick Stoltz hatte sie als Teenagerin einmal in große Verlegenheit gebracht, weil er sie eng umschlungen mit ihrem Freund auf einer Bank im Park des Teacher-College fotografiert hatte. Für ihn und die meisten Leser des *Lode* war es nur ein stimmungsvolles Herbstbild, aber für Delormes Eltern war es der Beweis, dass ihre Tochter den Abend nicht mit ihren Freundinnen von der katholischen Jungschar verbracht hatte. Sie bekam zwei Wochen Ausgehverbot – eine Strafe, die ihrem wankelmütigen Freund Zeit gab, mit ihrer schärfsten Rivalin anzubandeln. Seither mussten Fotografen in Delormes privater Vorstellung von der Hölle an einem Ort schmachten, der kaum weniger heiß war als der, den sie Vergewaltigern vorbehielt.

Die Fernsehjournalistin aus Sudbury war da, begleitet von einer Kamerafrau und einem mindestens drei Zentner schweren Tonassistenten. Delorme hatte draußen auch einen Übertragungswagen der CBC gesehen, und zwei Bänke weiter oben einen Reporter von *The Globe and Mail,* der einen Artikel über Delorme geschrieben hatte, nachdem sie den zweimal wiedergewählten Bürgermeister von Algonquin Bay hinter Gitter gebracht hatte. Zwar passiert es nicht alle Tage, dass ein Kind auf einer einsamen Insel inmitten eines zugefrorenen Sees ermordet aufgefunden wird, dennoch hätte Delorme dem Ereignis keine landesweite Bedeutung beigemessen. Der Mann vom *Globe* hatte seine hungrigen Reporteraugen schon auf Dorothy Pine gerichtet, die, vom Kummer niedergedrückt, die Eingangstreppe heraufkam. Der Reporter bewegte sich auf sie zu, aber Jerry Commanda gelang es, sich zwischen ihn und die trauernde Mutter zu schieben. Als der Gang wieder frei war, hatte sich der Reporter in eine Bank zurückgezogen, weil ihm offenbar plötzliche Magenkrämpfe zu schaffen machten.

Die Polizei war nicht nur gekommen, um einem ermordeten Mädchen die letzte Ehre zu erweisen, sondern spekulierte auch darauf, dass der Mörder vielleicht bei der Trauerfeier anwesend sein könnte. Delorme saß in der letzten Bank, einem guten Beobachtungsposten, um heimliche Zuschauer zu erspähen. Cardinal stand vorn am äußeren Rand. Er wirkte düster in seinem schwarzen Anzug, aber – wie Delorme zugeben musste – nicht unattraktiv in seiner etwas heruntergekommenen Art. Dunkle Ringe unter den Augen verliehen ihm etwas Seelenvolles, was ein romantisches Gemüt – und Delorme hielt sich nicht einen Augenblick lang auch nur für angekränkelt von romantischen Gefühlen – sehr anziehend finden könnte. Es hieß, er stehe treu und fest zu seiner Frau, trotz der schweren Depressionen, von denen sie immer wieder heimgesucht werde. Unter Kollegen wurde davon nur selten und in gedämpftem Ton gesprochen.

Sie hätte sich lieber einen anderen Abgang aus der Abteilung für Sonderermittlungen gewünscht als gerade diesen. Nun arbeitete sie an der Aufklärung eines Mordfalls und hatte gleichzeitig ihren Partner zu überprüfen. So gewann man keine Freunde oder machte Eindruck auf andere Menschen, aber das war auch nicht gerade das Motiv, wenn man sich bei den Sonderermittlern meldete.

John Cardinal schien ein geradliniger, unbestechlicher Polizist zu sein; es fiel schwer, die Bedenken, die Musgrave geäußert hatte, zu teilen. Vor Beginn der Trauerfeier hatte er noch freundlich mit dem alten Priester geplaudert, den Delorme für einen nicht ganz heimlichen Trinker hielt. Sie hätte in Cardinal nicht unbedingt einen Kirchgänger vermutet. Sie hatte ihn nie in St. Vincent gesehen, allerdings, was hätte er auch in einem französischsprachigen Gottesdienst zu suchen gehabt?

Tatsächlich kannte sie ihn ja auch kaum. Es lag in der Natur ihrer Arbeit, sich etwas abseits der übrigen Polizeitruppe zu halten. Und in ihrer Abteilung konnte man vor allem eines lernen: Jeder hat eine Geschichte, aber niemals die, die man erwartet. Deshalb legte sie jetzt die Akte Kyle Corbett und RCMP mitsamt den Gerüchten um Cardinals Zeit in Toronto im Geiste in eine Schublade und konzentrierte sich auf jene Bürger von Algonquin Bay, die es für geraten hielten, zur Beisetzung eines ermordeten Mädchens zu erscheinen.

Arsenault und Collingwood hielten draußen Trauergäste und Nummernschilder auf Video fest – ein Unterfangen rein auf Verdacht, denn bis jetzt kannte die Polizei weder verdächtige Personen noch Nummernschilder.

Angenommen, der Mörder ließe sich blicken, überlegte Delorme. Angenommen, er säße rechts von mir anstelle der weißhaarigen Dame im papageiengrünen Kostüm. Woran würde ich ihn erkennen? Am Geruch? An den Reißzähnen und dem langen Schwanz? Am Pferdefuß? Delorme hatte keine große Erfahrung mit Mördern, aber ihr war klar, dass es töricht wäre, zu erwarten, ein Mörder sähe anders aus als Cardinal oder der Bürgermeister oder der junge Mann von nebenan. Es könnte der grobschlächtige Mann in der »Maple Leaf«-Kluft sein – wer trug schon ein Eishockey-Sweatshirt bei einer Trauerfeier? Oder der Indianer im Arbeitsanzug mit dem Firmennamen auf dem Rücken – warum war er nicht bei der Gruppe, die Mrs. Pine in ihre Mitte genommen hatte? Sie erkannte mindestens drei ehemalige Klassenkameraden aus der Highschool; einer von ihnen könnte der Mörder sein. Sie erinnerte sich an Fotos aus Büchern über Serienkiller. Berkowitz, Bundy, Dahmer – allesamt unauffällige Männer. Nein,

Katie Pines Mörder würde sicherlich anders sein als andere, aber nicht notwendigerweise anders aussehen.

Er sollte mir viel mehr Arbeit aufhalsen, dachte Delorme, während sie Cardinal betrachtete. Er sollte mich Tag und Nacht herumscheuchen, um auch noch der kleinsten Spur nachzugehen.

Wir sollten den Gerichtsmedizinern die Hölle heißmachen, bis sie alles hergeben, was sie haben.

Stattdessen hatte Cardinal es irgendwie geschafft, dass Dyson ihr unbedeutende Fälle zugeschoben hatte. Ein geschickter Schachzug? Sollte sie so beschäftigt werden, dass ihr keine Zeit blieb, ihn auf Herz und Nieren zu prüfen? Das wäre wieder nur ein Beispiel für Kungelei unter Männern. Aber ich bin stolz auf meinen Job in der Abteilung. Ich bin unverheiratet und jung – noch jedenfalls –, und ich kann, wenn es sein muss, von früh bis spät jede Stunde für die Ermittlungen verwenden. Was habe ich denn sonst?, hätte sie in einer dunkleren Stunde hinzufügen können. Wie aufregend war es gewesen, dem Bürgermeister nach und nach auf die Spur zu kommen und seinen korrupten Freunden das Handwerk zu legen. Und Delorme hatte das ganz allein gemacht. Wenn sie daran dachte, verwünschte sie Dyson, Cardinal, McLeod und all die anderen, diese ganze Bande von Anglokanadiern.

»Sie müssen sich erst mal Ihre Sporen verdienen«, hatte Dyson sie heute Morgen angequakt. Einen Augenblick war sie in Versuchung gewesen, den Donut auf seinem Schreibtisch vor seinen Augen hinunterzuschlingen, nur um seinen Gesichtsausdruck zu sehen. »So ist das für alle hier. Wer neu zur Kripo kommt, arbeitet nicht gleich an den wichtigsten Fällen mit. So läuft das hier nicht.«

»Ich habe sechs Jahre Sonderermittlungen gemacht. Das scheint gar nicht zu zählen, habe ich den Eindruck. Ich will nicht bloß die Eigentumsdelikte für Cardinal abarbeiten.«

»Jeder hat erst mal mit Raub und Einbruch zu tun. Das gilt auch für Sie, denn erstens«, und nun begann er an den Fingern mit den spatelförmigen Spitzen, die Delorme nicht sehen konnte, ohne sich zu gruseln, seine Gründe aufzuzählen, »ist Cardinal mit einem Mordfall von landesweiter Bedeutung beschäftigt und hat keine Zeit für anderes. Zweitens sind Sie sein Juniorpartner. Und drittens hat Cardinal mich darum gebeten, Ihnen diese Fälle zu geben. Geheimnis gelüftet, Ende der Durchsage. Schließlich sollen Sie ihn doch beobachten, da brauchen Sie irgendeinen Vorwand. Gehen Sie ein wenig auf Abstand. Sie können ja wohl kaum ermitteln, wenn Sie den ganzen Tag mit ihm in einem Zivilfahrzeug sitzen. Sie könnten einmal einen Blick in sein Zuhause werfen, wenn sich die Gelegenheit dazu bietet.«

»Das kann ich nur mit einem Durchsuchungsbefehl.«

»Selbstverständlich. Ich stelle lediglich fest, dass sie beide Partner sind. Sie werden noch viel Zeit miteinander verbringen. Wenn Sie also einmal bei ihm zu Hause sind, dann, ja, vertrauen Sie Ihrer Vorstellungskraft. Nicht dass ich ihn für schuldig hielte, möchte ich aber gleich hinzufügen.«

»Ich kann ihn keiner Überprüfung unterziehen, wenn ich alle diese Fälle am Hals habe. Wann soll ich mich mit den Corbett-Akten befassen?«

»Ich bin bekannt dafür, dass ich Überstunden zu honorieren weiß. Ich bin nicht der Geizhals, als den mich Leute wie McLeod und Cardinal hinstellen.«

»Bei allem Respekt, Detective Sergeant, aber warum ermitteln wir jetzt weiter? Der Fall Pine ist sicherlich wichtiger als alles andere.«

»Kyle Corbett ist nicht bloß ein ehemaliger Drogenhändler und neuerdings Kreditkartenfälscher. Er ist ein eiskalter Killer, wie die Leute noch erkennen werden, sobald wir den Satansbraten erst einmal geschnappt haben. Wenn jemand von der Polizei ihn mit Tipps versorgt hat, dann ist das keine Bagatelle. Das ist Korruption, es heißt, mit einem Mörder unter einer Decke stecken. Ein solches Element gehört hinausgeworfen – wenn es denn einer von uns war – und hinter Gitter.«

»Mir scheint, wir sollten beide nach Toronto fahren und den Gerichtsmedizinern auf die Füße treten.«

»Die Gerichtsmediziner machen ihre Arbeit, auch ohne dass wir ihnen auf den Hacken stehen. Übrigens, da ist eine ganze Serie von Einbruchsdiebstählen, die ich Sie bitte, bis Ende der Woche aktenmäßig aufzuarbeiten. Wir kennen den Typ, der dahintersteckt, es geht nur darum, den Burschen festzunageln.«

Der Wind wirbelte Schneeflocken gegen die Fensterscheibe hinter ihm, die sich als regelmäßiges Trapez auf seiner Glatze spiegelte. Wie gern hätte sie ihn da abgeklatscht.

Doch mittlerweile war die hübsche indianische Sängerin mit ihrer Wiedergabe von »Ein feste Burg ist unser Gott« fast zu Ende, und der Priester bestieg die Kanzel. Eine Weile sprach er von der Verheißung, die einmal Katie Pines Leben war. Er sprach mit anrührenden Worten von ihrer Intelligenz und ihrem Humor, und das Weinen und Seufzen in den ersten Reihen wurde deutlicher. Wäre nicht das kurze Zögern gewesen, immer wenn er Katies Namen nannte, hätte Delorme gedacht, dass er das Mädchen wirklich gut gekannt hatte. Dann wurde der Sarg mit Weihwasser besprengt. Weihrauch stieg auf. Der dreiundzwanzigste Psalm wurde gesungen. Dann brachte man den Sarg durchs Kirchenschiff zum Ausgang, wo ihn vier Träger behutsam auf einen Leichenwagen hoben und anschließend zum Krematorium fuhren, wo das Wenige, das von Katie Pine noch geblieben war, vollends in Rauch und Asche aufgehen sollte.

* * *

Am Nachmittag desselben Tages holte Delorme eine Kiste mit ihrer persönlichen Habe aus ihrem alten Büro und stellte sie auf dem Schreibtisch ab, wo sie nun Rücken an Rücken mit Cardinal saß. Ohne eine Spur von Schuldbewusstsein sah sie sich seine Sachen an. Büroschreibtische standen dicht nebeneinander; alles, was nicht weggeräumt wurde, lag für jedermann sichtbar da. McLeods Schreibtisch sah aus wie eine Müllkippe aus überquellenden Aktenmappen, Umschlägen, eidesstattlichen Erklärungen, Ermittlungsprotokollen – ein Geysir, der aus klaffenden Ordnern Papier sprudelte.

Daneben wirkte Cardinals Schreibtisch wie ein brachliegendes Feld. Den metallenen Schreibtischen hatte man das Aussehen von Holz geben wollen, aber das Ergebnis war nicht überzeugend. Bei Cardinals Schreibtisch konnte man den größten Teil der falschen Holzmaserung sehen. An der Korktafel darüber hing Dysons letzter Rundbrief. (Die neue Beretta Automatik: Jeder Beamte sollte sich bis Ende Februar mit der Dienstwaffe vertraut gemacht haben; beim jährlichen Schießwettbewerb, den die Mounties, verdammt noch mal, bisher immer gewonnen haben, wollen wir den anderen endlich mal zeigen, was eine Harke ist.) Dyson hielt es offensichtlich nicht für möglich, dass dies etwas mit den sehr unterschiedlichen Etats zu tun haben könnte.

Ein Foto seiner Tochter war zu sehen, eine hübsche junge Frau mit dem selbstsicheren Lächeln ihres Vaters. Daneben ein Parkschein. Delorme beugte sich vor, ohne etwas zu berühren, und las die Adresse auf dem Parkschein: 465 Fleming Street, Stadtmitte, das bedeutete nichts.

Die Adressenkartei war bei Dorothy Pines Telefonnummer aufgeschlagen. Delorme blätterte an den Anfang zurück und kam in den nächsten zwanzig Minuten bis zum Buchstaben F, ohne nach etwas Bestimmtem zu suchen. Die Kartei war voller rasch hingekritzelter Namen, mit denen sie nichts anzufangen wusste. Außerdem die Telefonnummern von Rechtsanwälten, Bewährungshelfern und Sozialarbeitern, wie sie jeder Kripobeamte zur Hand hatte. Kyle Corbetts Name war ebenfalls darunter, aber das hatte sie erwartet. Dazu drei verschiedene Adressen und mehrere Telefonnummern, die Delorme in ihr Notizbuch übertrug.

Von draußen kam Lärm. Delorme wandte sich wieder

ihrem eigenen Schreibtisch zu. Stimmen, ein Lachen, dann eine Spindtür, die zugeschlagen wurde. Delorme nahm den Hörer von Cardinals Telefon ab und drückte die Wiederholungstaste. Während sie darauf wartete, dass am anderen Ende abgenommen wurde, betrachtete sie ein Foto neben Dysons Rundbrief. Der Mann auf dem Foto sah aus wie ein Schwerverbrecher – ein großer, kräftiger Mann mit flachem Kopf, der durch einen Bürstenhaarschnitt noch flacher wirkte. Er stand, bequem, wie es schien, mit dem Rücken an ein Auto gelehnt, dessen Federung unter dem Gewicht des Mannes sichtbar nachgab. Polizisten behielten oft Fotos von ihren Pappenheimern, Männern, die auf sie geschossen hatten, oder dergleichen.

In Delormes Gedanken platzte eine Stimme, die sie gut kannte. »Gerichtsmedizinisches Institut.«

»Oh, Entschuldigung. Ich habe mich verwählt.«

Cardinals oberste Schublade stand offen. Das deutete nicht auf einen Mann, der Schuld auf sich geladen hatte; oder es war die kalkulierte Geste eines Mannes, der viel zu verbergen hatte.

Plötzlich ging die Tür auf, und eine Stimme dröhnte: »Sieh an, sieh an. Was für eine Überraschung, die Abteilung für Sonderermittlungen bei ihrer privaten Inventur.«

»Nun halten Sie mal die Luft an, McLeod. Ich arbeite hier, erinnern Sie sich?«

»Offenbar auch sonntags.« McLeod trug einen großen Karton mit der Aufschrift »Canadian Tire«. Über den Rand hinweg betrachtete er sie misstrauisch aus geröteten Augen. »Ich dachte, ich wäre der einzige pflichtbewusste Bulle hier.«

»Das sind Sie auch tatsächlich. Ich habe nur meinen persönlichen Krempel vorbeigebracht.«

»Schön. Herzlich willkommen. Machen Sie sich's gemütlich.« McLeod knallte den Karton auf seinen Schreibtisch. Drinnen klapperte etwas. »Nur lassen Sie die Finger von meinem Schreibtisch.«

11

Cardinal rief Vlatko Setevic vom chemischen Labor des Gerichtsmedizinischen Instituts an. Man hatte Haar und Stoffreste aus Katie Pines aufgetauter Leiche entnommen.

»Wir haben einige Stoffreste gefunden. Textilfasern für drinnen und draußen, wie sie für Autos oder für Kellereinrichtungen verwendet werden. Die Fasern sind rot, dreilappig.«

»Können Sie die Proben bestimmten Marken zuordnen? Ford? Chrysler?«

»Das geht nicht. Solche Fasern sind sehr verbreitet, von der Farbe abgesehen.«

»Was können Sie mir über die Haare sagen?«

»Wir haben genau ein Haar gefunden, das nicht von dem Mädchen war. Knapp acht Zentimeter lang, braun. Wahrscheinlich gehört es zu einem Weißen.«

Delorme machte eine angewiderte Miene, als ihr Cardinal die Ergebnisse mitteilte. »Das bringt uns nicht weiter«, sagte sie, »es sei denn, wir bekommen noch eine Leiche. Warum brauchen die da unten in Toronto so lange? Warum müssen wir immer noch auf den Obduktionsbericht warten?«

* * *

Cardinal verbrachte die folgenden zwei Tage damit, sich Klarheit über die Fälle von außerhalb zu verschaffen. Er telefonierte mit den zuständigen Polizeidienststellen und mit den Eltern und anderen Personen, die Anzeige erstattet hatten. Delorme half ihm, wenn sie nicht gerade wegen alter Eigentumsdelikte ermittelte. Sie klärten fünf weitere Fälle. Blieben noch zwei, die mit Algonquin Bay in Verbindung stehen könnten: ein Mädchen aus St. John, das an einer Bushaltestelle hier in der Nähe gesehen worden war, und ein sechzehnjähriger Junge aus Mississauga bei Toronto.

Todd Curry wurde im Dezember als vermisst gemeldet. Die Meldung kam wie üblich in solchen Fällen in Form eines Fax an alle Polizeireviere. Das Foto war nicht besonders scharf. Etwas fiel Cardinal sofort auf: Die Größe des Jungen wurde mit ein Meter fünfundsechzig, das Gewicht mit siebenundvierzig Kilo angegeben. Einem Mörder mit einer Vorliebe für junge Dachse musste Todd Curry als erste Wahl erscheinen.

Cardinal rief die Regionalpolizei in Peel an und stellte fest, dass weder die Familie noch Bekannte des Jungen in den vergangenen zwei Monaten von ihm gehört hatten. Die Vermisstenstelle gab ihm den Namen eines Verwandten in Sudbury, Clark Curry.

»Mr. Curry, hier ist John Cardinal von der Polizei in Algonquin Bay.«

»Ich nehme an, Sie rufen wegen Todd an.«

»Wie kommen Sie darauf?«

»Von der Polizei höre ich nur, wenn Todd in Schwierigkeiten ist. Wissen Sie, ich bin nur sein Onkel, und ich habe für ihn getan, was ich konnte. Ich kann ihn diesmal nicht aufnehmen.«

»Wir haben ihn nicht gefunden. Wir sind immer noch auf der Suche nach ihm.«

»Ein Junge aus Mississauga wird von der Polizei in Algonquin Bay gesucht? Todd scheint die Polizei über die Provinzgrenzen hinaus zu beschäftigen.«

»Hat Todd seit Dezember mit Ihnen Verbindung aufgenommen, seit dem zwanzigsten Dezember, um genau zu sein?«

»Nein, die ganze Weihnachtszeit über war er verschwunden.

Seine Eltern waren natürlich total aufgelöst, wie Sie sich vorstellen können. Er rief mich aus Huntsville an – an dem Tag, als er abgehauen ist. Er rief mich an und sagte, er sei im Zug, ob er bei mir wohnen könne. Ich sagte ihm, das könne er, aber er ist nie angekommen, und seitdem habe ich nie mehr etwas von ihm gehört. Sie müssen wissen, dass er ein völlig verkorkster Junge ist.«

»In welcher Hinsicht? Drogen?«

»Todd war zehn, als er zum ersten Mal an Klebstoff geschnüffelt hat. Seitdem ist er nicht mehr derselbe. Manche Kinder probieren Drogen nur mal aus, andere kriegen den Geruch nur in die Nase, und schon wird es ihre Berufung. Todds einzige Freude im Leben besteht darin, high zu sein – wenn man das Freude nennen kann. Dave und Edna behaupten zwar, er sei jetzt clean, aber ich bezweifle das, sehr sogar.«

»Würden Sie mir einen Gefallen tun, Mr. Curry? Rufen Sie mich an, wenn Sie von Todd hören?« Er gab ihm seine Nummer und hängte auf.

Cardinal war seit Jahren nicht mehr Zug gefahren, obwohl er sich jedes Mal, wenn er am Bahnhof vorbeikam, an die lange Zugfahrt nach Westen erinnerte, die er mit Catherine auf ihrer Hochzeitsreise unternommen hatte. Sie hatten fast die ganze Fahrt in dem engen, ruckelnden Schlafwagenbett verbracht. Cardinal erkundigte sich bei der Eisenbahngesellschaft CNR und erfuhr, dass Huntsville auf der Nordlinie immer noch der vorletzte Halt vor Algonquin Bay war. Allerdings war nicht in Erfahrung zu bringen, ob Todd in South River oder Algonquin Bay ausgestiegen war. Er konnte in Huntsville geblieben oder auch weiter nordwärts nach Temagami oder sogar Hearst gefahren sein.

Cardinal ging auf einen Sprung ins Krisenzentrum an der Ecke Station und Sumner Street. In Algonquin Bay gab es keine Jugendherberge, und so landeten jugendliche Ausreißer manchmal im Krisenzentrum, das keine zwei Häuserblocks vom Bahnhof entfernt lag. Die Einrichtung war eigentlich für familiäre Notlagen gedacht – vor allem für geschlagene Ehefrauen –, doch ihr Leiter, ein hagerer ehemaliger Priester namens Ned Fellowes, war bekannt dafür, dass er gelegentlich, sofern Platz vorhanden war, auch Streuner aufnahm.

Wie die meisten Häuser in der Stadtmitte war auch das Krisenzentrum ein zweistöckiger Backsteinbau. Sein steiles Satteldach aus grauen Schindeln sollte verhindern, dass sich eine große Schneelast bildete. Handwerker, die das Dach der Veranda reparierten, hatten vorn ein Gerüst aufgebaut. Als Cardinal unten klingelte, hörte er sie auf dem Dach auf Französisch – *tabarnac, ostie* – fluchen.

Anders als die Anglos, die den üblichen sexuellen Wortschatz im Munde führten, entlehnten die Frankokanadier ihre Schimpfwörter der Sprache der Kirche. Wir fluchen mit dem, was wir fürchten, dachte Cardinal, ohne diesen Gedanken weiter vertiefen zu wollen.

»Ja, ich erinnere mich an ihn. Das Foto sieht ihm aber nicht sehr ähnlich.« Ned Fellowes gab Cardinal das gefaxte Foto zurück. »Er blieb eine Nacht bei uns, so um Weihnachten herum.«

»Können Sie mir sagen, wann genau das war?«

Fellowes führte ihn in ein kleines Büro, das früher einmal das Wohnzimmer gewesen war. In einer Kaminattrappe stapelten sich psychologische Bücher und Zeitschriften für Sozialarbeit. Fellowes schlug einen großen braunen Ordner auf und ging mit dem Finger eine Namensliste durch. »Todd Curry. War in der Nacht des 20. Dezember, einem Freitag, hier im Zentrum. Hat das Haus am Samstag wieder verlassen. Jetzt erinnere ich mich. Ich war überrascht, weil er gefragt hatte, ob er bis Montag bleiben könne. Aber Samstag gegen Mittag kam er herein und sagte, er habe eine coole Bleibe gefunden – ein leerstehendes Haus in der Main West Street.«

»Main West. Da ist ein Trümmergrundstück, wo früher das Kloster St. Claire stand. Ist es das? Beim Castle Hotel?«

»Ich weiß es nicht. Er hat ja keine Nachsendeadresse hinterlassen. Er hat nur ein paar belegte Brote hinuntergeschlungen und ist gegangen.«

* * *

In der Main West Street gab es nur ein leerstehendes Haus. Es war schon nicht mehr in der Stadtmitte, sondern ein paar Häuserblocks weiter, wo die Straße in eine Wohngegend führte. Das Kloster St. Claire war vor fünf Jahren abgerissen worden und gab nun den Blick frei auf eine Backsteinmauer mit einer Reklametafel, die dazu aufforderte, Northern Ale zu trinken – das Erzeugnis einer örtlichen Brauerei, die schon seit mindestens drei Jahrzehnten nicht mehr existierte. Nach dem Kloster waren weitere Häuser abgerissen worden, um mehr Parkfläche für das hiesige Einkaufszentrum zu schaffen.

Von Baumstümpfen und wucherndem Gestrüpp umgeben, stand das einzelne Haus in einer Ecke wie ein letzter fauler Zahn, der darauf wartete, ebenfalls gezogen zu werden.

Genau das Richtige, dachte Cardinal, als er die Macpherson Street zum See hinunterfuhr: Das Haus war nur einen Häuserblock von D'Anunzio's – einem Szenelokal – entfernt und nur einen Steinwurf von der Highschool. Ein junger Streuner hätte gar keine bessere Bleibe finden können. Cardinal wurde plötzlich von einem pulsierenden Gefühl durchströmt.

Zur Rechten tauchte das Castle Hotel auf, dann parkte er vor dem arg ramponierten Zaun, der von Gestrüpp überwuchert war.

Er ging zum Gartentor und betrachtete durch kahle überhängende Zweige hindurch den Ort, wo das Kloster gestanden hatte. Nun hatte er einen unverstellten Blick bis zu D'Anunzio's drüben an der Algonquin Avenue.

Der Geruch von verbranntem Holz stieg ihm in die Nase, obwohl die Ruinen von Schnee bedeckt waren. Die Trümmer waren mit einem Bulldozer zu einem Haufen aufgetürmt worden. Die Hände in die Hüften gestemmt, stand Cardinal da wie ein Mann, der das Ausmaß des Schadens abschätzte. Ein angekohltes Kantholz ragte aus der dünnen Schneedecke und streckte sich wie ein mahnender Zeigefinger zum Himmel empor.

12

Delorme fragte sich, ob Cardinal bei der Ermittlung vorankam.

Es machte sie wütend, sich mit solchem Kleinkram zu beschäftigen, während draußen ein Mörder frei herumlief. Nachdem sie den halben Morgen die Akten zum Fall Arthur »Woody« Wood studiert hatte, ging ihr auf, wie sehr sie darauf brannte, Katie Pines Mörder zur Strecke zu bringen. Vielleicht konnte sich nur eine Frau so sehr wünschen, einen Kindesmörder in Handschellen zu sehen. Delorme war dreiunddreißig und hatte schon manche Stunde darüber phantasiert, wie es wäre, ein Kind zu haben, auch um den Preis, es allein aufziehen zu müssen. Die Vorstellung, dass jemand einem jungen Menschen einfach das Lebenslicht ausblasen konnte, brachte sie so in Rage, dass sie sich nur schwer zu beherrschen wusste.

Aber durfte sie losziehen und Jagd auf dieses kranke, abartige, abgrundtief böse Ungeheuer machen? Nein, sie musste Arthur »Woody« Wood verhören, den Inbegriff des Kleinkriminellen. Delorme war ihm in einem Zivilfahrzeug die Oak Street hinunter gefolgt. Nachdem er vor der Kreuzung kräftig beschleunigt hatte, um noch rechtzeitig über die Ampel zu kommen, hatte sie ihn gezwungen, rechts heranzufahren. Sie wollte ihn gerade verwarnen, weil er bei »Dunkelgelb« über die Kreuzung gefahren war, da sah sie neben ihm auf dem Beifahrersitz einen Macintosh-Verstärker der Extraklasse. An Ort und Stelle konnte sie ihm aus ihrem Notizbuch die Beschreibung des Geräts samt Seriennummer vorlesen.

»Na schön«, sagte Woody jetzt, als sie ihn aus der Zelle

holte. »Angenommen, Sie schaffen es dank einer Laune der Natur, mich in diesem einen Fall festzunageln. Das heißt aber nicht, Detective Delorme, dass Sie mich für den Rest meines Lebens wegsperren können. Sie sind Frankokanadierin, vermute ich. Die ganze Grundschule hindurch hat man versucht, mir Französisch einzutrichtern, aber irgendwie ist nichts hängengeblieben. Miss Bissonette, so hieß die Lehrerin, Mann, war das ein harter Knochen. Übrigens, sind Sie verheiratet?«

Delorme ging auf seine Anmache nicht ein. »Ich hoffe, dass Sie den Rest Ihres Fangs nicht verkauft haben, Woody. Denn abgesehen von den zehn Jahren Kingston, die Sie kriegen, müssten Sie auch noch Schadenersatz leisten, und wie wollen Sie das machen? Es wäre eine schöne Geste, wenn Sie die Sachen zurückgäben. Das würde vieles erleichtern.«

Charmante Kriminelle sind selten, und wenn einem solch ein rares Exemplar begegnet, ist die Versuchung groß, ihm goldene Brücken zu bauen. Arthur »Woody« Wood war ein hoffnungslos netter junger Mann. Mit seinen altmodischen langen Koteletten sah er aus wie ein Rock'n'Roll-Sänger aus den fünfziger Jahren. Er hatte einen rollenden Gang und ließ die Schultern lässig hängen, was ihn seinen Mitmenschen sympathisch machte – besonders den Frauen, wie Delorme feststellte. Sie musste ihren eigenen Körper ermahnen: Nein, du wirst doch wohl wegen der Körpersprache dieses kleinen Ganoven keine weichen Knie bekommen. Das lasse ich nicht zu.

Auf dem Weg in den Vernehmungsraum begrüßte Woody lautstark Sergeant Flower, mit der er ein lebhaftes Gespräch anfing. Die Beamtin hielt erst in ihrem hemmungslosen Geplauder inne, als sie Delormes finsteres Stirnrunzeln bemerkte. Dann musste Woody dem hereinkommenden Larry Burke sein »Hallo« entgegenschmettern. Burke hatte ihn vor sechs Jahren in flagranti mit einem Autoradio in der Hand ertappt. Woody hatte damals behauptet, er »installiere« es gerade.

»Woody, hören Sie mir zu«, begann Delorme im Vernehmungszimmer.

Jemand hatte den *Toronto Star* auf einem der Stühle liegen lassen, und Woody schnappte ihn sich. »Oh Mann, die Maple Leafs. Ich versteh diese Mannschaft nicht. Als ob sie sich selbst demontieren wollten. Als hätten sie Lust auf den Abstieg. Das ist doch krank.«

»Woody, hören Sie mir zu.« Delorme nahm ihm die Zeitung mit der zweispaltigen Schlagzeile »Keine Spur vom Windigo-Mörder« weg. »Die Reihe von Einbrüchen in der Water Road wurmt mich sehr. Bei dem Bruch im Willow Drive habe ich Sie drangekriegt, aber ich weiß, dass die anderen Sachen ebenfalls auf Ihr Konto gehen. Warum ersparen Sie nicht sich und uns eine Menge Zeit und Energie: Gestehen Sie einen Einbruch, dann können wir wegen der anderen miteinander verhandeln.«

»Na hören Sie mal.«

»Gestehen Sie einen, mehr sage ich nicht. Ich werde für Sie tun, was ich kann. Ich weiß, dass auch die anderen auf Ihr Konto gehen.«

»Bleiben Sie auf dem Teppich, Detective Delorme. Sie wissen nicht, dass ich es war.« Woody setzte ein seliges Lächeln auf, keine Spur von Tücke, Argwohn oder böser Absicht. Rechtschaffene Männer sollten solch ein Lächeln haben. »Sie übertreiben maßlos, das ist alles. Sie verdächtigen mich wegen alter Kamellen. Gut, das kann ich verstehen – ich bin bekannt dafür, dass ich in Gesellschaft von Sachen angetroffen werde, die nicht immer mir gehören. Aber verdächtigen heißt nicht wissen. Zwischen ›verdächtigen‹ und ›wissen‹ gibt es Platz für einen Vierzigtonner.«

»Da ist noch ein anderer Punkt, Woody. Angenommen, jemand hat Sie gesehen? Was dann? Angenommen, jemand hat einen blauen Chevy-Van aus dem Hof des Nipissing-Motel fahren sehen?« In Wirklichkeit hatte der Motelbesitzer den Fahrer nicht erkannt, er hatte nur gesehen, wie ein Lieferwagen, wie Woody einen besaß, aus dem Hof kam. Fernsehgeräte im Wert von dreitausend Dollar waren gestohlen worden. Kein Schmuck.

»Tja, wenn der Typ mich gesehen hat, dann veranstalten Sie bestimmt eine Gegenüberstellung, Miss Delorme. Sie sind doch nicht verheiratet, oder?«

»Angenommen, jemand hat Ihr Auto gesehen, Woody. Wir haben Ihr Kennzeichen.«

»Ja, wenn man Ihnen meine Autonummer angegeben hat, dann hängen Sie mich am besten gleich. Sie sehen aus wie ein Single. Sie haben so was Unverheiratetes an sich. Detective Delorme, Sie sollten heiraten. Ich wüsste nicht, was ich ohne Martha und Truckie mit meinem Leben machen sollte. Familie und Kinder? Na, das halbiert den Kummer und verdoppelt die Freude im Leben. Das ist das Wichtigste, was es überhaupt gibt. Und die Arbeit bei der Polizei ist doch mit viel Stress verbunden.«

»Versuchen Sie doch mal zuzuhören, Woody. Laut Zeugenaussage ist ein blauer Chevy-Van nach dem Einbruch in der Water Road von dort weggefahren. Sie behaupten, sie seien zu Hause gewesen, aber andere Zeugen haben gesehen, dass Ihr Wagen nicht in der Zufahrt stand. Nehmen Sie die Aussage hinzu, dass Ihr Auto am Tatort gesehen wurde. Wieviel kriegen Sie am Ende dafür? Zehn Jahre.«

»Wie können Sie nur so etwas sagen? Augenzeugen sind bekanntermaßen unzuverlässig. Zum Teufel noch mal, Sie wissen so gut wie ich, dass mich nie jemand sieht. Ich gehe meiner Arbeit gern diskret nach. Gott sei Dank bin ich nicht in dieser Branche, um Leute kennen zu lernen.«

Sergeant Flower klopfte an. »Seine Frau ist hier. Sie hat die Kaution bezahlt.«

»Ich werde Sie für die ganze Einbruchserie drankriegen, Woody. Sie können jetzt gleich ein Geständnis ablegen, oder Sie können mir weitere Ermittlungsarbeit aufhalsen. Aber ich kriege Sie für die ganze Serie dran.«

»Wenn ich auf Leute treffen wollte, würde ich Straßenräuber werden.«

* * *

Eine Fähigkeit, auf die sich Delorme etwas zugute hielt, war die Gabe, alles aus ihrem Kopf zu verbannen, was im Augenblick unwesentlich war. Als sie später am Nachmittag den kurvenreichen südlichen Abschnitt der Peninsula Road entlangfuhr, hatte sie Arthur Wood vergessen und grübelte schon wieder über dem Verdacht, den Corporal Musgrave ausgestreut hatte.

Die Straße wurde immer schmaler, bis schließlich drei schwer mit Schnee behangene Zweige das Dach des Autos streiften. Der weiße Fichtenwald erinnerte sie an eine Schlittenfahrt vor langer Zeit. Mitten in einem Haufen anderer Teenager hatten sich damals sie und der dreizehnjährige Ray Duroc mit geschlossenen Lippen geküsst, bis ihnen der Mund wehtat. Das Letzte, was sie von Ray gehört hatte, war, dass er auf der anderen Seite des Erdballs lebte, wo jetzt die Bäume grün statt weiß waren und die Sonne richtig wärmte.

Sie las die Namen auf den Briefkästen, bog scharf links ab und wäre beinahe an der Zufahrt vorbeigefahren. Ein Namensschild fehlte. Sie parkte das Auto am Straßenrand und ging die Zufahrt hinauf, an deren Ende eine große braune Mercedes-Limousine stand. Delorme mochte gar nicht daran denken, was die wohl gekostet hatte.

Nach Corporal Musgrave wirkte der frühere Senior Constable Joe Burnside wie eine erfrischende Brise. Joe Burnside war blond, einsfünfundneunzig groß – wo finden die Mounties bloß immer diese vielen langen Kerle? – und ein vergnügtes Haus. »Arbeiten Sie nicht in der Abteilung für Sonderermittlungen? Ich kenne Sie. Sie haben Bürgermeister Wells hinter Gitter gebracht! Treten Sie ein!«

Delorme zog ihre Stiefel aus und folgte ihm in die Küche,

wo er ihr eine Tasse heißen Kaffee einschenkte. Sie revidierte ihre erste Schätzung. Er musste eher zwei Meter groß sein.

»Wissen Sie, Sie sollten sich von der Polizei verabschieden und richtig gutes Geld verdienen«, riet er ihr zehn Minuten später. Sie saßen in schweren Polstersesseln mit Blick auf die verschneite Four Mile Bay. »Mit Ihrem beruflichen Hintergrund wären Sie einsame Spitze. Schauen Sie mich an – acht Jahre lang Corporal in der Abteilung für Wirtschaftskriminalität, und nun habe ich meine eigene Firma: Joe Burnside. Glauben Sie mir, ich bin der Letzte, der von sich behauptet hätte, so etwas zu können. Mittlerweile muss ich Angebote ablehnen. Die Nachfrage ist größer, als wir bewältigen können. Und denken Sie nicht, dass wir der RCMP Arbeit wegnehmen. Entschuldigen Sie mich bitte einen Augenblick.« Er ging zu einer Couch hinüber, wo ein knochiger alter Collie zusammengerollt schlief. Er beugte sich zum Kopf des Hundes hinab und schrie ihm laut genug, um Delorme zu verschrecken, in die Ohren: »Steh auf, du fauler Köter!«

Der Hund öffnete ein glasiges Auge und schaute ihn unbeeindruckt an.

»Taub wie ein Türpfosten«, murmelte Burnside. Er packte den Hund am Halsband, zog ihn von der Couch und führte ihn dann wie ein Pony vor den Kamin, wo sich das Tier hinlegte und sogleich seine Hundeträume fortsetzte. »Alle sagen, ich soll ihm den Gnadenschuss geben. Das sagen Leute, die selbst keinen Hund haben. Fünfzehn Jahre lang hat einem das Tier keinen Ärger gemacht, aber kaum wird es krank, da schreien die Leute gleich, gib ihm die Kugel. Entschuldigung, Sie wollten über Berufliches reden. Aber so was setzt mir doch zu. Die Leute kennen keine Loyalität. Wie lange haben Sie in Sachen Wirtschaftskriminalität ermittelt?«

»Sechs Jahre.«

»Sehen Sie, was jetzt passiert? Mit den Sparmaßnahmen? Ich weiß nicht, wie es bei der Stadtpolizei aussieht, aber die

Mounties sind nur noch Papiertiger. Um Wirtschaftskriminalität kümmert sich keiner mehr, alle verfügbaren Kräfte werden für Sicherheitsaufgaben verwendet. Und wissen Sie, warum? Weil Polizisten im Streifendienst sichtbar sind, aber Beamte, die gegen Wirtschaftskriminelle ermitteln, nicht. Die Leute wollen aber sehen, was der Staat mit ihren Steuergeldern macht. Und da sich die Mounties aus diesem Geschäft zurückziehen, muss jemand anderes an ihre Stelle treten. Nämlich die gute alte freie Wirtschaft. Und das ist in diesem Fall meine bescheidene Person. Eine zweimonatige Ermittlung wegen Copyright-Verletzung? Produktpiraterie? Macht vierzigtausend Dollar. Und die amerikanische Geschäftswelt zahlt gern – es sind hauptsächlich US-Firmen, die uns engagieren. Und das Tolle an den Amerikanern ist, dass sie einem nur dann etwas zutrauen, wenn man richtig schön teuer ist.«

Der Mann ist wie neugeboren, dachte Delorme, der sollte Erweckungsprediger werden. Aber sie sagte nur: »Kyle Corbett.«

»Ohh«, stöhnte Burnside schauspielerhaft. »Erinnern Sie mich nicht an den. Kyle Corbett. Das hat wirklich wehgetan.«

»Sie hatten den Hintergrund des Falls ausgeleuchtet«, erinnerte ihn Delorme. »Sie hatten handfeste Beweise. Sie und Jerry Commanda waren damals die Hauptakteure.«

»Wir hatten eine Quelle. Eine sichere Quelle. Einen Typ namens Nick Bell, der jahrelang mit Corbett gearbeitet hatte, aber dann mit einer Anklage wegen Internetpornographie konfrontiert wurde, von der Corbett nichts wusste.«

»Und er hat Ihnen einen Tipp zu Ort und Zeit gegeben.«

»Einen? Nein, nein. Nick Bell war der beste Sänger seit Gordy Lightfoot. Er hat uns Dutzende von Tipps gegeben. Jerry und ich haben ihn gründlich ausgenommen. Der große Räumungsverkauf sollte in der Crystal Disco draußen hinter dem Flughafen stattfinden, aber dafür brauchten wir einen von euch. Wir bekamen John Cardinal – ein cleverer Polizist, aber depressiv, wie mir schien.«

»Was geschah dann?«

Das joviale Gebaren hatte ein Ende. Burnsides Gesicht, das eben noch so hell und offen wie die Four Mile Bay war, verdüsterte sich plötzlich. Es war wie bei einer Sonnenfinsternis. »Sie wissen doch, was dann geschah. Sonst wären Sie nicht hier.«

»Sie haben im Club zugeschlagen, aber der Schlag ging ins Leere.«

»Richtig.«

»Was lief denn falsch?«

»Nichts. Das ist ja eben der Punkt. Alles lief genau nach Plan. Alles griff ineinander wie die Rädchen einer Schweizer Uhr. Nur nicht beim Abschluss. Corbett war gewarnt worden. Sie wissen das, und ich weiß es. Aber falls Sie erwarten, dass ich Ihnen sage, wen ich für den Verräter halte, dann sind Sie auf dem falschen Dampfer. Es gibt nicht die Spur eines Beweises.«

»Was hat Ihnen denn Ihre Quelle damals gesagt?«

»Nicky? Wenn Sie glauben, dass irgendjemand Nicky Bell noch einmal wiedersehen wird, sind Sie auf dem Holzweg. Seine Frau sagte aus, ein Koffer mit seinen Sachen fehle, aber das halte ich für vorgeschoben. Ich glaube, Kyle Corbett hat ihn auf den Grund des Sees befördert.«

Der Hund lag erneut auf der Couch, aber Burnside schien das nicht zu bemerken.

Als Delorme ihre Stiefel wieder anzog, musterte er sie von oben bis unten. Sie war das gewohnt, doch diesmal schien ihr nichts Sexuelles dahinterzustehen. »Sie ermitteln auch in dieser Windigo-Geschichte, nicht wahr? Ich habe davon gehört.«

»Ja, das stimmt. Ich bin raus aus der Sonderermittlung.«

»Windigo ist ein scheußlicher Fall.«

»Ja, das kann man wohl sagen.«

»Ein wirklich scheußlicher Fall, Miss Delorme. Aber gegen seinen eigenen Partner zu ermitteln, das, so würden eine Menge Polizisten sagen – ob Mounties, OPP oder sonst wer –, ist noch viel scheußlicher.«

»Danke für den Kaffee. Ich konnte etwas Warmes brauchen.«

Delorme machte die Druckknöpfe ihres Mantels zu und zog dann die Handschuhe an. »Aber ich habe nie gesagt, gegen wen sich meine Ermittlungen richten. Es ist schon interessant, was Sie da gerade gesagt haben.«

13

Wie in Cardinals Jugendzeit war D'Anunzio's immer noch ein Magnet für Teenager. Als Jugendtreff war dieser Obst- und Gemüseladen mit angeschlossener Trinkhalle schon etwas merkwürdig. Doch Joe D'Anunzio, der die Bescheidenheit eines Mönchs mit der Leibesfülle eines Opernstars verband, zählte jeden, der in seinen Laden trat, zu seinen Freunden. Er pflegte die Trinkhalle mit der Professionalität eines Barkeepers alter Schule und machte zwischen jungen und alten Gästen keinen Unterschied. In seinem Lokal durften Jugendliche stundenlang bei Cola, Kartoffelchips und Schokoriegeln in den Sitzgruppen herumlungern. Als Kinder waren Cardinal und die anderen Ministranten der Hauptkirche nach der Messe immer hier eingefallen, und später, als sie den Chorröcken entwachsen waren, trafen sie sich nicht mehr in der Kirche, sondern gleich bei D'Anunzio. Statt Weihrauchduft verbreiteten sie Zigarettenqualm, und Schokoriegel und Eiskrem ersetzten Brot und Wein.

Cardinal nippte an seinem Kaffee und sah den Jugendlichen bei den Videospielen zu. Als Cardinal in ihrem Alter war, hatte hier ein Flipperautomat gestanden. Ein Flipper verschaffte ein eher körperliches, kein bloß virtuelles Erlebnis, und für ein Fünfcentstück konnte man es so richtig schön klingeln und scheppern lassen. Unter der Regie des Daddelfreaks, der gerade spielte, gab der technisch ausgefeilte Nachfolger nur entnervendes Gepiepse und Geblubber von sich.

»Wann ist das Haus denn abgebrannt, Joe?«

»Da drüben an der Main Street?« Joe servierte gerade Kirsch-Cola für zwei blonde Mädchen mit gleichem Haarschnitt: gestutzt auf der einen Seite, lang auf der anderen.

Beide trugen Metallstecker in den Nasenflügeln, die wie verchromte Pickel aussahen. Früher hatten die Mädchen das Haar lang getragen, mit einem Scheitel in der Mitte. Das gab ihnen – so schien es jedenfalls in Cardinals verklärter Sicht – einen sanften, seelenvollen Touch. Warum verunstalteten sich diese Mädchen mit Absicht?

Joe ging den Tresen entlang bis zur Kasse. »Das muss im November gewesen sein. Anfang November. Die Feuerwehr ist mit fünf, sechs Löschzügen angerückt.«

»Bist du sicher, dass es nicht später war? Nach Neujahr?«

»Bestimmt nicht. Es war vor meiner Leistenbruchoperation, und die war am zehnten November.« Joe drehte seine Leibesfülle und schenkte Cardinal Kaffee nach. »Wie konntest du nur so einen Brand verpassen?«

Zwei vermisste Jugendliche. Und im November hatte Catherine ihre Depression bekommen. Cardinal hatte damals andere Sorgen.

Er trug seine Tasse zum anderen Ende des Tresens ans Fenster. Auf der Westseite des Platzes kam eine Trauergesellschaft aus der Kirche, vier Männer in schwarzem Anzug trugen einen Sarg auf den Schultern. Ohne Mäntel mussten sie dort draußen frieren. Auf der anderen Seite des Platzes vor dem Trümmergrundstück stand ein Mann in grünem Parka und passender Pelzmütze. Er machte sich Notizen, seine Atemwolke glitzerte in der Sonne.

Cardinal verließ die Trinkhalle und drängte sich durch die Passanten. Der Mann hatte ein Klemmbrett mit einem Formblatt, in das er etwas eintrug. Cardinal stellte sich vor.

»Tom Cooper«, stellte sich der Mann seinerseits vor. »Von der Firma Cooper, Bauunternehmungen. Ich sehe gerade, dass die Leute vom Abbruch mit der Arbeit hinterherhinken. Eigentlich hätte das Grundstück bis Dienstag abgeräumt sein müssen. Jetzt haben wir schon Freitag. Es ist nicht leicht, Profis in der Stadt zu finden. Ich meine richtige Profis.«

»Mr. Cooper, als Bauunternehmer werden Sie sicherlich

ein Auge für solche Grundstücke haben. Sie kennen nicht zufällig andere leerstehende Häuser an der Main West Street?«

»Nein. Nicht an der Main West. Drüben an der MacPherson Street gibt es eines. Und draußen am Trout Lake. Aber hier in der Stadt stehen Häuser nicht lange leer.«

»Ich habe etwas von einem leeren Haus an der Main West gehört. Jedenfalls hat es im Dezember noch leergestanden. Jugendliche sollen sich da herumgetrieben haben, möglicherweise waren Drogen im Spiel. Haben Sie davon etwas mitbekommen?« Cardinal merkte, dass er mit gedämpfter Stimme sprach. So vage war diese Spur, dass die kleinste Unachtsamkeit sie zunichte machen konnte.

Cooper nahm das Klemmbrett unter einen Arm und blinzelte nach Westen die Straße hinauf, als ob dort ein leerstehendes Haus auftauchen könnte. »An der Main West? Nicht, dass ich wüsste. Aber vielleicht meinen Sie das an der Timothy Street.« Er schwenkte in die Ausgangsposition zurück, als hätte er sich auf den Hacken gedreht. »Die Adresse lautet nicht mehr Main West Street, aber es ist an der Ecke.«

»Ecke Timothy und Main Street? An der Eisenbahnlinie?«

Cooper nickte. »Genau da. Aber Jugendliche haben sich da nicht herumgetrieben. Das Haus ist zugenagelt. Seit zwei Jahren ist die Sache beim Nachlassgericht anhängig. Die Familie soll völlig zerstritten sein, wie ich gehört habe.«

»Vielen Dank, Mr. Cooper. Sie haben mir sehr geholfen.«

»Hat das was mit dieser Windigo-Geschichte zu tun?«

Wie jeder andere in Algonquin Bay war Cooper über den Fall auf dem Laufenden. Gab es Verdächtige? War der Fall auf die Stadt begrenzt? Bestand die Möglichkeit, dass die Bundespolizei die Ermittlungen an sich zog? Man konnte den Leuten aus ihrer Neugier keinen Vorwurf machen. Ehe Cardinal wieder freikam, musste er sich die Theorie anhören, dass Satansjünger ihre Finger im Spiel haben könnten.

Er fuhr die wenigen Häuserblocks bis zur Timothy Street und setzte behutsam über die Schienen des Bahnübergangs.

Auf der Nordlinie fuhren vor allem Güterzüge, die Öl nach Cochrane und Timmins brachten. Als Cardinal noch ein Kind war, hatte ihn das Pfeifen der Lokomotive, wenn der Zug die Timothy Street überquerte, jedes Mal aufgeweckt. Ein einsames, aber auch tröstliches Geräusch, wie der Schrei eines Seetauchers.

Das Haus war im viktorianischen Stil erbaut, mit einer rundumlaufenden Veranda. Der rote Backstein über den zugenagelten Fenstern war über die Jahre vom Ruß der Diesellokomotiven schwarz geworden, sodass das Gebäude nicht blind, aber schwarz bandagiert wirkte. Vom Dach hingen schwere Eiszapfen wie mittelalterliche Wasserspeier. Der für Algonquin Bay verhältnismäßig große Garten war von einer hohen Hecke umgeben.

Cardinal stieg aus dem Auto und stand auf dem Schnee, wo sich der Weg durch den Vorgarten befinden musste. Fußabdrücke waren nicht zu sehen, nur hieroglyphenartige Vogelspuren.

Die Stufen zur Veranda waren mit hart gefrorenem Schnee bedeckt. Cardinal hielt sich am Geländer fest und stapfte bis zur Haustür hinauf, die ebenfalls vernagelt war. Das Siegel des Notars war intakt. Am Türschloss hatte sich niemand zu schaffen gemacht. Er überprüfte die Fenster und tat das Gleiche auch auf der anderen Seite des Hauses.

Die Warnglocke des Bahnübergangs begann zu läuten, und während er die Hintertür untersuchte, ratterte ein Zug vorbei.

Wer in dieses Haus einbrechen wollte, würde es wahrscheinlich durch den Hintereingang versuchen: Dort war nichts außer der Hecke und dem Schienenstrang. Und Einbrecher hatten eine Vorliebe für Fenster im Kellergeschoss. Allerdings lagen die Kellerfenster unter Schnee begraben. Mit dem Absatz seines Stiefels grub Cardinal einen Graben parallel zur Rückseite des Hauses.

»Verdammt.« Er hatte sich die Wade an der Eiskruste aufgeschürft. Nach ungefähr einem Meter, gemessen von der Hausecke, stieß er auf die Oberkante eines Fensters. Nachdem er die Eiskruste entfernt hatte, schaufelte er den übrigen Schnee mit bloßen Händen weg.

»Treffer«, sagte er ruhig.

Das Provinzgericht in Algonquin Bay befand sich in der McGinty Street. Es war ein anspruchsloser moderner Backsteinbau, in dem man auch eine Schule oder eine Klinik hätte vermuten können. Vielleicht um diese Anspruchslosigkeit zu kompensieren, hatte das Schild, das die Bestimmung des Gebäudes angab, die Größe von Werbetafeln an Highways.

Die Dame am Empfang teilte Cardinal mit, dass Richter Paul Gagnon bis zum Mittag beim Verkehrsgericht sei und anschließend ein Arbeitsessen habe.

»Versuchen Sie bitte, mich noch dazwischenzuquetschen, es geht um den Fall Katie Pine.« Cardinal wusste, Gagnon würde ihm niemals einen Durchsuchungsbefehl wegen eines jugendlichen Ausreißers aus Mississauga ausstellen, der obendrein über sechzehn war. Er füllte den vorgeschriebenen Antrag aus, und während er auf das Ende der Gerichtssitzung wartete, rief er auf dem Präsidium an. Delorme war wegen Woody unterwegs und wurde frühestens in einer Stunde zurückerwartet. Cardinal hatte Gewissensbisse, sie von der Ermittlung ausgeschlossen zu haben. Sie war ganz aufgebracht gewesen, weil sie seine liegengebliebenen alten Fälle abarbeiten musste.

Richter Gagnon war ein dünner Mann mit sehr kleinen Füßen und einem Toupet, das eine Spur heller war als seine übrigen Haare. Er war ein paar Jahre jünger als Cardinal und ein Mann mit politischem Ehrgeiz. In der weiten Richterrobe schwamm er, als wäre er ein Kind. Er hatte eine durchdringende Fistelstimme.

»Das klingt etwas dürftig, Detective.« Gagnon hängte die Robe an einen Kleiderhaken und zog einen sportlichen Kamelhaarmantel an. »Sie vermuten, dass die Person, die Katie

Pine ermordet und Billy LaBelle entführt hat, sich im Haus der Cowarts aufgehalten haben könnte. Und Grundlage für ihre Vermutung ist eine Information aus zweiter Hand, die Ihnen Ned Fellowes vom Krisenzentrum gegeben hat. Eine Information, die sich nicht direkt auf den Mörder, sondern auf einen anderen Vermissten, einen gewissen Todd Curry, bezieht.« Gagnon überprüfte im Spiegel den Sitz seiner Krawatte.

»Euer Ehren, in das Haus ist eingebrochen worden. Ich bin sicher, dass die Parteien, die vor Gericht miteinander im Streit liegen, die Angelegenheit geklärt wissen wollen. Wenn ich mich aber erst mit diesen Leuten ins Benehmen setzen müsste, würde das lange dauern und außerdem für weitere Unruhe bei denen sorgen, die sich wegen des Testaments sowieso schon streiten.«

Gagnons skeptischer Blick fixierte ihn im Spiegel. »Soweit ich die Angelegenheit kenne, könnte es sich um ein Familienmitglied handeln, das dort eingebrochen ist. Vielleicht wollte jemand ein Möbelstück, über das gestritten wird, aus dem Haus holen. Ein Erbstück, wer weiß.«

»Das Fenster ist nur dreißig Zentimeter hoch und achtzig Zentimeter breit.«

»Dann vielleicht Schmuck. Oder Großvaters Taschenuhr. Was ich damit sagen will, Detective, Sie haben keinen triftigen Grund für die Annahme, dass der Mörder sich dort aufgehalten hat.«

»Es ist der einzige Ort, von dem ich Grund habe, anzunehmen, dass der Mörder ihn betreten hat, vom Schachtgebäude auf Windigo Island einmal abgesehen. Er scheint eine Vorliebe für verlassene Häuser zu haben. Als man den jungen Curry zum letzten Mal lebend gesehen hat, sagte er, er wolle in einem verlassenen Haus in der Main Street übernachten.«

Gagnon setzte sich hinter einen Schreibtisch, der seine Gestalt zwergenhaft erscheinen ließ, und las das Formular durch. »Detective, das ist eine Adresse an der Timothy Street.«

»An der Ecke zur Main Street. Es sieht aus, als wäre es Main Street. Der junge Curry stammt nicht von hier. Er dachte sicherlich, dass das Haus noch zur Main Street gehört.«

Richter Gagnon sah auf seine Uhr. »Ich habe es eilig. Ich bin mit Bob Greene zum Lunch verabredet.« Bob Greene war der hiesige Parlamentsabgeordnete, ein geschwätziger Hinterbänkler.

»Unterschreiben Sie einfach den Durchsuchungsbefehl, Euer Ehren, und Sie sind mich sofort los. Im Fall Billy LaBelle fehlt noch jede Spur, und in Sachen Katie Pine ist das hier alles, was wir haben.« Katie Pine war der Sesam-öffne-dich, Katie Pine und Billy LaBelle ergaben die Kombination, die das Zahlenschloss zu Gagnons Richterherz öffnete. Cardinal konnte den Mechanismus förmlich einrasten hören: Aufsehenerregender Fall ist gleich Gelegenheit zur Profilierung. Genutzte Gelegenheit zur Profilierung ist gleich persönliches Fortkommen. Persönliches Fortkommen ist gleich Erfolg der Justiz.

Der Richter zog skeptisch die Augenbrauen hoch und zögerte wie ein mittelmäßig begabter Schauspieler seine Zustimmung hinaus. »Wenn das Haus bewohnt wäre, würde ich das auf keinen Fall unterschreiben. Auf keinen Fall würde ich wegen eines so geringen Verdachts eine Störung des Hausfriedens zulassen.«

»Glauben Sie mir, Euer Ehren, ich weiß, wie dürftig das ist. Ich hätte Ihnen gerne etwas Triftigeres angeboten, aber leider hat der Mörder weder Name noch Adresse neben Katie Pines Leiche hinterlassen.«

»Das soll hoffentlich kein moralischer Zeigefinger sein. Sie wollen mich nicht belehren, oder?«

»Keineswegs. Wenn ich Richter belehren wollte, wäre ich Politiker geworden.«

Richter Gagnon verschwand erneut unter der Robe wie in einem Nebel und ließ schließlich Kragen und Ärmel hinter sich. Er ergriff die Bibel auf seinem Schreibtisch und schob sie Cardinal hin. »Schwören Sie, dass die von Ihnen gemachten Angaben der Wahrheit entsprechen?«

* * *

Fünf Minuten später war Cardinal wieder vor dem Haus der Cowarts und kratzte mit bloßen Händen den Schnee vor dem Kellerfenster fort. Seine Knie waren gefühllos wie Holz. Der Schneehaufen bestand aus Schichten von Pulverschnee und Eis. Cardinal ging zum Auto zurück und holte eine Schaufel aus dem Kofferraum.

Die Kanthölzer, mit denen die Sperrholzplatte festgemacht war, wiesen an beiden Enden Spuren von einem Brecheisen auf, und auch die Nägel saßen lose. Die Kanthölzer lockerten sich rasch, dann gab die Sperrholzplatte nach. Eine Glasscheibe fehlte.

Cardinal zog seinen Mantel aus, und die bitterkalte Luft riss ihm geradezu den Atem aus den Lungen. Er kniete sich hin, kroch rückwärts zur Fensteröffnung und ließ sich nach innen gleiten. Schnee drang ihm durch Hemd und Hose und schmolz auf der Haut. Unter den Füßen spürte er eine waagerechte Fläche, wahrscheinlich einen Tisch. Wer immer auch hier eingebrochen war, er hatte den Tisch hergezogen, um leichter wieder herauszukommen.

Cardinal zog den Mantel hinter sich her durchs Fenster und mühte sich mit dem Reißverschluss ab. Über die Kälte fluchend, stand er auf dem Tisch und schlug die Arme an den Körper, um sich warm zu machen. Das wenige Tageslicht, das durch die Fensteröffnung kam, konnte die Dunkelheit nicht vertreiben.

Er stieg vom Tisch – einem Wäschetisch, wie er jetzt bemerkte – und schaltete seine Taschenlampe an. Es war ein schweres Gerät mit sechs Batterien, das ihm auch schon als Keule gedient hatte; das Glas hatte einen Sprung, und der Metallkörper wies manche Delle auf. Der weiße Lichtstrahl strich über den kalten Ofen, die Waschmaschine, den Trockner und eine Werkbank, die sogleich seinen Neid weckte. Auch eine elektrische Bandsäge stand da, die er für fast fünfhundert Dollar in einem Fachgeschäft gesehen hatte.

Selbst in der Kälte roch er den Stein und den Staub, das rohe alte Holz, den Waschküchendunst, der von Waschmaschine und Trockner ausging. Er machte eine Tür auf, durchstieß mit der Taschenlampe alte Spinnweben und entdeckte Regale mit Eingemachtem – Pfirsiche und Pflaumen und sogar ein Glas mit roten Paprikaschoten, die wie frische Herzen aussahen.

Die Treppe war neu, unfertig und noch nicht verschalt. Im Lichtkegel der Taschenlampe waren keine Fußspuren zu erkennen, doch Cardinal trat trotzdem nur auf den Rand der Stufen und nahm zwei auf einmal, um Spuren nicht zu verwischen, die er vielleicht übersehen hatte.

Durch die Tür trat man in die Küche. Cardinal verharrte einen Augenblick, um die Atmosphäre des Hauses auf sich wirken zu lassen. Kälte und Dunkelheit, es roch nach Verzweiflung. Cardinal kämpfte mit dem aufsteigenden Jagdfieber und einer Vorahnung von irgendetwas Unheilvollem. Er hatte seit langem gelernt, solchen Gefühlen zu misstrauen, weil sie meist trogen. Dass Hinweise auf Einbrecher vorlagen, bedeutete nicht, dass der Mörder hier gewesen war oder der Ausreißer Todd Curry.

Die Küche sah unberührt aus, alles war mit einer dünnen Staubschicht überzogen. In einer Ecke führte eine schmale Treppe nach oben, daneben stand ein Schrank. Cardinal öffnete den Riegel mit der Stiefelspitze und erblickte säuberlich aufgereihte Konservendosen. An der Wand über dem Schrank hing der Kalender eines hiesigen Geschäfts für Sport- und Freizeitartikel. Zu sehen war ein Angler in einer Sportjacke und neben ihm ein lachender kleiner Junge. Cardinal hatte plötzlich Kelly vor Augen, die Erinnerung an einen Sommerurlaub, ein Cottage; ihre kindliche Aufgeregtheit, als der Fisch an der Angel hing, wie zimperlich sie sich beim Präparieren des Hakens anstellte, wie ihr blondes Haar vor dem tiefblauen Himmel flatterte. Auf dem Kalender war es Juli vor zwei Jahren, der Monat, in dem der Hauseigentümer gestorben war.

Im Plastikabfalleimer fand er nur eine zerknüllte Verpackung für Donuts.

Im Esszimmer standen schwere alte Möbel. Cardinal kannte sich mit Antiquitäten nicht aus, daher hätte er nicht zu sagen gewusst, ob es sich um echte alte Stücke oder um Imitationen handelte. Das Gemälde an der Wand sah alt und irgendwie berühmt aus, aber Cardinal war auch kein Kunstkritiker. Kelly hatte einmal mit Entsetzen festgestellt, dass er keine Ahnung hatte, wer die »Gruppe der Sieben« war, offenbar die Stars in der Geschichte der kanadischen Malerei. Hinter den Glastüren einer Vitrine standen, sorgfältig arrangiert in Reih und Glied, geschliffene Gläser. Cardinal öffnete eine Schranktür und fand Armagnac- und Whiskyflaschen. Der Stuhl am oberen Ende des Tisches hatte als einziger Armlehnen, und der Bezug war erheblich stärker abgenutzt als bei den übrigen. Hatte der alte Herr noch lange nach dem Auseinanderbrechen der Familie an seinem Ehrenplatz gegessen? Hatte er hier gesessen und sich vorgestellt, seine Frau und seine Kinder wohnten immer noch bei ihm?

Der Lichtkegel von Cardinals Taschenlampe fiel auf eine festgefrorene Schiebetür, die sich vermutlich zum Wohnzimmer hin öffnete. Er kehrte in die Küche zurück und ging die Treppe in die obere Etage hinauf.

Die Schlafzimmer zeigten keine Spuren von Fremden. Er blieb kurz im Schlafzimmer des Hausherrn, dem letzten, das noch benutzt worden war. Auf einer antiken Kommode stand ein kleines Fernsehgerät, das man leicht hätte stehlen können.

Das Medizinschränkchen im Badezimmer enthielt Antihistaminika, Abführtabletten, Gebissreiniger und eine große Flasche Desinfektionsmittel.

Cardinal ging über die Haupttreppe in den vorderen Salon, wo ein altes Klavier den größten Teil des Raumes einnahm. Auf dem Klavier standen zwei reich verzierte silberne Kerzenleuchter, umgeben von Fotografien der Familie Cowart. Als er sich den Klavierdeckel genauer ansah, stellte er fest, dass die Leuchter von ihrem ursprünglichen Platz fortgerückt worden waren – ihr sechseckiger Fuß hatte Umrisse im Staub hinterlassen, und die Kerzenstummel schienen erst vor kurzem abgebrannt zu sein. Also hatte sich jemand bei Kerzenlicht ans Klavier gesetzt. Möglicherweise Todd Curry. Der Deckel über den Tasten war von Fingerabdrücken übersät. Cardinal schauderte; vor Kälte taten ihm die Knochen weh.

Das Wohnzimmer sah aus, als wäre es eine Kulisse für ein Theaterstück: zwei Sessel, ein Blumenständer mit vertrockneten Pflanzen, ein runder Teppich vor einem gemauerten Kamin. Der Kamin war benutzt worden. Die Asche von Holzscheiten lag auf dem Rost, bedeckt von einer Schicht Schnee. Ein Feuer brauchte man hier unbedingt. In einem Haus ohne Heizung und elektrischen Strom musste jeder, der sich hier im Dezember aufhalten wollte, als erstes Feuer machen. Der Feuerschein hätte allerdings das Wohnzimmer erleuchtet, und auch den Rauch hätte man von draußen sehen können. Ein normaler Mensch hätte das vermieden, aber, dachte Cardinal, ich suche ja nicht nach einem normalen Menschen, ich suche nach einem weggelaufenen jungen Drogensüchtigen und einem Kindermörder und nach Gott weiß was noch allem.

Cardinal leuchtete mit der Taschenlampe über den Kaminsims und dann über ein großes Fernsehgerät. Über der Couch hing ein dunkles Ölgemälde, das Porträt eines schwarz gekleideten Mannes, eines Spaniers, dem kleinen Spitzbart nach zu urteilen. Ein schwarzer Samtumhang mit merkwürdigen Verzierungen hing ihm um die Schultern.

Die Couch, die darunter stand, sah aus, als hätte jemand einen Kübel Farbe über die Rückenlehne gegossen. Das Muster des Bezugs war nicht mehr zu erkennen. Cardinal trat näher heran und sah, dass es keine Farbe, sondern Blut war, viel Blut.

Er leuchtete mit der Taschenlampe direkt auf die Wand und erkannte, dass das, was er anfangs für ein Tapetenmuster gehalten hatte, in Wirklichkeit Blutstropfen waren – Tropfen, die nach oben gespritzt waren, als jemand mit einem schweren Gegenstand zugeschlagen hatte. Auch auf dem Gemälde sah er nun Blut. Das waren die merkwürdigen Verzierungen auf dem Umhang des Spaniers.

Er stand vor der Couch und fuhr mit der Taschenlampe langsam von einem Ende zum anderen. Ein Kissen hatte keinen Bezug mehr. Ein Einbrecher hätte in dem Kissenbezug seine Beute wegtragen können, aber wozu hatte der Mörder ihn benutzt? Er hatte weder die silbernen Leuchter noch den kleinen Fernseher mitgenommen, dachte Cardinal. Es geht ihm nicht um Geld.

Cardinal zitterte vor Kälte – wenigstens dachte er, es wäre wegen der Kälte und überlegte, wo der Mörder wohl die Leiche versteckt haben könnte. Nach draußen hatte er sie nicht geschleppt, dessen war sich Cardinal einigermaßen sicher, und in der oberen Etage hatte alles unberührt ausgesehen. Er kehrte ins Kellergeschoss zurück und wünschte sich sehnlich, mehr Licht zu haben.

Dann blieb er vor einer niedrigen Tür unter der Treppe stehen. In alten Häusern fand man oft einen Vorratsraum für Kohlen unter der Treppe, obgleich heutzutage niemand mehr mit Kohle heizte. Im Staub waren Schleifspuren zu erkennen.

Cardinal legte die Taschenlampe auf den Boden. Im Lichtschein sah er seinen buckligen Schatten an der Wand hinauf- und hinunterwandern, als er sich bückte, um die Tür aufzumachen. Sie gab unter einem kratzenden und dann polternden Geräusch nach. Cardinal wusste, was hinter der Tür war.

Obwohl er nichts mehr roch, wusste er es genau. Die Kälte hatte ihm jeden Geruchssinn genommen. Er wollte es sehen, dann so schnell wie möglich von hier weg und mit einem Team von der Spurensicherung wiederkommen. Er griff nach der Taschenlampe und lehnte sich in den engen Raum hinein.

Die Plastikfolie um die Leiche herum war aufgeplatzt. Es sah aus, als hätte man sie halb ausgepackt und wie ein kostbares Geschenk in einer schwarzen Schatulle präsentiert. Die Leiche selbst, dank der Kälte unverwest, war in einer beinahe fötalen Stellung zusammengekrümmt. Die Kälte und das Blut hatten den Kopf zu einem schwarzen Bündel erstarren lassen, das zwischen den Knien klemmte. Jetzt erkannte Cardinal den Stoff: Es war der Kissenbezug von der Couch aus der oberen Etage. Warum hatte der Mörder den Kopf verhüllt? Die Hose, in Schienbeinhöhe abgewetzt, waren schwarze Jeans, die Schuhe schwarze Schnürstiefel.

Cardinal kannte die Erkennungzeichen auswendig: der Vermisste, weißer Abstammung, trug zuletzt...

Cardinal spürte eine Übelkeit im Bauch, beachtete sie aber nicht. In Gedanken war er schon beim Ausfüllen der Formblätter, bei den Personen, die er benachrichtigen musste: den Coroner, Delorme, die Rechtsanwälte, die um das Haus stritten, den Staatsanwalt. Während er an all das dachte, registrierte er dennoch genau alle Details: die billige Armbanduhr am dünnen Handgelenk, die eingeschrumpften, verstümmelten Geschlechtsteile. Cardinal dachte an die Eltern, denen er die Nachricht überbringen musste und die sich immer noch an die Hoffnung klammerten, ihr Sohn könne noch am Leben sein. Ob es ein Weiterleben nach dem Tod gab oder nicht, ein Toter war jenseits von Schmerz, Scham und Schande. Warum spürte er dann instinktiv die gleiche Regung, für die er Delorme getadelt hatte, nämlich die Leiche zu bedecken?

* * *

Cardinal machte draußen eine Pause, froh darüber, dass Kälte und Schnee die Schar der Schaulustigen in erträglichen Grenzen hielten. Mit dem Coroner, den Experten von der Spurensicherung, den Männern vom Bestattungsinstitut und dem vielfältigen Gerät herrschte im Kellergeschoss eine so drangvolle Enge, dass man sich kaum noch bewegen konnte.

Unterdessen war es dunkel geworden, und der Vorgarten wurde erleuchtet wie der CN-Tower in Toronto. Den ganzen Häuserblock entlang standen Autos.

Er spürte eine leichte Nervosität. Er hatte gute Arbeit geleistet – ohne mit Hightech zu blenden –, und wäre er ein besserer Mensch gewesen, so sagte er sich, und ein ehrlicherer Polizist, dann hätte er den Erfolg auch genießen können. Doch mit dem integren Polizisten, der er vor Jahren gewesen war, war es vorbei, sosehr er sich auch wünschte, das wieder ungeschehen zu machen, wozu er sich hatte hinreißen lassen, und sei es auch nur, weil es ihm diesen Augenblick des Triumphes verdarb. Wenn Delorme ihm tatsächlich auf den Zahn fühlen sollte und sie weit genug in seine Vergangenheit zurückging, würde sie etwas finden. Wahrscheinlich war das zwar nicht, aber auch nicht unmöglich; es konnte jederzeit passieren. Lass mich nur noch diesen Fall lösen, betete er zu dem Gott, an den er bisweilen glaubte. Lass mich den Kerl erwischen, der Todd Curry so zugerichtet hat.

Das Rudel der Presse- und Rundfunkleute drängte gegen das Absperrband, das um den ganzen Garten verlief. Diesmal waren es nicht nur Gwynn und Stoltz vom *Lode*. Nicht nur das Regionalfernsehen aus Sudbury. Die Torontoer Blätter hatten Korrespondenten entsandt. Auch CBC und CTV. Hat der Windigo wieder zugeschlagen?, wollten alle wissen. Cardinal machte nur die allernötigsten Angaben, solange nicht die nächsten Verwandten benachrichtigt waren. Das Geheul der Generatoren war nervenaufreibend.

»Miss Legault? Können wir einen Augenblick reden?« Er nahm sie ein wenig beiseite.

»Der Windigo«, sagte er. »Darauf können Sie stolz sein. Alle anderen haben sich angehängt.«

»Oh, ich bitte Sie. Windigo Island? Das war doch nur eine Frage des richtigen Augenblicks.«

»Aber Sie sind drauf gekommen. Also verkaufen Sie sich nicht unter Wert.«

»Zwei Morde, und wir haben nicht einmal Februar. Das sind doppelt so viele, wie Sie sonst im ganzen Jahr haben, oder?«

»Nicht ganz.«

»Morde dieser Art. Selbstverständlich reden wir nicht über die üblichen Beziehungsdelikte. Wie stehen die Chancen für ein wirkliches Interview? Ganz vertraulich, ohne Kameras.«

Der kühle Blick der Nachrichtenjägerin musterte ihn. Cardinal musste an eine Katze denken, die eine Maus beobachtet.

»Ob Sie es glauben oder nicht, aber die Dinge überstürzen sich hier. Ich weiß nicht, ob …«

»Ob Sie es glauben oder nicht, aber die Fernsehleute versuchen nicht, sich dumm zu stellen.«

»Oh nein. Ich denke keinesfalls, dass Sie sich dumm stellen.«

Legault ließ nicht locker. »Dann geben Sie mir eine Chance. Klären Sie mich auf.«

Sie machte jetzt ein ernstes Gesicht, und Cardinal hatte eine Schwäche für ernste Menschen. Catherine war ernst, und er wahrscheinlich auch. »Wenn Sie Katie Pines Mörder das Etikett des ›Windigo‹ aufkleben, spornen Sie ihn nur an, weiterzumachen.«

»Ist das eine Absage?«

Cardinal zeigte auf das Haus. »Entschuldigen Sie mich bitte. Die Pflicht ruft.«

Die Leichenträger – zwei Männer, die für ein Bestattungsunternehmen arbeiteten, wenn sie nicht beim Coroner aushalfen – kamen mit der verhüllten Leiche aus dem Haus und legten sie hinten auf den Wagen. Der jüngere der beiden sah recht mitgenommen aus. Er blinzelte wie ein Maulwurf in das grelle Scheinwerferlicht.

Delorme kam einen Augenblick später. »Wie nett von Ihnen, mich auch zu benachrichtigen, Herr Kollege. Daran sieht man doch, was Sie von Teamarbeit halten.«

»Ich habe Sie angerufen. Sie waren unterwegs.«

»Wenn ich ein Mann wäre, hätten Sie auf mich gewartet. Wenn wir doch nicht zusammenarbeiten, sollte ich zur Sonderermittlung zurückgehen. Sie können das Dyson verklickern.«

»Sie sagen das so, als wären Sie da ausgestiegen.«

Sie sah ihn mit durchdringendem Blick von oben bis unten an. »Wissen Sie, dass Sie wie McLeod reden? Ich fürchte, bald leiden Sie auch unter Verfolgungswahn, das kann ich nicht verhindern. Aber ich lass mich jedenfalls nicht davon anstecken.« Sie sah dem Leichenwagen nach. »Bringt man die Leiche direkt nach Toronto?«

Cardinal nickte.

»Dieser dämliche Arthur Wood, ich könnte ihn an die Wand klatschen.«

»Wären Sie bereit, nach Toronto zu fahren?«

»Heute Abend? Sie meinen zum Gerichtsmedizinischen Institut?« Mit der plötzlichen Aufregung änderte sich ihre Stimme schlagartig. Sie hatte plötzlich etwas Mädchenhaftes.

»Der nächste Flug geht nicht vor morgen früh, so lange will ich nicht warten.« Cardinal deutete mit dem Kopf auf die dunkle massige Gestalt des Coroners. Barnhouse war in der halben Nachbarschaft zu hören, wie er jemanden wegen irgendeines Fauxpas zur Schnecke machte. »Ich horche noch Barnhouse aus und hole Sie in einer halben Stunde ab. Wir holen den Leichenwagen vor Gravenhurst ein. Ich möchte dabei sein, wenn die Gerichtsmediziner das Paket aufmachen.«

14

Mord ist in Kanada ein seltenes Ereignis. So selten, dass die meisten der zehn Provinzen des Landes nur über ein gerichtsmedizinisches Institut verfügen, das sich gewöhnlich in der größten Stadt der Provinz befindet. Das verrät Sparsamkeit – und es ist praktisch. Jedenfalls dann, wenn man einen Mord in Toronto oder Montreal aufzuklären hat. Cardinal und Delorme hingegen mussten über dreihundert Kilometer zurücklegen, die meiste Zeit hinter einem Konvoi von Lkws mit Langhölzern. Vor dem Büro des Coroners in der Grenville Street gab ein Sikh in blauer Uniform und weißem Turban telefonisch ihre Ankunft an die Leichenhalle weiter.

Len Weisman begrüßte sie im Flur und führte sie in ein enges Büro. Er war von kleiner, gedrungener Gestalt und hatte schwarzes krauses Haar. Er trug eine Brille mit dunklem, modischen Rahmen, einen weißen Laborkittel und – ungewöhnlich in einer klinischen Umgebung aus weißen Kacheln und Linoleum – Ledersandalen.

Ehe Weisman zum Leiter des Leichenschauhauses ernannt wurde, hatte er zehn Jahre lang als Mordermittler gearbeitet. Sein Dienstausweis und die Schulterstreifen eines Sergeant hingen eingerahmt an der Wand hinter dem Schreibtisch. Daneben befanden sich gerahmte Zitate und ein Foto, auf dem Weisman händeschüttelnd mit dem Oberbürgermeister von Toronto zu sehen war.

»Nehmen Sie doch Platz«, forderte er sie freundlich auf. »Fühlen Sie sich wie zu Hause.«

Zu Hause im Leichenschauhaus!, dachte Cardinal und fragte sich, ob Delorme dasselbe dachte. Sie war jedenfalls stiller als gewöhnlich. Im Flur waren sie an einer Toten vorbeigekommen, die kaum über das Teenageralter hinaus war und auf einer Rollbahre neben den Aufzügen stand, so als hätte man einen Einkaufswagen dort abgestellt. Der weiße Plastiksack, in dem sie steckte, war bis zum Hals offen, ihr blasses Gesicht mit dem blonden Haarschopf sah daraus hervor wie aus einem Kokon. Sie hatte schönes, zwischen Safran und Gold changierendes Haar; noch ein paar Stunden zuvor hatte sie es vielleicht in jener Mischung aus Stolz und Selbstzweifel, wie sie einem bei hübschen Frauen oft begegnet, hingebungsvoll gebürstet.

»Möchten Sie Kaffee oder Tee?« Weisman schien in dem engen Büro überall zugleich zu sein. Er sprang zu einer Tür auf der gebenüberliegenden Seite hinüber, zog hier eine Schublade auf, suchte dort eine Akte auf dem Schreibtisch. »Wir haben auch einen Cola-Automaten im Kantinenraum. Oder lieber Limonade, Sprudel?«

Cardinal und Delorme lehnten dankend ab.

Weisman fing sein Handy auf, bevor es ihm ganz entglitt. »Ich rufe nur eben an, ob unsere Pathologin bereit ist. Der Patient ist vor zwanzig Minuten eingetroffen.«

Cardinal hatte vergessen, dass man hier von Patienten sprach, so als ob die stummen Gestalten in den Plastiksäcken und Kühlfächern wieder genesen könnten.

Es klopfte an der Tür, dann trat die Pathologin ein. Sie war eine hochgewachsene Frau in den Dreißigern mit breiten Schultern und vorstehenden Wangenknochen; ihr Gesicht wirkte wie gemeißelt.

»Frau Dr. Gant, das sind Detective Cardinal und Detective Delorme von der Kripo aus Algonquin Bay. Meine Kollegin ist heute Morgen die diensthabende Pathologin. Sie wird Sie jetzt begleiten, wenn es Ihnen recht ist.«

Sie gingen mit ihr den Flur hinunter. Die junge Tote war fortgebracht worden, und der Linoleumboden und die gekachelten Wände hätten nun zu einer ganz normalen Klinik gehören können. In der Leichenhalle erinnerte nichts an Tod und Verwesung, nur ein schwacher chemischer Geruch hing in der Luft. Sie durchquerten den großen Autopsiesaal und betraten einen Nebenraum, der den »Stinkern« vorbehalten war. Die Pathologin reichte beiden Atemschutzmasken, die sie auch sogleich anlegten. Als der Fotograf bereit war, zog die Pathologin die Gummihandschuhe an und öffnete den Plastiksack. Delorme würgte es bei dem Anblick.

»Sieht schmutzig aus«, stellte die Medizinerin ruhig fest. »Wo haben Sie ihn gefunden, in einem Kohlenkeller?«

»Ganz genau. In einem Kohlenvorratsraum in einem alten, vom Notar versiegelten Haus. Ich nehme an, dass er nun langsam auftaut«

»Gut. Dann röntgen wir ihn erst mal. Das Röntgen ist nebenan.«

Sie lehnte die unprofessionelle Hilfe der beiden ab und schob selbst die Rollbahre mit dem »Patienten« bis zur Röntgenabteilung, wo eine Maschine mit einer großen U-förmigen Vorrichtung aus Stahl bereitstand. Der Röntgenapparat wurde von einem schlampig wirkenden Mann in kariertem Hemd und Bluejeans bedient. Jedes Mal, wenn er sich bückte, sah man den Ansatz der Gesäßspalte aus der Hose lugen.

»Dieser Stoffsack. War der so über seinen Kopf gezogen?«

»Es ist ein Kissenbezug, Frau Doktor. Ich bin mir nicht sicher, warum der Mörder den Kopf seines Opfers so verhüllt hat. Reue kommt wohl kaum in Betracht. Und für zimperlich halte ich ihn auch nicht gerade.«

»Wir sollten jemanden vom chemischen Labor holen, ehe wir zu viel an der Leiche herumhantieren. Brian, wir machen zuerst eine Thoraxaufnahme.«

Sie sprach ruhig über eine Wechselsprechanlage. Ihre Stimme war kollegial, aber fest; ein Mitarbeiter hätte schon völlig überlastet oder sehr dumm sein müssen, um einer solchen Aufforderung nicht zu folgen.

»Nehmen Sie die Plastikhülle nicht vorher ab?«, wollte Delorme wissen.

Die Pathologin schüttelte den Kopf. »Wir röntgen alle Patienten bekleidet. So erfassen wir jede Kugel oder jedes Klingenbruchstück, das in der Kleidung stecken könnte.« Sie deutete auf den Tisch. »Hosen, die bis zu den Knöcheln heruntergezogen sind, können ein Hinweis auf mögliche sexuelle Handlungen kurz vor der Gewaltanwendung sein.«

Der Röntgenassistent brachte den Aufnahmeapparat in Stellung und schloss die Tür. Dann betätigte er einen Hebel, und ein leises Sirren wie von Mücken erfüllte den Raum. Auf dem Leuchtschirm erschienen die Fußknochen des Toten. Der Röntgenstrahl wanderte den Körper aufwärts, doch Dr. Gant blieb stumm, bis der Brustkorb auf dem Schirm zu sehen war. »Da sind schwere Verletzungen zu erkennen: Fraktur der siebten, fünften und dritten Rippe. Bisher keine körperfremden Gegenstände.«

»Der dunkle Schatten da«, sagte Delorme und zeigte auf einen runden dunklen Fleck auf dem Schirm. »Das ist nicht etwa eine Kugel, oder doch?«

»Vermutlich ein Medaillon oder ein Kreuz.«

Das Bild änderte sich, nun erschienen die Knochen eines Armes. »Als Nächstes untersuchen wir die Gliedmaßen«, sagte die Pathologin. Sie zeigte auf eine lange weiße Linie, die geborsten war wie ein Highway nach einem Erdbeben. »Abwehrverletzungen am linken Unterarm, Fraktur der Elle und der Handwurzelknochen. Rechter Unterarm mit ähnlichen Verletzungen der Elle ... Das Schlüsselbein ist glatt durchgebrochen.«

Der Kopf steckte immer noch in dem blutigen Kissenbezug, doch nun erschien die zerschmetterte Knochenschale des Schädels auf dem Leuchtschirm. »Ja«, setzte die Pathologin wieder an. »Offenbar ein multiples Schädeltrauma.« Dann sprach sie wieder in die Wechselsprechanlage: »Brian, wir haben da eine weiße Linie ungefähr in der Mitte des Bildes. Könnten Sie das etwas schärfer einstellen?«

»Das Bild ist scharf, Frau Doktor. Irgendetwas steckt da fest.«

Die Pathologin betrachtete die Aufnahme aus grösserer Nähe. »Es könnte ein Eispickel sein. Oder ein Schraubenzieherschaft, der von oben durch die Schädeldecke hineingetrieben wurde. Dabei muss der Griff abgebrochen sein.«

Mehrere Scheitelbeinknochen waren ebenfalls gebrochen. Die Pathologin fasste den Befund rasch zusammen. Alle Verletzungen seien vermutlich mit einem Hammer zugefügt worden.

Der Röntgenapparat wurde abgeschaltet, der hohe sirrende Ton verstummte und hinterliess eine geisterhafte Stille.

Alle im Raum spürten die Traurigkeit. Vor ihnen lag ein jugendliches Opfer, das sich erfolglos gegen schreckliche, todbringende Schläge zu wehren versucht hatte. Und der Tod war nicht sofort eingetreten. So trostlos und unergiebig das Leben des sechzehnjährigen Todd Curry auch gewesen sein mochte, er hatte nicht verdient, so zu sterben.

Vlatko Setevic vom chemischen Labor gesellte sich zu ihnen. »Ihr Cops aus dem hohen Norden«, legte er los, »bringt ihr uns auch mal Leichen, die nicht gefroren sind?«

Setevic rollte eine Bahn weissen Papier von einer Rolle am Ende des Tisches ab. Behutsam hoben sie die immer noch verhüllte Leiche an und legten sie auf die Papierunterlage.

»Na schön«, sagte Setevic, »jetzt lösen wir die Hülle, dann ziehe ich sie vom Kopf und lege sie hier auf die Unterlage. Es wird eine Weile dauern, weil ich sehr vorsichtig sein muss.«

Setevic machte sich äusserst behutsam an diese Aufgabe, während Dr. Gant und ein Assistent die mit Russ und Blut beschmutzte Plastikhülle von der Brust des Opfers abstreiften. Ein weiterer Assistent machte Aufnahmen. Das Plastik war mit dünnem Band, wie man es für Jalousien benutzt, zusammengeschnürt. An der Innenseite des Plastiks klebte eine dicke Kruste alten Bluts. Das Blitzlicht der Kamera lief wie ein Stroboskop hin und her.

Bei der Leiche veränderte sich an der gekrümmten Stellung nichts.

»Ich habe eine Haar- und Faserprobe von der Außenseite des Kissenbezugs genommen«, sagte Setevic. »Ich analysiere sie nebenan.«

Delorme warf einen Blick auf das Gesicht des Toten und wendete sich gleich wieder ab.

Die Pathologin ging um die Leiche herum, berührte sie aber nicht. »Region des linken Scheitelbeins weist stumpfes Trauma auf, Impressionsfraktur durch einen schweren Gegenstand, vielleicht einen Hammer. In der rechten vorderen Scheitelregion ist eine kreisförmige Impression von anderthalb Zentimetern Durchmesser zu erkennen, auch diese möglicherweise durch einen Hammerschlag beigebracht. Am linken Jochbein ist mit einem stumpfen Gegenstand Gewebe fortgerissen worden.«

»Raserei?«, fragte Cardinal. »Der Mörder scheint sich in Rage gebracht zu haben.«

»Sicherlich hat er in Erregung zugeschlagen, wenn man die massiven Verletzungen betrachtet. Aber andererseits sind auch Anzeichen für planvolles Handeln vorhanden, wenn ich mich nicht täusche. Schauen Sie, die Verletzungen sind symmetrisch. Beide Jochbeine, beide Kieferhälften, beide Schläfenbeine. So viel Symmetrie kann kein Zufall sein. Und hinzu kommt das hier.« Sie zeigte auf einen Punkt am Hinterhaupt. »Hier ist ein Loch im Hinterhauptbein, ein ungefähr zweieinhalb Zentimeter großes, rundes Loch mit gerunzeltem Rand. Das ist der Schraubenzieherschaft, den wir schon auf dem Leuchtschirm gesehen haben. Aber einen Schraubenzieher kann man einem anderen nicht in Raserei in den Kopf bohren.«

»Stimmt.«

»Jede einzelne Verletzung könnte tödlich gewesen sein, aber Gewissheit darüber bringt erst eine vollständige Autopsie. Dazu muss der Patient aufgetaut sein.«

»Schön«, sagte Cardinal. »Wie lange wird das denn wohl ungefähr dauern?« – »Wenigstens vierundzwanzig Stunden.«

»Ich hoffe, Sie scherzen, Frau Dr. Gant.«

»Keineswegs. Wie lange dauert es, einen zwanzig Pfund schweren tiefgefrorenen Truthahn aufzutauen?«

»Ich weiß nicht. Vier, fünf Stunden?«

»Und dieser Patient hat in einem Milieu von, sagen wir, minus zehn Grad gelegen. Die inneren Organe brauchen wenigstens vierundzwanzig Stunden, um aufzutauen, wahrscheinlich sogar länger.«

»Da ist was drin«, sagte Delorme, die von der Seite in den Plastiksack geschaut hatte.

Cardinal kam zu ihr herüber und sah ebenfalls in den Sack. Er zog Gummihandschuhe an und griff wie ein Geburtshelfer mit beiden Händen in den Sack. Langsam und sehr behutsam hielt er den Gegenstand, der zerschrammt, blutbefleckt und rußig war, an beiden Enden und zog ihn ans Licht.

»Eine Tonkassette«, sagte Delorme. »Die muss in seinen Kleidern gesteckt haben und ist herausgefallen, als er langsam auftaute.«

»Versprechen wir uns nicht zu viel davon«, dämpfte Cardinal die Erwartungen. »Wahrscheinlich ist sie leer.« Er ließ die Kassette in eine Papiertüte fallen. »Hoffentlich sind brauchbare Fingerabdrücke drauf.«

15

»Ich wollte Dr. Gant fragen, was eine so hübsche junge Frau wie sie in einem Leichenschauhaus tut, aber ich hatte Bedenken, sie würde es vielleicht eigenartig finden.«

»Natürlich«, sagte Delorme. »Ich würde das auch eigenartig finden.«

»So eine junge Medizinerin sollte Internistin oder Kardiologin sein. Warum verbringt sie bloß ihre Zeit mit der Arbeit an Leichen?«

»Aus dem gleichen Grund wie Sie, Cardinal – um es den Finsterlingen zu zeigen. Ich sehe da kein großes Geheimnis.«

Sie befanden sich im Gerichtsmedizinischen Institut gleich hinter dem Büro des Coroners. Sie hatten die Kassette auf Fingerabdrücke überprüfen lassen, und nun fuhren sie im Aufzug zum chemischen Labor.

Setevic beugte sich über ein Mikroskop und blickte nicht einmal auf, als sie eintraten. »Ein einzelnes Haar, außer denen des Opfers. Acht Zentimeter lang, mittelbraun, weißer Herkunft, vermutlich männlich.«

»Und die Textilfaser?«

»Rot, dreilappig.«

»Das ist unser Mann«, sagte Cardinal.

»Das können Sie nicht wissen.«

»Die Wahrscheinlichkeit, dass es zwei verschiedene Täter geben könnte, und beide auch noch mit einem roten Teppich, ist in einer Stadt wie Algonquin Bay doch äußerst gering. Praktisch ausgeschlossen.«

Delorme schaltete sich ein. »Todd Curry hat einige Zeit am gleichen Ort wie Katie Pine verbracht – so viel lässt sich doch sagen. Im selben Auto?«

Setevic schüttelte den Kopf und lächelte. »So kriegen Sie ihn nicht. Solche Fasern finden überall Verwendung, in Wohnungen, für Terrassen, wo Sie wollen. Und nicht nur hier, auch in den Vereinigten Staaten. Ich sagte Ihnen das bereits, als wir Fasern an Katie Pine fanden. Sie dürfen meinem Urteil ruhig vertrauen. Haben Sie sonst noch etwas für mich? Was ist in der Papiertüte?«

»Wir müssen erst hören, was drauf ist.« Cardinal reichte ihm die Tüte.

Setevic sah hinein. »Haben Sie schon Fingerabdrücke genommen?«

»Einer wird nebenan alphanumerisch übersetzt und dann in den Computer gegeben. Aber wir sind nicht allzu optimistisch. Sie haben nicht zufällig einen Kassettenrekorder zur Hand?«

»Keinen guten.«

»Das macht nichts. Wir wollen nur wissen, ob überhaupt etwas auf dem Band ist.«

Setevic führte sie in ein vollgestopftes Büro, das er sich mit zwei anderen Chemikern teilte. Überall stapelten sich wissenschaftliche Zeitschriften. »Entschuldigen Sie die Unordnung. Wir benutzen das Zimmer nur zum Schreiben von Gutachten und zum ungestörten Telefonieren.«

Er machte eine Schublade auf und holte einen verdreckten kleinen Rekorder hervor. Er drückte auf eine Taste, und die Stimme einer Frau in mittleren Jahren war zu hören. Sie diktierte irgendein biologisches Gutachten. »Die Probe wies einen vermehrten Anteil weißer Blutkörperchen auf, was auf ein fortgeschrittenes Stadium von ...« Die Stimme wurde langsamer, dann erstarb sie ganz.

»Mandy!«, rief Setevic, zur Tür gewandt. »Mandy! Haben wir noch Batterien?«

Eine Assistentin kam herein und gab ihm eine Packung mit vier Batterien. Sie sah zu, wie er den Deckel des Batteriefachs aufzumachen versuchte, dann streckte sie fordernd eine makellose Hand aus. Er gab ihr den Rekorder, worauf sie den Deckel des Batteriefachs gekonnt aufmachte, die verbrauchten Batterien herausnahm und neue einsetzte. Sie drückte wieder eine Taste, und die Stimme der Gutachterin fuhr mit normaler Geschwindigkeit fort.

»Vielen Dank. Die Verteidiger von Recht und Ordnung stehen tief in Ihrer Schuld.«

Nachdem Mandy die Tür hinter sich geschlossen hatte, deutete Setevic mit dem Kopf in diese Richtung und fragte Delorme stirnrunzelnd: »Was meinen Sie, wie bin ich bei ihr angeschrieben?«

»Sie kann Sie nicht ausstehen.«

»Habe ich mir gedacht. Nennen Sie es meinen slawischen Charme.« Er wechselte die Kassette und drückte die Abspieltaste. »Haben Sie eine Ahnung, was drauf sein könnte?«

»Eigentlich nicht. Wahrscheinlich aber so was wie ›Aerosmith Unplugged‹.«

Das Band ging los.

Mehrmaliges Klicken. Jemand pustet zum Test ins Mikrophon, dann klopft er darauf.

Delorme und Cardinal sahen sich an, dann wandten sie den Blick rasch wieder voneinander ab. Nur die Ruhe bewahren, sagte sich Cardinal. Es konnte alles Mögliche sein, ein beliebiger Sprecher, ohne Zusammenhang mit dem Fall. Gleichzeitig merkte er, dass er den Atem anhielt.

Nochmaliges Klicken, Rascheln von Stoff. Dann die Stimme eines Mannes, der in zornigem Tonfall weit weg vom Mikrophon etwas sagt, was nicht zu verstehen ist.

Ein Mädchen, ihre bebende Stimme unglaublich nah: »Ich muss jetzt gehen. Ich habe um acht einen Termin. Die sind stocksauer, wenn ich nicht komme.«

Schwere Schritte. Im Hintergrund spielt jetzt Musik – das Ende eines Rocksongs. Kaum hörbar. »...sonst werde ich echt wütend.«

»Ich kann nicht. Ich möchte jetzt gehen.«

Die Stimme des Mannes, jetzt zu weit für eine Aufnahme:
»[unverständlich]... Schnappschüsse.«
»Warum soll ich das tragen? Ich kann nicht richtig atmen.«
»[Rauschen]... umso eher bist du wieder frei.«
»Ich zieh mich nicht aus.«
Schwere Schritte nähern sich dem Mikrophon. Mehrere Schläge, laut wie Pistolenschüsse. Schreie. Dann Schluchzen, dann gedämpftes Weinen.
»Dreckskerl«, sagte Cardinal leise.
Delorme sah angestrengt aus dem Fenster, als ob das Apartmenthaus auf der anderen Seite der Grenville Street von allergrößtem Interesse wäre.
Als Hintergrundmusik sind nun die Rolling Stones zu hören.
Wieder klickt es mehrmals hintereinander, aber weiter entfernt.
»Das könnte die Kamera sein«, bemerkte Delorme, die immer noch am Fenster stand.
»Bitte lassen Sie mich jetzt gehen. Ich verspreche auch, niemandem etwas zu sagen. Machen Sie Ihre Fotos und lassen Sie mich dann gehen. Ich schwöre bei Gott, ich sage nichts.«
»... mich zu wiederholen...«
»Sie hören ja gar nicht zu! Ich habe eine Verabredung. Ich bin mit den anderen aus der Band verabredet. Es ist echt wichtig. Wir haben einen Auftritt in Ottawa, und wenn ich nicht rechtzeitig komme, rufen die anderen die Polizei. Sie kriegen jede Menge Ärger! Ich versuche bloß, Ihnen zu helfen!«
[Nicht zu verstehen.]
»Wo? Ich wohne im Chippewa-Reservat. Mein Vater ist Polizist. Er arbeitet bei der OPP. Ich warne Sie. Er rastet aus, wenn er etwas davon erfährt.«
[Nicht zu verstehen.]
»Nein. Ich will das nicht machen. Ich will nicht.«

Schritte kommen näher. Heftiges Geräusch von zerreißendem Stoff. Dann die Stimme des Mädchens, sich überschlagend: »Bitte! Bitte! Bitte! Ich muss vor acht bei der Probe sein. Wenn ich nicht...« *Ein Reißen, vielleicht von Klebeband. Ihre Stimme ein gedämpftes Wimmern.*
Wieder das Klicken.
Die Musik kommt jetzt von einer bekannten Sängerin.
Erstickte Schluchzer.
Klicken.
Klicken.
Ein Reißgeräusch.
Ein Mann hustet nahe am Mikrophon.
Noch mehr Reißgeräusche.
Neunzig Sekunden Stille.
Ein letztes Klicken, als der Rekorder ausgeschaltet wird.

Der Rest von Seite A war leer. Ebenso die ganze Seite B. Sie hörten sich die ganze halbe Stunde Bandgeräusche an, um ganz sicherzugehen. Cardinal, Delorme und Setevic verharrten in völliger Stille. Es dauerte lange, bis einer von ihnen etwas sagte. Mit einer Stimme, die auch für ihn selbst schrecklich laut klang, fragte Cardinal: »Haben Sie im Archiv jemanden, der uns mehr über das Band sagen kann?«

»Oh, ich glaube kaum«, sagte Setevic, immer noch ganz benommen.

»Wir haben gerade den Mord an einem Mädchen mitgehört, deshalb will ich alles wissen, was man aus diesem Band entnehmen kann. Gibt es im Archiv keine Experten für so was?«

»Im Archiv? Da arbeiten Sachverständige für Handschriften und sonstige Schriftproben. Texte auf Papier. Aber...« Setevic hustete, dann räusperte er sich. Er war ein gestandener Mann, der einiges vertrug, so schätzte Cardinal ihn jedenfalls ein. Dennoch machte es ihm immer noch sehr zu schaffen, was alle drei gerade gehört hatten. »Ich gebe Ihnen eine Telefonnummer«, brachte er schließlich hervor. »Da gibt es einen Mann, mit dem die OPP schon öfter zusammengearbeitet hat.«

* * *

Die neue Zentrale des kanadischen Rundfunks CBC an der Front Street hatte eine skandalöse Summe verschlungen, und Cardinal sah auch gleich, warum. Das helle Atrium, das acht Stockwerke hoch vom einfallenden Tageslicht durchflutet wurde, glich mit seinen vielen Bäumen einem überdachten Park. Unter Cardinals Füßen glänzte Marmor. Dafür wurden also seine Steuergelder verwendet.

Cardinal und Delorme folgten der strahlenden Dame vom Empfang bis zum Aufzug. Schmale, blasse Männer glitten geräuschlos durch die Gänge. Die Dame führte sie an einer Reihe von Studios vorbei bis zum Ende des Gangs und öffnete dort eine dunkelrote Tür. Dann traten alle drei in ein schwach erleuchtetes Aufnahmestudio.

Ein Mann in einem Jackett mit Hahnentrittmuster saß mit Kopfhörer vor einem Regiepult. Er trug eine akkurat gebundene gelbe Fliege. Sein gestärktes weißes Hemd sah aus, als ob es gerade aus der Verpackung käme. Wie aus dem Ei gepellt, dachte Cardinal.

Die Empfangsdame stellte sie mit lauter Stimme vor. »Brian, hier sind Ihre Freunde von der Polizei.«

»Danke. Bitte setzen Sie sich doch. Ich bin gleich für Sie da.« Er hob nicht die Stimme, wie es sonst Leute tun, die Kopfhörer tragen.

Cardinal und Delorme nahmen in Drehstühlen mit hoher Rückenlehne Platz.

»Oh«, seufzte Delorme und strich anerkennend über den Stuhl. »Wir haben den falschen Beruf gewählt.«

Im Studio roch es nach neuem Teppichboden – sogar die Wände waren gepolstert –, alles verbreitete eine Atmosphäre angenehmer Stille.

In den folgenden fünf Minuten beobachteten sie, wie die blassen Hände des Technikers sanft über die Armaturen glitten, hier einen Regler verschoben, dort eine Taste drückten. Lämpchen und Anzeigen blinkten über die ganze Länge des Regiepultes. Das Gesicht des Mannes mit der ernsten, konzentrierten Miene spiegelte sich im Glas darüber und schien wie ein körperloser Geist über dem Pult zu schweben.

Aus dem Lautsprecher hörte man abwechselnd zwei tiefe männliche Stimmen, die ein nicht enden wollendes Gespräch über den Föderalismus führten. Delorme verdrehte die Augen und zeichnete mit dem Zeigefinger imaginäre Kreise, so sehr langweilte sie das Geschwafel der beiden Herren. Als das Interview schließlich doch zu einem Ende kam, nahm der Techniker den Kopfhörer ab und wandte sich ihnen mit ausgestreckter Hand zu. »Brian Fortier«, stellte er sich vor. Er hatte eine Rundfunkstimme, tief und sonor. Seine ausgestreckte Hand hing in der Luft, als gehöre sie nicht zu ihm, und da erst merkte Cardinal, dass Fortier blind war.

Er schüttelte die Hand und stellte Delorme und sich vor.

Fortier zeigte mit dem Daumen auf die Tonbänder. »Ich gehe gerade Archivmaterial für eine Sendung durch. Das waren John Diefenbaker und Norman DePoe. Nicht gerade taufrisch, das Ganze.«

»Das war Diefenbaker? Der hat aus meiner Heimatstadt ein Atomwaffenlager gemacht, als ich ein Kind war.«

»Dann kommen Sie also aus Algonquin Bay.«

»Und Sie«, versetzte Delorme, »Sie sind doch auch aus dem Norden, oder?«

»Nein, nein – aus dem Ottawa Valley.« Er sagte ein paar Sätze auf Französisch, die Cardinal nicht ganz verstand, aber er merkte, dass seine Kollegin sofort entspannter wirkte. Fortier machte einen Scherz, über den Delorme wie ein junges Mädchen lachte. Cardinal hatte sich bis in die zwölfte Klasse mit Französisch abgemüht. Doch in Toronto war Französisch kaum gefragt, und nach seiner Rückkehr nach Algonquin Bay hatte er das meiste wieder vergessen. Ich sollte mal einen Fortgeschrittenenkurs an der Fern-Universität machen, sagte er sich mindestens schon zum vierzigsten Mal. Ich bin wirklich ein fauler Hund.

»Die OPP sagte mir, Sie hätten eine Tonkassette für mich.«

Cardinal nahm die Kassette aus der Tüte. »Der Inhalt darf über diesen Raum hinaus nicht bekannt werden, Mr. Fortier. Können Sie damit leben?«

»›Laufende Ermittlung‹, das kenne ich.«

»Außerdem muss ich Sie bitten, diese Gummihandschuhe zu tragen, solange Sie damit hantieren. Die Kassette lag in…«

Eine fahle Hand gebot ihm Stille. »Sagen Sie nichts weiter. Ich bin von größerem Nutzen für Sie, wenn ich alles ganz unvoreingenommen anhöre. Geben Sie mir die Handschuhe.«

Er zog die Handschuhe an. Mit geschützten Fingern betastete er die Kassette, drehte sie in verschiedene Richtungen, hielt inne und fühlte, so als ob seine Finger kleine selbstständige Lebewesen wären. »Die Löschschutzzungen sind verschlossen. Was auch auf dem Band ist, derjenige, der die Aufnahme gemacht hat, wollte verhindern, dass es überspielt wird. Kassetten sind äußerlich fast identisch – welches Fabrikat ist das hier?«

»Denon. Dreißig Minuten. Chromdioxid. Ein gängiger Bandtyp, wie wir wissen, und überall erhältlich.«

»Allerdings nicht in wirklich kleinen Städten und Siedlungen, gewiss aber in Orten wie Algonquin Bay. Das ist kein billiges Produkt und kostet fünfmal mehr als die preisgünstigen Angebote, vielleicht sogar noch mehr.«

»Würden Sie es als ein Produkt für Profis bezeichnen?«

»Ein professioneller Tontechniker – Toningenieur oder sonst jemand mit einer Leidenschaft für Qualität – würde keine Kassette benutzen. Ein Profi verlangt eine höhere Bandgeschwindigkeit und die Flexibilität, die mehrere Tonspuren mit sich bringen, je nachdem, was Sie vorhaben. Die

Marken in diesem Bereich sind Ampex und Denon, sicher. Aber wie ich schon sagte, dieses Band hier bekommen Sie überall.«

»Er könnte es im Laden gestohlen haben«, bemerkte Delorme.

»Einzelhändler behalten solche Ware lieber hinter dem Tresen – oder doch in der Nähe der Kasse.« Fortier wiegte den schweren Kopf hin und her, als ob er nach einem verlorenen Aroma suchte.

»Ja?«, erkundigte sich Cardinal. »Stört sie irgendetwas?«

»Mir kommen Bedenken. Ich sagte, ein Profi würde nicht mit Kassetten arbeiten. Damit meinte ich Profis im Aufnahmebereich. Aber Musiker benutzen sie ständig. Wenn ich zum Beispiel einen Song für Demo-Zwecke aufnehmen wollte, würde ich eine hochwertige Kassette wie diese benutzen. Dafür gibt es sogenannte tragbare Studios für Kassettengeräte. Der Klang ist nicht rein, aber bei Popmusik ist Reinheit sowieso kein Kriterium, nicht wahr?«

»Wie steht es mit Schauspielern, Komikern, Conférenciers, die auf der Suche nach einem Engagement sind?«

»Bühnenkomiker schicken Videos. Sie wollen, dass man einen Eindruck bekommt, wie sie auf der Bühne wirken. Aber Leute, die für den Rundfunk vorsprechen möchten, schicken uns immer Kassetten. Ganz eindeutig.«

Fortier öffnete ein Kassettendeck und legte die Kassette ein. Delorme und Cardinal saßen hinter ihm, während sie sich das Band von Anfang bis Ende noch einmal anhörten. Auf dem professionellen Gerät war der Klang viel klarer, ähnlich wie bei einem scharf eingestellten Bild. Es wurde sogar noch klarer, nachdem Fortier verschiedene Regler betätigt hatte. Das Leder seines Sessels knarrte unter ihm, wenn er sich hierhin und dorthin beugte, und seine Hände schwirrten wie Kolibris über dem Regiepult.

»Das Band weist einige Schäden auf. Offenbar wurde es nicht unter optimalen Bedingungen aufbewahrt.«

»Könnte man wohl so sagen.« Unter Fortiers Tonregie verschwand das Bandrauschen fast völlig. Nach wenigen Sekunden klang Katie Pines Stimme, als wäre sie hier bei ihnen im Raum. So nah schien ihr Entsetzen, so drängend ihre Versuche, den Kopf noch aus der Schlinge zu ziehen, indem sie einen Vater bei der Polizei erfand, dass Cardinal kämpfen musste, um nicht die Fassung zu verlieren. Fortier hielt wie ein Spaniel den Kopf schief und horchte auf immer neue Töne und Geräusche.

»Stimme eines Mädchens: zwölf oder dreizehn Jahre alt. Dem Akzent nach eine Indianerin.«

»Stimmt. Was können Sie uns über die männliche Stimme sagen?«

Fortier drückte die Pause-Taste. »Er ist zu weit vom Mikrophon entfernt, um Genaueres über ihn sagen zu können. Jedenfalls kein Frankokanadier oder sonstwie Französischsprechender. Ottawa Valley scheidet auch aus. Südliches Ontario wäre möglich. Er hat nicht diese ausgeprägt gerundeten Vokale, an denen man die Leute aus dem Norden erkennt. Viel gibt es leider nicht her. Er ist einfach zu weit weg vom Mikro.«

Nachdem das Band abgelaufen war, sprach Fortier sehr rasch, als ob er befürchtete, etwas zu vergessen, sobald er einmal richtig Atem schöpfte. »Erstens, das Band ist mit einem ziemlich guten Aufnahmegerät und einem ziemlich guten Mikrophon gemacht worden.«

»Das deutet wieder auf einen Profi.«

Fortier schüttelte energisch den Kopf. »Keineswegs. Dass das Mikrophon so viel Geräusche eingefangen hat, lag an seiner Stellung. Ein Profi geht immer so nahe wie möglich an die Schallquelle.«

»Können Sie uns etwas über den Aufnahmeort sagen?«

»Dazu müsste ich es mir noch einmal anhören. Ich hatte alles so ausgesteuert, dass die Stimmen gut herauskommen. Nun müsste ich mich auf die Hintergrundgeräusche konzentrieren.« Er schob einige Regler auf dem Pult nach unten, andere nach oben. Sein Zeigefinger befand sich schon über der Start-Taste. »Nur für die Akten, Detective: Das ist das grausigste Tondokument, das ich je gehört habe.«

»Ich würde mir Sorgen machen, wenn Ihr Urteil anders gelautet hätte.«

Gleich darauf drückte Fortier schon wieder auf Pause. »Ich höre etwas, das Sie vielleicht nicht wahrnehmen: Die Aufnahme wurde in einem kleinen, fast unmöblierten Raum gemacht. Dielenfußboden. Ich höre den Hall seiner Absätze auf den Dielen. Ledersohlen, kräftige Absätze, wahrscheinlich Cowboystiefel.«

Sogar Katies Stimme klang jetzt dünn und weit weg. Dagegen drangen die Schritte, die Reißgeräusche und die Schläge mit großer Deutlichkeit ins Halbdunkel des Studios.

»Nicht viel Verkehr draußen. Ein Auto, ein Lkw in den ganzen fünfzehn Minuten. Keine Nähe zu einem Highway. Das Haus ist alt – man hört, wie die Fensterscheibe im Rahmen zittert, wenn ein Lkw vorbeifährt.«

»Ich höre das nicht«, gestand Delorme.

»Ich kann es hören. Blind wie ein Maulwurf, da muss das Gehör vieles ausgleichen. Er macht jetzt Fotos.« Er drückte auf die Pause-Taste. »Was mir gerade einfällt: Nehmen Sie das Geräusch des Objektivverschlusses und des Filmtransports auf. Dann können Sie es mit den Geräuschen anderer Kameratypen vergleichen, bis Sie die Kamera identifiziert haben.«

Delorme sah Cardinal an. »Gute Idee«, sagte sie.

Fortier hing immer noch dem Gedanken nach, den er gerade geäußert hatte. »Ich bin aus verständlichen Gründen kein Kameraexperte. Aber die Technik dieser Kamera ist alt – kein Servomotor, kein automatischer Filmtransport, und das Klicken des Verschlusses ist mechanisch, nicht elektronisch. Alles das datiert die Technologie auf Mitte der Siebziger, wenn nicht früher. Der Verschluss ist recht langsam, woraus ich schließe, dass die Lichtverhältnisse schlecht sind. Das spricht für abends oder nachts.«

»Gut gefolgert, Mr. Fortier. Machen Sie weiter.«

Er ließ das Band wieder laufen. »Mit der Auffassung stehe ich möglicherweise allein, aber mir scheint, dass sich das Zimmer in einer oberen Etage befindet. Das Auto und der Lkw hören sich an, als kämen sie von unterhalb.«

»Können Sie das wirklich hören?«

»Die Geräusche eines Fahrzeugmotors zu deuten ist eines der ersten Dinge, die man als Blinder lernt.«

»Was sagen Sie über die Musik? Wir kennen das ungefähre Datum. Wenn wir herausfinden könnten, welcher Sender die Songs in genau dieser Reihenfolge gespielt hat, würden wir wissen, an welchem Tag und zu welcher Stunde Katie ermordet wurde.«

»Oh, ich möchte Sie nicht enttäuschen, Miss Delorme, aber ich glaube nicht, dass die Musik aus dem Radio kam.«

»Aber es waren doch ganz unterschiedliche Interpreten.«

»Ja, sicher, und ich kann Ihnen auch genau sagen, wer: Pearl Jam, die Rolling Stones und Anne Murray. Bestimmt kennen Sie die Stones-Titel, und ich kann Ihnen auch die anderen nennen, wenn Sie wollen. Doch zwei Dinge sind auffällig: Erstens, die Titelauswahl ist schon sehr merkwürdig. Die ersten beiden Titel mögen ja noch in einer Radiosendung gespielt werden, aber es würde doch sehr befremden, auf die Rolling Stones ein Lied von Anne Murray folgen zu lassen. Ich bezweifle, dass ein Musikredakteur sich zu so etwas versteigen würde. Und zweitens, für eine Sendung waren die Pausen zwischen den Titeln zu lang. Kein Radiosender – nicht einmal im hohen Norden – würde seinen Hörern so viel Leerlauf zumuten.«

»Aber man hört kein Geräusch, dass Platten gewechselt würden. Er geht an die Maschine, drückt eine Taste, und die Musik geht los.«

»Ich vermute – und da bin ich mir ziemlich sicher –, dass

es sich um ein Amateur-Tape für den Hausgebrauch handelt.«

»Sie meinen, der Betreffende hat sich die Platten ausgeliehen?«

»Es ist eine CD. Auch durch zwei Abspielgeräte höre ich noch die für jede CD typische elektronische Bearbeitung – diesen protzigen Glanz, den alles bekommt. Ganz zu schweigen von den fehlenden Kratzern und Macken. Ja, viele Leute leihen sich Musik aus öffentlichen Büchereien und machen sich Tapes. Das treibt die Juristen von den Copyright-Abteilungen zum Wahnsinn.«

»Aber wenn er den Rekorder benutzt, um aufzunehmen, was im Raum passiert ...«

»Ja, dann braucht er auf jeden Fall zwei Geräte.«

16

Das Sundial-Restaurant gleich hinter Orillia am Highway 400 ist wirklich so rund, wie sein Name vermuten lässt. Mit seinen hohen, gebogenen Fenstern wirkt es hell und heiter, die Bedienung ist freundlich. Immer wenn Cardinal auf dem Heimweg von Toronto war, legte er hier eine Rast ein.

Delorme kam gerade aus der Damentoilette und suchte sich ihren Weg zwischen den rosa Sitzbänken hindurch. Sie machte einen abwesenden Eindruck und murmelte, kaum dass sie sich gesetzt hatte, sie sollten sich wohl am besten wieder auf den Weg machen, ehe das Schneegestöber sich zu einem echten Blizzard auswachse.

»Ich kann jetzt noch nicht losfahren«, erwiderte Cardinal. »Ich habe gerade einen Kokosnusskremkuchen bestellt.«

»Wenn das so ist, trinke ich noch einen Kaffee.«

»Das ist eine alte Angewohnheit von mir: Wenn ich im Sundial anhalte, gönne ich mir diesen Kuchen, den ich nirgendwo sonst esse.«

Delorme nickte vage und sah dabei aus dem Fenster. Irgendetwas beschäftigte sie, das war offensichtlich. Cardinal war im Zweifel, ob er sie danach fragen sollte. Stattdessen studierte er das Papierset, auf dem Porträts kanadischer Premierminister zu sehen waren.

Die Kellnerin brachte den Kuchen und den Kaffee, und Cardinal holte seine Notizen hervor. »Wegen der Rundfunksender bin ich nicht so skeptisch wie Fortier. Schließlich haben wir es nicht mit zwei Dutzend Rundfunkstationen zu tun.«

»Ich kann das recherchieren, wenn Sie möchten.«

»Sie wirken ein bisschen niedergeschlagen, Lise.«

Delorme zuckte die Achseln. »Als wir das Tonband zum ersten Mal hörten, war ich mir sicher, wir würden dem Täter in kürzester Zeit auf die Spur kommen – morgen, Ende der Woche, jedenfalls sehr bald. Wann passiert einem das schon, einen Mord auf Tonband mitgeschnitten zu bekommen? Aber dann geben wir das Band einem Experten, und was haben wir am Ende in der Hand? Nichts.«

»Werfen Sie nicht gleich die Flinte ins Korn. Wenn Fortier mit der digitalen Überarbeitung fertig ist, könnte er etwas Neues entdecken. Wenn er die Stimme des Mörders herauspräparieren kann...«

»Aber er sagte doch, dass das nicht möglich ist.«

»Dann haben wir immer noch den Hinweis auf die Kamera. Der Spur können wir nachgehen.«

»Zugegeben, im Studio war ich von dieser Idee begeistert. Es klingt so wissenschaftlich: Geräuschidentifizierung. Aber überlegen Sie mal. Selbst wenn wir mit Gewissheit sagen können, dass es sich zum Beispiel um das Verschlussgeräusch einer Nikon, Baujahr 1976, handelt, welchen Nutzen hat das für uns? Anders wäre es bei einer Kamera, die erst voriges Jahr hergestellt wurde. Da könnte uns die Recherche am Ende zu einem Kaufbeleg oder einer Kreditkarte führen. Aber bei einer alten Kamera? Der Besitzer könnte in der Zwischenzeit zehnmal gewechselt haben.«

»Mein Gott, Sie sind ja wirklich deprimiert.«

Delorme saß halb abgewandt auf der Sitzbank und starrte in das Schneegestöber, das sie seit Toronto begleitet hatte. Ein Truck verließ gerade mit eingeschalteten Scheibenwischern den Parkplatz. Nach einer Weile sagte sie: »Als Kind dachte ich immer, dieses Restaurant sehe eher wie eine fliegende Untertasse und nicht wie eine Sonnenuhr aus.«

»Das dachte ich auch, und den Eindruck habe ich auch heute noch.«

Auf dem freien Platz, den der Truck gelassen hatte, half ein Vater seiner kleinen Tochter beim Zumachen des Reißverschlusses. Das Mädchen trug eine helle grüne Mütze mit einer Bommel, die ihr bis zur Taille herunterhing. Der Atem der beiden vereinigte sich zu einer Wolke. Cardinal spürte einen Stich in dem Winkel seines Herzens, wo er Angst und Sorge verbarg. Wie ein roter Faden zieht sich die Angst durch die Liebe eines Vaters zu seiner Tochter, dachte er, deshalb sind wir Väter so übertrieben fürsorglich.

»Sie haben eine Tochter, die studiert, nicht wahr?« Delormes Gedanken schienen ebenfalls in Richtung Töchter zu gehen.

»Ja, das stimmt. Sie heißt Kelly.«

»In welchem Semester ist sie denn?«

»Im vierten. Bildende Kunst. Sie hat nur Einsen«, konnte er sich nicht verkneifen, hinzuzufügen.

»Sie hätten sie besuchen können. Wir hatten genug Zeit.«

»Kelly ist nicht in Toronto. Sie studiert in den Staaten.« Wie Sie genau wissen, Detective Delorme, trotz Ihrer unschuldigen Art. Ermitteln Sie nur weiter gegen mich, wenn Sie es müssen, aber erwarten Sie nicht, dass ich Ihnen dabei helfe.

»Warum studiert sie denn lieber in den Staaten? Ist es wegen Ihrer Frau, die ja von dort stammt?«

»Kellys Mutter ist Amerikanerin, aber das ist nicht der Grund, weshalb Kelly dorthin gegangen ist. Yale ist die beste Hochschule für Bildende Kunst auf dem ganzen amerikanischen Kontinent.«

»So eine berühmte Universität. Und ich weiß nicht mal, wo sie liegt.« Es war durchaus möglich, dass Delorme es wirklich nicht wusste. Cardinal war sich nicht sicher.

»New Haven, Connecticut.«

»Ich weiß auch nicht, wo New Haven liegt.«

»An der Atlantikküste, kein schöner Ort.« Machen Sie nur weiter, Delorme, fragen Sie, wie ich mir das leisten kann. Fragen Sie, woher ich das Geld habe.

Aber Delorme wiegte nur bewundernd den Kopf. »Yale, das ist wirklich toll. Was studiert sie doch gleich?«

»Bildende Kunst. Kelly wollte immer Malerin werden. Sie ist sehr begabt.«

»Ein cleveres Mädchen, wie es scheint. Zur Polizei will sie nicht.«

»Sie ist eben ein cleveres Mädchen.«

Als sie dann im Schneesturm weiter nordwärts fuhren, war die gespannte Atmosphäre mit Händen zu greifen. Ein Scheibenwischerblatt quietschte unentwegt, sodass Cardinal es am liebsten herausgerissen hätte. Er schaltete das Radio ein und hörte sich nur eine Strophe von Joni Mitchells »Both Sides Now« an, dann schaltete er wieder aus. Als sie sich Gravenhurst näherten, tauchten die ersten Felsen des Präkambrischen Schilds auf beiden Seiten des Highways auf. Sonst hatte Cardinal immer ein Gefühl von Zuhause, wenn er diesen ersten Felsdurchbruch erreichte, doch jetzt fühlte er sich nur bedrückt.

Am Morgen hatte er aus der Gerichtsmedizin Dyson angerufen, um ihn auf dem Laufenden zu halten. Ehe er überhaupt etwas sagen konnte, überfiel ihn der Detective Sergeant mit der Ankündigung: »Ich habe eine Überraschung für Sie, Cardinal.«

»Nämlich?«

»Margaret Fogle.«

»Was ist mit ihr?«

»Ich habe hier in der Hand – sozusagen frisch aus der Presse – ein Fax von der Polizei in Vancouver. Offenbar ist Miss Fogle nicht, wie manche glauben wollten, Opfer eines Mordes in unserer kleinen Stadt geworden. Miss Fogle ist am Leben und hat in Vancouver ein Baby zur Welt gebracht. Mutter und Kind sind wohlauf.« Die Schadenfreude in Dysons Stimme war auch durch das Telefon deutlich zu spüren.

»Schön«, sagte Cardinal. »Wenn sie lebt, ist das eine gute Nachricht.«

»Nehmen Sie's nicht zu schwer, Cardinal. Wir machen alle mal einen Fehler.«

Cardinal ließ diese Bemerkung unkommentiert durchgehen und berichtete dann so knapp wie möglich von den Ergebnissen der gerichtsmedizinischen Untersuchung.

Auf der Höhe von Bracebridge, wo die Ausfahrten nur noch verschwommen im Schneegestöber zu erkennen waren, kam Delorme wieder auf die Musik auf dem Band zu sprechen, und während sie verschiedene Hypothesen durchspielten, wurde die Stimmung wieder besser. Cardinal merkte, dass ihm die gute Meinung seiner Kollegin wichtig war. Das musste wohl etwas mit diesen scharfgeschnittenen Gesichtszügen und ernsten Augen zu tun haben. Andere Gründe hatte er nicht; sie kannten sich beide kaum.

Also gut, sagte sich Cardinal und begann im Stillen, seine Situation zu analysieren, du hast das deutliche Gefühl, dass deine Kollegin gegen dich ermittelt. Wie gehst du am besten mit dieser unerquicklichen Situation um, ohne in Schimpf und Schande zu enden? Er entschied sich dafür, ihr so weit wie möglich entgegenzukommen. Ohne es allzu offensichtlich zu machen, wollte er ihr jede Gelegenheit zu weiteren Recherchen bieten – ihr den Zugang zu seinem Spind und zu seinem Schreibtisch ermöglichen (wenn sie das nicht schon längst getan hatte). Ja, wenn es sein musste, würde er sie sogar in seinem Haus herumschnüffeln lassen. Yale war der Punkt, der ihm am gefährlichsten werden konnte, und den kannte sie bereits. Die Wahrscheinlichkeit, dass sie noch mehr fand, war, so wie die Dinge lagen, gering.

Hinter Huntsville hatte Cardinal das Gefühl, wirklich wieder auf heimischem Territorium zu sein. Sicher, mit den Leuten in Toronto zu arbeiten, hatte ihm Spaß gemacht, er mochte ihre flotte, professionelle Art. Aber seine Liebe galt dem Norden: der Reinheit, den Felsengebirgen und Wäldern, der tiefen Klarheit des Himmels. Vor allem aber schätzte er es, an dem Ort zu arbeiten, an dem er aufgewachsen war und der ihn geprägt hatte. Den Ort zu schützen, an dem er als

Kind Geborgenheit erfahren hatte. Toronto hätte ihm mehr Karrierechancen geboten, vom Geld gar nicht zu reden, aber heimisch wäre er dort nie geworden.

Heimat. Plötzlich wünschte sich Cardinal, Catherine wäre hier an seiner Seite. Vor diesem Kummer war er nie sicher. Stundenlang dachte er nur an seinen Fall, und plötzlich spürte er einen Druck in der Brust, einen schmerzenden Hunger. Er sehnte sich nach Catherine, auch nach einer kranken, vom Wahn verfolgten Catherine.

Die Nacht brach herein, und die dicht fallenden Schneeflocken legten sich wie Spitzengardinen über den Wagen.

* * *

Auch am folgenden Tag schneite es noch, als Cardinal und Delorme in Dysons Büro saßen und zuhörten, was ihr Vorgesetzter aus dem Täterprofil der RCMP vorlas. Wie es Dyson geschafft hatte, die Polizeidirektion in Ottawa zu einer so raschen Reaktion zu bewegen, war Cardinal ein Rätsel. Die Faxleitungen mussten geglüht haben. Und nun – aber das sah Dyson so ähnlich, dass es schon an eine Parodie seiner selbst grenzte – zerpflückte er den Text, den zu bekommen ihn so viel Mühe gekostet hatte.

»*Die Auswertung der polizeilichen Fotografien ist durch die Tatsache eingeschränkt, dass es sich nur in dem einen Fall um den Tatort handelt. Der Bergwerksschacht auf der Insel ist lediglich der Fundort der Leiche.* Wirklich, das ist einfach Spitze.« Dyson sprach zu dem Schreiben, das er in der Hand hielt. »Jetzt verrate mir doch bitte etwas, was ich noch nicht weiß.«

Ohne aufzuschauen, blätterte er in dem mehrere Seiten umfassenden Text und pflückte mutwillig, mal hier, mal da, einen Satz heraus. »*Verschiedene Todesursachen... Ersticken... stumpfes Trauma...* Blabla und nochmals Blabla. *Der Junge wurde im Sitzen angegriffen und war dem An-*

greifer zugewandt, was den Schluss zulässt, dass er den Mörder kannte und ihm ein gewisses Maß an Vertrauen schenkte... Schön, das wissen wir alles selbst.«

»Eines verstehe ich nicht«, sagte Cardinal. »Wieso haben Sie sich so früh an die Experten der RCMP gewandt? Ich hätte damit gewartet, bis wir ihnen mehr Informationen für das Täterprofil hätten liefern können.«

»Und wann wäre das gewesen?«

»Sie hätten mich jedenfalls in Kenntnis setzen können. Wir alle wissen doch, dass die Mounties eine Begabung dafür haben, einen Fall schneller kaputtzumachen, als sie auf ihre Pferde steigen. Sehen Sie sich doch nur mal den Fall Kyle Corbett an. Ich will jetzt gar nicht darüber spekulieren, was da schiefgelaufen ist. Aber ihre Experten für Täterprofile sind Klasse, und Grace Legault, die man auch als Sprachrohr der öffentlichen Meinung bezeichnen könnte, hat mich erst gestern Abend angerufen und gefragt, wann wir die Experten der Bundespolizei um Hilfe bitten. Ich sagte ihr, bis jetzt bestehe noch keine Notwendigkeit. Und nun stehe ich da wie ein Idiot.«

»Der Chef hatte die Idee, und ich muss sagen, es war eine gute Idee. Sie sollten ihm dankbar sein. Haben Sie schon mal von einem Präventivschlag gehört? Damit halten wir uns die Presse und Fernsehleute mit ihrem Geschrei nach der Bundespolizei vom Leib. Und wir sammeln Punkte bei den Rotröcken, was immer von Vorteil ist.«

»Aber beim jetzigen Ermittlungsstand gibt es nichts, was nicht auch die Kollegen in Toronto für uns erledigen könnten...«

Doch Dyson hörte John Cardinal schon nicht mehr zu und fuhr stattdessen mit seinem Verriss fort. »*Das Mädchen wurde von einem belebten Rummelplatz entführt... keine Anzeichen für einen Kampf... auch das weist auf eine gewisse Vertrautheit mit dem Täter hin...*«

»Kinder, selbst noch Teenager, haben Zutrauen, wenn sie

auf die richtige Weise angesprochen werden«, gab Delorme zu bedenken. »Erinnern Sie sich nur an den Sittlichkeitsverbrecher vor ein paar Jahren. Der hat sich als Krankenhausangestellter ausgegeben und den Kindern gesagt, ihre Mütter seien in die Notaufnahme eingeliefert worden.«

»Ich wundere mich nur, dass die Mounties so was als Service bezeichnen.« Dyson wedelte verächtlich mit den Blättern.

»Ein Leichenfundort und dreißig Sekunden mit ein paar Fotos«, sagte Cardinal. »Kein Experte für Täterprofile kann unter solchen Umständen sehr viel mehr bieten.«

»Nanu, plötzlich so verständnisvoll? Wie viele Tatorte hat dieser sogenannte Experte denn ausgewertet, frage ich mich.«

»Der Text stammt von Joanna Prokop. Sie hat damals Laurence Knapschaefers Profil so genau erfasst, dass sie sogar die Marke des Autos angeben konnte, das er dann tatsächlich fuhr. Sie hat mehr Scharfsinn als die ganze Polizeidirektion in Ottawa zusammen.«

Dyson blätterte bis zur letzten Seite und las zornfunkelnd die Zusammenfassung vor. »*Die Natur der beschriebenen Fundorte weist den Täter als Einzelgänger aus. Dass er den Bergwerksschacht kannte, zeigt, dass es sich um einen Einheimischen handeln dürf*te ... Ah, jetzt kommt's: *Der Mörder zeigt sowohl rationales als auch desorganisiertes Verhalten. Er hat keine Scheu, die von ihm ausgesuchten Opfer direkt anzusprechen. Er verfügt über eine zumindest oberflächliche soziale Kompetenz, sodass er einen Jugendlichen umgarnen kann. Das leerstehende Haus, der Bergwerksschacht, die Tonbandaufnahme sprechen für planvolles Vorgehen. Wer seine Tat so genau plant, hat vermutlich einen festen Arbeitsplatz. Möglicherweise ist der Täter ein Sauberkeitsfanatiker oder pedantischer Bürokrat. Vielleicht geht er einer Arbeit nach, die viel Ordnungsliebe erfordert.* Todd Curry sah mir nicht so reinlich aus, aber zweifellos haben wir andere Maßstäbe als die Mounties, was Sauberkeit im Haushalt betrifft.«

»*Andererseits*«, fuhr Dyson fort, »*deuten die Zeichen von Raserei im Mordfall Curry auf eine impulsive Persönlichkeit ... Bei dem Mörder könnte es sich um eine Person handeln, die immer häufiger nicht zur Arbeit erscheint und allmählich die Kontrolle über ihr Leben verliert.* Was sollen wir mit solchen Hinweisen anfangen, frage ich mich. Nach diesem Täterprofil müssten wir nach Dr. Jekyll und Mr. Hyde suchen. Was kein Problem wäre, wenn der Typ als Hyde wütete. Aber wie soll man ihn erkennen, wenn er Dr. Jekyll ist?«

»Jedenfalls nicht durch Herumsitzen«, befand Cardinal, stand auf und ging.

Delorme wäre ihm gefolgt, wenn Dyson sie nicht zurückgehalten hätte. »Warten Sie einen Augenblick. Kam es mir nur so vor, oder war Ihr Kollege wirklich ein bisschen empfindlich?«

Delorme blieb der Wechsel im Tonfall nicht verborgen. Sie sprachen jetzt nicht mehr über die Mordfälle Pine und Curry. »Ich glaube, er ist bloß sauer, weil Sie ihn nicht informiert haben.«

»Ja, da mögen Sie recht haben. Und wie kommen Sie mit Ihren Ermittlungen in seinem Fall voran?«

»Gut. Aber nichts Greifbares bis jetzt.«

»Und seine finanzielle Lage?«

»Bisher noch nichts. Die Banken halten sich mit Auskünften sehr zurück. Aber ich habe den Eindruck, also ich glaube nicht, dass ...«

»Ihr Eindruck nützt mir gar nichts, und dem Chef genauso wenig. Wir haben alle den Eindruck, dass Sergeant John Cardinal ein hervorragender Ermittler ist und ein Mann gerade bis zum Scheitel. Wir brauchen keine weiteren Eindrücke, wir brauchen Fakten, die erklären, warum uns Kyle Corbett dreimal durch die Lappen gehen konnte. Cardinal möchte das gern Corporal Musgrave und dessen Leuten in die Schuhe schieben. Aber wie kann sich ein normaler Kripobeamter ein Haus in der Madonna Road leisten? Und wie kommt er dazu, sein Töchterlein auf eine private Eliteuniversität zu schicken? Haben Sie eine Vorstellung, wie hoch die Studiengebühren in Yale sind?«

»Rund fünfundzwanzigtausend kanadische Dollar. Ich habe mich schon erkundigt.«

»Sind da Unterhalt und Wohnung inbegriffen?«

»Nein, das sind nur die Studiengebühren. Rechnet man die Kosten für Essen, Wohnung, Bücher und sonstigen Bedarf hinzu, kommt man auf ungefähr achtundvierzigtausend kanadische Dollar jährlich.«

»Nicht schlecht.«

17

Ein grauer Überlandbus bog dröhnend um die Ecke, wirbelte Schnee hoch und kam vor der Haltestelle zum Stehen.

Die Fahrgäste stiegen nach und nach steifbeinig aus. Manche wurden von wartenden Verwandten umarmt, andere gingen geradewegs auf die Münztelefone zu, wieder andere eilten zum nahen Taxistand. Eine Menschentraube bildete sich um den Bauch des Busses, wo der Fahrer Gepäckstücke wie einen Wurf junger Hunde verteilte. Abgasschwaden zogen um die Beine der Wartenden.

Der Fahrer holte einen Gitarrenkoffer hervor und reichte ihn einem schmächtigen Jugendlichen in einem dünnen Parka, der frierend wartete. Der junge Mann hatte lange Haare, die er sich immer wieder mit der Hand aus dem Gesicht streichen musste. Mit seinen großen runden Augen und den hohen geschwungenen Brauen sah er aus, als wäre das Leben eine ständige Überraschung für ihn. Er schnallte sich einen gewaltigen Rucksack auf den Rücken, nahm den Gitarrenkoffer und trottete zu den Gepäckschließfächern. Er brauchte zwei, um sein ganzes Gepäck zu verstauen. Dann ging er, mit einer Hand seinen dünnen Parka beim obersten Knopf zusammenhaltend, zum nahen Taxistand. Er bückte sich und sprach mit einem Taxifahrer, dann strich er sich ein weiteres Mal die Haare aus dem Gesicht und stieg ein.

Das Taxi war das letzte in der Schlange. Auf dem Parkplatz des Busbahnhofs stand nur noch ein anderes Auto: ein grauer Ford Pinto, der gleich neben der Ausfahrt parkte. Von den Neuankömmlingen aus Toronto war keiner mehr an der Haltestelle, doch als das Taxi vom Parkplatz fuhr, wartete der graue Pinto mit laufendem Motor und beschlagenen Scheiben immer noch an dem Parkverbotsschild nahe der Ausfahrt.

Das Taxi fuhr genau vier Häuserblocks stadteinwärts, bog dann links ab und hielt vor Alma's Restaurant, wo der junge Mann ausstieg. Im dichten Schneetreiben setzte er wie ein Hochseilartist vorsichtig einen Fuß vor den anderen. Der Schnee durchnässte seine Schuhe; seine Stiefel hatte er in dem Rucksack verstaut, den er im Schließfach deponiert hatte.

Im Restaurant war er der einzige Gast. Auf einem kleinen Fernsehgerät hinter dem Tresen lief die Direktübertragung eines Eishockeyspiels. Der bärtige, vierschrötige Kellner nahm die Bestellung an, fast ohne den Blick vom Spielgeschehen zu lösen. Als er das Essen brachte, tönte lauter Jubel und Fanfarenklang aus dem Fernseher. »Verdammt«, murmelte er. »Das war nicht so gut für die Kanadier.«

»Ich wollte noch auf ein Bier oder so in die Stadt gehen«, sagte der junge Mann. »Können Sie mir sagen, wo sich junge Leute hier treffen?«

»Wie jung denn? In meinem Alter?«

»Eher in meinem.«

»Probier's mal im St. Charles.« Der Bärtige schwenkte die Hand wie ein Verkehrspolizist. »Von der Algonquin rechts ab, zwei Häuserblocks weiter kommst du auf die Main Street, und da ist es auf der gegenüberliegenden Seite.«

»Danke.«

Das Restaurant entsprach dem, was Taxifahrer üblicherweise empfahlen: kunstlederbezogene Sitzbänke, Resopaltische, Plastikblumen als Dekoration und trotz des Namens weit und breit keine Alma in Sicht. Der junge Gast saß an der Theke und sah hinaus auf die menschenleere Straße. Im roten Neonlicht des Restaurant-Schildes sahen die Schneeflocken rosa aus. Die Chancen, hier irgendetwas Spannendes zu erleben, standen eher schlecht. Trotzdem machte sich der junge

Mann, nachdem er seinen Hamburger gegessen hatte, auf die Suche nach dem St. Charles.

* * *

Ältere Einwohner von Algonquin Bay erinnern sich noch an die Zeit, als das St. Charles zu den besten Hotels am Platz gehörte. Jahrzehntelang zog seine Lage an der Kreuzung von Algonquin und Main Street viele Besucher an, die im Stadtzentrum wohnen wollten, aber auch alle Touristen, die sich einen kurzen Weg zum Lake Nipissing wünschten, der vom Hotel aus nur zwei Häuserblocks weiter südlich liegt. Der Bahnhof war in weniger als fünf Minuten zu Fuß zu erreichen.

Für Reisende aus Quebec oder Montreal war das St. Charles das erste größere Gebäude, das sie in der Stadt begrüßte. In jener frühen Epoche durfte es stolz von sich behaupten, dass es Touristen und Geschäftsleute gleichermaßen durch seinen Charme, seinen Komfort und einen vorzüglichen Service beeindruckte.

Leider war es damit nun vorbei. Als das St. Charles nicht mehr mit den Preisen konkurrieren konnte, wie billige Hotelketten sie boten, baute man die oberen Etagen in kleine, merkwürdig geschnittene Apartments um, in denen nun hauptsächlich Durchreisende und Gestrandete eine vorübergehende Bleibe fanden.

Vom einstigen Hotel blieb nur noch die Bar übrig, der St. Charles Saloon, dem allerdings nichts von seiner ursprünglichen Eleganz geblieben war und der nun der Schuppen ist, in dem die Jugend von Algonquin Bay das Trinken lernt. Die Geschäftsführung fragt eher nicht nach den Ausweispapieren der jugendlichen Gäste und lässt das Bier in gewaltigen Krügen ausschenken.

Der junge Mann, der übrigens Keith London hieß, stand an der Bar, rauchte und blickte leicht unsicher, wie es Fremden eigentümlich ist, in die Runde. Der St. Charles Saloon war ein großer Raum mit zwei langen Tischreihen, an denen Cliquen von Jugendlichen unter viel Lärm und Geschrei ausgelassen feierten. Entlang der Wände standen kleinere Gruppen von Gästen an runden Tischen. Über der Tür neben der Theke kündete eine Inschrift, »Nur für Damen in Begleitung«, von den besseren Tagen des Etablissements. Aus der grellbunten Musikbox dröhnte ein Song von Bryan Adams. Über der Schar der Zecher hingen dichte Schwaden von Zigarettenqualm.

Keith London hatte sein Bier ausgetrunken und überlegte, ob er noch ein zweites bestellen sollte. Außer dem Hamburger hatte er seit Orillia nichts gegessen.

Die versammelte Kundschaft sah aus, als hätte sie den Zeitpunkt, zu dem man neue Gäste noch mit offenen Armen empfängt, längst hinter sich. Links neben ihm redete ein Paar hitzig über nicht anwesende Dritte. Zu seiner Rechten starrte ein Mann selbstversunken auf ein Eishockeyspiel, das ohne Ton im Fernsehen lief.

Keiths Unternehmungslust ließ merklich nach.

Er bestellte noch ein Bier. Sollte sich auch beim zweiten Bier nichts Interessantes ergeben, würde er zu dem Motel hinübergehen, das ihm der Taxifahrer empfohlen hatte.

Sein Bier war erst halb leer, als ein Mann in einem knielangen Ledermantel von der Musikbox zu ihm herüber an die Theke kam. Er drängte sich zwischen Keith und das Paar neben ihm. Der Mantel sah aus, als ließe sich darunter eine Schrotflinte verbergen.

»Ein langweiliger Laden«, sagte er und wies mit der Spitze seiner Bierflasche auf die übrige Kundschaft.

»Ich weiß nicht. Die meisten scheinen sich doch prima zu amüsieren.« Keith machte eine Kopfbewegung in Richtung Saalmitte, von wo immer neue Lachsalven herüberdrangen.

»Deppen sind immer gut drauf.« Der Mann setzte die Bierflasche wie eine Trompete an die Lippen und trank sie auf einen Zug halb leer.

Keith wandte sich etwas ab und tat so, als interessiere ihn die Musikbox.

»Eishockey. Wenn man in Kanada das Eishockey verbieten würde, würde alles zusammenbrechen.«

»Das Spiel finde ich okay«, hielt Keith dagegen. »Obwohl ich kein richtiger Fan bin.«

»Warum machen es die Kanadier mit Vorliebe wie die Hunde?« Der Mann fragte, ohne Keith dabei anzusehen.

»Weiß nicht.«

»Weil so beide das Eishockeyspiel verfolgen können.«

Keith verließ die Theke und ging zur Toilette. Als er vor einem Urinbecken stand, hörte er, wie die Schwingtür quietschend aufging, und Leder knarrte. Obwohl mehrere Becken frei waren, stellte sich der Mann an den Platz direkt neben ihm. Keith wusch sich rasch die Hände und ging zurück an die Theke, wo noch ein halbes Bier auf ihn wartete.

Kurz darauf kam der Mann wieder. Diesmal wandte er der Menge im Saal den ledergeschützten Rücken zu. Keith hatte das Gefühl, der Mann beobachtete ihn im Spiegel des Barkeepers. »Ich glaube, ich hab Magenkrebs«, sagte er unvermittelt. »Irgendwas stimmt nicht da drin.«

»Das ist ja übel«, sagte Keith. Er wusste, dass er eigentlich Mitleid mit dem Typ haben sollte, doch tatsächlich fühlte er gar nichts.

Die Musikbox spielte jetzt einen alten Song von Neil Young. Der Mann schlug den Takt so heftig auf der Theke mit, dass sein Aschenbecher schepperte. »Ich habe eine Idee, was wir machen könnten«, sagte er und packte Keith plötzlich am Oberarm. »Wir könnten ans Seeufer gehen.«

»Aber da draußen dürfte es ziemlich kalt sein.«

»Das ist doch gerade das Gute. Das Seeufer ist toll im Winter. Wir könnten uns einen Sechserpack besorgen.«

»Nein, danke. Ich bleibe lieber im Warmen.«

»War ja bloß 'n Witz«, beschwichtigte der Mann, ohne seinen Griff im Geringsten zu lockern. »Wir könnten eine Spritztour nach Callander machen. Ich hab 'n CD-Player im Auto. Was für Musik magst du?«

»Oh, das ist ganz unterschiedlich.«

Aus dem Qualm und Dunst trat plötzlich eine Frau an Keith heran und bat ihn um eine Zigarette. Der Mann ließ augenblicklich Keiths Arm los und wandte sich ab. Mit einem Mal war der Bann gebrochen.

Keith bot der Frau seine Player's Lights an. Er hätte ihr wohl nie die geringste Aufmerksamkeit geschenkt, wenn sie ihn nicht angesprochen hätte. Sie war rundlich um die Hüften und hatte fast keinen Busen. Außerdem hatte ihr Gesicht etwas Abstoßendes. Wegen einer Hautkrankheit war ihr Teint dick und glänzend und sah eher wie eine Maske aus.

»Mein Freund und ich fanden gerade, dass du interessant aussiehst. Kommst du von außerhalb?«

»Sieht man das gleich?«

»Wir dachten, dass du interessant wirkst. Trink doch ein Bier mit uns. Wir langweilen uns sonst noch zu Tode.«

Eigentlich egal, wie jemand aussieht, dachte Keith bei sich, das ist doch genau das, was man sich immer wünscht und was so gut wie nie eintritt: Nette Typen interessieren sich für dich. Er schämte sich, dass er wegen ihres Äußeren Vorbehalte gegen sie hatte.

Die Frau führte ihn an der Musikbox vorbei zu einem kleinen Tisch in der Ecke, an dem ein Mann von vielleicht dreißig Jahren saß und das Etikett seiner Bierflasche mit einer Andacht abkratzte, als ob es nichts Wichtigeres auf der Welt gäbe. Als sie näher kamen, blickte er auf und sagte, noch ehe sich die beiden gesetzt hatten: »Hatte ich recht? Kommt er aus Toronto?«

»Ihr beiden seid schon erstaunlich«, sagte Keith. »Gerade mal vor einer Stunde bin ich angekommen. Aus Toronto.«

»So erstaunlich ist das gar nicht«, sagte die Frau und sah

zu, wie ihr Freund Bier in drei Gläser goss. »Du siehst viel zu hip aus, um aus dieser Gegend hier zu kommen.«

Keith zuckte die Achseln. »So schlecht finde ich die Stadt gar nicht. Bloss der Typ an der Theke war 'n bisschen komisch.«

»Ja, das haben wir gemerkt«, sagte der Mann ruhig. »Wir dachten uns, es sei an der Zeit, dich zu erlösen.«

»He! Ihr habt ja Zigaretten!«

»Ich wusste nicht, wie ich dich sonst hätte ansprechen sollen«, gestand die Frau. »Ich bin sonst schüchtern gegenüber Fremden.« Ihr Freund zündete sich eine Zigarette an und bot die Packung mit einer lässigen Bewegung aus dem Handgelenk heraus an. Auch er war keine Schönheit. Er trug sein dunkles Haar nach hinten gekämmt, doch hatte er am Hinterkopf einen Wirbel, wo die Haare steil nach oben standen, so als hätte er gerade eine Punkrock-Phase hinter sich. Seine Haut war so blass, dass unter den Augen und an den Schläfen blaue Venen zu sehen waren. Die frettchenhaften Augen beeinträchtigten den Gesichtsausdruck ein wenig, und er hatte eine zusammengekrümmte Körperhaltung, eine eigentümliche Art, sich zu bewegen – er neigte sich zum Einschenken vor, bot elegant eine Zigarette an –, die Keith faszinierte. Fast schien es, als wollte er damit sagen, dass er weit wichtigere Dinge zu tun hatte, aber sich nun die Zeit nehme, seinem Gegenüber ein Glas Bier einzuschenken und eine Zigarette anzubieten. Von ihm ging ein so bezwingender Charme aus, dass Keith sich fragte, was solch einen Mann wohl mit der Frau mit dem Glasfasergesicht verband.

»Ich vergebe euch noch mal«, sagte Keith gut gelaunt. Er nippte an seinem Bier. »Ich heisse übrigens Keith.«

»Ich heisse Edie. Und das ist Eric.«

»Eric und Edie. Irre.«

Nach dem zweiten Krug Bier wurde Keith redselig. Er wusste um seine Schwäche, konnte aber dennoch nichts dagegen tun. »So eine Plaudertasche«, neckte ihn seine Freundin bisweilen. Er erzählte Eric und Edie, dass er gerade die Highschool hinter sich habe und nun für ein Jahr durchs Land reise, ehe er ein Studium beginnen wolle. Er habe schon die Ostküste gesehen und sei nun auf dem Weg nach Vancouver. Dann kam er auf das Thema Politik und Wirtschaft. Er teilte ihnen seine Ansichten über Quebec mit, ehe er sich über die Lage auf den Inseln ausließ. Mein Gott, bin ich 'ne Quasselstrippe, dachte er. Irgendjemand muss mich bremsen.

»Neufundland«, hörte er sich gerade sagen. »Mann, das ist das reinste Katastrophengebiet. Die Bevölkerung der halben Provinz ist arbeitslos, weil wir den ganzen Fisch weggefressen haben. Könnt ihr euch das vorstellen? Kein Kabeljau mehr in den Netzen! Wenn man nicht Erdöl gefunden hätte, wäre jetzt die ganze Insel arbeitslos.« Um seine Aussage zu betonen, strich er sich die Haare aus dem Gesicht. »Echt, die ganze Insel.«

Doch das Pärchen schien nicht müde, ihm zuzuhören. Edie blieb mit dem Gesicht im Schatten, vielleicht um ihren hässlichen Teint zu verbergen, und stellte ihm eine Frage nach der anderen. Eric schaltete sich hin und wieder in das Gespräch ein, erkundigte sich nach diesem und jenem, und schon kam Keith mit einer Meinung, einer weiteren Geschichte heraus. Fast so, als gäbe er ein Interview.

»Was führt dich denn nach Algonquin Bay?«, fragte Edie. »Kennst du hier jemanden? Hast du hier Verwandte?«

»Nein, meine ganze Familie ist aus Toronto, schon immer. Alles eingefleischte Anglikaner, falls ihr wisst, was ich meine.«

Edie nickte, obgleich Keith den Eindruck hatte, dass sie es nicht wirklich verstand. Immer wieder fuhr sie mit der Hand übers Gesicht oder zog ihr Haar wie einen Vorhang vor die Wange.

»Eigentlich habe ich keinen richtigen Grund, hier einen Halt einzulegen«, fuhr Keith fort, »außer dass ein Freund von mir vor ein paar Jahren mal in Algonquin Bay gewesen ist und erzählt hat, dass es richtig gut war.«

»Hat er dir denn keine Adressen von Leuten gegeben, bei denen du wohnen könntest? Oder wolltest du im Motel übernachten?«

»Ich wollte eigentlich nachher im Birches absteigen. Der Taxifahrer hat mir gesagt, für den Preis wäre es ganz ordentlich.«

Noch mehr Fragen. Über Toronto, die Kriminalität und die Filme, die dort gedreht wurden. Welche Rockbands waren gerade angesagt? Welche Clubs waren in? Wie kam er mit den Menschenmassen, der ständigen Hetze, den U-Bahnen zurecht? Und noch einen Krug Bier, noch mehr Zigaretten. Es war genau diese Art von Geselligkeit, die Keith liebte und für die er so gern auf Reisen ging; die drei verstanden sich wirklich prächtig. Die ganze Zeit über schien Edie gespannt auf jedes Wort aus Erics Mund, und allmählich begriff Keith, was sie die ganze Zeit zeigte: Bewunderung.

»Wir hatten immer schon mal vor, nach Toronto zu fahren«, sagte Edie irgendwann. »Aber das ist so teuer. Es ist wirklich unverschämt, was die Hotels dort verlangen.«

»Kommt doch zu mir«, bot Keith an. »Ich denke, dass ich spätestens im August wieder dort bin. Ihr könnt bei mir wohnen. Ich zeige euch die Stadt. Mann, das wär doch was.«

»Das ist wahnsinnig nett von dir...«

»Also abgemacht. Gib mir mal was zu schreiben, dann gebe ich euch meine Adresse.«

Eric, der fast die ganze Zeit über regungslos dagesessen hatte, holte einen kleinen Notizblock aus der Tasche und reichte ihm einen Kugelschreiber.

Während Keith seine Adresse, seine Telefonnummer und seine E-Mail-Adresse niederschrieb, und was ihm sonst noch einfiel, unterhielten sich Edie und Eric im Flüsterton miteinander. Er riss das Blatt aus dem Heft und gab es Eric. Der las es aufmerksam durch, ehe er es in seine Hosentasche steckte. Dann schlug Edie mit fester Stimme vor: »Wir haben ein Zimmer für dich. Komm doch mit zu uns.«

»Oh, ich war aber wirklich nicht auf eine kostenlose Bleibe für die Nacht aus.«

»Nein, schon klar.«

»Das ist echt nett von euch. Ich weiß gar nicht, was ich sagen soll. Ich will mich nicht aufdrängen. Macht es euch auch wirklich keine Umstände? Macht ihr das nicht bloß aus Höflichkeit?«

»Wir wissen gar nicht, was Höflichkeit ist«, sagte Eric, ohne von seinem Bier aufzublicken. »Wir sind nie höflich.«

Und Edie sagte: »Weißt du, Keith, man verfällt hier leicht in einen Trott. Für uns wäre es eine willkommene Abwechslung, dich bei uns zu haben. Du würdest uns einen Gefallen tun. Es ist einfach interessant, deine Ansichten über Land und Leute zu hören.«

»Faszinierend«, setzte Eric hinzu, »wirklich erfrischend.«

»Du scheinst einen besonderen Blick für Menschen zu haben, Keith. Vielleicht, weil du so viel reist. Oder ist das bei dir angeboren?«

»Nee, nicht angeboren«, dementierte Keith mit lehrerhaft erhobenem Zeigefinger. Junge, nun kam er erst richtig in Fahrt. Er erzählte, was für ein Kindskopf er früher gewesen war und dass es nicht so sehr das Reisen als vielmehr seine Erfahrungen mit Mädchen, Lehrern und Klassenkameraden von der Highschool gewesen waren, die ihm zur Selbsterkenntnis verholfen hatten. Erfahrung eben. Und wenn man sich selbst kenne, so dozierte er, kenne man auch seine Mitmenschen.

Plötzlich beugte sich Eric vor. Nach der Regungslosigkeit, die er die ganze Zeit über gezeigt hatte, wirkte das geradezu dramatisch. »Du hast etwas von einem Künstler«, behauptete er. »Ich denke schon die ganze Zeit, dass du ein Künstler sein musst.«

»Da liegst du nicht ganz falsch, Eric. Ich bin Musiker – kein Profimusiker, aber ich spiele nicht schlecht.«

»Musiker. Was sonst. Und ich wette, du spielst Gitarre.«

Keith hielt mit dem Bierkrug in halber Höhe inne. Dann setzte er ihn langsam wieder auf den Tisch, als ob es sich um ein besonders zerbrechliches Gefäß handelte. »Woher weißt du, dass ich Gitarre spiele?«

Eric schenkte Keith nach. »Deine Fingernägel. An der rechten Hand sind sie lang, an der linken kurz.«

»Mein Gott, Edie. Du bist ja mit einem Sherlock Holmes verheiratet.« Waren die beiden überhaupt verheiratet? Er erinnerte sich nicht mehr, ob sie es ihm gesagt hatten oder nicht.

»Zufällig habe ich das Equipment für Aufnahmen«, sagte Eric ruhig. »Wenn du so gut bist, wie ich vermute, könnten wir ein Tape machen. Nichts Großartiges. Nur eine Aufnahme in Vierspurtechnik.«

»Vierspurtechnik? Das wäre ja irre. So was habe ich noch nie gemacht.«

»Wir könnten dich und die Gitarre auf zwei Spuren aufnehmen, das Ganze dann auf eine Spur legen, sodass drei Spuren für Keyboard, Bass und Schlagzeug blieben.«

»Phantastisch. Hast du so was schon oft gemacht?«

»Hin und wieder. Ich bin kein Profi.«

»Ich auch nicht. Aber ich würde das gern mal ausprobieren. Das war doch nicht bloß 'n Scherz, oder?«

»Ein Scherz?« Eric lehnte sich zurück. »Ich mache nie Scherze.«

»Er nimmt das sehr ernst«, bekräftigte Edie. »Er hat zwei Geräte – einen Kassettenrekorder und ein Studiobandgerät. Wenn Eric eine Aufnahme macht, ist das wirklich was Besonderes.«

18

Wenn sie langsam sterben sollen, musst du sie in den Bauch schießen. Du jagst ihnen eine Kugel tief in den Unterleib. Dann brauchen sie Stunden, ehe sie abkratzen. Und sie sterben unter höllischen Schmerzen. Die Show ist sehenswert.«

Edie hielt die Luger, wie er es ihr gezeigt hatte, eine Hand stützte die andere, die Füße auseinander, in leicht geduckter Stellung. *Ich komme mir vor wie ein Kind, das Räuber und Gendarm spielt. Aber wenn der Schuss losgeht, ist es ganz unvergleichlich.*

»Heb dir den Bauchschuss für besondere Gelegenheiten auf, Edie. Aber jetzt stell dir vor, der Typ kommt dort über den Hügel auf dich zu. Er will nicht mit dir reden, und er will dich auch nicht verhaften. Er hat nur ein Ziel: deinen Tod. Was bleibt dir da übrig? Ihn rechtzeitig stoppen. Es ist dein gutes Recht, den Bastard abzuknallen.«

Mit seinen langen knochigen Händen zeigt er mir, wie man den Abzug betätigt.

»Ein Kopfschuss ist immer das sicherste, verstanden, Edie?«

»Ein Kopfschuss ist immer das sicherste.«

»Du zielst immer erst auf den Kopf, es sei denn, du bist mehr als zwanzig Meter entfernt. In dem Fall zielst du auf die Brust. Das ist das zweitsicherste. Wiederhole. Schuss in die Brust ist das zweitsicherste.«

»Schuss in die Brust ist das zweitsicherste. Schuss in den Kopf ist das sicherste.«

»Gut. Und du schießt immer das ganze Magazin leer. Nicht einen Schuss abfeuern und warten, was dabei herauskommt, sondern das ganze Magazin leerballern. Peng, peng, peng.«

Ich machte einen Luftsprung, wenn er das tat. Ich schrie auf, doch er hörte gar nicht hin, so konzentriert ist er, wenn er mir Schießunterricht gibt. Seine Haare scheinen sich dann zu sträuben, und seine Augen sind pechschwarz.

»Edie, du gibst ihnen die ganze Ladung. Kugelsichere Weste? Na wenn schon. Drei von diesem Kaliber legen jeden flach – zumindest vorübergehend – und verschaffen dir Zeit zur Flucht.«

»Meine Arme fangen an zu zittern.« *Er beachtet mich gar nicht. Er ist ein Marineinfanterist, ein Schleifer, ein geborener Lehrer. Und ich bin seine geborene Schülerin. Ich bin schwach, aber er macht mich stark.*

»Durchatmen, Edie. Hol tief Luft und halt die Luft an, bis du abdrückst. Du bestimmst den richtigen Augenblick.«

Wenn Edie zu lange wartete, wiederholte Eric: »Du bestimmst den richtigen Augenblick«, um dann entnervt hinzuzufügen: »Du wärst jetzt schon längst hinüber.«

Edie drückte ab, und der Knall war wie immer lauter, als sie erwartet hatte. »Der Rückschlag ist so stark«, sagte sie, »meine Arme kribbeln richtig.«

»Mach doch nicht die Augen dabei zu, Edie. So triffst du nie.« Eric stapfte durch den Schnee, um nach dem Pappkameraden zu schauen. Als er zurückkam, war sein Gesicht wie versteinert. »Anfängerglück. Ein Treffer direkt ins Herz.«

»Habe ich ihn erledigt?«

»Purer Zufall. Er hätte dir schon längst die Birne von den Schultern gepustet, langsam, wie du bist. Probier's noch mal. Ziel auf die Brust. Und lass die Augen offen.«

Sie brauchte eine Weile, bis sie wieder so weit war, und er wiederholte seine Anweisungen. »Wie gesagt, wenn sie langsam sterben sollen, schießt du sie in den Bauch. Hast du schon mal einen Wurm am Haken gesehen?«

»Das ist schon lange her. Als ich klein war.«

»Genauso winden sie sich. Aah!« Eric hielt sich den Bauch, ging auf die Knie und ließ sich dann nach hinten fallen. Er wand sich fürchterlich und gab Würgegeräusche von sich. »So machen sie dann«, sagte er, auf dem Rücken im Schnee liegend. »Sie winden sich vor Schmerzen, und das stundenlang.«

»Ich glaube dir, dass du das kennst.«

»Du weißt nicht, was ich kenne«, widersprach ihr Eric kalt. Er stand auf und klopfte Schnee von seinen Jeans. »Was ich schon gesehen habe, geht dich gar nichts an.«

Edie drückte ab, verfehlte das Pappschild und sogar den Baum. Eric wurde darauf gleich wieder freundlicher. Er war den ganzen Morgen guter Stimmung gewesen; das war er immer, wenn sie einen Gast hatten. Einen Gast zu haben löste etwas in ihm aus. Heute früh gleich nach dem Wecken hatte er sie mit einem Abstecher in den Wald überrascht. Er schlug Schießunterricht vor, und da wusste sie, dass der Tag gut werden würde. Er fasste sie von hinten und korrigierte ihre Haltung.

»Macht nichts. Wenn es zu einfach wäre, würde es keinen Spaß machen.«

»Warum zeigst du es mir nicht? Ich möchte es sehen, wie du es machst. Dann könnte ich es leichter nachmachen.« Ihre Ergebenheit ihm gegenüber wirkte wie ein Zauberwort. Es wirkte immer.

»Du möchtest also sehen, wie es der Meister macht? Okay, dann pass gut auf, Baby.«

Edie lauschte mit zur Seite geneigtem Kopf wie ein Hundejunges, während Eric noch einmal auf die einzelnen Punkte einging. Er zeigte ihr die richtige Haltung, den Griff, die leicht geduckte Stellung und das Visieren entlang des Pistolenlaufs. Er war in seinem Element, wenn er ihr etwas zeigen und beibringen konnte, Dinge, die er in Toronto, Kingston oder Montreal gelernt hatte. Edie war, abgesehen von einer Klassenfahrt nach Toronto, in ihrer Highschool-Zeit nie aus

Algonquin Bay herausgekommen. Mit ihren siebenundzwanzig Jahren hatte sie noch nie eine eigene Wohnung gehabt und noch nie jemanden wie Eric kennengelernt. Jemand, der so selbstsicher war. Und so schön.

Edies Tagebuch, 7. Juni vergangenen Jahres: *Ich verstehe gar nicht, wie er sich mit einem hässlichen Ding wie mir abgeben kann. Bei meinem abstoßenden Gesicht und vorn flach wie ein Brett. Er weiß ja gar nicht, wie hinreißend gut er aussieht. So schlank, dabei muskulös, und seine Art zu gehen – leicht geduckt –, da bekomme ich gleich weiche Knie.* Sie stellte sich sein Gesicht mit den zarten Knochen und harmonischen Zügen auf einer zwölf Meter breiten Kinoleinwand vor. Für alles, was er tat, könnte man Eintritt verlangen.

Diese Schatten unter den Augen geben ihm etwas von einem Künstler, als ob ihn ein Dämon treibt. Ich sehe ihn oben auf einer Klippe am Meer, das Haar vom Sturm zerzaust und mit wallendem weißen Schal.

Er war mit einem Rasierwasser und einer Packung Papiertaschentücher an ihren Tresen bei Pharma-City gekommen und hatte sie nach Batterien und einer kleinen Packung PowerUp gefragt.

Ich bin verloren, hatte sie am Tag, als er den Drugstore betrat, in ihr Tagebuch geschrieben. *Ich habe den mächtigsten Mann des Universums getroffen. Sein Name ist Eric Fraser, er arbeitet im Troy Music Centre, und sein Gesicht sieht für mich göttlich aus. Diese Augen!* Von Zeit zu Zeit las sie in ihrem Tagebuch, um sich in Erinnerung zu rufen, wie leer ihr Leben gewesen und wie erfüllt es seit der Bekanntschaft mit Eric Fraser war. *Sogar sein Name ist schön.*

»Haben Sie das schon mal probiert?«, hatte er sie gefragt. Sie sahen einander an, während der Geschäftsleiter die Kasse betätigte.

»Das ist so ein Weckmittel, oder? Koffeinhaltige Tabletten?«

»Oh, durchaus möglich, dass auf dem Beipackzettel etwas von Koffein steht. Schreiben können die, was sie wollen. Aber glauben Sie mir, mit PowerUp kann man erstaunliche Sachen machen.«

»Die ganze Nacht wach bleiben, so was?«

Doch er hatte sie nur verschlagen angelächelt und mitleidig den Kopf geschüttelt. »Erstaunliche Sachen.«

Sie hätte sich niemals träumen lassen, wie erstaunlich.

Ganz in Schwarz war er gekleidet gewesen und schmal wie ein Laternenpfahl. Wenn er dann noch seine Sonnenbrille aufsetzte, hätte man wetten können, dass er in einer Underground-Band spielte. Sie wunderte sich immer noch, dass so ein gut aussehender, cleverer und weltgewandter Mann wie Eric Fraser sich für ein Mauerblümchen, eine Verliererin wie sie, Edie Soames, interessierte. Drei Tage vor dem ersten Tagebucheintrag, in dem sie Eric Fraser erwähnte, hatte sie noch geschrieben: *Ich bin nichts, mein Leben ist nichts, ich bin eine dicke, runde Null.*

Eric ging zur Zielscheibe, um nachzuschauen, und zog Atemwolken hinter sich her, die wie Federn aussahen. Ganz in Schwarz, mit abstehenden Haaren und dunkler Sonnenbrille war er eine befremdliche Gestalt in der Schneelandschaft. Als er zurückkam, hielt er die Pappscheibe wie eine Trophäe in die Höhe. »Gut geschossen. Du machst echt Fortschritte. Das sind keine Zufallstreffer mehr.«

Sie verstauten die Scheibe im Kofferraum von Edies rostigem Pinto und fuhren bergab zum Highway. Eric lehnte sich in die Polster zurück, als ob er zur königlichen Familie gehörte. Zwar hatte er selbst ein Auto, einen blauen, mindestens zehn Jahre alten Ford Windstar, den er perfekt in Schuss hielt, aber er benutzte ihn nur, wenn er unbedingt musste.

Edie bog beim alten Auto-Kino links ab und fuhr die kurze Strecke bis zum Trout Lake. Sie parkte beim Jachthafen, genau unter dem Schild »Parken für Unbefugte verboten«. Der zugefrorene See lag vor ihnen, völlig eben und blendend weiß im Sonnenlicht. Nur die Hütten der Eisfischer bildeten ein paar dunkle Flecken. Am öffentlichen Strand, wo man ein großes Rechteck als Eisbahn freigeschaufelt hatte, liefen Kinder Schlittschuh.

Sie überquerten den Highway und stapften den Berg hinauf. Hin und wieder schoss ein Schlitten mit Kindern an ihnen vorbei. Eric liebte es, im Freien zu sein. Manchmal wanderte er drei, vier Stunden lang bis nach Four Mile Bay und wieder zurück oder bis zum Flughafen hinaus. Edie hätte das bei Eric nie vermutet, er sah so, ja, städtisch aus. Aber die langen Wanderungen, die Berge, der Schnee und die Stille schienen seine innere Unruhe zu dämpfen. Es war eine Ehre, diese Zeit in der Natur mit ihm zu teilen.

Sie stiegen über einen Maschendrahtzaun, der fast bis zum Boden niedergedrückt war, und gingen weiter bergauf bis zum neuen Pumpenhaus. Edie war außer Atem, lange bevor sie oben ankamen und dann neben dem zugefrorenen kreisförmigen Speicherbecken standen. Ein Sportflugzeug mit Kufen statt Rädern brummte über sie hinweg und schwenkte ein in Richtung Trout Lake. Sie lehnten an dem Schutzzaun mit den Hinweistafeln, die davor warnten, im Speicherbecken zu baden oder im Winter dort Schlittschuh zu laufen. Edie konnte, keine zweihundert Meter entfernt, die Stelle erkennen, wo sie Billy LaBelle vergraben hatten. Sie hielt es für besser, das nicht zu erwähnen, es sei denn, Eric sprach es von sich aus an.

»Du verstehst zu schweigen, das schätze ich sehr«, hatte Eric einmal zu ihr gesagt. Er war den ganzen Tag lang verschlossen gewesen, und Edie hatte schon gefürchtet, er könnte sie satt haben und wollte sie und ihr Fischgesicht nicht mehr sehen. Stattdessen hatte er sie gelobt. Es war das erste Mal, dass überhaupt jemand sie für etwas gelobt hatte, deshalb hütete sie seine Worte wie einen Schatz. Nun konnte sie stundenlang mit ihm zusammen sein, ohne ein Wort zu sagen. Wenn sich trübe Gedanken einstellten oder der Hass auf ihr Gesicht aufwallte, dann verdrängte sie das und erinnerte sich an seine wohltuenden Worte. Edie konnte in tiefem Schweigen neben ihm stehen und auf die kreisförmige Eisfläche starren, und Eric schien das zu mögen.

»Ich habe Hunger«, sagte er schließlich. »Vielleicht sollte ich mir etwas zu essen besorgen, bevor ich umfalle.«

»Willst du nicht zum Abendessen kommen?«

»Ich esse lieber allein.« Er mochte es nicht, dass sie ihm beim Essen zusah. Das war eine seiner Schrullen.

»Was ist, wenn unser Gast aufwacht?« Eric hatte ihr eingeschärft, den Gast nie beim Namen zu nennen.

»Nach allem, was du ihm gegeben hast? Das glaube ich kaum.«

Edie wandte sich vom Speicherbecken ab und sah hinüber zu den Bergen und zu den Wäldern hinter Trout Lake. Die Luft roch nach Kiefern und verbranntem Holz.

»Ich wünschte, wir brauchten nicht zu arbeiten, um uns durchzuschlagen«, sagte sie. »Ich wünschte, wir könnten die ganze Zeit zusammen sein, reisen und Neues erleben.«

»Die meisten Jobs sind Zeitverschwendung. Und die Leute, Mann, wie ich die hasse.«

»Du meinst Alan.« Alan war Erics Chef. Er ließ ihm keine Ruhe, trug ihm Dinge auf, die er schon längst erledigt hatte, und erklärte ihm Dinge, die er schon längst wusste.

»Nicht nur Alan, auch Carl. Dieser schwule Sack. Und wie sie mich bezahlen – nur wegen denen muss ich in diesem Schweinestall wohnen.«

Edie wurde es allmählich richtig kalt vom Stehen, doch sie sagte nichts. Wenn er anfing von Leuten zu sprechen, die er hasste, wusste sie, was kommen würde. Bald würde es eine »Party« geben, wie Eric immer sagte. Sie hatten ihren Ehrengast schon sicher in Verwahrung. Edie bekam plötzlich Herzklopfen und verspürte den Drang, auf die Toilette zu gehen. Sie presste die Lippen aufeinander und hielt den Atem an.

»Ich meine, wir sollten den Termin etwas vorverlegen«,

bemerkte Eric beiläufig. »Machen wir die Party etwas früher als geplant. Wir wollen doch nicht, dass sich unser Gast langweilt.«

Edie ließ geräuschlos den Atem ausströmen. Schlieren schwammen an den Rändern ihres Gesichtsfeldes. Weit unten von der Schlittenbahn war fröhliches Kindergeschrei zu hören, das von den kalten weißen Bergen widerhallte.

* * *

Bum, bum, bum. Edie hätte am liebsten geschrien. Sie hatten doch gerade vor einer halben Stunde zu Abend gegessen; was wollte sie denn nun schon wieder? *Bum, bum, bum.* Als ob sie mit dem Stock direkt auf meinen Schädel klopfen würde. Nie hat man Ruhe. Den ganzen Tag öde Arbeit in dem öden Drugstore in diesem öden Kaff, und was erwartet mich zu Hause? *Bum, bum, bum.*

»Edith! Edith, wo steckst du denn? Ich brauche dich!«

Edie stand mit einem nassen Teller in der Hand am Spülbecken und rief, zur Treppe gewandt: »Ich komme gleich!« Dann in normaler Lautstärke: »Alte Ziege.«

Der Baum vor dem Küchenfenster schwankte im Wind und kratzte mit eisigen Fingern an der Fensterscheibe. Wie wohltuend grün hatte derselbe Baum vor ein paar Monaten ausgesehen. Eric war in ihr Leben getreten und hatte ihr den grünsten Sommer ihres Lebens beschert.

Bum, bum, bum. Sie bemühte sich, das Pochen des Spazierstocks ihrer Großmutter nicht zu hören, und wünschte sich stattdessen, der Zweig würde wieder grün ausschlagen. Der ganze Sommer war ein einziges großes Farbenspiel aus tausend schillernden Grün- und Blautönen gewesen, in dem sie die Wonne gekostet hatte, Eric kennen zu lernen. Aus Langeweile und Bedeutungslosigkeit war mit Eric plötzlich Leidenschaft geworden. Er hatte Spannung und erregende Augenblicke in ihr leeres, nichtiges Leben gebracht.

Ich bin ein erobertes Land, hatte sie in ihr Tagebuch geschrieben. *Ich gehöre jetzt Eric, er herrscht über mich, wie es ihm beliebt. Er hat mich im Sturm erobert.* Diese Worte erinnerten sie an einen anderen Sturm, einen Orkan aus Wind und Regen, der im vergangenen September die stahlgraue Oberfläche des Lake Nipissing aufgepeitscht hatte.

Sie hatten das Indianermädchen umgebracht. Na ja, rein technisch gesehen, hatte Eric es getötet, aber sie war dabei gewesen, sie hatte ihm geholfen, das Mädchen mitzunehmen, hatte es in ihrem Haus gefangen gehalten und zugesehen, wie er es tat.

»Siehst du den Ausdruck in ihren Augen?«, hatte er sie gefragt. »Das ist die Angst, das ist mit nichts anderem zu verwechseln. Auf diesen Ausdruck kannst du dich verlassen.«

Das Mädchen war an das Messingbettgestell gefesselt und mit ihrem eigenen Slip geknebelt worden. Dann hatte er ihr noch einen Schal um den Mund gebunden. Man sah nur noch die kleine Nase und braune, dunkle Augen, die bis zum Äußersten geweitet waren. Tiefe Seen der Angst, aus denen man in langen Zügen trinken konnte.

»So einfach geht das«, hatte Eric ein paar Nächte vorher gesagt. Sie hatten bei Kerzenlicht im Wohnzimmer gesessen und geplaudert, während die Alte oben fest schlief. Eric kam gern nachts zu ihr herüber, um ihr bei Kerzenlicht Gesellschaft zu leisten – ohne Essen und Trinken –, nur um zu reden oder einfach schweigend dazusitzen. Schon seit Wochen hatte er ihr von seinen Plänen erzählt und ihr Bücher zu lesen gegeben. Er hatte sich über den Couchtisch gebeugt, wobei seine markanten Züge im Kerzenlicht noch stärker hervortraten, und dann die Flamme zwischen Daumen und Zeigefinger ausgelöscht.

Und dann hatte er es genau so gemacht: mit einem leichten Druck auf die Nasenflügel. Er löschte das junge Leben mit einem leichten Druck von Daumen und Zeigefinger aus.

Es hatte überhaupt nichts Gewaltsames, von der verzweifelten Gegenwehr des Mädchens einmal abgesehen.

Edies Knie hatten gezittert, und sie hatte sich übergeben wollen, doch Eric hatte sie fest in die Arme genommen und ihr dann eine Tasse Tee gemacht. Er hatte ihr erklärt, dass es eine Zeit brauche, sich daran zu gewöhnen, aber dafür sei es auch mit nichts zu vergleichen.

In dem Punkt hatte er recht. Moral war bloß eine Erfindung wie die Geschwindigkeitsbegrenzung: eine Regel, an die man sich halten konnte oder auch nicht, ganz wie es einem passte. Eric hatte ihr klargemacht, dass man nicht gut sein musste. Es bestand kein *Zwang*, gut zu sein. Und diese Erkenntnis wirkte so durchschlagend, als hätte sie plötzlich Flugbenzin in den Adern.

Der Septembertag war ungewöhnlich heiß für die Jahreszeit, und als das Mädchen tot war, schien das Zimmer mit einem Mal voller Vogelstimmen, die in den zartesten Tönen sangen. Sonnenlicht floss wie Gold durch das Fenster herein.

Eric packte die Leiche in einen Seesack, den er mit einem Riemen über der Schulter trug, und dann fuhren sie mit seinem Windstar zur Shepard's Bay, wo er ein kleines Boot gemietet hatte. Er hatte sogar für Angelzeug gesorgt. Gründlichkeit und Voraussicht gehörten zu den Eigenschaften, die Edie an ihm bewunderte. Eric, so schien es, ging nicht einmal über die Straße, ohne sich vorher einen detaillierten Plan zu machen.

Das Boot hatte einen dreieinhalb Meter langen Aluminiumrumpf und wurde im Heck von einem dreißig PS starken Außenbordmotor angetrieben. Nachdem Eric den Motor angelassen hatte, überließ er Edie das Ruder. Während der Wind seine Haare zerzauste, saß er im Bug neben dem Seesack.

Der Wind schien durch Edies dünne Nylonjacke zu ziehen. Auch wurde es kälter, als sie aus der Bucht hinaus auf die offene, graue Fläche des Sees fuhren. Die Wolken türmten sich zu einem dunklen Gebirge, und bald darauf wurde es dunkel, als sei es Abend. Edie folgte der Uferlinie. Bald fuhren sie an Algonquin Bay vorüber, dessen Kalksteinkirche sich weiß von der kohlschwarzen Wolkenwand abhob. Vom Wasser aus wirkte die Stadt klein, fast dörflich, doch Edie befürchtete plötzlich, einem Beobachter am Ufer könnte etwas merkwürdig vorkommen – ein Paar in einem Boot, das bei einem heraufziehenden Sturm auf den See hinausfuhr. Wenn sich nun ein anderes Boot näherte, wäre es gewiss die Polizei, die wissen wollte, was in dem Seesack steckte. Edie gab Gas, und die Wellen schlugen lauter gegen den Schiffsrumpf.

Eric zeigte nach Westen, und Edie legte das Ruder um, sodass die Stadt in einem Bogen hinter ihnen zurückblieb. In der ganzen Wasserlandschaft war kein anderes Boot zu sehen. Eric grinste und reckte einen Daumen in die Höhe, als ob sie der Kopilot bei einem Kampfeinsatz wäre.

Wenig später erschien am Horizont die Insel mit dem Förderturm des Schachts, der wie ein Seeungeheuer in den Himmel ragte. Edie steuerte darauf zu und nahm Gas weg. Eric beschrieb einen Kreis in der Luft, worauf Edie in einem Bogen die kleine Insel umfuhr. Außer dem Schacht gab es nichts auf der Insel, dazu fehlte der Platz. Sie hielten nach anderen Booten auf dem See Ausschau, doch sie entdeckten keines.

Edie steuerte um eine felsige Landzunge und ließ das Boot dann ans Ufer treiben. Das Boot schaukelte so heftig auf den Wellen, dass sich Eric beim Aufstehen am Dollbord festhalten musste, um nicht ins Wasser zu fallen. Mit der Leine in der Hand sprang er auf einen flachen Uferfelsen. Das letzte Stück zog er das Boot, der Kiel knirschte über den Kieselstrand.

»Die Wolken gefallen mir gar nicht«, sagte er. »Bringen wir es schnell hinter uns.«

Der Seesack war schwer wie Blei.

»Mein Gott, Katies Gewicht ist auch tot nicht zu verachten.«

»Sehr witzig«, sagte Edie. – »Du kannst jetzt loslassen. Ich hab sie.«

»Soll ich dir nicht helfen, sie den Hang hochzubringen?«

»Bleib lieber beim Boot. Ich bin gleich wieder da.«

Edie sah zu, wie Eric mit dem Seesack auf der Schulter schwankend den Hang hinaufging. Zum Glück beobachtete sie niemand: Aus dieser Entfernung war deutlich zu erkennen, dass der Seesack eine Leiche enthielt Das Rückgrat des Mädchens bildete eine geschwungene Linie im Segeltuch, und selbst die Unebenheiten der einzelnen Wirbel traten deutlich hervor. Zwei Erhebungen befanden sich dort, wo die Fersen gegen den Stoff drückten. Auch eine gerade harte Linie zeichnete sich ab; das war die Eisenstange, mit der Eric das Schloss vor dem Schachteingang aufbrechen wollte.

Die ersten großen Regentropfen, die ins Boot fielen, klangen, als ob Kieselsteine auf einen Eimer trommelten. Edie mummelte sich in ihre Nylonjacke ein. Mit unglaublicher Geschwindigkeit eilten Wolken über sie hinweg. Die aufgepeitschten Wellen bekamen weiße Schaumkronen.

Eric war seit gut zehn Minuten fort, als ein lautes Dröhnen näher kam und ein kleines Motorboot an der Spitze der Landzunge erschien. Ein Junge richtete sich auf und winkte Edie zu. Sie winkte zähneknirschend zurück. Hau ab, verdammt noch mal. Hau bloß ab.

Doch das Boot kam tuckernd näher. Der Junge hielt sich an der Windschutzscheibe fest und rief: »Alles in Ordnung?«

»Ja, aber der Motor hat Probleme gemacht.« Das hätte sie nicht sagen sollen, und sie bereute es auch gleich.

Der Junge kam mit seinem Boot im Schritttempo heran. »Soll ich mal nachsehen?«

»Nein, es ist nichts weiter. Ich habe bloß den Motor abgewürgt. Jetzt warte ich, bis er wieder klar ist. Dann springt er auch wieder an.«

»Ich bleibe so lange hier, nur für den Fall.«

»Nein, nicht nötig. Du wirst doch bloß nass.«

»Das macht nichts. Ich bin sowieso schon nass.« – Wenn nun Eric hinter den Bäumen hervorkäme und immer noch den Seesack auf der Schulter hätte?

»Wie lange ist das her, dass Sie den Motor starten wollten?«

»Ich weiß nicht«, sagte Edie verlegen. »Vielleicht zehn Minuten. Eine Viertelstunde. Es ist schon in Ordnung, wirklich.«

»Lassen Sie mich doch mal am Starterzug ziehen.« Er kam längsseits und hielt sich grinsend am Dollbord fest. »Einer Dame in Nöten muss man doch beistehen.«

»Nein, wirklich. Ich will noch etwas länger warten. Der Motor säuft leicht ab.«

Hinter dem Rücken des Jungen tauchte plötzlich Eric auf. Als er den Eindringling sah, zog er sich sofort hinter die Bäume zurück.

Der Junge lächelte Edie an. Es war ein schlaksiger Teenager mit vorstehendem Adamsapfel und Pickeln im Gesicht. »Sind Sie von hier?«

Edie nickte. »Vielleicht sollte ich es jetzt mal probieren«, sagte sie. Sie zog am Starterzug, doch der Motor spie nur bläulichen Rauch.

Aus den Augenwinkeln beobachtete sie, wie Eric von Baum zu Baum näher kam. Noch eine Minute, und er würde direkt hinter dem Jungen stehen. Ein länglicher schwarzer Gegenstand schimmerte in seiner Hand. Die Brechstange, die vom Regen nass geworden war.

»Ist der Druck ausreichend? Pumpen Sie doch mal.«

»Wie?« Edie zog wieder und wieder am Starterzug.

»Der Hebel dort oben auf dem Tank ist es. Soll ich es für Sie machen?«

Edie griff nach dem Hebel und begann zu pumpen. Der Widerstand wuchs, die Daumen schmerzten ihr. Sie zog nochmals am Starter, und diesmal sprang der Motor mit einem Heulen an. Sie grinste den Jungen an. Eric war keine zwanzig Schritte hinter ihm, halb versteckt hinter den Kiefern. Er hob die Brechstange auf die Schulter.

»Wenn Sie erlauben, fahre ich neben Ihnen her, damit Sie auch heil ankommen.«

»Nein, danke. Ich fahre lieber allein.«

Der Junge ließ seinen Motor ein paarmal aufheulen. »Warten Sie nicht zu lange, der Sturm könnte noch viel schlimmer werden.« Es gab ein dumpfes Geräusch, als er in den Rückwärtsgang schaltete und das Wasser am Heck aufschäumte. Nachdem er gewendet hatte, winkte er ihr noch einmal feierlich zu und fuhr hinaus in den Sturm.

Edie schaute zu Eric hinüber, der mit geschulterter Brechstange wie ein Holzfäller zwischen den Bäumen stand. »Mein Gott«, seufzte sie, »ich dachte schon, er würde nie verschwinden.«

Eric wartete, bis der Junge nur noch ein weißer Punkt in der Ferne war, dann sprang er ins Boot.

»Mein Gott«, sagte Edie noch einmal. »Um ein Haar hätte ich mir in die Hosen gemacht.«

»Wäre ziemlich einfach gewesen, ihm den Schädel einzuschlagen.« Eric ließ die Brechstange fallen, das Eisen schlug mit einem dumpfen Knall auf die Bootsplanken. »Sein Glück, dass ich nicht in Stimmung war.«

Der Donner rollte, und Blitze zuckten wie Speere am Horizont.

* * *

Bum, bum, bum.

»Ja, in Gottes Namen, ich komme ja gleich.«

Sie ging nach oben.

Die alte Frau lag zwischen Kissen begraben. Die Luft im Zimmer war stickig und verbraucht. Der Fernseher lief, aber ohne Bild.

»Was gibt's denn?«

»Das Dingsbums ist weg. Auf dem Bildschirm schneit es bloß.«

»Und deswegen hast du mich gerufen? Du weißt doch, dass es immer in deinem Bett ist.«

»Ist es nicht. Ich habe überall gesucht.«

Edie stolzierte ins Zimmer und hob die Fernbedienung vom Boden auf. Sie zielte damit auf den Fernseher und drückte so lange, bis wieder ein Bild erschien.

Die Alte nahm ihr die Fernbedienung aus der Hand. »Das ist französisch. Das will ich nicht!«

»Was macht das denn schon? Du hast doch sowieso den Ton abgestellt.«

»Wie?«

»Ich sagte, du hast doch sowieso den Ton abgestellt!«

»Ich will Gesellschaft, sonst nichts. Leute, mit denen ich reden könnte, wenn ich sie mal treffen würde.« Als ob der Entertainer auf dem Weg ins Studio kurz zum Tee bei der Alten hereinschneien würde.

Edie lüftete kurz, füllte das Wasserglas, schüttelte die Kissen auf und legte ein paar Frauenzeitschriften bereit, die sie im Drugstore geklaut hatte. Oh, Eric, errette mich von alldem.

»Edie, Schatz?« Die schmeichlerische Stimme war einfach widerlich.

»Ich hab jetzt keine Zeit. Eric kommt gleich rüber.«

»Bitte, Schatzilein, für deine alte Oma.«

»Wir haben dir doch erst vor drei Tagen die Haare gewaschen und gewickelt. Ich kann nicht alles stehen und liegen lassen, nur um dir die Haare zu machen. Schließlich gehst du doch nicht tanzen.«

»Was? Was sagst du?«

»Ich sagte, du gehst doch nicht aus!«

»Bitte, Schatz. Jeder will doch gut aussehen.«

»Also, in Gottes Namen.«

»Komm, Schatz. Wir schauen uns dabei *Jeopardy* an.« Sie

hantierte mit der Fernbedienung, bis die Lautstärke ohrenbetäubend war. Ein Nachrichtensprecher sprach gerade über den Fall Todd Curry und kündigte einen Hintergrundbericht für die Sechs-Uhr-Nachrichten an. Die gestrige Ausgabe des *Lode* hatte ein Foto aus seiner Highschool-Zeit gebracht, auf dem er viel harmloser aussah, als er in Wirklichkeit war. Handelte es sich um einen Drogendeal, der im Streit endete, oder lief ein Serienkiller frei herum? Mehr darüber in den Sechs-Uhr-Nachrichten.

Edie holte die Waschschüssel und wusch der Alten das Haar. Es war so schütter, dass Edie schon nach ein paar Minuten fertig war, aber der Geruch wie von einem nassen Hund widerte sie an. Dann drehte sie ihr Lockenwickler ins Haar, während die Alte falsche Antworten zur Quizsendung im Fernsehen rief.

Edie schüttete das Wasser ins Waschbecken und verließ das Zimmer. Auf dem Treppenabsatz hörte sie plötzlich die Türklingel und erschrak so sehr, dass sie die Schüssel fallen ließ. Sie war sicher, dass es die Polizei sein würde. Doch als sie durch die Gardine lugte, war sie freudig überrascht. *Immer wenn Eric vor meiner Tür steht, scheint die Höhle, in der ich lebe, mit einem Mal ein angenehmer, heimeliger Platz zu sein, und nicht das dunkle Loch, in das ich zurückfalle, sobald er wieder gegangen ist. Die ganze Finsternis scheint nur ein Produkt meiner Phantasie zu sein. Mit ihm kommt wieder Luft und Hoffnung. Meine abgrundtiefe Höhle wird zu einem Platz an der Sonne. Was für ein Licht strahlt über den Rand herein!*

19

»Ich muss schon sagen, das ist alles wirklich sehr aufregend«, sagte die Bibliothekarin. Sie war blass und rundlich und hatte hellblaue Augen, die hinter einer denkbar unvorteilhaften Brille schimmerten. »Es mag makaber klingen, aber ein richtiger Mord ist immer noch das Beste, um die kleinen grauen Zellen auf Hochtouren zu bringen, finden Sie nicht auch?«

»Hat jemand von Mord gesprochen?«, sagte Delorme ruhig. »Ich habe nicht gesagt, dass ich in einem Mordfall ermittle.«

»Oh, ich bitte Sie. Sie und der andere Detective, Sie waren doch auf Kanal Vier in der Nacht zu sehen, als man das Indianermädchen tot aufgefunden hat. Nein, nein, so etwas vergisst man nicht. Wir sind hier nicht in Toronto. Haben Sie jetzt Beweise, dass die beiden Fälle verbunden sind? Es graust einen ja, wenn man nur daran denkt.«

»Wie Sie sicherlich wissen, darf ich nicht über laufende Ermittlungen sprechen.«

»Ja, selbstverständlich. Die Kriminalpolizei muss natürlich bestimmte Details für sich behalten, sonst könnte ja jeder Wirrkopf kommen und ein Geständnis ablegen, und wer würde dann jemals die Wahrheit herausbekommen? Aber was für ein Motiv kann es in so einem Fall geben? Der Junge war doch erst sechzehn – fast sechzehn, so stand es, glaube ich, im *Lode* –, also eigentlich noch ein Kind. Und welches Ungeheuer bringt ein Kind um? Zwei Kinder. Der Windigo-Mörder, so nennt ihn die *National Post*. Uuh, da gefriert einem doch das Blut in den Adern. Haben Sie schon einen Ansatz, der Sie bei der Ermittlung leitet?«

Zwischen Stapeln von Agatha-Christie- und Dick-Francis-Krimis schien sich die Bebrillte vorzustellen, Delorme wäre gerade einem Thriller entsprungen, um etwas Spannung in den Alltag einer Provinzbibliothekarin zu bringen. Auf ihrer Oberlippe hatten sich feine Schweißtröpfchen gebildet.

»Bitte, ich kann wirklich nicht mit Ihnen über diesen Fall sprechen. Können Sie mir die gewünschte Auskunft geben?«

Die Bibliothekarin hackte auf die Tastatur ihres Computers ein, als ob sie mit einem Dolch mehrfach zustoßen würde. »Dieses Computersystem«, empörte sie sich entnervt, »entspricht nicht dem heutigen Standard. Geradezu steinzeitlich, dieses Mistding.«

Während die Bibliothekarin ihren Computer weiter mit kindischen Verwünschungen eindeckte, ging Delorme zu den Kästen mit den CDs hinüber. Um sie herum durchstöberten andere Benutzer die Bestände. Als Teenager hatte Delorme hier viel Zeit verbracht, obwohl das Angebot an französischen Büchern bekanntermaßen schmal war. Sie hatte aber ihre Hausaufgaben lieber hier gemacht, im Geruch von Papier und unter dem leisen Rascheln der Buchseiten, als zu Hause, wo ständig Übertragungen von Eishockeyspielen im Fernsehen liefen und ihr Vater lautstark seine Lieblingsspieler anfeuerte. Selbstverständlich hatte Delorme hier auch viel in den Tag hineingeträumt. Sie hatte es gar nicht erwarten können, zum Studieren anderswo aufs College zu gehen. Doch in ihrem letzten Jahr an der Ottawa University hatte sie zu ihrem Erstaunen festgestellt, dass sie Heimweh empfand. Manchmal war es schon komisch, Polizist in der eigenen Heimatstadt zu sein – sie hatte schon mehr als einen Klassenkameraden verhaftet –, aber das Großstadtleben reizte sie nicht. Sie hatte die Leute in Ottawa als kälter empfunden als alles, was ihr in Algonquin Bay jemals zugemutet werden konnte.

In der CD-Sammlung der Bücherei gab es weder Pearl Jam noch die Rolling Stones, aber das Anne-Murray-Album war ausleihbar. Das Plastikcover war schmuddelig von Tausenden von Fingerabdrücken. Sie tütete es ein und ging zurück an die Theke.

»Um Gottes willen, haben Sie etwas beschlagnahmt? Haben Sie Indizien gefunden?«

»Das Anne-Murray-Album. Die anderen habe ich nicht entdeckt.«

»Die anderen beiden Alben haben wir wohl nicht. Das Album von Pearl Jam war nie in unserem Bestand, was nicht weiter verwundert, und die Rolling Stones hatten wir früher einmal, aber das Album wurde so viel nachgefragt, dass es am Ende beschädigt oder verschlissen zurückkam und aus dem Leihverkehr gezogen wurde...« Wieder hackte sie gnadenlos auf ihre Tastatur ein. »Das war vor zwei Jahren. Aber sagen Sie mal, kann es sein, dass die Polizei nicht weiß, wie das kleine Mädchen umgekommen ist?«

»Wie ich Ihnen schon sagte...«

»Ja, gewiss, gewiss. Ich bin einfach unverbesserlich neugierig. Aber ich habe die Namen der Entleiher herausgekriegt.« Sie rückte ihre Brille zurecht und schaute auf einen Zettel, auf dem sie die Auskunft notiert hatte. »Das Album, das Sie da in der Hand haben, wurde von Leonard Neff, Edith Soames und Colin McGrath entliehen. An Mr. McGrath kann ich mich noch erinnern. Er benahm sich ungebührlich. Wir mussten ihn aus der Bücherei komplimentieren.«

»Ungebührlich in welcher Hinsicht? War er betrunken?«

»Oh, Mr. McGrath ist sicherlich alkoholisiert gewesen. Doch das entschuldigt nicht sein obszönes Verhalten. Ich war nahe daran, Ihre Kollegen zu verständigen. Meine Hand lag schon auf dem Telefonhörer.«

»Und die anderen – Miss Soames und Mr. Neff. Können Sie sich an die auch erinnern?«

Die Bibliothekarin schloss die Augen wie zum Gebet und sagte mit Überzeugung: »Nein, überhaupt nicht.«

Delorme holte ihr Notizbuch hervor. »Ich brauche die Adressen der drei Personen.«

* * *

Delorme hatte die Musikläden in Algonquin Bay außer Betracht gelassen. Keiner der Titel war neu, alle drei hatten einen sehr hohen Bekanntheitsgrad, und nichts sprach dafür, dass die CDs hier in der Stadt gekauft worden waren. Cardinal hatte schließlich die Hintergrundmusik – von einer möglichen Verbindung mit Radioprogrammen abgesehen – ganz abgeschrieben. Wenn Delorme herausgefunden hätte, dass alle drei Alben im Bestand der Bücherei gewesen und alle um den 12. September herum von derselben Person ausgeliehen worden wären, dann hätte dies eine brauchbare Spur ergeben. Aber einen einzelnen Musiktitel im Bestand der Stadtbücherei von Algonquin Bay zu wissen, hatte keinerlei Bedeutung. Nach sechs Jahren Sonderermittlungen wusste Lise Delorme, wie Spuren aussahen, die sich als Holzweg erweisen.

Und doch, die Suche nach der ausgeliehenen CD verursachte ihr Herzklopfen. Die CD war immerhin etwas Handfestes; sie gab ihr die Illusion, nicht richtungslos zu ermitteln, da sie ja zu etwas führte. Im Übrigen war die CD aus der Bücherei ihre einzige Spur.

Mr. Leonard Neff wohnte in einem modernen Bungalow in Cedarvale, einer langweiligen Ansammlung von Straßen, Höfen und Plätzen, die wie vom Reißbrett oberhalb der Rayne Street angelegt waren. In der Zufahrt war ein Hockeynetz gespannt, vor dem sich ein paar Jungen in Sweatern mit der Aufschrift »Montreal Canadiens« abwechselnd Pässe zuspielten. Der Ford Taurus, der vor der Garage stand, hatte Skier auf dem Dachgepäckträger. Offenbar waren die Neffs eine sportliche Familie. Die Fenster des Bungalows waren modern, dreifach verglast, sodass sie nicht bei jedem vorbeifahrenden Lkw klapperten. Davon abgesehen gab es in Cedar Crescent, Cedar Mews und Cedar Place (die Behörden zeichneten sich bei der Wahl der Straßennamen nicht gerade durch Einfallsreichtum aus) kaum Verkehr, und Lkws bestimmt nicht.

Delormes zweiter Halt galt dem Wohnsitz des ungezogenen Mr. McGrath. Dieser stellte sich als ein kleines Apartmenthaus an der Abzweigung zur Airport Road heraus. Delorme stieg aus und horchte eine Weile. Eine Maschine der Air Ontario setzte dröhnend zur Landung an. Auf dem Highway 17, der keine fünfzig Meter von hier verlief, rauschte ununterbrochen der Autoverkehr vorüber. Eine schwer mit Einkaufstüten beladene Frau wankte die Eingangsstufen hinauf und kämpfte mit ihrem Schlüsselbund. Delorme eilte ihr zu Hilfe, hielt die Tür auf und trat, von Dankesworten der Frau überschüttet, mit ihr ein. Nun stand sie im Flur und horchte erneut. Kein Verkehrslärm, nur Geräusche aus den anderen Wohnungen: ein Staubsauger, ein krakeelender Wellensittich und die typischen Fernsehstimmen einer Quizshow.

Der letzte Name in der Liste klang nach einer kleinen alten Dame: Edith Soames. Schön, ich weiß, dass die Spur zu nichts führt, sagte sich Delorme. Todd Curry und Katie Pine wurden bestimmt nicht von einer alten Dame ins Jenseits befördert, aber manchmal muss man eben mit dem vorlieb nehmen, was man hat. Man klammert sich an einen Strohhalm, nur um irgendetwas in der Hand zu haben.

Edith Soames wohnte nur zwei Häuserblocks östlich des Hauses, in dem Delorme aufgewachsen war, und das weckte wehmütige Erinnerungen in ihr. Sie fuhr an dem Felsen vorbei, wo ihr im Alter von sechs Jahren ein Spielkamerad namens Larry Laframboise die Lippe aufgeschlagen hatte. An der Ecke befand sich immer noch der North Star Coffee Shop, in dem sie einmal mitanhören musste, wie ihre ehemalige Freundin Thérèse Lortie jemandem sagte, Lise Delorme könne manchmal eine richtige Schlampe sein. Einen halben

Häuserblock weiter: die Parkbank, auf der Geoff Girard ihr eröffnet hatte, dass er sie nicht heiraten wolle. Sie erinnerte sich an die heißen Tränen, die damals über ihr Gesicht rannen.

Sie fuhr an ihrem alten Haus vorbei und versuchte, nicht hinzuschauen, aber im letzten Augenblick bremste sie doch und blickte hinüber. Das Haus sah noch heruntergekommener aus als früher. Auf der schäbigen Veranda hatten sie und Geoff oft stundenlang zusammen unter einer Decke gesessen und sich gegenseitig erforscht. Eines Nachts war ihr Vater plötzlich herausgekommen und hatte den Freund unter dem Geschrei der sechzehnjährigen Lise bis zur Algonquin Avenue gejagt. Auf derselben Veranda hatte sie auch zum ersten Mal Sex – mit einem anderen Jungen, nicht mit Geoff. Vielleicht hatte Thérèse Lortie damals gar nicht so Unrecht.

Nun, ihr Vater war schon lange aus ihrem Leben verschwunden – er war irgendwo westlich von Moose Jaw untergetaucht –, und ihre Mutter war tot. Geoff Girard war verheiratet und Vater von vierzehn blonden Kindern draußen in Shepard's Bay. Das Haus war schon vor langer Zeit in Eigentumswohnungen aufgeteilt worden, wie die meisten alten Häuser in diesem Viertel.

Das Haus der Soames war genauso heruntergekommen wie die anderen. Die Fassade aus falschen roten Ziegelsteinen war mit der Zeit schwarz geworden. Die Farbe blätterte um die Fenster herum – alte schwere Sturmfenster – überall ab. Delorme kam plötzlich die Erinnerung, wie ihr Vater mit einem dieser schweren Fensterrahmen balancierend auf der Leiter stand. Wenn draußen Autos vorbeifuhren, klapperten die Fenster immer.

Die Tür ging auf, und heraus kam eine alte Dame, gestützt von einer jungen Frau in den Zwanzigern, vielleicht ihre Enkelin oder eine Haushaltshilfe. In dicke lange Wintermäntel gehüllt, traten sie vorsichtig auf die Veranda. Das Gesicht der alten Dame verriet die Angst, auf den vereisten Stufen auszurutschen, während die junge Frau sie am Ellbogen stützte und dabei ungeduldig auf die Stufen blickte.

Delorme stieg aus dem Auto und erwartete beide auf dem Gehweg. »Entschuldigen Sie bitte«, sagte sie, ihren Dienstausweis in der Hand. »Ich ermittle wegen einer Einbruchserie hier in der Nachbarschaft.« Tatsächlich hatte Arthur Wood in mehrere Wohnungen in diesem Areal eingebrochen, doch Delorme verschwieg, dass diese Einbrüche schon drei Jahre zurücklagen.

»Was?«, schrie die alte Frau. »Was sagt sie?«

»Einbrüche!«, schrie die Jüngere zurück. Sie machte eine hilflose Miene Delorme gegenüber, eine Miene, die sagen wollte: Alte Leute – was soll man da machen? »Bei uns ist noch nie eingebrochen worden«, sagte sie.

»Ist Ihnen irgendetwas Ungewöhnliches aufgefallen? Lieferwagen, die in der Straße parken. Fremde, die die Gegend auskundschaften?«

»Nein, mir ist nichts Ungewöhnliches aufgefallen.«

»Was? Was sagt sie? Ich will es wissen!«

»Ist schon gut, Oma! Es ist nichts!«

Delorme gab ihnen den üblichen Hinweis, Türen und Fenster stets geschlossen zu halten. Die junge Frau versprach, darauf zu achten. Delorme fühlte Mitleid: Ihr Gesicht war von einem Ekzem oder einer anderen Hautkrankheit entstellt. Die Haut sah dick aus und war an einigen Stellen so rau, als hätte man sie mit Stahlwolle bearbeitet. Die Frau war eigentlich nicht hässlich, doch die niedergeschlagene Haltung und der abgewendete Blick machten deutlich, dass sie sich so empfand. Die Wahrscheinlichkeit war gering, dass die Welt ihr noch etwas anderes als dieses demütige Leben mit ihrer betagten Großmutter bieten würde, und die junge Frau wusste das auch.

»Was sagt sie? Ich will es wissen.«

»Komm jetzt, Oma! Der Laden macht sonst zu, bis wir dort sind.«

»Ich will aber wissen, was sie sagt, Edie!« Die Jüngere war also Edith Soames. Wenn es sich um Großmutter und Enkelin handelte, konnten sie beide diesen Namen tragen. Doch das machte keinen Unterschied. Eine einsame junge Frau hatte in der hiesigen Bücherei eine im ganzen Land überaus beliebte CD ausgeliehen, ein Album, das viele Tausende Leute gekauft, ausgeliehen oder kopiert hatten. Das war keine brauchbare Spur.

Delorme verabschiedete sich und sah zu, wie die beiden ihre schneckenhafte Wanderung Richtung MacPherson Street fortsetzten. Es wäre so schön gewesen, wenn sie ihrem misstrauischen Kollegen von einem echten Fortschritt in der Ermittlung hätte berichten können. Doch Delorme bog mit der Gewissheit um die Ecke, dass die Arbeit eines ganzen Vormittags sie kein Stück vorangebracht hatte.

20

Eric Fraser öffnete die seitliche Klappe seiner brandneuen Sony-Videokamera. Er legte eine Kassette ein – eine von dreien aus dem Sonderangebot des Future Shop mit fünf Prozent Preisnachlass – und machte die Klappe wieder zu. Dann sagte er Edie, sie solle ganz natürlich bleiben und so tun, als ob er gar nicht da wäre, doch das schien sie nur noch nervöser zu machen.

»Warum willst du mich ausgerechnet beim Spülen filmen?«, jammerte sie. »Kannst du nicht warten, bis ich etwas Interessanteres mache?«

Sie kratzte energisch den Boden einer Bratpfanne. »Ich bin nicht mal gekämmt.«

Als ob das einen riesigen Unterschied machen würde. Er wollte die Kamera vor dem nächsten Einsatz testen. Sozusagen vor Ort. Das letzte Video war von schlechter Qualität gewesen – die schäbige alte Videokamera hatte alles ruiniert.

Er öffnete die Blende auf maximale Größe und hielt das Objektiv auf Edie, den Geschirrschrank und die Hintertür mit der angebrochenen Scheibe, durch die der Blick auf den kümmerlichen, schneebedeckten Baum fiel. Was Kameras betraf, waren die Japaner unschlagbar; die Linse war einfach Spitze. Auch der Ton sollte gut sein, das hatte Eric im beiliegenden Prospekt gelesen.

Edie fuhr mit der Flaschenbürste in einem Glas auf und ab und machte fürchterliche Sauggeräusche. Eric hätte sie dafür am liebsten geschlagen. Manchmal weiß ich nicht, warum ich mir überhaupt die Mühe mache, sagte er sich, wirklich, ich weiß es nicht. Dieser stille Kommentar begleitete Eric von morgens bis abends. Doch es war schwer, sich Edies Ergebenheit für ihn zu entziehen. So etwas hatte er vorher nicht gekannt. Und wenn sie nicht so aussah, wie er es gern wollte, dann, so sinnierte er, sollte er sie vielleicht gar nicht als Frau betrachten. Ich sollte sie als Haustier ansehen, so eine Art Reptil.

»Eric, wir haben schon einmal darüber geredet, als wir die Aufnahme von ... du weißt schon.«

»Die Aufnahme, wo man sieht, wie Todd Curry das Gehirn rausspritzt. Das sind nur Wörter, Edie. Du kannst das ruhig sagen.« Er hasste es, wenn sie sich zierte.

»Wir können keinen Film von solchen Sachen machen.«

»Solche Sachen. Sprich es aus, Edie. Sprich es aus.«

»Wir waren uns doch einig, dass wir damit Gefahr laufen, geschnappt zu werden. Wir haben darüber geredet und waren uns einig.«

»Was für Sachen, Edie? Wenn du es tun kannst, dann kannst du es auch sagen. Also, was für Sachen? Ich rede nicht mehr mit dir, wenn du dich zierst, bestimmte Wörter in den Mund zu nehmen.«

»Sachen, wie Todd Curry das Gehirn aus dem Kopf dreschen. Sachen, wie Katie Pine die Nase zuhalten, bis sie erstickt. Wie bei Billy LaBelle. Da hast du es. Bist du jetzt zufrieden?«

»Billy LaBelle haben wir nicht gefilmt. Wegen dir, weil du ihn an seinem Scheißknebel hast ersticken lassen.«

»Warum sollte das meine Schuld gewesen sein? Du warst es doch, der ihn gefesselt hat.«

Eric ließ es nicht darauf ankommen. Edies Gesicht, sonst raue Elefantenhaut, war tiefrot angelaufen. Was für eine Wollust, sie Wörter wie »dreschen« und »erstickt« aussprechen zu hören. Eric labte sich einen Augenblick am Klang der Wörter, ehe er wieder sprach. »Die Leute wollen Gewalt sehen, Edie. Sie haben ein Bedürfnis danach. Schon immer. So wie sie auch ein Bedürfnis haben, selbst Gewalt auszuüben.« Das Wort mit dem stimmhaften Konsonanten in der Mitte und dem harten Verschlusslaut am Ende hatte es ihm angetan. *Gewalt.* »Wir können mit der Filmerei nicht weitermachen, Eric. Und außerdem kannst du den Film niemandem zeigen. Das ist einfach zu abartig.«

Gewalt. Gewalt. Das Wort zergeht einem auf der Zunge, dachte Eric. Er konnte es im Stillen gar nicht oft genug wiederholen.

»Wie lange können wir Videos von diesen Sachen – diesen Partys aufheben? Das ist doch so riskant.«

Eric öffnete die Kamera und holte die Kassette heraus. Das Gerät hatte einen Mikrophonanschluss. Das brachte ihn auf die Frage nach der Musik. Welche Musik würde als Begleitung passen? Heavy Metal? Oder etwas Elektronisches?

Edies Stimme riss ihn aus seinen Träumereien. »Heute war Polizei draußen vor dem Haus. Eine Frau von der Kripo.«

Eric sah auf. Er sagte sich, dass kein Anlass zur Panik bestand, dass wahrscheinlich nichts dahintersteckte.

»Sie hatte auf der anderen Straßenseite geparkt. Angeblich hat es eine Serie von Einbrüchen in der Nachbarschaft gegeben.«

Blitzschnell ging Eric im Geist mögliche Fehlerquellen durch: Hatten sie irgendetwas übersehen? Sollten die Bullen Wind bekommen haben? Nein, es gab keinen Grund, weshalb die Polizei sie wegen irgendetwas verdächtigen sollte. Er teilte Edie seine Gedanken in kühler Sachlichkeit und ruhigem Ton mit. Algonquin Bay – wie clever konnte die Polizei in einem verschneiten Kaff wie Algonquin Bay sein?

»Ich habe Angst, Eric. Ich will nicht ins Gefängnis.«

»Das wirst du auch nicht.«

Eric war nicht zum Reden aufgelegt, aber er wollte auch nicht, dass Edie ihm in den Rücken fiel. Schließlich merkte er, dass sie beruhigt werden wollte. Und das war denkbar leicht. Edie funktionierte wie ein Telefonmenü: Man brauchte nur die richtige Taste zu drücken. *Zur Nervenberuhigung drücken Sie bitte die 1.* »Wenn die Bullen es wirklich auf uns abgesehen hätten«, sagte er, ganz Stimme der Vernunft, »hätten sie dich sicherlich nicht angesprochen. Überleg doch, Edie, wenn dich die Tussi wegen irgendwas im Verdacht hätte, würde sie doch alles unterlassen, was dich irgendwie stutzig machen könnte. Die vernünftigste Erklärung ist daher, dass sie tatsächlich wegen einer Einbruchserie ermittelt, wie sie selbst gesagt hat. Kein Grund zur Aufregung.« So viel hatte Eric in den ganzen drei letzten Wochen nicht zu Edie gesagt.

Und es zeigte schon Wirkung. Zwar stand Edie immer noch, den Rücken zu ihm gewandt, am Spülstein, aber er sah, dass die Anspannung von ihr wich. »Meinst du, Eric?«, sagte sie. »Meinst du das wirklich?«

»Das meine ich nicht nur, das weiß ich.« Er konnte förmlich sehen, wie sich die Muskelanspannung beim selbstsicheren Ton seiner Stimme löste. Und er war selbstsicher. Dass eine Frau von der Kripo in ihrer Nachbarschaft herumschnüffelte, war, ehrlich gesagt, schon ein bisschen beunruhigend, aber es spornte ihn zu noch mehr Vorsicht und Wachsamkeit an. Bis die tote Katie Pine entdeckt wurde, war die Polizei ein nicht greifbares Gebilde, der dunkle Schatten eines Albtraums gewesen. Dann waren Kriminalbeamte im Fernsehen aufgetreten, und mit einem Mal hatte die Polizei Gestalt angenommen. Dann, bei der Entdeckung von Todd Currys Leiche, konnte man fast schon von Bekannten sprechen, zumindest der eine Mordermittler, der Große mit dem traurigen Gesicht, war ihnen vertraut.

Das Fernsehen hatte auch den Windigo-Mörder zu einer bekannten Figur gemacht. Eric war fast so weit gekommen, an die Existenz des mythischen Killers zu glauben. Er stellte ihn sich vage als unscheinbaren Mann mittleren Alters vor, Hausmeister oder Bankangestellter, der sich in der Nähe von Spielplätzen herumtrieb und Kinder ins Verderben lockte. Allerdings kam er nicht auf den Gedanken, sich selbst für den Windigo zu halten. Das war bloß Fernsehhumbug von Journalisten, die sich Gespenstergeschichten ausdachten.

Doch die Polizei hatte nun eine Gestalt aus Fleisch und Blut.

Und die stand draußen im Schneetreiben und wartete. Auf ihn. Na wenn schon. Dieses Wissen würde ihn nur noch stärker machen.

»Ich würde lieber sterben, als ins Gefängnis gehen«, sagte Edie gerade. »Ich würde es keinen Tag dort aushalten.«

»Niemand geht in den Knast«, sagte Eric zu ihr. Die Frau von der Kripo sei nicht ihretwegen gekommen. Er richtete die Kamera auf Edie und fuhr das Zoomobjektiv bis zum Anschlag aus, sodass Nase und Wangenpartie das ganze Bildfeld ausfüllten. Weiß Gott, sie war keine Schönheitskönigin. Doch darin liegt die verborgene Stärke meiner Edie: Die Verachtung, die das Spiegelbild ihr einflößt, ist zugleich der Grund für ihre unbedingte Treue. Einen anderen Menschen ganz in der Hand zu haben ist auch nicht zu verachten, selbst wenn es sich bloß um Edie handelt. *Für absolute Ergebenheit drücken Sie bitte die 2.* »Du wirst doch wohl nicht so ein Schwächling werden wie die anderen Nullen da draußen?«, fragte er beiläufig. »Ich dachte, du wärst anders, Edie, aber vielleicht habe ich mich getäuscht.«

»Oh, sag so was nicht, Eric. Du weißt, dass ich zu dir stehe. Ich stehe zu dir, egal was geschieht.«

»Ich dachte, du hättest Mumm. Rückgrat. Aber mir kommen mittlerweile Zweifel.«

»Bitte, Eric. Verlier nicht den Glauben an mich. Natürlich bin ich nicht so stark wie du.«

»Würdest du an meine Stärke glauben, würdest du dich anders verhalten. Du glaubst wohl, nur weil ich gezwungen bin, in diesem Kaff hier zu leben, unterscheide ich mich nicht von den andern. Ich bin anders, Edie, ich bin kein gewöhnlicher Mensch, und du solltest auch nicht gewöhnlich sein, denn, ehrlich, ich verschwende meine Zeit nicht mit Nieten.«

»Ich werde stark sein, das verspreche ich. Manchmal vergesse ich eben, wie...«

Beide hielten inne und lauschten. Ein Pochen. Die alte Ziege von oben mit ihrem Spazierstock.

Edie war blass geworden. »Ich dachte, es wäre Keith«, sagte sie. »Vielleicht war es doch keine so gute Idee, ihn hierzubehalten. Das ist doch riskant, findest du nicht?«

»Nenn ihn nicht beim Namen. Wie oft muss ich dir das noch sagen?«

»Also gut, unseren Gast. Findest du nicht, dass es riskant ist?«

Eric war es leid, ständig ihre Ängste zerstreuen zu müssen. Er nahm die Videokamera und ging die Treppe hinunter zu der Tür neben dem Heizkessel. Mit einem Schlüssel, den er aus seiner Hosentasche zog, sperrte er das Hängeschloss auf und trat in das enge, feuchte Zimmer, in dem Keith London schlief.

Das quadratische Zimmer hatte ein früherer Hauseigentümer eingerichtet, um an Studenten zu vermieten, die das nahe Lehrer-College besuchten. Keith London lag mit offenem Mund auf dem Rücken, eine Hand hielt die Decke bis zum Kinn hochgezogen, die andere hing über der Bettkante, wie bei einer Leiche in der Badewanne. Aus dem kleinen Fenster gleich unter der Zimmerdecke, das Eric mit Brettern zugenagelt hatte, fiel nur ein schmaler Lichtstreifen. Die Wände waren mit billigen Kieferbrettern verkleidet.

Eric schaltete das Licht an.

Die schlafende Gestalt im Bett rührte sich nicht. Eric überprüfte die Fenster, die Türpfosten, alle möglichen Fluchtwege, obwohl es offensichtlich war, dass sein Gast das Bett nicht verlassen hatte. Auch ohne Party hatte sich dieses Opfer als üppiger Fang herausgestellt. In seiner Brieftasche befanden sich dreihundert Dollar, und außerdem hatten sie eine sehr schöne Gitarre, eine Ovation, aus dem Schließfach am Busbahnhof geholt.

Eric sah durch die Kameralinse, ohne einen Film eingelegt zu haben. Er zoomte auf das Gesicht des jungen Mannes. Die ersten dünnen Bartstoppeln zeigten sich an der Kinnspitze. Eine Zahnfüllung schimmerte aus dem Dunkel des offenen

Mundes, und unter den geschlossenen Lidern huschten Augen im Traum hin und her.

Mit einem Summen auf den Lippen langte Eric mit einer Hand nach unten und ergriff einen Zipfel der Bettdecke, die Keith mit einer Hand hielt. Er zog die Decke bis zu den Knien herunter, schaute durch die Linse auf die haarlose Brust, den weißen, weichen Bauch und zoomte dann auf das kleine, schlaffe Geschlechtsteil. Als er Edie die Treppe herunterkommen hörte, zog er die Decke rasch wieder bis zu Keiths Kinn hoch.

»Der ist immer noch zu«, stellte Edie fest. »Das Zeug ist echt stark.« Sie beugte sich über das Bett. »He, du Genie! Auf und ran! Jetzt lass mal dein Licht leuchten!«

Eric reichte ihr die Kamera. Edie stellte das Objektiv scharf. »Er sieht so komisch aus«, kommentierte sie. »So richtig belämmert.«

Später schrieb Edie in ihr Tagebuch: *Ich wette, genau so sehen wir für Engel und Teufel aus. Sie sehen alles Böse, das wir tun, sie sehen alle unsere Schwächen. Da liegen wir völlig ahnungslos und träumen unsere süßen Träume, während diese geisterhaften Wesen die ganze Zeit über unserem Bett schweben, uns auslachen und auf den richtigen Augenblick warten, um in unsere Luftballons zu stechen. Der Junge weiß es noch nicht, aber ich sehe ihn schon bluten.*

21

Vielleicht lag es an seiner katholischen Erziehung, dass die Vorstellung, in der Madonna Road zu wohnen, immer eine Saite in Cardinal anschlug. Der Name hatte für ihn Anklänge an Gnade, Reinheit und Liebe. Die Madonna war die Mutter, die den Kummer über die Ermordung ihres Sohnes erduldet hatte, die Frau, die leiblich in den Himmel aufgenommen worden war, die Heilige, die für Sünder Fürsprache bei einem Gott hielt, der, seien wir ehrlich, ein ziemlich harter Knochen sein konnte.

Die Aura dieses Namens war nun beschmutzt – einem Popstar hatte es gefallen, Gnade durch Kommerz, Reinheit durch schrille Aufmachung und Liebe durch Sex-Appeal zu ersetzen –, doch Madonna Road war immer noch eine stille Gegend, eine schmale, im Bogen am westlichen Ufer des Trout Lake verlaufende Straße, wo Birken im Frost leise ächzten und Schneeklumpen lautlos von den Zweigen fielen.

Cardinal ging schon lange nicht mehr zur Messe, doch unabhängig davon war ihm die Gewohnheit geblieben, ständig sein Gewissen zu erforschen und sich selbst Vorwürfe zu machen. Er war sich selbst gegenüber ehrlich genug, zuzugeben, dass ihn diese Gewohnheit die meiste Zeit nur neurotisch, aber nicht gut machte. Auch jetzt hatte er Grund, so zu denken: Sein kleines Haus an der Madonna Road war so gemütlich wie ein Gefrierfach. »Winterfestes Cottage mit Seeblick«, so stand es in der Immobilienanzeige. Doch wenn die Temperaturen in den Keller gingen, konnte man das Haus nur dadurch warm halten, dass man gleichzeitig den Kamin und den Ofen mit ordentlichem Zug betrieb. Cardinal trug gefütterte Kordsamthosen und ein Flanellhemd, darunter lange Unterwäsche. Weil ihn immer noch fror, hatte er sich in einen Frotteemantel gehüllt. Obwohl er dampfend heißen Kaffee trank, blieben seine Hände klamm. Er hatte zehn Minuten gebraucht, um aus den gefrorenen Leitungen genügend Wasser für den Teekessel zu erhalten. An diesem weniger begünstigten Stück der Madonna Road blies der Wind vom See herüber und pfiff durch die Fenster, ohne dass die teure dreifache Verglasung irgendetwas daran geändert hätte.

Die gefrorene Oberfläche des Sees war so weiß, dass Cardinals Augen schon tränten, wenn er nur hinsah. Zum Schutz zog er die Vorhänge zu. Irgendwo dort draußen am anderen Ufer des gefrorenen Sees, vielleicht auch mitten in der Stadt, ging der Mörder seinen Alltagsgeschäften nach. Vielleicht trank er auch gerade eine Tasse Kaffee, während Katie Pine schon unter den Toten weilte und ihre Mutter um sie trauerte; Billy LaBelle lag, Gott weiß wo, verscharrt, und Todd Curry lag in Toronto auf dem Obduktionstisch der Gerichtsmedizin. Der Mörder konnte sich auch Platten anhören – von Anne Murray zum Beispiel oder mit der Kamera über der Schulter durch den blendenden Schnee wandern. Cardinal nahm sich vor, einmal den Fotoklub zu überprüfen, wenn es so was hier gab. Wenn der Mörder Fotos von Katie Pine gemacht hatte, konnte er sie schwerlich in einem Drugstore zur Entwicklung gegeben haben, er musste sie zu Hause selbst entwickeln. So ein Hobbyfotograf konnte Mitglied eines Fotoklubs sein.

Der Gedanke an Kameras brachte ihn auf Catherine. Zu den schlimmen Folgen ihrer Krankheit gehörte auch, dass sie aller kreativen Energie beraubt wurde. Ging es ihr gut, war das Haus voller Fotografien in verschiedenen Stadien der Entwicklung. Sie kam und ging, Kameras über beiden Schultern, und war Feuer und Flamme für ihr Projekt. Brach aber die Krankheit wieder aus, ließ sie als Erstes die Kameras liegen, so wie man auf einem sinkenden Schiff zuerst unnützen

Ballast über Bord wirft. Er hatte sie vor dem Frühstück angerufen, und sie hatte ihm einen guten Eindruck gemacht. Er erlaubte sich sogar den Gedanken, dass sie bald wieder nach Hause entlassen werden könne.

Aber jetzt wartete das Telefon mit dem unbarmherzigen Schweigen des Henkers darauf, dass er zum Hörer griff und eine bestimmte Nummer wählte. Nach einer langen schlaflosen Nacht hatte sich Cardinal dazu entschlossen, an diesem Morgen Kelly anzurufen und ihr mitzuteilen, dass sie sich für das nächste Semester eine andere, billigere Hochschule suchen müsse; ihre Tage in Yale seien gezählt. Sie hatte ihren Bachelor an der York University in Toronto gemacht, und es gab keinen Grund, warum sie nicht dorthin zurückkehren konnte. Seit dem Augenblick, wo er das Geld an sich genommen hatte, war das Gefühl der Schuld immer tiefer in ihn gedrungen. Es war nicht so sehr die Aussicht, von Delorme überführt zu werden – diese Wahrscheinlichkeit war eher gering. Aber Monat für Monat, Jahr für Jahr hatte sich die Säure der Schuld durch den Panzer des Verleugnens gefressen, und nun hielt er es nicht länger aus.

Was ihn am meisten plagte, war das Bewusstsein, für Catherine nicht der Ehemann, für Kelly nicht der Vater zu sein, den sie liebten. Beide lebten in der falschen Vorstellung, er sei ein untadeliger Mensch. Auch wenn durch sein Vergehen niemand Schaden genommen hatte – wer würde sich schon daran stoßen, dass Cardinal in einem Augenblick der Schwäche einen Kriminellen um eine große Summe Geldes erleichtert hatte? –, stand doch fest, dass er nun schon seit Jahren eine unbekannte Größe, ein völliger Fremder für seine Nächsten war. Kelly liebte und achtete den Vater und Polizisten, der er früher einmal gewesen war. Die Einsamkeit, nicht verstanden zu werden, war unerträglich geworden.

Und so hatte er sich dazu durchgerungen, Kelly anzurufen und ihr zu erklären, was er getan hatte, und dass er es sich nicht länger leisten könne, sie in Yale studieren zu lassen.

Mein Gott, das Mädchen hatte einen IQ von 140, eigentlich müsste sie von selbst darauf kommen. Wie kam ein Kripobeamter aus einer kanadischen Kleinstadt dazu, seine Tochter zum Studium nach Yale zu schicken? Hatte sie ihm wirklich die Geschichte abgenommen, wonach das Geld aus dem lange zurückliegenden Verkauf des Hauses seiner Großeltern stammte? Hatte es Catherine geglaubt? Selbstbetrug musste in der Familie liegen. Na schön, er würde ihr sagen, sie solle ihr Semester zu Ende bringen, dann würde er, nachdem er die Kleinigkeit, den Mörder von Katie Pine, Billy LaBelle und Todd Curry zu überführen, erledigt hatte, vor Dyson und dem Polizeichef ein Geständnis ablegen. Seinen Job bei der Polizei würde er verlieren, aber eine Gefängnisstrafe war unwahrscheinlich.

Er nahm den Hörer ab und wählte Kellys Nummer in den Vereinigten Staaten. Eine ihrer Mitbewohnerinnen hob ab. Cleo? Barbara? Er konnte sie nicht auseinanderhalten. Sie rief Kelly herbei.

»Hi, Daddy.« Seit wann nennt sie mich wieder so?, fragte sich Cardinal. Eine kurze Zeit lang war er ihr »Pop« gewesen, was Cardinal nur schwer ertragen hatte, dann war sie zum üblichen »Dad« zurückgekehrt, aber seit kurzem hieß er wieder »Daddy«. Wahrscheinlich war es der amerikanische Einfluss, dachte er, so wie sie andere sprachliche Eigentümlichkeiten übernommen hatte. Aber das war eine Marotte, die ihm gefiel.

»Hi, Kelly. Was macht das Studium?« So sachlich, so knapp. Warum konnte er sie nicht »Schatz« oder »Prinzessin« nennen wie die Väter in Fernsehserien? Warum kann ich nicht sagen, dass das Haus ohne sie kälter ist? Ohne Catherine? Warum sage ich ihr nicht, dass dieses kleine Cottage plötzlich die Ausmaße eines Flughafens angenommen hat?

»Ich arbeite an einem Riesenprojekt für meine Malklasse. Dale hat mich davon überzeugt, dass mir das Großformat am besten liegt, nicht die mickrigen Formate, an denen ich bisher geklebt habe. Ich fühle mich befreit. Ich kann dir gar nicht sagen, wie gut mir das tut. Meine Malerei ist hundertmal besser.«

»Das klingt gut, Kelly. Klingt, als hättest du Spaß daran.« Das waren seine Worte. Was er dachte, war: Mein Gott, wie gern höre ich, dass du glücklich bist, dass du dich entwickelst und dass dein Leben so erfüllt ist.

Kelly berichtete weiter, sie habe erst jetzt wirklich gelernt, wie man mit Farbe umgehe. Normalerweise hätte sich Cardinal an der Begeisterung seiner Tochter geweidet. In der letzten schlaflosen Nacht hatte er in der Tür ihres Schlafzimmers gestanden und das schmale Bett betrachtet, in dem sie eine Woche lang geschlafen hatte. Dann hatte er das Taschenbuch aufgehoben, in dem sie geschmökert hatte, nur um etwas zu berühren, was sie in der Hand gehabt hatte.

Auch jetzt stand er in der Tür, das schnurlose Telefon unters Kinn geklemmt. Das Zimmer war in einem hübschen hellen Gelbton gestrichen und hatte ein großes Fenster mit Blick auf ein Birkenwäldchen, doch eigentlich war es nie Kellys Zimmer gewesen. Cardinal und Catherine waren erst in die Madonna Road gezogen, nachdem Kelly ihr Studium begonnen hatte, das Zimmer benutzte sie nur, wenn sie zu Hause zu Besuch war. Ein Fernsehvater hätte ihr gesagt, er habe ihr Taschenbuch berührt, nur um etwas zu haben, was sie in der Hand gehalten hatte, doch Cardinal hätte so etwas nie über die Lippen gebracht.

»Da wäre noch etwas, Daddy. Ein paar aus unserer Gruppe planen, nächste Woche nach New York zu fahren. Es ist die letzte Woche der Francis-Bacon-Ausstellung, und das sollte ich mir wirklich ansehen. Nun habe ich aber die Kosten für die Reise nicht eingeplant. Es geht um rund zweihundert Dollar, wenn man Benzin, Essen und dergleichen zusammenrechnet.«

»Zweihundert US-Dollar?«

»Hm, ja. Das ist zu viel, oder?«

»Tja, ich weiß nicht. Wie wichtig ist es denn, Kelly?« – »Ich würde es nicht machen, wenn du denkst, dass es zu teuer ist. Tut mir leid, ich hätte gar nicht erst davon anfangen sollen.«

»Nein, nein. Das geht schon in Ordnung. Wenn es wichtig für dich ist.«

»Ich weiß, dass ich dich ein Vermögen koste. Ich versuche ja auch zu sparen, wo ich nur kann, Daddy. Du würdest gar nicht glauben, was ich alles nicht mitmache.«

»Ich weiß. Schon gut. Ich überweise dir heute Nachmittag das Geld auf dein Konto.«

»Bist du auch wirklich einverstanden?«

»Wirklich. Aber nächstes Jahr muss es anders werden, Kelly.«

»Oh, nächstes Jahr wird es mit Sicherheit anders. Dann bin ich ja mit meinen Seminaren fertig und habe nur noch meine Abschlussarbeit vor mir: ein oder zwei Bilder für die Gruppenausstellung, je nachdem, was Dale von mir erwartet. Nächstes Jahr kann ich einen Teilzeitjob annehmen. Es tut mir leid, aber alles ist so teuer, Daddy. Manchmal frage ich mich, wie du das alles schaffst. Ich hoffe, du weißt, wie dankbar ich dir bin.«

»Mach dir darüber keine Gedanken.«

»Hoffentlich werde ich eines Tages eine Stange Geld mit meiner Malerei verdienen, dann kann ich dir einiges zurückzahlen.«

»Ich bitte dich, Kelly, denk gar nicht an so was.« Das Telefon war feucht von Cardinals schwitziger Hand, das Herz schlug ihm bis zum Hals hinauf. Kellys Dankbarkeit hatte seinen Entschluss wieder zunichte gemacht. Tief in seinem Innern war eine Tür ins Schloss gefallen, ein Riegel war vorgeschoben und ein lange nicht mehr benutztes Schild ins Fenster gestellt worden: *Bis auf weiteres geschlossen.*

»Du klingst ein bisschen angespannt, Daddy. Wächst dir die Arbeit über den Kopf?«

»Die Presse hat sich auf uns eingeschossen. Ich habe den Eindruck, die geben erst Ruhe, wenn wir die Luftwaffe um Unterstützung bitten. Ich komme bei der Ermittlung nicht so voran, wie ich eigentlich sollte.«

»Du schaffst das schon.«

Sie beschlossen das Gespräch mit ein paar Worten über das Wetter:

Bei ihr war es sonnig und warm, gemessen in Fahrenheit; bei ihm war es beißend kalt, gemessen in Celsius unter null.

Cardinal warf das Telefon aufs Sofa. Er stand bewegungslos mitten im Wohnzimmer wie ein Mann, der gerade eine schreckliche Nachricht vernommen hatte. Von draußen kam ein Geräusch, von dem er erst nach ein paar Augenblicken wusste, was es war.

Dann lief er durch die Küche, riss die Hintertür auf und schrie: »Hau ab, du Mistvieh!«

Er sah noch, wie das dicke Hinterteil des Waschbären unter dem Haus verschwand. Normalerweise hielten Waschbären um diese Jahreszeit Winterschlaf, doch der Fußboden von Cardinals Haus strahlte Wärme ab, genug Wärme, um das Tier glauben zu machen, der Winter sei zu Ende. Bei Cardinals erster Begegnung mit dem Waschbären hielt dieser gerade einen halben Apfel zwischen den schwarzen Vorderpfoten und schaute ihn mit seinem Clownsgesicht an. Nun kam er zwei-, dreimal in der Woche, warf die Mülleimer um und suchte im Abfall nach Essbarem.

Vor Kälte zitternd, sammelte Cardinal Fetzen von Plastikhüllen, leere Gebäckkartons und abgenagte Hühnerknochen zusammen, die verstreut auf dem Garagenboden lagen. Er kam rechtzeitig zurück ins Haus, um das Telefon klingeln zu hören.

Das Telefon klingelte noch dreimal, ehe er sich erinnerte, wohin er den Apparat gepfeffert hatte.

Er fand ihn gerade noch rechtzeitig unter den Kissen, ehe Delorme am anderen Ende auflegte.

»Oh«, sagte sie, »ich dachte, Sie seien schon unterwegs.« – »Ich wollte gerade gehen. Was gibt es denn?«

»Wir haben das Tonband von dem CBC-Menschen zurückbekommen. Hat er die digitalisierte, die sprachverbesserte Fassung geschickt?« Delormes fragende, frankokanadische Intonation war Cardinals Ohren noch nie so willkommen gewesen.

»Haben Sie es denn noch nicht angehört?«

»Nein, es ist ja gerade erst reingekommen.«

»Ich bin gleich da.«

22

Benommen setzte sich Keith London im Bett auf. Das Zimmer, in dem er sich befand, kam ihm fremd vor, und er fragte sich, ob es zum Teil daran lag, dass es sich wie ein Karussell langsam zu drehen schien. Als es schließlich anhielt und er etwas fixieren konnte, sah er Wände mit billiger Holzvertäfelung, die stellenweise durch einen Wasserschaden fleckig und gewellt waren. Ferner einen wackeligen Sessel mit drei Beinen, dessen Armlehnen Brandspuren von Zigaretten aufwiesen. Auf dem Fußboden brummte ein elektrischer Heizofen vor sich hin, als ob eine dicke Fliege darin eingesperrt wäre. Von der Decke hing eine funzelige Glühbirne in einer billigen Lampenfassung, und an einer Wand wellte sich ein Werbeplakat der kanadischen Eisenbahn mit einem Panorama von Vancouver. Das schmale Fenster war von außen mit Brettern vernagelt. Es roch nach Heizöl, Schimmel und nassem Beton.

Dann erinnerte er sich, dass er seine Sachen aus dem Schließfach im Busbahnhof geholt hatte, während Eric und Edie draußen auf ihn warteten. Außerdem erinnerte er sich, dass er mit Eric und Edie in ein kleines Auto gestiegen war und ein Bier in ihrer Küche getrunken hatte. Hingegen erinnerte er sich nicht, sich ausgezogen und ins Bett gelegt zu haben. Nach dem Bier hatte er keine Erinnerung mehr. Seine Arme und Beine waren schwer, als ob er zu lange geschlafen hätte. Er rieb sich das Gesicht, die Haut fühlte sich gummiartig und merkwürdig heiß an. Auf seiner Armbanduhr – offensichtlich hatte er beim eiligen Auskleiden vergessen, sie abzulegen – war es drei Uhr. Er hatte ein dringendes Bedürfnis, seine Blase zu entleeren.

Obwohl das Zimmer keine neun Quadratmeter groß war, hatte es zwei Türen. Auf der Bettkante sitzend, setzte Keith einen Fuß auf den kalten Boden. Er verharrte so eine Weile und wäre wohl wieder eingeschlafen, wenn er nicht so dringend auf die Toilette gemusst hätte. Er zwang sich, aufzustehen, und lehnte sich Halt suchend gegen die Wand. Die erste Tür, die er ausprobierte, war verschlossen, doch die andere führte Gott sei Dank in eine Toilette. Die Einrichtung war aufs Äußerste reduziert, um in den engen quadratischen Raum zu passen.

Beim Rückweg von der Toilette zum Bett sah er seinen Gitarrenkoffer in der Ecke stehen. Er bemerkte gerade noch, dass sein Seesack und seine Kleider fehlten, ehe er der Länge nach wieder in einen dunklen Schacht der Bewusstlosigkeit fiel.

Als er wieder zu sich kam – Stunden oder Tage später –, saß Eric Fraser auf dem Bett und grinste ihn breit an. »Lazarus ist wieder zum Leben erwacht«, sagte er ruhig.

Mit größter Anstrengung setzte sich Keith auf und lehnte sich gegen das Kopfteil des Bettes. Sein Körper hatte Schlagseite, doch fehlte ihm die Kraft, sich gerade hinzusetzen. Mund und Hals waren ausgedörrt. Als er zu sprechen versuchte, brachte er nur ein heiseres Krächzen zustande. »Wie lange habe ich geschlafen?«

Eric hielt zwei Finger so nah vor Keiths Gesicht, dass nur ein verschwommenes Bild entstand.

»Zwei ganze Tage?« War das möglich? Keith konnte sich nicht daran erinnern, jemals so lange geschlafen zu haben. In seiner frühen Jugend hatte er ein paarmal sechzehn Stunden geschlafen, und einmal bei einer Krankheit mit hohem Fieber war er sogar für zwanzig Stunden in die Bewusstlosigkeit abgetaucht. Aber zwei Tage?

Wenn ich wirklich zwei Tage lang geschlafen habe, muss ich sehr, sehr krank sein. Gesunde schlafen nicht zwei Tage lang. So was nennt man Koma. Keith wollte seine Gedanken äußern, als Eric ihm dadurch zuvorkam, dass er ihm eine kühle Hand auf die Stirn legte und sie, ernst dreinblickend, dort beließ. »Gestern hattest du vierzig Grad Fieber. Edie hat deine Temperatur unter der Achsel gemessen.«

»Wo sind meine Kleider? Ich sollte besser zum Arzt gehen.«

»Edie wäscht deine Kleider gerade. Du hast dich übergeben müssen.«

»Wirklich? Das ist ja schrecklich.« Keith rieb sich den Hals. Seine Kehle brannte. »Gibt es hier Wasser?«

»In der Toilette.« Eric zeigte auf die schmale Tür. »Aber trink lieber hiervon.« Er reichte ihm einen Becher dampfender Flüssigkeit. »Edies Gebräu. Sie hat es aus dem Drugstore. Mach dir keine Sorgen, Edie kennt sich mit Arzneien aus.«

Ein starker Geruch von Honig und Zitrone stieg aus der Tasse auf. Keith nahm einen Schluck und hätte sich fast die Zunge verbrüht. Es schmeckte wie Grippetee oder so etwas Ähnliches, wahrscheinlich mit einem Antihistaminikum angereichert, aber es tat gut. Nach ein paar Schlucken fühlte sich Keith gleich besser. Der Nebel in seinem Kopf lichtete sich ein wenig. Er zeigte auf die Sofortbildkamera, die Eric umhängen hatte. »Wozu brauchst du das?«

»Probeaufnahmen. Edie und ich sind Filmemacher. Das ist einer der Gründe, weshalb du uns aufgefallen bist. Wir hofften, du würdest bei unserem Filmprojekt mitmachen.«

»Was für ein Film denn?«

»Ein poetischer Experimentalfilm, ein Low-Budget-Projekt. Ich wollte dich schon an dem ersten Abend fragen, aber dann hatte ich doch Bedenken, es könnte ... unpassend sein.«

»Das geht schon in Ordnung. Ich helfe euch gern.« Keith rutschte wieder in die Kissen und rollte sich ein. Schlafen schien wieder das Beste für ihn zu sein.

Eric hielt eine Zeitung hoch. »Der *Algonquin Lode*«, sagte er. »Ein bekacktes Provinzblatt.« Laut raschelnd blätterte er darin, räusperte sich und begann, mit fester Stimme vorzulesen.«ȝBei einem Einsatz der Stadtpolizei heute Morgen an der Ecke Timothy und Main Street wurde die Leiche eines männlichen Jugendlichen im Kohlenkeller eines leerstehenden Hauses gefunden. Der noch nicht identifizierte Jugendliche ist offensichtlich Opfer einer Mordtat geworden. Die Polizei schließt nicht aus, dass das Verbrechen von demselben Täter begangen wurde, der vergangenen September Katie Pine ermordet hat. Wie Detective John Cardinal mitteilte, war das Opfer brutal misshandelt worden. Neben mehrfachen Verletzungen am Kopf wies die Leiche Verstümmelungen im Genitalbereich auf. Offenbar wurde der Junge so lange getreten, bis die Genitalien fast ganz vom Körper abgelöst waren.‹«

»Um Gottes willen«, entsetzte sich Keith. »So was passiert hier?«

»Ja, hier in Algonquin Bay, nicht weit von diesem Zimmer.«

»Um Gottes willen«, sagte Keith noch einmal. »Stell dir das mal vor, so misshandelt zu werden. Das ist was anderes als eure üblichen Kneipenschlägereien.«

»Nun, keine vorschnellen Urteile. Über das Opfer erfährt man sonst nichts. Vielleicht hat der Junge ja Streit angefangen. Vielleicht ist er kein Verlust für die Welt. Ich vermisse ihn jedenfalls nicht. Du etwa?«

»Niemand verdient es, so zu sterben. Egal, was er getan hat.«

»Du hast ein weiches Herz. Edie hat eine Schwäche für die Sanften. Deine Freundin muss das auch an dir mögen. Wie heißt sie doch gleich?«

»Karen. Na, ich weiß nicht. Karen hätte es lieber, wenn ich mehr an die Zukunft denken würde. Sie ist ziemlich sauer auf mich.«

»Erzähl doch mal, was in Sachen Sex in Toronto so angesagt ist. Ich habe gehört, alle stehen dort auf Oralsex. Bläst dir Karen gern einen?«

»Aber Eric, sag mal.« Keith war wieder in die blutwarmen Wasser des Schlafs gesunken. Ich schlafe noch ein bisschen, beruhigte er sich selbst, und dann verschwinde ich so schnell wie möglich von hier.

»Ich musste einfach hinschauen, als wir dich ausgezogen haben. Einen tollen Schwanz hast du und prächtige Eier. Wirklich, Karen kann sich glücklich schätzen.«

Keith wollte ihm sagen, er solle damit aufhören, doch er konnte den Wörtern nicht den Weg vom Gehirn zur Zunge weisen. Dieses nach Honig und Zitrone duftende Getränk hatte ihn für eine weitere Runde außer Gefecht gesetzt.

Eric legte eine Hand auf Keiths Knie und fasste zu. »Die Leute verstehen nicht, was ich alles durchgemacht habe. Vergewaltigung, sexueller Missbrauch. Das waren schlimme Zeiten für mich, Keith, und manchmal macht mich das ein wenig unruhig. Hast du etwas dagegen, wenn ich dich zwischen den Beinen streichle?«

Keith versuchte, seinen Blick auf Eric zu richten. Was war bloß in dem Getränk gewesen?

Die Zeit verging. Fünf Minuten, vielleicht auch zwanzig Minuten. Eric zog die Decke wieder bis an Keiths Kinn hoch. »Ich bin gespannt auf diesen Film, Keith. Edie geht es genauso. Du bist genau der Richtige für die Rolle. Du hast gesagt, du machst gern Erfahrungen. Der Film wird eine ganz neue Erfahrung für dich sein.«

Keith brachte schließlich doch seine Zunge zum Sprechen.

»Was ist mit mir los? Ich kann mich kaum bewegen.« Dann versank er wieder in tiefes Vergessen. Daher wusste er auch nicht, ob er nur phantasierte, dass Eric Fraser sich über ihn beugte, ihm die Stirn küsste und flüsterte: »Ich weiß.«

23

Sagen Sie mir, dass ich ein guter Mensch bin, Cardinal. Das Tonband liegt hier vor mir, und ich habe es nicht angerührt. Sie hätten bestimmt nicht gewartet. Sie hätten sich das Band schon fünfmal angehört.«

»Das ist meine Charakterschwäche«, sagte Cardinal, der sich noch den Schnee von den Stiefeln stampfte. »Hat Len Weisman schon angerufen?«

»Nein. Mir schien es so, als wollten Sie nicht, dass ich ihm noch mehr zusetze.«

»Schon zwei Tage. Wie lange kann so ein Abgleich mit zahnärztlichen Unterlagen denn dauern?«

Delorme zuckte nur mit den Schultern. Cardinal wurde plötzlich gewahr, dass sie Brüste hatte, und wurde rot. Verdammt noch mal, rügte er sich selbst, Catherine ist in der Psychiatrie. Außerdem mag Detective Lise Delorme eine hübsche Figur und ein sympathisches Gesicht haben, aber sie versucht auch, mich festzunageln, und deshalb kann ich es mir nicht erlauben, mich zu ihr hingezogen zu fühlen. Wenn ich einen festeren Charakter hätte, würde mir so etwas nicht passieren.

Delorme reichte Cardinal ein Postpaket von der Größe eines Schuhkartons. Darin lag, in luftgepolsterte Verpackungsfolie eingehüllt, eine neue Tonkassette. Über den CBC-Aufkleber hatte jemand in Leuchtschrift »Digital aufbereitet« geschrieben.

»Ich habe mir Flowers Walkman ausgeliehen«, sagte Delorme. »Der hat zwei Anschlüsse für Ohrhörer.« Sie reichte ihm ein Paar, und beide stöpselten sich die Hörer ins Ohr.

Cardinal machte einen Platz auf ihrem Schreibtisch frei

und setzte sich, in der Hand die Schnur, die sie, siamesischen Zwillingen gleich, an den Ohren verband. Er schaltete das Gerät ein und sah aus dem Fenster in das dichte Schneetreiben draußen. Kurz darauf drückte er die Pause-Taste. »Die Aufnahme ist jetzt viel klarer. Das Düsenflugzeug konnte man früher nicht hören.«

»Meinen Sie, es könnte am Airport Drive sein?« Wenn Delorme aufgeregt war, belebte sich ihr Gesicht auf wunderbare Weise. Cardinal sah das Mädchen in ihr, das sie einst gewesen war. Für einen kurzen Augenblick glaubte er, sich getäuscht zu haben: Nein, es konnte einfach nicht sein, dass sie sich mit Beamtendelikten befasste und in seiner Sache ermittelte. Dann holte ihn der Horror auf dem Tonband wieder ein.

Das Rauschen war nicht mehr zu hören. Wenn die Fenster klapperten, schien es, als könne man in das Zimmer hineinreichen und sie schließen. Die Schritte des Mörders klangen so laut wie Gewehrschüsse. Und die Angst des Mädchens war ja schon in der ersten Fassung deutlich herausgekommen.

Sie hörten Katie Pines letzte Schluchzer. Die Schritte des Mörders entfernten sich vom Mikrophon.

Dann war ein neues Geräusch zu hören.

Delorme nahm die Hörer ab. »Cardinal! Haben Sie das gehört?«

»Spielen Sie es noch einmal vor.«

Delorme spulte zurück.

Wieder hörten sie das Weinen des Mädchens und die Schritte. Dann aber, da gab es keinen Zweifel, war unmittelbar vor dem Abschalten des Bandes das Schlagen einer Uhr zu hören. Beim dritten Schlag war der Rekorder ausgeschaltet worden, danach herrschte Stille.

»Phantastisch«, begeisterte sich Delorme. »Das hat man auf dem Original nicht hören können.«

»Ja, das ist toll, Lise. Jetzt brauchen wir nur noch das Band mit der Uhr des Tatverdächtigen zu vergleichen. Das einzige

Problem dabei ist, dass wir bis jetzt keinen Verdächtigen haben.«

Cardinal benutzte Delormes Telefon, um bei der CBC anzurufen.

»Ich nehme an, Sie haben das Band bekommen.« Fortiers Rundfunksprecherstimme drang klar und sonor aus der Leitung, als wäre sie ebenfalls digital aufbereitet worden.

»Sie haben hervorragende Arbeit geleistet, Mr. Fortier. Ich fürchte fast, Sie haben des Guten zu viel getan.«

»Es ist nichts hinzugekommen, was nicht schon vorher auf dem Band war, falls Sie das meinen. Bei analoger Filterung kann man eben nur bestimmte Frequenzen verstärken oder unterdrücken. Bei digitaler Bearbeitung kann man hingegen mit verschiedenen Quellen jonglieren. Ich teile jeder Quelle eine eigene Spur zu – eine für das Fenster, eine für die Uhr, eine für die Stimme des Täters, eine für sein Opfer. Was Sie nun in der Hand haben, ist die Endfassung, die zwar immer noch nicht als Indiz vor Gericht taugt, aber Ihnen in anderer Weise nützlich sein kann.«

»Können Sie irgendetwas an der Stimme des Mannes verbessern? Es klingt immer noch so, als ob er am Grund eines Brunnens säße.«

»Tut mir leid, da ist nichts zu machen. Er ist einfach zu weit vom Mikrophon entfernt.«

»Trotzdem, großartige Arbeit.«

»Jeder Toningenieur hätte das machen können – vorausgesetzt, er hätte die Uhr auch gehört. Ich habe in der Hinsicht den Vorteil, blind zu sein. Aber selbst ich habe die Uhr auch erst beim vierten oder fünften Mal gehört.«

»Klingt mir wie ein Regulator aus Großvaters Zeiten. Was richtig Altes.«

»Keineswegs. Hören Sie noch einmal hin. Für einen Regulator ist der Klang nicht voll genug. Es ist eine Schrankuhr – eine ziemlich alte, würde ich sagen. Was Sie jetzt brauchen, ist ein Uhrenexperte, einen knorrigen alten Schweizer. Spielen Sie ihm die Stelle auf dem Band vor, und er sagt Ihnen die Marke, das Modell und die Seriennummer.«

Cardinal lachte. »Wenn ich etwas für den kanadischen Rundfunk tun kann, rufen Sie mich bitte an.«

»Eine Budgeterhöhung wäre willkommen. Und grüßen Sie Ihre Kollegin Delorme herzlich. Sie hat eine sehr attraktive Stimme.«

»Übrigens, Brian, Sie sind hier über den Lautsprecher zu hören.«

»Nicht doch, Detective. Aber eine nette Geste, danke.«

»Sie mögen ihn«, bemerkte Delorme, als er auflegte. »Sie mögen nicht viele Leute, aber ihn mögen Sie.«

»Er sagte, Sie hätten eine sympathische Stimme.«

»Wirklich? Und was ist mit der Uhr?«

»Eine Schrankuhr, wahrscheinlich sehr alt. Er rät, den Klang des Schlagwerks einem Experten vorzuspielen, der erkennt das Fabrikat vielleicht.«

»In Algonquin Bay? Welchem Experten? Einem aus dem Supermarkt?«

»Hier muss es doch einen Laden geben, in dem man Uhren reparieren lassen kann. Und wenn nicht hier, dann sicherlich in Toronto.«

Das Telefon klingelte, und Delorme nahm ab. Nach einer Weile reichte sie Cardinal den Apparat und sagte: »Weisman.«

»Len, was ist denn passiert? Wo bleibt unsere Zahnarztakte?«

»Diesem verdammten Zahnarzt trau ich nicht über den Weg. Er vertröstet uns ständig auf später, lässt sich am Telefon verleugnen und so weiter. Schließlich habe ich den Schlawiner persönlich drangekriegt. Wissen Sie, warum er uns ständig vertröstet hat? Es hat sich herausgestellt, dass er fingierte Rechnungen ausgestellt hat.«

»Wie meinen Sie das, Len? Was für Rechnungen sollen das gewesen sein? Was steht in der Akte?«

»Darin sind Füllungen aufgeführt, die der Kerl nie angefertigt hat. Auf dem Papier hatte der Junge genug Amalgam, um den ganzen Ontariosee aufzufüllen. Der Patient in der Leichenhalle hat hingegen nur fünf kleine Füllungen.«

»Aber diese fünf, Len. Stimmen die mit der Akte überein?«

»Zum Glück sind die Arbeiten, die der Betrüger wirklich ausgeführt hat, in einer anderen Farbe vermerkt. Fünf Füllungen, mit rotem Stift eingetragen. Sie stimmen mit dem Gebiss des Patienten überein. Es handelt sich um Todd William Curry.«

24

Todd Currys Eltern hatten eine Vierzimmerwohnung in Mississauga, einem Vorort im Westen Torontos, zu dem neben grauen Einkaufszentren und Hochhäusern auch eine parkähnliche Wohngegend mit Laubwald, Flüssen und Bächen gehörte. Die Currys wohnten nicht in der Parksiedlung. Man hatte sie informiert, dass zwei Kriminalbeamte aus Algonquin Bay zu ihnen kommen würden. Für den Besuch hatten sie sich Mühe gegeben: Es roch stark nach Putzmitteln, und jedes Kissen war akkurat an seinem Platz.

»Man hat uns schon gesagt, dass Sie kommen«, begrüßte sie Mrs. Curry an der Tür. »Mein Mann ist heute extra nicht zur Arbeit gegangen.«

»Hoffentlich kriegen Sie keinen Ärger mit Ihrem Chef«, sagte Cardinal zu dem Mann, der sich schwungvoll aus einem Polstersessel erhob.

»Darüber mache ich mir keine Sorgen. Bei der Firma habe ich noch Urlaubstage für ein ganzes Jahr gut.« Er schüttelte ihm energisch die Hand, als wollte er zeigen, dass Kummer seiner männlichen Entschlossenheit nichts anhaben konnte. Ihm gelang sogar ein Lächeln, das aber nur den Bruchteil einer Sekunde anhielt, dann sank er wieder in den Sessel.

Cardinal wandte sich an die Mutter. »Mrs. Curry, hatte Todd in Algonquin Bay oder in der Umgebung irgendwelche Verwandte?«

»Nur seinen Onkel Clark in Thunder Bay, aber das sind ein paar hundert Kilometer.«

»Und Freunde? Vielleicht jemanden, den er aus der Schule kannte?«

»Nicht, dass ich wüsste. Aber von den Freunden, die wir kennen, war mit Sicherheit keiner aus Algonquin Bay.«

Der Vater, der zunächst in Gedanken versunken war, meldete sich zurück. »Und der junge Mann, der vergangenen Sommer mal hier war? Der mit den ungleichen Turnschuhen?«

»Meinst du Steve? Steve war aus Stratford, Schatz.«

»Nein, nein. Ich spreche von jemand ganz anderem. Ich meine einen anderen Jungen.«

»Also der mit den ungleichen Turnschuhen war Steve, und er kam aus Stratford. Du weißt, dass mein Gedächtnis besser ist als deines. Das war schon immer so.«

»Na ja, stimmt schon. Du hattest immer das bessere Gedächtnis.«

In Algonquin Bay hatte man Cardinal einmal zu einem Einsatzort geschickt, an dem eine Gasleitung explodiert war. Die Explosion hatte die gesamte Vorderseite eines Wohnhauses weggerissen und drei Stockwerke zum Einsturz gebracht. Eheleute waren wie arme Seelen im Fegefeuer durch Rauch und Asche getaumelt. Auf ähnliche Weise versuchten Mr. und Mrs. Curry, nachdem ihre Familie von Kummer und Schmerz zerrissen worden war, mühsam zusammenzulesen, was noch geblieben war.

»Hatte Todd denn sonst Gründe, in Algonquin Bay Halt zu machen?«

»Nein. Keine. Jugendliche Neugier. Vielleicht hatte er jemanden im Zug getroffen. Todd ist ein sprunghafter Junge. Todd war…« Mrs. Curry fuhr mit der Hand an die Lippen, so als hätte sie die Vergangenheitsform am liebsten wieder verschluckt. In ihrem Gesicht spiegelte sich Verlegenheit.

Mr. Curry stellte sich neben sie und legte ihr den Arm um die Schulter. »Ruhig, meine Liebe, ganz ruhig«, sagte er sanft. »Setz dich doch auf die Couch.«

»Das geht doch nicht. Ich habe den Herrschaften noch nicht einmal Tee angeboten. Hätten Sie gern eine Tasse Tee?«

»Nein, vielen Dank«, sagte Delorme. »Mrs. Curry, wir wissen, dass Todd mindestens einmal mit Drogen zu tun hatte. Erinnern Sie sich im Zusammenhang mit Drogen an etwas, das ihn nach Algonquin Bay geführt haben könnte? Vielleicht an einen Namen, der bei der Gerichtsverhandlung fiel?«

»Todd war weg von dem Zeug. Er nahm keine Drogen mehr.

Jetzt sage ich es richtig: war, nahm. Nur Wörter, weiter nichts.« Sie brachte ein gespenstisches Lächeln zustande. »Wollen Sie wirklich keinen Tee. Es macht keine Umstände.«

Für Delorme war es eine neue Seite ihres Metiers, Fakten wie Scherben aus den schmerzerfüllten Herzen der Hinterbliebenen aufzulesen. Sie sah Cardinal hilfesuchend an, doch der schwieg. Vielleicht dachte er, sie müsse sich eben daran gewöhnen.

»Ich kannte Todd ja überhaupt nicht, Mrs. Curry, aber – wie soll ich mich ausdrücken? Ich meine, die Sache ist doch...« Delorme biss sich auf die Lippen, dann sagte sie: »Wissen Sie, eine Tasse Tee wäre doch nicht schlecht. Darf ich Ihnen helfen?«

Cardinal schlug dem Vater vor: »Hätten Sie etwas dagegen, wenn ich mir in der Zwischenzeit Todds Zimmer anschaue?«

»Wie? Todds Zimmer?«

Mr. Curry kratzte sich am Hinterkopf. Unter normalen Umständen hätte diese Geste komisch gewirkt, wie aus einem Cartoon. Er lachte nervös. »Entschuldigen Sie, ich bin einfach verwirrt. Sie wollen Todds Zimmer sehen, ja, selbstverständlich, das leuchtet ein. Sie müssen mehr über ihn wissen, das verstehe ich. Ja, also dann, Detective. Tun Sie Ihre Arbeit, und lassen Sie sich durch mich nicht stören.«

»Dort entlang?«

»Ach so, ja. Zweite Tür rechts. Ich zeige es Ihnen.« Er

führte Cardinal einen schmalen Flur entlang. Zwei Schlafzimmer auf der rechten, Wandschränke auf der linken Seite, das Badezimmer am Ende des Flurs; das war schon alles. Mr. Curry machte die Tür auf und bat Cardinal einzutreten. Er blieb im Türrahmen stehen, als ob sich das Zimmer seines Sohns auf einer höheren Ebene befände, die zu betreten er nicht würdig war. Seine Blicke sprangen nervös hin und her, der Tod hatte die alltäglichsten Dinge mit seinem Siegel gezeichnet – der Basketball, aus dem die Luft entwichen war, ein kaputtes Skateboard auf einem Regal – und entfaltete eine Macht, die ihn in Gegenwart dieses Eindringlings aus dem Gleichgewicht brachte.

»Mr. Curry, Sie müssen nicht zuschauen, wenn Ihnen das schwerfällt.«

»Es geht schon, Detective. Kümmern Sie sich nicht um mich.«

Cardinal stand schweigend in der Mitte des Zimmers und sog die Dinge und ihre Beziehungen zueinander in sich auf. Auf der Kommode stand ein großes Kofferradio, daneben befanden sich Ständer mit Kassetten. An den Wänden hingen Poster von Rap-Stars: Tupac, Ice T., Puff Daddy. Ein Schreibtisch, dessen Schreibfläche mit einer Weltkarte unterlegt war. Ein Macintosh-Computer stand genau über dem Kontinent Afrika. Bücherregale schlossen sich rechts und links an. Cardinal war sich sicher, dass Mr. Curry sie gezimmert hatte. Er fuhr mit der Hand am Rand der Antarktis entlang. »Schöner Schreibtisch«, sagte er anerkennend und ging in die Hocke, um Todds Bücher zu betrachten.

»Ja, den habe ich gemacht. Es war einfach, wirklich. Aber trotzdem, so etwas baut man natürlich nicht in ein paar Stunden zusammen. Todd mochte ihn nicht, das war ja klar.«

»Oh, in dem Alter kann man es Jungen nur schwer recht machen.«

»Todd und ich sind nicht besonders gut miteinander ausgekommen, um ehrlich zu sein. Ich wusste nicht, wie ich mit ihm umgehen sollte. Mal habe ich es mit Nachsicht versucht, mal mit Härte. Offenbar ohne Erfolg. Jetzt wünschte ich mir, er wäre hier.«

»Ich bin sicher, Sie hätten sich beide vertragen«, tröstete ihn Cardinal. »In den meisten Familien ist das so.« Die Bücher im Regal: *Die Schatzinsel, Der Fänger im Roggen,* mehrere Nummern eines Fortsetzungsromans über die Hardy Boys, alles ziemlich verstaubt. Todds übrige Bibliothek bestand aus Science-Fiction-Taschenbüchern mit grellen Umschlägen. Er war versucht, Mr. Curry vom Verhältnis zu seiner Tochter zu berichten, wie sie als Teenager mehr als einmal gesagt hatte, sie hasse ihn, und wie gut er jetzt mit ihr auskomme. Doch das wäre in die falsche Richtung gegangen.

»Todd und ich haben nicht mehr die Chance, uns jemals zu vertragen. Das ist das Schreckliche.« Mr. Curry machte, von der Dringlichkeit seines Gedankens überwältigt, unvermittelt einen Schritt nach vorn. Er klammerte sich an Cardinals Unterarm. »Detective, ganz gleich, was Sie in dieser Welt tun, verschieben Sie das Wichtige im Leben nicht auf später. Gibt es etwas, das Sie aufschieben? Von dem Sie im Stillen denken, dass Sie abwarten wollen, bis der richtige Zeitpunkt gekommen ist? Ich meine, etwas Wichtiges, das Sie jemandem sagen wollen, den Sie lieben? Wenn das so ist, schieben Sie es nicht vor sich her. Verschieben Sie das Wichtige im Leben nicht auf später. Wenn es Worte sind, sprechen Sie sie aus, wenn es eine Geste ist, tun Sie es ruhig. Bei allem, was man so in den Nachrichten hört – ob Tornados oder der sogenannte Windigo-Mörder –, bei allen Katastrophen denkt man immer, dass einem selbst so etwas nicht passieren kann. Aber Tatsache ist, dass man es nicht wissen kann. Wenn jemand aufsteht und zur Tür rausgeht, weiß man nicht, ob er jemals wiederkommt. Man weiß es einfach nicht. Es tut mir leid, ich rede wirres Zeug.«

»Nein, nein, Mr. Curry, das ist schon in Ordnung.«

»Ist es nicht«, widersprach er. »Ich habe nicht viel Erfahrung mit solchen Dingen.« Und wie um Nachsicht bittend fügte er hinzu: »Ich arbeite in der Versicherungsbranche.«

»Sagen Sie mir, Mr. Curry, hat Todd den Computer da oft benutzt?« Cardinal zeigte auf den Macintosh. Unter dem Schreibtisch stapelten sich Handbücher und Videospiele. Außerdem war da noch ein Kabel, das den Computer mit einer Telefondose in der Wand verband.

»Todd war kein Hacker, wenn Sie das meinen. Er hat den Computer vor allem für seine Hausaufgaben benutzt – wenn er sie denn gemacht hat. Das Ding ist für mich ein Buch mit sieben Siegeln. In der Firma haben wir IBM-Rechner.«

Cardinal machte den Wandschrank auf und sah sich Todds Garderobe an. Ein Anzug, ein Blazer, zwei Paar Hosen mit Bügelfalten – nicht gerade das, was ein Junge wie Todd häufig trug. Auf dem Regal darüber lagen mehrere Brettspiele: Monopoly, Scrabble, Trivial Pursuit.

In der Kommode fand Cardinal neben den üblichen abgewetzten Jeans und zerrissenen T-Shirts einen Wust von Messing- und Blecharmbändern, Stücke von Ketten, mit Nägeln beschlagene Lederhalsbänder und -manschetten. Das musste nichts bedeuten; viele Jugendliche trugen so etwas heutzutage.

»Meine Frau ist am Boden zerstört«, sagte Mr. Curry. Er stand jetzt wieder im Türrahmen. »Es ist schlimm, mit ansehen zu müssen, wie jemand, den man liebt, solchen Kummer hat. Und nichts dagegen tun zu können...« Er hatte von Kummer und Leid gesprochen, und als besäßen die Wörter eine dämonische Kraft, brachen jetzt auch bei ihm alle Dämme. Mr. Curry verwandelte sich von einem robusten Vater in eine blasse, jammervolle Gestalt, die weinend in sich zusammensackte.

Cardinal ignorierte ihn nicht, aber er sagte auch nichts. Er blickte ihn kurz an und sah dann durchs Fenster auf das Hochhaus gegenüber. Von dem dazwischenliegenden Parkplatz drang das hysterische, mechanische Geheul einer Autosirene herein. In der Ferne schimmerte Torontos CN-Tower in der Morgensonne.

Nach ein paar Minuten ließ das Weinen hinter ihm nach, und er reichte Mr. Curry eine Packung Papiertaschentücher, die er in einer Drogerie am Queensway gekauft hatte. Er machte nacheinander die Schubladen von Todds Kommode auf und tastete die Böden ab.

»Entschuldigen Sie. Sie glauben bestimmt, in eine Seifenoper geraten zu sein.«

»Nein, Mr. Curry. Das glaube ich ganz und gar nicht.«

Cardinal spürte das Hochglanzheft am Boden der untersten Schublade. Er holte es hervor und bat im Geist den Jungen um Vergebung, da er wusste, dass das hier wahrscheinlich geheimer und persönlicher war als alles Klebstoffschnüffeln und Kiffen. Er erinnerte sich an seine Stapel von *Playboy*-Heften aus der Jugend, doch die Hefte, die er jetzt in der Hand hielt, zeigten einen nackten Mann.

Mr. Curry hielt für ein paar Sekunden den Atem an; Cardinal hörte es. Er griff noch einmal in die Schublade und holte noch mehr Hefte hervor.

»Das zeigt, wie gut ich meinen Sohn kenne. Ich hätte das nie für möglich gehalten, nie im Leben.«

»Ich würde diese paar Bilder nicht überbewerten. Sieht mir eher nach Neugier aus. Er hat auch *Playboy* und *Penthouse* hier.«

»Das hätte ich nie gedacht, nie und nimmer.«

»Kein Mensch ist ein offenes Buch, Mr. Curry, weder Sie noch ich…«

»Mir wäre es lieber, seine Mutter bekäme das nicht zu sehen.«

»Sicher. Man muss ihr das nicht sagen, jedenfalls nicht sofort. Ruhen Sie sich doch ein bisschen aus, Mr. Curry. Sie müssen hier nicht dabei sein.«

»Edna ist eine starke Frau, aber das hier…«

»Vielleicht wäre es besser, Sie sehen mal nach, wie es ihr geht.«

»Ja, danke, das mache ich. Ich kümmere mich mal darum, wie es Edna geht.« Cardinal fiel auf, dass sich Todds Vater, jedenfalls in den Augen eines Jugendlichen, wie eine Glucke benahm.

Vom Schreibtisch starrte ihn der Macintosh kalt und blind an. Cardinal verstand von Macs gerade so viel, dass er den Rechner hochfahren und im Startmenü die Liste der Programme finden konnte. Dazu brauchte er nur zwei Minuten, aber die Programme kannte er nicht. Er ging zurück ins Wohnzimmer und winkte Delorme, die neben Mrs. Curry auf der Couch saß und ein Familienalbum durchblätterte.

Seine Kollegin war auch keine Computerexpertin, aber gerade heute Morgen hatte er beobachtet, wie sie Flowers Macintosh einmal durchgecheckt hatte. Er kam sich dabei alt vor. Offenbar war jeder unter fünfunddreißig mit Computern vertraut, was ihn jedes Mal aufs Neue frustrierte. Delorme fuhr mit der Maus wie mit einem Hexengriffel herum.

»Können wir mal nachsehen, wo er vorzugsweise gesurft hat?«

»Ich bin schon dabei, das festzustellen. Threader heißt das Programm, sehr nützlich für diesen Zweck. Man stellt es so ein, dass es bei den Lieblingswebsites stoppt. Es steuert sie alle mit maximaler Geschwindigkeit an und geht sofort wieder raus, sodass Verbindungsgebühren gespart werden. Nur jemand, der viel online geht, hat so ein Programm.«

Der Bildschirm änderte sich und zeigte jetzt eine Liste von Newsgroups. Cardinal las sie laut vor: »Email, HouseofRock, HouseofRap – Rapmusik? Das ist doch ungewöhnlich für einen weißen Jugendlichen.«

»Oje, Sie leben aber hinter dem Mond.«

»Na schön, was hat man sich unter diesen ›Connections‹ vorzustellen?« Er zeigte auf das Icon eines sich küssenden

Paares auf dem Bildschirm. »Ist das so eine Schmuddeladresse?«

»Nicht unbedingt. Gehen wir weiter und schauen mal, was wir so kriegen.«

Delorme machte einen weiteren Mausklick. Erst kam ein Wählton, dann der charakteristische hochfrequente Ton während des Handshake der Modems. Der Bildschirm scrollte rasend schnell und klickte ab.

»Es ist wie eine Stippvisite zu den beliebtesten Fischgründen«, erklärte Delorme. »Mal sehen, was wir da im Netz haben.«

Sie klickte durch die Messages. Viel Fachsimpelei über neue Spiele für Mac-Benutzer, alles nicht ausdrücklich an Todd gerichtet. Dann eine Diskussion darüber, wie man am besten an Karten für ein Aerosmith-Konzert im SkyDome kommt.

»Ah«, sagte Delorme. »Hier ist sein E-Mail-Postfach. Junge, Junge, der hat aber heiße Mails bekommen.«

»Menschenskind«, entfuhr es Cardinal. Er war froh, dass er hinter seiner Kollegin stand, denn er hätte ihr jetzt nicht ins Gesicht schauen mögen.

»Sehen Sie, das ist alles anonym«, sagte Delorme, auf den Bildschirm deutend. »In den Newsgroups nannte er sich selbst ›Galahad‹.«

»Das passt zu den Homo-Magazinen. Sieht so aus, als hätte er zehn verschiedene Partner gehabt.«

»Oh, sehen Sie mal hier. Der Typ kennt seinen richtigen Namen.«

»*Todd*«, las Cardinal. »*Es tut mir leid, dass es zwischen uns nicht geklappt hat. Du scheinst ein netter Typ zu sein, und ich wünsche dir alles Gute, aber ich glaube, dass es keine gute Idee* wäre, *uns noch einmal zu treffen oder auch nur miteinander zu reden. Aber was den letzten Punkt angeht, bin ich offen. – Jacob.*«

»John, schauen Sie sich das Datum an.«

»Zwanzigster Dezember. Die Nacht, als Todd Curry im Krisenzentrum auftauchte. Das könnte eine heiße Spur sein.«

Delorme blätterte durch frühere »Briefe« desselben Jacob. Die Sex-Beschreibungen ließen an Offenheit nichts zu wünschen übrig. Am Ende stand die wiederholte Einladung, ihn doch zu besuchen und über Nacht zu bleiben.

»Eine ausgeklügelte Strategie«, sagte Cardinal. »Über den Computer sucht man sich das passende Opfer. Dann lockt man es ins Netz und zieht es an Land. Perfekt.«

Sie lasen weiter. Nicht in allen Mails ging es um sexuelle Phantasien. In manchen diskutierte man auch ernsthaft über das Problem, sich selbst als schwul anzunehmen. Na klar, dachte Cardinal, der Junge soll ja Vertrauen entwickeln. Nach Alkohol war Sympathie gewiss die stärkste Waffe im Arsenal des Verführers.

»Gibt es eine Möglichkeit, den richtigen Namen und die Adresse dieses Jacob herauszubekommen?«

»Die Adresse wohl nicht, aber den Namen schon. Ich bin ein bisschen aus der Übung. Es könnte eine Weile dauern.« Delorme hexte wieder mit der Maus, während sich Cardinal auf den Boden kniete und die Videospiele durchsah. Nach zehn Minuten tippte sie ihn auf die Schulter. »Sehen Sie mal hier.«

Cardinal stand auf und blickte ihr über die Schulter.

»Hier ist der Eintrag in der Sexgruppenliste. Das ist der Bursche, der sich Jacob nennt. Und das hier ist seine E-Mail-Adresse.« Sie las vor: »›Dominant, Bodybuilding, oral, heiße E-Mails...‹ So weit, so gut. In einer der ›Diskussionen‹ erwähnt er Louis Riel. Weckt das Erinnerungen an Ihren Geschichtsunterricht?«

»Ein kleiner Aufstand irgendwo im Westen, richtig?«

»So klein nun wieder auch nicht. Wie dem auch sei, ich stelle mir vor, er könnte vielleicht auch an Geschichte interessiert sein. Also klicke ich eine Geschichts-Newsgroup an, okay?« Mit einem Mausklick holte Delorme ein neues Bild auf den

Bildschirm. »Nächster Halt: Geschichts-Newsgroup, Teilnehmerverzeichnis. Ich suche nach Jacobs E-Mail-Adresse...« Sie tippte den Namen ein. »Und was erhalten wir? Dieselbe Adresse.«

»Ist das unser Jacob?«

»Das ist er. Nur dass er in dieser Newsgroup seinen richtigen Namen angibt.« Sie tippte mit dem Zeigefinger auf den Bildschirm. Cardinal las: *Jack Fehrenbach, 47: E-Mail (Französisch und Englisch). Algonquin Bay.*

»Fehrenbach ist Lehrer an der Algonquin Highschool. Können wir sicher sein, dass das sein richtiger Name ist?«, fragte Cardinal.

»Hundertprozentig nicht. Aber wahrscheinlich ist das der Name, unter dem das Konto geführt wird.«

»Kelly hatte ihn ein Jahr lang als Lehrer. Es könnte ja ein anderer sein, der seinen Namen benutzt. Ein Schüler, der ihm einen Streich spielen will, weil er sauer auf ihn ist.«

»Möglich. Aber der Internetanbieter bucht die Gebühren von Fehrenbachs Konto ab, das wäre also ein ziemlich übler Streich.«

»Das ist Spitze, wie Sie das gemacht haben, Lise. Wirklich Spitze.«

Delorme grinste. »Gar nicht so schlecht, das gebe ich zu.«

25

Der Brechreiz war endlich verschwunden. Tagelang hatte er wie dichter Nebel über dem Bett gehangen. Bei der leisesten Bewegung war ihm schwindelig geworden, und das Essen war ihm sauer aufgestoßen. Schon nach wenigen Bissen hatte er das Gefühl, sein Bett stürze wie ein Boot vom Wellenkamm hinab ins Wellental.

Zu anderen Zeiten – meist gerade bevor Eric oder Edie mit dem Tablett hereinkamen – ließ die Übelkeit ein wenig nach. Dann freute er sich darauf, schon bald wieder an der frischen Luft und im Sonnenschein zu sein. Merkwürdige Phantasien überkamen ihn: Die Bettpfosten verwandelten sich in Minarette, die Füße unter der Bettdecke bildeten ferne Dünen, ein tropfender Wasserhahn wurde zu einem Tamburin. Er stellte sich vor, an einem exotischen Ort zu sein – Bahrain, Tanger –, wo er mit einem schweren Fieber daniedergelegen hatte. Seine Augen waren wie verschleiert, seine Muskeln schlaff wie totes Fleisch.

Die auf dem Bettrand sitzende Gestalt sah Keith nur verschwommen. Er versuchte, den Blick auf sie zu konzentrieren. Der Duft von Toast und Marmelade war überwältigend. Wann hatte er das letzte Mal etwas im Magen behalten? »Mann, hab ich einen Hunger.« Er sprach in die Richtung, wo die Gestalt gewesen war, doch sie hatte sich schon wieder bewegt.

»Greif nur zu.« Eric hielt ihm das Tablett unter die Nase. Bei dem Duft wäre er fast wieder ohnmächtig geworden.

Keith aß vier Scheiben Toast. Danach fühlte er sich gestärkt, so als könnte er wieder aufstehen und sich bewegen. »Eric, ich muss unbedingt telefonieren. Ich brauche ein Telefon.«

»Tut mir leid. Edie hat kein Telefon. Ich habe eins, aber ich wohne am anderen Ende der Stadt.«

»Sie hat kein Telefon?«

»Nein. Ich sagte es doch gerade.«

»Karen wird sich bestimmt Sorgen machen. Wir hatten ausgemacht, dass wir uns regelmäßig anrufen. Wie lange bin ich schon krank, drei Tage?«

»Vier.«

Keith setzte sich auf. Die Muskeln schmerzten ihn vom langen Liegen.

»Du bist noch zu schwach, um dich auf den Beinen zu halten. Warum schreibst du ihr nicht einen Brief?«

»Sie wohnt in Guelph. Der Brief würde sie erst nach Tagen erreichen. Bis dahin wäre sie sicherlich so sauer, dass sie ihn nicht einmal lesen würde. Habt ihr denn kein E-Mail?«

»Nein«, sagte Eric. »Gib mir doch ihre Nummer. Dann rufe ich sie für dich an.«

»Danke, Eric. Aber ich glaube, ich sollte erst mal zum Arzt gehen. Es ist nicht in Ordnung, dass ich so lange schlafe. Ich rufe Karen dann aus dem Krankenhaus an.«

»Schön. Dann versuch doch mal aufzustehen.«

Eric erhob sich von der Bettkante und setzte sich auf einen wackeligen Stuhl. Keith nahm alle Kraft zusammen, um die Füße auf den Boden zu setzen. Er richtete den Blick bald auf den Heizofen, bald auf Eric und spannte die Muskeln an. Er schluckte und versuchte, den rechten Fuß in Richtung Tür zu bewegen. Dann gab er auf und ließ sich stöhnend zurück ins Bett fallen. »Warum bin ich bloß so erschöpft?«

»Das viele Reisen. Du hast dir bestimmt irgendeinen exotischen Bazillus eingefangen.«

»Bitte, Eric. Bring mich ins Krankenhaus.«

»Tut mir leid. Das geht nicht. Ich bin nicht motorisiert.«

»Was erzählst du da?« Er bemühte sich, streng zu klingen, doch das war nicht so einfach, da er kaum die Augen aufhalten konnte. »Du hast doch neulich von deinem Van gesprochen. Du hast gesagt, du würdest die Aufnahmegeräte in deinem Van rüberbringen.«

»Mein Führerschein ist abgelaufen. Ich habe das gerade heute Morgen festgestellt. Er ist schon seit einem halben Jahr nicht mehr gültig.«

»Dann eben Edie. Sag Edie, sie soll mich fahren. Oh Mann, bin ich müde.«

Dunkelheit umschloss ihn von neuem. Wieder schwebte er durch einen von Schleiern durchzogenen Gang, wo er sich wie auf Rollen einem lichtumstrahlten Turm näherte. Oder war es der CN-Tower in Toronto? Insekten, so groß wie Katzen, hingen von der Decke. Von ihren mahlenden Kauwerkzeugen troff weißer Schaum, der seinen nackten Körper besudelte.

Er schlief, wachte auf, und schlief wieder ein.

Schließlich kam er wieder zu Bewusstsein. Der Alb, der ihm alle Kraft genommen hatte, schien seinen Griff gelockert zu haben, und abgesehen von den schmerzenden Muskeln fühlte er sich fast wieder normal. Er fand Papier und Kugelschreiber neben dem Bett und sogar ein frankiertes Briefkuvert. Er schrieb Karen einen Brief, in dem er von seiner Liebe und seinem Verlangen sprach. Er schwelgte in zärtlichen Erinnerungen an sie und an ihren Körper. Einzelheiten ihres Liebesspiels malte er zu lebhaften Szenen aus. Einen Augenblick kam er beim Schreiben ins Stocken. Er suchte nach einem anderen Wort für »Entzücken«. »Bezauberung« traf es nicht, und »Lust« hatte er schon zweimal benutzt. Er überlegte, ob »Wonne« das Passende wäre. Den Kugelschreiber schon gezückt, wollte er das Wort gerade hinschreiben, als ihn ein Geräusch innehalten ließ: Oben war gedämpft, aber unverkennbar das Klingeln eines Telefons zu hören.

26

Edie tat der Bauch weh, so sehr musste sie lachen.

»*Ich bin seit einer Woche krank*«, las Eric laut vor. »*So genau weiß ich es selbst nicht, aber du glaubst gar nicht, wie fertig man sich fühlt, wenn man sich zum zehnten Mal hintereinander erbrochen hat.*«

»Siehst du, Eric. Keith mochte meinen Pharmacocktail, meinen Zaubertrank. Die Valium-Pillen haben ihn aus den Pantoffeln gehauen. Die geben dem Ganzen das gewisse Etwas.«

Oh, wie liebte sie es, wenn Eric lachte. Warum konnte er nicht immer so sein? So witzig und so umgänglich. In solchen Augenblicken glaubte sie fast, sie könnten ein normales Paar sein, ein ganz normales Paar, das Vergnügen aneinander hatte. Darüber konnte man den grauen Winter und die Kälte vergessen.

In solchen Augenblicken dachte sie nicht daran, wie sie aussah. Ihr war nicht entgangen, wie Keith London ihr Gesicht und ihre Figur nach Männerart überflogen, wie er sie eingeschätzt und dann abgestempelt hatte, allen netten Worten zum Trotz. Das hatte sie gleich beim ersten Mal gesehen. Doch das zählte nicht, wenn Eric bei ihr und wenn er glücklich war.

»Lass jetzt besser die bunten Pillen und gib ihm nur Valium«, wies Eric sie an. »Das geht nicht, dass er sofort wieder hochwürgt, was wir ihm geben. Hörst du?«

Von oben kam das übliche Klopfen. Mein Gott, dachte Edie, kann die Alte nicht einmal Ruhe geben? Ich bin hier mit dem Mann, den ich liebe, zusammen und habe endlich Spaß an meinem Leben. Warum kann sie uns nicht in Ruhe lassen?

Erics Antwort auf das fordernde Pochen bestand darin, lauter vorzulesen.

»*Ich wohne hier bei einem jungen Pärchen. Die beiden sind sehr merkwürdig, aber Tatsache ist, dass ich ohne sie wahrscheinlich schon tot wäre.*«

»Was sagst du dazu, Eric? Ohne uns wäre Keith wahrscheinlich schon tot.«

»*Die Frau, Edie heißt sie, arbeitet in einem Drugstore und bekommt alle möglichen Medikamente umsonst. Wenigstens behauptet sie das. Ich glaube eher, dass sie sie klaut.*«

»Dieses miese kleine Arschloch«, sagte Edie. »Der wird sich noch mal wünschen, diesen Brief nie geschrieben zu haben. Pass auf. Den bringe ich zum Winseln.«

Wieder machte es oben bum, bum, bum.

»Hör mal«, sagte Eric. »*Ich denke an dich, ich träume von dir, ich sehne mich nach dir. Ich wünsche mir, dass wir uns wieder lieben – ich fühle mich so wohl bei dir!*« Darauf folgten ein paar eindeutige Passagen, die Eric mit so hoher und komischer Stimme vorlas, dass sich beide vor Lachen bogen und den Tränen nahe waren.

»*Eric sagte, im Haus gebe es kein Telefon, aber ich habe es gerade jetzt klingeln hören. Das beunruhigt mich schon ein bisschen.*«

»So, so, Keith. Du findest das ein bisschen beunruhigend?«

»Wie beunruhigend wirst du es erst finden, wenn wir dir an die Eier gehen.«

»Wir hauen dir die Grütze aus dem Schädel, du kleines Miststück. Was ist denn los?«

Eric war plötzlich verstummt.

»Was ist, Eric?«

Er zeigte ihr den Brief und deutete auf eine unten an den Rand gekritzelte Zeile.

Es war Edies Adresse. »Wie konnte er sich an die Adresse erinnern, verdammt noch mal? Er hatte doch mächtig einen sitzen.«

Eric faltete den Brief und steckte ihn in das Kuvert, das sie unter Wasserdampf geöffnet hatten. »Ich schmeiß ihn weg. Nein, besser ich spül ihn im Klo...«

»Was geht hier vor? Warum kommst du nicht, wenn ich dich rufe?«

Edies Großmutter stand, auf ihren Laufwagen gestützt, in der Tür und sah ihre Enkelin aus rot geränderten Augen vorwurfsvoll an.

»Entschuldige, wir haben gerade Musik gehört.«

»Ich höre keine Musik. Ich habe geklopft, und du bist nicht gekommen, Edie. Geklopft und geklopft habe ich. Warum ist Eric noch hier?«

»Hallo, Mrs. Soames«, grüßte Eric lächelnd. »Soll ich Ihnen den Schädel einschlagen?«

»Was sagt er?«

»Nichts von Bedeutung, Oma. Komm, ich bring dich wieder hoch.«

Aber die Alte war noch nicht fertig. Wenn sie mit ihren Vorhaltungen erst einmal in Fahrt war, konnte man sie nur schwer bremsen. »Ich verstehe nicht, wieso du nicht kommst, wenn ich dich rufe, Edie. Ich verlange nicht zu viel. Viele Leute würden erheblich mehr von jemandem verlangen, den man wie ein eigenes Kind aufgezogen hat.«

»Das liegt daran, dass sie dich hasst. Kein Grund zur Besorgnis. Sie hat einfach eine Mordswut auf deinen stinkenden Kadaver.«

»Lass sie in Ruhe, Eric. Ich bringe sie hoch.« Edie half ihrer Großmutter beim Wenden und warf Eric funkelnde Blicke zu.

Als die Frauen weg waren, ging Eric in die enge Toilette unter der Treppe. Dort starrte er lange auf Keiths Brief. Eigentlich hatte er ihn zerreißen wollen, doch die erotischen Passagen ließen ihn nicht los. Er klappte den Toilettendeckel nach unten und setzte sich, um den Brief noch einmal zu lesen. Diese Karen musste eine scharfe Nummer sein. Da wäre es doch schade, ihr nicht was Nettes zu schicken.

27

Man hätte sich Jack Fehrenbach gut in einer Werbeanzeige für Wanderschuhe vorstellen können. Der zwei Meter große Mann mit dem Dreitagebart um Kinn und Wangen sah genauso aus, wie man sich einen Naturburschen vorstellte. Man hätte ihn fotografieren können, wie er ein Zelt aufstellt oder eine frisch gefangene Forelle auf einem Petroleumkocher brät. Seine Schultern glichen einem breiten, soliden Brett, und auch alles Übrige schien aus demselben Holz geschnitzt. Das Naturburschenimage wurde etwas abgeschwächt durch eine konservative Krawatte und eine Lesebrille, die Fehrenbach abnahm, um Cardinal und Delorme, die unangemeldet vor seiner Tür standen, näher in Augenschein zu nehmen.

»Sie kommen hoffentlich nicht wegen dieser Strafzettel«, fauchte er Cardinal an, als dieser seinen Dienstausweis zeigte. »Ich habe denen schon fünfmal gesagt, dass ich das Bußgeld mittlerweile bezahlt habe. Ich habe den Überweisungsbeleg, ich habe eine Fotokopie geschickt. Warum kann Ihre Behörde das nicht korrekt verbuchen? Die Technik dafür gibt es doch. Hat die Polizei keine Computer? Wo ist das Problem?«

»Mr. Fehrenbach, es geht nicht um Strafzettel wegen Falschparkens.«

Fehrenbach durchforschte Cardinals Gesicht nach dem einen oder anderen Makel und wurde fündig. »Was sonst könnte Sie zu mir führen?«

»Dürfen wir reinkommen?«

Der Mann ließ sie nicht mehr als zwei Schritte in sein Zuhause. Alle drei standen nun zusammengepfercht in dem engen Flur vor einer Garderobe voller Mäntel. »Geht es um einen meiner Schüler? Ist jemand in Schwierigkeiten?«

Cardinal holte ein Foto von Todd Curry hervor. Es war eine gute Amateuraufnahme, die Delorme der Mutter des Jungen abgeschwatzt hatte. Der Junge auf dem Foto zeigte ein breites Lächeln, doch sein Blick aus dunklen Augen wirkte besorgt, so als ob die Augen dem Mund nicht trauten. »Kennen Sie diesen Jungen?«, fragte Cardinal.

Fehrenbach betrachtete das Foto aus der Nähe. »Er sieht aus wie jemand, den ich genau einmal getroffen habe. Was möchten Sie von mir wissen?«

»Mr. Fehrenbach, müssen wir hier im Flur stehen? Es ist ein bisschen eng hier.«

»Also gut, kommen Sie, aber Sie müssen die Schuhe ausziehen. Ich habe gerade die Dielen gebohnert. Ich möchte nicht, dass Sie Schnee mit reinbringen.«

Cardinal zog seine Überschuhe aus und folgte Fehrenbach ins Esszimmer. Delorme kam einen Augenblick später in Strümpfen nach. Das Zimmer war hell und geräumig, überall standen Pflanzen. Die Dielenbretter glänzten, und ein angenehmer Wachsgeruch hing in der Luft. An einer Wand zogen sich vier Regalbretter hin, die sich unter der Last der Geschichte bogen: Dicke Bände reihten sich aneinander und stapelten sich in merkwürdigen Konfigurationen. Die Bücher erdrückten fast den darunterstehenden Computer.

»Ich will nicht um den heißen Brei herumreden, Mr. Fehrenbach.« Cardinal zog ein Blatt Papier aus der Tasche und las den Text vor, den er sich abgeschrieben hatte. »*Einszweiundsechzig? Hundertzwanzig Pfund? Gutes kommt in kleinen Päckchen, Galahad, und du scheinst mir eins von den Päckchen zu sein, die ich gerne bekomme.*«

Cardinal war von Fehrenbachs Reaktion überrascht. Statt schockartiger Überraschung zeigte sein Gesicht nur Enttäuschung. Fast Trauer.

Cardinal las weiter. »*Ich würde sogar das Porto bezahlen, wenn du dich selbst zur Post bringen wolltest.*«

»Woher haben Sie das?« Fehrenbach nahm Cardinal das Blatt aus der Hand und betrachtete es durch die Brille. Um die Mundwinkel schien er blass geworden zu sein. Er nahm die Brille wieder ab, wobei die Augenbrauen sich über der Hakennase zusammenzogen. Im Unterricht war er sicherlich streng. »Das ist Privatkorrespondenz, und Sie als Beamter haben kein Recht, das zu lesen. Haben Sie schon mal von widerrechtlicher Durchsuchung und Beschlagnahmung gehört? Wir haben nämlich eine Verfassung in diesem Land.«

»Galahad ist tot, Mr. Fehrenbach.«

»Tot«, wiederholte er, als ob Cardinal ein Schüler wäre, der mit einer falschen Antwort gekommen war. »Wie ist das möglich?« Auf seiner Oberlippe standen plötzlich kleine Schweißtröpfchen.

»Sagen Sie uns, wie Sie ihn kennengelernt haben.«

Fehrenbach kreuzte die Arme vor der Brust und ließ dabei ahnen, wie muskulös sie waren. Mit dem würde sich so leicht keiner anlegen, dachte Cardinal, der Mann konnte sicherlich unangenehm werden. »Sehen Sie, ich wusste nicht, dass er noch minderjährig war. Mir hat er gesagt, er sei einundzwanzig. Kommen Sie und sehen Sie selbst – es ist noch auf der Festplatte. Ich kann nicht glauben, dass er tot ist. Oh mein Gott!« Eine Hand flog zum Mund – eine befremdliche weibliche Geste bei einer Gestalt von solch heroischer Statur. »Er ist doch nicht etwa der Jugendliche, der in dem leerstehenden Haus gefunden wurde und den man...?«

»Wie kommen Sie darauf, Mr. Fehrenbach?«

»In der Zeitung stand doch, der Junge sei von außerhalb. Und er sei schon ein paar Wochen, Monate tot... Ihre Art schien mir das irgendwie nahezulegen.«

Nichts an diesem Mann verriet Schuldgefühle, aber Cardinal wusste auch, dass die Person, die Katie Pine und Todd Curry ermordet hatte, jeder x-Beliebige sein konnte. Der

Mörder hatte seine Taten geplant und mindestens eine davon auf Video festgehalten. Das deutete auf Kontrolliertheit. Dem Täterprofil zufolge sollte er eine feste Stelle haben, da war es durchaus möglich, dass er eine Tätigkeit bevorzugte, die ihm die Nähe von Kindern bot.

»Sehen Sie, ich bin Lehrer an der Highschool hier in Algonquin Bay. Wenn das herauskommt, bin ich erledigt.«

»Wenn was herauskommt?«, schaltete sich Delorme ein.

»Dass ich schwul bin. Ich meine, das ist kein Fall, der auf Algonquin Bay beschränkt ist – sogar der *Toronto Star* redet mittlerweile vom Windigo-Mörder. Und die E-Mail, wie würde das auf Kanal Vier wirken? Eines sollten Sie wissen: Aus schwuler Sicht ist E-Mail gleichbedeutend mit Safer Sex. Um vieles besser, als Bekanntschaften in Bars zu suchen oder...«

»Aber Sie haben es doch nicht beim Austausch von E-Mails belassen«, bohrte Delorme weiter. »Sie haben alles so arrangiert, dass Todd Sie besuchen kam.«

»Wissen Sie, was ich gesagt habe, als der Junge vor meiner Haustür stand? *Oh, nein.* Das ist die reine Wahrheit. Ich habe ihn angesehen, wie er da vor mir stand – ein junger Dachs –, und ich sagte zu ihm: ›Oh nein, das wird nichts mit uns. Auf keinen Fall. Du bist viel zu jung. Du kannst nicht hierbleiben.‹«

Cardinal hatte am Abend zuvor Kelly angerufen. Ihre Mitbewohnerinnen mussten sie erst suchen und schleppten sie schließlich aus dem Atelier herbei, wo sie spätabends noch malte. Ihr Urteil über Fehrenbach: »Jack Fehrenbach ist ein Lehrer der Spitzenklasse, Daddy. Er begeistert seine Schüler für den Stoff und bringt einen dazu, über Geschichte nachzudenken. Natürlich muss man bei ihm auch Geschichtsdaten und Fakten lernen, aber darüber hinaus zwingt er einen, sich Gedanken über die Ursachen und Wirkungen zu machen. Er kann wahnsinnig begeistern, aber er biedert sich nicht an. Er war irgendwie unnahbar, im Nachhinein betrachtet.« Und als Erwiderung auf Cardinals Feststellung, der Mann sei homosexuell: »Jeder Schüler in Algonquin Bay wusste das, aber keinen kümmerte es. Das ist doch bezeichnend. Die Schüler hätten das gnadenlos ausgenutzt, wenn er ihnen irgendeinen Anlass gegeben hätte. Aber das hat er nie getan. Er ist nicht der Typ, der sich von Schülern piesacken lässt.« Kurz, Jack Fehrenbach war einer der drei besten Lehrer, die Kelly jemals gehabt hatte – und dabei mochte sie das Fach Geschichte nicht einmal.

Cardinal dachte nicht daran, seinen einzigen Verdächtigen irgendetwas davon wissen zu lassen. »Sie werden einsehen, Mr. Fehrenbach, dass es uns nach allem, was wir gelesen haben, schwerfällt zu glauben, Sie hätten den Jungen gleich wieder weggeschickt. Warum sollten Sie plötzlich so sehr auf korrektes Verhalten bedacht gewesen sein?«

»Das ist mir gleich, was Sie glauben! Für wen halten Sie sich eigentlich!« Wieder flog die Hand an den Mund und verschloss ihn diesmal für eine Sekunde. Dann sagte er: »Nein, ich meine das nicht so. Ich bin nur außer mir. Selbstverständlich liegt mir sehr viel daran, was Sie glauben. Ich hatte Todd eingeladen, nach Algonquin Bay zu kommen. Ich hatte ein schlechtes Gewissen. Ich habe ihm etwas zum Abendessen gegeben, und ich kann Ihnen versichern, die Unterhaltung war ziemlich schleppend. Ich weiß nicht, wie es Ihnen geht, aber meine Kenntnis der gesammelten Werke von Puff Daddy ist bestenfalls bruchstückhaft. Der größte Ehrgeiz dieses Jungen bestand darin, ein DJ zu werden – einer von diesen Burschen, die ihren Lebensunterhalt damit verdienen, auf Schallplatten herumzukratzen. Jedenfalls war er nicht mehr besonders freundlich, als ich ihm klarmachte, dass er nicht über Nacht bleiben könne. Entschuldigung, aber ein sechzehnjähriger fremder Junge? In der Wohnung eines homosexuellen Mannes? Der noch dazu Lehrer an der Highschool ist? Ich bin doch nicht verrückt. Ich habe ihn vor dem Bayshore Hotel abgesetzt, mit genügend Geld für eine Übernachtung, Frühstück und eine Fahrkarte. Warum sehen Sie mich so ungläubig an? Ich zeige Ihnen seine E-Mail.«

Fehrenbach brauchte einige Minuten, bis er seinen Computer hochgefahren und die E-Mail geladen hatte. »Hier, sehen Sie selbst. Schon sehr früh – das ist unser zweiter privater Austausch – forderte ich ihn auf: *Erzähl von dir. Was machst du so? Wie alt bist du?*« Er scrollte am Bildschirm weiter. »Das ist seine Antwort.«

Delorme beugte sich vor und las: »*Ich bin einundzwanzig und gebaut wie ein Stier – was willst du sonst noch wissen, Jacob?*«

»Niemals wäre ich auf die Idee gekommen, dass er jünger sein könnte, als er behauptete. Die meisten Leute, die online Bekanntschaften suchen, machen sich eher jünger. Auch ich runde mein wirkliches Alter um ein paar Jährchen ab. Anfangs redeten wir nur über Sex, aber als es dann darum ging, ein Treffen zu arrangieren, wurde er vage, und ich merkte, dass seine sexuelle Identität noch nicht gefestigt war. Daraus entwickelte sich so etwas wie eine Freundschaft. Ich wollte nichts überstürzen, und so wurde ich für ihn so etwas wie ein Mentor.«

»Entschuldigen Sie«, wandte Delorme ein, »aber Ihre E-Mail klingt mir nicht so rein geistig.«

»Geistig, nein. Aber das heißt nicht, dass sie krude war. Die Verhältnisse sind vielleicht liberaler als zu der Zeit, in der ich groß geworden bin, aber mit sich selbst ins Reine zu kommen – zu akzeptieren, dass die eigene Sexualität von der Mehrheit der Bevölkerung für abartig gehalten wird – ist für die meisten Menschen das schwierigste Stück Selbstanalyse, das sie zu bewältigen haben. Wenn Sie vorurteilslos sind, müssen Sie zugeben, dass es bei unserer Plauderei nach den ersten fünf, sechs E-Mails deutlich weniger nur um Sex ging.«

Er scrollte am Bildschirm die gemeinsame Korrespondenz herunter. Was er sagte, stimmte: Aus den anfangs ausgedehnten, im Detail ausgemalten Phantasien wurden mit der

Zeit Diskussionen über allgemeinere Fragen der Sexualität. Fehrenbachs E-Mails entsprachen dem, was er von sich behauptete – es waren die Worte eines Mentors, der zu einem Jüngeren über einen Gegner sprach, den er vor langer Zeit erfolgreich überwunden hatte.

Gegen Ende ging der Austausch um die praktische Frage, wie »Galahad« von Toronto nach Algonquin Bay gelangen würde. Sollte er den Bus oder eher die Bahn nehmen? Wie sollte ihm das Fahrgeld geschickt werden?

»Ich nehme morgen den Bus um 11 Uhr 45 und werde voraussichtlich um 4 Uhr nachmittags in Algonquin Bay ankommen. Bis bald.« Datiert vom 20. Dezember. Danach nichts mehr.

»Haben Sie ihn am Busbahnhof abgeholt?«

»Nein. Ich hatte ihm das Fahrgeld für Bus und Taxi schon per Post geschickt. Zu dem Zeitpunkt fürchtete ich schon, er könnte nicht so alt sein, wie er von sich behauptete. Ich wollte keinesfalls zusammen mit einem Minderjährigen gesehen werden.«

»Sie sind schrecklich vorsichtig, Mr. Fehrenbach«, bemerkte Delorme. »Manche Leute würden sagen, Sie waren sogar verdächtig vorsichtig.«

»Ich habe einen Freund in Toronto – früher lebte er jedenfalls in Toronto –, der in seinem Büro gern lange, freundschaftliche Gespräche mit Schülern führte. Private Gespräche hinter geschlossener Tür. Diese Gewohnheit und die Aussage eines Jungen, den er in einer Prüfung hatte durchfallen lassen, genügten, um meinen Freund für vier Jahre hinter Gitter zu bringen. Vier Jahre, stellen Sie sich das vor. Nein, nein, ich bin nur vernünftig, nichts weiter. Meine Tür bleibt immer offen – weit offen –, und ich treffe Schüler nie außerhalb der Schule.«

»Nach der letzten E-Mail«, sagte Cardinal, »und nach dem, was Sie uns berichtet haben, müsste Todd am 20. Dezember im Bayshore gewesen sein.«

»Richtig. Ich habe ihn dorthin gefahren. Ich bin im Auto geblieben, habe aber gesehen, wie er ins Hotel hineingegangen ist.«

»Das muss doch schwer für Sie gewesen sein. Nach all den vielversprechenden E-Mails hatten Sie sich auf ein heißes Wochenende gefreut, und dann mussten Sie plötzlich alles abblasen. Das war sicherlich nicht einfach.«

»Keineswegs. Sie sagen, er war sechzehn – er sah aber eher aus wie vierzehn. Für mich ist das noch ein Kind. Ich schlafe mit Männern, nicht mit Kindern.«

»Wir müssen wissen, wo Sie den Rest des Wochenendes verbracht haben.«

»Das ist schnell gesagt. Ich hatte mir das Wochenende frei gehalten und wusste nun nichts damit anzufangen. Dann erinnerte ich mich an eine frühere Einladung eines Freundes aus Powassan und verbrachte das Wochenende mit ihm. Am Montag fuhr ich dann direkt nach Toronto, um Weihnachten mit meinen Eltern zu verbringen. Mein Freund wird sich erinnern. Ich habe ihm genau das Gleiche erzählt, was ich gerade Ihnen erzählt habe, und er konnte sich ein schadenfrohes Gelächter nicht verkneifen.«

»Wir brauchen einen Namen. Und falls Sie auf den Gedanken kommen sollten, die Person anzurufen und mit ihr eine Zeugenaussage abzusprechen, darf ich Sie schon jetzt darauf hinweisen, dass wir das anhand der Telefonverbindungen zurückverfolgen können.«

»Ich habe es nicht nötig, mit ihm die Wahrheit abzusprechen. Und er genauso wenig.«

Fehrenbach holte sein Adressbuch und diktierte Delorme schnell die entsprechenden Angaben. Er verfolgte über ihre Schulter gebeugt, wie sie alles aufschrieb, damit sie auch nichts falsch festhielt, so als ob er einen Schüler bei einer Aufgabe überprüfte.

Cardinal erinnerte sich an den respektvollen Ton in Kellys Stimme: »Wie viele Lehrer kennst du, die Schüler dazu bringen, über Henry Hudson und Samuel de Champlain zu diskutieren? Der Mann ist ein Muster an Korrektheit und Fairness, ein Lehrer, der seine Schüler zum selbstständigen Denken anregt und andererseits in Prüfungen genau nach dem fragt, was er vorher zu lernen aufgegeben hat.«

Cardinal streckte seine rechte Hand aus. »Mr. Fehrenbach, Sie haben uns sehr geholfen.«

Der Lehrer zögerte, ergriff aber dann doch Cardinals Hand.

Im Auto blieb seine Kollegin Delorme verschlossen. Cardinal merkte, dass sie schlechter Laune war, und spürte, wie sie dagegen ankämpfte.

Beim Abbiegen in die Main Street kam das Auto auf einer vereisten Stelle ins Schleudern, und Cardinal nutzte die Gelegenheit, rechts heranzufahren.

»Lise, der Mann hat einen tadellosen Leumund. Ein Lehrer der Spitzenklasse, keine Frage. Er hat offen und freimütig mit uns gesprochen – offener, als ich es in seiner Situation gewesen wäre.«

»Wir sind dabei, einen Fehler zu machen. Fehrenbach sitzt jetzt an seinem Computer und löscht alle Spuren seiner Korrespondenz mit dem Jungen.«

»Das brauchen wir gar nicht. Wir haben die ganze Korrespondenz auf Todds Computer. Wir überprüfen sein Alibi und stellen ein paar Beamte ab, die ihn im Auge behalten sollen. Und dabei wird nichts herauskommen, verlass dich drauf, überhaupt nichts.«

* * *

Der Mann am Empfang des Bayshore erkannte Todd Curry auf dem Foto nicht wieder. Und der Junge hatte sich auch nie im Hotel angemeldet.

»Sehen Sie«, sagte Delorme. »Fehrenbach hat gelogen. Irgendwie habe ich das befürchtet.«

»Ich habe gar nicht erwartet, die Unterschrift des Jungen hier zu finden. Fellowes vom Krisenzentrum sagte mir, Todd Curry sei am 20. Dezember ins Zentrum gekommen. Er hatte sich eine Weile umgesehen, dabei von dem Krisenzentrum gehört und sich entschlossen, dort zu übernachten, um auf diese Weise das Geld zu sparen, das ihm Fehrenbach gegeben hatte.

Und irgendwo zwischen dem Krisenzentrum und dem leerstehenden Haus an der Main West hat er seinen Mörder getroffen.«

28

Lise Delorme hatte nicht viele Freunde bei der Kripo. Die Arbeit in der Abteilung für Sonderermittlungen, die auch Beamtendelikte einschloss, war nicht dazu angetan, sich Freunde zu machen. Außerdem war sie nicht der Typ, der sich aufdrängte oder sich leicht in eine Gruppe einfügte. Wenn es um Freundschaften ging, war sie auf ihre Klassenkameraden aus der Highschool-Zeit angewiesen, und das war die meiste Zeit nicht so leicht. Da waren auf der einen Seite diejenigen, die studiert hatten und dann verändert oder verheiratet, zumeist beides, zurückgekehrt waren. Und dann waren da all die anderen, die nicht aufs College gegangen waren und deren Horizont über ihren Highschool-Freund und ein Kind mit achtzehn nicht hinausreichte.

Die meisten Schulfreundinnen hatten mittlerweile Kinder, und das bedeutete, dass Delorme nicht das Hauptinteresse ihres Lebens teilte. Wenn sie sich mit alten Bekannten traf, erkannte sie an deren Blick, dass sie die Veränderung bei Lise Delorme bemerkt hatten. Ständig unter Männern zu arbeiten hatte sie härter gemacht, und auf eine Weise, die ihr selbst teilweise verborgen blieb, war sie im Umgang mit Frauen zurückhaltender und weniger geduldig geworden.

All das zusammen führte dazu, dass sie eine beträchtliche Zeit allein verbrachte. Aus diesem Grund hatte sie, anders als alle anderen bei der Kripo, unausgesprochen Angst vor dem Feierabend. Als Cardinal sie dann eines Abends mitten im Schreiben von Akten mit dem Vorschlag überraschte, zu ihm nach Hause zu fahren und dort ein Brainstorming abzuhalten, weckte das alle möglichen Gefühle in ihr, Schwalben nicht unähnlich, die sich in ihre Nester unterm Scheunendach drängen. »Keine Sorge«, hatte Cardinal gefrotzelt, ehe sie überhaupt etwas antworten konnte, »ich werde Sie nicht mit meinen Kochkünsten traktieren. Wir können uns eine Pizza ins Haus bestellen.«

Delorme zögerte und sagte, sie wisse nicht so recht. Abends sei sie immer ziemlich müde; sie würde daher wohl kaum einen Wirbelwind neuer Ideen entfesseln.

»Fehrenbach fällt als Verdächtiger aus, stimmt's? In welche Richtung sollen wir jetzt ermitteln?«

»Ich weiß, es ist nur...«

Cardinal hatte sie mit einem leichten Stirnrunzeln angesehen. »Lise, wenn ich Ihnen Avancen machen wollte, dann sicherlich nicht bei mir zu Hause.«

* * *

Dann war jeder in seinem Auto zu Cardinals winterkaltem Cottage an der Madonna Road gefahren, wo Cardinal erst einmal im Kamin Feuer machte. Delorme war ganz gerührt, wie freundlich er war. Er zeigte ihr Tischlerarbeiten, die er für die Küche angefertigt hatte, und dann ein großes Landschaftsbild – eine Ansicht des Trout Lake mit der NORAD-Luftwaffenbasis im Hintergrund –, das seine Tochter im Alter von zwölf Jahren gemalt hatte. »Die künstlerische Ader hat sie von ihrer Mutter. Catherine ist Fotografin«, erläuterte er und zeigte auf das sepiabraune Foto eines einsamen Ruderboots an einem unbekannten Ufer.

»Die beiden müssen Ihnen fehlen«, hatte Delorme gesagt. Es war ihr so herausgerutscht, und sie bereute es sogleich. Doch Cardinal hatte nur mit den Achseln gezuckt und das Telefon zur Hand genommen, um die Pizza zu bestellen.

Als die Pizza kam, hatten sie schon einige Ideen durchgespielt. Der Grundgedanke beim Brainstorming bestand darin, dass man über die Vorschläge des anderen kein Urteil abgeben durfte; es war verboten, den anderen in irgendeiner

Weise in seinem Gedankenfluss zu hemmen. Deswegen war es auch ein guter Einfall gewesen, die Übung fern vom Polizeipräsidium zu machen; hier konnten sie wirklich verrückte Sachen ausbrüten, ohne sich dabei allzu töricht vorzukommen.

Sie waren richtig in Fahrt gekommen, als plötzlich das Telefon klingelte. Kaum hatte Cardinal abgenommen, waren seine ersten Worte: »Ach du Scheiße! Ich bin in zehn Minuten da.« Er warf das Telefon auf die Couch, griff sich seinen Mantel und klopfte auf die Taschen, um sich zu vergewissern, dass er die Schlüssel bei sich hatte.

»Was ist denn los?«

»Ich habe ganz vergessen, dass wir um sechs Uhr einen Termin mit der Presse haben. R. J. hat die Sache arrangiert, damit Grace Legault nicht durchdreht. Tut mir leid. Es ist einer dieser Termine, wo wir der Presse Dinge sagen, die wir eigentlich nicht so gern an sie weitergeben, damit sie ihrerseits nichts verbreiten, was wir nicht verbreitet haben wollen. Das ist wenigstens der Hintergedanke bei der Sache.«

»Wessen Gedanke?«

»Dysons. Ich habe ihm allerdings zugestimmt.«

»Na, dann werde ich jetzt gehen.«

»Nein, nein. Bitte, lassen Sie doch die Pizza nicht kalt werden. Länger als eine Stunde wird es sicherlich nicht dauern.«

Delorme hatte protestiert, Cardinal hatte darauf bestanden, und so war sie am Ende geblieben und knabberte nun in der plötzlichen Stille, die Cardinal hinterlassen hatte, lustlos an ihrer Pizza. Das Ganze schien so, wie sagte man, abgekartet. Erst lud er sie zu sich nach Hause ein, dann »vergaß« er seinen Pressetermin. Dazwischen kam die Pizza.

Bei ihr entstand der Eindruck, er wollte ihr zumindest für eine Stunde sein Haus überlassen: Nur zu, schnüffle ruhig herum – ich habe nichts zu verbergen.

War das Cardinals Art, ihr (oder Dyson oder dem ganzen Dezernat) die Peinlichkeit eines Durchsuchungsbefehls zu ersparen? Oder war es ein Präventivschlag, mit dem er ihr den Wind aus den Segeln nehmen wollte? Wäre er schuldig, hätte er ihr nie freien Zutritt zu seinem Haus verschafft. Aber das war ähnlich wie mit seinem Schreibtisch: Ein Mann mit einer geheimen Schuld hätte ihn gerade deshalb offen lassen können, damit sie glauben sollte, er sei nicht schuldig.

Delorme wischte sich das Pizzafett von den Fingern und rief Dyson an. Ob es diesen Pressetermin, zu dem Cardinal gehen wollte, tatsächlich gebe, wollte sie wissen. Und ob es ihn gebe, versicherte ihr Dyson. Der Chef lege großen Wert darauf, und Cardinal habe allen Grund, sich dorthin zu begeben und zwar *tout de suite* (sein Französisch ließ Delorme erschaudern), andernfalls werde er, Dyson, dafür sorgen, dass Cardinal noch vor Ende der Woche nur noch Strafzettel an Falschparker verteile.

»Er ist schon unterwegs.«

»Woher wissen Sie das? Sind Sie bei ihm zu Hause? Was machen Sie da?«

»Ich bekomme gerade ein Baby von ihm. Aber keine Bange, ich kann die Dinge noch unbefangen sehen.«

»Haha. Tatsache ist, dass sich Ihnen jetzt die Gelegenheit bietet, von der wir gesprochen haben.«

»Ich verstehe nicht, warum er sie mir bietet – außer dass er unschuldig ist.«

»Das wäre doch prima.«

Delorme stand auf und putzte sich die Krümel vom Schoß. Über dem Kamin hing ein Schwarzweißfoto von Cardinal in Arbeitshemd und Jeans, wie er ein Brett hobelte und sich dazu wie ein Billardspieler nach vorn beugte. Mit seinem Dreitagebart und Sägespänen im Haar sah er für einen Polizisten ziemlich attraktiv aus. Aber ob attraktiv oder nicht, erst ließ er seine Schreibtischschubladen unverschlossen, und nun bescherte er ihr eine sturmfreie Bude. Aus Delormes Sicht kam das einer Aufforderung gleich, bei ihm zu schnüffeln.

Im Police Department von Algonquin Bay gab es keine Regeln für heimliche Durchsuchungen. Aus einem einfachen Grund: Kein Kripobeamter sollte sich dazu hinreißen lassen. Delorme hatte nie auf ungesetzliche Mittel zur Beweisfeststellung zurückgegriffen und würde das auch jetzt nicht tun. Eine heimliche Durchsuchung hatte sich auf das Ausspähen zu beschränken, ein Auskundschaften möglichen Materials für andere, die, mit einem richterlichen Durchsuchungsbefehl versehen, nach ihr kommen würden. Das Einzige, was man am Ontario Police College in Aylmer über solche Durchsuchungen erfährt, ist, dass sie illegal und ihre Ergebnisse vor Gericht nicht zugelassen sind. Was Delorme über diese zweifelhafte Kunst wusste, hatte sie sich selbst beigebracht.

Sie hatte eine Stunde, eher noch vierzig Minuten, um ganz sicherzugehen. Folglich galt es, sich auf das Wesentliche zu beschränken. Sie schloss von vornherein alle Stellen aus, an denen man in Kinofilmen Polizisten oft stöbern sieht: schwer zugängliche Stellen auf der Oberseite von Schränken, Dachkammern oder Verstecke, für die man auf Stühle oder Leitern klettern musste. Ferner war alles ausgeschlossen, wofür Möbel oder Teppiche verschoben werden mussten. Sie konnte schwerlich Teppichläufer hochheben oder unter Couch und Sesseln nachschauen, ohne dass Cardinal die Veränderung bemerkt hätte. Sie glaubte sowieso nicht, dass Cardinal, sollte er wirklich etwas zu verbergen haben, dies an solchen Stellen verstecken würde. Deshalb hütete sie sich auch, den Deckel des WC-Spülkastens zu heben.

Nein, wenige Minuten nachdem Cardinal gegangen war, hatte sich Lise Delorme entschlossen, nur an dem Platz zu suchen, wo am ehesten belastendes Material zu finden wäre: in den Ordnern mit Cardinals persönlichen Unterlagen. Diese befanden sich, passend beschriftet, in einem unverschlossenen zerkratzten Aktenschrank aus Metall. In kürzester Zeit wusste sie auf den Cent genau, was er bei der

Kripo verdiente (wegen der vielen Überstunden war es erheblich mehr, als sie erwartet hatte). Auch erfuhr sie, dass sein schmuckes, aber kaltes Haus mit Seeblick noch nicht bezahlt war. Die monatlichen Tilgungsraten waren hoch, aber bei Cardinals Gehalt bezahlbar, wenn er nicht andere hohe Kosten zu tragen hatte – wie zum Beispiel eine Tochter, die eine teure Eliteuniversität an der amerikanischen Ostküste besuchte.

Delorme interessierte sich ferner für Catherine Cardinals Einkünfte. Wenn die Frau ihres Kollegen über private Einkommensquellen verfügte, wäre er aus dem Schneider.

Sie zog den Ordner mit den Steuererklärungen heraus.

Aus der letztjährigen gemeinsamen Steuererklärung, die Cardinal handschriftlich ausgefüllt hatte, ging hervor, dass er dem hiesigen Finanzamt seine Einkünfte wahrheitsgemäß mitgeteilt hatte. Ferner zeigte sich, dass Catherine Cardinal mit ihrem Teilzeitjob als Dozentin für Fotografie am Algonquin College kaum mehr als ein Taschengeld verdiente. Doch daneben gab es noch einen anderen Ordner, der ungleich interessanter schien, eine Erklärung für die amerikanische Steuerbehörde. Sie lief auf Catherine Cardinals Namen, war aber in Cardinals unverkennbarer Klaue ausgefüllt. Niemals würden Sie die Hilfe eines Steuerberaters in Anspruch nehmen, Mister Cardinal, das ließe Ihre intellektuelle Eitelkeit nicht zu. Aus dem Blatt ging hervor, das Catherine Cardinal aus einer Eigentumswohnung in Miami Mieteinnahmen in Höhe von elftausend US-Dollar hatte. Offenbar war die Wohnung aber die meiste Zeit des Jahres über nicht vermietet.

»Datum des Erwerbs«, flüsterte Delorme, während sie die ungewohnten Formulare durchblätterte. »Wo steht es denn? Datum des Erwerbs. Er muss doch irgendwo angeben, wann er das Ding gekauft hat.« Mit dem blauweißen Formular in der Hand setzte sie sich. Catherine Cardinal hatte die Eigentumswohnung in Florida mit einer Anzahlung von sechsundvierzigtausend US-Dollar vor drei Jahren gekauft – keine sechs Wochen nach der ersten polizeilichen Blamage im Fall Corbett.

Ruhig Blut, sagte Delormes innere Stimme. Noch weißt du gar nichts. Du suchst lediglich und hältst die Augen offen. Wir sammeln hier nur Informationen und fällen keine Urteile.

Cardinal hatte einen Teil der Jahresprämie seiner Hauseigentümerversicherung steuermindernd geltend gemacht. Delorme fand den Ordner mit der Aufschrift »Versicherungen«. Der auf der Police ausgewiesene Betrag schien auf den ersten Blick klein, aber dann erinnerte sie sich, dass Grundbesitz und nicht das Haus, das er bewohnte, teuer war. Der Ordner enthielt Rechnungen für langlebige Güter – Cardinals Camry, ein neuer Kühlschrank, eine Bandsäge –, doch dann stieß Delorme auf eine Rechnung, bei der sie erst einmal tief durchatmen musste. Sie war ausgestellt von der Calloway Marina in Hollywood Beach, Florida, und belief sich auf die Summe von fünfzigtausend Dollar für einen Chris-Craft-Kajütenkreuzer. Erworben im Oktober vor zwei Jahren, also zwei Monate nach dem zweiten Fehlschlag im Fall Corbett.

Wieder bemühte sich Delorme, ihr Herzklopfen im Zaum zu halten und sich vor voreiligen Schlüssen zu hüten. Wer vorschnell urteilte, wurde zu einer Gefahr für jeden, der einem ins Gehege kam.

Aber dieser Betrag und gerade zu dem Zeitpunkt – ja, das war zweifellos verdächtig.

Aus der unteren Schublade von Cardinals Aktenschrank zog sie einen Ordner mit der Aufschrift »Yale«. Sie überflog rasch den Inhalt. Diverse Schreiben auf teurem Geschäftspapier bestätigten, was sie bereits über Yale wusste. John Cardinal schickte seine Tochter für ein Heidengeld auf eine Eliteuniversität. Jährlich über fünfundzwanzigtausend kanadische Dollar, ohne Lebenshaltungskosten, und hinzu kamen noch Reisekosten und Künstlerbedarf. Cardinal hatte gesagt,

Kelly sei in ihrem dritten Studienjahr, also hatte er schon fünfundsiebzigtausend Dollar für sie ausgegeben, und ihre Ausbildung war noch nicht beendet.

Delorme legte die Papiere zurück und schloss die Schublade. Lass es dabei bewenden, sagte sie sich: Die Segeljacht, die Eigentumswohnung – da gibt es bereits genug zu recherchieren.

Sie stellte Cardinals Pizzahälfte in den Kühlschrank, wusch ihren Teller ab und zog ihren Mantel an. Dann schaltete sie das Licht aus und fragte sich, welcher Teufel nur ihren Kollegen geritten hatte, ihr diese Gelegenheit zu einer heimlichen Durchsuchung seines Hauses zu geben, wenn sich dort so viele belastende Unterlagen befanden. Sie konnte sich keinen Reim darauf machen.

Auf der Fahrt zurück in die Stadt rief sie mit ihrem Handy Malcolm Musgrave an.

»Ich bin auf einige sehr interessante Rechnungen gestoßen – teure Erwerbungen gleich nach Ihren Polizeiaktionen im Fall Corbett. Aber ich kann Ihnen noch nicht sagen, wo ich sie gefunden habe.«

»Ich verstehe, er ist Ihr Kollege, aber denken Sie daran, dass Sie diese Ermittlung nicht allein führen. Um welche Summe handelt es sich denn?«

»Sechsundneunzigtausend US-Dollar. Dazu kommen noch die Kosten für eine Tochter in Yale.«

»Wahrscheinlich verdient unser hochgeschätzter Polizeichef so viel, aber weder Sie noch ich noch Ihr Kollege beziehen solche Spitzengehälter.«

»Ich weiß, es sieht schlecht für ihn aus. Aber er lebt nicht auf großem Fuß. Er gibt wenig aus.«

»Sie vergessen, dass bei solch einem Coup außer dem Zuckerbrot auch die Peitsche im Spiel ist. Wenn ein Bursche wie Kyle Corbett Sie erst mal am Haken hat, können Sie nicht einfach sagen, das Spiel interessiere Sie nicht mehr. Sie müssen tun, was er von Ihnen will, oder er packt Sie dort, wo es wehtut. Vielleicht möchten Sie zu dem Thema einmal Nicky Bell hören. Oh, Entschuldigung, der ist ja tot. Wie dumm von mir.« Musgrave bat sie, sich einen Augenblick zu gedulden.

Während sie wartete, sah sie, wie John Cardinal zu seinem Haus zurückfuhr.

Sie hob eine Hand vom Lenkrad und winkte ihm, doch er sah sie nicht. Plötzlich bereute Delorme den Anruf. Dann meldete sich Musgrave wieder.

»Hören Sie, ich muss mehr über diese Rechnungen wissen. Wir haben hier keine Zeit für Primadonnen.«

»Tut mir leid. Ich kann das nicht machen. Jedenfalls nicht jetzt.«

Musgrave drängte sie und zog alle Register männlichen Imponiergehabes.

»Ich mache meine Arbeit, ja?«, sagte sie. »Ich ermittle gegen den Mann. Mehr kann ich Ihnen zum jetzigen Zeitpunkt nicht sagen.«

Musgrave wollte ihr weiter zusetzen, doch sie schaltete das Gerät aus.

Zu Hause angekommen, blieb sie bei laufendem Motor im Auto sitzen und legte den Kopf auf das Lenkrad. Sie versuchte erst gar nicht, sich über die Gefühle Rechenschaft zu geben, die in ihr hochstiegen. Delorme war im Lauf der sechs Jahre bei der Abteilung für Sonderermittlungen vielen diebischen Männern begegnet. Und in dieser Zeit hatte sie Motive kennengelernt, die in ihrer Vielfalt der Fauna der nördlichen Wälder in nichts nachstanden. Manche Männer stehlen aus Besitzgier; das sind die schlichten Gemüter, die leicht zur Strecke zu bringen sind. Andere Männer, seelisch schon komplexer, stehlen aus einem Zwang heraus. Wieder andere stehlen aus Furcht. Delorme hielt diese für die bei weitem häufigsten: der Manager in mittleren Jahren, der für seinen Ruhestand das Schreckgespenst eines Lebens in Armut heraufziehen sieht. Delorme konnte Cardinal in keine dieser

Schubladen stecken. Und sie dachte auch nicht weiter an die schicke Segeljacht oder die Eigentumswohnung in Florida. Was ihr den deutlichsten Eindruck gemacht hatte, waren die Briefe aus Yale. Sie spürte noch, wie sich das teure Briefpapier und das aufwändige Siegel in der Hand angefühlt hatten, ein Sinnbild für die ungeheuren Ausbildungskosten auf einer privaten Eliteuniversität. Manche Männer, das wurde ihr nun klar, stahlen aus Liebe.

»John Cardinal«, sagte sie laut, »was bist du doch für ein Narr.«

29

Eric hatte ihm die Suppe gebracht – seit zwei Tagen hatten sie ihm trotz seiner Proteste nichts anderes zu essen gegeben – und saß nun am Fußende des Bettes, damit Keith sie auch wirklich aufaß. Er sprach kein Wort, sondern saß nur da und schaute Keith wie eine Krähe an. Dann zeigte er sein frettchenhaftes Lächeln, so als hätten sie ein gemeinsames Geheimnis, und verließ den Raum.

Keith ging geradewegs in die Toilette und übergab sich. Zwar quälte ihn nicht mehr das Gefühl der Übelkeit, aber er hatte keinen Zweifel, dass die beiden ihm irgendetwas ins Essen mischten, damit er die ganze Zeit schlafen sollte. Doch jetzt wollte er einen klaren Kopf behalten, wollte wissen, was hier eigentlich vor sich ging.

Danach saß er erschöpft und leer auf der Bettkante und lauschte dem endlosen Gemurmel ihrer Stimmen. Sie waren im Zimmer genau über ihm, aber er konnte keine einzelnen Wörter verstehen, nur ihre Stimmen waren zu hören.

Durch den Brechreiz war ihm Wasser in die Augen getreten. Er wischte sie sich am Zipfel des Bettlakens ab und sah nun, dass etwas Neues zur Einrichtung des Zimmers hinzugekommen war. In der Ecke, wo früher die Videokamera und das Stativ gestanden hatten, befanden sich nun ein kleines Fernsehgerät und ein Videorekorder. Um Gottes willen, wie lange sollte er denn nach ihrer Meinung noch hier unten bleiben? Er brauchte etwas zum Anziehen und keinen blöden Fernseher samt Videorekorder.

Seine Kleider suchte er vergebens, sie lagen weder über der Stuhllehne noch unter dem Bett, noch hingen sie in der Toilette. Und sein Seesack fehlte auch.

Er versuchte, die Tür zu öffnen, aber sie war von außen abgeschlossen. Zum ersten Mal beschlich ihn eine vage Angst. Er hüllte sich in eine Decke und blieb lange gedankenversunken so sitzen. Irgendwann hörte er, wie Eric und Edie das Haus verließen und das Auto in der Zufahrt starteten.

Obwohl sein Kopf immer noch nicht ganz klar war, versuchte er einzuschätzen, wie gefährlich die Lage war, in der er sich befand. Die Tür war abgeschlossen, seine Kleidung war weg – eindeutig schlechte Zeichen. Nur wie schlecht, das konnte er beim besten Willen nicht sagen. Eric und Edie machten ihm keinen so schrecklichen Eindruck. Was könnte mir im schlimmsten Fall passieren?, fragte er sich. Sie glauben, ich sei reich, und halten mich gefangen, um Lösegeld zu erpressen.

Er legte sich einen Plan zurecht. Wenn sie das nächste Mal die Tür aufmachten, würde er wie ein Blitz nach draußen stürmen. Vielleicht täuschte er sich, vielleicht waren sie ja ganz harmlos, aber so würde er hier endlich rauskommen.

Über ihm knisterte plötzlich etwas. Als er nach oben schaute, flimmerte die Glühbirne noch einmal und erlosch. Das Zimmer lag plötzlich im Dunkeln. Streifen von Tageslicht umrahmten das zugenagelte Fenster.

Dunkelheit hatte Keith London nie etwas ausgemacht, aber jetzt fürchtete er sich davor. Er schaltete den Fernseher an. In der völligen Dunkelheit, die ihn umgab, war ihm sogar das kalte Licht des Bildschirms willkommen. Das Gerät besaß weder eine Antenne noch einen Kabelanschluss; der Empfang war entsprechend schlecht. Auf einem Sender starrte ihn ein geisterhafter Nachrichtensprecher mit ernstem Gesicht an, ohne dass seine Stimme zu hören war.

Keith drückte die Auswurftaste des Videorekorders, und sogleich sprang eine Kassette heraus. Auf dem Etikett stand, von Hand geschrieben, das Wort »Partyleben«. Erics Filmprojekt, dachte er. Entweder war es das oder ein Amateurvideo. Er schob die Kassette wieder in das Gerät und drückte auf die Starttaste.

Die Szene war schlecht ausgeleuchtet, sogar fürchterlich schlecht. In der Mitte war ein Lichtkreis zu sehen und ringsherum nur Dunkel. Im Kreis saß ein magerer Junge mit langen Haaren. Er machte keinen besonders intelligenten Eindruck, wie er Bier trinkend und dümmlich grinsend dasaß. Er rülpste ein paarmal und starrte in die Kamera.

Dann trat eine Frau auf – Edie – und setzte sich neben ihn. Ach so, sagte sich Keith, Amateurpornos. Meine Güte, der Norden macht die Leute pervers.

Der Scheinwerfer zeigte Edies Makel in grellem Licht. Ihre Haut schimmerte matt, als sie dem Jungen zwischen die Beine langte und ihn dort zu reiben begann. Der Junge lachte verlegen. »Leute, ihr seid irre«, sagte er.

Im Hintergrund war Musik aus einem Kofferradio zu hören, es klang wie Pearl Jam, verzerrt durch billige Lautsprecher. Edie rieb den Jungen immer noch zwischen den Beinen. Er machte seinen Hosenschlitz auf, und sie griff hinein.

Dann trat eine andere Gestalt auf. Es war Eric. Er mimte den erzürnten Ehemann und gab lächerliche Sätze von sich: »Wie kannst du es wagen, mir das anzutun! Nach allem, was ich für dich getan habe?« Es war schlimmer, als Keith es sich vorgestellt hatte.

Unter lächerlichem Geschrei zerrte Eric die Frau aus dem Lichtkegel.

Der Junge machte es seinerseits keinen Deut besser. Er rang die Hände wie ein Schmierenschauspieler, was bei seinen halb heruntergelassenen Hosen besonders lächerlich aussah.

Dann baute sich Eric, einen Hammer schwingend, in theatralischer Pose im Vordergrund auf. »Hinter meinem Rücken hast du dich an meine Frau herangemacht. Dafür werde ich dich umbringen!«

»Nein, bitte nicht!«, flehte der Junge, immer noch im Spaß. »Bitte tun Sie mir nichts! Ich hab's ja nicht so gemeint.

Ich mache auch alles wieder gut!« Dann fiel er plötzlich aus der Rolle: »Tut mir leid, ich kann nicht mehr. Das ist einfach zu blöd, findet ihr nicht?«

»Du findest das also blöd?«, fragte Eric, den Hammer hoch erhoben. »Ich zeige dir, was daran blöd ist.«

Der Hammer fuhr auf den Kopf des Jungen nieder, und plötzlich war alles verwandelt. Selbst bei der schlechten Tonqualität merkte Keith sofort, dass das Krachen der Schädelknochen echt war. Ebenso echt war die plötzliche Leere im Gesichtsausdruck des Jungen – der offene Mund, die blicklosen, entsetzten Augen.

Eric holte erneut aus. »Du Wichser, für wen hältst du dich eigentlich?«

Auf dem Band waren noch weitere anderthalb Minuten Film. Während sie abliefen, blieb Keith im flimmernden Schein des Fernsehers vollkommen regungslos sitzen. Dann hob er den Kopf und heulte wie ein Schlosshund.

30

Draußen steckte irgendwo ein Autofahrer im Schnee fest. Das Geräusch durchdrehender Räder drang bis ins Vernehmungszimmer, wo Cardinal einer traurig wirkenden jungen Frau namens Karen Steen zuhörte. Der ganze Vormittag war nicht gerade glücklich verlaufen. Zuerst hatte er im psychiatrischen Krankenhaus vorbeigeschaut, aber nur eine mürrische und verschlossene Catherine angetroffen. Er hatte seinen Besuch abgekürzt, als er merkte, dass er ihretwegen ungehalten wurde. Der erste Telefonanruf am Morgen kam von Billy LaBelles Mutter. Sie sprach unter Tränen und mit schleppender Stimme, wahrscheinlich wegen irgendeines Medikaments, das man ihr zur Schmerzlinderung verschrieben hatte. Dann rief Mr. Curry, an (selbstverständlich nur aus Sorge um seine Frau), und Cardinal musste ihm gestehen, dass er der Festnahme des Täters, der Todd so grausam um sein Leben gebracht hatte, keinen Schritt näher gekommen war. Schließlich meldete sich Roger Gwynn vom *Algonquin Lode* und fragte in seiner unentschlossenen Art, ob es Fortschritte bei der Ermittlung gebe. Als Cardinal das verneinte, begann Gwynn, in Erinnerungen an ihre gemeinsame Highschool-Zeit zu schwelgen, als ob Cardinal, einmal in nostalgische Stimmung versetzt, deshalb zugänglicher würde. Darauf folgten kurz hintereinander Anrufe von *The Globe and Mail, des Toronto Star* und von Grace Legault von Kanal Vier. Die Zeitungsfritzen waren kein Problem, aber Grace Legault hatte Wind davon bekommen, wie der Fall Margaret Fogle ausgegangen war. Stimmte es, dass die Kripo eine Zeit lang gedacht hatte, auch sie sei ein Opfer des Windigo? Und dass sie dann gesund und munter in British Columbia wiederaufgetaucht war?

Cardinal fasste den Fall für Grace Legault zusammen: Margaret Fogle war vermisst gemeldet worden. In gewisser Hinsicht hatte sie in das Profil des Mörders gepasst. Nun, da sie wieder aufgetaucht war, brauchte sich die Polizei von Algonquin Bay nicht weiter um sie kümmern. Der Anruf verärgerte ihn, denn damit war klar, dass jemand mit der Journalistin geredet hatte, ohne ihn zu informieren. Bei dem Gedanken, die Sache mit Dyson ausdiskutieren zu müssen, befiel ihn große Müdigkeit.

Cardinal wollte die Zeit eigentlich für Recherchen verwenden. Er hatte mit seiner Kollegin Delorme abgesprochen, dass sie die verschiedenen Spuren getrennt verfolgten. Sie hatten die Geräusche vom Tonband noch einmal überspielt und mehrere Kopien hergestellt, um sie an Kamera- und Uhrenreparaturexperten in Toronto und Montreal zu verschicken. Delorme hatte mittlerweile sicherlich schon zwanzig Fotoreparaturwerkstätten abgeklappert, während Cardinal noch keinen einzigen Gang unternommen hatte. Stattdessen war er erst am Telefon aufgehalten worden und saß nun dieser ernsten jungen Frau gegenüber, die ihm von ihrem vermissten Freund erzählte.

Cardinal war wütend auf Sergeant Flower, weil sie Miss Steen gesagt hatte, er würde Zeit für sie haben. Umso mehr, als er erfuhr, dass die junge Frau aus Guelph kam, einer ländlichen Gemeinde hundert Kilometer westlich von Toronto. »Wenn Ihr Freund in der Gegend von Toronto wohnt«, sagte er, »sollten Sie sich an die dortige Polizei wenden.«

Karen Steen war eine schüchterne Frau – eigentlich noch ein Mädchen, keine neunzehn Jahre alt –, die zwischen ihren Sätzen immer wieder auf den Fußboden blickte. »Ich wollte keine Zeit mit Telefonieren vertun, Detective. Ich dachte, Sie würden mir mehr Aufmerksamkeit schenken, wenn ich persönlich vorbeikäme. Ich glaube, dass Keith hier in Algonquin Bay ist.«

Alle jungen Frauen erinnerten Cardinal zunächst an seine Tochter, aber Miss Steen hatte – vom Alter einmal abgesehen – nichts mit Kelly gemein. Kelly war die typische Vertreterin der lässig-selbstbewussten Generation von heute, während die junge Frau, die ihm im Vernehmungszimmer gegenübersaß, eher dem Typ des netten Mädchens von nebenan entsprach. Sie trug ein Kostüm, das sie zu alt machte, und ein silbernes Brillengestell, das ihr das Aussehen einer Akademikerin verlieh. Ein sehr ernstes Mädchen von nebenan.

Miss Steen blickte wieder zu Boden – auf die kleine Pfütze, die der geschmolzene Schnee unter ihren Füßen hinterlassen hatte. Cardinal dachte schon, sie würde in Tränen ausbrechen, doch als sie wieder aufsah, waren ihre Augen trocken.

»Keiths Eltern sind auf einer Ausgrabung in der Türkei – sie sind beide Archäologen – und im Moment nicht erreichbar. Ich will nicht warten, bis sie mir sagen, was ich tun soll. Ich habe von den Mordfällen gelesen, die bei Ihnen hier oben vorgekommen sind. Das waren nicht bloß Morde, die Opfer wurden vorher schon eine Zeit lang vermisst, ehe sie der Mörder umbrachte.«

»Das bedeutet nicht, dass jeder Vermisste von diesem Verrückten entführt worden ist. Im Übrigen ist Ihr Freund auf einer Rundreise durch ganz Kanada. Das ist ein ziemlich weitläufiges Gelände, um darin einen Vermissten zu finden. Sie sagen, er wurde für Dienstag in Sault Sainte Marie erwartet?«

»Ja. Und es sieht ihm gar nicht ähnlich, zu einem vereinbarten Treffen nicht zu erscheinen. Was ich an Keith unter anderem schätze, ist, dass er rücksichtsvoll gegenüber anderen Menschen ist. Sehr verlässlich. Er mag es nicht, wenn es Ärger gibt.«

»So etwas liegt ihm fern, meinen Sie?«

»Es ist überhaupt nicht seine Art. Ich bin nicht hysterisch,

Mr. Cardinal. Ich bin nicht aus einer Laune hierhergekommen. Ich habe meine Gründe.«

»Schon gut, Miss Steen. Ich wollte damit lediglich andeuten – aber fahren Sie fort.«

Die junge Frau holte tief Luft, hielt den Atem eine Weile an und sah in die Ferne. Cardinal vermutete, dass sie das aus einer Gewohnheit heraus tat – einer sympathischen, wie ihm schien.

Karen Steen hatte eine sehr einnehmende Ernsthaftigkeit. Er konnte sich unschwer vorstellen, dass sich ein junger Mann in sie verliebte.

»Keith und ich sind in mancher Hinsicht gegensätzlich, und doch sind wir uns sehr nahe«, befand sie schließlich. »Wir wollten nach der Highschool heiraten, aber dann haben wir uns entschlossen, die Heirat um ein Jahr zu verschieben. Ich wollte gleich mit dem Studium beginnen, während Keith erst mal die Welt sehen wollte, ehe er sich wieder ans Lernen machte. Wir waren der Meinung, dass es keine Schande für uns wäre, noch ein Jahr zu warten. Ich sage Ihnen das nur, damit Sie verstehen, dass Keith es ernst meinte, als er zu schreiben versprach – das war nicht einfach so dahergeredet. Wir haben sogar festgelegt, in welchem zeitlichen Abstand wir uns schreiben wollten, um zu verhindern, dass sich unsere Briefe kreuzen.«

»Und hat er geschrieben? So wie er es versprochen hatte?«

»Nicht gerade regelmäßig wie ein Uhrwerk, aber immerhin – ein Brief pro Woche, einen Anruf und manchmal eine E-Mail. Jede Woche. Bis vor kurzem.«

Cardinal nickte verständnisvoll. Karen Steen war nicht nur eine ernsthafte junge Frau, sie war auch ein guter Mensch. Das war ein Urteil, zu dem sich Cardinal nicht oft genötigt fühlte. Man hatte sie gewissenhaft – und wahrscheinlich auch streng – erzogen und ihr die Achtung vor anderen Menschen und vor der Wahrheit eingeschärft. Sie sah holländisch aus mit ihren strohblonden Haaren, die sie jungenhaft kurz trug, und den blauen Augen, die die dunkle Farbe neuer Bluejeans hatten.

»Keiths letzter Anruf war am Samstag, den fünfzehnten – vor anderthalb Wochen. Es klang so, als wäre alles in Ordnung. Er rief aus Gravenhurst an, wo er in einem schäbigen kleinen Hotel wohnte und nicht gerade eine tolle Zeit verbrachte. Aber er ist von Natur aus ein fröhlicher Mensch, der schnell Kontakt hat. Außerdem ist er ein ziemlich guter Musiker – er schleppt seine Gitarre überallhin mit. Die Leuten neigen dazu, ihn auszunutzen. Das beunruhigt mich schon ein bisschen.«

Keith kann von Glück sagen, dachte Cardinal, jemanden wie Karen zu haben, der sich so um ihn kümmert. Sie holte ein Foto aus ihrer Handtasche und reichte es Cardinal. Zu sehen war ein Junge mit langen braunen Locken, der auf einer Parkbank saß und angestrengt die Stirn runzelnd Gitarre spielte.

»Er ist so naiv und arglos«, fuhr sie fort. »Er wird immer von Sektierern und Flugblattverteilern belästigt, weil er ihnen ihre anfängliche Offenheit abnimmt, wenn Sie verstehen, was ich meine.« Sie sah ihn aus tiefblauen Augen verständnisheischend an. »Das heißt nicht, dass er auf den Kopf gefallen ist, ganz und gar nicht. Aber die anderen Vermissten waren schließlich auch nicht dumm, oder?«

»Na ja, zwei von ihnen waren noch sehr jung, aber dumm war keiner von ihnen.«

»Keith hatte vor, am Montag in Richtung Sault Sainte Marie weiterzufahren, aber so richtig darauf gefreut hat er sich nicht. Verwandte zu besuchen ist nicht gerade das, was er am liebsten macht...« Sie sah zur Seite, atmete tief durch und hielt die Luft an.

Keith, mein Junge, dachte Cardinal, wenn du diese junge Frau nicht mit beiden Händen festhältst, bist du wirklich ein Dummkopf. »Was gibt es?«, fragte er sanft. »Warum zögern Sie jetzt?«

Sie atmete mit einem langen Seufzer aus. Die ernsten blauen Augen waren wieder fest auf ihn gerichtet. »Detective, um ehrlich zu sein, muss ich sagen, dass Keith und ich – ja, wir hatten Streit miteinander. Das war vor ein paar Wochen, als er anrief. Ich muss mich irgendwie einsam und verletzlich gefühlt haben. Es ging um das alte Thema, wie wir eigentlich unser Leben führen wollen. Wenn ich wirklich einen Rivalen habe, was seine Zuneigung betrifft, dann ist es seine Gitarre. Ich bin nun einmal nicht so spontan wie er, ich will einfach mit meiner Ausbildung weiterkommen. Es war kein ernster Streit, das müssen Sie mir glauben. Wir haben uns nicht im Zorn getrennt. Aber es war schon eine Auseinandersetzung, und es wäre falsch, Ihnen das zu verschweigen.«

»Sie glauben also nicht, dass dieser Streit der Grund für die ... plötzliche Funkstille ist.«

»Nein, da bin ich mir sicher.«

»Ich weiß Ihr Vertrauen zu schätzen. Wie sind Sie beide nun verblieben?«

»Keith sagte, er werde wahrscheinlich einen Halt in Algonquin Bay einlegen. Er wollte mich anrufen, wenn er erst mal dort wäre.«

»Miss Steen, Keith wollte eigentlich nicht nach Sault Sainte Marie fahren und dort seine Verwandten besuchen. Sie sagen, er sei Ihnen nicht böse gewesen, und ich glaube Ihnen das. Aber warum sollten wir dann annehmen, dass er in Gefahr ist, nur weil er nicht an einem Ort aufgetaucht ist, von dem er offen gesagt hat, dass er am liebsten nicht hinfahren würde?«

»An und für sich haben Sie recht, das wäre nicht beunruhigend. Aber kein Brief? Kein Telefonanruf? Keine E-Mail? Obwohl er sonst so zuverlässig ist? Und dann haben Sie diese Vermisstenfälle hier, diese Morde.«

Cardinal nickte zustimmend. Karen Steen hielt wieder den Atem an und rang mit einem anderen Gedanken. Cardinal ließ ihr Zeit. Lise Delorme stand in der Tür, aber Cardinal schüttelte den Kopf und bedeutete ihr, sie jetzt nicht zu stören.

Karen fasste sich ein Herz. Sie sprach nun mit lauterer Stimme. »Ich habe Ihnen gesagt, dass es in der vergangenen Woche keinen Brief gab.«

»Ja, darauf haben Sie ausdrücklich hingewiesen.«

»Nun, das stimmt nicht ganz. Und deswegen bin ich überhaupt hier.« Miss Steen griff in ihre Handtasche und holte einen braunen Umschlag heraus. »Der Brief ist hier drin – das Kuvert meine ich, kein Brief. Die Adresse ist Keiths Handschrift, aber es war kein Brief drin.«

»Ist er leer angekommen?« Cardinal nahm den braunen Umschlag entgegen.

»Nicht ganz.« Diesmal blickte sie nicht zu Boden. Sie sah ihn mit ihren blauen Augen fest an.

Cardinal riss das oberste Blatt seiner Schreibkladde ab und leerte den Inhalt des braunen Umschlags auf ein neues Blatt. Das kleine Briefkuvert trug den Poststempel von Algonquin Bay von vor drei Tagen. Mit einer Pinzette öffnete Cardinal die Lasche, sah den gelblichen, getrockneten Inhalt und schloss sie wieder. Er legte das Kuvert in das neue Blatt, faltete es und legte es zurück in den braunen Umschlag.

Die kurze Stille, die nun folgte, brachte für Cardinal zwei Gewissheiten: Alles, was die junge Frau ihm gesagt hatte, entsprach der Wahrheit, und wenn Keith London nicht schon tot war, dann blieb ihm nur noch sehr wenig Zeit zu leben.

Er wählte Jerry Commandas Telefonnummer und legte eine Hand über die Sprechmuschel. »Wann ist das angekommen?«

»Heute Morgen.«

»Und Sie sind sofort hierhergefahren?«

»Ja. Ich habe nicht einen Augenblick lang gedacht, dass Keith das gemacht haben könnte. Aber die Adresse auf dem Kuvert hat er geschrieben. Ich habe doch allen Grund, Angst zu haben, oder?«

Jerry Commanda meldete sich am anderen Ende der Leitung.

»Jerry, hör zu, etwas ganz Wichtiges. Ich brauche einen Hubschrauber, um etwas ins Gerichtsmedizinische Institut zu bringen. Wie stehen die Chancen?«

»Null. Wenn es wirklich schrecklich wichtig ist, könnte ich vielleicht einen Hubschrauber aus der Flugschule organisieren. Wie dringend ist es denn?«

»Sehr dringend. Ich glaube, unser Mann hat uns gerade mit der Post eine Probe seines Spermas geschickt. Verstehst du jetzt, warum wir etwas in Eile sind?«

31

An Winterabenden ist das Government Dock in Algonquin Bay ein Ort der Stille. Nur hin und wieder hört man das Surren vorübergleitender Schneemobile, oder vom Eis her dringen geradezu überirdische Seufzer herüber, wenn große Eisschollen gegeneinanderreiben und ein schreckliches, langgezogenes Stöhnen von sich geben.

Eric Fraser und Edie Soames kauerten nebeneinander an einer windgeschützten Ecke des Hafens. Der Lake Nipissing erstreckte sich in das graue Einerlei wie eine mythische Vision des Nordens. Eric brütete wortlos vor sich hin, aber Edie schwelgte in der Gewissheit, den Mann neben ihr so gut zu kennen, dass es keiner Worte zwischen ihnen bedurfte. Tatsächlich wusste sie, was Eric insgeheim beschäftigte, was er jeden Augenblick sagen würde. Den ganzen Vormittag und bis in den Nachmittag hinein war er unruhig und reizbar gewesen. Nachdem sie die Fotos gemacht hatten, war er etwas ruhiger geworden, aber Edie spürte genau, was gleich kommen würde, selbst wenn Eric es noch nicht wusste. Jeden Augenblick würde er die Worte sagen.

Doch jetzt stand Eric erst einmal auf und stellte sich vor die *Chippewa Princess,* einen Ausflugsdampfer, den man zum Restaurant umgebaut hatte. Das Restaurant wurde nur im Sommer betrieben, im Winter lag der Dampfer wie ein gestrandeter weißer Wal außerhalb des Eises. Eric stellte das Kameraobjektiv ein und fluchte über die Kälte. Edie machte sich an ihrer Frisur zu schaffen. Sie wollte, dass ihr das Haar so über ein Auge hing, wie sie es im Kino bei Drew Barrymore gesehen hatte. Manche geben die Hoffnung eben nicht auf, sagte sie sich verbittert.

Wenigstens würde auf diese Weise ein Teil ihres Gesichts verdeckt sein.

Wie sie Eric in seinem langen schwarzen Mantel so dastehen sah, wünschte sie sich, sie könnten miteinander schlafen. Nur leider mochte Eric das nicht. Sein ganzer Körper erstarrte, wenn sie ihn berührte, nicht vor Verlangen, sondern vor Ekel. Anfangs hatte sie gedacht, der Ekel sei gegen sie gerichtet. Was sie nicht verwundert hätte. Aber Eric schien einen Ekel vor allem Geschlechtlichen zu haben. Sex sei etwas für Schwächlinge, behauptete er immer. Nun, sie konnte auch ohne das auskommen, vor allem seit sie mit Eric diese andere tiefere Erregung teilte. Er würde das Wort binnen einer Stunde aussprechen, da war sie sich ganz sicher.

»Rutsch mal.« Eric bedeutete ihr, sich weiter nach links zu setzen. »Ich möchte die Inseln noch mit aufs Bild bekommen.«

Edie wandte sich um. Dort draußen, wo sich Himmel und See im gleichen Aschgrau vereinten, lagen die Inseln. Eine davon war Windigo. Wer hätte gedacht, dass so ein kleines Eiland auch einen Namen hatte? Edie erinnerte sich an das tote Mädchen, an den Abdruck ihres Rückgrats gegen Erics Seesack. Wie schicksalsschwer ihr damals allein schon das Wort »Mord« vorgekommen war. Umso erstaunter stellte sie dann fest, wie wenig die eigentliche Tat wog. Ein Menschenleben war ausgelöscht worden, aber deswegen war keine Feuersäule vom Himmel herabgestoßen, kein Abgrund der Hölle hatte sich aufgetan. Die Polizei und die Presseleute hatten ein bisschen für Aufregung gesorgt, doch davon abgesehen ging das Leben genauso weiter wie vorher – nur eben ohne Katie Pine. Ich hätte sogar ihren Namen vergessen, dachte Edie, wenn er nicht Tag für Tag in den Nachrichten wiederholt worden wäre.

Sie rutschte ein Stück nach links, gerade als die Eisdecke plötzlich mit einem Geräusch wie berstendes Metall aufbrach. Edie entfuhr ein Schrei. »Eric, hast du das gehört?«

»Das Eis bricht. Bitte recht freundlich.« – »Ich kann jetzt nicht lächeln.« Kameras machten Edie verlegen, und das aufbrechende Eis hatte ihr einen Schreck versetzt, so als ob die Insel ihren Namen ausgesprochen hatte.

»Dann guck eben mürrisch, Edie. Mir ist das egal.«

Sie schenkte ihm ein breites Lächeln, nur um ihn zu ärgern, und er drückte auf den Auslöser. Noch ein Foto fürs Album.

Sie hatten ihre Fotoreportage draußen am Trout Lake unweit des Speicherbeckens begonnen. Eric hatte ein Foto von Edie gemacht, wie sie an der Stelle, wo sie Billy LaBelle vergraben hatten, einen Engel in den Schnee zeichnete. Der Schnee deckte alles zu, sodass nichts Unheilvolles zu erkennen war. Der Berg mit dem See und dem tiefblauen Himmel darüber hätte sich gut auf einer Postkarte gemacht.

Anschließend waren sie zur Main Street gefahren und hatten ein paar Aufnahmen vor dem Haus gemacht, in dem sie Todd Curry umgebracht hatten. Erst ein Foto von Edie, dann eines von Eric, dann eines von ihnen beiden zusammen (letzteres mit Erics Selbstauslöser). Ein Mann, der gerade seinen großen zotteligen Hund ausführte, hatte sie gesehen, und Edie war es so vorgekommen, als ob er sie scheel angesehen hätte. Doch Eric hatte sie beruhigt. Sie waren doch bloß ein Pärchen, das mit einer Kamera herumalberte. Was sollte der alte Sack daran schon verdächtig finden?

Sie suchten sich einen windgeschützten Platz hinter dem Anglerladen, damit Eric eine Zigarette anzünden konnte. Er lehnte sich gegen die Holzwand und sah Edie aus schmalen Augen an. Sie konnte die Worte hören, die er bald sagen würde, noch bevor er sie aussprach, so als ob sie die ganze Szene bereits geträumt, als ob sie in ihrem Geist die ganze Szene mit Eric, dem Hafen, der Kälte und dem Rauch geschaffen hätte. Sie ahnte, dass sich in ihm die gleiche dunkle Erregung aufbaute wie in ihr. Sie roch es gleichsam, wie den metallischen Geruch des Eises, den der kalte Wind herübertrug. Der Anblick des Hauses und der Insel hatte ihre Nerven wieder unter Strom gesetzt. Sie zitterte vor Kälte, sagte aber nichts. Sie wollte diesen Augenblick nicht zunichte machen.

Sie kehrten zum Van zurück und drehten das Heizgebläse bis zum Anschlag auf. Die Wärme tat so gut, dass Edie laut auflachte. Eric holte ein Buch aus dem Handschuhfach und reichte es ihr. Es war ein großformatiges, abgenutztes Paperback, mit einem Aufkleber »Mängelexemplar« darauf.

Sie las den Titel. »›Die Geschichte der Tortur‹. Wo hast du das denn her?«

Er berichtete, er habe es bei seinem letzten Besuch in Toronto aufgestöbert. Eine historische Darstellung mittelalterlicher Folterinstrumente, die er schon lange gesucht hatte. »Lies vor«, sagte er. »Lies Seite siebenunddreißig.«

Edie blätterte die mit Fotos und Zeichnungen illustrierten Seiten durch. Auf den Fotos waren eine Streckbank, Peitschen und Daumenschrauben abgebildet, während die Zeichnungen die Anwendung der Geräte zeigten. Auch Haken, Zangen und Sägen waren zu sehen, mit denen Eingeweide herausgerissen, Fleisch gezwickt und Körper durchgesägt werden konnten. Letzteres war durch eine Zeichnung anschaulich gemacht, auf der zwei Schergen einen Mann vom Schritt bis zum Nabel durchsägten.

»Lies Seite siebenunddreißig«, wiederholte Eric. »Bitte. Ich habe es gern, wenn du mir vorliest. Du bist eine so gute Vorleserin.«

Er wusste, wie gut ihr solches Lob tat. Wie wenn man halb erfroren an ein prasselndes Kaminfeuer kam. Edie fand die Seite. Darauf war ein Helm zu sehen, der an einem Balken befestigt war. Über dem Helm befand sich eine Schraubvorrichtung.

»*Schädelbrecher*«, las sie. »*Das Kinn des Angeklagten war an dem unteren Brett justiert. Mit jeder Drehung des Schraubganges schob sich der eiserne Helm nach unten und presste die Zähne gegeneinander, bis sie nach und nach in den Ober- bzw. Unterkiefer drangen. Bei noch höherem*

Druck traten die Augen aus den Augenhöhlen, und das Gehirn wurde durch die zerborstenen Schädelknochen nach außen gedrückt.«

»Ja. Das Hirn spritzt raus«, flüsterte Eric. »Lies noch was vor. Lies die Passage über das Rad.«

Eric hatte die Hände tief in den Taschen vergraben. Edie wusste, dass er sich selbst befriedigte, doch hütete sie sich, das zu erwähnen. Sie blätterte weiter durch die Abbildungen altertümlicher Eisengeräte und die Holzschnitte, auf denen die Opfer in ihrem Schmerz Gesichter wie in Comic Strips schnitten.

»Bitte, Edie. Lies über das Rad vor. Das kommt gegen Ende.«

»Du scheinst das Buch ja gut zu kennen. Muss wohl zu deinen Lieblingsbüchern gehören.«

»Könnte sein, ja. Vielleicht will ich es deshalb mit dir teilen.«

Oh, ich weiß, was kommt, Eric. Ich weiß, was du sagen wirst. Als sie die Seite endlich fand, spürte sie ein Pochen im Bauch wie von einem zweiten Herzen. »*Das Rad. Das entblößte Opfer wurde mit ausgestreckten Armen und Beinen auf den äußeren Rand des Rades gefesselt. Unter allen wichtigen Knochen und Gelenken befanden sich Holzblöcke. Mit einer Eisenstange zerschlug der Folterknecht alle Gliedmaßen, wobei die Kunst darin bestand, das Opfer nicht zu töten.«*

»Man hat die Leute zu Brei geschlagen«, kommentierte Eric, »aber immer schön darauf geachtet, dass sie die ganze Zeit am Leben blieben. Das muss ein irres Gefühl gewesen sein. Kannst du dir das vorstellen? Lies weiter.«

»*Nach dem Bericht eines Augenzeugen wurde das Opfer in eine ›schreiende Gliederpuppe‹ verwandelt, die sich in Strömen von Blut wand. Diese Puppe schien, einem Kraken gleich, vier schleimüberzogene, mit Knochensplittern durchsetzte Fangarme aus rohem Fleisch zu haben.‹ Nachdem alle*

Knochen gebrochen waren, flocht der Folterknecht Arme und Beine zwischen die Speichen des Rades. Anschließend wurde das Rad waagerecht auf einen Pfahl gesteckt. Aasvögel kamen und pickten dem Opfer die Augen aus und rissen Fetzen von seinem Fleisch. Unter allen Hinrichtungsarten, die der menschliche Geist ersonnen hat, ist das Rädern vermutlich der langsamste und schmerzvollste aller Tode.«

»Lies, was am Schluss kommt. Unten auf der Seite.«

»*Rädern war weit verbreitet und galt als Volksbelustigung. Holzschnitte, Zeichnungen und Gemälde aus vier Jahrhunderten belegen, dass sich immer wieder Scharen von Schaulustigen fanden, die plaudernd und lachend der maßlosen Pein eines Mitmenschen mit offensichtlichem Vergnügen beiwohnten.*«

»Die Leute mochten das, Edie. Und sie mögen es auch heute noch, nur wollen sie es nicht zugeben.«

Edie wusste das. Sogar ihre Großmutter sah sich gern einen Boxkampf oder eine Wrestling-Show im Fernsehen an. Immerhin war das besser, als auf diesen gottverlassenen gefrorenen See zu starren. Die Alte würde ganz sicher mit Genuss zuschauen, wie irgendein Verurteilter halbtot geschlagen würde.

Alles ganz normal für Erics Empfinden. Nur heutzutage leider nicht ganz legal, das war das Problem. Es war aus der Mode gekommen, aber bestimmt nicht für immer. Man brauchte nur nach Amerika zu schauen. Dort gab es die Gaskammer, den elektrischen Stuhl. »Keiner kann mir weismachen, Edie, dass die Leute keinen Gefallen mehr daran finden. Es wäre schon vor Jahrhunderten ausgestorben, wenn die Leute nicht so ein Vergnügen am qualvollen Töten hätten. Einen größeren Nervenkitzel gibt es gar nicht.«

Jetzt ist es gleich so weit, dachte Edie. Ich sehe förmlich, wie sich die Worte in der Luft bilden, ehe er sie ausspricht. »Ganz meine Meinung«, sagte sie leise.

»Gut.«

»Ich meine, dass ich auch finde, was du gleich sagen wirst.« –
»Oh, tust du das wirklich?« Eric lächelte abgründig. »Was wollte ich denn gleich noch sagen. Bitte, Madame Rosa, sagen Sie es, wenn Sie meine Gedanken lesen können.«

»Das kann ich wirklich, Eric. Ich weiß genau, was du sagen wolltest.«

»Also dann. Lies meine Gedanken.«

»Du wolltest sagen: ›Knöpfen wir ihn uns heute Abend vor.‹«

Eric wandte ihr sein Profil zu und blies Rauch in die sich vertiefende Dunkelheit. »Nicht schlecht«, sagte er leise. »Wirklich nicht schlecht.«

»Ich weiß nicht, wie es dir geht, Eric, aber ich würde sagen, es ist Zeit für die Party.«

Eric kurbelte die Scheibe herunter und schnippte seine Zigarette in den Schnee. »Zeit für die Party.«

32

Das Haus war kleiner, als es von draußen den Anschein hatte. Im oberen Stockwerk gab es nur zwei Schlafzimmer – dabei hätte Woody schwören können, dass es drei waren – und ein kleines Badezimmer.

Wie er Delorme, dieser neugierigen Schnüfflerin von der Kripo, schon mal erläutert hatte, betrieb Arthur »Woody« Wood das Gewerbe des Einbrechens nicht, um seine sozialen Kontakte zu verbessern. Wie alle professionellen Einbrecher verwendete er große Sorgfalt darauf, bei der Arbeit nicht gestört zu werden. Im sonstigen Leben war Woody hingegen so gesellig wie die meisten anderen Menschen auch.

Er hatte beobachtet, dass der Typ mit dem Frettchengesicht, der im Musikladen in der Mall arbeitete, alle naslang hier vorbeikam. Einmal war er ihm von dessen Arbeitsplatz bis nach Hause gefolgt. Er hatte gesehen, wie der andere eine vielversprechend aussehende Sony-Anlage in seinem Van verstaut hatte. Und er wusste, dass das Pärchen weggefahren war, weil er das Haus die vergangenen anderthalb Stunden von seinem Lieferwagen aus beobachtet hatte. Das war eine todsichere Art, ein Objekt auszuspähen. Niemand beachtet einen ramponierten alten Chevy-Lieferwagen, auf dem der Name »Comstock« und etwas von elektrischen Installationen und Reparaturen geschrieben steht; niemand verschwendet darauf einen Blick. Dennoch wechselte Woody jedes Vierteljahr die Beschriftung, um auch ganz sicherzugehen.

Also hatte er die Zeit damit verbracht, die Pretenders auf Kassette zu hören. (Auf einem Blaupunkt-Kassettenrekorder, den er vergangenen Winter bei einer kleinen Bestandsaufnahme oben in Cedarvale hatte mitgehen lassen. Mann, die Deutschen verstanden etwas von Klangwiedergabe!) Während er die Sportseiten des *Algonquin Lode* las und sich über das Formtief der Maple Leafs Sorgen machte, fand er noch Zeit, an die nächsten Anschaffungen zu denken. Woody war nämlich nicht nur ein fleißiger Einbrecher, sondern auch ein treu sorgender Familienvater und Ehemann. Es war an der Zeit, seinem Sohn und Stammhalter, den er liebevoll »Kipper« nannte, eine kleine Aufmerksamkeit mitzubringen.

Der Junge brauchte ein Spielzeug. Ein Kasten mit Bauklötzen wäre nicht schlecht; er würde sich mal umschauen. Sicher, das Pärchen hatte keine Kinder – das wusste er nach längerer Beobachtung –, aber man war immer wieder überrascht, was für Krempel die Leute in ihren Wandschränken aufbewahrten. Vor ein paar Wochen hatte er bei einem Bruch einen Yogi-Bär aus Plastik gefunden, den nun sein Sohnemann überall mit sich herumschleppte.

Das Schloss des Seiteneingangs hatte ihm keine Schwierigkeiten bereitet: In siebenundzwanzig Sekunden war es geknackt. Nicht unbedingt Rekord, aber auch keine schlechte Zeit. Woody hatte im oberen Stockwerk begonnen, wie er es gewöhnlich immer machte. Er hing der abergläubischen Vorstellung an, ein solches Vorgehen entspreche der natürlichen Ordnung, weil man so mit der Schwerkraft von oben nach unten arbeitete. In seinen leisesten Turnschuhen bewegte er sich jetzt auf das rückwärtige Schlafzimmer zu. Aus Überlegung und Erfahrung wusste er, dass das glückliche Paar üblicherweise dort nächtigt.

Doch er sah sich in seiner Erwartung enttäuscht. Der rückwärtige Raum war ein Mädchenzimmer, kein eheliches Schlafgemach. Die Wände waren rosa gestrichen, das Bett hatte einen weißen Holzrahmen, und die Frisierkommode war mit Cremetöpfchen übersät, die meisten von ihnen medizinische Präparate. Die blassgelbe verschlissene Tapete, die sich an einer Stelle schon von der Wand löste, musste früher einmal ein Sonnenschirmdekor gehabt haben. Ein Stofftiger auf der Frisierkommode erregte Woodys Aufmerksamkeit – der könnte Kipper gefallen –, doch aus der Nähe besehen, stellte sich heraus, dass dieser Tiger mit Hundeohren während so mancher Kinderkrankheit geknuddelt und gelutscht worden sein musste. So etwas konnte er schlecht mit nach Hause bringen. »Was denkst du dir dabei?«, hätte Martha gesagt. »Das ist doch unhygienisch.«

Er hielt einen Augenblick inne und spitzte die Ohren. Nein, die alte Dame rührte sich nicht. Wahrscheinlich war sie auch taub. Die Arme war seit mindestens drei Tagen nicht an die frische Luft gekommen.

Das Kopfteil des Bettes hatte ein eingebautes Bücherregal mit Schiebetüren. Das war genau die Sorte Versteck, in der die Leute gern Schmuck und andere Wertgegenstände aufbewahrten. Woody, wie alle Vertreter seiner Branche ein eingefleischter Optimist, schob erwartungsvoll das Paneel beiseite.

Und erlebte seine zweite Überraschung. Er hatte erwartet, ein paar Unterhaltungsromane von Danielle Steel (Martha las überhaupt nur so was) oder Barbara Taylor Soundso in die Finger zu bekommen. Doch das hier glich eher einem Giftschrank: *Folter, Japanische Kriegsverbrechen im Zweiten Weltkrieg, Justine* und *Juliette* – beide von einem Marquis de Sade. Von dem Burschen hatte er schon mal gehört.

Bei jedem Einbruch erlaubte sich Woody einen Augenblick, in dem er, einen kostbaren oder kuriosen Gegenstand in der Hand, seiner Phantasie die Zügel schießen ließ und sich das Leben vorstellte, in das er eingedrungen war. Das hier war so ein Augenblick. Er zog *Juliette* aus dem Regal. War der Marquis nicht dieser Franzose, der gern mit Peitschen, Ketten und anderem Klimbim den wilden Mann markierte? Woody überflog eine Seite mit einem Eselsohr als Lesezeichen und Markierungen am Rand: *Ich ergriff die Brüste, drückte sie hoch und schnitt sie knapp über dem Brustkorb ab; diese Fleischklumpen band ich an einer Schnur fest...*

Woody blätterte weiter und merkte, dass alles nur noch schlimmer wurde. Auf dem Vorsatzblatt war mit Kugelschreiber eine Widmung geschrieben: *Für Edie von Eric.* »Um Himmels willen, Eric«, flüsterte er. »Das ist doch kein Buch, das man einer Frau schenkt. So was ist doch krank, und du bist ganz schön krank im Kopf.« Woody beschloss unverzüglich, sich bei diesem Bruch nur noch um das Wesentliche zu kümmern.

Martha hätte sich beim Anblick des Badezimmers vor Ekel geschüttelt: Der Ausguss hatte Rostflecke, die Kacheln waren verdreckt. Die Handtücher roch man schon im Flur. Der Arzneischrank war vollgestopft mit Schlaftabletten und Tranquilizern aus Pharma-City, dem Drugstore in der Mall. Solche Funde konnten die Krönung eines Fischzugs sein. Aber Woody machte nicht in Drogen. Weder nahm er welche, noch handelte er damit, und das war Marthas Verdienst. Aber es hatte mal eine Zeit gegeben, erinnerte er sich versonnen...

Ein Geräusch von irgendwoher. Stimmen. Er erstarrte vor dem gesprungenen Spiegel und horchte mit zur Seite geneigtem Kopf. Nur der Fernseher der alten Dame. Ein verdammt einsames Leben, wenn man den ganzen Tag vor dem Fernseher verbringen musste. Sie hatte das vordere Schlafzimmer, wie er ausgespäht hatte. Bei ihr wäre sowieso nichts zu holen, nur ein uralter Schwarzweißfernseher mit einem schauderhaften Bild.

Er ging ins Erdgeschoss und sah sich kurz in der Küche um. Auch hier nur Enttäuschungen. Die wenigen alten Haushaltsgeräte würden nichts einbringen. Das dunkle enge Wohnzimmer war ebenfalls ein Reinfall, vollgestopft mit Polstermöbeln, die aussahen, als wären Generationen von Hunden darauf verendet. Woody hatte kein Auge für die komische alte Uhr auf dem Kaminsims – er handelte nicht mit

Antiquitäten. Empört stellte er fest, dass es nicht einmal einen Videorekorder gab; das war heutzutage wirklich nicht normal.

Bis jetzt hatte er noch keinen Stich gemacht, und das Haus bot kaum noch Verstecke. Er hatte die Lage völlig falsch eingeschätzt. Der Fuzzi aus dem Musikladen wohnte gar nicht hier. Wenn der schon in der Musikbranche arbeitete, musste er doch tolles Equipment haben. Erst neulich hatte ihn Woody mit einer Sony-Verpackung unter dem Arm gesehen; der Typ hatte sie aus dem Kofferraum seines alten Windstar geholt.

»Totale Fehlanzeige«, murmelte Woody. »Ein Fernsehtisch ohne Fernsehgerät.« Aus dem Muster im Staub war zu erkennen, dass bis vor ein oder zwei Tagen an dieser Stelle noch ein Fernsehgerät gestanden haben musste. Und der kleine Stapel Videokassetten neben dem Tisch deutete auf das Vorhandensein eines Rekorders. Entweder waren beide Geräte zur Reparatur – was schon ein großer Zufall wäre –, oder man hatte sie an einen anderen Platz gestellt, vielleicht in das Schlafzimmer der alten Dame.

Nun, das Mütterchen konnte er nicht stören, also blieb ihm nur noch das Kellergeschoss. Noch hatte Woody seinen Optimismus nicht verloren – Keller bargen bisweilen ungeahnte Schätze: eine Werkzeugkiste, einen Außenbordmotor, einen Set Golfschläger, so etwas kam vor. Allerdings waren Keller kalt und muffig, und die Schauer, die einem dort über den Rücken liefen, gaben einen Vorgeschmack der nackten Angst. Außerdem hörte man im Keller nicht so gut, was schon vielen seiner Kollegen zum Verhängnis geworden war. Man befand sich dort in einer ungeschützten Position. Es war sozusagen der Analsex des Einbrechers: nicht ohne Reiz, aber sicherlich nicht Woodys erste Wahl. Nicht an einem hellen, sonnigen Tag.

Unten am Treppenabsatz blieb Woody eine Weile zwischen Gummistiefeln, ausrangierten Schlittschuhen und rostigen

Schneeschaufeln stehen, damit sich seine Augen an die Dunkelheit gewöhnten. Im Kellergeschoss roch es nach Wäsche und alter Katzenpisse. Von draußen drang kein Licht herein. Mit einem leichten Nervenflattern stellte er fest, dass die Fenster hoch und schmal waren und vermutlich nicht groß genug, um durchzukommen, wenn ein schneller Abgang unumgänglich werden sollte.

Allmählich erkannte er die Umrisse verschiedener Gegenstände: eine alte Waschmaschine und eine Wäschemangel, ein verrußter Ofen, ein Paar zerbrochene Skier, eine zerbeulte Kinderrutsche, ein Damenfahrrad, an dem das Vorderrad fehlte. Einen Augenblick lang überlegte er, ob das Fahrrad vielleicht noch zu gebrauchen wäre. Vorigen Herbst war Marthas Zehngangrad gestohlen worden. Sie hatte einen Anfall bekommen, vor allem als Woody den Diebstahl aus der kühlen Sicht des Profis beurteilte. Doch dieses klapprige Rad kam nicht in Betracht; eine Reparatur würde mehr Arbeit machen, als es überhaupt wert war.

Er wandte sich um und erkannte im Halbdunkel den Umriss einer Tür, einer soliden Eichentür, die... Ja, wohin führte sie wohl? Woody ließ seiner Phantasie freien Lauf und kam zu dem Schluss, dass es sich um das Studio handeln müsse. Der frettchengesichtige Musikfreak mit den Kameras und den Kassettenrekordern hatte sich ein Studio im Haus seiner Freundin eingerichtet. Der mit einem Sicherheitsschloss und drei schweren Riegeln verrammelte Raum enthielt sicherlich Kameras, Stative, Aufnahmegeräte, Fernseher und Videorekorder. Woody, Junge, du stehst an der Schwelle zum Paradies.

Sicherlich, wenn dort wirklich Equipment verwahrt wurde, dann befanden sich die Riegel auf der falschen Seite, denn schließlich wollte man Leute wie Woody von den eigenen Schätzen aussperren und sie nicht zum Eintreten auffordern. Obwohl Woody diese Tatsache nicht entging, fühlte er sich dadurch in seinem Elan nicht gebremst. Die Riegel waren im Nu geöffnet, aber das Sicherheitsschloss, tja, das zu knacken hätte ihn bis ins hohe Alter beschäftigen können. Deshalb benutzte Woody in solchen Fällen ein Schlossereisen, mit dem er das ganze Ding aus der Tür riss. Er machte die Tür auf und sah statt funkelnder Schätze einen nackten Jungen auf einem Stuhl sitzen.

Verdammter Mist, jetzt bin ich dran, war Woodys erster Gedanke. Aber dann sah er im Schein eines ohne Bild laufenden Fernsehers, dass der Junge an den Stuhl gefesselt war. Den Mund mit Klebeband geknebelt, die Handgelenke mit dem gleichen Band an den Stuhl gefesselt, saß er nackt wie ein Wurm vor ihm. Der Gefesselte zerrte an dem Klebeband und stöhnte. Seine Augen irrlichterten.

Ein solcher Anblick kann einen Einbrecher, selbst einen erfahrenen Profi, schon aus dem Konzept bringen. Ohne recht zu wissen, was er tat, marschierte Woody geradewegs auf das Fernsehgerät zu und zog die Anschlussstecker zum Videorekorder heraus. Offenbar lief hier irgendeine perverse Nummer, doch das hatte ihn nicht zu interessieren. Als er das Kabel um den Rekorder wickelte (ein Mitsubishi-Stereorekorder, höchstens ein Jahr alt), fielen ihm jedoch ein paar Dinge auf, die ihm spanisch vorkamen: Der Junge war nackt, und im Raum waren keine Kleider; auf dem Boden befand sich eine Urinlache, und, nach dem Geruch zu urteilen, musste in dem Eimer unter dem Stuhl Scheiße sein. Was hier lief, war keine Sexnummer und auch kein Scherz.

Mit dem Videorekorder unterm Arm blieb Woody in der Tür stehen. »Ich verstehe«, sagte er zu dem Jungen. »Bei einem Drogendeal hat es Stress gegeben, stimmt's?«

Der Junge zerrte wie rasend an seinen Fesseln. Woody trat auf ihn zu und riss ihm das Klebeband vom Mund. Sogleich fing der Junge zu schreien an. Was er von sich gab, hatte keinen Zusammenhang, aber manche Ausdrücke wiederholten sich: »Psychopathen, Perverse, die wollen mich umbringen.«

»Hör auf. Hör mit dem Schreien auf. Du kannst hier nicht

so rumschreien, Mann.« Das Letzte hatte Woody selbst geschrien.

»Hol mich hier raus, bitte!« Dem Jungen liefen Tränen übers Gesicht. Er redete von einem Videoband, einem Mord. Was er im Einzelnen sagte, klang verrückt, aber die Angst war echt. Woody hatte bei seinen Aufenthalten im Knast von Kingston ein paar üble Szenen miterlebt, aber niemals zuvor, nicht einmal bei den am meisten schikanierten Insassen, hatte er eine solche panische Angst gesehen.

Woody dachte nicht lange nach: Du siehst einen Mann in Fesseln, du befreist ihn von den Fesseln. Er suchte in der engen Toilette nach den Kleidern des Jungen, fand aber keine. »Wo zum Teufel sind deine Klamotten? Draußen sind zwanzig Grad unter null, vom eisigen Wind gar nicht zu reden.« Er war gerade dabei, sein Schweizer Offiziersmesser zu öffnen, als das Geräusch eines vorfahrenden Autos zu hören war. »Befrei mich!«, tobte der Junge, fast wie in einer Rockshow, »befrei mich.«

»Halt doch das Maul, sie sind zurückgekommen.«

»Mir egal. Schaff mich hier raus!«

Woody legte das Klebeband wieder über den Mund des Jungen und achtete darauf, dass es auch hielt. Die Tür des Seiteneingangs war schon offen, er hörte schon das Pärchen miteinander reden. Er machte die Kellertür zu und zischte im giftigsten Ton: »Wenn du auch nur den kleinsten Mucks von dir gibst, stech ich dich ab, verstanden?«

Der Junge nickte wild, zum Zeichen, dass er verstanden hatte.

»Das kleinste Geräusch, und wir sind beide im Arsch. Hier gibt es nur eine Tür. Wir müssen sie mit einem Ausfall überraschen, und wenn wir den versieben, dann gute Nacht! Ich sag's noch mal: Ein Mucks, und du kriegst was zwischen die Rippen.«

Der Junge nickte wie ein Verrückter. Allein wäre Woody die Kellertreppe hochgeflitzt und wäre im Nu draußen gewesen und – oh Scheiße, genau über ihnen waren Schritte zu hören.

»Pass auf«, sagte er, während er das Klebeband an einem Fußknöchel des Jungen aufschlitzte. »Ich schneide dich los, du ziehst meinen Mantel an, und dann verschwinden wir durch den Seiteneingang. Ich habe meinen Chevy gegenüber geparkt.« Er brauchte dem Jungen nicht zu sagen, dass sie rennen mussten.

Er machte auch den anderen Fuß frei. Noch am Stuhl hängend, versuchte der Junge bereits aufzustehen. »Jetzt warte doch, verdammt noch mal!« Kamen die Stimmen näher? Ein Handgelenk war frei, und ehe Woody auch das andere lösen konnte, riss sich der Junge das Klebeband vom Mund und schrie wieder los. Woody verschloss ihm mit der Hand den Mund und fuchtelte mit dem Messer, doch es war schon zu spät: Die Stimmen von oben wurden plötzlich heftig, die Schritte hastig und laut.

Woody machte sich an das letzte Klebeband, scheiß auf das Gebrüll, doch der Junge wartete nicht länger. Auf beiden Füßen stehend, mit einem Handgelenk noch an den Stuhl gefesselt, drängte er sich an Woody vorbei. Er riss die Tür auf, und da stand der Typ mit dem Frettchengesicht und hielt eine Pistole in der Hand.

Der Junge drängte sich vorbei und hastete mit dem polternden Stuhl die Treppe hoch.

»Du kannst nicht raus«, sagte der Mann über die Schulter, während er Woody anstarrte. Der Junge war schon oben an der Treppe, immer noch nackt, und rammte die Schulter gegen die Tür, doch Woody wusste, dass Türen, anders als in Kinofilmen, so nicht zu öffnen sind.

»Mal sachte«, beschwor Woody das Frettchengesicht. »Gewalt ist gar nicht angesagt.«

Sein Gegenüber betrachtete ihn ohne Hast von oben bis unten. »Vielleicht mag ich aber Gewalt.«

»Mein Vorschlag: Ich lasse Ihnen den Videorekorder, und

Sie lassen den Jungen laufen. Ich weiß nicht, was er getan hat, wahrscheinlich haben Sie allen Grund, ihn zur Sau zu machen, aber Sie können ihn nicht gefesselt im Keller einsperren. Das ist nicht korrekt.«

Der Junge versuchte immer noch, die Tür einzustoßen, und heulte wie ein Besessener.

»Halt die Fresse«, sagte der Mann die Treppe hinauf. Und zu Woody gewandt: »Der Kleine ist so hysterisch.«

»Ja, der ist wirklich aus dem Häuschen. Aber ich muss jetzt gehn, Mann.«

Das Frettchengesicht trat von der Türschwelle zurück und ging bis zur Treppe. »Keith«, sagte er in scharfem Ton. »Komm jetzt sofort wieder runter.«

»Nie im Leben, Mann. Ich will hier raus!«

Der Mann trat auf die unterste Treppenstufe, hielt die Pistole keinen halben Meter vom Bein des Jungen entfernt und drückte ab.

Der Junge schrie und fiel die Treppe hinunter. Sich vor Schmerzen das Bein haltend, wälzte er sich auf dem Betonboden. Der Mann trat ihm gegen das Kinn, als wollte er ein Tor schießen, worauf der Junge regungslos liegen blieb.

»Um Himmels willen.« Mehr brachte Woody nicht heraus. »Das war vollkommen unnötig.«

»Setz dich auf den Stuhl da.«

»Nein, kommt nicht in Frage. Natürlich sind Sie total sauer, aber bleiben Sie auf dem Teppich.« Nicht um alles in der Welt würde er sich fesseln lassen. Dieser Typ war doch krank.

»Setz dich auf den Stuhl, oder ich – schieß dich über den Haufen.«

»Er hat Oma aufgeweckt.« Die Worte, die einem surrealistischen Theaterstück zu entstammen schienen, kamen von oben, wo jetzt die Frau am Treppengeländer stand. »Durch sein blödes Geschrei.« Sie ging ein paar Stufen nach unten und blieb über dem Jungen stehen. »Eigentlich sollte ich dir ins Gesicht pinkeln.«

»Der da ist bei dir eingebrochen, Edie. Er wollte deinen Videorekorder klauen.«

Die Frau sah zu Woody hinüber. »Zufällig bedeutet mir dieser Videorekorder eine ganze Menge. Ich hänge an ihm.«

»Ach so, verstehe. Aber glauben Sie mir, mir ging es nur ums Geld.«

»Los, Eric, machen wir ihn kalt.«

»Videos mag ich auch. Meine Frau und ich, wir leihen uns hin und wieder einen Streifen mit Clint Eastwood aus. Also ich stehe auf Clint, sie mag lieber das Zeug über Schwestern und Freundinnen und so. Wirklich, ein guter Film und eine Tüte Popcorn, das ist ganz nach unserem Geschmack.« Rede mit ihnen, nimm sie für dich ein, bei den Bullen wirkt das manchmal Wunder.

»Zeig's ihm, Eric«, sagte die Frau mit bebender Stimme. »Schieß ihm in den Bauch.«

»Hört mal, Leute. Edie. Eric. Offenbar bin ich hier nicht willkommen. Na gut, dann verschwinde ich eben wieder. Ich mach die Fliege. Entschuldigung wegen der Umstände, wirklich, es tut mir leid.«

»Der blaue Lieferwagen draußen, ist das deiner?«

»Der Chevy-Van, ja. Tatsächlich steht er da ziemlich ungünstig. Behindert den Schneepflug. Wenn ich ihn nicht bald wegfahre, Eric, wird er womöglich noch abgeschleppt.«

Der Mann reagierte auf Woodys Worte überhaupt nicht. Stattdessen richtete er den Pistolenlauf auf Woodys Bauch.

»Eric?« Die Frau kam, den Mund leicht geöffnet, noch ein paar Stufen weiter nach unten und betrachtete die beiden angespannt. Mit ihrer Gesichtshaut stimmte irgendetwas nicht. »Warum schlägst du ihm nicht die Fresse ein?«

Woody schätzte die Entfernung zur Pistole, die der Mann immer noch auf seinen Bauch gerichtet hielt.

»Das würde ich gern mal sehen«, fuhr die Frau fort. »Hören, wie der Knochen bricht und so.«

Der Junge regte sich wieder, und der Mann drehte sich um

und trat ihm gegen den Kopf. Jetzt oder nie, dachte Woody. Er versetzte dem Mann einen harten Stoß, schob die Frau beiseite und sprang die Treppe hinauf. Er bekam die Klinke zu fassen und riss die Tür auf, als ihn die Kugel in der Kreuzgegend traf. Er fiel nach hinten, landete auf dem Jungen und schlug mit dem Kopf auf dem Zementboden auf.

Ein Kumpel, mit dem er im Gefängnis gewesen war, hatte ihm einmal erzählt, wie es war, wenn man eine Kugel abbekam: wie ein glühendes Eisen, das sich durch den Leib bohrt, Mann, diese Scheißdinger sind heiß wie die Hölle. Und Woody erfuhr jetzt am eigenen Leib, dass es die Wahrheit war.

Der Mann stand über ihm, groß wie King Kong. So muss ich für Kipper aussehen, dachte Woody und fragte sich, wann sich Martha wohl Sorgen um ihn machen würde.

Der Mann legte ihm die Hände um den Hals. Kräftige Daumen drückten ihm die Luft ab.

»Schlag ihm die Nase ein«, wiederholte die Frau. »Warum willst du ihn ersticken, wenn du ihm auch die Nase einschlagen kannst?«

Und mit gezielten Schlägen mit dem Pistolenknauf tat der Mann genau das.

33

Lise Delorme saß im Halbdunkel ihrer Küche und trank die dritte Tasse Instantkaffee. Vor ihr stapelten sich die Akten, die Dyson ihr hatte zukommen lassen. Sie arbeitete gern in der Küche, solange es nicht ums Kochen ging. Die Reste eines Fertiggerichts lagen unbeachtet auf dem Teller.

Auch die Akten waren jetzt zum größten Teil vergessen; sie dachte jetzt an die drei F. Wenn sie mit der Bootsrechnung, die sie in Cardinals Ordnern gefunden hatte, zu irgendeinem Ergebnis kommen wollte, dann durch die drei F. Sie standen für Februar, Frankokanadier und Florida. Wie jeder bestätigen wird, der in diesem Monat schon einmal in besagtem US-Bundesstaat gewesen ist, verwandelt sich der Golf von Florida im Februar in den Golf von Quebec. Vor lauter Flüchtlingen aus der Kälte verwandelt sich Miami in Montréal-sur-Mer. Mit einem Mal ist kubanisches Spanisch eine Minderheitensprache, und jedes Autokennzeichen beschwört ein *Je me souviens*.

Eine Dreiviertelstunde später und nach gut einem halben Dutzend Telefonaten hatte Delorme mit zwei frankokanadischen Polizisten gesprochen, die demnächst Urlaub in Florida machen wollten. Leider würde keiner von beiden in die Gegend der Calloway Marina kommen. Nach weiteren Anrufen bekam sie die Nummer von Dollard Langois heraus, mit dem sie auf dem Polizei-College in der gleichen Klasse gewesen war. Sie waren sogar ein paarmal zusammen ausgegangen. Jetzt war Lise Delorme froh, dass sie in jüngeren Jahren nicht mit ihm geschlafen hatte. Dollard Langois war ein schlaksiger junger Mann mit großen, sanften Händen und den Augen eines Jagdhunds gewesen. Eines Abends nach einem Kinobesuch in Aylmer hatte er ihr gestanden, schrecklich verliebt in sie zu sein. Sie war innerlich schon bereit gewesen, mit ihm zu schlafen, bis er ihr diese Liebeserklärung machte. Dollard Langois war damals ein wirklich attraktiver junger Mann, aber sie wollte ihre beginnende Karriere nicht durch eine romantische Beziehung gefährden. Seither hatte sie sich, besonders in einsamen Nächten, oft gefragt, was aus dem jungen Mann geworden war und was wohl geschehen wäre, wenn... Nun, Dollard Langois war ein Weg, den sie nicht beschritten hatte, so könnte man es formulieren.

Die ersten Minuten brauchten sie, um sich wechselseitig auf den neuesten Stand zu bringen. Sie sprachen Englisch, vielleicht, weil das die Sprache in Aylmer gewesen war. Ja, teilte sie ihm mit, sie sei recht zufrieden mit ihrer Karriere als Polizistin. Nein, verheiratet sei sie nicht.

»Das ist wirklich schade, Lise. Verheiratet zu sein ist doch so schön. Aber eigentlich wundert es mich nicht, ich meine das nicht negativ.«

»Sag es ruhig, Dollard. Sag mir, wie enttäuschend ich in menschlicher Hinsicht bin.«

»Nein, nein. Ich wollte damit nur sagen, dass du deine Karriere fest vor Augen hattest und dich durch nichts hast ablenken lassen. Das ist doch etwas Positives.«

»Womit das Thema abgehakt wäre. Und wie ist es dir ergangen?«

Er war jetzt Sergeant Langois und tat Dienst in einer Einheit der Quebec Provincial Police dreißig Kilometer außerhalb von Montreal. Zwei Kinder, eine bezaubernde Frau – eine Krankenschwester, keine Polizistin –, und jedes Jahr im Februar verbrachten sie eine Woche unten in Florida in einem Ort, wo sie eine Ferienwohnung auf Time-Sharing-Basis hatten.

»Warum fragst du danach?«, wollte er wissen. »Für eine Ferienwohnung in dieser Saison ist es schon ziemlich spät. Da hätte man schon früher aktiv werden müssen.«

»Es geht um Ermittlungsarbeit. Ich muss da etwas überprüfen.«

Ein schwerer Seufzer kam durch die Leitung.

»Warum bin ich eigentlich gar nicht überrascht?«

»Ich hätte dich nicht gefragt, Dollard, wenn es nicht wichtig wäre.«

»Es ist mein Urlaub, Lise. Ich bin mit meiner Familie dort unten.«

»Es ist wirklich wichtig. Kannst du dich noch gut genug an mich erinnern, um mir das abzunehmen? Wir sind hier hinter einem Kindermörder her. Ich kann mir nicht mal einen Tag freinehmen.«

Eine Weile ging es noch hin und her zwischen ihnen. Dann fragte Delorme, wo genau er denn seinen Urlaub verbringen werde. Zum Leidwesen des Sergeant stellte sich heraus, dass die Ferienwohnung in Hollywood Beach lag, im selben Block, zu dem auch die Calloway Marina gehörte. Damit war Dollards Schicksal besiegelt, und Lise konnte, mit sich selbst hochzufrieden, den Hörer auflegen.

* * *

Sie verbrachte noch eine Stunde mit Aktenstudium – von Cardinal bearbeitete frühere Fälle –, ohne auf Interessantes zu stoßen. Den Akten zufolge war John Cardinal genau der Mann, der er zu sein schien: ein hart arbeitender Kripobeamter, der seine Arbeit effizient und umsichtig erledigte und das Gesetz achtete. Die von ihm verhafteten Verdächtigen wurden vor Gericht fast alle verurteilt, allerdings nicht in dem Fall, den sie gerade studierte und bei dem es um einen Gewohnheitsverbrecher namens Raymond Colacott ging, der in der Zwischenzeit Selbstmord begangen hatte. Der Verdächtige hatte bei seiner Verhaftung vier Kilo Kokain bei sich, und Cardinal hatte allen Grund zu der Annahme, dass Colacott damit handelte. Als der Fall vor Gericht kam, war der Stoff verschwunden, offenbar hatte ihn jemand aus dem Polizeidepot entwendet. Die Klage wurde abgewiesen.

Die Staatsanwaltschaft hatte daraufhin ihren eigenen Ermittler auf den Fall angesetzt (die Akte war dank Dysons Umsicht gleich beigegeben), der aber bei seinen Bemühungen ohne Erfolg blieb.

Cardinal stand nicht stärker unter Verdacht als andere Polizisten, da viele Personen Zugang zum Polizeidepot hatten. Ein Bericht wurde angefertigt, Sicherheitsmaßnahmen wurden angeordnet.

Ja, es hätte Cardinal sein können, aber für einen Kripomann in Algonquin Bay wäre es zu riskant gewesen, als Kokainhändler aufzutreten. Und Raymond Colacott hatte nicht das Format eines Kyle Corbett, der es sich leisten konnte, einen Polizisten zu schmieren. Wenn die damalige Ermittlung schon kein Ergebnis gebracht hatte, würde Delorme jetzt, neun Jahre später, sicherlich genauso wenig Erfolg haben, zumal die Hälfte der beteiligten Beamten nach Winnipeg, Moose Jaw und weiß Gott wohin versetzt worden war.

Delorme kratzte ihren Teller sauber und stellte ihn in das Spülbecken. Sie hatte sich immer wieder vorgenommen, kochen zu lernen, und sogar mit dem Gedanken gespielt, einen Kochkurs zu machen, doch aus Mangel an Zeit und Begeisterung war es bei den guten Vorsätzen geblieben. Ihre Mutter, hätte sie noch gelebt, wäre sicherlich entsetzt gewesen.

Sie ging ins Wohnzimmer und schob die Gardine beiseite. Schneewehen glitzerten im Schein der Straßenlaternen. Sie blieb eine Weile am Fenster stehen und starrte, die Kaffeetasse in der Hand, auf den gespenstischen Widerschein. Zehn Minuten später saß sie am Steuer ihres Autos und fuhr ohne bestimmtes Ziel die Algonquin Street hinauf Richtung Umgehungsstraße. Sie bog rechts zum Highway ab und achtete darauf, die Tachonadel immer unterhalb der erlaubten Höchstgeschwindigkeit zu halten. Sie hatte diese Angewohnheit, ziellos umherzufahren, und wäre in Verlegenheit geraten, wenn Kollegen von ihren nächtlichen Irrfahrten erfahren hätten. Sie wusste nicht so genau, ob es einfach Ruhelosigkeit war oder der Versuch, ihrem Hang zum Tagträumen einen ebenso realen wie mentalen Hintergrund zu geben.

Die Umgehungsstraße beschrieb einen Bogen und umschloss das obere Ende der Stadt in einer anmutigen Kurve. Es machte Vergnügen, den leichten, aber anhaltenden zentrifugalen Drang zu spüren, wenn man die Stadt umfuhr. Delorme folgte der Umgehungsstraße bis zur Lakeshore-Kreuzung und fuhr dann wieder stadteinwärts entlang der Bucht. Manchmal, wenn sie besonders angespannt war, machte sie etwas noch Merkwürdigeres: Sie fuhr, ohne anzuhalten, durch die Straßen, in denen Kollegen und Freunde von ihr wohnten, um nachzusehen, ob in deren Wohnungen Licht brannte oder ob deren Autos in der Einfahrt standen. Sie wusste, dass das neurotisch war, und doch gab es ihr ein versöhnliches Gefühl von Frieden.

Sie bog links in die Trout Lake Road ab und fuhr bis zur Abzweigung zum Highway 63. Im Winter konnte man durch die kahlen Bäume bis hinunter zu den Häusern an der Madonna Road sehen. Sie schaute hinab und sah in Cardinals Haus Licht brennen. Am rückwärtigen Fenster erkannte sie sogar eine Schattengestalt. Vielleicht machte er gerade den Abwasch oder bereitete sich ein spätes Abendessen zu.

An der Chinook Tavern wendete sie und fuhr am College vorbei zurück in die Stadt, die hell erleuchtet unter ihr lag. Nur hin und wieder begegnete sie anderen Autos. Der Fall Pine-Curry kam ihr wieder in den Sinn, doch sie achtete darauf, ihrem Denken keine bestimmte Richtung zu geben. Sie wollte nur ein wenig herumfahren und ihren Gedanken Zeit lassen, sich zu setzen. Einige Minuten später fuhr sie an einem hübschen, zweigeschossigen Wohnhaus mit Stuckfassade vorbei, das sich in einem zwar nicht gerade exklusiven, aber ruhigen Viertel im Schatten des St. Francis Hospital befand. Dysons Auto stand in der Zufahrt.

Delorme hielt am Straßenrand und überlegte, ob sie hineingehen sollte oder nicht.

Ein kleines Mädchen, vielleicht zwölf Jahre alt, kam die Straße hinauf und näherte sich dem Haus. Neben ihr ging ein Junge in etwa dem gleichen Alter. Sie hatte ein paar Bücher an die Brust gedrückt, wie es Mädchen tun, und ging mit gesenktem Kopf den Gehweg entlang. Der Junge musste etwas Witziges gesagt haben, denn plötzlich sah sie hoch, lachte und zeigte eine Zahnspange. Dann erschien ihre Mutter, eine dürre, gespenstisch anmutende Gestalt, im Nebeneingang und rief die Tochter mit einer Stimme, die keine Spur von Liebe erkennen ließ.

Das Bild verfolgte Delorme bis zur Edgewater Road. Aber irgendwo zwischen Rayne Street und der Umgehungsstraße hatte sie sich einen Plan zurechtgelegt. Sie bog in die Zufahrt eines zweigeschossigen Hauses im Stil eines Schweizer Chalets und betätigte die Klingel. Sie hatte Zeit, sich zu überlegen, was sie sagen wollte, vergaß aber alles, als die Tür von Polizeichef R. J. Kendall persönlich geöffnet wurde. »Wer hätte das gedacht«, war alles, was er sagte.

Sie folgte ihm ins Kellergeschoss in denselben klubartigen Raum, in dem alles begonnen hatte. Bei dem Möbel, das sie für einen Billardtisch gehalten hatte, war die Abdeckung entfernt worden. Zinnsoldaten in roten und blauen Uniformen standen sich in geordneten Schlachtreihen am Ufer eines Pappmacheflusses gegenüber. Delorme hatte ihren Chef bei seinem Hobby gestört, das darin bestand, berühmte Schlachten mit fanatischer Detailgenauigkeit nachzustellen. Offenbar wollte er sich durch ihren unangemeldeten Besuch nicht stören lassen.

»Die Schlacht in der Ebene von Abraham?«, fragte Delorme, um bei ihrem Chef gut Wetter zu machen.

»Kommen Sie gleich zur Sache, Detective. General Montcalm können Sie sowieso nicht helfen.«

»Ich habe die Akten nach etwas Brauchbarem in Sachen Cardinal durchforstet. Ich bin seine alten Fälle, seine Notizen und sonstigen Unterlagen durchgegangen.«

»Ich vermute, dass Sie in diesen Akten einen sensationellen Fund gemacht haben, sonst würden Sie es wohl nicht gewagt haben, wider alle protokollarischen Regeln, von purer Höflichkeit ganz zu schweigen, unangemeldet bei mir zu Hause zu erscheinen.«

»Nein, Sir. Die Sache ist vielmehr, dass die Akten nichts hergehen. Ich drehe mich im Kreis, und das behindert nur die Ermittlung im Fall Pine-Curry.«

»Sehen Sie mal.« Der Chef streckte ihr behutsam eine Hand entgegen, Handteller nach oben. Darin lag das Miniaturmodell einer Kanone. »Maßstabsgetreu. Es sind insgesamt zwölf, und dafür muss ich Teile zusammenfügen, die mit bloßem Auge kaum zu sehen sind.«

»Unglaublich.« Delorme gab sich beeindruckt, merkte aber selbst, dass es nicht reichte.

»Die Akten sind schon wichtig. Bei Gericht erwartet man ein Verhaltensmuster.«

»Sir, das würde eine Ewigkeit dauern, und dann wären es doch bloß alte Sachen, für die es keine Beweise gibt.«

»Sie haben den Kaufvertrag für die Eigentumswohnung in Florida. Sie haben den Beleg über den Kauf der Segeljacht.«

»Hat Dyson Sie schon unterrichtet?«

»Ja. Ich habe ihn gebeten, mich über alles auf dem Laufenden zu halten.«

»Auf dem Beleg steht nicht Cardinals Name.« Sie wollte ihm schon von Sergeant Langois berichten, besann sich aber dann. Es war wohl besser, abzuwarten, was der Sergeant dort unten in Florida herausbekam. »Ich habe mich schon mit seiner amerikanischen Bank in Verbindung gesetzt, aber die drängen sich nicht gerade, mir behilflich zu sein. Wir brauchen aber einen wirklich schlagenden Beweis. Etwas Einfaches, Klares und Aktuelles.«

»Selbstverständlich. Wenn Sie Ihren Kollegen um ein unterschriebenes Geständnis bitten wollen, nur zu. Ich glaube allerdings nicht, dass Sie damit viel Erfolg haben werden.« Er wandte sich zu ihr um, eine Tube Kleber in der Hand. »Oder gedenken Sie vielleicht, in dieser Sache Kyle Corbett zu vernehmen? Entschuldigen Sie, Mr. Corbett, lässt Ihnen einer unserer Beamten regelmäßig vertrauliche Informationen zukommen? Aber nein, Detective, dafür habe ich viel zu viel Achtung vor dem Gesetz.«

Der Chef war nicht von Natur aus sarkastisch. Delorme fasste sich ein Herz und machte einen Vorstoß. »Sir, ich habe eine Idee.«

»Bitte. Reden Sie.«

»Wir bringen Informationen in Umlauf, zu denen auch Cardinal Zugang hat. Etwas, das er Corbett unbedingt mitteilen muss, wenn er wirklich für ihn arbeitet. Musgraves Leute zapfen sein Telefon an und verfolgen ihn auf Schritt und Tritt.«

Kendall schaute sie kühl an, bevor er sich wieder seiner Modellfigur zuwandte, einem zwischen Daumen und Zeigefinger geklemmten Zinnsoldaten. »Eines muss ich Ihnen sagen, Detective. Sie haben Nerven.«

»Ich meine, damit könnten wir uns doch Klarheit verschaffen.«

Der Chef winkte ab. »Ich bin überrascht, dass Sie so etwas ernsthaft erwägen ... Es ist Ihnen doch ernst, nicht wahr? Ja, ich sehe, dass Sie es ernst damit meinen, das Telefon Ihres Kollegen abzuhören.«

»Mit Verlaub, Sir, Sie waren es, der mich beauftragt hat, gegen ihn zu ermitteln. Gut, es waren Sie und Dyson. Wenn Sie wollen, dass ich aufhöre, tue ich das auf der Stelle.«

»Sehen Sie mal.« Kendall zeigte auf eine Fregatte, die auf dem mitternachtsblauen Sankt-Lorenz-Strom lag. »Dieses Modell hier, mit Hauptmast und Stagen. Allein in diesem Teil der ganzen Rekonstruktion steckt eine Woche Arbeit.«

»Unglaublich.«

»Es braucht eben seine Zeit, etwas Überzeugendes zu liefern, Sergeant Delorme. Ein bisschen Geduld. Ich hoffe, Ihnen geht diese Tugend nicht völlig ab.«

»Mein Plan ist besser, als endlos Akten zu wälzen. Wenn Sie den Fall einmal objektiv betrachten, werden Sie mir Recht geben.«

»Ich bin objektiv. Würden Sie mir bitte die Tube mit dem Kleber reichen? Danke.« Mit einer Nadelspitze applizierte der Chef einen Tupfer Kleber auf eine Kanonenkugel von der Größe eines Insektenauges und setzte sie auf einen Stapel. »Ich nehme an, Sie wollen weiterhin die Abteilung für Sonderermittlungen verlassen.

Ich sehe es natürlich ungern, jemanden mit einer langen Liste von Erfolgen wie der Ihrigen zu verlieren.«

»Nun, ich gehe Ihnen ja nicht verloren, ich wechsle nur ins Morddezernat.«

»Ich weiß, ich weiß. Aber die Abteilung für Sonderermittlungen – man könnte durchaus die Auffassung vertreten, dass es der wichtigste Teil des ganzen Departments ist. Nimmt man diese Abteilung weg, ist zwar immer noch ein Gehirn vorhanden – alle motorischen Abläufe funktionieren –, nur fehlt das Bewusstsein. Und das, meine liebe Kollegin, ist gefährlich.«

Delorme hob sich die »liebe Kollegin« für eine spätere Betrachtung auf. »Sir, wenn wir ihm etwas unterjubeln, was sonst keiner weiß, wissen wir, dass er die undichte Stelle ist, selbst wenn wir ihn nicht auf Band kriegen.«

»Ich habe nur eine Frage.« Der Chef tupfte Kleber auf die winzigen Hände und Knie eines Soldaten und drückte die Figur gegen einen Uferfelsen. Dann sah er Delorme ins Gesicht, und sein Blick hatte plötzlich eine fast erotische Intensität. »Warum kommen Sie mit diesem Vorschlag zu mir? Warum gehen Sie nicht zu Dyson?«

»Ich arbeite mit Dyson eng zusammen. Aber damit dieser Plan auch vor Gericht Bestand hat, muss ausgeschlossen sein, dass noch jemand anders außer Cardinal die getürkte Information erhält. Nur Sie und ich werden davon wissen.«

»Ja, dann müssen Sie es so machen. Je eher, desto besser. Ist Corporal Musgrave mit von der Partie?«

»Mehr als das. Er kann es gar nicht erwarten.«

»Gut. Dann sprechen Sie mit einem Richter und holen Sie sich eine Genehmigung.«

»Die haben wir schon. Musgrave hat sie.«

Kendall ließ sein dröhnendes Gelächter ertönen. Ha! Ha! Ha! Delorme verspürte einen erhöhten Druck auf dem Trommelfell und zugleich auch große Erleichterung. Dann richtete der Chef wieder diesen hypnotischen Blick auf sie. »Wissen Sie, Detective.

Ich bin älter als Sie und etwas weiser – wahrscheinlich sind das die einzigen Gründe, weshalb ich Ihr Vorgesetzter bin, aber es sind gute Gründe. Ich habe mich über Corporal Musgrave informiert. Der Mann ist ein Heißsporn, ein Schlagdrauf, und er mag unseren unergründlichen Mr. Cardinal nicht. Wenn der besagte Corporal Musgrave mir unterstünde, würde ich ihn nicht mit diesem Fall betrauen. Seien Sie also vorsichtig. Ich sage nicht, dass er der Typ ist, der Beweismittel fabriziert, aber er ist der Typ, der durch seinen Übereifer einen Fall ruinieren kann. Gehen Sie also behutsam vor und behalten Sie einen kühlen Kopf. Wie ist Ihr Verhältnis zu Cardinal im Augenblick?«

»Wie bitte?«

»Ihr Verhältnis zu Cardinal, wie ist es im Augenblick?«

»Muss ich diese Frage beantworten?«

»Aber sicher.«

Delorme hob die Augen zur Decke und starrte die offenliegenden Balken an.

»Ich warte.«

»Um aufrichtig zu sein, ich weiß es nicht. Ich weiß, dass es keinen triftigen Beweis gegen ihn gibt. Was wir haben, könnte ein guter Anwalt jederzeit zerpflücken. Ich halte ihn daher bis zum Beweis des Gegenteils für unschuldig.«

»Das ist eine Advokatenantwort. Tun Sie das aus Loyalität? Stehen Sie ihm zu nahe, um objektiv zu sein? Sie können ganz offen sprechen.«

»Ich weiß es nicht. Introspektion ist nicht gerade meine Stärke.«

Kendall lachte wieder dröhnend, als ob Delorme einen zündenden Witz erzählt hätte, dann brach er so unvermittelt ab, wie er begonnen hatte. Die nun folgende Stille war so tief wie die Stille nach dem Verstummen einer Sirene. »Sie bringen den Kerl zur Strecke. Sollte er sich an einen gottlosen Verbrecher verkauft haben, muss er aus der Truppe entfernt werden, und zwar bald. Wenn er es aber nicht war, dann sollten Sie den Fall so rasch wie möglich abschließen. Ich habe auch keinen Hang zur Introspektion, Detective Delorme. Das heißt, ohne Fakten werde ich misslaunig und ungehalten. Sie wollen doch nicht, dass ich misslaunig und ungehalten werde?«

»Nein, Sir.«

»Dann gebe ich grünes Licht für Ihr Experiment. Gott mit Ihnen.«

34

Ein Störungssucher der Elektrizitätsgesellschaft Ontario Hydro namens Howard Bass reparierte einen Umspanner am Highway 63, nicht weit vom Jachthafen am Trout Lake entfernt. Die Arbeit erforderte viel Kraft, und Howard hatte schon den ganzen Vormittag frierend auf der Hebebühne des Krans verbracht. In luftiger Höhe stand er in so ungünstigem Winkel zur Sonne, dass er trotz Sonnenbrille in dem gleißenden Licht kaum etwas sah. Nach ein paar Stunden hatte sich der Sonnenstand so geändert, dass Howard und der Arm der Hebebühne einen scharfen Schlagschatten auf den verschneiten Boden warfen.

Sein Kollege Stanley Belts, der an diesem Tag mit Fahren dran war, hatte sich zu Fuß zum Jachthafen begeben, um ein paar Donuts und zwei Flaschen Cola zu kaufen. Bei der Rückkehr pfiff er ein kesses Liedchen, das »Good Morning, Little Schoolgirl« hieß. Die katzenäugige Lolita hinter dem Tresen hatte ihn in diese aufgekratzte Stimmung versetzt.

Auf diesem Abschnitt des Highway 63 war immer viel los. Die NORAD-Luftwaffenbasis sorgte für Verkehr, hinzu kamen die Pendlerströme aus Temagami und der Anwohnerverkehr von der Four Mile Bay und der Peninsula Road. Stan musste ein paar Minuten warten, bis die Straße frei war. »Aus mir wird noch ein alter Schmutzfink!«, rief er zu Howie hinauf. »Du hättest mal die Süße an der Kasse sehen sollen!«

Howie drehte sich nicht um und hörte nichts, weil gerade ein Vierzigtonner vorbeidonnerte.

»Ich schwör' s dir, Howie«, sagte Stan, als er endlich auf

der anderen Seite angekommen war. »Aus mir wird noch ein alter Schmutzfink.«

Trotz der klirrenden Kälte war der Tag hell und sonnig. Der gelbe Arm der Hebebühne schien sich mitten in das strahlende Blau des Himmels zu erstrecken. Howie hing dort oben am Geländer, stieß kleine weiße Atemwölkchen aus und sah hinunter auf etwas am Boden.

»Was starrst du da eigentlich an?« Stan folgte Howies Blick, konnte aber wegen der mannshohen Schneewehe entlang des Seitenstreifens nichts erkennen. Er stieg hinauf und schirmte mit einer Hand die Augen ab. Als Stan sah, was Howie die ganze Zeit betrachtet hatte, fielen ihm die Colaflaschen auf seine mit Stahlkappen versehenen Sicherheitsschuhe, platzten und ergossen eine kleine braune Fontäne über den Schnee.

35

»Sie können schlecht behaupten, dass wir es mit demselben Killer zu tun haben.« Dyson spreizte seine Spatelfinger fächerartig und zählte seine Gründe auf. »Erstens, das Opfer ist zirka dreißig Jahre alt; die anderen waren dagegen Teenager oder noch jünger. Zweitens, die Vorgehensweise ist ganz anders. Die anderen wurden erschlagen oder erstickt. Drittens, die Leiche wurde an einem Ort hinterlassen, wo sie leicht gefunden werden konnte.«

»Gar nicht so leicht. Wenn der Wartungstrupp nicht zufällig an diesem Abschnitt gearbeitet hätte, wären Monate vergangen, bis man die Leiche gefunden hätte. Wenn der Schneepflug das nächste Mal die 63 langgefahren wäre, hätte er die Leiche ganz zugedeckt.«

»Arthur Wood war ein notorischer Krimineller. Also muss er Feinde gehabt haben.«

»Woody hatte überhaupt keine Feinde. Eine nettere Type als ihn konnte man sich gar nicht vorstellen – vorausgesetzt, man behielt das Silberbesteck im Auge.«

»Dann eben alte Rechnungen aus der Knastzeit. Sprechen Sie mit ehemaligen Mithäftlingen, sprechen Sie mit den Wärtern in seinem Gefängnistrakt. Wir wissen nicht alles über unsere Klientel.«

»Woody war ein Profi. Nur ist er wohl diesmal ins falsche Haus eingebrochen. Wenn wir das Haus finden, haben wir auch den Mörder.«

Er übergibt McLeod den Fall, dachte Cardinal. Er spürte förmlich, wie sich dieser Entschluss in Dysons kahlem Schädel formte.

Der Brieföffner grub eine Rinne durch die Schale mit den

Briefklammern. »Schauen Sie«, sagte Dyson, »Sie haben doch weiß Gott schon genug zu tun.«

»Ja, aber wenn es derselbe Täter ist, dann...«

»Lassen Sie mich meinen Gedanken zu Ende bringen.« Die Stimme war sanft und nachdenklich. »Sie haben mehr als genug zu tun, wie ich schon sagte. Aber warum machen wir es nicht folgendermaßen: Sie übernehmen zunächst einmal den Fall Woody. Und es bleibt auch Ihr Fall, solange nichts auftaucht, was definitiv gegen eine Verbindung mit unserem hiesigen Psychopathen spricht. Wenn das passieren sollte, ist es sofort McLeods Fall. Einverstanden?«

»Einverstanden. Danke, Don«, sagte Cardinal und wurde leicht rot im Gesicht. Er nannte den Detective Sergeant sonst nie beim Vornamen, aus freudiger Erregung hatte er sich dazu hinreißen lassen. Bevor er die Tür aufmachte, wandte er sich noch einmal um und sagte: »Das Fernsehen aus Sudbury hat von der Sache mit Margaret Fogle erfahren.«

»Ich weiß. Das war mein Fehler. Entschuldigung.«

Dyson entschuldigte sich! Den Tag musste man sich im Kalender rot anstreichen. »War nicht gerade hilfreich. Ich weiß nicht einmal, warum es überhaupt aufs Tapet kam.«

»Grace Legault ist nicht Roger Gwynn. Diese Frau wird nicht bei Sudburys geschätztem Kanal 4 verschimmeln. Die wird in Toronto Karriere machen, wenn ich mich nicht sehr täusche. Die weiß, was sie tut. Irgendwie hat sie Material über Vermisste in die Finger gekriegt, und dann – aber das ist jetzt unerheblich – hat sie mich kalt erwischt. Eigentlich hätte ich Sie darüber informieren sollen. Mein Fehler. Damit ist die Sache erledigt, oder?«

Als er aus Dysons Büro kam, lief ihm Lise Delorme über den Weg. »Ich habe überall nach Ihnen gesucht«, sagte sie. »Woodys Frau wartet draußen. Sie möchte ihn als vermisst melden. Wir müssen sie zur Identifizierung der Leiche mit ins Leichenschauhaus nehmen.«

»Damit würden wir uns um eine Chance bringen. Ich möchte es ihr nicht gleich sagen.«

Delorme sah bestürzt aus. »Sie müssen ihr das sagen. Ihr Mann ist tot, das können Sie ihr doch nicht verschweigen.«

»Wenn wir es ihr gleich sagen, haben wir keine Chance, noch Informationen von ihr zu bekommen. Sie wird zu aufgewühlt sein. Wir sollten es ihr nicht gleich sagen.«

* * *

Martha Wood hing ihren Mantel und den kleinen Parka ihres Sohnes an der Garderobe im Flur auf. Sie trug ein T-Shirt und Jeans – groß und schlank wie sie war, wirkte das wie etwas Raffiniertes aus *Vogue*. Sie saß im selben Vernehmungszimmer, in dem man ihren Mann schon mehrmals in den vergangenen Jahren ausgefragt hatte. Ihr kleiner Sohn, der die gleichen dunklen Augen und Haare wie seine Mutter hatte, saß auf dem Stuhl neben ihr und drückte auf einem Plastikbären herum, der hin und wieder ein nasales Stöhnen von sich gab.

Martha Wood drehte an ihrem Ehering, während sie sprach. »Als Woody das Haus verließ, trug er einen blauen Sweater mit V-Ausschnitt, Jeans und Cowboystiefel. Schwarze, aus Eidechsenleder.«

»Gut. Aber Samstag war es kalt. Was für einen Mantel hatte er an?« Die Leiche mit den neun Schussverletzungen war in entblößtem Zustand gefunden worden. Woodys Kleider könnten anderswo auftauchen.

»Einen blauen Parka. Muss ich nicht irgendein Formular ausfüllen? Ein Formular für eine Vermisstenanzeige?«

»Wir halten das alles schriftlich fest«, versicherte ihr Cardinal.

»Brauchen Sie nicht seine Größe und sein Gewicht?«

»Das haben wir schon.«

»Ach so, ja. Ich habe gar nicht an seine früheren Festnahmen gedacht. Es ist schon seltsam, die ganze Zeit laufe ich hier in der Gegend herum und halte die Polizei für unseren Feind. Aber seit Woody verschwunden ist, sehe ich das ganz anders.«

»Wir auch«, sagte Cardinal. »War Woody mit seinem alten Chevy-Van unterwegs?« Sie hatten bereits eine Suchmeldung mit allen Angaben über den Lieferwagen einschließlich Kennzeichen herausgegeben.

»Ja, ich sollte Ihnen die Autonummer geben.« Sie kramte in ihrer Handtasche.

»Ich habe die Nummer von früher«, sagte Delorme. »Ist der Wagen immer noch blau?«

»Immer noch blau, ja.« Sie kramte weiter in ihrer Handtasche. »Aber wenn er einen Bruch vorhatte, wechselte er schon mal das Kennzeichen. Ich weiß nicht, ob er es diesmal auch getan hat. Die Aufschrift ist jedenfalls neu: ›Comstock, Elektroreparaturen‹ steht auf der Seite.«

»Wussten Sie, dass er einen Bruch vorhatte?«

»Woody repariert elektrische Geräte. So nennt er es mir gegenüber, okay? Ich habe schon vor langer Zeit gelernt, keine Fragen zu stellen. Er ist ein liebevoller Vater und ein Mann, auf dessen Wort ich mich verlassen kann, aber seine Branche wird er nie wechseln, weder Ihretwegen noch meinetwegen noch wegen sonst jemandem.«

»Schon gut. Wissen Sie, in welchem Stadtviertel er diese... Reparaturen durchführen wollte?«

»So etwas sagt er mir nie. Hören Sie, der springende Punkt ist die Verlässlichkeit. Woody sagte, er würde bis sechs Uhr wieder zu Hause sein. Das ist nun schon anderthalb Tage her, und deswegen bin ich verdammt nervös.«

»Es könnte uns helfen, ihn zu finden«, beharrte Cardinal sanft, »wenn Sie uns auch nur ungefähr sagen könnten, wo wir suchen sollen.« Er beachtete Delormes missbilligenden Blick nicht.

»Ich weiß es nicht. Neulich hat er die alte CN-Sendestation

erwähnt. Er hatte bloß gesehen, dass die Fenster zugenagelt waren. Vielleicht war er da irgendwo in der Gegend, aber das ist nur eine Vermutung.« Plötzlich schnellte sie hoch, sodass der Inhalt ihrer Handtasche sich auf den Boden ergoss. »Er steckt in der Klemme, sage ich Ihnen. Dass er Sachen klaut, macht ihn noch nicht zu einem schlechten Menschen. Es ist das erste Mal, dass er nicht nach Hause gekommen ist, ohne vorher anzurufen. Das hat er sonst nie gemacht. Nur einmal, als er in Haft genommen wurde – und wenn Sie ihn irgendwo festhalten, dann sagen Sie mir es besser, sonst beauftrage ich Bob Brackett mit dem Fall, und der wird Ihnen schon Dampf machen.« Bob Brackett war der beste Anwalt in Algonquin Bay, und alle Kripobeamten der Einheit ohne Ausnahme hatten sich bei ihm schon eine blutige Nase geholt.

»Mrs. Wood, würden Sie bitte wieder Platz nehmen?«

»Nein. Wenn Sie meinen Mann nicht verhaftet haben, will ich wissen, warum Sie nichts unternehmen, um ihn zu finden.«

Ihr kleiner Sohn drückte jetzt nicht mehr auf dem Plastikbären herum und sah beunruhigt zu seiner Mutter auf.

»John, würden Sie mich bitte einen Augenblick mit Mrs. Wood allein lassen?«

Delormes Eingreifen überraschte ihn – es war nicht abgesprochen, und es gefiel ihm nicht.

»Warum?«, wollte Martha Wood wissen. »Warum will sie mit mir alleine sprechen?«

»John, bitte.«

Cardinal verließ das Vernehmungszimmer und begab sich in den Monitorraum. Er steckte Münzen in den Getränkeautomaten und merkte zu spät, dass es keine Diätcola mehr gab. Er besorgte sich eine normale Cola, setzte sich an den Tisch und blickte auf den Monitor, der ohne Ton lief.

Aus ihrer erhöhten Position blickte die Videokamera erbarmungslos auf Martha Wood herab. Sie und Delorme waren beide völlig regungslos. Martha Wood stand immer noch da, die Hände leicht vom Körper abgekehrt, ganz damit beschäftigt, das ganze Ausmaß des Unheils zu erfassen. Ihr Gesicht zeigte nur eine fragende Miene, der Schmerz würde erst später kommen. Ihre vollen Lippen formten sich wie zum Sprechen, blieben aber stumm.

Delorme streckte die Hand aus und berührte sie am Arm, doch die Frau blieb, wenngleich leicht schwankend, immer noch stehen. Mit einer Hand suchte sie Halt am Tisch. Langsam ließ sie sich auf den Stuhl sinken, bedeckte das Gesicht mit den Händen und sank in sich zusammen. Der kleine Junge stupste den Plastikbären immer wieder gegen ihre Schulter.

36

»Wo steckt dieser verdammte Lieferwagen?«, ereiferte sich McLeod, während er das Magazin seiner Beretta leerte und die neun Patronen säuberlich mit der Spitze nach oben auf den Tisch stellte. Auf Cardinal wirkte es wie eine Übertreibung, er war an sechs Schuss Munition gewöhnt. »Dabei habe ich diesen Chevy-Van schon selbst durchsucht; wahrscheinlich hat das jeder von uns schon mal gemacht, irgendwann. Ich fass es einfach nicht, dass wir ihn immer noch nicht gefunden haben.«

»Wenn wir mit unserer Annahme richtig liegen, dass Woody den Fehler begangen hat, ins Haus des Psychopathen einzubrechen, dann hat der Mörder den Wagen wahrscheinlich irgendwo versteckt. Er braucht ihn ja nur in irgendeinem Schuppen oder einer Garage abzustellen. Wie sollen wir ihn dann finden?«

Dyson schaltete sich ein. »Es würde den Kreis der Täter einschränken, wenn wir davon ausgehen können, dass der Kerl eine Garage hat.«

»Das glaube ich nicht. Woody ist erst seit vierundzwanzig Stunden tot. Wir haben mit der OPP eine gemeinsame Fahndung gestartet. Den Lieferwagen finden wir schon.«

Das Telefon klingelte, und Cardinal nahm verabredungsgemäß ab. »Okay, Len. Ich stelle unser Gespräch auf Lautsprecher um. Außer mir sitzen hier im Raum meine Kollegin Lise Delorme, Detective Sergeant Don Dyson und Ian McLeod.«

Sie saßen im Konferenzraum – eine Premiere, soweit sich Cardinal erinnern konnte. Der Konferenzraum war gewöhnlich für Treffen der Leitungsgremien und offizielle Besuche des Bürgermeisters reserviert, also für besondere Anlässe. Aber jetzt waren sie mit der bedeutendsten Ermittlung befasst, die das Police Department von Algonquin Bay jemals erlebt hatte, und deshalb wurden alle acht Detectives ab sofort für diesen Fall eingespannt.

»Also, so liegen die Karten«, sagte Len Weisman. »Die Leiche weist neun Schussverletzungen auf. Ganz offensichtlich hat der Täter nicht im Affekt gehandelt; alle Schüsse sind bewusst platziert. Das Opfer wurde in beide Schienbeine, beide Oberschenkel, beide Unter- und beide Oberarme geschossen. Damit sind alle wesentlichen Knochen des menschlichen Körpers getroffen. Ich glaube, dass der Täter es darauf abgesehen hatte, alle diese Knochen zu brechen. Bei den Schienbeinknochen ist ihm das auch gelungen. Alle Schussverletzungen wurden mit aufgesetzter Waffe beigebracht, während das Opfer hilflos dalag.«

»Nach meiner Zählung macht das nur acht Kugeln, Len, nicht neun.«

»Gut aufgepasst. Das Opfer wurde zuerst in den Rücken geschossen. Das ist die einzige Verletzung, die nicht auf direkten Kontakt mit der Waffe zurückgeht. Der Schuss wurde aus etwa vier Metern Entfernung abgegeben, mit aufwärtsgerichteter Geschossbahn. Nach Dr. Gants Einschätzung könnte sich die Szene auf einer Treppe abgespielt haben, wobei der Täter von unten geschossen hat. Und außerdem befinden sich Spuren von Klebeband um den Mund des Opfers.«

»Um Gottes willen.«

»Ferner haben wir Blut an ihm gefunden, das nicht sein eigenes ist. Allerdings kann ich den Typus nicht mit dem Sperma in Zusammenhang bringen, das in dem Briefumschlag war. Jedenfalls ist derjenige, zu dem das Blut gehört, nicht identisch mit demjenigen, der das Sekret ausgeschieden hat. Ob es sich um dieselbe Person handelt, wissen wir aber erst, wenn die DNA-Analyse vorliegt – und das wird noch eine Woche dauern.«

»Eine Woche! Len, wir haben hier mehrere Morde an Minderjährigen aufzuklären.«

»Die Analyse nimmt zehn Tage in Anspruch, schneller geht es nun mal nicht. Und jetzt zu der Verletzung im Gesicht. Zuerst dachten wir, die Verletzung rühre von einem Sturz her – Sie erinnern sich, der Mann bekommt eine Kugel in den Rücken, stürzt und fällt mit dem Gesicht auf den Boden. Dabei könnte er sich das Nasenbein gebrochen haben. Doch dann haben wir Rückstände von Waffenöl in der Wunde gefunden.«

»Er ist mit einer Pistole geschlagen worden?«

»Genau. Erstaunlich ist, dass das Opfer neun Schussverletzungen aufweist, aber letztlich durch eine gebrochene Nase zu Tode kam. Weil der Mund mit Klebeband verschlossen war, bekam er keine Luft mehr und hat beim Versuch, dennoch zu atmen, viel Blut eingesogen.«

»Was hat die ballistische Untersuchung ergeben? Etwas über die Waffenmarke? Beretta? Glock? Irgendetwas mit neun Schuss, oder?«

»Die Mikroskopaufnahme kommt mit meinem Fax. Der Täter hat einen gewöhnlichen Colt, Kaliber 38, verwendet.«

»Das kann nicht sein, Len. Ein Colt hat doch nur sechs Schuss.«

»Wie ich bereits sagte, haben wir es hier nicht mit einem Affekttäter zu tun. Der Typ hat sich Zeit zum Nachladen gelassen, damit er noch mehr Spaß hat.«

»Das ist ja eine Bestie«, murmelte McLeod.

»Die Verletzungen im Genitalbereich wurden post mortem zugefügt. Dr. Gant zufolge hat der Täter versucht, durch Tritte dem Opfer die Hoden abzutrennen.«

»Wie im Fall Todd Curry, Chef.«

Dyson nickte zustimmend mit dem Kopf, als ob er das auch schon gedacht hätte.

Weisman fuhr fort: »Ich habe den Ballistikern gesagt, sie sollen euch sofort anrufen, wenn sie Genaueres über die Geschossspuren wissen.«

»Gut. Vielen Dank, Len.« – »Ich bin noch nicht fertig.« – »Oh, Entschuldigung. Machen Sie weiter.«

»Die Experten für Daktyloskopie haben Teilabdrücke gefunden. Zwei Daumen.«

»Unmöglich. Die Leiche war nackt – nicht mal einen Gürtel gab es, der Abdrücke hätte aufweisen können.«

»Sie haben die Abdrücke direkt von der Leiche abgenommen.«

»Wollen Sie mich auf den Arm nehmen? Unsere Techniker hier haben nichts gefunden.«

»Wir haben ein neues Verfahren, das vergangenes Jahr auf der rechtsmedizinischen Konferenz in Tokio erstmals vorgestellt wurde: das Röntgen von Gewebe. Wir haben subkutanes Gewebe am Hals des Opfers geröntgt. Wenn man die Aufnahme innerhalb von zwölf Stunden macht, erhält man noch lesbare Abdrücke. Wie es aussieht, hat der Mörder versucht, sein Opfer zu erdrosseln – vielleicht, bevor er sich dazu entschloss, es zu ersticken. Auch dieses Bild kommt noch per Fax.«

»Len, das ist wirklich Klasse. Sagen Sie Ihrem Team: ›Gut gemacht, Jungs.‹«

»Lieber nicht. Diese Jungs waren nämlich Frauen.«

Delorme senkte den Kopf und lächelte amüsiert.

»Wisst ihr, was an der ganzen Sache zum Himmel stinkt?«, sagte McLeod, zur ganzen Versammlung gewandt. »Wir ersaufen in Spuren. Der Kerl gibt uns ein Tonband mit seiner Stimme drauf, und wir können nichts damit anfangen. Er holt sich einen runter und schickt uns seine Wichse in einem Briefkuvert, und wieder können wir nichts damit anfangen. Jetzt hinterlässt er uns seine Fingerabdrücke. Das sieht ja fast so aus, als würden wir noch auf seine Visitenkarte warten. Der hält uns doch zum Besten, und wir kommen keinen Schritt weiter.«

»Nein, wir machen durchaus Fortschritte«, widersprach Cardinal und versuchte, daran zu glauben. »Wir leisten klassische Ermittlungsarbeit, Mosaiksteinchen für Mosaiksteinchen. Was uns bisher noch fehlt, ist der rote Faden, das, was die einzelnen Informationen alle miteinander verbindet.«

»Den sollten wir möglichst bald finden«, sagte Dyson. »Wenn ich noch einen Anruf bekomme, der mich drängt, die OPP oder die Mounties hinzuzuziehen...«

»Die Rotröcke?« McLeod schien es persönlich zu nehmen. »Die haben hier überhaupt keine Befugnisse.«

»Sie wissen das, und ich weiß es auch. Aber würden Sie sich den Schuh anziehen, die breite Öffentlichkeit darüber in Kenntnis zu setzen?«

»Die Rotröcke würden als Erstes bloß irgendwas in die Luft jagen, Beweise fälschen oder dem falschen Richter Stoff verkaufen. Davon abgesehen weiß man nie, ob das, was sie behaupten zu tun, auch das ist, was sie tatsächlich tun. Ich sage euch, welches Problem die Rotröcke haben.« McLeod hatte sein Thema gefunden. Gewöhnlich hatte Cardinal sein Vergnügen an McLeods Tiraden, nur jetzt gerade nicht. »Ihr Problem besteht darin, dass sie pleite sind. Dass ihre Gehälter für fünf Jahre eingefroren wurden, hat sie tödlich getroffen. Sie sind pleite und halten Ausschau nach Mitteln und Wegen, mit Hilfe derer sie die Lücke schließen können. Mir wäre es lieber, sie würden mehr verdienen. Einem gut verdienenden Mountie kann man vertrauen. Aber jetzt, wo sie um jeden Dollar kämpfen müssen, taugen sie zu nichts als...«

In der Wechselsprechanlage knackte es, und Mary Flowers Stimme war zu hören.

»Cardinal, die OPP ist dran. Ein Streifenwagen auf dem Highway 11 hat Woodys Lieferwagen gesichtet. Was soll Ihrer Meinung nach geschehen?«

»Wo befindet sich die Streife genau?«

»Nicht weit von Chippewa Falls. Sie fahren in Richtung Stadt.«

»Stellen Sie den Anruf durch, Mary. ich spreche direkt mit ihnen.«

Alle am Konferenztisch saßen unruhig auf den Stühlen. Im Raum knisterte es vor Spannung.

»Don, wir müssen ins Arsenal. Schrotflinten, kugelsichere Westen, das ganze Drum und Dran.«

»Steht Ihnen alles zur Verfügung. Die Mounties können uns mal.«

Das Telefon klingelte, und Cardinal nahm den Hörer ab.

»Detective Cardinal, Kriminalpolizei. Mit wem spreche ich?«

»OPP Patrouille vierzehn – hier ist George Boissenault, und meine Kollegin ist Carol Wilde.«

»Sind Sie sich sicher, dass es sich um das gesuchte Fahrzeug handelt?«

»Wir haben hier einen blauen Chevy-Van vor uns, Baujahr 89, mit dem Kennzeichen Ontario 7698128, der als gestohlen gemeldet ist. Der Wagen trägt die Aufschrift ›Comstock, Elektroreparaturen‹.«

»Das ist er. Kollegen, der Fahrer steht unter dringendem Verdacht, der Täter im Mordfall Pine-Curry zu sein. Der Einsatz steht unter meinem Kommando.«

»Verstanden. Wir sind bereits über alles informiert.«

»Gut. Ich möchte, dass Sie dem Wagen folgen. Aber stoppen Sie ihn nicht.«

»Wir könnten gezwungen sein, ihn zu stoppen. Der Fahrer fährt einen ziemlich heißen Reifen.«

»Stoppen Sie ihn auf keinen Fall! Er hat eine Geisel in seiner Gewalt, und wir wollen nicht, dass noch jemand sein Leben lassen muss. Halten Sie Funkkontakt und bleiben Sie dran.«

»Verstanden.«

»Sie sitzen in einem regulären Streifenwagen, nehme ich an.«

»Ja, wir sind ein regulärer Streifenwagen. Er dürfte uns schon bald bemerken.«

»Halten Sie sich im Hintergrund, aber verlieren Sie ihn nicht. Haben Sie Kinder, Boissenault?«

»Ja, Sir. Acht und drei Jahre alt.« – »Unsere Geisel hat gerade mal die Highschool hinter sich. Stellen Sie sich vor, es wäre Ihr Kind. Wir können sein Leben retten, wenn wir alles richtig machen.«

»Sieht so aus, als wollte er nach Algonquin Bay abbiegen. Nein, ich habe mich getäuscht, er bleibt auf der Umgehungsstraße.«

»Bleiben Sie dran. Hier neben mir steht Detective Sergeant Dyson. In fünf Minuten bekommen Sie mehr Verstärkung, als Sie jemals gesehen haben. Wenn der Fahrer abhauen will, bleiben Sie ihm auf den Fersen. Ich brauche Ihnen ja nicht zu sagen, dass der Kerl bewaffnet und äußerst gefährlich ist.«

»Wir bleiben ihm auf den Fersen. Wir können auf gleiche Funkfrequenz gehen, wenn Sie den Einsatz von einer mobilen Einsatzzentrale aus koordinieren wollen.«

»Sie nehmen mir das Wort aus dem Mund. Regeln Sie das mit Sergeant Flower. Wir machen uns auf den Weg.«

37

Das »Arsenal« war eine Art großer Wandschrank, in dem vielleicht gerade mal vier Beamte gleichzeitig Platz hatten. Delorme und McLeod kamen als Erste heraus, beide mit kugelsicherer Weste und einer doppelläufigen Schrotflinte. Als Cardinal herauskam, rief Szelagy gerade durch das Revier: »Ich habe diesen Lehrer, diesen Fehrenbach an der Strippe. Er sagt, Todd Curry könnte ihm seine Kreditkarte gestohlen haben.«

»Wir melden uns bei ihm«, sagte Cardinal und schnallte sich die kugelsichere Weste um. »Heften Sie einen Merkzettel an die Akte.«

Draußen auf dem Gang klingelte das Telefon. Es war Flower, die Jerry Commanda am Apparat hatte. Er war schon im Hubschrauber.

»Jerry, wo kannst du landen und uns aufnehmen?«

Jerry Commandas Stimme war in dem Dröhnen der Rotorblätter kaum zu hören. »Government Dock liegt am nächsten, aber du musst darauf achten, dass uns Schaulustige nicht im Weg stehen.«

»Wo ist unser Verdächtiger jetzt?«

»Er ist gerade an Shepard's Bay vorbei.«

»Gut. Noch ist er ruhig. Also in fünf Minuten am Government Dock.«

Als sie aus dem Hof des Präsidiums fuhren, griff Cardinal zum Mikrophon. »Wir hätten über Funk einen Krankenwagen im St. Francis anfordern sollen.«

»Habe ich schon gemacht. Sie sind auf der 11 Richtung Süden unterwegs.«

»Delorme, dafür kriegen Sie einen dicken Kuss von mir.«

»Nicht im Dienst. Und außer Dienst auch nicht.«

»Doch Delorme, einen dicken Schmatzer. Sobald wir den Kerl hinter Schloss und Riegel haben.«

Delorme schaltete das Blaulicht ein und jagte dem Toyotafahrer, der ihnen den Weg versperrte, einen gehörigen Schrecken ein. Vier Minuten und drei rote Ampeln später stiegen beide aus dem Wagen und liefen zum Government Dock hinunter, wo der Hubschrauber wie eine riesige Libelle im Schnee saß und um sich herum einen Blizzard im Miniaturformat entfachte. Im Hintergrund verschwammen See und Himmel zu einer blassgrauen Leinwand.

Cardinal flog nicht oft. Sein Magen befand sich daher immer noch am Hafen, als sie schon längst über die Shepard's Bay mit ihrem Kranz von Eisfischerhütten flogen. Die Landschaft unter ihnen sah aus wie eine Postkartenidylle. Nur ein Hund tollte auf dem Eis herum. Sein Herrchen steuerte, einen Kasten Bier unter dem Arm, auf Schneeschuhen seine Hütte an.

»Auf der Water Road staut es sich. Das heißt, sie leiten den Verkehr um.« Jerry sprach ins Mikrophon: »Boissenault. Hier ist die Einsatzleitung im Hubschrauber. Wo befinden Sie sich gerade?«

»Einen Kilometer nördlich der Abzweigung Powassan. Der Fahrer fährt einen ziemlichen Schlingerkurs.«

Delorme zeigte nach unten. »Da sind sie.«

Das blaue Rechteck des Chevy-Van nahm gerade eine von struppigen Kiefern gesäumte Kurve. Der Streifenwagen der OPP folgte in einem Abstand von gut zweihundert Metern. Jerry wies den Piloten an, sich im toten Winkel des Lieferwagens zu halten.

Cardinal sprach ins Mikrophon. »Boissenault, weiß man mittlerweile, wie der Fahrer aussieht?«

»Eine Zivilstreife ist aus der entgegengesetzten Richtung an ihm vorbeigefahren und sagt, es handelt sich um einen Weißen, Anfang dreißig, braunes Haar, schwarze Jacke. Beifahrer haben sie nicht gesehen.«

»Wir wissen allerdings nicht, was im Laderaum ist. Er könnte die Geisel dort drin haben.«

»Glauben Sie, dass er die Geisel in einem gestohlenen Wagen durch die Gegend fährt?«

»Er weiß ja nicht, dass der Wagen gesucht wird. Und selbst wenn er es wüsste, haben wir keine Ahnung, wie kontrolliert er vorgeht. Vierzehn, lassen Sie sich zurückfallen, damit ein paar andere Autos zwischen Sie und ihn kommen. Sonst riecht er vielleicht den Braten.«

»Verstanden.«

»Das ist nur eine normale Streife, kein Überwachungsteam«, warf Jerry Commanda ein.

»Sie müssen nicht so dicht dranbleiben, wenn wir ihn schon von oben verfolgen«, sagte Cardinal. Und wieder ins Mikrophon: »Bleiben Sie zurück, Vierzehn. Lassen Sie den Camaro überholen.«

Ein frisierter roter Ford Camaro mit Heckspoiler scherte aus und überholte den Streifenwagen. »Donnerwetter«, sagte Cardinal, »wie artig unsere Bürger doch mit einer Highway-Patrouille umzugehen wissen.«

»Oh, du würdest dich wundern«, sagte Jerry.

Der Pilot deutete nach Südosten. »Die Sonne kommt durch.« Durch einen Riss im grauen Einerlei des Himmels brachen Sonnenstrahlen, und der Schatten des Hubschraubers flog keine zwanzig Meter vor dem Lieferwagen über Hügel und Böschungen.

Der Pilot nahm Gas weg und ließ den Hubschrauber zurückfallen. Vierhundert Meter hinter dem Streifenwagen schlängelten sich ein Konvoi von Polizeiwagen – Zivilfahrzeuge und Streifenwagen der OPP – sowie ein Feuerlöschzug und zwei Krankenwagen wie ein Wanderzirkus durch die Kurven.

»Hoffentlich kommt der Typ nicht auf die Idee, übers Wochenende nach Toronto zu fahren«, stöhnte Jerry.

»Wenn er das vorhat, sind wir nicht dabei.« Der Pilot

zeigte auf die Tankanzeige. »Der Treibstoff reicht höchstens bis Orillia.«

»Was machen die Jungs da unten?« Cardinal zeigte auf einen OPP-Streifenwagen, der mit eingeschaltetem Blaulicht am Rand des Highway stand.

»Die müssen aus irgendwelchen Gründen nicht auf unserer Funkfrequenz sein«, sagte Jerry. »Ich ruf sofort die Zentrale, damit die sich aus dem Staub machen.« Jerry griff sich Cardinals Mikrophon. »Zentrale, wir haben hier eine Streife auf dem Highway 11 Richtung Süden. Holt die verdammt noch mal da weg, und zwar ein bisschen plötzlich.«

»Zentrale. Verstanden.«

»Zu spät. Der Typ hat einen Schreck bekommen.«

Der Lieferwagen hatte abgebremst und war ins Schlingern geraten. Nun beschleunigte er wieder.

»Einsatzleitung, wir verlieren an Boden. Sollen wir ihn auf den Seitenstreifen drängen?«

»Bleiben Sie dran, aber drängen Sie ihn nicht ab. Wir müssen wissen, wohin er fährt.«

»Cardinal, Sie können so eine Verfolgungsjagd aus der Luft nicht beurteilen«, mahnte Delorme. »Die Polizisten da unten im Streifenwagen setzen ihr Leben aufs Spiel.«

»Vierzehn – von Norden kommen noch zwei Autos, dann ist die Straße frei.« Zu Jerry gewandt, fragte Cardinal: »Wie sind die hierhergekommen?«

»Hier gibt es viele Abzweigungen. Wir konnten nicht alle in so kurzer Zeit absperren. Aber sieh dir das an.«

Der blaue Lieferwagen hatte eine Kurve geschnitten und raste nun auf der linken Fahrbahn einem Frontalzusammenstoß mit einem weißen Toyota entgegen.

»Aus dem Weg«, schrie Delorme. »Aus dem Weg.«

In letzter Sekunde wich der Toyota auf den Seitenstreifen aus, schleuderte wild und steuerte zurück auf die Fahrbahn. Cardinal schwitzte unter seiner kugelsicheren Weste. Um ein Haar hätte er die Insassen dieses Autos ums Leben gebracht.

Seine Hände waren so feucht, dass er kaum das Mikrophon halten konnte. »Okay, Vierzehn – drängen Sie ihn jetzt ab. Holen Sie ihn von der Straße.«

»Verstanden.«

»An alle Einheiten. Blaulicht und Sirenen einschalten. Wir holen ihn jetzt von der Straße.« Dann zu Jerry gewandt: »Haben wir den Mann vom K-9 für den Fall, dass der Kerl sich in den Wald absetzt?«

Jerry zeigte mit der Hand nach unten. »Greg Villeneuve. In dem grauen Lieferwagen vor der Feuerwehr.«

Mit kreisendem Blaulicht beschleunigte der führende Streifenwagen jetzt stark. Selbst durch das Knattern der Rotorblätter hörte man noch das Geheul der Sirenen. Wieder steuerte der Lieferwagen nach rechts hinüber, geriet auf den Seitenstreifen und schoss wieder zurück auf die Fahrbahn. Als die Vierzehn auf der linken Fahrbahn zu ihm aufschließen wollte, riss der Fahrer des Lieferwagens das Steuer nach links.

»Verdammt«, schrie Jerry. »Das war knapp.«

Die Vierzehn zog mit dem Van gleich.

»Vierzehn, Vierzehn. Bleiben Sie zurück. Hinter der nächsten Kurve steht ein Schneepflug. Ich wiederhole. Schneepflug hinter der nächsten Kurve, er steht auf Ihrer Fahrbahn.«

Vierzehn antwortete nicht. Beide Fahrzeuge nahmen die Kurve, als ob sie an den Kotflügeln miteinander verschweißt wären. Noch ein paar Sekunden, und der Lieferwagen würde auf den Schneepflug auffahren.

»Um Gottes willen, der Junge könnte hinten im Lieferwagen sein. Warum lassen sie sich nicht zurückfallen?«

»Sie wollen überholen, dann bleibt nur eine Fahrbahn.«

Delorme lehnte sich vom Fenster zurück in den Sitz. Sie konnte das nicht länger mitansehen.

In letzter Sekunde zog die Vierzehn vorbei und setzte sich vor den Lieferwagen, sodass die linke Fahrbahn frei war. Der Van scherte aus, um dem Schneepflug auszuweichen, geriet auf eine vereiste Stelle und schoss über zwei Fahrbahnen hinweg auf den Mittelstreifen.

Rund hundert Meter fuhr der Lieferwagen auf Fahrbahn und Mittelstreifen zugleich. Die Vierzehn bremste, um nicht den Kontakt zu verlieren. Auf dem Mittelstreifen geriet der Van in tiefen Schnee. Die Räder begannen durchzudrehen, dann kippte der Wagen auf eine Seite und pflügte sich mit einer eleganten Drehbewegung funkenstiebend über die Gegenspur.

»Gott sei Dank haben wir die Straße sperren lassen«, sagte Delorme.

Der Lieferwagen krachte mit den Rädern in die Streckenpfähle, überschlug sich und schlitterte gegen eine Felsböschung, wo er schließlich Feuer fing.

»Sofort landen. An alle Einheiten: Diesen Streckenabschnitt hermetisch abriegeln. Das Feuer löschen und die Geisel befreien. Ich wiederhole. Im Lieferwagen könnte sich eine Geisel befinden. Sie muss zuerst befreit werden.«

Der Pilot setzte sie neben einem Holzlager ab, nachdem er mit Sirenengeheul eine Gruppe Holzfäller verscheucht hatte. Während die Polizisten in einen Streifenwagen stiegen, der auf sie wartete, riefen ihnen die hinter Holzstapel geflüchteten Arbeiter Verwünschungen nach.

Als Cardinal das Autowrack erreichte, war das Feuer bereits gelöscht und die rußgeschwärzte Karosserie mit Schaum bedeckt. Ein Feuerwehrmann sprang aus der offenen Seitentür und schüttelte den Kopf.

»Niemand drin?«

»Keine Geisel, auch nicht der Fahrer.«

»Da drüben ist er. Sie haben ihn.« Jerry Commanda zeigte auf den Mittelstreifen. Vierhundert Meter weiter zurück parkte ein Streifenwagen auf dem Mittelstreifen. Zwei Beamte richteten ihre Waffe auf eine reglos im Schnee liegende schwarze Gestalt. Zwanzig Sekunden später bildete der Mann den Zielpunkt von einem halben Dutzend Gewehren, die einen Halbkreis um ihn bildeten.

Der Mann lag mit ausgebreiteten Armen wie ein Ertrunkener auf dem dunklen Schiefergrund. Plötzlich stöhnte er auf und hob den Kopf. Larry Burke kam die Böschung herunter und legte ihm Handschellen an. Dann drehte er ihn um und klopfte ihn ab. »Keine Waffen, Sir.«

»Ausweispapiere?«

Burke wühlte in einer Brieftasche und holte den Führerschein heraus. »Frederick Paul Lefebvre, 234 Wassi Road. Das Foto stimmt.«

»Das ist doch der flinke Freddie!«, rief Delorme. »Er ist erst vor zwei Wochen aus der Haft entlassen worden.«

Zwei Notärzte eilten die Böschung hinab. Sie machten sich sofort an dem Häuflein Elend zu schaffen, tasteten ihn hier und dort ab und bombardierten ihn mit Fragen.

»Oh Mann«, wiederholte Freddie mehrmals, »oh Mann.« Einer der Notärzte wischte ihm mit Schnee das Blut von der Stirn. Dann sah der Verwirrte zum ersten Mal zu den Schrotflinten hoch und schluckte schwer. »Ich glaub, ich spinne«, sagte er und unterdrückte einen Rülpser. »Noch nie einen in der Krone gehabt, oder was?«

38

Die Verfolgung von Woodys Rostlaube bescherte Cardinal eine Menge Papierkram. Allein die Spurenakte schwoll auf den Umfang eines voluminösen Romans an. Bei jeder Aktion, bei der andere Polizeieinheiten wie zum Beispiel die OPP beteiligt waren, vervielfachten sich die erforderlichen Berichte. Bei jedem Zugriff auf das »Arsenal« musste anschließend peinlich genau Rechenschaft abgelegt werden über die verwendeten Waffen, das eingesetzte Personal, die verschossene Munition und so weiter.

Er wollte Freddie Lefebvre vernehmen, aber der flinke Freddie war nach dem Eingeständnis seiner Trunksucht erneut in Bewusstlosigkeit gefallen und befand sich jetzt zur Ausnüchterung in einem gut bewachten Krankenhausbett.

Cardinals Telefondisplay leuchtete auf. Karen Steen rief an und fragte, ob es Fortschritte bei den Ermittlungen gebe. Er möge sie doch bitte zurückrufen, wenn er etwas wisse. Er erinnerte sich an die tiefblauen Augen und die vorbehaltlose Aufrichtigkeit, die aus ihren Gesichtszügen sprach. Er hätte ihr gern etwas Ermutigendes gesagt, doch er hatte nichts. Arsenault und Collingwood, die Spurensicherungsexperten, waren in der Garage mit Woodys Lieferwagen beschäftigt. Wegen der Fingerabdrücke würde man sie erst in einigen Stunden fragen können.

Cardinal holte einen Stoß von Papieren aus seinem Eingangskorb. Darunter befanden sich neben den üblichen Notizen, Formblättern und Anfragen nach bestimmten Informationen auch mehrere dicke Umschläge von der Staatsanwaltschaft. Ferner gab es ein bürointernes, von Dyson verfasstes Rundschreiben, in dem dieser jeden Mitarbeiter zum hundertsten Mal mahnte, sich vor Gericht nicht zum Narren machen zu lassen.

An dem Rundschreiben haftete noch ein weiteres Papier, das offenkundig aus Versehen in seinen Eingangskorb gelangt war, denn es klebte durch etwas, das sehr nach Honigglasur aussah.

Es handelte sich um eine Notiz mit der Aufschrift »Büro des Detective Sergeant A. Dyson« und war an Paul Arsenault gerichtet. Arsenault sollte sich an einem der kommenden Wochenenden für ein Treffen mit Schriftexperten der Mounties bereithalten. Die Verbindung von RCMP und Schriftexperten konnte nur der Fall Kyle Corbett sein. Und ein Wochenende, das deutete auf etwas Größeres, ein bedeutender Schlag wurde vorbereitet.

»Mein Gott, warum soll ich schon wieder vor Gericht als Zeuge auftreten? Ich komme mir langsam wie eine Voodoopuppe vor. Alle wollen mich mit Nadeln piesacken!« McLeod schimpfte ins Telefon und suchte etwas unter dem ganzen Müll auf seinem Schreibtisch. Dann legte er fluchend den Hörer auf. »Diese verdammte Staatsanwaltschaft. Wollen die, dass ich einen Herzinfarkt kriege?«

»Na ja, vielleicht wollen sie das«, sagte Cardinal.

»Am Donnerstag spielt mein Kleiner auf dem Klavier vor. Ich konnte wegen der Brüder Corriveau schon nicht bei seinem Geburtstag dabei sein. Wenn ich das auch noch verpasse, wird meine Frau – tschuldigung, meine Ex-Frau, Lady Macbeth mit der gerichtlichen Anordnung mich vollends aus dem Familienfoto schneiden. Das Familiengericht hat sie ja schon im Griff. Für die bin ich ein Finsterling irgendwo zwischen Hunnenkönig Attila und Charles Manson. Und Corriveau – wozu entlässt man einen Zeugen, wenn man ihn dann alle fünf Minuten wieder herbeizitiert?«

Unvermittelt dachte Cardinal an Catherine. McLeods paranoides Gezeter trat in den Hintergrund, während ihm Catherines hohles Gesicht mit einem Mal vor Augen stand, die Art und Weise, wie sie von ihrem Buch aufschaute und ihn über den Rand ihrer Lesebrille hinweg anblickte. In solchen Augenblicken war ihr Blick so bohrend, als fürchtete sie, ein Fremder habe sich in Gestalt ihres Ehemannes zu ihr ins Bett geschlichen. »Geht es dir gut?«, fragte sie dann, und die Erinnerung an diese vier Worte war von einer fast unerträglichen Süße.

»He, wo willst du denn hin?«, rief ihm McLeod hinterher. »Ich bin noch nicht fertig mit Lamentieren. Ich habe noch nicht mal richtig angefangen.«

* * *

Catherine Cardinal kam den Krankenhausgang herauf und streckte ihrem Mann die Arme entgegen. Ihr Haar war noch feucht von der Dusche. Sie hielt ihn fest in den Armen, und Cardinal atmete den Duft ihres Shampoos ein. »Wie geht's meinem Mädchen?«, fragte Cardinal sanft.

Sie saßen wieder auf der Couch im Lichtraum. Catherine machte einen so viel besseren Eindruck, dass Cardinal Hoffnung schöpfte. Sie sah ihm in die Augen und machte nur hin und wieder mit der Hand eine nervöse Bewegung. Aber es war nicht mehr dieses obsessive Kreisen wie am Anfang. Sie öffnete den Mund, um etwas zu sagen, doch kein Laut kam ihr über die Lippen. Dann wandte sie sich ab, und Cardinal wartete, eine Hand auf ihrem Knie, bis seine Frau ausgeweint hatte. Schließlich hielt Catherine den Atem an und sagte: »Ich dachte schon, du hättest die Scheidung eingereicht.«

Cardinal schüttelte den Kopf und lächelte. »So leicht wirst du mich nicht los.«

»Oh doch. Wenn nicht dieses Mal, dann das nächste oder übernächste Mal. Das Schlimme daran ist, dass dir kein Mensch einen Vorwurf machen würde.«

»Ich verlasse dich nicht, Catherine. Mach dir darüber keine Sorgen.«

»Kelly kann jetzt auf sich allein aufpassen, sie würde es dir nicht verübeln, wenn du gingest. Das weißt du. Und nicht mal ich könnte es dir verübeln.«

»Hörst du jetzt auf damit? Ich hab doch gesagt, ich verlasse dich nicht.«

»Na, dann solltest du vielleicht ein Verhältnis mit einer anderen Frau anfangen. Ich bin sicher, dass du in deinem Beruf viele willige junge Frauen triffst. Bandel ruhig mit einer an, aber sag mir nichts davon, abgemacht? Ich will es nicht wissen. Vielleicht mit einer deiner Kolleginnen. Aber verlieb dich nicht in sie.«

Cardinal dachte an Lise Delorme. Seine nüchterne, geradlinige Kollegin, die möglicherweise eine Ermittlung gegen ihn führte. Delorme mit der hübschen Figur, wie Jerry Commanda es ausdrückte. »Ich will kein Verhältnis mit einer anderen Frau«, sagte Cardinal zu Catherine. »Ich will dich.«

»Mein Gott – tust du denn nie etwas Unrechtes? Du hast dich immer im Griff, du verlierst nie die Geduld. Wie kannst du bloß hoffen, so einen verkorksten Charakter wie mich zu verstehen? Warum machst du das bloß? Du bist ja fast schon ein Heiliger.«

»Liebling, ich bitte dich. Das ist das erste Mal, dass du einen Heiligen aus mir machen willst.«

Catherine wusste selbstverständlich nichts von dem Geld. Cardinal hatte es vor Jahren an sich genommen, als seine Frau zum ersten Mal mit einer schweren Depression im Krankenhaus lag. Anderthalb Jahre lang hatte sie dort in einem Meer anderer verlorener Seelen zugebracht. Dann hatten sich ihre Eltern eingeschaltet und ihn jeden zweiten Tag aus den Vereinigten Staaten angerufen. Sie gaben ihm das Gefühl, ein mieser Ehemann zu sein, und am Ende hatte er der Versuchung nachgegeben. Eine Zeit lang hatte sich Cardinal eingeredet, das sei der Grund gewesen, weshalb er es getan hatte, die Krankheit seiner Frau habe ihn gebrochen. Doch der Katholik in ihm, vom Polizisten ganz zu schweigen, konnte eine solche Erklärung nicht hinnehmen. Er ließ für sich keine Entschuldigung gelten.

»Das kommt alle Tage vor, dass Männer ihre Frauen verlassen«, fuhr Catherine fort. »Kein anderer würde das auf sich nehmen, was du dir zumutest.«

»Die Leute nehmen noch viel schwerere Dinge auf sich und leben damit«, entgegnete Cardinal. Ich sollte ihr von dem Geld erzählen und ihr beweisen, dass sie ein besserer Mensch ist als ich. Ihr Verstand verwirrt sich zwar hin und wieder, aber sie hat nie etwas Unrechtes getan. Doch die Vorstellung, wie sie ihn dann anschauen würde, hielt Cardinal davon ab. »Sieh mal, ich habe dir etwas mitgebracht. Das kannst du am Tag deiner Entlassung tragen.«

Catherine faltete das Seidenpapier so behutsam auseinander, als würde sie eine Wunde reinigen. Es war ein Barett in hellem Burgunderrot, eine Farbe, die Catherine gern trug. Sie setzte es sich keck aufs Ohr. »Wie sehe ich aus? Wie eine Pfadfinderin?«

»Wie jemand, den ich heiraten möchte.«

Das brachte sie wieder zum Weinen.

»Ich hole uns eine Cola«, sagte Cardinal und ging den Gang hinunter zum Getränkeautomaten. Das Gerät war eines von den alten Modellen, bei denen Sirup und kohlensäurehaltiges Wasser in einen Pappbecher flossen – lose Metallteile gab es auf dieser Abteilung nicht. Er stand eine Weile auf dem Gang und betrachtete die weißen Berghänge im Hintergrund und die umstehenden Kiefern, deren Zweige sich unter der schweren Schneelast bogen. Neben dem Büro des diensthabenden Arztes machten ein paar Pflegekräfte eine Zigarettenpause. Sie standen im Eingang und stampften mit den Füßen, um sich warm zu halten.

Als er in den Lichtraum zurückkam, saß Catherine zusammengesackt an einem Ende der Couch und schaute finster. Sie wollte die Cola nicht trinken und ließ den Becher unberührt auf dem Tisch stehen. Cardinal blieb noch eine

Viertelstunde bei ihr, doch sie löste sich nicht mehr aus ihrer Erstarrung. Was er auch sagte, nichts entlockte ihr eine Reaktion. Als er schließlich ging, saß sie immer noch da und starrte auf den Fußboden.

* * *

Dyson winkte Delorme in sein Büro, doch als sie eingetreten war, tat er so, als wäre sie gar nicht da. Er telefonierte, suchte nach einer Akte und hielt Mary Flowers durch die Sprechanlage in Trab. Schließlich sah er sie direkt an, ergriff den Brieföffner und hielt ihn zwischen den Handflächen. Einen Augenblick lang dachte Delorme, er wollte ihn zwischen die Zähne nehmen. »Ein kurzer Zwischenbericht. Wie steht es mit den Ermittlungen zu Cardinal, Lise?«

Sie mochte es nicht, wenn Dyson sie beim Vornamen nannte. Es klang dann, als würde ein Produzent von drittklassigen Filmen mit ihr reden. »Die Akten geben bis jetzt nicht viel her. Jedenfalls nichts, was die Staatsanwaltschaft interessieren könnte.«

Dyson hielt den Brieföffner schräg ins Licht der Nachmittagssonne, sodass der polierte Stahl wie bei einem magischen Schwert aufblitzte. Draußen vor dem Bürofenster tropfte es von einem schimmernden Eiszapfen. »Tja, vielleicht ist es Zeit, sein Telefon anzuzapfen.«

»Genau das hat Musgrave vor. Aber er kommt jetzt noch nicht dazu.«

»Ach ja?« Irritiert ließ Dyson sein Miniaturschwert sinken. »Und weshalb?«

»Weil am Vierundzwanzigsten ein Schlag gegen Corbett geplant ist.«

»Am Vierundzwanzigsten? Himmel, was ist denn in die Mounties gefahren? Können sie nicht eins nach dem anderen ordentlich zu Ende bringen? Müssen sie alles auf einmal schlampig machen? Warum müssen die Mounties losschlagen, bevor Sie Ihre Ermittlungen beendet haben? Weshalb die plötzliche Eile?«

»Corbett will einen Typ außer Gefecht setzen, der irgendwo im Süden eine Motorradgang anführt.«

»Dann setzt man also den Erfolg einer laufenden Ermittlung aufs Spiel, um das Leben eines zweifellos gewalttätigen Wegelagerers zu retten. Die Wege der Mounties sind wundersam. Aus welchen trüben Quellen stammt diese Information?«

»Das hat man mir nicht gesagt, was mich in Anbetracht der Umstände auch nicht überrascht.«

»Nein«, seufzte Dyson. »Nein, das ist wirklich nicht überraschend.«

Delorme war sich unsicher, ob sie sagen sollte, was ihr wirklich Sorgen bereitete. Da sich aber Dyson ganz ungewohnt von seiner nachdenklichen Seite zeigte, fuhr sie fort. »Vielleicht wäre es keine schlechte Idee, Cardinal bis auf weiteres in Ruhe zu lassen, Detective. Haben Sie schon einmal daran gedacht, was es für den Fall Pine-Curry für Folgen hätte, wenn wir ihn gerade jetzt abschießen würden?«

»Das habe ich. Und ich finde, dass es weit schlimmer wäre, wenn die Wahrheit erst später herauskäme.«

Etwas später, als Delorme wieder an ihrem Schreibtisch saß und mit Ermittlungsakten beschäftigt war, kam Cardinal, einen Schwall kalter Luft im Schlepptau, wieder ins Büro, so als kehre er aus der Unterwelt zurück. Die Falten in seinem Gesicht schienen tiefer zu sein, was Delorme auf den Gedanken brachte, er könne gerade seine Frau besucht haben.

39

Malcolm Musgrave und seine Mannschaft hatten sich im Pinegrove Motel einquartiert. Der Raum war die übliche Schuhschachtel mit Möbeln im falschen Kolonialstil und grellorangefarbenen Vorhängen. Der Zimmerservice war allem Anschein nach abgeschafft worden. Zwischen Tonbandgeräten, Videomonitoren und Funkgeräten türmten sich Pizzaschachteln und Plastikbehälter aus einem China-Imbiss zu einer wackeligen Pyramide.

Es roch nach Schweiß und ranzigen Frikadellen.

Delorme war überrascht, dass Musgrave sich persönlich an der Überwachung beteiligte, und sagte ihm das auch.

»Wie? Soll ich mir das alles entgehen lassen?« Er machte eine ausladende Armbewegung, wobei sein Pistolenholster knarzte. »Sicher, ich hätte mich hier nicht zu engagieren brauchen. Und meine zupackende Art hat schon die empfindsameren Gemüter in der Polizeitruppe verstört. Aber wissen Sie was? Mir ist das völlig egal. Nennen Sie mich ruhig rachsüchtig, aber der Kerl hat mir meinen Plan nach Strich und Faden versaut, deshalb will ich ihn selbst an den Haken bekommen und an Land ziehen. Mit Ihrer Hilfe, versteht sich«, fügte er mit geheuchelter Höflichkeit hinzu.

Musgrave hob einen ausgesucht hässlichen Stuhl über ein Bett und stellte ihn für Delorme hin. Er selbst setzte sich auf das Bett, das sich unter seinem Gewicht fast bis zum Boden bog, und gab einem Mann mit Kopfhörern, der sie bis dahin keines Blickes gewürdigt hatte, eine Anweisung. »Larry, spiel doch Detective Delorme unseren preiswürdigen Mitschnitt vor. Die Show beginnt.«

Larry legte eine andere Spule in das Tonbandgerät vor ihm ein. Er ließ es so rasch vorspulen, dass Delorme glaubte, es rauchen zu sehen. Dann drückte er auf eine Taste, betätigte ein paar Regler und zog den Kopfhöreranschluss aus der Buchse, damit alle im Raum mithören konnten.

»Das kam vor ein paar Stunden rein«, sagte Musgrave. »Beantworten Sie keine Anrufe?«

»Ich war mit Cardinal beschäftigt und konnte nicht weg. Wir sind hinter einem Mörder her, falls Sie es noch nicht wissen.«

»Versuchen Sie nicht, mich in die Schranken zu weisen, Miss Delorme. Das geht über Ihre Kräfte.«

Musgrave nickte seinem Mitarbeiter zu, und das Band startete am Ende eines Gesprächs.

»*...denn so arbeiten wir. Sag Snider, er soll sich zusammenreißen. Dieses Arschloch.*«

»Das ist Corbett«, sagte Musgrave. »Nette Art, mit Leuten umzugehen.«

»*Wie oft sollen wir uns noch mit diesem Scheiß abgeben? Sag ihm das. Wenn das noch mal passiert, wird er...*«

»*Verstanden, Kyle.*«

»Peter Fyfe. Einer von Corbetts alten Spießgesellen. Früher war er mal Polizist, allerdings nur zwei Wochen lang, unten in Windsor. Nur eine Eintragung in seiner Kriminalakte, Körperverletzung, 1989. Seither ein Chorknabe, ganz wie Corbett.«

»*Der wird sich noch wünschen, meinen Namen nie gehört zu haben, sag ihm das.*«

»*Mach ich, Kyle.*«

»*Diesmal mache ich ernst. Der einzige Grund, warum ich so lange Geduld mit ihm hatte, ist Sheila. Aber darauf kann er sich nicht länger verlassen.*«

»*Keine Angst, das stecke ich ihm.*«

»*Tu das.*«

Ein Klicken war zu hören, als Corbett und Fyfe auflegten.

Da das Tonbandgerät sprachgesteuert war, begann das nächste Gespräch genau zehn Sekunden später.

»Ja.«

»*Kyle, kannst du Fat Boy aus dem Weg schaffen?*«

»*Pete, Fat Boy hat 'ne Menge Stoff. Den kann ich nicht so einfach fallen lassen.*«

»Wir wissen, wer Fat Boy ist«, berichtete Musgrave. »Gary Grundy, der Boss der Lobos-Gang in Aylmer. Wiegt hundertsiebzig Kilo, daher der Name.«

»*Wir haben einen Hinweis von unserem Liebling bei der Polizei erhalten. Er hat was Brisantes erfahren, über das er nicht am Telefon reden will.*«

»*Schön. Sag ihm, er soll ins Crystal kommen.*«

»*Er hat die Library vorgeschlagen.*«

»*Auch gut. Unter Büchermenschen wird mich keiner vermuten.*«

»*Nicht die Bibliothek, Kyle. Die Library Tavern, über dem Birches Motel. Die langweiligste Bar, die ich je gesehen habe. Selbst darüber wollte er nicht, dass ich am Telefon mit dir rede. Er behauptet, die Mounties würden uns abhören.*«

»*Die hören uns nicht ab. Was glaubst du wohl, warum ich so ein Heidengeld für meinen Meisterhacker ausgebe. Das Telefon ist sauber.*«

»*Na, er sagt jedenfalls, wir werden abgehört. Deshalb will er am Telefon nichts rauslassen. Aber es nervt mich, extra aus Sudbury herzufahren, um den Botenjungen zu spielen.*«

»*Sag ihm, er soll um zwei Uhr früh ins New York kommen. Ich werde an der Bar sein.*«

»*Heute um zwei. Ich steck's ihm.*«

»*Nicht heute Nacht, morgen. Ich sagte doch, ich muss vorher noch ein paar Takte mit Fat Boy reden.*«

»*Okay, okay. Ich hab's kapiert.*«

»*Wir treffen uns also morgen Nacht um zwei. Und sag ihm, ich will alles wissen. Ich hab schon seit Ewigkeiten nichts mehr von ihm gehört.*«

»Ich brauche wohl nicht zu sagen, dass der Meisterhacker, auf den Corbett so große Stücke hält, einer von unseren Männern ist. Der Mann versteht sein Fach.«

»Gut eingefädelt.« Und das war es wirklich. Delorme wusste, dass die Mounties in den meisten Fällen Erfolg bei ihren Unternehmungen hatten. Leider waren das nicht die Unternehmungen, für die sich die Zeitungen interessierten. »Morgen um zwei Uhr nachts«, wiederholte Delorme. »Können wir denn so kurzfristig eine Abhöreinheit für das Restaurant bekommen?«

Musgrave erhob sich vom Bett, und es war ein Schauspiel, als würde man das Wachstum einer Douglastanne im Zeitraffer ablaufen sehen. »Wo bleibt denn Ihr Glaube, Schwester Delorme? Noch während wir hier sprechen, bereiten unsere geistlichen Brüder bereits alles Nötige vor.«

40

Edie Soames ließ die Uhr nicht aus den Augen, bis der Zeitpunkt der Mittagspause gekommen war. Dann sagte sie Qureshi, ihrem pakistanischen Chef, dass sie jetzt ihre Pause mache, und ging zu Pizza Patio am anderen Ende des Einkaufszentrums. Sie aß immer allein zu Mittag; Eric machte seine Mittagspause nie zur gleichen Zeit. Das Bedürfnis, mit ihm zusammen zu sein, war besonders jetzt sehr groß. Sie hielten den Jungen schon so lange gefangen, dass Edies Vorfreude nahe daran war, in Furcht umzuschlagen. Eric verschob die Party immer wieder, offenbar gefiel es ihm, den Zeitpunkt hinauszuzögern. Er genoss es, einen Gefangenen zu haben; das gab ihm einen neuen Lebenszweck. Doch Edie machte es unruhig und nervös, als hätte ihre Haut zu viel Spannung.

Am Nachbartisch saß ihre Ex-Freundin Margo mit dem Rücken zum Eingang und kicherte mit zwei anderen Kolleginnen von Pharma-City. Edie setzte sich nicht mehr mit Margo an einen Tisch; Margo war ihr nicht ernst genug. Vor einem Jahr, als sie Eric noch nicht kannte, hatte sie ihrem Tagebuch anvertraut: *Margo versteht es, sich zu amüsieren – was ich nie gelernt habe. Ich könnte mir vorstellen, mich in sie zu verlieben. Gestern Abend kam sie zu mir nach Hause und hat mir die Haare gelegt. Was haben wir uns amüsiert.* Aber dann war Eric in ihr Leben getreten, und vom ersten Augenblick an mochten sich Margo und Eric nicht. Eines Tages, noch bevor Margo begriffen hatte, wie viel Eric Edie bedeutete, hatte sie die achtlose Bemerkung gemacht, er sehe aus wie ein Frettchen. Seither hatte Edie, abgesehen von der unumgänglichen Verständigung bei der Arbeit, nicht mehr mit ihr gesprochen.

Edie bestellte eine Diätcola und zwei Stücke Pizza. Sie hatte ihr zweites Stück schon halb aufgegessen, da hörte sie ihren Namen am Nachbartisch. Margo hatte ihn mit kreischender Stimme erwähnt, aber Edie wurde nicht gerufen. Vielmehr wurde über Edie geredet. »Mein Gott«, sagte Margo gerade. »So ein Sauertopf. Und dieses Gesicht, zum Eierabschrecken. Und dabei schmiert sie sich doch mindestens ein Viertelpfund ›Obsession‹ drauf. Das Mädchen braucht dringend eine Runderneuerung.«

»Ja, dringend«, pflichtete Sally Royce bei. »Eine Runderneuerung an Körper und Seele.«

Die Stimmen ebbten für einen Augenblick zum Geflüster ab, dann brachen alle in Gelächter aus.

Edie schob den Rest der Pizza beiseite und ging. Diese Zicken sollten mal in die Zeitungen gucken und sich mit dem Windigo bekannt machen. Denen würde das Lachen vergehen, wenn sie wüssten, wozu sie, Edie, fähig war. Um Gnade würden sie winseln, wie diese Indianergöre. Ich hätte Billy LaBelle allein fertigmachen können, wenn uns der Spund nicht unter der Hand weggestorben wäre. Nur einmal war sie schwach geworden: Sie musste Todd Currys Kopf mit dem Kissenbezug verhüllen, ehe sie Eric helfen konnte, die Leiche wegzuschaffen.

Aber mit der Zeit wurde sie immer stärker. Keine vierundzwanzig Stunden war es her, dass sie eine Leiche zum Trout Lake gefahren hatte. Eric war phantastisch. So cool, so selbstsicher. Brachte den anderen um, als wäre der nichts. So wie man einem Vogel den Hals umdreht. Und dann haben wir ihn wie einen Sack Müll abgekippt. Wie Müll – und das war er ja auch. Einfach am Straßenrand. Aber wirklich genial war es – und das war allein Erics Idee –, den Lieferwagen vor der Chinook Tavern stehen zu lassen. »Jemand wird ihn klauen, bevor du Rumpelstilzchen sagen kannst«, hatte er prophezeit. Und einmal mehr hatte er recht behalten.

Die Algonquin Mall hat einen großen Restaurantkomplex an einem Ende und einen nicht weniger großen Supermarkt am anderen. Dazwischen liegt das überdachte Einkaufszentrum als L-förmiger, hell erleuchteter Riegel. Mit ihm hat diese Stadt im hohen Norden eine Flaniermeile zu bieten, die keine Unbilden des Winters kennt. Schneestürme, Hagel, eisige Winde – all das verliert seinen Schrecken. Die Kauflustigen können den ganzen Nachmittag von Laden zu Laden bummeln, ohne sich halb tot zu frieren.

Edie fand es besonders geschmackvoll, wie man kleine Plätze mit Bäumen und großen Pflanzen dekoriert und Bänke aufgestellt hatte. Wer Lust hatte, konnte sich dort niederlassen und ein ganzes Schaufenster voller Laufschuhe bewundern oder, wem das mehr lag, Zweiräder anschauen. Edie aber setzte sich gern auf die Bank neben dem Troy Music Center und wartete, bis Eric Feierabend hatte.

Edie ging an einem Geschäft für Kinderkleidung vorbei, dessen Schaufenster mit kleinen Parkas vollgestopft war, als ob eine Invasion von Zwergeskimos bevorstünde. Im Lampengeschäft daneben hatte man einen Hightech-Lüster aus Kupferrohren und Aluminiumkegeln konstruiert, der wie ein futuristisches Elchgeweih aussah.

Sie ging zu Troy Music rein, doch Eric war in den hinteren Räumen mit der Bestandsaufnahme beschäftigt. Auch recht, dachte sie, denn er hatte ihr eingeschärft, ihn im Job nicht zu stören. Erics Chef, Mr. Troy, stand hinter dem Tresen und stimmte eine Gitarre für einen dämlich dreinschauenden Jungen. Edie kramte ein wenig in den Notenblättern und las die Texte verschiedener Songs von Whitney Houston und Celine Dion. Die waren berühmt, kein Wunder bei den makellosen Zähnen und Titten. Aber lass die mal einen Ekzemschub kriegen, wie würden sie dann dastehen? Berühmtheit war eine Frage der richtigen Gene, genauso wie Liebe, und Edie hatte nichts dergleichen von dem Unbekannten geerbt, der ihr Vater war, und auch nicht von ihrer Mutter, die sechs

Jahre später Algonquin Bay den Rücken gekehrt und seither nichts mehr von sich hatte hören lassen.

Großmutter, die alte Ziege, hatte sie aufgezogen, aber ihr immer nur das Gefühl gegeben, hässlich und dumm zu sein. Nur einen kurzen, wunderbaren Augenblick lang hatte sie sich eingebildet, attraktiv zu sein: Das war, als Eric anfing, sich für sie zu interessieren. Eine Zeit lang hatte sie sogar sexuelle Phantasien über ihn, doch in dieser Hinsicht wie in so vielen anderen übernahm sie ganz selbstverständlich Erics Ansichten. »Edie«, belehrte er sie, »du bist für etwas Wichtigeres gemacht als Sex. Wir beide, du und ich, wir sind dazu ausersehen, die Grenzen des Menschenmöglichen hinauszuschieben.«

Edie lief über den winterkalten Parkplatz zu einem Coffee Shop, wo sie sich zwei Donuts mit Schokoüberzug und eine große Tasse Kaffee gönnte. In Algonquin Bay gab es sage und schreibe siebzehn Läden, wo man dieses Schmalzgebäck kaufen konnte. Edie wusste es genau, denn an einem besonders öden Tag hatte sie es einmal auf sich genommen, alle zu zählen, und hatte dazu die ganze Stadt abgeklappert. Die beiden Donuts taten ihr wirklich gut, und als sie sich wieder auf den Weg zurück zur Arbeit machte, fühlte sie sich viel ruhiger.

Ein paar Minuten später kam Margo atemlos hereingestürmt und verstaute Handtasche und Mantel unter dem Tresen zwischen den beiden Registrierkassen. Edie würdigte sie nicht eines Blickes.

Manchmal gelang es Edie, sich bei der Arbeit in eine Art Trance zu versetzen, in der die Zeit wie im Flug verging. Sah sie dann zur Uhr hoch, stand der Zeiger auf der Sieben, und sie wunderte sich wieder, wie rasch doch der Nachmittag vergangen war. Doch heute schleppten sich die Stunden dahin. Immer wieder erinnerte sie sich an das, was Margo über sie gesagt hatte, und an das widerliche Gelächter. Dagegen dachte sie kaum an den gefesselten Jungen im Keller oder an sein verletztes Bein. Aber als Qureshi sie bat, die Arzneimittel im Auge zu behalten, während er auf die Toilette ging, entwendete sie schnell fünfzig Valiumtabletten und ließ sie in einem Plastikröhrchen verschwinden, das sie in der Tasche hatte.

Als Quereshi von der Toilette zurückkam, überraschte sie ihn mit der Frage: »Was würden Sie jemandem geben, von dem Sie möchten, dass er ganz still liegt, aber dennoch bei Bewusstsein bleibt?«

Mr. Quereshis sanftes braunes Gesicht wurde runzlig wie eine Walnuss. »Sie meinen, um einen chirurgischen Eingriff an ihm durchzuführen, ist es das?«

»Ja. Der Betreffende dürfte sich nicht bewegen, egal was man mit ihm macht.«

»Es gibt natürlich solche Betäubungsmittel, keine Frage, aber so etwas haben wir nicht am Lager. Warum fragen Sie, Miss Soames? Wollen Sie irgendeine arme Seele operieren?«

»Ich möchte es eben wissen, das ist alles. Ich fange vielleicht ein Pharmaziestudium an, ich spare darauf.«

»Ich habe in Kalkutta Medizin studiert. Doch mein Abschluss wurde hierzulande nicht anerkannt, deswegen habe ich Pharmazie studiert. Nur drei Scheine hat man mir angerechnet. Sieben Jahre Medizinstudium auf drei Scheine reduziert – was für eine Verschwendung an Zeit und Mühe. Ich wäre bestimmt ein guter Chirurg geworden, aber auf dieser Welt gibt es keine Gerechtigkeit.«

»Ich habe das Gefühl, dass ich eines Tages etwas Besonderes leisten könnte, Mr. Quereshi.« Etwas ganz Besonderes. Am Abend zuvor hatte sie in ihr Tagebuch geschrieben: *Bald werde ich so weit sein, selbst zu töten. Mit dem Schnösel im Keller würde ich leicht fertig, aber vielleicht überlasse ich ihn doch lieber Eric. Ich glaube, ich würde lieber mit einer Frau anfangen. Ich kann mir auch schon eine Kandidatin vorstellen.*

»Sie wären gut beraten, jetzt ein Studium anzufangen, Miss Soames. So viele Gelegenheiten werden sich nicht mehr bieten. In dieser Welt diskriminiert man nicht nur Menschen dunkler Hautfarbe, sondern auch Frauen wie Sie.«

Frauen wie Sie. Was der Paki damit andeuten wollte, wusste sie nur zu gut. Unattraktive Frauen, Frauen mit kaputtem Gesicht. Er musste gar nichts weiter sagen, sein überlegener Ton verriet alles. Den Bastard würde sie nicht mal einen Hund operieren lassen, geschweige denn einen Menschen. Qureshi gab ihr eine Packung Tabletten, die Edie in eine Tüte für die gebrechliche alte Dame steckte, die vor dem Tresen wartete. »Das macht neunundzwanzigfünfzig.«

»Neunundzwanzigfünfzig! Vor einem Monat hat es noch fünfundzwanzig Dollar gekostet.« Die alte Frau schwankte ein bisschen, als hätte der Preis ihren Gleichgewichtssinn durcheinandergebracht. »Neunundzwanzigfünfzig ist mir zu teuer. Ich habe nur eine kleine Rente. Sonst bleibt mir nicht genug für Katzenfutter.«

»Dann sollten Sie es vielleicht nicht kaufen.« Oder vielleicht sollten Sie die Katze ertränken, mir ist das völlig wurst.

»Aber ich brauche die Tabletten für mein Herz. Ich kann sie nicht einfach absetzen. Mir bleibt keine Wahl, nicht wahr?«

»Ich weiß es nicht. Das müssen Sie entscheiden.«

»Leider habe ich keine Wahl. Wie viel kostet es doch gleich?«

»Neunundzwanzigfünfzig.«

»Das ist ein Anstieg von fast zwanzig Prozent. Wie können ein paar Tabletten im Laufe eines Monats um zwanzig Prozent teurer werden, das würde ich gerne mal wissen.«

»Ich kann es Ihnen nicht erklären. Der Preis ist eben gestiegen.«

Die Frau legte drei Zehndollarscheine hin, die nach Talkumpuder rochen. Edie gab ihr das Wechselgeld. »Danke für Ihr Vertrauen in Pharma-City. Achten Sie beim Hinausgehen auf den Verkehr.«

»Was haben Sie gesagt?«

»Ich sagte, achten Sie auf den Verkehr draußen. Auf dem Parkplatz ist heute viel los.«

Quereshi wollte ihr etwas sagen, das spürte sie. Er schlich sich an sie heran und bereitete sich innerlich auf eine kleine Predigt vor. Dabei ging es ihn gar nichts an; er war bloß zum Pillenzählen hier. Kundenpolitik gehörte nicht zu seinen Aufgaben.

»Eine Frage, Miss Soames.«

Na bitte, da haben wir's. Edie ordnete das Geld in der Kasse, die Banknoten nach oben.

»Haben Sie ein Hobby oder eine Beschäftigung, die Sie mit Leidenschaft betreiben? Musik? Briefmarkensammeln?«

»Ja, ich habe ein Hobby.« Leute abmurksen, hätte sie am liebsten gesagt, nur um den Ausdruck auf seiner blöden braunen Visage zu sehen. »Bestimmte Dinge, die ich gern tue.«

»Das freut mich für Sie, Miss Soames. Im Umgang mit Kunden werden Sie keinen Erfolg haben. Ihnen fehlt einfach das Mitgefühl.«

»Wozu auch? Mitgefühl ist doch was für Schwächlinge.«

»Für Schwächlinge? Ich vermute, Sie haben etwas von diesem schrecklichen deutschen Philosophen gelesen. Die arme alte Frau hat nur eine schmale Rente. Wenn die Preise steigen, bekommt sie das schmerzhaft zu spüren. Können Sie ihr nicht wenigstens ein paar nette Worte sagen?«

»Ich will nicht darüber sprechen.«

»Sie vergeben sich doch nichts, wenn Sie zum Beispiel sagen: ›Ja, es ist eine Schande‹, oder so etwas in der Art.«

Sie wurden von einer dunkelhaarigen Dame unterbrochen, die sechs Packungen Henna kaufte. Das war der Beginn des abendlichen Kundenansturms. Ein anderer kaufte fast einen Jahresvorrat an Gaskartuschen. An einem Tag decken sich die Leute mit Kohletabletten ein, am anderen mit Laxativen, dachte Edie. Wir halten sie in Trab. Eine junge Frau kaufte drei verschiedene Mittel gegen Schnupfen, außerdem Shampoo, Nagellack und eine Pflegespülung. Eine kraushaarige

Frau kaufte ein Mittel, um glatte Haare zu bekommen, und ein Mädchen mit glattem Haar, um das Edie sie beneidete, wollte etwas, um lockige Haare zu bekommen. Edie selbst hatte alles nur Erdenkliche ausprobiert – als Angestellte bei Pharma-City bekam sie zehn Prozent Rabatt –, aber keine der Salben, Cremes und steroidhaltigen Medikamente vermochte etwas auszurichten gegen den maskenhaften Glanz ihrer Gesichtshaut. »He, Edie«, hatte ihr einmal eine Schulkameradin zugerufen. »Hast du wieder den Kopf in den Ofen gesteckt? Das nächste Mal benutzt du aber nicht die Mikrowelle!« Die Erinnerung daran trug sie wie eine alte Pistolenkugel in der Brust herum.

Ein Junge kaufte ein Dutzend »London Extra sicher« bei ihr. Kondome wurden hinter dem Tresen verwahrt, und die Jungen kauften sie nie bei Margo; einer hässlichen Frau gegenüber fühlten sie sich weniger verlegen. Margo bediente die Kasse und war munter wie ein Spatz. Weil sie so ein Spatzenhirn hatte, machte ihr die blöde Arbeit auch noch Spaß. Seit Edie nicht mehr mit Margo redete, wusste Margo nicht mehr, was sie anfangen sollte, wenn wenig los war. Sie holte dann ihr *People*-Magazin hervor und schmökerte kaugummikauend durch die immer gleichen Geschichten.

Edie zog gerade ihren Parka an, als ein Mann im dunkelblauen Blazer sie ansprach: »Miss Soames, würden Sie bitte mitkommen?«

Der Mann gehörte zum Sicherheitsdienst. Seine Aufgabe bestand darin, Ladendiebe zu erwischen und sie vor der übrigen Kundschaft lautstark zur Rede zu stellen. Er hieß Struk. Edie folgte ihm in ein kleines Büro eine Treppe höher, wo eine dicke Frau in Uniform vor einem Überwachungsmonitor saß. Struk zeigte auf Edies Handtasche. »Miss Soames, würden Sie bitte Ihre Handtasche öffnen?«

»Wieso denn? Ich habe nichts gestohlen.«

»Pharma-City behält sich das Recht vor, Stichproben bei seinen Angestellten durchführen zu lassen. Sie haben eine

Einverständniserklärung unterschrieben, als sie eingestellt wurden.«

Edie öffnete ihre Handtasche. Mit routinierten Fingern durchstöberte Struk Edies Papiertaschentücher, ihr Adressbuch, ihre Kaugummipackung. Er durchsuchte sogar ihre Brieftasche. Dachte er, sie würde darin Kondome verstecken?

»Würden Sie bitte Ihre Taschen leeren?«

»Warum?«

»Bitte leisten Sie meinen Anweisungen Folge. Sonst muss ich Fanny bitten, Sie abzutasten. Also, bringen wir es hinter uns.«

Zwei Minuten später war sie wieder draußen und brachte ihre Handtasche in Ordnung. Margo schäkerte mit Struk, als er sie in das Büro führte. Die Tür blieb offen, sodass Edie hörte, wie Struk die gleiche Prozedur wiederholte.

»Bitte, tun Sie sich keinen Zwang an«, ermunterte ihn Margo. »Da ist bloß Make-up und Kaugummi drin.«

»Soso.« Einen Augenblick war es still. »Und ich wette, Sie werden sagen, dass Sie ein Rezept für die Pillen hier haben.«

»Pillen? Was für Pillen? Die habe ich nicht da hineingetan. Die gehören mir nicht, wirklich. Ich verstehe nicht, wie die in meine Handtasche gekommen sind.«

»Lügen Sie nicht. Das reicht als Kündigungsgrund. Hier sind bestimmt fünfzig Valium drin. Wie sind die in Ihre Handtasche gelangt?«

»Ich weiß es nicht, ich schwöre es! Ich habe nichts gestohlen, das müssen Sie mir glauben. Irgendjemand muss sie in meine Handtasche gesteckt haben!«

»Warum sollte jemand so etwas tun?«

Margo war in Tränen ausgebrochen, und Edie blieb nicht länger, um alles mitanzuhören. Sie lief die Treppe hinunter in die überdachte Einkaufsmeile. Plötzlich war sie so guter Laune, dass sie geradewegs in den nächsten Laden ging, um sich ein Paar neue Schuhe zu kaufen.

41

Als Edie vom Einkaufen nach Hause kam, schlüpfte sie aus den Stiefeln, die vom Schneematsch ganz durchgeweicht waren, und ging in feuchten Strümpfen nach oben, um nach ihrer Großmutter zu schauen. Den Mund offen wie ein Garagentor schnarchte die alte Ziege geräuschvoll vor sich hin. Sie hatte nicht einmal wegen der Schüsse nachgefragt, sondern sich nur über das Geschrei aufgeregt. Dann war es Zeit, sich um den Gefangenen zu kümmern.

Die drei Riegel waren ordnungsgemäß vorgeschoben. Edie legte ein Ohr an die Tür und lauschte eine ganze Minute lang, ehe sie aufmachte. Eric hatte ihr eingeschärft, nur in seiner Gegenwart mit dem Gefangenen zu sprechen. Doch nun hatten sie ihn schon so lange im Haus, dass Edie nicht länger widerstehen konnte. Wozu hatte man denn einen Gefangenen, wenn man ihm nicht zeigen durfte, wer hier der Boss war?

Er saß, an Hand- und Fußgelenken gefesselt, aufrecht auf dem Stuhl. Die Bettdecke war ganz herabgerutscht, sodass er völlig nackt war. Am ganzen Körper hatte er eine Gänsehaut.

Er hob den Kopf, als Edie hereinkam. Die Augen über dem geknebelten Mund waren gerötet und sahen sie flehend an.

Edie rümpfte die Nase. »Konntest du denn nicht warten? Du Schwein.« Sie hatten ihm seit wenigstens vierundzwanzig Stunden nichts zu essen und zu trinken gegeben. Dass er dennoch einem dringenden Bedürfnis nachgegeben und in den Eimer unter dem Loch in der Sitzfläche gemacht hatte, empfand sie als Provokation.

Sie warf einen Blick auf die Schusswunde an seinem Bein.

Es war nur ein kleines Loch mit leichten Verbrennungsspuren drum herum, nichts Ernstes.

Der Gefangene versuchte, sich unter Ächzen und Stöhnen verständlich zu machen. Edie saß auf dem Bett und beobachtete ihn. »Wie bitte? Ich kann dich nicht verstehen.« Die geröteten Augen weiteten sich noch mehr, das Stöhnen wurde lauter. »Was war das? Sprich doch lauter.«

Was er ihr auch mitzuteilen versuchte, er musste es geschrien haben. Es kam als dumpfes Dröhnen durch das Klebeband. »Schluss jetzt mit dem Krach, sonst bohre ich dir einen Schraubenzieher in die Schusswunde. Soll ich?«

Der Gefangene schüttelte auf übertriebene, geradezu komische Weise den Kopf.

Sie kauerte sich vor ihm nieder. »Weißt du, warum du überhaupt noch am Leben bist?«, fragte sie leise. »Ich sage es dir. Du bist nur deshalb noch am Leben, weil wir einen Ort suchen, wo keiner deine Schreie hören wird.«

Plötzlich fiel eine heiße Träne auf Edies Handgelenk. Angewidert sprang sie zurück. »Du Wichser«, zischte sie, spuckte und traf ihn mitten ins Gesicht.

Der Gefangene senkte den Kopf, um ihr zu entgehen.

Edie musste sich wieder vor ihn niederkauern, um ihn zu treffen. Wieder und wieder spuckte sie ihn an – mit Bedacht, in ihr war keine Wut –, und nach einer Weile gab es der Gefangene auf, sich zu entziehen. Edie spuckte so lange, bis sein ganzes Gesicht besudelt war. Sie hörte erst auf, als sie überhaupt keine Spucke mehr hatte.

42

Cardinal führte Freddie zurück zu seiner Zelle und bat ihn, hineinzugehen. »Mit den Morden habe ich nichts zu tun, und das wissen Sie. Sie haben nicht die Spur eines Beweises.«

Zum zehnten Mal wiederholte Cardinal, dass kein Mensch Freddie wegen der Morde im Verdacht hatte, doch Freddie war ein stadtbekannter Alkoholiker und Junkie – er wohnte draußen in Corbeil, wenn er nicht gerade im Gefängnis war, für den eine Mordanklage zum Aufregendsten gehörte, was ihm je in seinem Leben passiert war.

»Ich hab ein Alibi. Ich kann beweisen, wo ich war, und das wissen Sie. Mann, ich schicke Ihnen Bob Brackett auf den Hals. Nehmen Sie sich in Acht.«

Selbstverständlich konnte Freddie beweisen, wo er zur Mordzeit gewesen war: Siebenundzwanzig Insassen des Bezirksgefängnisses, von den Wächtern ganz zu schweigen, konnten bezeugen, dass Freddie die letzten zwei Jahre in der Vollzugsanstalt verbracht hatte. Cardinal hatte das nach Freddies Zusammenbruch auf dem Highway 11 binnen zehn Minuten herausgefunden. Er schloss die Zellentür.

»Sie können mich wegen Mord und Totschlag oder weiß der Teufel was anklagen, aber Sie kriegen mich nicht dran, Cardinal. Ich hab niemanden umgebracht.«

»Freddie, ich weiß, Ihnen fällt es schwer, das anzuerkennen, aber Sie stehen lediglich unter Anklage wegen Autodiebstahl und Trunkenheit am Steuer.«

Trotz eindeutiger, aber unnötiger Unschuldsbeweise blieb Freddie in dem einen Punkt, der Cardinal interessierte, sehr vage: Hatte er irgendjemanden gesehen, der den Chevy-

Van auf dem Parkplatz neben der Chinook Tavern abgestellt hatte? Cardinal hatte schon seine Leute dorthin geschickt, um das Personal des Restaurants zu befragen, ob irgendjemand etwas im Zusammenhang mit dem Lieferwagen beobachtet hatte. Bei allem, was nach Freddies viertem Stiefel Bier geschehen war, ließ ihn sein Gedächtnis im Stich.

Fünf Minuten später, auf dem Weg zur Garage, gab Cardinal die dürftige Erkenntnis an Delorme weiter. »Ist das alles?«, fragte sie knapp.

»Der Typ trinkt sich einen an und bekommt plötzlich Lust, eine Sause nach Toronto zu machen – mehr war aus ihm nicht herauszubekommen.«

Delorme war in den vergangenen Tagen sehr zugeknöpft gewesen, und Cardinal hätte gern gewusst, woran das wohl lag. Vielleicht hatte sie schon Beweise für sein eigenes Vergehen gefunden; sie mochte auf eine Gelegenheit warten, die Falle zuschnappen zu lassen.

»Fertig?« Delorme, die Hand schon auf der Türklinke, stand da und wartete.

»Wofür?«

Der Geruch traf Cardinal mit der Wucht eines Vorschlaghammers.

»Mann, Leute, haltet ihr nichts von Sauerstoff?«

Arsenault und Collingwood waren dabei, Woodys Lieferwagen unter die Lupe zu nehmen. Keiner liebt seine Arbeit so sehr wie die Experten für Spurensicherung, dachte Cardinal. Die beiden hatten geschlagene zehn Stunden in dieser stinkenden Garage verbracht und das ramponierte Autowrack mit Kleber überzogen.

Arsenault winkte mit seiner behandschuhten Hand wie mit einer weißen Pfote. »Wir sind gerade fertig geworden. Schon mal so viele Fingerabdrücke gesehen? Mindestens vier Millionen.« Er kicherte.

»Und alle sind von Woody, richtig?«

»Nein, nichtig«, sagte Arsenault und sah zu seinem jüngeren Kollegen Collingwood hinüber. Dann brachen sie in unbändiges Gelächter aus.

»Ihr seid ja high«, sagte Cardinal schmunzelnd. »Legt mal eine Pause ein.« Die Techniker hatten Woodys Lieferwagen zuerst mit Plexiglas überzogen. Doch nun, nachdem das Plastik wieder entfernt worden war, entwickelten sich Dämpfe, die einen benommen machten. »Schnell«, drängte Cardinal, »nichts wie raus hier.«

Die vier standen draußen im blendenden Sonnenlicht und atmeten tief durch. Es war der wärmste Tag seit Dezember. Mitten im Februar konnte es plötzlich so warm werden, dass man meinte, der Frühling stehe vor der Tür. Der Schnee am Rand des Parkplatzes sah schon aschgrau aus. Dort, wo er zu schmelzen begonnen hatte, dampfte es in der Sonne.

»Tut uns leid«, sagte Arsenault halbherzig.

»Schon mal was von Lüftung gehört? Seid bloß froh, dass ihr überhaupt noch am Leben seid.«

»Ich glaube, wir sind mittlerweile immun gegen solche Dämpfe, was meinst du, Bob?«

Collingwood, der trotz der Sonnenwärme zu frieren schien, nickte feierlich.

»Fast alle Fingerabdrücke stammen von Woody – jedenfalls alle nicht verwischten. Die nachweisbaren auf dem Lenkrad gehören zu Freddie. Die Abdrücke auf dem Armaturenbrett und an der Fahrertür sind alle verwischt. Irgendjemand hat sie abgewischt, jedenfalls die auf der Innenseite.«

»Aber Arsenault, haben Sie denn nichts Brauchbares gefunden?«

Arsenault schaute beleidigt drein. »Wir haben jede Menge gefunden. Zwei intakte rechte Fingerabdrücke haben wir am Rückspiegel abnehmen können. Die Dummköpfe vergessen jedes Mal, dort zu wischen.«

»Und?« Cardinals Blick wanderte von Arsenault zu Collingwood und wieder zurück.

»Wir haben einen Abgleich mit der landesweiten Datei in

Auftrag gegeben. Wenn sie bereits irgendwo registriert sind, werden wir es in Kürze wissen. Das dauert höchstens ein paar Stunden.«

»Ich fasse es nicht. Habt ihr denn die Fingerabdrücke auf dem Wagen nicht mit den Abdrücken verglichen, die die Gerichtsmediziner auf Woodys Hals festgestellt haben? Ihr habt extra ein Fax in euer Büro bekommen. Seid ihr nicht bei Sinnen?«

»Ach so, die. Ja, einen Daumenabdruck haben wir, der passt.«

»Schön. Aber ihr hättet das gar nicht erwähnt.«

»Wir warten noch auf den Abgleich per EDV. Wir wollten Sie überraschen.«

Delorme schüttelte verwundert den Kopf. »Leute, ihr müsst wirklich high sein.«

Collingwood und Arsenault traten verlegen auf der Stelle und sahen dumm aus der Wäsche. Cardinal stand am Garagentor und besah sich den auseinandergenommenen Lieferwagen. Die Klebstoffdämpfe hatten weiße Ablagerungen überall dort hinterlassen, wo Hände das Fahrzeug berührt hatten. Die Karosserie war mit Tupfen übersät.

»Einmal haben wir eine ganze Cessna so behandelt«, wusste Arsenault zu berichten. »War aber nicht größer als das hier.«

»Da irrst du dich, Paul. Die Cessna war um einiges größer, vor allem, wenn man die Flügel mitrechnet.«

Cardinal, Delorme und Arsenault drehten sich alle zu Collingwood um. Soweit sie sich erinnern konnten, war es das erste Mal, dass er jemals etwas gesagt hatte, ohne gefragt worden zu sein. Schief grinsend stand er vor dem Lieferwagen, die Ohren wie durchsichtig im warmen Sonnenlicht.

* * *

Nach der Mittagspause fuhren Cardinal und Delorme zu Woodys Haus, einem kleinen weiß gekalkten Bungalow draußen in Ferris. Dann saßen sie in der Küche, wo Martha Wood ihren kleinen Sohn mit einer fast verzweifelten Hingabe fütterte, als ob, während sie von ihrem toten Mann sprach, bereits ein Seitenblick genügen würde, um sie völlig aus dem Gleichgewicht zu bringen.

»Woody mochte Stereoanlagen, Radiorekorder und Tonbandgeräte – Dinge, die leicht zu transportieren und zu verkaufen waren. Auch Laptops, wenn sich die Gelegenheit bot. Er wartete immer, bis er einen Lieferwagen voll zusammen hatte, dann fuhr er hinunter nach Toronto. Gewöhnlich war er noch am Abend wieder zu Hause. Komm, Truckie, iss doch noch was.« Sie schob noch ein bisschen weichgekochtes Ei in den Mund des Kleinen. Der Junge schluckte es, schaute auf und griff nach dem Löffel. »Das schmeckt dir. Ja, ich weiß.«

Der Kummer ergreift von jedem Menschen auf jeweils eigene Art Besitz. Vom anderen Ende der Küche beobachtete Cardinal, wie sich Martha Wood behutsam ihrem kleinen Sohn zuwandte und das Eigelb vorsichtig auf den Löffel nahm. Sie hatte schwer damit zu kämpfen, beides, das Füttern ihres Kindes und die Beantwortung der Fragen der Polizisten, zugleich zu bewältigen. Ihre Bewegungen waren langsam und vorsichtig, als hätte sie Brandverletzungen erlitten. Auch spürte Cardinal einen verhaltenen Zorn unter dem offenkundigen Schmerz, ohne dass er hätte sagen können, worin dieser Zorn bestand. Alle ihre Antworten gab sie seiner Kollegin Delorme.

»Der ist ja süß«, sagte Delorme. Sie strich dem Kind über das schwarze, weiche Haar. »Sie nennen ihn Chuckie?«

»Truckie. Eigentlich heißt er Dennis, nach Woodys Vater, aber Woody hat ihn immer Kipper genannt.« Sie wischte dem Kleinen Eigelbspuren aus dem Gesicht und bugsierte eine weitere winzige Portion auf den Löffel. Kleine rundliche

Finger ergriffen den Löffel und führten ihn zu dem gierigen Mund. »Als ich schwanger war, sagte Woody immer: ›Wir brauchen doch kein Baby! Wir brauchen ein Radio, eine Leselampe, einen Kipper! Warum geben wir ihm nicht so einen Namen?‹ Und zum Spaß nannten wir ihn dann Leselampe und Kipper, und bei diesem Spitznamen ist es dann geblieben...«

In der Küche roch es nach Baby: Puder, Pflegetücher und Windeln. Cardinal schien es, als hätte er nie etwas Traurigeres gesehen als diese hübsche junge Mutter mit ihrem Kind.

»Hallo, Truckie«, redete Delorme den Kleinen an. »Wie geht's denn so?«

Zum ersten Mal sah Martha Wood Cardinal direkt an. »Würden Sie bitte gehen?«

»Ich? Ich soll gehen?« Cardinal war völlig überrascht. Nie wäre es ihm in den Sinn gekommen, dass die junge Frau ausgerechnet ihn im Visier hatte.

»Sie wussten gestern schon die ganze Zeit, dass mein Mann tot war. Und trotzdem haben Sie mir Fragen gestellt, als ob das gar nicht wichtig wäre. Was glauben Sie wohl, wie mir zumute war?« Obwohl sie einen starken Charakter hatte, bebte ihre Stimme jetzt.

»Es tut mir leid, Mrs. Wood. Mir ging es nur darum, so rasch wie möglich Informationen zu bekommen.«

»Ihretwegen habe ich mich furchtbar gefühlt, so wertlos. Ich will Sie in meinem Haus nicht mehr sehen.«

Cardinal stand auf. »Ich habe einen Fehler gemacht«, sagte er. »Ich fühlte mich unter Zeitdruck, und deshalb habe ich die Situation falsch eingeschätzt. Es tut mir wirklich leid.«

Er verließ das Haus durch den Seiteneingang, setzte sich ins Auto und machte sich Notizen. Mein Gott, bin ich ein schlechter Polizist, dachte er. Und das Schlimmste wissen die Leute noch gar nicht. Wegen einer dummen Fehleinschätzung habe ich die Gelegenheit verpasst, mich in Woodys

Haus umzusehen. Er würde nie erfahren, wie sehr das die Ermittlungen zurückwarf. Wenn die Reporter von Kanal Vier Wind davon bekämen, wäre das ein gefundenes Fressen.

Delorme kam eine halbe Stunde später. »Die arme Frau«, sagte sie, als sie auf den Fahrersitz rutschte.

»Haben Sie sich im Haus umsehen können?«

»Ja. Viel zu sehen gab es nicht. Aber ich habe das hier gefunden.« Sie reichte ihm einen Umschlag.

Cardinal holte einen Packen Polaroidfotos hervor, von denen einige zusammenklebten. Es waren Aufnahmen von der Algonquin Mall, dem Einkaufszentrum Airport Hill und der Gateway Mall, alle von der Rückseite der Gebäude.

»Ich habe sie nur so überflogen«, sagte Delorme, »aber es sieht so aus, als ob er sich die Einkaufszentren vornehmen wollte.«

»Das passt aber gar nicht zu Woody.«

»Ja, soweit ich weiß, ist er immer nur in Häuser eingebrochen. Wir haben ihm nie etwas anderes nachweisen können.«

»Von der Gateway Mall ist nur ein Foto dabei, von den anderen beiden Einkaufszentren gibt es dagegen mehrere.«

»Auf den Fotos sind hauptsächlich die Parkplätze zu sehen. Vielleicht hatte er ein bestimmtes Auto im Auge?«

»Aber deshalb hätte er keine Aufnahmen davon zu machen brauchen. Vielleicht hat er doch Läden für einen geplanten Einbruch fotografiert. Jemand könnte ihn dabei beobachtet haben. Und vielleicht auch jemand anderen, der mit ihm dort herumlungerte.«

43

Eric Fraser hatte gerade eine D-35 poliert und hängte sie wieder an das Gestell hinter dem Tresen. Zu seinen Aufgaben gehörte es unter anderem auch, einmal die Woche die Gitarren zu polieren. Das tat er lieber, als an der Kasse zu arbeiten oder Elektroverstärker auszupacken. Er putzte gern; das war eine angenehme, geistig anspruchslose Tätigkeit, bei der er ganz nach Lust und Laune träumen konnte – von der Insel, dem verlassenen Haus, dem Jungen in Edies Keller.

»Was kostet die Martin?«, wollte ein dicker Junge mit Schweißperlen auf der Oberlippe wissen.

»Dreitausend Dollar.«

»Und die Gibson da drüben?«

»Zwölfhundert.«

Eric merkte, dass der Junge die Gitarren gern ausprobiert hätte, aber er ermunterte ihn nicht dazu. Alan hatte es nicht gern, wenn Jugendliche teure Gitarren in die Hand nahmen, solange sie nicht ernsthafte Kunden waren.

Der Junge zog weiter in die Notenabteilung, und Eric machte sich daran, die Gibson zu polieren. Er spielte die Gitarren nie selber. Carl und Alan waren ausgebildete Musiker, und Eric mochte es nicht, wenn sein mangelndes Talent offenkundig wurde. Keith Londons Gitarre, eine Ovation in ausgezeichnetem Zustand, lag zu Hause unter seinem Bett. Er hatte sie ausprobiert, doch er war so aus der Übung, dass ihm gleich die Finger wehtaten.

Ein junges Mädchen betrat den Laden und begann, in den Notenblättern zu kramen. Offenbar versuchte sie, sich einen Song von Whitney Houston einzuprägen. Sie war vielleicht zwölf, mit langem glattem Haar. Eric genoss es, sie anschauen zu können, ohne ein Verlangen zu spüren; einen Gefangenen in seiner Macht zu haben machte ihn unempfänglich für andere Regungen. Katie Pine hatte nicht dieses Glück gehabt. Eric hatte gerade an Billy LaBelle gedacht, als Katie Pine zufällig hereinkam und Instrumente bewunderte, ohne etwas zu kaufen. In dem Augenblick, als sie den Laden betrat, hatte Eric einen Wink des Schicksals verspürt: Sie würde ihm gehören, und keine Macht der Welt konnte ihn daran hindern.

Bei Billy LaBelle war das anders gewesen. Der Junge kam regelmäßig zu Unterrichtsstunden in den Laden. Eric hatte ihn über lange Wochen beobachtet. Stets kam er allein und ging, mit dem Gitarrenkasten in der Hand, auch wieder allein nach Hause. Eric hatte große Pläne mit ihm gehabt, aber dann war er ihnen unter den Händen gestorben. Nun, Edie und er hatten ihre Lektion gelernt; so etwas würde ihnen nicht noch einmal passieren. Mit dem jetzigen Gefangenen hatte er Großes vor.

Seine Gedanken kreisten ständig um ihn und all die Dinge, die er mit ihm machen wollte. Wohin man auch ging, überall traf man auf Keith Londons Foto – in der Mall gleich neben Troy Music, auf der Straße, an den Bushaltestellen. Aber der Junge war keine zwei Stunden in der Stadt gewesen, ehe er verschwand. Niemand würde ihn finden – schon gar nicht die Bullen, die er in den Fernsehnachrichten gesehen hatte.

Wenn er nur endlich einen passenden Ort gefunden hätte. Abgeschieden sollte er sein, aber geräumig genug, um die Kamera und die Scheinwerfer aufzustellen, ein Ort, wo er frei war in seinem Tun. So etwas war nicht leicht zu finden. Leerstehende Häuser gab es nicht viele in der Gegend.

»Eric, du kannst das morgen fertig machen. Übernimm doch mal kurz die Kasse.«

»Okay, Alan. Im Lager gibt's auch noch was zu tun?«

»Das hat Zeit bis morgen. Übernimm jetzt bitte die Kasse.«

Ich soll doch bloß die Kasse übernehmen, dachte er, weil du den großen Experten herauskehren willst. Den Provinzheinis hier zeigen, wie man richtig Gitarre spielt. Sein Chef machte sich daran, für einen Typ mit Haaren bis zu den Knien eine Dobro zu stimmen. In mancher Hinsicht, in seiner Charakterfestigkeit und Freundlichkeit, erinnerte er ihn an seinen letzten Pflegevater.

Das Mädchen gab es schließlich auf, sich die Akkorde hier im Laden einzuprägen, und kaufte die Noten für den Whitney-Houston-Song.

»Spielst du Klavier?« Ein bisschen Freundlichkeit zeigen, selbstverständlich alles wegen des Chefs.

»Ja, ein bisschen.«

»Sehr gut. Diese Akkorde hören sich gut an auf dem Klavier. Für Gitarre passen sie nicht so, zu viele Mollakkorde.« Das Reden fiel ihm leicht, wenn er sich frei fühlte. Weil er den Gefangenen zu Hause hatte, konnte er mit den Kunden jetzt genauso plaudern wie sein Chef und dessen Kompagnon. Eric riss den Kassenzettel ab und heftete ihn an die Einkaufstüte. »Viel Erfolg damit. Und falls du andere Noten brauchst, sind wir dir gern behilflich.«

»Oh, danke. Das ist echt nett.« Ein Anflug von Akne und im Mund eine dicke Zahnspange. Erstaunlich, noch vor einer Woche wäre ich viel zu aufgeregt gewesen, um mit ihr zu sprechen. Mein Herz hätte wie rasend geschlagen, und schreckliche Bilder wären aus der Registrierkasse gequollen.

Jetzt konnte Eric zusehen, wie sie ihr langes glattes Haar aus dem Gesicht strich, ohne dass es ihn erregt hätte. Das war Selbstbeherrschung.

Jane, die Tochter seiner Pflegeeltern, hatte auch solche langen glatten Haare gehabt, nur dass Jane blond war. Ihr Haar hatte ihn immer fasziniert. Sie hatte die Angewohnheit, ständig damit zu spielen, beim Fernsehen Strähnen zwischen die Finger zu nehmen und zu drehen oder leicht schielend nach gespaltenen Haarspitzen zu suchen. Manchmal berührte Eric sogar ihr Haar, ohne dass sie es merkte. Wenn sie im Auto auf dem Beifahrersitz saß und er hinter ihr, konnte er dieses goldene, süß duftende Vlies berühren, ohne dass sie es auch nur geahnt hätte.

Eine Weile hing er Erinnerungen an Jane nach. Was er alles mit ihr angestellt hätte, wenn er bloß Gelegenheit dazu gehabt hätte.

Schließlich kam Alan Troy zu ihm und sagte, es sehe nach ruhigem Geschäft aus, er könne für heute Feierabend machen.

»Ganz bestimmt, Alan? Ich könnte noch bleiben.«

»Nein, nein, das geht schon. Carl ist ja auch noch da und kann dann den Laden abschließen.«

Eric hatte schon den Mantel an und wollte gerade aus der Tür gehen, als er plötzlich auf eine Anwandlung hin fragte: »Wie viel würdest du für eine gebrauchte Ovation zahlen?«

Sein Chef war gerade am Geldzählen und blickte nicht einmal von der Kasse auf. »Warum, Eric? Hast du eine zu verkaufen?«

»Ein Typ hat neulich versucht, mir eine aufzuschwatzen. Er wollte dreihundert Dollar dafür.«

»Tja, es kommt immer auf das Modell an. Eine neue Ovation kriegt man eigentlich nicht unter achthundert Dollar. Das Angebot klingt schon verlockend – immer vorausgesetzt, das Instrument ist in einem guten Zustand.«

»Schien ganz gut erhalten. Allerdings bin ich kein Experte auf dem Gebiet.«

»Warum bringst du das gute Stück nicht mal mit, wenn der Besitzer es erlaubt? Ich schau sie mir an und erstelle sozusagen ein Gutachten.«

»Vielleicht mach ich das mal. Ich fürchte bloß, der Typ ist gar nicht mehr in der Stadt. Nacht, Alan.«

»Nacht, Eric.«

»Sei vorsichtig auf dem Weg nach Hause. Der Schneematsch hat die Straßen in Rutschbahnen verwandelt.«

Alan sah Eric belustigt an. »Du scheinst neuerdings immer gute Laune zu haben, Eric.«

»Wirklich?« Eric schien nachzudenken. »Ja, das stimmt. Ich habe gute Nachrichten von zu Hause. Meine Schwester hat ihren Abschluss in Pharmazie geschafft.«

»Na klasse. Schön für sie.«

»Ja, Jane war schon immer ein begabtes Kind.«

In Wirklichkeit hatte Eric seit über vierzehn Jahren nichts mehr von seiner Pflegeschwester gehört. Er hatte sich immer ausgemalt, wegen des Brandes, den er bei den Nachbarn gelegt hatte, würde ihn seine Pflegefamilie hinauswerfen. Doch niemand kam ihm auf die Spur. Ebenso wenig wurde er bei den Quälereien erwischt, die er an Hund und Katze der Familie verübte und die für die Tiere tödlich endeten. Schließlich belangten sie ihn wegen einer völlig lächerlichen Geschichte. Am Ende wurde er wegen einer Nichtigkeit hinausgeworfen.

Schuld daran war die dreizehnjährige Jane. Wenn sie nicht so eingebildet gewesen wäre, hätte es nicht dieses schlimme Ende genommen. Er hätte sich leichter eingelebt und sich entspannen können. Doch sie reizte ihn mit ihrer Art, ständig an den Haaren zu spielen und ihn überhaupt nicht zu beachten. Nachdem er ihren Hund in seine Gewalt gebracht hatte, fühlte er sich von dem Verlangen nach Jane befreit. Plötzlich konnte er mit ihr sprechen. Er schaffte es sogar, sie zu trösten, als sie wegen ihres verlorenen Hundes weinte.

Doch keine Woche später spürte er schon wieder dieses qualvolle Verlangen in der Brust. Jane behandelte ihn wieder, als ob er Luft wäre. Er schluckte seinen Schmerz hinunter, bis er es nicht mehr aushielt. Dann nahm er sich fest vor, dass Jane ihm – und sei es auch nur für eine Nacht – Beachtung schenken müsse. Wie er das erreichen sollte, wusste er nicht. Er würde abwarten, wie die Dinge sich entwickelten.

Eines Nachts blieb er so lange wach, bis sein Pflegevater wie ein Grizzlybär schnarchte. Dann zog er Jeans und T-Shirt und sogar Strümpfe an und schlich sich auf Zehenspitzen zu Janes Tür. Die Tür war nicht verschlossen, das wusste er. Keine Schlafzimmertür im Haus hatte ein Schloss.

Manchmal las Jane bis spät in die Nacht oder hörte Musik aus ihrem rosafarbenen Radio, doch diesmal war kein Licht unter ihrer Tür zu sehen. Eric wartete nicht einmal. Er drehte den Türknauf, trat ins Zimmer und zog die Tür wieder zu. Seine Augen hatten sich bereits an die Dunkelheit gewöhnt, deshalb erkannte er deutlich, wie sich Janes Hüfte unter der Decke abzeichnete. Sie hatte sich zur Wand hin zusammengerollt; ein Vorhang aus üppigem Haar verbarg ihr Gesicht.

Im Zimmer roch es nach Laufschuhen und Babyöl. Eric stand lange Zeit vollkommen regungslos und beobachtete, wie sich Janes Brustkorb hob und senkte, und lauschte dem leisen An- und Abschwellen ihres Atems. Sie schläft fest, dachte Eric, ich kann mit ihr machen, was ich will.

Er hielt die Hände gerade über die Konturen ihres Körpers, so als wäre sie ein Ofen und er könnte ihre Wärme auffangen. Er berührte ihr Haar, angelte sich eine Strähne, wickelte sie um den Zeigefinger und atmete den Duft ihres Shampoos.

Plötzlich stockte Janes Atem, und Eric verharrte regungslos. Du träumst nur, sagte er fast vernehmlich, es ist bloß ein Traum, kein Grund, aufzuwachen. Aber sie wachte doch auf. Sie schlug die Augen auf, und ehe Eric es verhindern konnte, setzte sie sich auf und schrie. Eric verschloss ihr den Mund, doch sie biss ihn in die Hand und schrie: »Mom! Dad! Eric ist in meinem Zimmer. Eric ist in meinem Zimmer!«

Es folgte eine lange Nacht der Tränen und des gegenseitigen Anschreiens, mit dem Ergebnis, dass man Eric seine Beteuerung, er habe geschlafwandelt, nicht glaubte.

Und so wurde Eric zu seiner großen Verwunderung aus seiner vierten und letzten Pflegefamilie hinausgeworfen, nicht etwa, weil er Hund und Katze der Familie zu Tode gequält hatte, und auch nicht, weil er das Feld des Nachbarn in

Brand gesteckt hatte. Verstoßen wurde er schließlich wegen des angeblich kapitalen Verbrechens, seinen Fuß in das Zimmer seiner Pflegeschwester gesetzt zu haben.

Damit war das Kapitel der Pflegefamilien abgeschlossen. Fortan wurde er von einem Heim ins andere verfrachtet, wobei er rasch immer mehr verrohte. Noch mehr Haustiere verschwanden, noch mehr Brände wurden gelegt. Einen kleineren Jungen, der es gewagt hatte, sich über Erics Bettnässen lustig zu machen, fesselte Eric und schlug ihn mit einem Elektrokabel.

Wegen dieses Vergehens kam Eric zum dritten und letzten Mal vor das Jugendgericht in Jarvis. Nach dem Gesetz wurde er als jugendlicher Straftäter eingestuft und zur Besserung in die St. Bartholomew's Training School in Deep River eingewiesen, wo er unter der Obhut der Christian Brothers bis zu seinem achtzehnten Lebensjahr blieb.

Das einzig Gute an der Zeit in Deep River war für ihn, dass ein Mitinsasse mit Namen Tony ihm Gitarrespielen beibrachte. Nach der Entlassung aus St. Bartholomew zogen beide zusammen nach Toronto und gründeten eine Rockband. Da die anderen Mitglieder aber bessere Musiker als Eric waren, hatten sie ihn nach wenigen Wochen aus der Band geekelt. Er wechselte mehrmals den Job und zog in immer kleinere Zimmer um, bis er den Eindruck bekam, in Toronto den Boden unter den Füßen zu verlieren. Ohne Freunde verbrachte er seine Abende allein mit Magazinen, die in unverfänglicher Verpackung mit der Post kamen. Seine Phantasien wurden schwärzer und schwärzer.

Toronto, so schien es ihm, war tödlich, er brauchte Luftveränderung. Er wollte in eine Gegend, wo es viel freie Natur gab und wo er nicht den Eindruck hatte, jeden Augenblick ersticken zu müssen. In seiner methodischen Art stellte er eine Liste verschiedener Kleinstädte mit ihren jeweiligen Vorzügen zusammen und grenzte seine Auswahl schließlich auf Peterborough und Algonquin Bay ein. Eigentlich wollte er beide Städte besichtigen, aber als er am Tag seiner Ankunft in Algonquin Bay das Schild »Aushilfe gesucht« am Eingang von Troy Music sah, gab das den Ausschlag. Eine Woche darauf begegnete er Edie im Drugstore und fühlte sich sogleich innerlich stärker. Die ersten Anzeichen bedingungsloser Ergebenheit, die er in ihren Augen las, gaben ihm die Gewissheit, dass dies ein Mensch war, mit dem er sein Schicksal, ganz gleich, wie es aussähe, teilen konnte.

Aber Eric Fraser dachte nicht gern an die Vergangenheit. Die schrecklichen, bedrückenden Jahre in Toronto, die Feindseligkeit, die seine Zeit in St. Bart's geprägt hatte – all das kam ihm vor, als habe es höheren Orts eine Verwechslung gegeben, sodass er nun mit einem engen, beschränkten Leben vorliebnehmen musste, das eigentlich für jemand anderen bestimmt gewesen war. Man hatte ihm sein eigentliches, wirkliches Leben gestohlen.

Das hätte nicht so kommen müssen, dachte er, während er an der alten CN-Sendestation vorbei zu Edies Haus fuhr. Der ganze Schlamassel wäre ihm erspart geblieben, wenn er damals schlau genug gewesen wäre, Janes Mund mit Klebeband zu verschließen.

44

Lise Delorme hatte bei ihrem Job nicht viel Zeit mit Observierungen verbracht. Mittwochnacht stellte sie fest, dass sie nicht besonders gut war im Herumstehen und Warten, schon gar nicht zu nachtschlafender Zeit in einem ungeheizten Ladengeschäft neben dem New-York-Restaurant. Zum Glück war es dank warmer Kleidung und einem Heizlüfter einigermaßen erträglich.

Das New-York-Restaurant erfreut sich bei den kriminellen Elementen von Algonquin Bay großer Beliebtheit, und das seit jeher, jedenfalls seit weit vor Delormes Zeit. Niemand weiß so recht, warum. Am Essen kann es nicht liegen, denn das konnte selbst einem hartgesottenen Ex-Knacki nicht munden. McLeod behauptete, die Steaks kämen aus der Küche des Polizei-College in Aylmer. Vielleicht verleiht der weltstädtische Name dem Laden ein gewisses Prestige – zumindest in den Augen von Kleinstadtganoven. Allerdings darf stark bezweifelt werden, dass irgendein Mitglied der hiesigen Verbrecherkreise jemals auch nur in die Nähe von New York City gekommen ist. Sie sind genauso wenig darauf erpicht, Städte mit hoher Verbrechensrate kennen zu lernen, wie ihre Mitbürger.

Musgrave meinte, es seien die beiden Eingänge. Das New York ist das einzige Restaurant in Algonquin Bay, das man durch einen hell erleuchteten Eingang an der Hauptstraße betreten und durch einen Nebeneingang, der in die Dunkelheit der Oak Street führt, wieder verlassen kann. Delorme wiederum meinte, es liege an den hohen, protzigen Spiegeln an der Wand, die das Lokal gleich doppelt so groß erscheinen ließen, wie es tatsächlich war, und an den Polsterbänken aus rotem Kunststoff mit Goldapplikaturen, die wohl noch aus den fünfziger Jahren stammten. Delorme hatte eine Theorie, wonach Ganoven in mancher Hinsicht wie Kinder waren und die Vorliebe der Kleinen für bunte Farben und glänzende Gegenstände teilten. So betrachtet, war das New York, von den goldumrandeten Speisekarten bis zu den staubigen Lüstern, der passende Laufstall für schwere Jungs.

Und selbstverständlich ist das New York das einzige Restaurant in Algonquin Bay, das rund um die Uhr geöffnet ist, worauf eine leuchtend rote Neonschrift – warnend – hinweist: *Das New York schläft nie.*

Was immer auch die Gründe für seine Beliebtheit sein mögen, das New York ist dadurch für die verschiedenen Vertreter der Strafverfolgungsbehörden von großem Interesse. Kripoleute ermannen sich, dort inmitten anderer Gäste zu speisen, die sie schon einmal hinter Gitter gebracht haben. Manchmal plaudert man sogar miteinander oder gibt durch Kopfnicken zu verstehen, dass man sich kennt. Manchmal wirft man sich auch nur kalte Blicke zu. Zweifellos kann ein kluger Polizist hier so manche nützliche Information bekommen.

»Er hätte es sich nicht besser aussuchen können«, sagte Musgrave. »Falls ihn irgendjemand erkennt, kann er leicht erklären, wie er in die Gesellschaft einer Ratte wie Corbett geraten ist. Obgleich ihn an einem Mittwoch um zwei Uhr früh wohl kaum ein Kollege sehen wird.«

Das frühere Wäschegeschäft neben dem New-York-Restaurant stand seit einem halben Jahr leer, und der Vermieter, eine Bank, hatte den Mounties gern die Schlüssel überlassen. Um ihrem Treiben einen Vorwand zu geben, hatten sie das Schaufenster abgedeckt und mit der Aufschrift »Neueröffnung in Kürze« versehen.

Das einzige Licht im Ladengeschäft kam von den aufgesteckten Lämpchen über den elektronischen Apparaten. Delorme wartete im Dunkeln zusammen mit Musgrave und zwei Mounties in blauen Arbeitsanzügen, die – wahrscheinlich auf strikte Anweisung – kein Wort mit ihr sprachen. Die »Handwerker« waren schon seit Mittag hier; Delorme war gegen neun Uhr abends dazugestoßen. Sie war durch einen rückwärtigen Flur hereingekommen, der neben dem Wäschegeschäft noch Zugang zu einem Kerzenladen bot. Die Luft roch angenehm nach Sägemehl und Früchtearoma.

Ein Schwarzweißmonitor zeigte einen Ausschnitt des Restaurants, der den größten Teil der Bar einfing. Delorme deutete auf den Bildschirm. »Ist die Kamera beweglich?«

»Corbett sagte, er werde an der Bar sitzen. Würde sich Cardinal zum führenden Fälscher Kanadas an einen Tisch setzen, könnte man wohl schwerlich von einem Zufall sprechen. An der Bar ist das etwas anderes: Da kann man nicht bestimmen, wer sich neben einen setzt.«

»Ja, aber wenn...«

»Die Kamera ist auf einen Drehkopf montiert. Wir können sie mit einem Joystick von hier aus steuern. Wir machen das nicht zum ersten Mal, wissen Sie.«

Ganz schön empfindlich, der Typ, hätte Delorme beinahe gesagt. Stattdessen ging sie zu dem zugenagelten Schaufenster hinüber und beobachtete die Straße durch ein kleines Loch im Schriftzug »Neueröffnung«. Ihr war zwar klar, dass er, wenn er überhaupt kam, von hinten durch den Eingang zur Oak Street hereinkommen würde, aber sie wollte lieber einen anderen Anblick genießen als die leere Bar oder den Rücken ihrer unfreundlichen Kollegen. Durch das Guckloch konnte man nicht viel sehen. Der Schneematsch auf der Hauptstraße war knöcheltief. Die Gehwege waren jedoch dank kundenfreundlicher Beheizung sauber und trocken. Auf der gegenüberliegenden Straßenseite warb ein Kulturzentrum, das früher einmal ein Kino gewesen war, unter dem Titel »Der wahre Norden« für eine Ausstellung von Aquarellen zeitgenössischer kanadischer Künstler sowie für einen Mozart-Abend mit dem Algonquin Bay Symphony Orchestra. Der angekündigte Schnee fiel in leichten Flocken.

Fußgänger waren nicht zu sehen, was nachts um Viertel vor zwei auch nicht weiter verwunderte. Komm nicht, dachte Delorme, überleg es dir anders, bleib zu Hause. Vor nicht einmal drei Stunden hatte Sergeant Langois aus Florida angerufen und ihre schlimmsten Befürchtungen bestätigt. Seither hatte sie mit ihren Emotionen zu kämpfen. Einem Mann Handschellen anzulegen, der das Police Department an Ganoven verraten und den Steuerzahler geprellt hatte, mochte angehen, solange man nur darüber redete. Etwas anderes war es jedoch, das Leben eines Menschen zu ruinieren, mit dem man täglich zusammenarbeitete, es mit einem Menschen aus Fleisch und Blut zu tun zu haben, nicht mit einem abstrakten Ermittlungsziel. Auch bei der Verhaftung des Bürgermeisters – eines korrupten Mannes, der die Stadt betrogen und eine längere Gefängnisstrafe sicherlich verdient hatte – hatte sie vorher durch das gleiche Wechselbad der Gefühle gehen müssen. Kurz vor der Verhaftung dachte sie nur an die unabsichtlichen Opfer ihrer Ermittlung, an die Frau und die Tochter des Bürgermeisters. Kollateralschäden, dachte sie. Ich bin ein loyal denkender Pilot, der seinen Einsatz fliegt und nur seine Befehle ausführt. Ich hätte Amerikanerin werden und zur Air Force gehen sollen.

Ein rotweißer Cadillac Eldorado glitt ins Blickfeld, kam im Schneematsch leicht ins Rutschen und hielt dann vor dem Restaurant. Helle Lichter, glänzendes Metall wie ein Spielzeug, das man über ein Babybett hängt. Es ist so weit, dachte Delorme, für Gewissensbisse ist es jetzt zu spät. Wahrscheinlich ist es doch bloß Lampenfieber. Das Auto war zu weit vorgefahren, als dass sie hätte sehen können, wer ausgestiegen war.

Ein Funkgerät knackte, und eine männliche Stimme sagte: »Elvis ist da«, was Musgrave kurz bestätigte. Delorme hatte gar nicht gemerkt, dass auch anderswo noch Männer postiert waren. Sie hoffte, dass sie wenigstens im Warmen waren.

Sie stellte sich zu Musgrave vor den Videomonitor. Auf dem Bildschirm war Kyle Corbett zu sehen, wie er gerade seinen Mantel einer Person reichte, die nicht im Bild war. Dann setzte er sich an die Bar, wo ihn die Kamera genau erfasste. Corbett hatte das Aussehen eines Mittvierzigers, kleidete sich aber wie ein sehr viel jüngerer Mann, ähnlich wie ein Rockstar. Er hatte langes, überall auf dieselbe Länge getrimmtes Haar, das er sich aus der Stirn gekämmt hatte, dazu einen Künstlerspitzbart. Unter einer sportlichen Wildlederjacke mit breiten Aufschlägen trug er einen Sweater mit rundem Halsausschnitt. Er beugte sich vor, überprüfte Frisur und Bart im Spiegel und schwang dann auf dem Barhocker herum, um den Barmann zu begrüßen. Sogleich ließ er ein Zahnpasta-Lächeln aufblitzen. »Hallo, Rollie, wie sieht's aus?«

»Wie geht es Ihnen, Mr. Corbett?«

»Wie es mir geht?« Corbett sah zur Decke hinauf, als ob er ernsthaft überlegte. »Gut. Die Geschäfte florieren, so viel kann ich sagen.«

»Ein Pils?«

»Mir zu kalt. Geben Sie mir einen Irish Coffee. Einen koffeinfreien. Irgendwann in diesem Jahrhundert möchte ich auch mal schlafen.«

»Ein koffeinfreier Irish Coffee. Kommt sofort.«

»Wunderbar.«

Delorme versuchte herauszubekommen, was ihr an Corbetts Gehabe so bekannt vorkam: das breite Lächeln, das scheinbare Nachdenken über eine triviale Frage. Dann wusste sie es. Kyle Corbett, der einstige Drogendealer und jetzige Kreditkartenfälscher, hatte sich die freundlich-herablassende Art der Reichen und Schönen zugelegt. Delorme hatte einmal Eric Clapton auf dem Flughafen von Toronto gesehen, wie er, von Fans umringt, Autogramme gab. Er plauderte mit ihnen auf die gleiche entspannte und doch distanzierte Art, die Corbett sich abgeguckt hatte.

Er kehrte der Kamera den Rücken und hatte die Arme auf den Tresen gestützt, als ob die Bar ihm gehörte. »So gefährlich sieht er gar nicht aus«, bemerkte Delorme.

»Sagen Sie das Nicky Bell«, versetzte Musgrave. »Er ruhe in Frieden.« Dann reckte er anerkennend den Daumen in die Höhe. »Gestochen scharfes Bild, Ton einwandfrei. Gute Arbeit, Jungs.«

Das Funkgerät knackte wieder. »Taxi biegt in die Oak Street.«

Musgrave sprach in sein Mikrophon. »Sagen Sie mir, ob das der Mann ist, auf den wir warten.«

»Er steigt aus.« Dann eine Pause. »Sein Gesicht ist nicht zu erkennen. Er trägt eine Kapuze. Aber er geht in Ihre Richtung.«

Plötzlich war lautes Gläserklirren zu hören, und die beiden Männer an der Videokonsole lehnten sich resigniert zurück.

»Verdammt«, fluchte Musgrave. »Das Bild ist weg.«

»Man hat irgendwas vor die Kamera gestellt. Wahrscheinlich Stapel von Gläsern.« Hände fuhren hastig über Knöpfe und Regler. »Es ist ein großes Tablett mit Gläsern für die Geschirrspülmaschine.«

»Oh nein. Probiert es mit dem Joystick. Kann man das Objektiv nicht um die Gläser herummanövrieren?«

»Wir versuchen es ja.«

»Still«, sagte Delorme. »Hören wir wenigstens, wie es weitergeht.«

Corbett begrüßte den Hereinkommenden in seiner leutseligen Art lautstark und emphatisch. Damit machte er vor dem Restaurantpersonal deutlich, dass diese Begegnung zwischen Polizei und Halbwelt sich allein dem Zufall verdankte. »Trinken Sie etwas mit mir? Ich bin immer froh, Menschen zu treffen, die wie ich nicht schlafen können, auch wenn sie in der falschen Mannschaft spielen.«

Die Antwort war unverständlich. Die andere Person befand sich außer Reichweite des Mikrophons. Vielleicht hängte sie ihren Mantel auf.

»Zieht ihr Polizisten euch immer wie Nanuk, der Eskimo, an, wenn ihr mal nicht im Dienst seid?«

»Larry«, sagte Musgrave eisig, »stellen Sie diese verdammte Kamera richtig ein, wir verpassen sonst das Wichtigste.«

Lieber Gott, betete Delorme. Bringen wir es rasch hinter uns.

»Was trinken Sie denn?« Es war Dysons Stimme. »Einen Shirley Temple oder so etwas?«

Musgrave fuhr herum und sah Delorme an. »Wer ist das? Ist das nicht Adonis Dyson? Ich dachte, Sie hätten Cardinal diese Giftpille untergejubelt?«

Delorme zuckte mit den Achseln. Eine Mischung aus Erleichterung und Schmerz durchströmte sie, wie nach einer subkutanen Injektion. »Ich habe Cardinal ein Datum zugesteckt. Dyson hatte ein anderes.«

»Haben Sie etwas für mich?«, sagte Dyson auf dem dunklen Bildschirm.

Man hörte Papier rascheln. »Legen Sie es klug an. Ich persönlich rate zu gemischten Fonds.«

»Draußen wartet ein Taxi auf mich. Ich möchte gleich zur Sache kommen.«

»Warum so furchtsam? Wussten Sie nicht, dass ich neuerdings immun bin? Erstaunlich, was eine gerichtliche Anordnung so alles bewirken kann. Ich muss sagen, das Gesetz ist schon was, wenn es richtig funktioniert.«

»Es ist spät, und draußen wartet ein Taxi auf mich.«

»Setzen Sie sich. Das machen wir nicht im Schweinsgalopp. Ich habe Ihnen gesagt, dass ich einen vollständigen Bericht will. Für Fliegendreck bezahle ich Sie nicht.«

»Die Mounties wollen am vierundzwanzigsten wieder zuschlagen. Das ist kein Fliegendreck. Am vierundzwanzigsten. Mehr brauchen Sie nicht zu wissen.«

»Das ist die Giftpille«, sagte Delorme leise. »Am vierundzwanzigsten. Diese Information habe ich nur Dyson gegeben.«

»Und machen Sie sich diesmal nicht sofort aus dem Staub«, fuhr Dyson fort. »Hinterlassen Sie irgendeine Spur, und am besten auch gleich ein paar von Ihren Leuten. Sie haben neun Leben, das habe ich gemerkt, aber jetzt setzen Sie Ihr zehntes ein. Bei mir ist es genauso, und wenn man mich drankriegt, dann erwischt es alle anderen auch.«

Musgrave sprach ins Funkgerät.

»Jetzt sind wir dran. Eingänge sperren.«

Und zu Delorme gewandt:

»Schnappen wir ihn uns.«

Musgrave kam durch den vorderen, Delorme durch den hinteren Eingang, jeder von zwei Mounties begleitet. Musgrave verhaftete Corbett, und Delorme nahm sich Dyson vor. »Wirklich«, berichtete Delorme später, »es ging sehr geschäftsmäßig zu. Corbett leistete keine Gegenwehr, fluchte nur ein bisschen.«

Vielleicht hatte Dyson dieses Ende sogar erwartet. Er kreuzte die Arme und legte den Kopf auf den Tresen, ganz in der klassischen Pose des melancholischen Trinkers, der sein Gesicht verbirgt.

»Detective Sergeant, würden Sie bitte die Hände auf den Rücken legen?«

Delorme brauchte ihre Dienstwaffe gar nicht zu ziehen; die Mounties übernahmen das für sie.

»Detective Sergeant«, sagte sie lauter, »ich muss Sie bitten, die Hände auf den Rücken zu legen. Ich muss Ihnen Handschellen anlegen.«

Dyson richtete sich auf, das Gesicht kreideweiß, und legte die Hände auf den Rücken. »Wenn ich das überhaupt noch sagen darf, Lise, es tut mir leid.«

»Ich verhafte Sie wegen Pflichtverletzung, Verfehlung im Amt und Annahme von Bestechungsgeldern. Auch mir tut es leid. Die Staatsanwaltschaft hat mir gesagt, dass noch weitere Anklagen folgen werden.« Ihre Stimme klang wie die einer gut ausgebildeten, sachlich-professionellen Polizistin. Aber in Wirklichkeit dachte sie gar nicht an die Staatsanwaltschaft oder weitere Anklagen, ja nicht einmal an Adonis Dyson.

Während dieser lehrbuchmäßigen Verhaftung musste sie immer an das linkische Mädchen mit der Zahnspange denken, das ihr vor Dysons Haus begegnet war, und an die geisterhafte Gestalt, die es fortgerufen hatte.

45

Morgens um halb vier hatte Cardinal die Fotos auf dem Regal über der Stereoanlage befestigt, auf der er eine Suite von Bach spielte. Er selbst war kein ausgesprochener Liebhaber klassischer Musik, aber Catherine war es, und Bach liebte sie über alles. Das Haus wirkte nicht mehr so einsam, sobald er die Lieblingsmusik seiner Frau hörte. Wenn er jetzt ins Wohnzimmer ginge, stellte er sich vor, könnte dort Catherine auf dem Sofa sitzen und einen ihrer Detektivromane lesen.

Katie Pine, Billy LaBelle und Todd Curry blickten von den Fotos auf Cardinal hinab wie eine jugendliche Geschworenenbank, die ihn für schuldig befunden hatte. Keith London – der vielleicht noch am Leben war – hatte sich der Stimme enthalten, doch Cardinal konnte beinahe den Hilfeschrei und die Klage über seine Versäumnisse hören.

Zwischen allen vier Opfern musste es irgendeine Verbindung geben. Cardinal glaubte nicht, dass ein Mörder seine Opfer allein nach dem Zufallsprinzip aussuchte. Irgendein geheimes Band, und mochte es auch noch so dünn sein, musste die Opfer miteinander verbinden – etwas, das einem späteren Betrachter sogleich ins Auge springen und das nicht gesehen zu haben ihm Anlass für Vorwürfe geben würde. Irgendwo versteckte es sich: in den Akten, in den Fotos vom Tatort, in den gerichtsmedizinischen Berichten. Vielleicht war es nur ein einzelnes Wort oder ein Satz, dessen Bedeutsamkeit ihm bisher entgangen war.

Ein Auto kam, das Motorengeräusch durch die Schneewehen gedämpft, die Madonna Road herauf. Wenig später waren Schritte auf den Stufen vor der Haustür zu hören.

»Was machen Sie denn hier?«

Mit glitzernden Regentropfen im Haar und rosa Wangen stand Lise Delorme vor der Haustür. »Ich weiß, ich komme zu einer unmöglichen Zeit«, sagte sie mit erregter Stimme. »Aber ich war auf dem Weg nach Hause und sah im Vorbeifahren noch Licht bei Ihnen brennen, da wollte ich Ihnen gleich mitteilen, was gerade passiert ist.«

»Auf Ihrem Weg nach Hause sind Sie hier vorbeigefahren?« Die Madonna Road lag fast fünf Kilometer abseits ihres normalen Nachhausewegs. Cardinal hielt ihr die Tür auf.

»Cardinal, Sie werden es nicht für möglich halten. Sie kennen doch den Fall Corbett?«

* * *

Delorme saß auf der Sofakante und erzählte Cardinal gestenreich, wie alles gekommen war, von Musgraves erstem Auftritt bis zu dem Augenblick, als Dyson den Kopf auf den Tresen legte wie ein Mann, den das Fallbeil erwartet.

Cardinal lehnte sich in seinen Sessel am Ofen zurück und verspürte in seinen Eingeweiden abwechselnd Angst und Erleichterung. Er hörte aufmerksam zu, wie sie erst Musgraves Verdacht und Dysons Zwiespältigkeit beschrieb und dann schilderte, wie ihr selbst Zweifel kamen, als sie Hinweise auf die Eigentumswohnung in Florida und den Kaufbeleg über die Segeljacht entdeckte.

»Sie haben also mein Haus durchsucht, ohne eine richterliche Ermächtigung zu haben«, sagte Cardinal, möglichst ohne jede Tendenz in der Stimme.

Sie überging seine Bemerkung, gestikulierte mit ihren schmalen Händen im Licht und verfiel in eine französisch geprägte Satzmelodie. »Für mich war der schlimmste Augenblick gekommen« – ihre Hand lag auf der Brust, was ihre kleinen runden Brüste für einen Augenblick deutlich hervortreten ließ –, »als ich den Kaufbeleg für die Segeljacht fand.«

»Was für eine Segeljacht?« Cardinal stellte die Frage mit größtmöglicher Kühle in den Raum. Unverfroren wie ein Dieb ging Delorme schnurstracks zu Cardinals Aktenschrank. Sie kniete sich halb nieder, um die Schublade herauszuziehen, und blätterte mit blassen Fingern durch die Unterlagen. Cardinal konnte nicht umhin, als Bürger Empörung, als Polizist Bewunderung und als Mann – er gestand es sich nicht ohne Verlegenheit ein – eine erotische Spannung zu empfinden.

Dann zog Delorme den Kaufbeleg aus dem Ordner: einen Chris-Craft-Kajütenkreuzer zum Preis von fünfzigtausend Dollar. »Als ich das Datum sah, war das wie ein Stich mitten ins Herz.«

»Das war gleich nachdem wir bei Corbett eine Razzia gemacht hatten.« Cardinal hielt den Beleg ins Licht und suchte nach... ja, wonach suchte er eigentlich? »Der gehört nicht mir.«

»Wissen Sie, was Sie gerettet hat? Die drei F.« Dann erklärte sie ihm, wie es ihr dank der Vorliebe der Frankokanadier für Florida im Februar möglich gewesen war, von ihrem fast zweitausend Kilometer entfernten Domizil den Kauf der Segeljacht zu recherchieren.

»Ich faxe Sergeant Langois die Rechnungsnummer, und er geht damit los. Dazu müssen Sie wissen, dass der Mann wirklich gut aussieht. Das arme Mädchen, das sich in dem Büro in Florida um die Registratur kümmert, würde alles für ihn tun. Sein Aussehen, sein Akzent, alles macht ihn unwiderstehlich.«

Die so rasch hingerissene Bürokraft hatte, wie sich herausstellte, die Unterlagen des Bootskaufs wieder ausgegraben. Und da es sich damals um eine Bootslieferung über die Grenzen des Bundesstaats hinweg handelte (um die beim Kauf fälligen Steuern zu sparen), hatte man einen Ausweis und ein Lichtbild des Eigentümers verlangt. »Sergeant Langois schickte mir das Fax heute Nachmittag – selbstverständlich nicht in die Dienststelle –, ein Fax mit dem Foto von Detective Sergeant Adonis Dyson.«

»Dann haben Sie also bis heute Nachmittag gedacht, ich würde für Kyle Corbett arbeiten.«

»Nein, John. Ich wusste eben nicht, was ich davon halten sollte. Den Anschlag habe ich nur ausgetüftelt, weil ich Sie als Verdächtigen ausschließen wollte. Ich wusste nicht, dass ich damit Dyson zur Strecke bringen würde. Ich hatte ja das Foto nicht, als ich mir das alles ausgedacht habe.«

»Er konnte sich doch denken, dass wir in der Lage sein würden, die Unterlagen für die Rechnung zu recherchieren. Was ist bloß in ihm vorgegangen?«

»Auf dem Beleg stand kein Name. Und er konnte nicht ahnen, dass man seinen Pass im Hinterzimmer fotokopiert und zu den Verkaufsunterlagen gelegt hatte. Davon abgesehen war er wahrscheinlich in den letzten Wochen zu keinem klaren Gedanken mehr fähig. Er saß in der Falle zwischen Kyle Corbett und Malcolm Musgrave, und da muss er in Panik geraten sein.«

»Aber Sie sagen doch damit, dass er diesen Beleg in mein Haus und in meinen Aktenschrank geschmuggelt hat. Ich kann nicht glauben, dass er mir etwas anhängen wollte. Sicher, wir waren nicht gerade Freunde, aber… Was ist mit der Eigentumswohnung? Das muss einen ziemlich schlechten Eindruck gemacht haben.«

»Ich habe mich bemüht, keine voreiligen Schlüsse zu ziehen. Ich weiß, dass Ihre Frau Amerikanerin ist. Ihre Eltern dürften jetzt im Pensionsalter sein. Eine Eigentumswohnung in Florida liegt also durchaus im Bereich des Möglichen. Ich habe meinen Freund, der zurzeit dort Urlaub macht, gebeten, das ebenfalls zu überprüfen. Außerdem kenne ich mittlerweile den Mädchennamen Ihrer Frau. Wenn sie von ihren Eltern eine Eigentumswohnung übertragen bekommt, macht das aus Ihnen noch keinen Kriminellen.«

Für Cardinal war es noch zu früh, Ordnung in den Wirrwarr seiner Gefühle zu bringen. »Heißt das dann, dass Sie die Ermittlungen gegen mich eingestellt haben?«

»Ja. Damit bin ich fertig. Ich bin nicht mehr in der Abteilung für Sonderermittlungen, und Sie sind von jedem Verdacht befreit.«

Cardinal konnte das kaum glauben. Aber es gab noch ein paar Dinge, die er wissen wollte. »Warum hat Dyson das gemacht? Der Fall Corbett war doch von Anfang an eine Katastrophe. Es war klar, dass jemand von der Polizei den Gangster jedes Mal warnte, aber ich war immer der Auffassung, dass der Verräter unter Musgraves Leuten zu suchen wäre. Als ich Dyson meine Vermutung mitteilte, sagte er bloß: ›Wenn Sie gegen Mounties ermitteln wollen, müssen Sie das in Ihrer Freizeit tun.‹ Dann verschwand Katie Pine, und Corbett war für mich kein Thema mehr. Warum hat Dyson so etwas gemacht? Wie schon gesagt, Freunde sind wir nicht, aber ich habe ihm nie irgendwie übel mitgespielt.«

»Vor ein paar Jahren hat er festgestellt, dass die Summe, die er fürs Alter auf die hohe Kante gelegt hat, nicht berauschend ist. Das meiste legte er dann in Bergwerksbeteiligungen an. Mein Lehrer in Finanzwissenschaft sagte immer: ›Ein Bergwerk ist ein Loch im Boden, das einem Lügner gehört.‹ Und er hatte recht damit.«

»Dyson hat sein Geld in der Affäre um Bre-X verloren?«

»Viele Leute haben dabei Geld verloren. Nur nicht so viel wie Dyson.«

»Mein Gott.« Dann, nach einer kurzen Pause: »Sie haben mein Haus durchsucht. Ich war mir nicht sicher, ob Sie wirklich so weit gehen würden.«

»Es tut mir leid, John. Aber versetzen Sie sich in meine Lage: entweder das Haus durchsuchen oder eine richterliche Erlaubnis beantragen. Als Sie mir an jenem Abend sagten, Sie müssten noch einmal aufs Revier, nahm ich das als Ihr Einverständnis. Wenn ich mich da geirrt haben sollte, dann bedaure ich das.« Ihre braunen Augen, die im Licht des Holzfeuers schimmerten, suchten eine Antwort in seiner Miene. »Habe ich mich geirrt?«

Cardinal ließ sich mit der Antwort viel Zeit. Es war spät, vier Uhr morgens, und plötzlich lastete die Müdigkeit wie ein bleierner Mantel auf seinen Schultern. Delorme war von ihrem Triumph noch ganz elektrisiert; sie würde noch Stunden auf hohen Touren laufen. Schließlich sagte er: »Vielleicht war es das, mein Einverständnis, so richtig weiß ich es nicht. Aber das heißt nicht, dass Sie das ausnutzen mussten.«

»Zugegeben, es war nicht gerade nett von mir. Hin und wieder erinnere ich mich daran, dass ein guter Polizist – wie übrigens auch ein guter Anwalt oder ein guter Arzt – nicht unbedingt ein sympathischer Mensch sein muss, mit dem man gerne Umgang hat. Sie und ich, wir müssen nicht weiter zusammenarbeiten, wenn Sie das nicht wollen. Nehmen Sie mir meinetwegen die Ermittlungen im Fall Pine-Curry weg. Aber ich persönlich meine, wir sollten diesen Fall gemeinsam zu Ende bringen.« Sie verschluckte das »i« in »gemeinsam«, was Cardinal ein Lächeln entlockte.

»Was ist?«, fragte sie ihn. »Warum lächeln Sie?«

Cardinal erhob sich steifbeinig und reichte Delorme ihren Mantel. Während sie die Druckknöpfe schloss, sah sie ihn unentwegt an. »Sie wollen es mir also nicht sagen?«

»Seien Sie vorsichtig auf der Heimfahrt«, sagte er sanft. »Der Schneematsch kann jederzeit wieder gefrieren.«

46

Eric ging Edie allmählich auf die Nerven. Mehrere Tage lang war er ganz ausgeglichen, ja geradezu heiterer Stimmung gewesen. Aber nun kommandierte er sie die ganze Zeit nur noch herum. Auf einmal wollte er, dass sie ihm etwas zum Abendessen machte. Was war bloß in ihn gefahren? Sonst ertrug er es doch nicht einmal, dass sie ihm beim Essen zusah. Und nun will er Würstchen und Kartoffelbrei, und sie darf bei diesem Schneematsch extra zum nächsten Supermarkt fahren und sich nasse Füße holen. Dann isst er im Wohnzimmer zu Abend, während sie und Großmutter mit einem Platz in der Küche vorliebnehmen müssen. Vorgestern hatte sie in ihr Tagebuch geschrieben: *Ich empfinde eine schreckliche Leidenschaft für Eric, aber ich mag ihn nicht. Er ist gemein, selbstsüchtig, grausam und ein richtiger Tyrann. Und ich liebe ihn.*

Nun waren sie wieder unten im Keller bei Keith, der immer noch mit Klebeband an diesen Stuhl mit dem Eimer darunter gefesselt war. Als Erstes musste sie diesen Scheißeimer leeren. Sie hasste es mittlerweile, in den Keller zu gehen; es kam ihr vor, als müsste sie ein Katzenklo säubern. Eric würde das nie tun; er beklagte sich so lange, bis Edie es schließlich machte. Und sie fühlte sich nicht wohl, von innen ausgehöhlt, wie immer, wenn ein neuer Ekzemschub im Anmarsch war. Es kroch von unterhalb des Kiefers über ihr Gesicht nach oben, die Haut wurde rot, rissig und nässte. Als sie aus dem Supermarkt kam, waren ein paar Halbstarke an den Straßenrand gefahren, hatten die Scheibe heruntergekurbelt und ihr gegenüber Kläfflaute von sich gegeben.

Gerade als sie wieder aus dem kleinen Toilettenraum herauskam, erläuterte Eric Keith seine Gedanken. Eric schien Vergnügen daran zu finden, vor dem Gefangenen seine Pläne auszubreiten, doch Edie machte das nervös.

»Wir wollen uns nämlich nicht mehr um die Blutflecke sorgen müssen. Irgendwann erreicht man den Punkt, wo man das Gefühl hat, nicht mehr selbst für Sauberkeit sorgen zu müssen, falls du verstehst, was ich meine.«

Der Gefangene war durch die Fesselung zu Schweigen und Reglosigkeit verurteilt und antwortete nicht; selbst den flehenden Blick setzte er nicht mehr auf.

»Ich habe jetzt den richtigen Ort gefunden, um dich umzubringen, Gefangener. Ein ehemaliges Pumpenhaus, die Tür verrammelt, die Fenster zugenagelt und alles schön eingestaubt. Was glaubst du wohl, wie oft da Leute hinkommen? Einmal, zweimal alle fünf Jahre?« Eric näherte sein Gesicht bis auf eine Handbreit dem des Gefangenen, als wollte er ihn küssen. »Ich rede mit dir, Süßer.«

Die geröteten Augen wandten sich ab, worauf Eric den Gefangenen am Kinn fasste und ihn zwang, ihm in die Augen zu sehen.

Edie hielt den Notizblock hoch. »Du wolltest doch die Liste anlegen, Eric.« Sie dachte, er würde ihn auf der Stelle umbringen, wenn sie nicht bald zusammen nach oben gingen.

»Edie und ich haben erwogen, wieder in den Bergwerksschacht zu gehen. Kein Mensch würde uns zutrauen, noch einmal an denselben Ort zurückzukehren.«

»Aufs Eis kriegt mich keiner mehr«, sagte Edie. »Seit drei Tagen sind die Temperaturen über dem Gefrierpunkt.« Sie zeigte auf den Notizblock. »Brauchen wir nicht irgendeine Wanne, um das Blut aufzufangen?«

»Ich schleppe doch keine Wanne mit mir herum, Edie. Wir gehen nur deshalb zu diesem Scheißpumpenhaus, weil wir uns dort wegen der Sauerei keine Gedanken machen müssen. Aber ein Tisch wäre nicht schlecht. Etwas in angenehmer Arbeitshöhe. Stimmt's, Gefangener? Ja, stimmt. Gefangener Nummer null-null-null ist ganz unserer Meinung.« Eric schlug den *Algonquin Lode* auf und breitete ihn auf dem Bett aus, sodass der Gefangene nicht umhinkonnte, sein Bild als Highschool-Absolvent zu sehen, und darunter die Schlagzeile: »Suche nach Jugendlichem aus Toronto weiterhin erfolglos«.

»Vielleicht einen Sack Kalk«, schlug Edie vor. »Um seine Gesichtszüge unkenntlich zu machen, nachdem wir ihn umgebracht haben. Vielleicht sogar, bevor wir ihn umbringen.«

»Edie, du hast wirklich eine originelle Sicht der Dinge. Magst du das nicht auch an ihr, Gefangener? Ja, der Jugendliche aus Toronto findet das auch. Edie, du hast eine sehr interessante Sicht der Dinge.«

47

Kerzenduft, Bohnerwachs und Weihrauch. Der Geruch in Kirchen änderte sich nie. Cardinal saß in einer der hinteren Bänke und überließ sich seinen Erinnerungen. Dort vorn war der Altar, an dem er als Junge in Chorrock und Soutane ministriert hatte. Seitlich standen die Beichtstühle, wo er einige, aber bei weitem nicht alle seine sexuellen Eskapaden gebeichtet hatte. Da war das Podest, auf dem seine Mutter aufgebahrt gelegen hatte. Schließlich das Taufbecken, in dem Kelly getauft worden war, eine puppengesichtige Fee, die mit ihrem Geheul alle entnervt hatte, vor allem den jungen Priester.

Cardinal hatte seinen Glauben irgendwann verloren, als er Anfang zwanzig war, und er hatte ihn seither nicht wiedergefunden. Solange Kelly noch klein war, hatte er regelmäßig die Messe besucht, weil Catherine es so wollte; und anders als zum Beispiel McLeod, der nur Verachtung für Rom und den Klerus kannte, hatte Cardinal keine ausgeprägt feindlichen Gefühle gegenüber der Kirche. Allerdings hegte er auch keine ausgesprochene Sympathie. Daher war er sich nicht sicher, warum er an diesem Donnerstagnachmittag in die Hauptkirche getreten war. Eben noch hatte er bei D'Anunzio einen Hamburger gegessen, und nun saß er in einer Kirchenbank.

War es Dankbarkeit? Gewiss, er war froh, dass Delormes Ermittlungen zu Ende waren. Und wegen Dyson verspürte er Trauer, ja Leid. McLeod hatte den ganzen Morgen Hohn und Spott über ihren gefallenen Chef ausgegossen. »Den sind wir los«, bellte er durchs Revier, damit es jeder hören konnte. »Reichte es nicht, dass er sich als arrogantes Arschloch aufführte? Nein, er musste auch noch korrupt sein. Manche Leute kriegen eben nie genug.« Cardinal fühlte keine moralische Überlegenheit. Schließlich hätte es genauso gut auch ihm passieren können, in Handschellen ins Bezirksgefängnis gebracht zu werden.

Über dem Altar hing ein imposantes, goldgerahmtes Medaillon der in den Himmel aufgenommenen Muttergottes. Als Junge hatte Cardinal oft zu ihr gebetet, damit sie ihm helfe, ein besserer Schüler, ein besserer Hockeyspieler, ein besserer Mensch zu werden. Doch jetzt betete er nicht. Allein hier in dem dufterfüllten Kirchenschiff zu sitzen genügte ihm, um dieses Gefühl der Unversehrtheit heraufzubeschwören, das er als Kind und ganz junger Mann noch gekannt hatte. Er wusste noch genau die Stunde, in der er dieses Gefühl verloren hatte. Dass Delorme nicht mehr gegen ihn ermittelte, hieß nicht, dass ihm sein Gewissen die Absolution erteilt hätte.

»Entschuldigung.«

Ein korpulenter Mann drängte sich an Cardinal vorbei in die Bank – das war schon ärgerlich, denn an leeren Bänken herrschte wahrlich kein Mangel. Aber die Leute hatten ihre Stammplätze, und Cardinal war schließlich auch bloß ein verirrtes Schaf, kein regelmäßiger Kirchgänger.

»Nette kleine Kirche habt ihr hier.«

Der Mann war fast quadratisch. Er hockte neben Cardinal wie ein Fleischkubus ohne Hals, Taille oder Hüften und zeigte auf das Medaillon über dem Altar: »Eine tolle Medaille. Ich mag Kirchen, Sie auch?« Damit wandte er sich zu Cardinal um und lächelte, wenn man die freudlose Zurschaustellung von Zähnen lächeln nennen will. Zwei vergoldete Schneidezähne blitzten auf und verschwanden wieder. Das Gesicht des Mannes war rund und flach wie das eines Eskimos und von vier symmetrischen Narben gezeichnet, die waagerecht über Stirn und Kinn sowie senkrecht über jede Wange verliefen. Seine Nase sah aus wie eine implodierte Paprikaschote. Der Mann musste eine Neunzig-Grad-Drehung vollführen, um Cardinal anzublicken, denn sein rechtes Auge war von einer schwarzen Lederklappe verdeckt. Irgendein Scherzbold hatte darauf mit Bleistift das Wort »geschlossen« gekritzelt.

War es ein Mann, den Cardinal einmal hinter Gitter gebracht hatte? Sicherlich hätte er sich an eine solche Gestalt erinnert.

»Ziemlich warm für Februar.« Der Mann zog eine schwarze Kappe vom Schädel und enthüllte einen völlig kahlen Kopf. Dann zog er mit überraschendem Zartgefühl erst den einen, dann den anderen Lederhandschuh aus und legte die Hände auf die Knie. Auf die Knöchel der einen Hand hatte er sich »Leck«, auf die der anderen das Wort »mich« tätowieren lassen.

»Kiki«, sagte Cardinal.

Die vergoldeten Schneidezähne blitzten wieder auf. »Ich dachte schon, Sie würden sich gar nicht mehr an mich erinnern. Lange nicht mehr gesehen, was?«

»Leider habe ich Sie nicht in Kingston besucht, aber Sie wissen ja, wie das ist. Man ist immer so beschäftigt...«

»Zehn Jahre lang. Die war ich wirklich beschäftigt.«

»Das sehe ich. Sie haben sich ein bisschen verschönern lassen. Der Spruch auf der Augenklappe gefällt mir besonders.«

»Ja, ich bin in einer Superform. Ich stemme jetzt dreihundert Pfund. Und Sie?«

»Keine Ahnung. Beim letzten Mal waren es um die hundertsiebzig.« Es war näher an hundertfünfzig, aber schließlich redete er mit einem Vandalen. Unbedingte Redlichkeit war hier nicht angezeigt.

»Macht Sie das nicht ein bisschen nervös?«

»Warum? Es sei denn, Sie wollen mir drohen. Ich hoffe doch nicht – zumal Sie nur auf Bewährung entlassen wurden.«

Die vergoldeten Schneidezähne glänzten feucht. Kiki Baldassaro, in seinen Kreisen besser als Kiki B. oder Kiki Babe bekannt. Sein Vater war ein nicht ganz unbedeutender Mafioso, der die Bauindustrie Torontos jahrzehntelang vor Arbeitskämpfen schützte. Das tat er unter anderem dadurch, dass er seinen quadratischen Sohn als »Schweißer« auf die Lohnliste einer Firma setzte. Und Schweißer wurden gut bezahlt, vor allem wenn man bedachte, dass Kiki B. gar nicht auf der Baustelle auftauchte. Gott bewahre.

Trotz des garantierten Einkommens war Kiki B. kein Zeitgenosse, der zu Hause müßig herumsaß. Er arbeitete gern mit den Händen, und wenn ein Schuldner der Aufmunterung oder ein Vergesslicher der Ermahnung bedurfte, half Kiki gern mit ein bisschen Druck an der rechten Stelle nach. Tatsächlich, so erinnerte sich Cardinal jetzt, hatte Kiki B. bei einer solchen Gelegenheit seinen Chef und geistigen Mentor Rick Bouchard kennengelernt. Bei einem Routineauftrag für Baldassaro senior hatte er einem von Bouchards Männern zu einem Streckverband verholfen. Bouchard erschien daraufhin vor Kikis Tür und machte ihm seine Position mit dem Brecheisen deutlich. Seither waren sie Freunde.

»Das Ding da hat man bestimmt mit einem Kran hochgehievt.« Kikis Aufmerksamkeit galt erneut dem hoch oben schwebenden Bild der Muttergottes.

»Dann kennen Sie also die Geschichte noch nicht?« Cardinal knöpfte seinen Mantel auf. War es Angst oder nur die gut funktionierende Heizung, auf jeden Fall lief ihm der Schweiß kalt den Rücken hinunter. »Am Abend vor dem Tag, an dem unsere Jungfrau Maria ihren Platz da oben einnehmen sollte, kommt der Kranführer auf dem Weg hierher in Höhe von Burk's Falls von der Fahrbahn ab und bricht sich den Arm. Das war am Tag vor Ostern und dürfte gut dreißig Jahre her sein. Die Leute sind verzweifelt, denn am nächsten Tag ist Ostern, und der Bischof kommt eigens den langen Weg von Sault Sainte Marie herüber, um die Messe zu zelebrieren. Ein großes Ereignis, aber es sieht ganz so aus, als ob die Muttergottes den Tag in einer Kiste verbringen soll. So schwärmt man in alle Richtungen aus auf der Suche nach Kranführern, aber die wachsen hier bekanntlich nicht auf den Bäumen. Am Ende treibt man doch einen auf. Er ist einverstanden, am anderen Tag um fünf Uhr früh das Medaillon an den vorgesehenen Platz zu hängen.«

»Das schafft er doch locker. Fünf Uhr morgens, da hat er reichlich Zeit.«

»Der Punkt ist, dass er gar nicht dazu kam.«

»Ach so. Noch ein Unfall.«

»Kein Unfall. Am nächsten Tag kommt er pünktlich um fünf Uhr früh in die Kirche. Alle Übrigen sind auch schon da, alle auf Knien in der ersten Reihe, und es sind nicht alles Katholiken, beileibe nicht. Dennoch knien sie alle in der ersten Reihe und sperren das Maul auf. Da schaut auch der neue Kranführer nach oben und sieht den Grund für ihre Verblüffung.«

Cardinal machte eine Kunstpause.

»Sie hing schon oben.«

Cardinal nickte zustimmend. »Ja, sie hing schon oben. Wie? Wann? Das weiß keiner. Offenkundig waren dazu mehrere Naturgesetze außer Kraft gesetzt worden – zuallererst die Schwerkraft.«

»Irgendjemand muss nachts gekommen sein und hat sie da hochgehievt.«

»Klar, das dachten alle. Aber bis heute weiß man nicht, wer es gewesen sein könnte. Die Kirche war nachts abgeschlossen. Der Kran stand draußen, ohne Zündschlüssel, denn den hatte der Polier. Das war schon unheimlich. Man hat die Sache nicht an die große Glocke hängen wollen, aber ... Vielleicht sollte ich es gar nicht weitererzählen.«

»Was nicht weitererzählen? Sie können doch keine Spukgeschichte anfangen und dann mittendrin aufhören.«

»Gut, es ist ja schon eine ganze Weile her, da kann ich es wohl doch erzählen. Also, der Vatikan schickte einen Emissär hierher, einen Priester, der auch Wissenschaftler war. Sie mussten das wohl tun, ein Gebot der Höflichkeit auch in dieser Branche.«

»Und? Hat er etwas herausgekriegt?«

»Nein, nichts. Die Sache ist und bleibt ein Geheimnis. Deswegen spricht man hier auch von Unserer Lieben Frau vom Unergründlichen Geheimnis.«

»Stimmt. Das habe ich ganz vergessen. Cardinal, das ist eine gute Geschichte. Nur glaube ich, dass Sie sie erfunden haben.«

»Warum sollte ich das tun? Ich sitze hier in der Kirche, da werde ich doch keine Gotteslästerung begehen. Wer weiß, was da passieren könnte?«

»Die Geschichte ist echt gut. Sie könnten sie Peter Gzowski erzählen. Der kann so gut zuhören. Deshalb hat er so viel Erfolg im Fernsehen.«

»Die Show läuft schon lange nicht mehr, Kiki. Das bekommt man im Gefängnis nicht mit. Kennen Sie eigentlich den juristischen Begriff der Drohung?«

»Es kränkt mich, dass Sie so etwas überhaupt von mir denken können. Ich würde Sie nie bedrohen. Ich habe Sie immer gemocht. Ich mochte Sie bis zu dem Augenblick, da Sie mir Handschellen anlegten. Ich wollte damit lediglich sagen, dass ich an Ihrer Stelle nervös würde, wenn ich neben einem Kerl säße, der mir Arme und Beine ausreißen und sie vor mich hinlegen könnte.«

»Sie vergessen, Kiki, dass Ihr Gehirn um einiges langsamer arbeitet als meines.«

Kiki sog hörbar Luft durch die flachen Nasenlöcher ein, während die Braue des einen Auges auf halbmast ging. »Rick Bouchard hat Ihretwegen fünfzehn Jahre bekommen. Zehn Jahre hat er mittlerweile abgesessen. Er könnte jeden Tag freikommen.«

»Meinen Sie? Ich kann mir nicht vorstellen, dass Rick Punkte für gute Führung sammelt.«

»Er könnte jeden Tag freikommen. Aber wenn er freikommt, dann will er auch sein Geld wiederhaben. Betrachten Sie das mal von seinem Standpunkt aus. Er hat fünfzehn Jahre gesessen für ein paar Kilo und fünfhundert Riesen. Er verliert fünfzehn Jahre, die Kilos und die fünfhundert Riesen. Doch das juckt ihn nicht.«

»Ja, ich habe von Bouchard gehört. Ein sehr ausgeglichener Mensch.«

»Wirklich, das juckt ihn nicht. Schließlich haben Sie nur Ihre Arbeit gemacht. Aber etwas anderes juckt ihn. Rick hatte siebenhunderttausend, sagt er. Nicht fünf – sieben. Und deshalb will er die zweihunderttausend zurückhaben. Das ist doch sehr vernünftig. Rick meint, dass es nicht zu Ihrem Job gehörte, das Geld mitgehen zu lassen.«

»Rick meint, Rick sagt. Was ich an Ihnen bewundere, Kiki, ist Ihr unabhängiger Geist. Sie gehen immer Ihren eigenen Weg, ein richtiger Einzelgänger sind Sie.«

Das eine sehende Auge, das gerötete, schaute ihn an. Ob traurig oder nicht, war schwer zu entscheiden. Ein Auge ist schwerer zu deuten als zwei. Kiki rieb sich die Nase mit dem Buchstaben L und sog wieder geräuschvoll die Luft ein. »Sie haben mir eine gute Geschichte erzählt. Nun werde ich Ihnen auch eine erzählen.«

»Ist es die Geschichte, wie Sie Ihr Auge verloren haben?«

»Nein. Es geht dabei um einen Knacki aus meinem Block. Nicht aus Ricks Block, aus meinem, verstehen Sie? Man musste ihn aus Ricks Block rausholen, weil – ja, weil er das war, was Sie einen unabhängigen Geist nennen. Ein echter Einzelgänger. Na, jedenfalls wird er in meinen Block verlegt. Und stellt sich vor, er wäre zu Hause, denn sofort versucht er, mit den Großen in einer Liga zu spielen. Was man einfach nicht tut. Man arbeitet sich langsam hoch. Es kommt ihm nicht in den Sinn, zu mir zu kommen und mich um Rat zu fragen, wie er mit Rick wieder ins Reine kommen könnte. Ich hätte ihm helfen können. Bei ihm ging es gar nicht um so viel

Geld. Nicht wie bei Ihnen. Aber er war so ein unabhängiger Geist, wie Sie sagen, ein Einzelgänger. Also ist er nicht zu mir gekommen. Und anstatt sich mit Rick auszusöhnen, anstatt den Rest seiner Zeit in aller Gemütlichkeit abzureißen, raten Sie mal, was mit ihm geschah?«

»Keine Ahnung, Kiki. Gefängniskoller?«

»Koller? Wie kommen Sie darauf?«

»Entschuldigung. Sagen Sie es mir einfach. Was geschah mit ihm?«

»Ich glaube, sein Gewissen hat ihm am Ende keine Ruhe gelassen. Denn eines Abends legte er sich ins Bett und ging spontan in Flammen auf.«

Das gerötete Auge schaute Cardinal von oben nach unten an. Cardinal hatte das Gefühl, von einer Auster gemustert zu werden.

»Ich sag Ihnen«, fuhr Kiki fort, »ich habe noch nie solche Schreie gehört. Im Knast gibt es eine Menge Metall. Die Akustik dort ist nichts für empfindliche Ohren. Ich war echt erschrocken, ihn so schreien zu hören. Und auch der Geruch von verbranntem Menschenfleisch, ja, der war nicht gerade angenehm. Aber auch hier gibt es ein Geheimnis. Wie bei eurer Muttergottes. Vielleicht war es auch ein Wunder. Der Typ ging mir nichts, dir nichts in Flammen auf. Kein Mensch hat je herausgekriegt, wie das passieren konnte.«

Cardinal blickte hinauf zur Muttergottes und sprach, ohne nachzudenken, im Geiste ein kurzes Gebet. Hilf mir, das Richtige zu tun.

»Und Sie bleiben hier einfach so ruhig sitzen und sagen nichts? Was ist denn los? Hat Ihnen meine Geschichte nicht gefallen?«

»Doch, doch.« Cardinal neigte sich zu dem flachen, runden Gesicht mit der Augenklappe hinüber. »Für mich ist es nur ein bisschen sonderbar, Kiki. Ich habe nämlich vorher noch nie mit einem echten Zyklopen geredet.«

»Haha.«

Kiki verlagerte sein Gewicht, sodass die Bank unter ihm knarrte.

Cardinal erhob sich und überließ sein Gegenüber der Betrachtung seiner Knöchel – erst »Leck«, dann »mich«. Er war schon am Taufbecken angekommen, als Kiki ihm nachrief: »Komisch, Cardinal. Ich werde lange darüber lachen. Vielleicht noch Jahre später? Sie sind dann tot. Und ich werde lachen. Sie sind so ein unabhängiger Geist.«

Cardinal öffnete die schwere Eichentür und blinzelte in das kalte Licht der Wintersonne.

48

Delorme legte eine Plastiktüte auf dem Computer ab. Etwas Metallisches schimmerte durch das Plastik.

Cardinal blickte auf. »Was ist das?«

»Katie Pines Armband. Es kam mit ihren Kleidern aus der Gerichtsmedizin. Keine Fingerabdrücke außer ihren eigenen. Kommen Sie rüber ins Museum?«

»Museum der ungelösten Kriminalfälle« war Delormes Bezeichnung für den Konferenzraum, der nun ganz von dem Material des Falls Pine-Curry in Beschlag genommen war. Das Armband würde seinen Platz finden neben der Tonkassette, den Fingerabdrücken, den Haar- und Stoffresten, der ballistischen Analyse und den gerichtsmedizinischen Berichten – ein stetig wachsender Katalog von Spuren, die nirgends hinführten.

»Ich brauche noch ein paar Minuten«, sagte Cardinal. »Ich muss das hier noch fertig machen.«

»Ich dachte, Sie schreiben Ihre Beiakten immer nachts.«

»Das ist keine Beiakte.«

Von dort, wo Delorme stand, konnte sie zwar seinen Bildschirm sehen, aber Cardinal war sich ziemlich sicher, dass sie das Geschriebene nicht lesen konnte. Und wenn da ein Anflug von Verdacht in ihren Augen war, nun gut, dann sollte sie sich eben Fragen stellen. Während Delorme zögerlich das Büro verließ, las er noch einmal den Absatz, den er zuletzt geschrieben hatte. *Ich bin zu der Einsicht gekommen, dass wegen meiner Vergangenheit meine weitere Mitarbeit am Fall Pine-Curry ein Risiko für den Ausgang einer künftigen Gerichtsverhandlung darstellt. Ich sehe mich daher genötigt...*

Ich sehe mich daher genötigt, aus diesem und allen anderen Fällen auszusteigen, weil die Aussage eines überführten Diebs vor Gericht nicht viel Gewicht hat. Ich bin das schwache Glied in der Kette; je eher ich aussteige, desto besser. Zum hundertsten Mal fragte er sich, wie er es Catherine beibringen würde, zum hundertsten Mal stellte er sich vor, wie sich ihr Gesicht vor Sorge nicht um sie selbst, sondern um ihn auflösen würde.

Er hatte bereits eine knappe Darstellung des Geschehens gegeben, in das er schuldhaft verwickelt war. Es war im letzten Jahr seiner Zeit bei der Kriminalpolizei von Toronto passiert. Sie hatten eine Razzia im Haus eines Drogenhändlers gemacht – Rick Bouchards Verteilungszentrum für den Norden Ontarios. Während die anderen Beamten vom Rauschgiftdezernat Gangster wie Kiki B. und Bouchard vorschriftsgemäß über ihre Rechte aufklärten, hatte Cardinal das Geld in einem Geheimfach des Schlafzimmerschranks gefunden. Zu seiner immerwährenden Schande hatte er sich mit zweihunderttausend Dollar davongemacht; die übrigen fünfhunderttausend wurden als Beweis vor Gericht verwendet. Die Tatverdächtigen, so fügte er hinzu, wurden in allen Anklagepunkten für schuldig befunden.

Zu meiner Verteidigung kann ich lediglich vorbringen... Aber für Cardinals Empfinden gab es nichts, was ihn hätte entlasten können. Er nahm die Tüte vom Computer. Da gibt es nichts zu entschuldigen, sagte er zu sich selbst und ließ die kleinen Anhänger zwischen Daumen und Zeigefinger gleiten, als wären es die Perlen eines Rosenkranzes: eine winzige Trompete, eine Harfe, eine Geige. *Zu meiner Verteidigung kann ich lediglich vorbringen, dass die Erkrankung meiner Frau mich so sehr erschüttert hatte, dass...* Nein. Er konnte sich nicht hinter den Schmerzen des Menschen verstecken, dem er am meisten Unrecht getan hatte. Er löschte den Satz und schrieb stattdessen: *Dafür gibt es keine Entschuldigung.*

Um Gottes willen, überhaupt keine mildernden Umstände? Nichts, was sein Bild als Gangster in Uniform korrigieren könnte? *Kein Dollar des gestohlenen Geldes war für mich*, schrieb er und löschte es sofort wieder.

Es war während Catherines erstem Klinikaufenthalt geschehen. Cardinal war damals noch Junior Detective im Rauschgiftdezernat von Toronto und hatte miterleben müssen, wie sich seine Frau im Griff der seelischen Erkrankung nach und nach in eine Person verwandelte, die er nicht mehr wiedererkannte: dumpf, apathisch und depressiv bis zur Stummheit. Es hatte ihn in Angst und Schrecken versetzt, denn er wusste, dass er nicht stark genug war, um mit diesem allseits reduzierten Wesen zusammenzuleben, das nun die Stelle der klugen, vergnügten Frau eingenommen hatte, die er so liebte. Angst und Schrecken befielen ihn, weil er damals nichts von psychischen Krankheiten wusste, geschweige denn, was es bedeutete, ein zehnjähriges Mädchen allein zu erziehen.

Durch das Plastik hindurch fuhr er mit den Fingern die Konturen einer winzigen Gitarre entlang.

Catherine war zwei Monate lang im Clarke Institute zur Behandlung geblieben. Zwei Monate mit Menschen, die so verwirrt waren, dass sie nicht einmal ihren Namen schreiben konnten. Zwei Monate, in denen die Ärzte alle möglichen Kombinationen von Medikamenten ausprobierten, die alles nur noch schlimmer zu machen schienen. Zwei Monate, während derer sie ihren Mann nur hin und wieder deutlich erkannte. Nach langem inneren Kampf entschloss sich Cardinal schließlich, Kelly zu einem Besuch in der Klinik mitzunehmen, was sich als Fehlschlag auf der ganzen Linie herausstellte. Catherine ertrug es nicht, ihre Tochter zu sehen, und das kleine Mädchen brauchte lange, um darüber hinwegzukommen.

Dann waren Catherines Eltern aus Minnesota zu Besuch gekommen und waren entsetzt beim Anblick der trübseligen, pandaäugigen Gestalt, die ihnen durch den Krankenhauskorridor entgegengeschlurft kam. Obgleich sie zu Cardinal immer höflich waren, spürte dieser doch die bohrenden Blicke in seinem Rücken: Irgendwie war er schuld an Catherines Zusammenbruch. Sie begannen, vom amerikanischen Gesundheitswesen zu schwärmen (»Das beste der Welt. Auch in der Forschung Spitze. Brillante Psychiater. Wer sonst schreibt all die Bücher?«), und was sie damit sagen wollten, war klar: Wenn es Cardinal wirklich um die Gesundung ihrer Tochter ging, dann würde er sich bemühen, Catherine zur Behandlung in eine Klinik südlich der Grenze zu schaffen.

Cardinal hatte nachgegeben. Noch heute, zehn Jahre später, ärgerte es ihn maßlos, da er bereits damals wusste, dass die Behandlung in den Vereinigten Staaten keineswegs besser sein würde. Er wusste, dass man dort auf die gleichen Medikamente setzte, die gleiche Begeisterung für Schocktherapie an den Tag legte und die gleichen Misserfolge erntete. Und dennoch hatte er klein beigegeben. Er konnte es nicht ertragen, dass Catherines Eltern denken könnten, er tue nicht alles für ihre Tochter. (»Wir wissen, dass die Arzthonorare ziemlich hoch sind. Aber keine Sorge, wir beteiligen uns an den Kosten.«) Aber viel konnten sie eben doch nicht beitragen, und die Rechnungen von der Chicagoer Tamarind Clinic gingen rasch in die Tausende und über die Monate sogar in die Zehntausende von Dollar.

Binnen Wochen war Cardinal klar geworden, dass er die Rechnungen nicht bezahlen konnte; Catherine und er würden niemals ein eigenes Haus haben, niemals aus den Schulden herauskommen. Und so kam es, dass er, als sich die Gelegenheit bot, das Geld an sich nahm. Damit hatte er die Rechnungen bezahlt, und selbst dann blieb noch genügend für Kellys teure Ausbildung übrig. Das Problem war nur, dass er nach dem Überschreiten dieser moralischen Schranke merkte, dass sein wahres Ich auf der anderen Seite geblieben war.

Es gibt keine Entschuldigung dafür, schrieb er. Jeder Penny dieses Geldes kam mir zugute, half mir, vor meinen Schwiegereltern das Gesicht zu wahren und mir die Liebe und Achtung der von mir verhätschelten Tochter zu erkaufen. *In erster Linie kommt es nun darauf an, die Ermittlungen im Fall Pine-Curry ohne Gefahr für die Glaubwürdigkeit der Polizei fortzusetzen.*

Er schrieb, dass es ihm leid tue, versuchte, zu einer klareren Aussage zu kommen, und stellte fest, dass er es nicht konnte.

Dann druckte er den Brief aus, las ihn nochmals durch und unterschrieb ihn. Er adressierte den Umschlag an den Polizeichef Kendall, fügte noch »Vertraulich« hinzu und gab ihn in die Hauspost.

Eigentlich hatte er zu Delorme in den Sitzungsraum gehen wollen, doch plötzlich fühlte er sich erschöpft und ließ sich mit einem tiefen Seufzer in den Schreibtischsessel zurückfallen. Katie Pines Armband schimmerte undeutlich durch seinen Plastikkokon. Katie Pine, Katie Pine, wie gern hätte er ihr zu Gerechtigkeit verholfen, ehe er das Department verließ. Die Goldinstrumente – Geige, Posaune, kleine Trommel und Gitarre wollten gar nicht zu ihr passen, jedenfalls nicht zu dem Bild, das er von ihr, dem Mathe-As Katie, hatte. Viel besser hätten sie zu Keith London gepasst. Karen Steen hatte berichtet, er habe eine Gitarre bei sich gehabt. Und Billy LaBelle hatte Unterricht im Troy Music Centre genommen, woran Cardinal gar nicht gedacht hätte, wäre da nicht die Tatsache gewesen, dass Billy LaBelle dort zuletzt lebend gesehen worden war.

»Und was ist mit Todd Curry?«, sagte Cardinal laut, obwohl er das gar nicht gewollt hatte.

»Reden Sie mit mir?« Szelagys Kopf tauchte hinter einem anderen Computer auf, doch Cardinal antwortete nicht. Er zog die Akte über den Schreibtisch; sie war kümmerlich schmal.

»Billy LaBelle, Keith London und Katie Pine hatten alle mit Musik zu tun. Wie stand es mit Todd Curry?«

Er erinnerte sich noch lebhaft an das Zimmer des Jungen in seinem vorstädtischen Zuhause und an den Vater, der niedergeschmettert in der Tür stand. Er erinnerte sich an die Spiele im Wandschrank, an die Landkarte auf seinem Schreibtisch – aber Musik? Gab es etwas in seinem Leben, das mit Musik zu tun hatte?

Ja, da war etwas, in der Beiakte über das Gespräch mit den Eltern: Todd Curry hatte zu verschiedenen Musik-Newsgroups im Internet gehört. Alt.hardrock und Alt.rapforum, so hießen sie. Das war es. Damals hatte er es merkwürdig gefunden, dass ein weißer Jugendlicher aus der Vorstadt eine Vorliebe für Rapmusik haben konnte.

Dann fiel noch etwas aus der Akte, eine hingekritzelte Notiz, bei deren Lektüre Cardinals Herz zu pochen begann. Ein Kollege, wer genau wusste er nicht, hatte einen Anruf von Jack Fehrenbach entgegengenommen, dem Lehrer, der den Diebstahl seiner Kreditkarte zur Anzeige brachte. »Szelagy, ist das Ihre Handschrift?«

Cardinal winkte ihm mit dem Zettel in der Hand.

»Haben Sie einen Anruf von Jack Fehrenbach entgegengenommen?«

Szelagy warf einen Blick auf den Zettel.

»Ja. Ich habe Sie darauf angesprochen, erinnern Sie sich nicht?«

»Menschenskind, Szelagy. Ist Ihnen bewusst, wie wichtig das ist?«

»Aber ich habe es Ihnen doch gesagt. Was hätte ich sonst noch tun sollen, um ...«

Doch Cardinal hörte gar nicht mehr hin; er starrte auf die Notiz. Eine ungewöhnliche Abbuchung auf seinem Kontoauszug hatte Fehrenbach stutzig gemacht.

Am 21. Dezember, dem Abend, nachdem Todd Curry bei ihm zu Besuch gewesen war, hatte jemand im Troy Music Centre mit seiner Kreditkarte einen aufwändigen Plattenspieler für zweihundertfünfzig Dollar gekauft.

Cardinal lief den Gang hinunter zum Sitzungsraum, wo Delorme gerade telefonierte und Notizen auf einen gelben Block kritzelte.

»Musik ist der Schlüssel«, sagte Cardinal und schnalzte mit den Fingern. »Todd Curry war ein Fan von Rapmusik, erinnern Sie sich? Er wollte gern DJ werden, sagte Fehrenbach.«

»Was ist los mit Ihnen, Cardinal? Sie gucken so komisch.«

Cardinal hielt die Plastiktüte hoch, in der Katie Pines Armband wie ein Embryo schwebte. »Diese Kleinigkeit hier bringt uns den Durchbruch.«

49

McLeod, wo ist deine Beiakte über das Troy Music Centre? Hast du die Leute nicht vernommen, als du mit dem Fall LaBelle beschäftigt warst?«

»Warum fragst du? Es muss irgendwo in der Akte stehen.«

»Eben nicht. Ich habe die Akte durchgesehen. Erinnerst du dich, wer dort arbeitet?«

»Zwei Typen. Alan Troy – das ist der Eigentümer – und ein anderer Typ, so ein Gitarrenfuzzi, der schon seit Ewigkeiten dort angestellt ist. Er hat Billy LaBelle Unterricht gegeben.«

»Erinnerst du dich an seinen Namen?«

»Scheiße, nein.«

»McLeod, wir sind hier auf der Jagd nach einem Mörder.«

»Aber ich war es damals nicht. Ich war auf der Suche nach einem vermissten Jungen namens Billy LaBelle. Damals ging es noch nicht um Mord. Wir sind routinemäßig einer Vermisstenmeldung nachgegangen, also versuch nicht, mich als pflichtvergessen abzustempeln, ja? Eine solche Behandlung hätte, glaube ich, unser viel beweinter Detective Sergeant Dickschädel Dyson eher verdient. Carl Sutherland, so heißt der Typ übrigens. Carl Sutherland.«

»Hat er vielleicht noch einen Vornamen? Mit welchem Buchstaben fängt er an?«

»Mit L wie ›Leck mich‹. Sieh in der Akte nach, Cardinal.«

McLeod verließ grummelnd den Raum.

Cardinal verbrachte weitere zehn Minuten mit dem Durchblättern von Akten aus dem vorherigen Fall. »Delorme, warum füttern Sie den Computer nicht mit Troys Personalangaben? Vielleicht spuckt er etwas Interessantes aus.«

»Das habe ich schon getan. Wir warten auf das Ergebnis.«

McLeod kam wieder herein. »Carl A. Sutherland«, sagte er und drückte Cardinal einen Bericht in die Hand. »Irgendein Trampel hat das versehentlich in die Akte Corriveau gesteckt. Wenn die Leute aufhören würden, meine Arbeit nachträglich zu kritisieren – und meine Berichte zu verschlampen –, käme ich hier vielleicht sogar mal zum Arbeiten.«

Delorme nahm den Bericht mit hinüber an den Computer und tippte die Informationen ein. Dann riss sie ein Blatt aus dem Drucker. »Fehlanzeige bei Alan Troy. Keine Eintragungen, weder hier in der Provinz noch landesweit.«

Cardinal las McLeods Bericht über die Vernehmung in dem Musikgeschäft vor einem halben Jahr. Der Bericht, einzeilig geschrieben, füllte eine Seite. Im ersten Absatz wurde die Position der beiden Männer dargelegt – Troy war der Eigentümer, Sutherland der stellvertretende Geschäftsführer –, und wie lange sie schon zusammenarbeiteten. Troy hatte seit über fünfundzwanzig Jahren das Musikgeschäft an verschiedenen Standorten in der Stadt betrieben. Sutherland arbeitete seit zehn Jahren bei ihm und war kurz vor dem Umzug des Geschäfts in die Mall zu ihm gestoßen.

Im zweiten Absatz ging es um Billy LaBelle. Beide Männer kannten ihn und zeigten sich über sein Verschwinden besorgt. Sutherland war derjenige, der Unterricht gab. Der Junge sei wie gewöhnlich zur Gitarrenstunde am Mittwochabend gekommen und wieder gegangen, ohne dass irgendetwas Besonderes geschehen wäre. Am Abend darauf verschwand Billy LaBelle vom Parkplatz der Algonquin Mall.

Cardinal sah durch das Fenster des Sitzungsraums hinaus auf den Parkplatz, wo sich Matsch und Schnee wie schmutziges Schaumgebäck auftürmten. In den Pfützen spiegelte sich Sonnenlicht. Was war mit Katie Pine? Troy und Sutherland waren nicht nach Katie Pine gefragt worden; zwischen den beiden Fällen bestand damals noch keine Verbindung.

Delorme hielt ihm einen Computerausdruck hin. »Ich weiß nicht, wie Sie darüber denken, aber für mich ist Sutherland gerade an die Spitze der Verdächtigenhitparade gerückt.«

Cardinal nahm ihr den Computerausdruck aus der Hand. Carl Sutherland war vor zwei Jahren in Toronto wegen Erregung öffentlichen Ärgernisses verhaftet worden.

Cardinal schien es plötzlich, als bewege er sich, von einer unwiderstehlichen Kraft gezogen, durch die Bilder und Szenen eines Traums. Mit der neuen Erkenntnis über Sutherlands Vergangenheit wusste er, ohne dass es ihm jemand gesagt hätte und ohne es beweisen zu können, dass Katie Pine im Troy Music Centre gewesen war und Carl Sutherland getroffen hatte. Dann hatte sie der Erdboden verschluckt.

Als könne sie seine Gedanken lesen, sagte Delorme: »Wir müssen den Kreis schließen und die Verbindung zu Troy Music klären.«

Immer noch wie im Traum griff Cardinal zum Telefonhörer. Delorme beobachtete ihn, als wäre auch sie nun Teil dieses Traumes, und biss sich auf die Lippen.

»Mrs. Pine, hier spricht John Cardinal.« Er hatte immer gehofft, Dorothy Pine bei ihrem nächsten Gespräch die Nachricht zu bringen, dass der Mörder ihrer Tochter hinter Schloss und Riegel saß. »Erinnern Sie sich noch, dass Sie mir einmal gesagt haben, Katie wolle in der Schulband mitspielen?«

Ihre tonlose Stimme war kaum zu hören. »Ja. Ich weiß auch nicht, warum sie das unbedingt wollte.«

Dann verstummte Dorothy vollkommen, sodass Cardinal schon dachte, die Verbindung sei unterbrochen worden. »Sind Sie noch dran?«

»Ja.«

»Mrs. Pine, hat Katie jemals privaten Musikunterricht gehabt?«

»Nein.« Das hatte sie ihm schon gesagt; auch McLeod. Aber Dorothy Pine war nicht die Frau, die sich beklagte.

»Hat sie nie Klavier- oder Gitarrenstunden genommen?«

»Nein.«

»Aber trotzdem wollte sie in der Band sein. Sie hatte ein Foto der Schulband auf der Innenseite ihrer Schranktür, obwohl sie nicht dazugehörte.«

»Stimmt.«

»Mrs. Pine, ich verstehe nicht, warum sich Katie so viel aus Musik machte, wenn sie selbst gar kein Instrument spielte. Sie war verrückt nach der Band, und sie trug ein Armband mit Anhängern in Form von Musikinstrumenten.«

»Ich weiß. Sie hat es irgendwo in einem Musikgeschäft gekauft.«

Das war es wieder – der Traum ging weiter. Er riss Cardinal und Katies Mutter mit sich fort, spulte die Worte heran, die sie gleich sagen würde. Sie kamen durch die Telefonleitung, noch bevor er die Frage gestellt hatte. »In welchem Musikgeschäft hat sie es gekauft, Mrs. Pine. Können Sie sich an den Namen erinnern? Es ist sehr wichtig.«

»Nein.«

Die Worte würden noch kommen. Dorothy Pine musste sie aussprechen. Sie musste ihm den Namen des Geschäfts sagen, und er würde Troy Music Centre lauten, und damit hätten sie ihren Mann. Cardinal spürte eine Brise aus dem Telefon, wie der Wind, der heranwirbelt, ehe ein Zug in den Bahnhof einfährt.

»Den Namen weiß ich nicht«, sagte Dorothy Pine. »Das Geschäft in dem Einkaufszentrum da draußen.«

»Welches Einkaufszentrum, Mrs. Pine?«

»Es war das einzige Geschäft, wo man diese Anhänger kriegen konnte. Sie ging jeden Monat dorthin und kaufte sich einen neuen. Beim letzten Mal hatte sie sich eine Tuba ausgesucht, zwei Tage, bevor sie verschwand. Bevor sie, ja...«

»Welches Einkaufszentrum, Mrs. Pine?« Sagen Sie es doch, dachte er. Derselbe Traum, der Delorme und mich gefangen hält, zieht auch sie mit sich und gibt ihr die Worte ein. Am liebsten hätte er es geschrien: *Welches Einkaufszentrum... Mrs. Pine? Welches?*

»Das große da draußen bei Lakeshore. Das mit dem Kmart und der Pharma-City.«
»Meinen Sie die Algonquin Mall?«
»Ja.«
»Vielen Dank, Mrs. Pine.«
Delorme warf ihm seinen Mantel zu. Ihren hatte sie schon an. »Schnappen Sie sich Collingwood. Ich will einen Mann von der Spurensicherung dabeihaben.«

* * *

Selbst eine kleine Stadt wie Algonquin Bay hat ihre Stoßzeiten, und mit dem vielen Schneematsch auf den Straßen schleppte sich der Verkehr noch langsamer dahin als gewöhnlich. Jetzt, kurz vor sechs Uhr abends, mussten sie das Blaulicht auf der Umgehungsstraße und dann nochmals in Lakeshore einschalten. Collingwood saß im Fond und pfiff leise vor sich hin.

Cardinal versuchte, sich entspannt zu geben, als sie durch die überdachte Einkaufsstraße gingen, doch auch hier herrschte Gedränge. Er ertappte sich dabei, wie er Leute vor dem Drugstore beiseite drückte, um schnell in das Musikgeschäft zu kommen.

»Mr. Troy, ist Carl Sutherland hier?«
»Er hat gerade einen Schüler. Kann ich Ihnen vielleicht weiterhelfen?«

Cardinal ging auf eine Reihe von Türen zu, die hinter dem Tresen und den Regalen mit den Gitarren begannen. »In welchem Raum?«

»Warten Sie doch bitte. Worum geht es überhaupt?«
»Collingwood, bleiben Sie hier bei Mr. Troy.«

Die erste Tür führte in einen Lagerraum. Die zweite gab den Blick frei auf eine Frau, die verblüfft von einem Klavier aufschaute, wo sie nach dem Metronom laut den Takt mitzählte. Im dritten Raum saß Carl Sutherland und legte gerade die Finger eines etwa zehnjährigen Jungen auf die Saiten einer Gitarre. Er blickte streng.

»Sind Sie Carl Sutherland?«

»Ja, warum?«

»Kriminalpolizei. Würden Sie bitte mitkommen?«

»Was soll das heißen? Ich gebe gerade Unterricht.«

»Würdest du uns bitte entschuldigen?«, sagte Delorme zu dem Jungen. »Wir sind gekommen, weil wir mit Mr. Sutherland etwas besprechen müssen.«

Nachdem der Junge gegangen war, schloss Cardinal die Tür. »Sie haben Billy LaBelle Gitarrenunterricht gegeben, nicht wahr?«

»Ja. Das habe ich der Polizei schon gesagt...«

»Und Sie kennen auch Katie Pine.«

»Katie Pine? Das ermordete Mädchen? Überhaupt nicht. Ich habe ihr Foto in der Zeitung gesehen, abgesehen davon bin ich ihr nie in meinem Leben begegnet.«

»Wir haben andere Informationen«, schaltete sich Delorme ein. »Wir wissen, dass Katie Pine zwei Tage, bevor sie verschwand, hier im Laden war.«

»Falls sie hier war, habe ich sie nicht gesehen. Warum kommen Sie damit gerade zu mir? Das ist ein großes Einkaufszentrum, die ganze Stadt wandert hier durch.«

»Nicht jeder in der Stadt musste sich schon einmal wegen Erregung öffentlichen Ärgernisses vor Gericht verantworten, Mr. Sutherland.«

»Oh Mann.«

»Nicht jeder Kauflustige wird wegen unsittlicher Handlungen in einem Pornokino verhaftet.«

»Ach Gott.« Sutherland, das Gesicht kreidebleich, wankte leicht auf seinem Stuhl. »Ich dachte, dass wäre ein für alle Mal erledigt.«

»Würden Sie uns aufs Revier begleiten, um sich mit uns darüber zu unterhalten? Oder sollen wir Ihre Frau fragen?«

»So können Sie nicht mit mir umgehen. Ich wurde von dieser Anklage freigesprochen.« Sutherlands Stimme hatte nun einen empörten, harten Ton, doch sein Gesicht blieb blass. »Ich bin nicht stolz auf diese Episode. Aber ich sehe auch nicht ein, warum ich deswegen immer noch gedemütigt werden soll. Ein dunkler Kinosaal ist kein öffentlicher Raum. Das hat auch der Richter so gesehen. Außerdem, was damals geschah, war eine Sache zwischen Erwachsenen, es geschah einvernehmlich, und überhaupt geht Sie das gar nichts an.«

»Billy LaBelle geht uns sehr wohl etwas an. Sie waren einer der Letzten, der ihn lebend gesehen hat.«

»Gut, aber was hat das mit Billy LaBelle zu tun?«

»Warum sprechen Sie nicht mit uns darüber?«, drängte Delorme. »Sie waren schließlich sein Lehrer.«

»Ja, ich war Billys Gitarrenlehrer. Das habe ich aber alles schon gesagt. Billy verließ das Geschäft am Mittwochabend – wie jeden Mittwochabend –, und ich habe ihn nie wieder gesehen. Das ist traurig. Billy war ein wirklich netter Junge. Aber ich habe ihm nichts getan, das schwöre ich.«

»Und diesen jungen Mann, kennen Sie den auch nicht?« Cardinal zeigte ihm das Foto von Keith London, auf dem man ihn Gitarre spielen sieht.

»Nein. Ich kenne doch nicht jeden Jugendlichen, der Gitarre spielt.«

Sutherland war durch das Foto nicht merklich berührt worden. Er war verängstigt, ja, aber das Bild von Keith London stellte offenbar keine unmittelbare Bedrohung für ihn dar. Cardinals Gewissheit begann zu bröckeln. Er holte Katie Pines Foto hervor.

»Das ist das Mädchen, das ermordet wurde. Ich kenne es aus der Zeitung. Davon abgesehen glaube ich nicht, ihr jemals begegnet zu sein.«

»Sie war hier bei Ihnen, zwei Tage, bevor sie verschwand. Sie kaufte einen von den Anhängern, die die Form von Musikinstrumenten haben. Sie verkaufen solche Anhänger.«

»Sie könnte sie auch anderswo bekommen haben.«

»Sie hat den Anhänger hier gekauft.« – »Aber ich sage Ihnen doch, ich habe das Mädchen nie gesehen. Sehen Sie doch in der Bestandskontrolle nach, da muss es drinstehen.«

»Bestandskontrolle?«

»Wir haben schon seit Jahren eine EDV-Bestandskontrolle. Ich kann Ihnen sagen, wer dem Mädchen den Anhänger verkauft hat. Es ist ja nicht so, dass wir Tausende davon verkaufen. Drei oder vier im Monat, schätze ich mal, mehr doch bestimmt nicht.«

Als sie aus dem Übungsraum traten, rief Alan Troy: »Was ist los, Carl? Worum geht es eigentlich?« Doch Sutherland beachtete ihn gar nicht, sondern führte Cardinal und Delorme zu einem rückwärtig gelegenen Büro. Unter Stapeln von Rechnungen fast begraben, flimmerten auf einem Computerbildschirm lange Zahlenkolonnen. Sutherland setzte sich vor den Bildschirm und tippte ein paar Befehle ein. Der Bildschirm wurde dunkel bis auf den Cursor in der linken oberen Ecke.

»Haben Sie das Datum?«, fragte er, ohne aufzublicken. »Das Datum, an dem das Mädchen verschwand?«

»Am zwölften September vergangenen Jahres. Den Anhänger hat sie zwei Tage vorher gekauft.«

»Schön. Jetzt brauche ich noch die Artikelnummer.« Er nahm einen Katalog von der Dicke eines Telefonbuchs zur Hand und blätterte so lange, bis er das Gesuchte gefunden hatte. Er gab die Nummer ein. »Jetzt müsste das Programm uns sagen, wie viel wir davon im vergangenen Jahr verkauft haben.« Während des Wartens trommelte er mit den Fingern auf den Tisch. »Sieben. Schön...« Dann gab er einen weiteren Befehl ein, der monatliche Absatz.

»Zehnter September.« Delorme zeigte auf den Bildschirm. »Zwei Tage vorher.«

Sutherland bewegte die Maus und klickte. Auf dem Bildschirm erschien die Kassenquittung. Er tippte mit dem langen Fingernagel seiner rechten Hand auf die rechte obere

Bildschirmecke. »Sehen Sie dort die Nummer drei? Das ist der Verkäufer. Eins ist Alan, zwei bin ich, drei ist Eric.«

»Wer ist Eric?«

»Eric ist unser Teilzeitmitarbeiter. Eric Fraser. Die meiste Zeit hilft er im Lager aus, aber wenn's eng wird, über Mittag oder nach Schulschluss, übernimmt er auch die Kasse. Oben links können Sie die Uhrzeit des Kaufs ablesen: 16 Uhr 30. Wenn Sie nun noch einen Blick auf unseren Kalender werfen, erkennen Sie, dass ich zur besagten Zeit Unterricht gegeben habe. So, ich glaube, jetzt wollen Sie Eric Fraser sprechen.«

»Mr. Sutherland, gibt es hier irgendetwas, was Mr. Fraser kürzlich angefasst hat und was sonst niemand berührt hat?«

Sutherland überlegte eine Weile. »Folgen Sie mir.«

Alan Troy hüpfte um Collingwood herum und wollte wild gestikulierend erfahren, was hier eigentlich vorgehe. Sutherland fiel ihm ins Wort: »Alan, hat Eric gestern die Martins geputzt?«

»Ich werde mich beim Polizeichef beschweren. So darf man meine Angestellten nicht behandeln. Diese Beamten haben...«

»Alan, um Himmels willen, sag doch. Hat Eric gestern die Martins geputzt?«

»Die Martins?« Troy sah erst Sutherland an, dann Delorme, dann Cardinal und schließlich wieder Sutherland. »Sie wollen wissen, ob Eric gestern die Martins geputzt hat? Plötzlich scheint sich alles darum zu drehen, ob Eric gestern die Martins geputzt hat. Also gut. Ja, Eric hat gestern die Martins geputzt.«

Cardinal fragte, ob sonst noch jemand die Gitarren berührt hatte. Nein. Es habe wenig Kunden gegeben, Martins sind teuer, niemand sonst habe diese Gitarren berührt.

Cardinal, immer noch in Handschuhen, hob die Arme, um eine von den an der Wand hängenden Gitarren zu erreichen. »Er musste sie von unten halten, um sie wieder an ihren Platz zu stellen, nicht wahr?«

Troy, dessen Zorn sich in Faszination verwandelte, nickte. Cardinal reichte Collingwood die Gitarre.

Collingwood, schweigsam wie immer, bestäubte die Oberseite des Resonanzbodens mit einem Puder und blies es fort. Sichtbar wurden zwei vollständige Daumenabdrücke.

Er zog die daktyloskopische Karte mit den Fingerabdrücken hervor, die auf Arthur Woods Hals sichergestellt worden waren.

»Hundertprozentige Übereinstimmung«, stellte Collingwood fest. »Irrtum ausgeschlossen.«

50

Eric und Edie hatten recht gehabt mit dem Klebeband. Es war praktischer – und für sie weniger umständlich – als die Tabletten. Keith London mochte daran zerren, wie er wollte, das Klebeband gab auch nicht einen Millimeter nach. Hand- und Fußgelenke waren sicher fixiert. Die einzige Fessel, die er ein wenig hatte lockern können, war das Klebeband über dem Mund. Durch ständiges Befeuchten war es ihm gelungen, das Band so weit zu lockern, dass er hörbare Laute von sich geben konnte.

Dagegen hatte der Holzstuhl, auf den er gefesselt war, etwas nachgegeben. Beim Hin-und-her-Schaukeln spürte er, dass sich die Zapfen lockerten.

Immer wenn Eric und Edie außer Haus waren, so wie jetzt, schaukelte Keith auf dem Stuhl hin und her. Mit der Zeit weiteten sich die Fugen, und die Zapfen lockerten sich im Holz. Da sie ihm seit ein paar Tagen nichts mehr zu essen gaben und die Arbeit an Fesseln und Stuhl ihn erschöpfte, musste er alle paar Minuten innehalten und verschnaufen.

Eric und Edie würden ihn sicherlich bald an einen anderen Ort bringen. Sie würden ihm ein Beruhigungsmittel spritzen und ihn an irgendeinen abgelegenen Ort verfrachten, und dann – er bemühte sich, die Erinnerung an das Video zu verdrängen.

Seit dem Aufwachen hatte er schon den ganzen Vormittag auf dem Stuhl hin und her geschaukelt. Seine Hand- und Fußgelenke waren wundgescheuert; das Bein mit der Schussverletzung schmerzte heftig. Aber es gab Fortschritte: Der Stuhl hatte Spiel bekommen. Die Stuhlbeine neigten sich, wenn er sein Gewicht verlagerte, um gut zwanzig Grad auf beiden Seiten.

Er hielt inne und horchte. Über der Decke war Fußgetrappel zu hören, dann das Geräusch von Stühlerücken. Eric und Edie waren genau über ihm. Keith machte mit dem Schaukeln weiter, trotz seiner Angst, dass sie ihn hören könnten. Nein, sagte er sich, der Stuhl steht auf Zementboden, das Geräusch würde nicht nach oben dringen, sie würden ihn nicht hören.

Er lehnte sich zurück, erst auf die eine Seite, dann auf die andere, brachte den Stuhl zum Schaukeln und zerrte an dem Klebeband. Einmal, zweimal, dreimal. Ja, die Rückenlehne war jetzt deutlich lockerer. Er konnte sie jetzt ein bisschen biegen. Wenn er an der richtigen Stelle Kraft anwendete, sein Gewicht verlagerte und Druck auf den Punkt ausübte, an dem die Rückenlehne mit dem übrigen Stuhl verbunden war, konnte er den Stuhl zerbrechen.

* * *

Eine Treppe höher öffnete Eric den Seesack – Keiths Seesack – und kippte den Inhalt auf den Fußboden. Er hatte keine Skrupel, die persönliche Habe eines anderen Menschen auszubreiten: die sorgfältig gefalteten Strumpfpaare, die leicht angeschmutzte lange Unterhose. Auch eine Sonnenbrille und Sonnenöl waren dabei – dachte der Junge etwa daran, noch Ski zu fahren? –, ein Reiseführer durch Ontario und eine zerlesene Taschenbuchausgabe von Hesses *Das Glasperlenspiel*.

Eric stand auf und wischte sich die Jeans ab. »Ich lese jetzt die Liste vor, und du steckst die Sachen in den Beutel.« Er holte die Liste aus seiner Gesäßtasche und entfaltete sie. »Klebeband.«

Edie nahm es aus der Schublade neben dem Kühlschrank und legte es in den Seesack. »Klebeband.«

»Leine.«

Edie nahm das eng gewickelte Knäuel Wäscheleine, in Toronto gekauft, und legte es ebenfalls in den Beutel.

»Einen flachen Schraubenzieher...«

»Einen flachen Schraubenzieher.«

»Einen Kreuzschlitzschraubenzieher...«

»Du meine Güte, Eric. Wer außer dir würde eine Liste von Schraubenziehern anlegen, auch noch nach Arten sortiert.«

Eric sah sie kühl an. »Einen anderen würden die Bullen auch schnappen. Zange...«

»Zange.«

»Lötlampe.«

»Die sollten wir erst einmal ausprobieren, ob sie auch wirklich funktioniert.« Edie holte eine Schachtel Streichhölzer aus der Schublade. Eric drehte am Messingbund der Lötlampe, und sogleich begann die Düse zu zischen. Edie zündete ein Streichholz an und hielt es an die Düse; die Lötlampe zündete mit einem puffenden Geräusch. Edie drehte den Bund noch weiter auf, worauf eine blaue, geschossförmige Flamme austrat und beinahe Edies Ärmel angesengt hätte. »Oh«, rief sie. »Das ist ja unglaublich.« Sie drehte den Bund wieder zu, und die Flamme schnellte wie eine Zunge in die Düse zurück.

»Brecheisen...«

»Wir haben kein Brecheisen.«

»Ich habe es hiergelassen, nachdem wir auf der Insel waren. Es ist im Keller neben der Treppe.«

Edie stand vom Tisch auf und ging in den Keller.

»Schau mal nach dem Gefangenen, wenn du schon in der Nähe bist.«

Eric nahm ein Ausbeinmesser aus seinem Rucksack. Er zog es aus der Scheide und prüfte die Schneide mit dem Daumen. Zum Keller gewandt, rief er Edie nach: »Bring auch einen Schleifstein mit, wenn du einen hast!«

Er riss die Klarsichtfolie von einer Packung PowerUp und legte sechs Kapseln an der Tischkante entlang hin. Er nahm sich ein Glas aus dem Küchenschrank und ließ das Wasser laufen, bis es klar und kalt war. Dann setzte er sich an den Tisch und nahm die Kapseln eine nach der anderen, wobei er jedes Mal den Kopf schüttelte, um sie leichter schlucken zu können. Ihm lief ein Schauer über den Rücken.

»Edie!«, rief er wieder in Richtung Keller. »Bring einen Schleifstein mit!« Er wartete einen Augenblick, den Kopf horchend zum Keller gedreht. Dann setzte er vorsichtig das Glas Wasser ab, ohne ein Geräusch zu machen. Er schob das Messer wieder in die Scheide und steckte es vorn in die Hosentasche. Er ging bis an den oberen Treppenabsatz. Diesmal rief er leise. »Edie?«

»Komm und hol sie dir, du Jammerlappen!«

Eric ging vorsichtig die Treppe hinunter. Die Situation machte ihm keine Angst. Damit würde er schon fertig werden. Alles hing davon ab, richtig aufzutreten. Unten an der Treppe hob er das Brecheisen auf und steckte es sich hinten in den Gürtel. Es fühlte sich schwer an und hielt nicht richtig, doch von vorn war es nicht zu sehen – wenn es nicht aus dem Gürtel fiel.

Eric atmete tief durch und trat in den kleinen Kellerraum. Es stank nach Scheiße und Angst. Der Stuhl war ein wirrer Haufen aus Holz und Klebeband. Der Gefangene hatte Edie von hinten ergriffen und drückte ihr eine Holzstange – einen Teil des Stuhls – gegen den Hals.

»Leg dich auf den Boden.«

»Nein. Lass sie los.«

»Leg dich auf den Boden, oder ich breche ihr das Genick.«

Der bringt niemanden um, dachte Eric. Hätte er die Kraft zum Töten, hätte er Edie gezwungen, die Treppe hinaufzugehen. Edie sah verängstigt und hässlich aus, ihre Haut glänzte an den Stellen, an denen das Ekzem wieder hervorbrach. Ihr Gewimmer kam nur gedämpft durch das Klebeband. Keith drückte die Stange noch fester gegen ihren Hals, sodass ihr Gesicht rot anlief.

»Leg dich jetzt endlich auf den Boden, du Ratte, sonst bringe ich sie um. Mir ist das scheißegal!«

Bleib ruhig, sagte sich Eric. Der Gefangene ist halb verhungert, die Angst sitzt ihm in den Knochen, und er hat eine Schussverletzung – wie viel Kraft kann er da noch haben? Wenn es zum Kampf kommt, gewinne ich. Bleib ruhig. *Denk nach.* »Die Sache ist nur die, Keith, wenn ich mich hinlege, hindert dich nichts mehr daran, uns beide umzubringen.«

»Ich bringe sie auf der Stelle um, wenn du nicht machst, was ich dir sage.«

»Beruhige dich doch, Keith. Du erstickst sie ja.«

»Und das geschieht ihr recht.« Die Worte des Gefangenen waren hart, doch ihm liefen Tränen über das Gesicht; er schluchzte so heftig, dass er kaum sprechen konnte. Eine seltsame Reaktion, dachte Eric. Machten bei ihm die Nerven nicht mit, war es Selbstmitleid? Ganz gleich, in welcher Gemütsverfassung sich der Gefangene befand, die Stange drang grausam in Edies Hals. Gefangener, du machst einen Riesenfehler, dafür wirst du einen schrecklichen Tod sterben.

»Du hast ein Messer vorne in der Tasche, ich kann den Griff sehen. Nimm es langsam heraus und wirf es zu mir herüber.«

Eric tat, wie ihm geheißen, holte das Messer samt Scheide hervor und warf es am Gefangenen vorbei in eine Ecke, wo dieser es nicht erreichen konnte.

»Jetzt leg dich verdammt noch mal auf den Boden.« Eric zögerte, doch der Gefangene begann, hysterisch zu schreien: »Mach schon!«, und wiederholte es so oft, bis Eric langsam Anstalten machte, sich auf den Boden zu begeben.

Das Brecheisen hing ihm schwer vom Gürtel. Das Problem war, dass er damit nicht auf den Gefangenen einschlagen konnte, ohne gleichzeitig Edie zu treffen. »Ich leg mich ja schon hin, Keith. Aber tu ihr nicht weh, ja? Ich geh runter.« Langsam ließ er sich auf die Knie sinken.

Was dann geschah, dauerte nur einen Augenblick. Eric

langte hinter sich, um das Brecheisen zu ergreifen. Keith schrie irgendetwas aus voller Kehle und zog Edie nach hinten, um sie als Schild zu benutzen. Doch Eric zielte nicht auf den Gefangenen, er zielte auf Edie.

Die Eisenstange traf sie mit voller Wucht seitlich am Kopf. Ihre Knie wurden weich, und sie sackte zu Boden. Der Gefangene taumelte ebenfalls und verlor den Halt. Er stürmte zur Tür, doch unterdessen hatte Eric das Brecheisen umgedreht, sodass er es nun am geraden Ende hielt. Der Gefangene war noch nicht halb draußen, da traf ihn das Eisen mit furchtbarer Gewalt im Nacken unter dem Schädel. Wie ein vom Beil getroffenes Schlachttier brach er zusammen.

51

Nach Troys Unterlagen lautete die Adresse Pratt Street East 675.

Dorthin fuhren sie jetzt ohne Blaulicht. Im Rundfunk hatte man Schnee angekündigt, aber das warme Wetter hatte sich gehalten, und nun hämmerte der Regen auf das Wagendach.

Die Scheibenwischer quietschten auf der Windschutzscheibe. Cardinal hatte Verstärkung angefordert, Beamte in Zivil, aber als sie in die Pratt Street einbogen, waren noch keine anderen Fahrzeuge in Sicht.

»Ich wusste gar nicht, dass nach dem Häuserblock mit den Fünfhundertnummern überhaupt noch etwas kommt«, sagte Delorme. Hinter dem Fünfhunderterblock kreuzten die Schienen der Eisenbahnlinie die Pratt Street; danach war die Straße nicht einmal geteert, und die kleinen heruntergekommenen Häuser am Ende der Straße blieben hinter einer Felsböschung verborgen.

Das Funkgerät knackte, dann füllte Mary Flowers Stimme das Wageninnere. »Die Verstärkung kommt wahrscheinlich mit Verspätung. Wegen eines querstehenden Sattelschleppers auf der Überführung staut sich der Verkehr auf zwei Kilometer Länge.«

»Verstanden«, bestätigte Cardinal. »Was sagt der Computer zu Eric Fraser?«

»Nichts. In den hiesigen Akten ist Eric Fraser nicht bekannt.«

»Das überrascht mich nicht«, sagte Cardinal. »Troy sagte, er kann nicht älter als siebenundzwanzig, achtundzwanzig sein.«

»Auch landesweit ist nichts in den Akten«, fuhr Flower fort. »Ein unbeschriebenes Blatt.«

»Wie sieht es denn bei den Jugendgerichten aus? Wenn er überhaupt jemals aktenkundig geworden ist, dann finden wir ihn da.«

»Augenblick. Der Auszug aus dem Jugendstrafregister kommt gleich.« Sie hörten, wie Flower jemanden anschrie, ihr den Computerausdruck noch vor Weihnachten zu bringen. »Treffer bei den Jugendstrafen«, meldete sie. »Hören Sie?«

»Tierquälerei«, sagte Cardinal zu Delorme. »Ich wette, es hat etwas mit Tierquälerei zu tun.« Und wieder ins Mikrophon: »Schießen Sie los, Mary.«

»Mit dreizehn, Einbruch; mit vierzehn, wieder Einbruch; mit fünfzehn, ein Fall von Tierquälerei.«

»Das ist unser Mann«, sagte Delorme.

Cardinal spürte ein leises Zucken in den Fingerspitzen. Wenn er den Dienst quittieren müsste, wäre das die beste Art: einen Serienmörder zu schnappen, bevor er über sein nächstes Opfer herfällt. Einen besseren Abgang konnte man sich gar nicht wünschen.

McLeods Wagen fuhr an der Ecke MacPherson Street und Pratt Street vor. Cardinal hatte allen eingeschärft, sich von dem Haus fernzuhalten, bis er selbst dort eintraf. Als McLeod Cardinals Fahrzeug erkannte, stieg er aus und sprintete, mit einer Hand die schützende Kapuze haltend, über die Kreuzung zu ihnen herüber. Er stieg zu Collingwood in den Fond und fluchte über den Regen.

»So ein Scheißwetter. Wer hat schon mal von Monsun im Februar gehört? Die Luftverschmutzung, die von Sudbury zu uns rüberkommt, ist schuld. Die ganze Stadt ist wie weggeschmolzen.«

Flower meldete sich nochmals: »Fraser war auch einige Zeit in der St. Bartholomew's Training School. Knapp zwei Jahre.«

»Ich wette, wegen Körperverletzung«, sagte Cardinal ins Mikrophon.

Aus dem Funkgerät:

»Schwere Körperverletzung. Er hatte eine Auseinandersetzung mit seinem Werkstattlehrer wegen des Verbleibs bestimmter Geräte.«

»Und er hat ihn mit dem Messer übel zugerichtet, vermute ich.«

»Nein. Gleich in der Werkstatt ist er mit der Lötlampe auf ihn losgegangen.«

52

Keith London träumte, er schwimme in einem grün schillernden Urwaldteich, wo auf einem tief hängenden Ast Affen in einer Reihe saßen und durstig Wasser aus der hohlen Hand tranken. Außer den Kreisen, die die Affen mit ihren geschäftigen Händen aufrührten, war die Oberfläche des Teichs so glatt wie Jade. Der Geruch nach Wasser war durchdringend.

Er schlug die Augen auf.

Kam der Wassergeruch vom Regen? Er hörte das Geräusch von prasselndem Regen auf Holz.

Er hatte das Gefühl, als wäre sein Kopf vom Scheitel bis zum Nacken gespalten; der Schmerz bereitete ihm Übelkeit. Als er den Kopf nur ein wenig drehte, hätte er sich beinahe übergeben. Wo er auch sein mochte, der Ort war dunkel, feucht und sehr kalt. Zwar war er jetzt nicht mehr nackt – er trug einen ausgeleierten Sweater und Jeans, von denen er nicht wusste, wann er sie angezogen hatte –, doch das reichte nicht, um ihn vor der Kälte zu schützen. Etwas weiter weg lief ein Heizlüfter auf vollen Touren, doch die Wärme drang nicht bis zu ihm. Ungefähr drei Meter von ihm entfernt war Eric Fraser damit beschäftigt, eine Kamera auf ein Stativ zu montieren.

Ich liege auf einem Tisch. Sie haben mich irgendwo in einen Keller gebracht. Dieser Geruch nach Feuchtigkeit. In der Nähe musste ein See sein, so roch es jedenfalls. Und es regnete, Regen prasselte gegen die mit Brettern vernagelten Fenster. An der Decke über ihm verliefen große Rohre in alle Richtungen und verschwanden im Dunkeln. Natürlich, das Pumpenhaus.

Er versuchte, sich zu bewegen, doch seine Arme waren seitlich mit Klebeband am Tisch fixiert. Nur den Kopf konnte er bewegen. Eric richtete gerade die Kamera aus. Dazu bückte er sich und regulierte die Höhe erst eines Stativfußes, dann eines weiteren. Versuche, mit ihm ins Gespräch zu kommen, sagte sich Keith. Appelliere an seine Vernunft, ehe er in Raserei verfällt wie auf dem Video.

»Eric, hör mich an«, sagte Keith leise. »Meine Freundin macht sich sicherlich schon große Sorgen um mich. Ich habe ihr geschrieben, wo ich bin und bei wem ich wohne. Das stand alles in dem Brief, den ich ihr geschrieben habe.«

Keine Reaktion. Eric beschäftigte sich weiterhin mit dem Stativ, summte dabei leise vor sich hin und holte dann, offenbar zufrieden mit seiner Arbeit, verschiedene Gegenstände aus einem Seesack – Keiths Seesack –, um sie auf einen Holztresen zu legen.

Keith sah lieber nicht hin. Er konzentrierte sich darauf, seine Stimme unter Kontrolle zu halten. »Eric, ich könnte dir Geld verschaffen. Ich bin zwar nicht reich, aber ich könnte dir Geld beschaffen. Meine Familie ist ziemlich wohlhabend und die Familie meiner Freundin auch. Die würden schon für mich zahlen, da bin ich mir ganz sicher.«

Es war, als hätte Eric Fraser nichts von alledem gehört. Er holte etwas aus dem Beutel – eine spitze Zange –, stellte sich neben Keith und sah ihn eine Weile mit funkelnden Frettchenaugen an. Dann öffnete und schloss er die Zange direkt über Keiths Nase.

»Wir könnten die Zahlungen so einrichten, dass keiner merkt, wem sie zugute kommen. Es muss ja nicht alles auf einen Schlag gezahlt werden. Nichts spricht dagegen, dass die Zahlungen über einen längeren Zeitraum gehen. Bitte, Eric. Hörst du mir überhaupt zu? Du könntest dreißig-, vierzigtausend Dollar bekommen. Vielleicht sogar fünfzigtausend. Denk nur, was du dir über die Jahre dafür leisten kannst. Warum erlaubst du mir nicht, sie anzurufen?«

Eric Fraser holte sich eine Papiertüte aus dem Seesack und packte ein Sandwich aus. Plötzlich roch es im Raum nach

Thunfisch. Er saß im Dunkeln und verbarg mit seinem Körper den rötlichen Schimmer des Heizlüfters. Während er kaute, knackte immer wieder ein Knochen seines Unterkiefers. Nach einer Weile sagte er: »Hoffentlich kommt Edie bald mit den Scheinwerfern.«

Dann stieß er mit der Stiefelspitze an einen großen, auf dem Fußboden stehenden Batteriekasten. »Die Beleuchtung wird dann viel besser sein. Ich mag es nicht, wenn man nicht sieht, was abgeht.«

»Denk darüber nach, Eric. Du könntest ein sorgenfreies Leben führen. Du bräuchtest nicht mehr arbeiten. Du könntest dir Sachen leisten, Reisen machen. Du könntest hingehen, wo du willst, und tun, was du willst. Was hast du davon, mich umzubringen? Das bringt dir doch nichts ein. Früher oder später wirst du doch geschnappt. Warum machst du es nicht so, dass Geld dabei herausspringt? Wäre das nicht besser, als mich einfach umzubringen?«

Eric aß das Sandwich auf und warf das fettige Papier auf den Boden. »Hoffentlich kommt Edie bald mit den Scheinwerfern«, sagte er noch einmal.

»Eric, ich flehe dich an. Wenn du willst, gehe ich vor dir auf die Knie. Du brauchst mir nur zu sagen, was ich tun soll. Eric? Eric, hörst du überhaupt zu? Ich flehe dich um mein Leben an. Ich tue alles, was du willst. Alles. Aber bitte lass mich am Leben.«

Auch darauf erhielt er keine Antwort.

»Eric, ich beschaff dir noch mehr, ich verspreche es. Ich stehle das Geld. Ich raube einen Laden aus. Ich tue alles, nur lass mich laufen.«

Eric ließ sich von seinem Hocker gleiten und wählte eine Schere aus. Er beugte sich über Keith und schnappte mit der Schere. Dann ergriff er ein Büschel Haare über Keiths Ohr, schnitt eine kleine Locke ab und hielt sie in einen Strahl fahlen Tageslichts. »Hoffentlich kommt Edie bald mit den Scheinwerfern.«

53

Hinter dem Schienenstrang duckte sich das alte Haus im peitschenden Regen. Ein Stück Dachrinne hing unter der Last tauender Eiszapfen vom Vordach herab. An einer Ecke schlug ein Stück Dachpappe wie ein abgeschossener Vogel hin und her. Vom Verkehr auf der Überführung war entferntes Hupen zu hören.

McLeod erinnerte sich an die Gegend aus seiner Zeit als einfacher Streifenbeamter. »Damals musste ich den Leuten hier fast jeden Samstag die Tür eintreten. Der alte Stanley Markham – Cardinal, du erinnerst dich doch an Stanley? –, der alte Stanley ging am Wochenende auf Sauftour und schlug, wenn er nach Hause kam, alles kurz und klein. Ein kräftiger Bursche. Hat mir gleich an zwei Stellen den Arm gebrochen. Der Spaß hat ihm drei Jahre Knast eingebracht. Vor ein paar Jahren hat ihm seine Trinkerleber den Rest gegeben, und, weiß Gott, ich vermisse ihn nicht. In dem Haus stank es immer nach Katzenpisse.«

»Und wer wohnt jetzt dort?«, fragte Cardinal.

Sie beobachteten das Haus durch die Scheibenwischer, als ob es jeden Augenblick sein Fundament wie einen schäbigen Rock heben und in den eisigen Regen davonstürmen wollte.

»Wer jetzt dort wohnt? Die süße Celeste, Stanleys getreue Witwe, eine echte Höhlenbewohnerin. Dreihundert Pfund schwer, eine Stimme wie Sandpapier und zäh wie ihr Göttergatte. Wenn ihr IQ noch niedriger wäre, müsste man die Alte regelmäßig gießen.«

»Fraser fährt einen Ford Windstar«, sagte Delorme. »Ich sehe aber keinen Wagen in der Zufahrt.«

»Und Fraser hat eine Geisel. Ich werde hier nicht herumsitzen und abwarten, ob er zu Hause ist oder nicht.«

»Mal langsam. Wie wäre es mit etwas Verstärkung, ehe wir dort antanzen?«, schlug McLeod vor. »Wir sind schließlich kein Sondereinsatzkommando.« Zwar sagte er es nicht ausdrücklich, aber was er meinte, war dennoch klar: Man hat uns hier diese Frau und so einen Freak von der Spurensicherung aufgehalst – das haben wir nun davon.

Der braune Lieferwagen eines Paketzustelldienstes kam holpernd hinter ihnen zu stehen. Alte Bremsen quietschten laut auf.

»Wartet hier auf mich«, sagte Cardinal. Eisige Regentropfen stachen ihm wie Nadeln ins Gesicht, als er aus dem Wagen stieg. Er zeigte dem Fahrer seinen Dienstausweis und kletterte auf der Beifahrerseite in den Lieferwagen. Der Fahrer war ein Indianer namens Clyde. Die spitze braune Kappe und die breiten Wangenknochen gaben ihm das Aussehen eines Mongolenkriegers.

»Clyde, ich brauche Ihre Hilfe bei einem Polizeieinsatz. Ich möchte mir Ihre Uniform ausleihen.«

Clyde blickte unverwandt nach draußen, als ob er zum Regen und den schmelzenden Schneehaufen spräche. »Wollen Sie verdeckt arbeiten?«

»Nur für zehn Minuten. Das erspart uns den Waffengebrauch. Ich will am helllichten Tag keinen Schusswechsel in einer Wohnstraße.«

»Wie wär's mit einem Tausch? Sie bekommen meine Uniform, ich kriege Ihren Dienstausweis.« Er sprach immer noch mit dem Regen.

»So geht das nicht, Clyde.«

Clyde wandte sich jetzt grinsend Cardinal zu und zeigte ihm ein makelloses Gebiss, wie es Cardinal noch nie gesehen hatte. »Sie können meine Uniform so lange ausleihen, wie Sie wollen. Ich mag die Klamotten sowieso nicht.«

Cardinal zog seinen Mantel aus und zwängte sich in

Clydes braune Uniformjacke. Um die Schultern herum war sie etwas knapp, aber es würde schon gehen.

»Was ist das für eine Pistole?«

»Eine Beretta.«

»Viel benutzt?«

»Noch nie. Ist erst seit kurzem eingeführt. Wie sehe ich aus?«

»Wie ein Polizist in UPS-Uniform. Nehmen Sie ein paar Pakete – so, jetzt macht man Ihnen bestimmt die Tür auf.«

»Gute Idee, Clyde. Sie sollten Polizist werden.«

»Ich kann Polizisten nicht ausstehen.« Clyde sagte, nun wieder zum Regen gewandt: »Sind Sie so weit? Ich habe Expressgut dabei.«

»Ich brauche auch den Lieferwagen. Könnten Sie irgendwo auf mich warten? Zwei Kerle in einem UPS-Lieferwagen, das sieht verdächtig aus. Ihr fahrt doch nie zu zweit.«

»Das stimmt.« Er griff nach einem Päckchen Zigaretten auf dem Armaturenbrett. »Ich warte bei Toby's. Das ist der Laden dort an der Ecke.« Der Indianer kletterte aus dem Lieferwagen. »Der zweite Gang klemmt. Das Beste ist es, den Motor kräftig auf Touren zu bringen und dann gleich in den dritten Gang zu schalten. Wollen Sie wirklich nicht, dass ich fahre?« – »Danke, das schaffe ich schon.« Um ein Haar hätte Cardinal den Motor ausgerechnet auf den Schienen der Eisenbahnlinie abgewürgt. Oh, das wäre clever gewesen, von einem Güterzug erfasst zu werden, bevor die Verstärkung eintraf. Dann ließ er den Motor aufheulen, wie Clyde es empfohlen hatte, und schaltete gleich in den Dritten. Der Lieferwagen ruckelte, fing sich, und Cardinal fuhr durch Pfützen von Schneematsch zu dem Zivilfahrzeug auf. Delorme drehte das Fenster herunter.

»So komme ich direkt bis vor die Haustür«, sagte Cardinal. »Gebt mir genau drei Minuten, wenn sie die Tür aufgemacht hat. Sobald ich drin bin, kümmert sich McLeod um die Frau, und Sie folgen mir. Alles klar?«

»Sie sind drin. McLeod schnappt sich die Frau. Ich folge Ihnen.«

»Collingwood geht direkt ins Kellergeschoss.«

McLeod lehnte sich aus dem Fond nach vorn. »Passen Sie auf Celeste auf. Sie hat eine schlechte Meinung von Vertretern der Strafverfolgungsbehörden.«

Cardinal fuhr den Lieferwagen bis auf die Höhe der Haustür. Er suchte sich ein Paket mittlerer Größe heraus, das die Beretta in seiner Hand verdeckte. Am liebsten hätte er jetzt seine 38er gehabt. Ich hätte mehr Zeit auf dem Schießstand verbringen sollen, sagte er sich, ich bin diese Waffe nicht gewohnt. Sie lag lang und sperrig in seiner Hand.

Celeste Markham öffnete die Tür, und Cardinal überkam ein Würgen, als ihm der penetrante Geruch nach Katzenpisse in die Nase stieg. Aus den Augen der Frau, zwei schwarzen Knöpfen, die in ihrem teigigen Gesicht fast versanken, traf ihn ein Doppelstrahl aus Langeweile und Feindseligkeit. Ein schmutziger, geblümter Morgenmantel verdeckte nur unvollkommen ein paar schwere Hängebrüste. Ein feiner blonder Damenbart zierte ihre Oberlippe. »Falsche Adresse«, sagte sie missmutig. »Ich hab nichts bestellt.«

»Mrs. Markham, ich bin Kriminalbeamter und komme wegen Eric Fraser.« Treppe rechts, Wohnzimmer links. Die Kellertür musste wohl unter der Treppe sein.

»Der ist nicht zu Hause. Und Sie kommen hier nicht rein.« Sie wollte die Tür zumachen, doch Cardinal hatte schon seinen Fuß dazwischen. Als Delorme und McLeod die Eingangsstufen erreichten, grub er seinen Ellbogen in die Tiefen von Celestes Bauch und drängte sich an der Frau vorbei.

Er hörte sie McLeod beschimpfen, während er die Treppe, zwei Stufen auf einmal nehmend, hinaufstürmte. Oben kam er an einem Schlafzimmer vorbei, wo eine lärmige Quizshow im Fernseher lief. Cardinal warf einen Blick auf rund ein Dutzend Katzen, die sich um eine Zweiliterflasche Dr. Pepper und eine große Schüssel mit Trockenfutter versammelt hatten. Daneben befand sich ein vor Schmutz starrendes Badezimmer. Am Ende des Flurs war eine Tür, die neu aussah. Sie war geschlossen. »Polizei!«

Die Tür war abgesperrt. Cardinal trat dagegen, worauf Celeste Markham von unten heraufschrie: »Machen Sie bloß nichts kaputt!«

Die Tür war billig, nicht aus massivem Holz, und brach sofort.

Cardinal langte durch den Spalt, öffnete das Schloss von innen und betrat, die Beretta in der Hand, das Zimmer. Delorme folgte ihm auf dem Fuß.

Nach dem Gestank und Schmutz im übrigen Haus herrschte in diesem Zimmer eine geradezu beängstigende Sauberkeit. Statt nach Katzenpisse roch es hier nach Seife. Die Bettdecke war glatt gezogen und nach Krankenhausart untergeschlagen. Das Fenster, obgleich alt, bot einen ungetrübten Blick auf die Überführung; die Scheiben waren makellos geputzt, und Cardinal hatte deswegen Celeste Markham gewiss nicht im Verdacht. Bei Menschen, die schon mal im Gefängnis gesessen hatten, hatte Cardinal schon öfter die Beobachtung gemacht, dass sie ihre Zimmer sauber hielten wie Marineinfanteristen.

Der Wandschrank enthielt vier Hemden, alle gebügelt und aufgehängt, zwei Hosen, ebenfalls gebügelt, ebenfalls aufgehängt. Ein Paar Stiefel mit Blockabsatz, blitzblank geputzt.

Die Schreibtischfläche war leergeräumt. In der kleinen Schublade darunter lagen nur ein Kugelschreiber und ein gelber Notizblock ohne Beschriftung. Unter dem Schreibtisch stand eine Kiste mit vielleicht dreißig akkurat gestapelten Büchern. »Das wirkt alles so leer«, bemerkte Delorme und bestätigte damit Cardinals Eindruck. »Als ob hier überhaupt niemand wohnen würde.«

Collingwood trat in die Tür. »Im Keller ist nichts Verdächtiges. Mutter Markham sagt, er benutzt nur dieses Zimmer. Sie überlässt ihm nicht das ganze Haus.«

»Und sein Essen, wo macht er das?«, fragte Cardinal, während er sich im Zimmer umschaute. »Hat er überhaupt solche menschlichen Bedürfnisse?«

»Hier unten ist etwas«, meldete Delorme mit gedämpfter Stimme. Sie war auf die Knie gegangen und sah unter dem Bett nach. Sie zog einen Gitarrenkoffer hervor und öffnete behutsam die Verschlüsse. Im Koffer war eine gut erhaltene Gitarre der Marke Ovation.

»Keith London spielt Gitarre. Ich bin mir ziemlich sicher, dass Karen Steen etwas von einer Ovation sagte. Wir verriegeln das Zimmer und lassen nachher Arsenault die Spurensicherung machen.«

In den folgenden Minuten suchten sie schweigend weiter. Die Gitarre war ein handfester Beweis, sie verband Fraser mit Keith London, nur führte sie jetzt nicht weiter. Die fanatische Sauberkeit des Zimmers entmutigte Cardinal immer mehr. Er zog einen Ordner aus dem Wandschrank: nur säuberlich abgeheftete Rechnungen. Er nahm den Deckel von einer alten Bonbondose: nur Briefklammern und Gummiringe. Dann öffnete er einen Schuhkarton, der mit einem blauen Seidenband verschnürt war, so als ob darin kostbare Erinnerungsstücke verwahrt würden. Cardinal erwartete Fotos, vielleicht ein Tagebuch. Doch was er fand, war schlimmer als die Entdeckung von Todd Currys Leiche.

»Das Zimmer ist aseptisch wie ein Krankenhaus«, sagte Delorme gerade. »Der Kerl sollte mal bei mir zu Hause sauber machen.«

»Oh, nein. Ich glaube kaum, dass Sie den bei sich sauber machen ließen.« Cardinal bereitete es Mühe, zu sprechen. Er betrachtete die drei Fundstücke, die säuberlich in der Schuhschachtel arrangiert waren, und fühlte sich plötzlich sehr schwach. Delorme warf einen Blick in die Schachtel und zog scharf die Luft ein, auch sie gebannt wie Cardinal.

Die Schachtel enthielt drei Haarsträhnen unterschiedlicher Farbe und Beschaffenheit, deren jede an einem Ende mit

Klebeband zusammengehalten wurde. Eine war glatt und schwarz wie Zobel, die musste Katie Pine gehören. Eine andere – mit ziemlicher Sicherheit Todd Currys – war dunkelbraun, gelockt und dünner. Die blonde Locke durfte wohl Billy LaBelle gehören. Nichts wies auf Woody hin – sein Tod war offensichtlich nicht geplant gewesen und hatte sich eher zufällig ergeben oder auf Keith London, dessen Haar lang, glatt und hellbraun war. Unten stießen Celeste Markham und McLeod gegenseitig Drohungen aus. Wenn er nicht bald Land gewinne, habe sie die feste Absicht, ihm auch noch den anderen Arm zu brechen. McLeod fragte, ob sie das wohl vor einem Richter wiederholen würde.

»Collingwood«, sagte Cardinal schließlich, »sag McLeod, er soll nicht so herumpöbeln. Man kann ja keinen klaren Gedanken fassen. Die sollen sich im Auto weiterstreiten.«

Cardinal zog die Schubladen einer Kommode nacheinander auf: Strümpfe, aufgereiht wie Granaten, T-Shirts, gefaltet und gestapelt, Sweater, die wie nie getragen aussahen. Ihr Pech, dass der Kerl ein Sauberkeitsfanatiker war. Sogar der Papierkorb war leer. Cardinal nahm den gelben Notizblock in die Hand und blätterte ihn durch. Nichts fiel heraus. Dann hielt er das oberste Blatt gegen das vom Fenster einfallende Licht. Etwas war vom vorherigen Blatt auf das Papier durchgedrückt – irgendeine Liste.

»Was meinen Sie, wofür steht wohl ›P. H.‹?«, fragte er in die tiefe Stille hinein, die nun das Haus erfüllte. Irgendwo miaute eine Katze.

»P. H. Vielleicht ein Opfer, von dem wir noch gar nichts wissen?«

»Nein. Da steht P. H. Trout Lake. Wir wissen, dass der Mörder gern den Ort wechselt: der Bergwerksschacht, das leerstehende Haus. Und wir wissen, dass ihm das Gebiet um den Trout Lake vertraut ist, denn Woody wurde in der Nähe des Jachthafens gefunden. Und sehen Sie mal, was er mitnehmen will: Klebeband, Zangen...«

»Ich glaube, das Nächste heißt ›Brecheisen‹. Wozu braucht er das?« Delorme stieg ihm fast auf die Schulter. Er spürte ihren Atem in seinem Nacken. »Etwas weiter unten, das heißt ›Batterie‹.«

»Was kann P. H. am Trout Lake bedeuten? Was liegt am Trout Lake und beginnt mit P. H.?«

»Public Housing! Da ist doch ein Neubaugebiet hinter St. Alexander. Das muss es sein, John. Wieder ein leeres Haus – eines, das noch nicht fertig ist!«

»Nur dass es dort keinen sozialen Wohnungsbau gibt. Port Huron? Nein, dort gibt es auch keinen Hafen, der Port Huron hieße.«

»P. H. am Trout Lake…« Delorme fasste ihn am Ärmel. »Wir können über das Telefonbuch herausfinden, ob jemand, der dort draußen wohnt, diese Initialen hat.«

»Das würde zu lange dauern. Es muss irgendetwas Einfaches sein. Was gibt es denn da draußen? Das Speicherbecken und den Jachthafen und was noch?«

»Na ja, das Speicherbecken ist an sich schon ziemlich groß. Und ziemlich abgelegen.«

In den folgenden Tagen wurde im Police Department viel darüber diskutiert, wer es als Erster gesagt hatte. Manche behaupteten, es sei Delorme, andere, es sei Cardinal gewesen. Collingwood änderte mehrmals seine Meinung, obwohl er doch direkt neben ihnen gestanden hatte. Aber Cardinal würde sich sein Leben lang daran erinnern, wie ihn Delorme mit weit geöffneten braunen Augen angesehen hatte und wie schön diese Augen in diesem Moment absoluter Gewissheit waren. Am Ende war es nicht wichtig, wer als Erster das Wort »Pumpenhaus« aussprach. Cardinal verwarf die Idee sofort wieder, wie er sich später zu seiner Schande eingestehen musste. »Das kann es nicht sein. Das Pumpenhaus ist nicht am Trout Lake.«

»Stimmt«, sagte Delorme. »Aber früher war es da.«

54

Cardinal hatte zwei Anrufe zu erledigen, bevor die Kripotruppe losschlagen konnte. Zuerst rief er im Präsidium an und ordnete an, dass eine Zivilstreife das alte Pumpenhaus überprüfte. Der nächste Anruf hätte normalerweise Dyson gegolten, aber da Dyson weg vom Fenster war, rief er den Polizeichef unter dessen Privatnummer an.

»Wir wissen, wo der Tatverdächtige Keith London umbringen will. Ist möglicherweise schon dort.«

»Hat er den Jungen bei sich?«

»Das nehmen wir an. Wir glauben, dass Keith noch am Leben ist. Ich brauche acht Mann, Gewehre und kugelsichere Westen.«

»Brauchen Sie die Hilfe der OPP?«

»Chef, dafür ist keine Zeit mehr.«

»Von mir bekommen Sie grünes Licht. Nehmen Sie sich, was Sie brauchen.«

Glänzende Regentropfen im Haar kam Delorme vom Zivilfahrzeug herüber. »Flower sagt, die Streife hat Frasers Windstar vor dem Pumpenhaus gesichtet.«

»Sie waren nahe genug dran. Hoffen wir, dass sie ihn nicht misstrauisch gemacht haben.«

»Flower sagt, nein. Die Streife bleibt aber in der Nähe, für den Fall, dass er rauskommt.«

»Wir haben ihn, Lise. Wir schnappen ihn, ehe er sich's versieht.«

Im Auto sagte Delorme: »Ich habe auch den Lkw bestellt – ich hoffe, das war richtig.«

»Richtig war es schon, aber das nächste Mal fragen Sie bitte vorher.«

»Sie waren gerade am Telefonieren.« – »Sie hätten fragen sollen. Vielleicht hätte ich lieber nur Pkws gehabt. Oder hätte die Mitwirkung der OPP vorgezogen. Verstehen Sie?«

»Ja.«

Mit Blaulicht brauchten sie weniger als sieben Minuten bis zum verabredeten Treffpunkt, dem Jachthafen am Trout Lake. Die anderen Autos trafen nur wenige Augenblicke später ein. Außer McLeod und Collingwood waren Burke und Szelagy mit von der Partie, außerdem Beamte in Uniform. Mittlerweile hatte der Regen aufgehört, aber immer noch hingen schwere graue, an den Rändern fast purpurne Wolken am Himmel.

Es war drei Uhr nachmittags; der Himmel war so düster, dass es auch sieben hätte sein können.

»Okay. Zum Pump House Drive kommt man nur über die Trout Lake Road und die Mathiesson Road. Sie und Sie«, Cardinal deutete auf zwei Uniformierte, »sorgen dafür, dass diese beiden Zufahrtswege gesperrt werden. Er darf da nicht raus. Und niemand kommt rein.«

»Und was ist mit dem See?«

»Kein Mensch geht jetzt auf den See, nicht bei diesem brüchigen Eis. Burke und Szelagy, ihr bleibt oben am Zufahrtsweg und haltet uns die Schaulustigen aus der Nachbarschaft vom Hals. Wenn Fraser aus dem Pumpenhaus fliehen will, schneidet ihr ihm den Weg ab. McLeod, Collingwood und Delorme kommen mit mir. Alles klar?«

Absolut klar.

»Eric Fraser ist bewaffnet. Der Mann ist gefährlich. Und er hätte den Tod verdient.«

»Ausnahmsweise mal kein Scherz«, murmelte jemand, vermutlich Szelagy.

»Aber Eric Fraser hat eine Geisel in seiner Gewalt – einen achtzehnjährigen Jungen –, und wir wollen nicht, dass dem Jungen etwas passiert. Sollte eine Situation entstehen, in der es für einen von Ihnen oder die Geisel lebensbedrohlich wird, dann eliminieren Sie Fraser – aber nur dann. Haben mich alle verstanden?«

Alle hatten verstanden.

»Also dann.« Cardinal öffnete die Wagentür. »Bringen wir es hinter uns.«

Cardinal funkte die Streife an, die oben am Pump House Drive observierte. In der Zwischenzeit war nichts vorgefallen. Keine Bewegung am Objekt.

Erst als Cardinal die Hände aufs Lenkrad legte, merkte er, dass er zitterte. Es fühlte sich an wie Angst, doch in Wirklichkeit war es Adrenalin. Er atmete tief durch, um die Kontrolle wiederzugewinnen. Er wollte nicht, dass seine Hände zitterten, wenn er die Beretta ziehen musste. Und wieder wünschte er, er hätte sich mehr Zeit für Schießübungen genommen.

Die beiden führenden Wagen pflügten durch den Schneematsch vor der Abzweigung und rauschten dann die Straße zum Pumpenhaus hinunter. Wie geplant bezogen Larry Burke und Ken Szelagy ihren Posten oben an der Straße.

* * *

Burke und Szelagy waren die ersten Polizisten, die Katie Pines Leiche im Bergwerksschacht auf Windigo Island gesehen hatten. Seither hatte es Burke als frustrierend empfunden, Delorme und Cardinal aus der Ferne bei der Arbeit zuschauen zu müssen, ohne an den Ermittlungen beteiligt zu sein. Es war sein Wunsch, eines Tages selbst Detective zu sein.

Ein Auto bremste, und ein Mann in den Fünfzigern – ein gut situierter Angestellter, vermutete Burke – lehnte aus dem Fenster. »Was geht denn hier vor? Wozu dieses Polizeiaufgebot hier draußen?«

Larry Burke bedeutete ihm, weiterzufahren. »Fahren Sie weiter. Das Gebiet ist von der Polizei abgesperrt.«

»Aber warum denn?«

»Fahren Sie bitte weiter, Sir.« Er bedachte den Mann mit einem keinen Widerspruch duldenden Blick aus kalten Polizistenaugen, wie man es ihm auf der Polizeischule in Aylmer beigebracht hatte, und wie immer wirkte es. Der Mann fuhr weiter.

Cardinal hatte ihn und Szelagy dazu ausersehen, in der letzten Phase des Falls mitzuwirken, und Burke wusste das zu schätzen. Pine-Curry war der Fall des Jahrhunderts für eine Stadt wie Algonquin Bay. Cardinal hatte als Leiter der Truppe Burke und Szelagy ausgewählt, und das erfüllte Larry Burke mit Genugtuung.

Noch ein Auto kam herangefahren. Am Steuer saß eine Frau, keine attraktive, wie Burke sogleich sah.

»Fahren Sie bitte weiter, Madam.«

Die Frau sah ihn nicht einmal an, sondern starrte auf die bergab zum Pumpenhaus führende Straße. »Was ist denn hier los? Weshalb sind all diese Autos hier?«

»Ein Polizeieinsatz, Madam. Fahren Sie bitte weiter.«

Zu Burkes beträchtlicher Verärgerung fuhr die Frau aber nicht weiter. Sie fuhr nur rechts an den Fahrbahnrand und starrte weiterhin die Straße hinab, als erwartete sie, den Sohn Gottes aus den eisigen Tiefen des Trout Lake emporsteigen zu sehen. Burke schlenderte zu ihr hinüber, klopfte an die Scheibe und zeigte mit behandschuhtem Finger die Straße hinauf. Laut Polizeihandbuch konnte eine wortlose Geste, wenn sie mit hinreichender Autorität ausgeführt wurde, ebenso wirksam sein wie die Stimme. Aber nicht in diesem Fall.

»Fahren Sie weiter«, wiederholte Burke bereits deutlich lauter. »Das Gelände ist von der Polizei abgesperrt.«

Obwohl der Regen schon lange aufgehört hatte, liefen am Auto der Frau immer noch die Scheibenwischer, oder genauer gesagt, einer lief noch; auf der Beifahrerseite fehlte ein Scheibenwischer. Sie hatte einen schuppenartigen Ausschlag im Gesicht. Und einen dicken Verband über einem Ohr. Unerträglich diese Art, an Burke vorbeizuschauen und ihn keines Blickes zu würdigen. Das wollte ihr Burke auf keinen Fall durchgehen lassen. Er würde sich keinen Patzer erlauben, ganz gleich, wie gering seine Rolle in diesem Stück auch war. »Hallo, Sie!«, schrie er sie jetzt richtiggehend an. »Sind Sie taub?«

Er schlug mit der flachen Hand auf das Autodach. Die Frau riss den Kopf hoch, und er sah einen Augenblick lang die Angst in ihren Augen. Dann legte sie den Gang ein und fuhr mit einem Ruck davon. »Mein Gott«, sagte Burke zu Szelagy. »Hoffentlich hat man mittlerweile den Highway gesperrt. Hast du das gesehen?«

»Manche Leute«, kommentierte Szelagy, »können eben nicht anders. Sie müssen ihre Nase in anderer Leute Angelegenheiten stecken.«

Burke sah zu, wie das Auto die Straße hinaufratterte und schwarze Auspuffwolken hinter sich ließ. Trout Lake und seine angrenzenden Siedlungen zählten zur gehobenen Wohngegend. Da hätte man erwarten dürfen, dass die taube Kuh sich ein besseres Auto leisten konnte als so einen klapprigen Pinto.

55

Das Pumpenhaus war seit fünf Jahren nicht mehr in Betrieb und sah entsprechend aus. Die Fenster des niedrigen grauen Baus waren mit Brettern vernagelt, und das Dach trug die Schneelast eines ganzen Winters – fast einen Meter hoch lag der Schnee trotz des Tauwetters, das unlängst eingesetzt hatte. Eiszapfen, so groß wie Orgelpfeifen, hingen von den Rändern herab. Der Reiz dieses Ortes – jedenfalls aus der Sicht eines Mörders – bestand in seiner Abgelegenheit. In beide Richtungen gab es fast auf einen Kilometer keine weiteren Häuser, und ringsum stand dichtes Unterholz.

Cardinal spähte kurz das Gelände aus und stellte fest, dass der Bau keinen Eingang zur Seeseite besaß. Eine steinerne Treppe führte zum See hinab und bildete unter Schnee und Eis eine sanfte Diagonale. Frasers Windstar war in Seenähe geparkt. Fuß- und Schleifspuren führten hinauf zum Pumpenhaus. Ein rostiger Umriss an der Tür markierte die Stelle, an der ein Schloss gehangen hatte.

Lautlos schlich Cardinal zur Tür und nahm den Knauf in die Hand. Er drehte ihn so sanft wie möglich. Der Knauf bewegte sich kein bisschen. Er schüttelte den Kopf, um den anderen Bescheid zu geben.

McLeod öffnete den Kofferraum seines Fahrzeugs und holte den »Rammbock« heraus, ein sechzig Pfund schweres eisernes Monstrum zum Aufbrechen von Türen. Er und Delorme, jeder mit einer Hand am Gerät, stellten sich in Position, um auf ein Zeichen hin die Tür einzurammen. Cardinal würde als Erster mit gezogener Waffe hineingehen. Über das Vorgehen hatte man sich wortlos verständigt.

Was dann geschah, war noch auf Jahre hinaus Gesprächsstoff im Department. Delorme und McLeod waren zurückgegangen, um Anlauf zu nehmen. Cardinal hatte die Hand für das Eins-zwei- drei-Signal erhoben. Er hatte schon »eins« gesagt und hob die Hand für »zwei«, als plötzlich Eric Fraser aus dem Pumpenhaus trat.

Er stand da und blinzelte ins Sonnenlicht.

Im Nachhinein wurde darüber gerätselt, was ihn wohl bewogen hatte, gerade in diesem Augenblick aus der Tür zu treten. Wollte er Proviant holen, oder verspürte er ein menschliches Bedürfnis? Was es auch sein mochte, es änderte nichts.

Fraser kam in Hemdsärmeln aus dem Haus – sein schwarzes Haar flatterte in der Brise, seine schwarzen Jeans und sein schwarzes Hemd hoben sich deutlich vom Schnee ab – und stand da wie ein harmloser Mensch, der in die Sonne blinzelt. Es schien ein langer Augenblick zu sein, doch tatsächlich war es nur der Bruchteil einer Sekunde.

Wie Delorme später sagte: »So ein blasser schmächtiger Bursche mit dünnen Armen. Nie im Leben hätte ich in ihm einen Mörder vermutet. Er sah ja aus wie ein Junge.«

Eric Fraser, der Mann, von dem sie wussten, dass er mindestens vier Menschen ermordet hatte, stand, die Hände leicht vom Körper abgespreizt, völlig bewegungslos da.

Cardinals Stimme klang blechern, selbst in seinen eigenen Ohren. »Sind Sie Eric Fraser?«

Fraser drehte sich blitzschnell auf den Hacken herum. Cardinal hatte die Beretta in der Hand, doch Fraser war schon durch die Tür, ehe er zielen konnte.

Ian McLeod setzte ihm als Erster nach – eine Heldentat, die ihm drei Monate auf Krücken einbrachte. Hinter der Tür führte eine steile Treppe abwärts zur Pumpanlage. McLeod knickte um und rutschte mit seinem ganzen Gewicht die Stufen hinunter.

Keith London schrie aus dem Dunkeln. »Hierher! Hierher! Er hat eine...« Seine Schreie erstarben plötzlich. Cardinal und Delorme standen oben an der Treppe und hörten

McLeod stöhnen. Unten erkannten sie die Pumpe, die mit ihren roten Röhren und Ventilen wie ein gewaltiges Herz aussah. Ein Steg bog nach rechts oben ab. Delorme huschte den Steg entlang, während Cardinal die Treppe hinabstieg.

»Ich bin okay«, sagte McLeod. »Schnappt euch das Aas.«

Das graue Tageslicht, das durch die halb offene Tür einfiel, durchdrang kaum das Dunkel im Innern. Cardinal konnte einen Steg über der Pumpenanlage erkennen und darunter eine weitere steile Treppe, die sich in alptraumhaftem Zickzack durch den Raum wand. Cardinal wollte gerade zu dieser Treppe rennen, als sich die Stegtür öffnete und aus einer Pistolenmündung grell wie Blitze weiße und blaue Flammen zuckten. Delorme war getroffen. Sie wankte stumm zurück, nur das Klappern ihrer gegen den Steg stoßenden Beretta war zu hören. Sie schleppte sich bis zur Eingangstür und öffnete sie sogar noch etwas weiter. Dann sank sie, während sie sich an der Tür festhielt, langsam auf die Knie. Ihr Gesicht war kreidebleich.

Cardinal eilte die Treppe hinauf. Jeden Augenblick konnte ihm eine weitere Flamme aus der Pistolenmündung ein neun Millimeter großes Loch in den Schädel bohren.

Mit einem Tritt öffnete er die Tür.

Flach an die Wand gepresst, die Beretta auf Brusthöhe nach oben gerichtet, verharrte Cardinal wie zum Gebet. Dann drehte er sich, ging in die Hocke und zielte. Nichts bewegte sich. Am anderen Ende des Raums war eine Tür. Cardinal befand sich offenbar in der ehemaligen Küche. Keith London lag gefesselt auf dem Tisch und blutete aus einer Wunde am Kopf. Cardinal fühlte ihm an der Halsschlagader den Puls: Der Puls war langsam, der Atem ging keuchend.

Plötzlich Fußgetrappel auf Metall. Cardinal lief quer durch den Raum bis zur anderen Tür. Er trat hinaus und sah gerade noch, wie Fraser – kaum mehr als ein schwarzer Schemen – auf die Tür zulief, durch die sie hereingekommen waren. Cardinal zielte und feuerte. Die Kugel verfehlte ihr

Ziel und prallte mit ohrenbetäubendem Geheul an einem Rohr ab.

Cardinal lief den Steg entlang, sprang über die regungslose Delorme und war draußen. Er erreichte Frasers Wagen, als der Motor ansprang. Cardinal riss die Beifahrertür auf, während der Wagen schon zum See hinabrollte. Fraser richtete seine Waffe direkt auf Cardinals Gesicht.

Der Wagen stieß an einen Felsbrocken, und Frasers Schuss ging in die Decke. Cardinal ließ sich auf den Beifahrersitz fallen und packte Frasers Arm mit der Waffe, während der Wagen holpernd aufs Eis rollte.

Cardinal hatte den Arm fast auf den Boden des Wagens gepresst, als Fraser abdrückte. Das Mündungsfeuer versengte Cardinal das Bein. Wieder und wieder drückte Fraser ab, sodass die Ereignisse wie Lichtblitze aufeinander zu folgen schienen.

Cardinal bekam mit der rechten Hand Frasers Kehle zu fassen, während seine Linke immer noch die Hand des Mörders mit der Pistole nach unten presste. Fraser drückte aufs Gaspedal. Als die Reifen griffen, wurden beide nach hinten geworfen. Cardinal bekam ein Knie auf Frasers Hand und drückte mit seinem ganzen Gewicht auf das Handgelenk. Mit der Rechten versetzte er dem Mörder einen Hieb ins Gesicht, Schmerz flammte seinen Arm hoch.

Und dann wurde es auf einmal schrecklich still. Der Wagen war mit einem Ruck zum Stehen gekommen. Plötzlich kippte er nach vorn und warf die beiden Männer gegen das Armaturenbrett. Wie eine Eilmeldung drang in Cardinals Gehirn, was passiert war: Das rechte Vorderrad war durch die Eisdecke gebrochen.

»Das Eis bricht«, schrie Cardinal. »Wir sinken.«

Frasers rasende Bewegungen wurden noch panischer, als der Wagen nach vorn kippte und schwarzes Wasser die breite flache Windschutzscheibe emporstieg.

Ein kurzes Schaukeln, dann tauchte die Wagenschnauze

nach unten. Schwarzes Wasser schoss durch die Lüftungsschlitze ins Innere und schmerzte, wo es die Haut traf, wie Dolchspitzen.

Ein weiterer Stoß nach vorn. Dann hüllte Dunkelheit sie ein.

Cardinal ließ Fraser los und hielt sich an der Rückenlehne fest. Während er nach dem Türgriff tastete, sank der Wagen weiter.

Schwarzes Wasser. Eisiger Schaum.

Cardinal stieß die Tür auf, drückte sie nach vorn und kletterte auf die Außenseite des Wagens. Das ganze Fahrzeug kippte fast anmutig nach links. Fraser schrie auf.

Cardinal balancierte auf dem Rand des sinkenden Fahrzeugs. Vom Ufer drangen Schreie.

Er sprang ab und hielt dabei die Arme ausgestreckt, auch dann noch, als er mit den Beinen durch das Eis brach. Die Kälte sog ihm schier die Luft aus den Lungen.

Frasers Gesicht, der Mund ein schwarzes O, tauchte noch einmal am Fenster der Wagentür auf. Dann gab das Eis unter dem letzten Rad nach, und das Wasser schlug über dem Mörder zusammen. Der Wagen versank in dem schwarzen Loch.

56

Noch nie hatte das Police Department von Algonquin Bay so viel öffentliche Aufmerksamkeit erfahren. Der *Lode* brachte auf der ersten Seite immer noch Dysons Verhaftung, aber gleich daneben stand der Bericht über den Tod des Windigo-Mörders, dazu ein Foto des schartigen Lochs, wo Frasers Wagen durch das Eis gebrochen war.

Cardinal, Delorme und McLeod waren in der Nacht zuvor allesamt in der Unfallstation behandelt worden. McLeod hatte es am schlimmsten erwischt. Er lag im dritten Stock des City Hospital, beide Beine in einem Streckverband, ein Fußknöchel war gebrochen, der andere böse verstaucht. Die kugelsicheren Westen hatten Delorme und Cardinal das Leben gerettet. »Bei solchen Temperaturen«, hatte der Arzt Cardinal erläutert, »stirbt man normalerweise an Unterkühlung. Die Weste speichert Körperwärme, und das war Ihr Glück.« Delorme kam mit einer Fleischwunde am linken Arm davon. Wegen des Blutverlusts fühlte sie sich schwach und schwindelig, aber eine Transfusion schien nicht notwendig, und so schickte man sie nach Hause.

Cardinal hatte man ein paar Valiumtabletten verabreicht und behielt ihn die Nacht über zur Beobachtung im Krankenhaus. Eigentlich hatte er Catherine anrufen und ihr die Neuigkeiten selbst erzählen wollen, doch das Valium hatte ihn rasch flachgelegt.

Nach sechzehn Stunden Schlaf wachte er mit brennender Kehle auf, fühlte sich aber sonst wohl. Jetzt wartete er im Raum vor der Intensivstation auf die Erlaubnis, Keith London zu sprechen. Trostlos aussehende Patienten in Schlafanzug oder Morgenmantel spazierten, von Besuchern in Wintermänteln am Arm gestützt, den Krankenhausflur auf und ab.

Draußen schimmerten die Dächer wie weiß gebleicht im blendenden Sonnenlicht. Aber Cardinal erkannte an der Art und Weise, wie der weiße Rauch steil in den Himmel aufstieg, dass die Temperaturen wieder tief unter den Gefrierpunkt gefallen waren.

Im Fernsehen kamen die Nachrichten. Cardinal erfuhr, dass Grace Legault jetzt für einen Sender in Toronto arbeitete, sicherlich hatte sie die neue Stelle ihrer brillanten Berichterstattung über den Windigo-Mörder zu verdanken. Die Sendung begann mit dieser Story (weitere Bilder vom Pumpenhaus, vom schwarzen Loch im Eis). Dann sah Cardinal erstaunt, dass eine neue Reporterin vor seinem Haus in der Madonna Road posierte. »Detective John Cardinal ist heute nicht zu Hause«, begann sie ihr Statement. »Er ist im City Hospital, wo er weiterhin behandelt wird, nachdem er beinahe in dem Auto, das den Windigo-Mörder Eric Fraser in die Tiefe riss, ertrunken wäre ...«

Na prima. Jeder schwere Junge, den ich in den Knast gebracht habe, wird demnächst vor meiner Haustür stehen, Kiki B. eingeschlossen. Lernt man so was nicht in der Journalistenausbildung, oder wo holt sich das Fernsehen seine Reporter?

Die nächste Einstellung zeigte Polizeichef Kendall vor dem Rathaus. R. J. machte deutlich, dass alle Detectives, die an der Ermittlung im Fall des Windigo-Mörders beteiligt waren, zu seinen Spitzenleuten gehörten.

Sie dürften Ihre Meinung ändern, Chef, dachte Cardinal, wenn Sie erst einmal meinen Brief gelesen haben. Weiteres Nachdenken über diesen Punkt blieb ihm erspart, als die Tür zur Intensivstation aufging, eine rothaarige Ärztin auf ihn zutrat und ihm ein kurzes Bulletin gab. Ja, Keith London sei immer noch bewusstlos; nein, er habe das kritische Stadium überwunden. Ja, er habe ein schweres Schädeltrauma erlitten; nein, es sei noch nicht möglich, die Gefahr einer dauerhaften Schädigung auszuschließen. Ja, eventuell bleibe eine Sprechstörung; nein, es sei zu früh für eine genauere Prognose. Ja, Cardinal dürfe zu einem kurzen Besuch auf die Station, um dort mit der Freundin des Patienten zu sprechen.

Auf der Intensivstation herrschte Dämmerlicht. Ein halbes Dutzend Betten mit den reglos daliegenden Patienten und den medizinischen Überwachungsapparaten war in eine künstliche Dämmerung getaucht. Am anderen Ende des Zimmers lag Keith London unter den achtsamen Augen seiner Freundin Karen Steen.

»Detective Cardinal«, begrüßte sie ihn, »schön, dass Sie gekommen sind.«

»Eigentlich hatte ich gehofft, Keith ein paar Fragen zu stellen. Aber keine Sorge, die Ärztin hat mir diese Illusion gleich genommen.«

»Keith hat bis jetzt noch kein Wort gesagt. Aber ich bin zuversichtlich, dass er wieder sprechen wird. Ich wünsche mir so sehr, dass er wieder aufstehen und reden kann, ehe seine Eltern herkommen. Ich habe es schließlich doch geschafft, sie in der Türkei zu erreichen. Sie wollen übermorgen hier sein.«

»Im Vergleich zum letzten Mal, als ich ihn gesehen habe, sieht er jetzt schon besser aus.« Keith London trug einen Kopfverband und hatte einen Beatmungsschlauch in der Nase. Abgesehen davon wirkte er frisch im Gesicht, auch sein Atem ging regelmäßig. Eine schmächtige Hand lag über der Bettdecke. Karen hielt sie, während sie mit Cardinal sprach. »Die Ärztin meint, er wird alles gut überstehen«, beruhigte sie Cardinal.

»Ja, das wird er bestimmt, und das ist Ihr Verdienst. Er wäre jetzt tot, wenn Sie ihn nicht gefunden hätten. Ich weiß gar nicht, wie ich Ihnen danken soll, Detective Cardinal. Mir fehlen die Worte.«

»Ich wünschte, wir hätten ihn früher gefunden.«

Ein inniger Blick aus ernsten blauen Augen ruhte auf ihm. Auch Catherine hatte ihn mit solchen Augen angesehen, als sie sich ineinander verliebt hatten – leidenschaftliche, ernste Augen. So waren sie immer noch, wenn sie von wichtigen Dingen sprach und wenn sie ganz sie selbst war.

»Sie sind ein guter Mensch«, sagte Karen schließlich. »Ja, da bin ich mir ganz sicher.«

Cardinal wurde rot. Er war Komplimente nicht gewohnt.

»Es ist beleidigend, wie du sie einfach wegsteckst«, hatte Catherine ihm mehr als einmal gesagt. »Man hat den Eindruck, als wolltest du den Leuten sagen, wenn sie nur etwas klüger wären, würden sie ganz anders urteilen. Das ist eine ziemliche Unverfrorenheit, John. Und pubertär ist es auch.«

Karen Steen hob, einer spontanen Eingebung folgend, die schmächtige Hand ihres Freundes an die Lippen, nicht ohne auf die Kanüle zu achten, die in seinem Vorderarm steckte. »Meinen Kinderglauben habe ich verloren, Detective, aber wenn ich ihn noch hätte, würde ich Sie in mein Gebet einschließen.«

»Wissen Sie, was ich denke, Miss Steen?«

Wieder schauten ihn die ernsten blauen Augen an.

»Ich denke, Keith kann sich sehr glücklich schätzen.«

* * *

Die Temperaturen sanken in ungeahnte Tiefen. Den ganzen Weg nach Hause hatte Cardinal das Eis von Windschutzscheibe und Seitenfenster kratzen müssen. Er freute sich schon auf das große Glas Whisky, das er sich vor dem Schlafengehen genehmigen wollte. Nach seiner zweiten Taufe unter dem Eis hatte er sich, so empfand er es wenigstens, in einen Poeten der Wärme verwandelt. Beim Warten vor der Ampel zur Umgehungsstraße malte er sich in allen Einzelheiten aus, was ihn zu Hause erwartete: ein gemütliches Feuer in seinem Holzofen, ein Steak mit Bratkartoffeln und vor allem ein doppelter Whisky, mit dem er den Abend beschließen wollte.

57

Ein sperriges, schweres Objekt aus hundertzwanzig Meter Wassertiefe zu bergen ist auch unter normalen Umständen kein leichtes Unterfangen. Und zwanzig Grad minus und eine Eisdecke, die abwechselnd gefroren, getaut und erneut gefroren ist, machen die Aufgabe nicht leichter. Als das Eis wieder trug, brachten Arbeiter von der Forstverwaltung einen Kran am Seeufer in Stellung – einen Zwölftonner mit einem mehrere Kilometer langen Stahlseil auf der Winde. Sie legten Hunderte Meter Seil über die Eisdecke und führten es zu einer Vorrichtung, die sie über dem fünf Meter breiten Eisloch aufgestellt hatten. Die Sonne über den Hügeln in der Ferne blickte bleich und kalt wie der Mond auf sie herab.

Zwanzig Grad unter null sind für Algonquin Bay nichts Ungewöhnliches, doch der Aufenthalt in eisigem Wasser hatte Cardinal gegen Kälte empfindlich gemacht. Er stand auf einer kleinen Kaimauer unterhalb des Pumpenhauses und fror am ganzen Körper. Delorme, einen Arm in der Schlinge, und Jerry Commanda, die Hände in den Hosentaschen, standen vor ihm und stießen Atemwolken aus, die in der vom See kommenden steifen Brise davonsegelten. Trotz langer Unterhosen und einem langen Wintermantel hatte Cardinal weiterhin das Gefühl, der Kälte schutzlos ausgeliefert zu sein.

Die Forstarbeiter hatten sich um das Eisloch versammelt. Die Taucher in ihren Druckanzügen und Tauchhelmen sahen aus, als wären sie einem Roman von Jules Verne entsprungen – viktorianische Astronauten. Ihre Helmlampen schimmerten im diesigen Licht des Spätnachmittags. Sie zogen probehalber ein paar Mal kräftig an den Sicherheitsleinen und sprangen dann in das Loch im Eis. Schwarz wie Tinte schloss sich das Wasser über ihren Köpfen.

»Besser sie als ich«, murmelte Cardinal.

»Wirklich nett von dir, vorher auszuprobieren, wie das Wasser ist«, witzelte Jerry. »Die meisten hätten das nicht getan.«

Der Duft von Kaffee und Donuts wehte herüber, und alle drei Polizisten drehten den Kopf wie Hunde, die das Klappern des Fressnapfes gehört hatten. Die Forstarbeiter ermunterten sie, herüberzukommen und sich zu bedienen. Das musste man ihnen nicht zweimal sagen. Cardinal schlang einen Donut mit Schokoüberzug hinunter und verbrühte sich die Zunge am Kaffee, doch das kümmerte ihn nicht. Die Wärme durchflutete ihn wie ein wohliger Schauer.

Eine Dreiviertelstunde später verdunkelte sich der Himmel, und die Konturen der Hügel verschwammen. Ein Ruf erscholl, dann tauchte das Heck von Frasers Wagen aus dem See auf.

Nach und nach erschien auch die übrige Karosserie, aus der an Tür- und Fensterfugen schlammiges Wasser strömte. Die Arbeiter zogen an weiteren Seilen, die die Taucher an der Karosserie befestigt hatten, und bemühten sich, den Wagen in eine stabile Lage zu bringen.

Dann begann die Winde auf dem Zwölftonner langsam, das Stahlseil einzuziehen.

Die Helmlampen der Taucher schienen nun hell wie Scheinwerfer, und jemand machte ihnen ein Zeichen, sie auszuschalten. Die Männer arbeiteten jetzt unter Flutlicht, die Scheinwerfer schwankten an kleinen Stahlgestellen. Plötzlich kippte der Wagen auf eine Seite, und Eric Frasers Leiche rutschte halb durch die offene Fahrertür. Aus einem schwarzen Ärmel triefte Wasser.

»Verdammt«, sagte Jerry Commanda. »Beinahe wäre er wieder in die Suppe gefallen.«

Unter dem Quietschen der Winde wurde der Wagen langsam über das Eis ans Ufer gezogen. Cardinal erinnerte sich an jene erste Nacht, als Delorme ihn angerufen hatte und sie gemeinsam wie Entdeckungsreisende über das Eis gefahren waren, um sich die gefrorenen Überreste des Mädchens anzusehen.

Was auf dem Eis begonnen hatte, dachte Cardinal, endete jetzt auch auf dem Eis.

Man zog die Leiche aus dem Wagen und legte sie wie einen Fisch auf die Kaimauer.

Die Haut war grau mit Ausnahme der vorspringenden Stellen – Stirn, Kiefer und Nase –, wo sie unglaublich weiß schimmerte. Ein Gerichtsmediziner untersuchte sie – diesmal nicht Dr. Barnhouse, sondern ein jüngerer Mann, mit dem Cardinal bisher noch nicht zu tun gehabt hatte. Anders als der polternde Barnhouse ging dieser still und gelassen seiner Arbeit nach.

Cardinal hatte immer geglaubt, er würde über Eric Frasers Leiche irgendetwas Bedeutsames zu sagen haben, denn dieses Bild hatte er sich mehr als einmal vorgestellt. Doch nun, beim Anblick dieses schmächtigen, bezwungenen Körpers, stellte Cardinal fest, dass er gar nichts zu sagen hatte. Was er fühlen sollte, wusste er, nämlich dass die Bestie noch gut davongekommen war. Er sollte sich wünschen, dieses Ungeheuer wäre noch am Leben und könnte zur Rechenschaft gezogen werden. Doch alles an der Leiche – die blasse Haut, die schmächtigen Gelenke – bewies, dass es nur ein Mensch und kein Ungeheuer gewesen war.

Cardinals Gefühle waren eine konfuse Mischung aus Mitleid und Schrecken.

Lange Zeit sagte niemand etwas, bis schließlich Lise Delorme auf den Punkt brachte, was alle dachten. »Mein Gott«, sagte sie mit kaum hörbarer Stimme, »mein Gott, wie klein und schmächtig er ist.«

Dann sagte der Gerichtsmediziner, man könne die Leiche jetzt fortbringen.

Cardinal wandte sich ab und sah jenseits der Bucht die ersten Autoscheinwerfer aufleuchten. Die abendliche Hauptverkehrszeit würde bald anbrechen. Gott sei Dank hatten sie die Arbeit hier ohne viele Schaulustige hinter sich bringen können.

Ein oder zwei Neugierige sind immer dabei, ganz gleich, wie man es auch anstellt. Als er von Eric Frasers Leiche wieder zurück zum Wagen ging, überraschte es ihn daher nicht, eine einsame Gestalt – eine kleine, unscheinbare Frau – am Straßenrand stehen zu sehen, die das Treiben unten am See beobachtete und ein Taschentuch in der behandschuhten Hand hielt, so als ob sie trauerte.

58

Cardinal hatte so lange nur den Fall Pine-Curry im Kopf gehabt, dass es ihm schwerfiel, nun an etwas anderes zu denken. Die Stunden lasteten schwer. Der Gedanke an die Zukunft bedrückte ihn und bereitete ihm Sorge. Einerseits wollte er mit Catherine sprechen, andererseits fürchtete er sich davor – jedenfalls solange sie nicht aus dem Krankenhaus entlassen und wieder zu Hause war.

Im Laufe des Nachmittags hatte er eine gesprungene Fensterscheibe ausgetauscht, den Kühlschrank abgetaut, die Wäsche gewaschen und außerdem die Warmwasserleitung repariert. Nun war er in der Garage und machte sich an dem Loch zu schaffen, durch das die Waschbären an seinen Abfall gelangten. Er hatte ein Stück Sperrholz passend zugeschnitten und war dabei, das verfaulte alte Brett zu ersetzen.

An ihm nagte die Angst. Der Chef war zu einer Versammlung nach Toronto gefahren, aber ohne Zweifel würde er bald von sich hören lassen. Cardinal war sich bewusst, dass er solche Heimwerkerarbeiten nur suchte, um nicht in Panik zu geraten. Er stand kurz davor, den Boden unter den Füßen zu verlieren. Seine Zukunft war wie eine Spur, die sich plötzlich im Dickicht verlor.

Und was war mit dem Rest des Geldes, das gerade noch reichte, um Kellys letztes Semester zu finanzieren? Was sollte er jetzt damit tun? Es Rick Bouchard zurückgeben? Bouchard war nur wegen Drogenhandels verurteilt worden, aber die Liste seiner Verbrechen war lang und umfasste Körperverletzung, Vergewaltigung, bewaffneten Raubüberfall und wenigstens einen versuchten Mord. »Rick Bouchard«, hatte sein Lieutenant in Toronto immer gesagt, »ist ein Ausbund an Dummheit und Grausamkeit, für den man in der Hölle einen Extra-Anbau braucht.«

Während er mit dem Stück Holz hantierte, merkte Cardinal, dass er nicht das Herz hatte, die Waschbären auszusperren. Wenn das Loch in der Garage für sie den einzigen Zugang zu Wärme und Nahrung darstellte, dann kam es einem Todesurteil gleich, sie auszusperren. Also verkleinerte er das Sperrholzbrett und versah es mit Angeln, sodass eine Tür für die Waschbären daraus wurde. Gute Idee, Cardinal. Wenn er im kommenden Sommer noch hier sein sollte, würde er das Loch dann verschließen.

Wenn... Es schien immer unwahrscheinlicher. Er war jetzt zehn Jahre beim Police Department von Algonquin Bay. In jedem anderen Job – vorausgesetzt, er bekam überhaupt noch einen – würde er wohl kaum so viel verdienen, dass er die Hypothek für das Haus abtragen, geschweige denn die Heizkostenrechnungen bezahlen konnte.

Er ging zurück ins Haus und kochte sich einen Kaffee. Es war an der Zeit, dass er sich von seinen privaten Problemen löste und sich mit dem Kummer von Billy LaBelles Eltern auseinandersetzte. Nun, da Fraser tot war, schien kaum noch eine Chance zu bestehen, die Leiche ihres Sohns zu finden. Die LaBelles hatten einen Brief an den *Lode* geschrieben, in dem sie sich beschwerten, dass die Polizei den Mörder umgebracht habe, statt ihn zu fangen. Wie sollten sie jemals Frieden finden?

Delorme und Cardinal hatten unter sich die Kiste mit Büchern und Papieren geteilt, die sie in Frasers Zimmer sichergestellt hatten. Sie erhofften sich Aufzeichnungen oder Karten – irgendeinen Hinweis auf den Ort, wo sich Billy LaBelles Leiche befinden könnte. Unter den Büchern war pornographisches Zeug mit sadomasochistischem Inhalt und grellen Titelbildern. Auch mehrere Bände der Werke des Marquis de Sade, bestimmte Passagen dick unterstrichen, befanden sich darunter. Cardinal blätterte in einer Enzyklopädie der Folterinstrumente. Auch ein Buch über Märtyrer und die von ihnen erlittenen Qualen gehörte zu Frasers Privatbibliothek. Der Inhalt verursachte Cardinal Übelkeit. Nützliche Hinweise fand er nicht.

Er wandte sich dem restlichen Stapel Bücher zu. Unter den billigen Taschenbüchern steckte eine voluminöse Studienausgabe von Chaucers *Canterbury Tales*. Cardinal erinnerte sich, dass einige dieser Geschichten ein bisschen schlüpfrig waren, aber dennoch schien Chaucer Welten von Eric Frasers Interessen entfernt.

Das Telefon klingelte. Nachdem er die übliche Suche nach dem schnurlosen Apparat hinter sich gebracht hatte, meldete sich Cardinal und hörte, wie Lise Delorme Arsenault anschrie, er solle ruhig sein. »Hört sich nach Chaos an«, sagte er.

»Sie wissen ja, wenn die Katze nicht zu Hause ist... Ich kann aber nicht warten, bis R. J. aus Toronto zurückkommt und der Betrieb hier wieder etwas geordneter läuft.«

»Ich versuche gerade herauszukriegen, wo Fraser Billy LaBelles Leiche versteckt haben könnte. Warum kommen Sie nicht zu mir herüber, und wir sichten gemeinsam den ganzen Wust und spielen ein paar Ideen durch?«

»Klingt gut. Jeder Vorwand, von Arsenault wegzukommen, ist mir recht. Wirklich, der Bursche hat eine hohe Meinung von seiner Arbeit.«

»Wieso? Worum geht es denn?«

»Sie werden es nicht glauben, John. Sitzen Sie?«

»Was ist denn los, Lise?«

»John, die Spurenexperten haben weitere Fingerabdrücke in Frasers Windstar sichergestellt, und zwar überall in seinem Wagen. Auf der Beifahrerseite, am Lenkrad und im ganzen Heckraum. Die Abdrücke stammen von jemandem, der oft in dem Wagen gewesen sein muss. Und noch etwas, John. Sie haben die Tatwaffe. Wir sind zu neunzig Prozent sicher, dass es der Hammer ist, mit dem Todd Curry erschlagen wurde –

und auf dem Hammer sind ebenfalls die Abdrücke dieser anderen Person.«

»Mein Gott. Der Kerl hatte einen Komplizen.«

»Sie waren zu zweit, John. Zu zweit.«

Während Cardinal die Neuigkeit verdaute, blieb es in der Leitung still. Er konnte Delorme atmen hören. Schließlich fragte er: »Was sagen die Datenbanken?«

»Nichts. Bisher haben wir keinen Hinweis, wer der andere Typ sein könnte. Es könnte jeder x-Beliebige sein. Ich habe schon Troy und Sutherland angerufen. Sie sagen, sie hätten Fraser nie mit irgendjemandem zusammen gesehen.«

»Ja, dann kommen Sie doch zu mir herüber, um den Kram durchzusehen. Vielleicht finden wir ja was.«

Delorme versprach, in ein paar Minuten loszufahren, und legte auf.

Zu zweit, dachte Cardinal. Warum hatte er daran nicht früher gedacht? Aber warum eigentlich? Warum sollte man zwei gleichgestrickte perverse Charaktere erwarten? Wie hoch war die Wahrscheinlichkeit, dass in Algonquin Bay zwei Mörder gleichzeitig ihr Unwesen trieben? Das war also der Grund, weshalb das Täterprofil der Mounties so unscharf erschien: Es war die Beschreibung zweier Täter, nicht eines einzigen. Er zog die Chaucer-Ausgabe aus Frasers Bücherstapel. Zu zweit. Im Geist ging er das gesamte Material durch und versuchte sich zu erinnern, ob es irgendwelche Hinweise gegeben hatte. Am Tatort hatte man keine anderen Fingerabdrücke und keine anderen Haare gefunden.

Der Chaucer fühlte sich merkwürdig leicht an. Er blätterte darin. Jemand hatte mit einer Rasierklinge ungeschickt einen rechteckigen Hohlraum aus dem Buch herausgeschnitten. Ein Rechteck von achtzehn mal zehn Zentimetern. Und in diesem Rechteck, das mit Seidenpapier ausgepolstert war, hatte jemand eine gewöhnliche, unbeschriftete Videokassette versteckt. Cardinal nahm die Kassette vorsichtig an den

Ecken und schob sie in seinen Videorekorder. Auf dem Bildschirm begann es zu schneien.

Wahrscheinlich ist nichts drauf, sagte er sich, wahrscheinlich ist die Kassette leer. Oder es handelte sich um einen billigen Pornostreifen aus dem Versandhandel. Aber wozu dann dieser Aufwand mit dem Versteck? Cardinal griff nach der Fernbedienung, stellte sich, die Arme über der Brust gekreuzt, mitten ins Wohnzimmer und wartete, dass sich etwas Erkennbares zeigte. Der Bildschirm wurde schwarz.

Einen Augenblick glaubte er, das Videoband sei von allein stehen geblieben, doch dann erschien ein schummriges Bild: eine Couch und dahinter ein dunkles Gemälde an der Wand. Cardinal erkannte das Gemälde. Er sah das Wohnzimmer der Familie Cowart, in dem Todd Curry ermordet worden war.

Als hätte er sein Stichwort gehört, betrat Todd Curry die Szene. Er schlenderte langsam ins Bild und setzte sich auf die Couch. »Bin ich schon in der Show?«, fragte er jemanden außerhalb des Bildes.

Der Ton war sogar noch schlechter als die Beleuchtung. Eine Stimme antwortete ihm, aber die Worte waren nicht zu verstehen. Scheinwerfer strahlten ihn an, er blinzelte ins grelle Licht. Nervös nahm er einen Schluck aus einer Bierflasche.

»Todd Curry«, sagte Cardinal laut. Er hielt mit der Fernbedienung das Bild gerade in dem Augenblick an, als der Junge ihm mit der Bierflasche zuprostete. Der Junge stand wie ein Kaninchen gebannt im Scheinwerferlicht, während ringsum Dunkelheit herrschte.

»Todd Curry«, wiederholte Cardinal. »Du armes Schwein.« Er erinnerte sich an die Leiche im Kohlenkeller, an die Jeans, die bis zu den Knien heruntergelassen waren. Wenn er doch nur die Stop-Taste drücken und die Zukunft dieses Jungen aufhalten könnte. Stattdessen drückte er nochmals auf Pause, und der Junge schlürfte sein Bier.

Wieder war die blecherne Stimme aus dem Off zu hören. »Sag was«, befahl sie.

Zum Spaß rülpste der Junge. »Na, wie findest du das?« Cardinal wollte die Lautstärke erhöhen, traf aber aus Versehen die Stummschaltung. Plötzlich gab es draußen einen Knall, Blech quietschte, und eine Hupe ertönte, als wäre jemand mit dem Kopf gegen das Lenkrad geprallt. Durchs Fenster sah er, dass ein kleines Auto gegen die Birken neben seiner Einfahrt gefahren war. Der Schaden schien weniger schlimm, als es sich angehört hatte.

Er nahm sich nicht die Zeit, einen Mantel anzuziehen, sondern stürmte gleich nach draußen. Noch ehe er das Auto erreicht hatte, war eine Frau auf der Fahrerseite ausgestiegen und redete wirr. »Mehrere Männer. Helfen Sie mir, bitte.«

»Fehlt Ihnen etwas? Können Sie gehen?«

Die Frau legte eine Hand an den Kopf und drehte sich verwirrt hierhin und dorthin. »Männer. Es waren drei. Sie haben mich vergewaltigt. Sie sagten, sie würden mich umbringen.«

Cardinal legte ihr einen Arm um die Schulter und half ihr ins Haus. »Ich bringe Sie nach drinnen.« Die eisige Luft drang wie Stahl durch seinen Pullover. Den Kopf gesenkt und weinend, stolperte die Frau neben ihm ins Haus. »Sie haben mich gezwungen. Oh Gott, helfen Sie mir. Sie müssen die Polizei verständigen.«

»Seien Sie unbesorgt. Ich bin Polizist.« Er brachte sie nach drinnen und setzte sie sanft in einen Sessel neben dem Ofen. Dann nahm er das Telefon in die Hand und wählte den Notruf. Am anderen Ende der Leitung ließ man sich erstaunlich lange Zeit. Während des Wartens registrierte Cardinal weitere Einzelheiten an der Frau: der lange grüne Mantel, die Verletzung seitlich am Kopf, das wirklich grässliche Ekzem. Auch die Kopfverletzung sah schlimm aus. Der Bluterguss hatte sich so schnell ausgebreitet, dass Cardinal sich fragte, ob sie unter der Haut blutete.

Endlich meldete sich der Notdienst. »Hier spricht Detective John Cardinal. Ich brauche einen Rettungswagen in die

Madonna Road 425. Eine Frau, Ende zwanzig – Vergewaltigung, Schädeltrauma. Ich weiß nicht, was sonst noch.«

Die Leitstelle bat ihn, am Apparat zu bleiben.

»Sie sind es, nicht wahr? Der Windigo-Mörder, das war Ihr Fall. Ich habe Sie im Fernsehen gesehen.« Die Frau saß nach vorn gebeugt da, als hätte sie eine Bauchverletzung, und starrte ihn mit einem seltsamen Blick an. Hinter ihr lief der Fernseher weiter, aber ohne Ton. Eine dunkle Gestalt bewegte sich im Vordergrund.

»Geben Sie mir noch einmal die Adresse«, bat die Leitstelle.

»Madonna Road 425. Fahren Sie auf der Trout Lake an Pinehaven vorbei, dann hinter Four Miles Road die zweite Straße rechts. Der Rettungswagen kann es gar nicht verfehlen, vor dem Haus steht ein Auto, das halb von der Fahrbahn abgekommen ist.« Cardinal verdeckte die Sprechmuschel und fragte die Frau: »Sie fahren einen Ford Pinto, nicht wahr?«

»Wie? Oh ja, einen Pinto.«

»Ein grauer Pinto«, sagte Cardinal ins Telefon. »Sie können es nicht verpassen.«

»Ich habe Sie im Fernsehen gesehen«, wiederholte die Frau und wankte ein wenig in ihrem Sessel, als wäre sie betrunken, obwohl Cardinal keinen Alkoholgeruch an ihr bemerkt hatte. Hinter ihr hatte sich die Gestalt auf dem Bildschirm neben Todd Curry gesetzt – eine Frau. Auf ihrer kranken Haut schimmerte das gleißende Licht der Scheinwerfer.

Jetzt hob die Frau vor ihm die Hand und betastete sanft ihr Gesicht. Ihre Finger strichen über die aufgerissene raue Wangenpartie.

Cardinal versuchte, sich nichts anmerken zu lassen. Sie weiß nicht, dass ich es weiß, sagte er sich. Sie hat sich Mut angetrunken und ist hier herausgefahren, um mich zu bedrohen. Aber bis jetzt scheint sie nicht zu wissen, dass ich über sie im Bild bin.

»Wen rufen Sie jetzt an?«, fragte sie scharf.

»Das Präsidium. Sie sollen ein paar Leute herschicken, um Ihre Aussage aufzunehmen. Seien Sie unbesorgt, wir haben eigens eine Beamtin für Vergewaltigungsfälle.« Ob sie es an meiner Stimme erkennen kann? Merkt sie, dass ich es weiß?

Cardinal begann, die Nummer zu wählen, doch die Frau zückte eine Pistole und zielte auf sein Gesicht. »Ich glaube nicht«, sagte sie, »dass Sie das tun sollten.«

Cardinal legte das Telefon beiseite und nahm die Hände hoch. »Sie sehen doch, dass ich nicht bewaffnet bin. Bleiben Sie ganz ruhig.«

Auf dem Bildschirm sah man jetzt Fraser die Szene betreten. Er stieß die Frau beiseite. Todd Curry hob die Hände und gab sich überrascht.

»Haben Sie sich an ein Drehbuch gehalten?«, fragte Cardinal. »Haben Sie die Szenen im Voraus festgelegt?«

Die Frau wandte sich nun in die Richtung, in die Cardinal blickte. »Das ist Eric«, kommentierte sie leise. »Das ist mein Eric.«

Cardinal bewegte sich so unauffällig wie möglich zum Wandschrank, zur halb offenen Tür, wo die Beretta im Holster hing.

»Keine Bewegung.«

»Bleiben Sie ruhig. Ich mache nichts. Ich gehe nicht weg.« Cardinal bemühte sich, seiner Stimme einen sanften, wenig bedrohlichen Ton zu verleihen. Auf dem Bildschirm griff Fraser nach einem Hammer. Das Werkzeug musste auf der Rückenlehne der Couch bereitgelegen haben. Er hob den Hammer und rief Todd Curry etwas zu.

Er ließ den Hammer niedersausen. Der Mund des Jungen öffnete sich jäh, seine Gesichtsmuskeln erschlafften. Immer wieder schlug Fraser auf ihn ein. Die Frau hatte sich hinter die Couch begeben, genau hinter den Jungen, und zog an seinem blutverschmierten Haarschopf. Sie zog am Schopf des Opfers, damit Fraser es leichter zu Tode treten konnte.

»Er war ein Nichts«, sagte die Frau zu Cardinal. »Bloß ein

Stück Scheiße von der Straße.« Sie ergriff die Fernbedienung und drückte auf den Rücklaufknopf.

Auf dem Bildschirm lief das Geschehen rückwärts. Fraser zog seinen Stiefel mehrmals aus Todd Currys Rippen, dann rutschte der Junge die Couch hinauf. In seine schlaffen Glieder strömte wieder Kraft. Die Frau ließ seine Haare los, glitt hinter die Couch und setzte sich erneut neben ihn.

Die Hammerschläge ließen nach, ihre mörderische Wirkung verflog. Blut strömte aufwärts in die Nase des Jungen, scharlachrote Tränen rannen in seine Augen zurück. Er ließ die Arme sinken, und sie wurden wieder heil. Auf Entsetzen folgte Verwunderung, und mit einem letzten Schlag nahm der Hammer allen Ausdruck von Schmerz und Grauen von Todd Currys Gesicht. Der Junge lehnte sich zurück und lachte.

Cardinal bewegte sich näher an den Wandschrank heran. »Warum erzählen Sie mir nicht, wie es dazu gekommen ist? Hat Eric Sie gezwungen, ihm zu helfen? War es das?«

Die Frau stand auf. »Eric hat mich nie zu etwas gezwungen, was ich nicht selbst tun wollte. Eric liebte mich nämlich. Verstehen Sie? Eric liebte mich. Unsere Liebe war etwas Besonderes. Besser als alles, was man darüber in Büchern liest. Und sie war ganz real. Sie überstieg Raum und Zeit, wenn Sie verstehen, was ich meine... Nein, ich glaube nicht, dass Sie das verstehen.«

»Dann erklären Sie es mir. Helfen Sie mir, es zu verstehen.«

Sie hatte die richtige Schießhaltung eingenommen, die Knie leicht gebeugt, die linke Hand stützte die rechte. Sie zielte auf ihn.

Cardinal bewegte sich noch näher an den Wandschrank. Er hob die Hände höher, um ihr zu zeigen, dass sie leer waren.

Die Frau richtete die Pistole jetzt auf einen tieferen Punkt. Ihre Miene wirkte abwesend, so als sähe sie Cardinal nicht, auch nicht die Szene vor ihren Augen, eher so, als hinge sie einer Erinnerung nach. Dann wurden ihre Augen klar, und sie drückte ab.

Die Kugel traf Cardinal direkt unter dem Nabel. Er sank nieder, als wollte er eine Kniebeuge machen. Noch einen Augenblick der Gnade, dann schien es ihm, als gingen seine Eingeweide in Flammen auf. Er krümmte sich und fiel auf die Seite.

Die Frau machte zwei rasche Schritte und stellte sich neben ihn. Ihre Miene war weder grimmig, noch lächelte sie. »Wie schmeckt Ihnen das?«, fragte sie ruhig.

Die Schranktür war nur einen Schritt entfernt, aber es hatten genauso gut zwanzig sein können. Die Pistole in der Hand, stand die Frau vor Cardinal, vermied es aber, in Reichweite seiner Hände oder Füße zu geraten. Cardinal dachte an die Beretta im Schrank, doch er kam nicht wieder hoch.

»Wie schmeckt Ihnen das?«, fragte sie wieder. »Sagen Sie mir doch, wie Ihnen das schmeckt.«

Cardinal hörte sich selbst weinen. Er erinnerte sich an ein Autowrack auf der Überführung. Ein Mann war dort, eingeklemmt in seinem Sitz, von einem Stück Aluminium in Bauchhöhe aufgespießt worden. Dieser Mann hatte genauso geweint.

Blut rann ihm warm über die Hand. Er hielt sich den Bauch, als er wieder auf die Knie zu kommen versuchte. Die Frau trat einen Schritt zurück.

Zwei Schritte bis zum Schrank. Zwei Schritte, dann den Arm ausstrecken, und er hätte die Beretta. Cardinal versuchte zu kriechen, doch sein Arm brach unter ihm weg.

Die Frau kam wieder näher. Sie sah verkehrt herum auf ihn herab – ein perspektivischer Effekt, den sein vor Schmerz halb wahnsinniges Gehirn nicht auflösen konnte. »Das ist ein Bauchschuss«, sagte sie. »Mit einem Bauchschuss dauert es ewig, bis man stirbt. Und was sagen Sie dazu?«

Sie hob erneut die Waffe und zielte wieder auf seinen Bauch.

Cardinal stöhnte. »Nicht«, stammelte er und hob abwehrend die Hand.

Diesmal hörte er den Schuss gar nicht. Die Kugel ging durch seine Hand und bohrte sich in seinen Bauch. Das Zimmer wurde erst weiß, dann kamen allmählich die Konturen wieder, wie bei einem Foto im Entwicklungsbad. Cardinal erinnerte sich nicht mehr, wo das Ding war, das er unbedingt erreichen wollte. Wonach hatte er eigentlich gesucht? Was war denn so wichtig gewesen?

Die Frau sprach wieder, doch die Schmerzen waren so überwältigend, dass er ihre Worte nicht verstand. Noch vier? War es das, was sie sagte? Ich habe noch vier für Sie? Die Wörter reihten sich in seinem Geist aneinander, ohne einen Sinn zu ergeben. Noch vier. Sie sagt, sie hat noch vier von der gleichen Sorte.

Die Pistole schwebte über ihm. Cardinal krümmte sich zur Seite, als ob er die nächste Kugel mit seinen Rippen abwehren könnte. Dann gab es einen fürchterlichen Knall, und etwas Schweres traf Cardinal am Bein. Die Pistole war der Frau aus den Händen gefallen.

Cardinal öffnete die Augen. Die Brust der Frau war blutüberströmt. Sie war zusammengezuckt, als hätte sie ihren Namen aus der Ferne rufen hören. Eine Hand schnellte zur Wunde an der Brust und belastete sie. Darauf verzog sie das Gesicht zu einer Grimasse des Ärgers, als stellte sie sich die gesalzene Rechnung der chemischen Reinigung vor.

Sie ist tot, dachte Cardinal. Sie ist tot und weiß es noch gar nicht. Die Frau brach über ihm zusammen, ihre Brüste drückten auf seine Hüfte.

Dann kniete Delorme über ihm. Lise Delorme kniete über ihm und sprach mit ihm in einer sanften Art, wie er selbst es gegenüber Opfern schrecklicher Unfälle getan hatte. Die Zähne zusammenbeißen, durchhalten. Billige Worte. Aber Delorme hatte etwas Weißes in den Händen – ein Kissenbezug, oder war es die Schlinge, in der sie den verletzten Arm trug? – und riss es energisch in Streifen.

59

Auf der Intensivstation des St. Francis Hospital herrschten strengere Regeln als im City Hospital, wo Keith London behandelt wurde. Im St. Francis galt die eherne Regel: Kein Besuch außer von Familienangehörigen.

Wie kam es dann, wunderte sich Cardinal, noch ganz benommen von den Schmerzmitteln, wie kam es, dass Arsenault und Collingwood in seinem Krankenzimmer gestanden hatten? Ja, Arsenault und Collingwood, und dann war Delorme gekommen, mit dem Arm in der Schlinge. Cardinal würde sie wegen der nicht einwandfreien Schießhaltung rügen müssen und dass sie die Schusshand nicht richtig mit der linken Hand abgestützt hatte. Darüber würde sie sich bestimmt mächtig aufregen.

Delorme hatte ihm mit großem Ernst und unter dem Siegel der Verschwiegenheit ein verschlossenes Briefkuvert gezeigt. Er wusste, dass dies sehr bedeutsam war, aber halb betäubt, wie er war, konnte er sich keinen Reim darauf machen. Auf dem Briefkuvert erkannte er seine Handschrift. Aber warum hatte er an den Chef geschrieben?

Und wie um alles in der Welt war McLeod hier hereingekommen? Lag McLeod nicht im Streckverband? Er war hereingehumpelt, hatte mit Krücken unter dem Arm neben dem Bett gehockt und ihm den Gipsverband mit dem schmutzigen Strumpf darüber unter die Nase gehalten. Und er hatte andere Besucher durch seine Sprache schockiert. Man hatte die Oberschwester holen müssen, die sich sehr ungehalten über ihn zeigte.

Karen Steen war ebenfalls gekommen. Die sanfte junge Frau sprach ihm ihren Dank und ihr Mitgefühl aus, und das war Balsam für seine Seele. Sie hatte Cardinal einen Teddybären mit Polizeimütze mitgebracht; er roch noch ihr Parfum auf dem Plüschtier. Von Karens Besuch behielt er so viel, dass Keith London die Intensivstation verlassen durfte. Die Ärzte im City Hospital sahen ihn auf dem Weg der Besserung. Er hatte das Bewusstsein wiedererlangt und sprach wieder, wenn auch langsam, besaß aber keine Erinnerung an die Ereignisse, die zu seiner Kopfverletzung geführt hatten. Karen hoffte, dass dies auch so bleiben werde.

Oder hatte Delorme ihm den Bären mitgebracht? Unter dem Einfluss der Medikamente phantasierte er manchmal, der Bär würde mit ihm sprechen, aber er wusste, dass es in Wirklichkeit nicht so war. Nein, nein, Karen Steen hatte ihm den Bären geschenkt. Delorme war dafür zu kühl und sachlich, sie mochte keine Sentimentalitäten.

»Sie kommen aus einer großen Familie, Mr. Cardinal.« Das hörte er von der jungen Krankenschwester, die hereinkam, um ihm eine Spritze zu verabreichen. Sie war ein bodenständiges Mädchen mit Zahnlücke und Sommersprossen.

»Meine Familie? Meine Familie ist nicht sehr – ah!«

»Entschuldigung. So. Schon fertig. Wenn Sie einen Augenblick auf der Seite liegen bleiben, mache ich gleich das Bett.« Sie machte sich am Bett zu schaffen, spannte die Laken und strich sie glatt. »Junge, Junge, der Rothaarige hat vielleicht ein Mundwerk«, plauderte sie weiter. »Zum Glück hat er der Oberschwester einen Blumenstrauß geschickt. Jetzt darf er wahrscheinlich sogar wiederkommen.« Sie drehte Cardinal auf die andere Seite, hob ihn hoch und drückte ihn zurück in die Kissen, alles mit der sorglosen Routine der professionellen Krankenschwester. Es tat ihm höllisch weh. »Er sieht Ihnen eigentlich überhaupt nicht ähnlich, so rothaarig, wie er ist. Ich hätte nie gedacht, dass Sie beide Brüder sind.«

Die Medikamente trübten sein Bewusstsein ein wie Tinte. Er fiel in einen schweren, traumbeladenen Schlaf und wachte mit einem freudigen Gefühl auf. Aber irgendwo versteckt in ihm lauerte noch immer eine Angst, ein Schatten, der im Nebel Gestalt annahm. Dann glitt er wieder in den Schlaf. Er träumte, dass Catherine das Krankenhaus verlassen habe und ihn hier, in seinem, besuchen komme. Sie wachte wie ein Schutzengel über ihm, doch als er dann mitten in der Nacht aufwachte, saß niemand neben ihm. Nur das Fiepen der Überwachungsapparate und der pochende Schmerz in seinem Bauch. Vom anderen Ende des Korridors war ein Kichern zu hören.

* * *

»Aber dass es eine Frau sein würde, das hätte ich nie gedacht«, sagte Delorme zum wiederholten Mal. »Sicher. Jeder weiß, dass eines Tages die Situation eintreten kann, auf einen Menschen schießen zu müssen. Jeder von uns kann in die Lage kommen, schießen zu müssen, um ein Leben zu retten. Jeder weiß das. Aber, John, wie viele Polizisten erschießen eine Frau? Ich sage mir immer wieder, dass die Frau eine Mörderin war, und trotzdem fühle ich mich schlecht. Ich kann nicht schlafen und nicht essen.«

Delorme sprach eine Weile über ihre Probleme, und er ließ sie gewähren; er war ja froh, dass sie hier war. Sie erzählte ihm, wer die Frau war und wo sie wohnte. Erzählte, wie man die Großmutter gefunden hatte, halb verhungert in ihrem Schlafzimmer im ersten Stock. Und erzählte, wie ihr erst da einfiel, wo sie Edie Soames schon einmal gesehen hatte – nämlich als sie der Spur mit der ausgeliehenen CD nachging. Den Tränen nahe, klagte sie, wenn sie nur ein klein wenig klüger gewesen wäre, hätte sie Edie Soames zu einer Vernehmung aufs Revier mitgenommen.

Selbst in seinem benommenen Zustand erinnerte sich Cardinal daran, dass jene Spur nur hauchdünn gewesen war. Doch Delorme ließ sich nicht trösten: Man hätte Woodys

Leben retten können, das Leben des Vaters eines kleinen Kindes.

Cardinal erkundigte sich, was die Durchsuchung des Hauses von Edie Soames erbracht hatte. »Sie haben dort Katie Pine ermordet, während die Großmutter direkt im Zimmer über ihnen saß. Es ist das Haus, das wir vom Tonband kennen. Was mir als Erstes beim Eintreten auffiel, war die Uhr auf dem Kaminsims. Die tickte genauso wie die auf dem Tonband.«

»Ehrlich? Ich wäre gern dabei gewesen.«

Sie erzählte, was man alles gefunden hatte – eine Pistole, eine Liste und Edie Soames'Tagebuch.

»Ein Tagebuch. Das werde ich mir auch mal anschauen.«

»Es ist seltsam«, sinnierte Delorme. »Ich meine, es ist seltsam, wie normal dieses Tagebuch ist. Es könnte jedem beliebigen Mädchen gehören – randvoll mit Dingen wie Kosmetik, Frisuren und wie verliebt sie in ihren Freund ist. Aber sie spricht darin auch über Billy LaBelle. Auch ihn haben die beiden umgebracht.«

»Sagt sie, was sie mit seiner Leiche gemacht haben?«

»Nein, aber wir haben noch etwas anderes gefunden. Einen Fotoapparat – und Bilder, die sie vor dem Haus aufgenommen haben, in dem Todd Curry umgebracht wurde. Ein weiteres mit Windigo Island im Hintergrund. Und das hier, in der Nähe des Speicherbeckens.« Sie holte das Foto hervor und zeigte es ihm: eine Aufnahme von Edie Soames, wie sie einen Schnee-Engel machte.

Cardinal hatte Mühe, klar zu sehen.

»Es ist nicht weit von der Stelle, wo man Woodys Leiche gefunden hat. Etwa einen halben Kilometer. Und zum Pumpenhaus ist es auch nicht weit.«

»Woher wissen Sie das? Es könnte doch überall und nirgends sein.«

»Das dachte ich anfangs auch. Aber achten Sie mal auf den Strommast in der Ecke.«

»Ist da eine Nummer drauf? Es ist kaum zu erkennen.« – »Es ist tatsächlich eine Nummer. Ontario Hydro hat uns den genauen Standort genannt.« Sie fasste ihn an der Schulter. »Ich glaube, dass sie dort Billy LaBelle begraben haben.«

»Wie sollten gleich ein Grabungsteam dorthin schicken.«

»Die Kollegen sind schon dort. Das ist meine nächste Station.«

»Ach ja«, sagte Cardinal, mit der Müdigkeit kämpfend. »Ich habe ganz vergessen, was für eine gute Kriminalistin Sie sind.«

Er drehte sich auf die Seite und sah den Teddybären mit der Polizeimütze. »Danke für den Bären, Lise.«

»Den Bären habe ich Ihnen nicht geschenkt.«

* * *

Delorme kam später wieder. Vielleicht war es noch am selben Tag, vielleicht erst tags darauf, er wusste es nicht genau. Sie kam gerade von Billy LaBelles Eltern zurück, denen sie mitgeteilt hatte, dass die Leiche ihres Sohnes gefunden worden war. Nun sah sie müde und blass aus. »Das war schrecklich«, sagte sie. »Ich weiß nicht, ob ich überhaupt für die Arbeit im Morddezernat geeignet bin.«

»Doch, das sind Sie. Ein anderer hätte die Leiche vielleicht nicht gefunden. Dann wären die LaBelles für den Rest ihres Lebens im Ungewissen darüber geblieben, was mit ihrem Sohn geschehen ist. So schrecklich es auch ist, nun können sie damit abschließen.«

Delorme schwieg eine Zeit lang. Dann erhob sie sich und ging zur Tür, warf einen Blick in den Korridor und kam zurück. Sie zog ein Briefkuvert aus der Handtasche. »Neulich haben Sie nicht verstanden. Sie waren von den Medikamenten zu benebelt.«

»Mein Brief an R. J. Um Gottes willen, Lise. Woher wussten Sie davon?«

»Ich habe die Festplatte Ihres Computers durchsucht. Entschuldigen Sie, aber an dem Tag, als Ihnen die Sache mit Katie Pines Armband aufging, da habe ich gesehen, was Sie auf Ihrem Computer schrieben. Ich habe gesehen, dass das Schreiben an den Chef adressiert war. Er hat es nie zu Gesicht bekommen, John. Er ist vorübergehend in Dysons Büro umgezogen, und seine Post – na ja, seine Post ist zuerst in meine Hände geraten. Er wird Sie später besuchen kommen. Er macht sich Sorgen um Sie.«

»Das hätten Sie nicht tun sollen, Lise. Wenn das vor Gericht herauskommt...«

»Ein Gerichtsverfahren wird es nicht geben. Beide sind tot.«

»Lise, Sie setzen Ihre Karriere aufs Spiel.«

»Ich möchte nicht, dass ein guter Polizist seine Stelle verliert. Es war ein einmaliger Ausrutscher. Sie standen damals unter unglaublichem Druck. Schließlich gehörten Sie nicht einer korrupten Polizeitruppe an, die Angst und Schrecken auf den Straßen verbreitete. Ich habe darüber nachgedacht. Sie auffliegen zu lassen würde mehr Schaden als Nutzen bringen, das ist die schlichte Wahrheit. Außerdem gehört Toronto nicht zu meinem Zuständigkeitsbereich. Niemand hat mich beauftragt, meine Ermittlungen auf Toronto auszudehnen.«

»Aber jetzt muss ich durch die ganze Sache noch mal durch.«

»Das müssen Sie nicht. Sie müssen nicht einmal mehr daran denken.«

Aber er wusste, dass er es doch tun würde – sobald die dampfende Wirkung der Medikamente nachgelassen hatte, wenn er wieder zu Hause war und mitten in der Nacht aufwachte. Wenn er an etwas anderes denken konnte als an das Loch in seiner Hand und die Löcher in seinen Eingeweiden, dann würde er sich mit seinem eigenen, weit zurückliegenden Vergehen auseinandersetzen müssen.

Für ihn war das nicht vorbei. Das war die Gestalt, die im Nebel lauerte. Und im Übrigen war R. J. nicht der Einzige, dem er geschrieben hatte.

* * *

Am folgenden Morgen wachte Cardinal in einem anderen Zimmer auf einer anderen Station auf. Sonnenlicht drang durch die Fenster herein, das spürte er, noch ehe er die Augen aufgeschlagen hatte. Durch die doppelten Fensterscheiben noch verstärkt, fiel warmes Licht auf seinen Arm. Es tat ihm gut, es wirkte heilsam. Er wollte wie eine Katze in der Sonne liegen bleiben und die Wärme aufsaugen. Schon wollte er sich strecken, doch wegen der Nähte im Bauch ließ er es schnell bleiben. Irgendwann merkte er auch, dass ihm jemand die Hand hielt. Eine kleine Hand lag weich und warm auf seiner.

»Wie geht's meinem verschlafenen Kater?«
»Catherine?«
»Ja, Schatz, leider. Die Ärzte haben mich entlassen.«

Catherine saß auf der Bettkante, aber gar nicht wie ein Schutzengel. Ihre Augen strahlten keine heitere Seelenruhe aus, vielmehr waren sie scheu und besorgt. Auch bemerkte er, dass ihr rechtes Augenlid immer noch ein klein wenig herabhing, eine Nebenwirkung der Medikamente, die hartnäckig anhielt. Doch ihre allgemeine Unruhe hatte sich gelegt – die kreisenden Bewegungen der Hände waren verschwunden. Die Hand, die auf seiner lag, war ruhig.

»Nein, ich bin nicht mehr verwirrt. Ich laufe jetzt auf Lithium-Basis wie das Raumschiff Enterprise. Entschuldigung, das klingt wie Science-Fiction, nicht wahr?«

Sie trug das Barett, das er ihr geschenkt hatte. Selbst für diese kleine Geste fand er nicht die richtigen Worte, um seine Rührung auszudrücken. »Du siehst prima aus« war alles, was er zustande bekam.

»Du siehst auch nicht übel aus. Vor allem für jemanden, der beinahe ertrunken wäre und zwei Kugeln in den Bauch bekommen hat.«

Eine Weile sprachen sie nicht, sondern hielten sich nur an den Händen und suchten nach Worten, die helfen würden, einander wieder zu verstehen.

»Zu Hause sind viele Blumen angekommen. Auch Grußkarten.«

»Ja. Die Leute waren sehr aufmerksam.«

»Ein Blumenschmuck wurde von einem Burschen mit Augenklappe überreicht. Er schien wegen dir sehr besorgt zu sein. Ich habe die dazugehörige Karte mitgebracht.« Sie holte eine große Karte mit Blumendekor aus ihrer Tasche. Auf der Karte stand der gefühlvolle Satz: *Wir sehen uns noch. Rick.*

»Ein sehr mitfühlender Mensch, dieser Rick.« Nach einer Pause sagte Cardinal: »Ich nehme an, du hast meinen Brief nicht bekommen.«

»Doch, habe ich. Und Kelly auch. Aber wir müssen jetzt nicht darüber reden.«

»Wie hat es Kelly aufgenommen?«

»Frag sie selber. Sie ist auf dem Weg nach Hause.«

»Sie ist bestimmt sauer.«

»Sie ist jetzt eher besorgt um dich. Aber ich fürchte, sie wird auch sauer sein.«

»Ich habe das wirklich getan, Catherine. Und ich bedaure es sehr.«

»Ich auch. Ja, das muss ich sagen. Ich bedaure es auch.«

Sie schaute weg und überlegte, wie sie es ihm am besten sagen sollte. Draußen flog ein Schwarm lärmender Spatzen wie hochgeworfene Saatkörner vor einem strahlend blauen Himmel vorbei.

»Ich bin traurig darüber, dass du etwas Unrechtes getan hast, John. Aber selbstverständlich denke ich nicht so über dich. Und ich bin traurig wegen des Kummers, den dir diese

Tat bereiten muss. Aber etwas in mir – ich weiß, das klingt jetzt merkwürdig, John... John! Es ist so wunderbar, deinen Namen wieder auszusprechen und ihn nicht nur im Kopf zu haben, und hier neben dir zu sein!... Aber von dieser Freude einmal abgesehen, etwas in mir ist auch froh, dass du etwas Unrechtes getan hast.«

»Catherine, das kann doch nicht dein Ernst sein. Was redest du da?«

»Das hast du nie verstanden. Was du nie verstanden hast – wie könntest du auch? –, was du einfach nicht verstehen kannst, ist, ganz gleich, wie schwer es für dich ist, mich als Klotz am Bein zu haben, auf mich wie ein Kind aufzupassen, dich mit der Krankenhausbürokratie auseinandersetzen zu müssen, ganz gleich, wie schwer das alles zu ertragen ist, noch viel schwerer ist es, diejenige zu sein, der all diese Fürsorge gilt. Diejenige, die den anderen zur Last fällt. Sozusagen der Verlustposten in dem ganzen Betrieb.«

»Ach, Catherine...«

»Zu wissen, dass du etwas Unrechtes getan hast – ein wirkliches Vergehen –, dass du ein Chaos in unserem Leben verursacht hast... Nun, ich nehme einen langen Anlauf, bloß um dir zu sagen, wie schön es ist, gebraucht zu werden. Die Chance zu bekommen, auch einmal die Starke zu sein.«

Cardinals Arzt kam herein, begrüßte ihn lautstark und stellte ihm Fragen. »Nein, nein, bleiben Sie ruhig«, sagte er zu Catherine, die gehen wollte. Er leuchtete Cardinal in die Pupillen. Bat ihn, aufrecht zu sitzen. Nötigte ihn sogar, ein paar Schritte zu gehen, was Cardinal, der sich wie ein Tattergreis am Bettgitter festhielt, unter höllischen Schmerzen im Unterleib auch tat.

»Meine Güte, ich muss wieder ins Bett.«

Der Arzt kritzelte etwas auf das Krankenblatt. »Eigentlich hätte ich Ihnen den Gehversuch ersparen können. Ich wollte nur sehen, ob es immer noch so wehtut, wie ich vermutet habe. Sie machen sich prächtig. Noch vier bis sechs Wochen, dann sind Sie wieder geheilt. Die Kugeln haben in Ihren Eingeweiden schwer gewütet.«

»Sechs Wochen!«

»Das wird Ihnen guttun.« Zu Catherines Ermunterung zeigte der Arzt den aufrechten Daumen und unkte: »Einen großen Helden haben Sie da.« Dann steckte er das Krankenblatt weg und verließ das Zimmer genauso geräuschvoll, wie er es betreten hatte.

»Mein Gott, einen Humor hat der Mann«, stöhnte Cardinal. »Der könnte ja glatt Polizist sein.« Kalter Schweiß stand ihm auf der Stirn.

»Ich gehe jetzt wohl besser«, sagte Catherine. »Du bist weißer als das Bettlaken.«

»Geh nicht, Catherine. Bleib bitte noch.«

Und Catherine Cardinal blieb bei ihrem Mann. Blieb und wachte über ihn, wie er es geträumt hatte.

Cardinal schloss die Augen. Er wollte sie fragen, ob sie trotz allem bei ihm bleiben würde, ob sie weiterhin mit ihm leben und glücklich mit ihm sein könne. Doch das Schmerzmittel füllte seinen Kopf wie ein dickes weiches Daunenkissen, und Cardinal fühlte, wie sich der Schlaf schwer auf Arme, Beine und Stirn legte. Er öffnete die Augen und sah Catherine neben sich sitzen. Sie trug jetzt ihre Brille und las in einem mitgebrachten Buch, um sich die Zeit zu vertreiben. Unter dem Zittern seiner Augenlider verwandelten sich die blassgrünen Wände in grüne Bäume. Die Stimmen, die vom Korridor kamen, wurden zu Rufen versteckter Tiere, und die Tür öffnete sich auf einen rasch dahinfließenden Fluss.

Cardinal träumte, sie wären auf Reisen. Er träumte, Catherine und er würden auf einem Fluss dahinfahren – auf einem südlichen, von dichtem Blattwerk gesäumten Fluss, den er vorher noch nie gesehen hatte. Catherine saß vorn im Kanu, und Cardinal steuerte schlecht und recht hinten. Die Sonne war so knallgelb wie auf Kinderzeichnungen, das Kanu war flaschengrün, und sie beide lachten.

Danksagung

All denjenigen, die ich im Folgenden nenne, bin ich zu Dank verpflichtet.

Sie haben frühere Fassungen dieses Romans gelesen und zahlreiche Vorschläge für Kürzungen und Verbesserungen gemacht oder waren mir auf andere Weise behilflich: Bill Booth; Anne Collins, meine Lektorin beim Verlag Random House Canada; meine Frau Janna Eggebeen; meine Literaturagentin Helen Heller; Linda Sandler; Staff Sergeant Rick Sapinski vom Police Department der Stadt North Bay; und Marian Wood, mein Lektor bei Putnam.

Das Werk einschließlich aller seiner Teile ist urheberrechtlich geschützt.
Jede Verwendung außerhalb des Urhebergesetzes ist ohne Zustimmung
des Verlages unzulässig und strafbar. Dies gilt insbesondere für
Vervielfältigungen, Übersetzungen, Mikroverfilmungen und die
Einspeicherung und Verarbeitung in elektronischen Systemen.

Weltbild Buchverlag
–Originalausgaben–
Genehmigte Lizenzausgabe 2008 für
Verlagsgruppe Weltbild GmbH
Steinerne Furt, 86167 Augsburg
Copyright © 2000 by Giles Blunt
Copyright © 2003 der deutschsprachigen Ausgabe by Droemersche Verlagsanstalt Th. Knaur Nachf. GmbH & Co KG, München
Alle Rechte vorbehalten

Projektleitung: Dr. Ulrike Strerath-Bolz
Übersetzung: Reinhard Tiffert
Umschlag: Studio Höpfner-Thoma, München
Umschlagabbildungen: Corbis; Getty Images
Satz: Uhl + Massopust, Aalen
Gesetzt aus der Sabon 10,5/12,5 pt
Druck und Bindung: CPI Moravia Books s.r.o., Pohorelice
Gedruckt auf chlorfrei gebleichtem Papier
Printed in the EU
ISBN 978-3-86800-027-6

2012 2011 2010 2009
Die letzte Jahreszahl gibt die aktuelle Lizenzausgabe an.